Karmrakar
Khachatur Abovyan

Axel Bakunts

ԿԱՐՄՐԱՔԱՐ
ԽԱՉԱՏՈՒՐ ԱԲՈՎՅԱՆ

ԱԿՍԵԼ ԲԱԿՈՒՆՑ

Karmrakar; Khachatur Abovyan

Copyright © 2016, Indo-European Publishing

Contact:
IndoEuropeanPublishing@gmail.com

ISNB: 978-1-60444-837-5

ԿԱՐՄՐԱՔԱՐ

(Պահպանված հատվածներ)

1

Կարմրաքար գյուղի մասին առաջին անգամ հիշատակում է գրենադիր գնդի պետ Երմոլով 2-րդը իր այն ռապորտում, որ 1823 թ. ապրիլ 17-ին ներկայացրել է Կովկասյան մարզի պետ՝ ինֆանտերիայի գեներալ Ալեքսեյ Երմոլովին: Ըստ այդ ռապորտի այն ժամանակ Կարմրաքարն ուներ 19 ծուխ, որոնցից հարկատու չէին միայն 3 ծուխ: Ոչ ռազմական և ոչ էլ տնտեսական նշանակություն չտալով, գնդապետը Կարմրաքարը համարել էր ոչ որպես գյուղ և դիմացը նշանակել՝ «մշտական ձմեռանոց»: Երևի այդ ակնարկ էր այն մասին, որ Կարմրաքարը շրջապատված էր անտառով, զուրկ էր հաղորդակցության համար միջոցներից և միայն երկու բարակ կածանով էր կապվում արտաքին աշխարհի հետ:

Այդ թվականից մի քանի տարի հետո նույն վայրով անցել է և մի վարդապետ, որի ճանապարհորդական հիշողությունների մեջ կարելի է գտնել Կարմրաքարի անունը: Այդ գյուղի մասին նա գրել է հետևյալը. «Խորաձոր անդունդ և դաշտաձև հովիտ, զարդարյալ ծաղկոք և առատ բուսոք: Գարունն աստանոր բերէ զնմանությունն Եդեմի...»: Ապա հիշատակում է գյուղից վերև ընկած լեռների կլոր պարը, որի ամենից բարձր գագաթին կա սպիտակ լիճ՝ որպես հսկա մատանու ադամանդ: Նույն գրքի մի այլ գլխում անդնդախոր ձորերում ընկած գյուղերի նիստ ու կացը նկարագրելով, հեղինակը մի նախադասություն է ասում Կարմրաքարի կանանց մասին, թե իբր ամոթխած էին, որպես անտառի պախրա:

Թե Երմոլով 2-րդի և թե հոգևոր հոր գրածը հայտնի էր Կարմրաքարի ծխատեր քահանա Տեր Գևորգին, որին գյուղում կոչում էին Տեր Նորընծա: Քահանան շատ անգամ էր ասել, որ ինքն իր աչքով կարդացել է վանքի խորանում պահած մի գիրք, գրված ոսկե տառերով, ջեյրանի կաշվի վրա, ուր հիմից ավանդվում է աշխարհի երեսին եղած և կորած բոլոր ազգերի պատմությունը, թագավորների գահի բարձրանալը, քաղաքների կործանումը և այլն: Եվ իբր թե այդ գրքի մեջ գրված է, որ Կարմրաքարը «աթոռանիստ և բերդաքաղաք» վայր է եղել, որ գյուղի այժմյան եկեղեցին կառուցված է մի հին տաճարի ավերակների վրա: Նա նույնիսկ ասում էր, որ այժմյան եկեղեցու ամբիոնի քարերը շատ հնուց են, վրան փորագրություններ կան, որ ծածկված են բարակ սվաղով:

Տեր Նորընծայի ասելով՝ Կարմրաքարի ներկա բնիկները գաղթել են

«Հազարացոց աշխարհից» դեռ այն ժամանակ, երբ լեզգիների թագավորությունն էր այն կողմերում: Իբր թե լեզգիների երկրում խառնակություն է սկսվում, այնտեղի «խաչապաշտ ազգաբնակությունը» գլուխ է առնում և ցրիվ գալիս չորս կողմի վրա: Նրանց մի մասը գալիս է մի մեծ և վարար գետի դեմ առնում: Գետի ափին այնքան են սպասում, մինչև ջուրը բարակի: Շատ դառն տանջանք քաշելուց և կորուստ տալուց հետո, անցնում են գետը և նրա ափով շարունակում ճանապարհը, հանդիպում զուլալ մի գետակի, որ հանդարտ հոսելով միանում է այն մեծ գետին: Հենց ջրախառնուտի մոտ խմում են գետի և գետակի ջրից, տեսնում, որ գետակի ջուրը քաղցրահամ է և որոշում՝ գետակի ընթացքը բռնած գնալ մինչև ակունքին հասնելը: Իսկ հայտնի է, որ Մարցա ջրի ակունքները գտնվում են Կարմրաքարի հանդում:

— Ո՞ր կողմն է էդ հազարացու աշխարհը, տերտեր, — հարցնում էր Ավան ամին, եթե հանդիպում էր տերտերին Կարմրաքարի պատմությունն անելուց: Եվ որտեղ էլ լիներ՝ կնունքի նստած, թե հարսանքատանը, եկեղեցու գավթում՝ պատի տակ շար ընկած, թե Բոլոր քարի մոտ, որ գյուղի հրապարակն էր համարվում, և ուր այժմ էլ հավաքվում են գյուղացիք — որտեղ էլ լիներ, Տեր Նորընծան աչքերը պիտի խոժոռեր, ունքերն իրար տար և երեսը դարձներ Ավան ամու կողմը:

— Սկսվեց, — մտքում ասում էին մի քանիսը և հետաքրքիր լսում այն, ինչ շատ անգամ էին լսել:

— Ա՛, դե հերիք չի՞, — Ավան ամու վրա տրտնջում էր նրան հասակակից մեկը:

— Չէ՛, թող մի ինձ ասի, էդ ո՞ր կողմն է...

— Զաքաթալու թեմումը, — պատասխանում էր տերտերը:

Իսկ Ավան ամին ավելի էր տաքանում:

— Էդ ի՞նչ մարդիկ էին... Էն լեն ու բոլ երկիրը թողես, գաս էս ապառաժին դեմ առնե՞ս... Չէ՛, տերտեր, իմ գլուխը չի մտնում, էնտեղից էստեղ մարդ չի գա: Հենց իմ ասածն է, որ կա:

Իսկ Ավան ամու ասելով՝ Կարմրաքարի տեղը շատ առաջներում անանց անտառ է եղել և անտառի միջով, գետի ափով միայն մի նեղ արահետ: Ո՛չ բերդ է եղել, ո՛չ քաղաք և ոչ էլ տաճար: Հիմնադիրը մի գնչու է եղել, որն իր կնոջ և էշի հետ անցնելիս է լինում արահետով: Հանկարծ կնոջ ցավերը բռնում են, գնչուն խոսք է տալիս, որ եթե կինը տղա բերի, ինքը ձեռք է քաշելու թափառական կյանքից և հենց այդտեղ էլ տուն է շինելու:

— Չվանը ետ է տալիս, ծառից կապում... Կնիկն էլ գնում է ծառի շվաքարանում պառկում: Մինչև էշի փալան վեր ունելը, կնիկը մի տղա է բերում... Էն օրից էլ էս գյուղն ստեղծվում է: Դե հաշիվդ ա՛ռ...

Գյուղացիներից շատերն էին համամիտ Ավան ամու ասածներին:

— Խելքը գլխին մարդը չի գա էս քարի ու քոլի մեջ տուն շինի... էն է ոտքերը ջարդված բոշա պետք է լինի, որ էստեղ վեր ընկնի ու մեռնի... Թե չէ Կարմրաքարն ապրելու տեղ չի:

Այս խոսքն ասելուց, զրույցն հին օրերից դառնում էր առօրյայի շուրջը, և ամեն մարդ մի պատճառ էր բերում, թե ինչու Կարմրաքարում ապրելը դառն է:

— Տարին տասներկու ամիս քարի, քոլի հետ կռիվ կենաս, մաճը բռնած է՛ս ցաքուտը վարես, է՛ն քարի տակ սերմ քցես, էլի ձմեռվա կիսին տաշտը ցամաք, պարկը դատարկ: Ես իմ Աստված, արանի թուրքերը որ չլինեին, մեր օրը սև էր, — ասում էր Ունանը, որը ոչ միայն Կարմրաքարում, այլև շրջակա գյուղերում հայտնի էր որպես լավ մաճկալ:

Ինչքան էլ քարոտ և կոշտ լիներ հողը, ինչքան էլ տափը սարալանջ լիներ, Ունանը և ոչ մի ակոս ծուռ չէր տանի: Ակոսն ակոսի վրա շարում էր ու գետինը նախշում սև ցելի ուղիղ գծերով: Պատահում է, որ խոփը դեմ է առնում հողի տակ ծածկված քարի կամ փշի արմատին: Եզները հանկարծ ձգում են, խոփը թափով քարին է դիպչում, կտրատվում են փոկերը, մաճկալն ընկնում է մաճի վրա և եթե մի տեղը չվնասվի, ատամները թափով իրար պիտի կպչեն, աչքերի առաջ մթնի: Իսկ Ունանի վարը միշտ առանց փորձանքի էր: Մաճից կախ ընկած, աչքը խոփի ծայրին, լուռ հետևում էր վարին և ճիշտ ժամանակին զգում, թե քար կա հողի տակ, փորձանքը մոտենում է. իսկույն մաճը վեր էր հանում, կողքի թեքում, եզները քաշում էին և նորից խոփը խրում հողի մեջ:

Այդքան աշխատելուց հետո նրա մեկը երկու չէր դառնում: Ամեն ձմեռ Ունանը պարկերը շալակին գնում էր տափարակի թուրք գյուղերը, ճանաչ մարդկանցից ցորեն կամ գարի փոխ առնելու: Ամեն տարի այդ նույն պատմությունը կրկնվում էր: Ունանը խոսք էր տալիս, որ վերջին անգամն է մաճը բռնում, էլ երբեք վար չի անելու:

— Գնամ նոքար մտնեմ, սրանից տասնապատիկ լավ կապրեմ.... Չկա՛, չկա՛, Կարմրաքարում ապրուստ չկա, — ասում էր նա, բայց հենց ձյունահալը վերջանում էր թե չէ, խոնավությունն սկսում էր գոլորշիանալ, հողը փափկանում էր, մեղմանում էր, և Ունանը օրը մի քանի անգամ նայում էր սևին տվող գյուղի հանդերին, — ուր դեռ ձյունի կիտուկները մնում էին ձորերում ու փոսերի մեջ, — հողը տրորում էր կոշտ մատներով և մոտենում՝ ամբողջ ձմեռը ձյունի տակ ընկած արորի սարքը նայելու:

— Ասում ես թուրքերը որ չլինեն… Էլի նրանք են ձեռք բռնում, — վրա էր բերում մի ուրիշը, — ախր քա՛նի մին, քա՛նի մին… Մեր գյուղում էլ կա ձեռք բռնող... Սև լինի էն օրը, որ մարդ էդ ձեռքը բռնի: Լավ է երեխեքը տկլոր մնան, քան նրանց դուռը գնաս...

Բոլորն էլ լռելյայն հասկանում էին, թե խոսքն ո՞ւմ մասին է: Հասկանում էին և լռում: Ամեն մարդ իր մտքի հետևից էր ընկնում:

Բայց եթե գյուղի հիմնադրման մասին Ավան ամու և Տեր Նորընծայի վեճը համարյա ամեն տեղ կարող էր ծայր առնել, միայն լսող լիներ, Հիբանի որդիների մասին խոսք լինում էր միայն սակավաթիվ խմբակի մեջ, և այն էլ՝ եթե լսողները յուրային էին: Օրինակ, եթե երևար Գողին՝ լերկ երեսով, դեմքի մաշկը ծալ-ծալ ու մանրիկ աչքերով Գողին, որ շատ քիչ էր խոսում և ինչ էլ ասեին, միայն ժպտում էր, աչքը հեռուն գցում, իբր թե չի լսում, — եթե Գողին երևար, մեկը պիտի զրույցը հաներ ակոսից, Ունանի մաճի պես թեք գցեր, մինչև Գողին հեռանար:

Եթե նա մոտենում էր Ունանի խոսքի վրա (իսկ Գողին այնքան աննկատ էր մոտենում, որ մի պահ չէին տեսնում, և տեսնելուց էլ խոսողը դժվարանում էր որոշել, թե նա որ խոսքի վրա եկավ), — այդ կարճլիկ, թիկունքը լայն և ոսկորը պինդ մարդը, որ ծանր արորն ակոսից այնքան հեշտ էր հանում, — Ունանը՝ խեղճանում էր, մի կողմի վրա քաշվում և ասում.

— Նստի՛, Գողի... Չես երևում... Ասում եմ էս տարվա աշունքավարը մի քիչ ետացավ:

Գողին քթի տակ ժպտում էր, հեռուն նայում և կամաց հեռանում: Իսկ Ունանը փշաքաղվում էր, մեջքն ավելի ամուր հենում Բոլոր քարին:

Բայց երբեմն Ավան ամու և Տեր Նորընծայի խոսակցությունը Կարմրաքարի առօրյայի մասին տաքանում էր, մանավանդ, եթե նստածների մեջ երիտասարդներ էին լինում, որոնք ավելի շուտ Ավան ամու հետ էին և պաշտպանում էին նրա խոսքը, թե Կարմրաքարն ապրելու տեղ չի:

Նրանք ավելի տաք էին խոսում:

— Տերտեր, հենց թող քո ասածը լինի. էն ժամանակ քա՞նի ծուխ կար մեր գյուղում:

Տեր Նորընծան դանդաղ պատասխանում էր.

— Ըստ շնչակրական մատենույս և իմ ասմունք գրի 19 ծուխ արքունի գյուղացի, որպես ալիադդա ցուցակ... Նաև գյուղացվոց վայելման տակ գետնաբաժին հարյուրը հիսուն օրավար բարահիր հող... Մեր Ցաքուտը, Երկայն տափերը, Քառաս–նաջուրը... Մի առ մի գրված և Կովկասու փոխարքայից հաստատված...

— Հիմա էլ հարյուրը տաս խարջ տվող տուն ունենք... Էլի էն Ցաքուտն է, էն Քառասնաջուրը... Դե Հիբանի տղորց արտերը բեր բաժին անենք, տես ո՛նց ենք կառավարվում...

— Այ որդի, հողը չի պատճառը... Ազգաբանության մեջ սեր, միաբանություն չկա: Առաջվա լիությունն էլ չկա. ահա քեզ արմատ չարյաց: Թե չէ ինչ ես տակից և գլխից խոսում, — մի քիչ չարանալով ասում էր Տեր Նորընծան, ավելի արագ գլորում թազբեհի հատիկները:

— Տես ինչեր են խոսում... Մեր ժամանակն ո՛ւր... Հեզ էինք, որպես գառ, — մտածում էր քահանան և ապա թազբեհի հատիկները մեկ-մեկ իրար վրա դարսելով դանդաղ ավելացնում.

— Հիբանի հողերը բաժանք անես, ամենայն մի շնչի մի՞ն օրավար չի հասանի... Դորանով յարան չի սաղանա, ա՛յ օրհնյալ... Ազգաբանությունը թող հաշտարար ապրի, տես, թե ինչպես առատություն լինի ամենայն մին բանի:

Իսկ երիտասարդն ավելի էր տաքանում :

— Էս քեզ միաբանությո՛ւն, տերտեր. բա որ մինը ձմեռը սխտորած ավելուկ էլ չի ճարում, որ փորը տաքացնի, մինն էլ գառան փլավ է ուտում, վրան էլ նռան ջուր խմում, որ մարսի... Սրան ի՞նչ կասես:

Ավան ամին ժպտում էր, տեղը շարժվում և ավելի հարմար նստում :

— Այ թե հա՛... տերտեր, — և ժպիտը դառնում էր թեթև ծիծաղ, կապույտ աչքերը փոքրացնում էր, ավելի արագ թարթում, ասես երիտասարդին աչքով էր անում, որ ավելին ասի:

— Էս էլ քու հազարացու աշխարհը չէ, որ լեզվակոխ անես... Ասի՛, էդ է, արևդ կծեմ... Թե մեր ծուռը դզող լինի, էլի ձեզանից մի հույս կա… Մենք հեչ, զուր ենք հաց ուտում: Ի՞նչ ես ասում, Անդրի, իմաստուն մարդ ես:

Վերջին խոսքը Ավան ամին բարձրաձայն էր ասում, որովհետև ուղղում էր ջաղացպան Անդրուն, որի լռությունը ծանր էր: Ջաղացպանը բարձրահասակ էր ու նիհար: Նա ավելի բարձր էր երևում այն նեղ ու հնամաշ քուրքի մեջ, որ ամառ, ձմեռ վրայից չէր հանում: Ալրոտ փափախն այնքան խոր էր կոխում, որ ականջի բլթակներն անգամ չէին երևում: Փափախի տակից թաղիքի կտորների նման կախվել էին անլվա, քրտինքից իրար կպած ու կեղտոտ մազերի փնջերը: Նրա փափախը, դեմքը, քուրքը, տրեխները, ինքն ամբողջովին՝ ալրաթաթախ էր: Փողոցով անցնողը հեռվից էլ կարող էր Բոլոր քարի շուրջը նստածների սև ու դեղնավուն չուխաների մեջ ջոկել Անդրու ալրոտ քուրքը:

Նա սակավ էր մասնակցում այդ զրույցներին: Ջաղացը Մարցա ջրի մյուս ափին էր, գյուղի դիմաց, և եթե գյուղամեջ էր դուրս գալիս, ապա կամ ջաղացում աղուն չկար և կամ աղունատերն այնպիսի մարդ էր, որ ջաղացում մի բան պատահելուց կարող էր ջրատունը կալնել, մինչև նրա գալը: Պատահում էր, որ զրույցի նստած ժամանակ գետի մյուս ափից կանչում էին: Նստածներից մեկը նայում էր ջաղացի կողմը, տեսնում, որ փափախով են անում, թևով բոթում էր ջաղացպանին: Անդրին խոսքը կիսատ էր թողնում, վեր կենում և դանդաղ քայլերով գլուխը կախ հեռանում, փայտը կույրի նման քարից քար խփելով:

Այդ զրույցների ժամանակ ջաղացպանը երիտասարդներին ավելի լավ էր լսում. նրանք տաքանում էին և ձայնը բարձրացնում: Նրանց խոսելուց ջաղացպանը հասկանում էր, թե ինչ պատասխան է տվել Տեր Նորընծան: Եվ երբ զրույցի տաք ժամանակ Ավան ամին նրան էր դիմում,

Անդրին մի պահ ձեռքի փայտով ավերում էր գետնի գծած նախշը: Նա շատ դանդաղ էր մտքինն ասում, ասես գետնի նախշը իր մտքերն էին, և զգույշ ջնջում էր այն, ինչ որ չէր ուզում ասել:

— Առաջ հողը պտուղ էր տալիս, հիմա հողը խռովել է: Հին խոսք է, որ հողը կռիվ չի սիրում... Հիմա էլ կռաժմունքը շատ է, մարդոց մեջ լիությունը խանգարված է: Կռվը, որ կռվ է, էլի չարացած ժամանակ կաթը քաշում է... Հողն էլ էդպես: Երեսը հազար մեղավոր մարդ է կոխ տալիս, թքում են, արյուն են թափում... Արտի մեջ սատկած շուն են քցում... Էլ էն հողը պտուղ կտա՞: Մի խոսք, հողը խռովել է:

Խոսելուց, նրա բարակ շրթունքները կլորանում էին, ներքին ծնոտի մի հատիկ դեղնած ատամի հետև, բերանի խոռոչում, խմորի գնդի պես թուլուլվում էր լեզուն: Կարծես ոչ թե խոսում էր, այլ ծամծմում մի պատառ, որ հիմա պիտի կուլ տա: Եվ եթե չլիներ մի հատիկ ատամը, այդ պատառը պիտի սահեր, ընկներ:

— Հնում մարդը ռամիկ էր, միամիտք, — շարունակում էր մի քիչ շունչ քաշելուց հետո: — Հիմա մարդու ոսկորն էլ է փոքրացել. չեմ իմանում ինչի՞ցն է, խորամանկությունի՞ց, թե՞ ուսմունքից: Պապս էնքան էր, — և փայտը բարձրացնում էր վեր, — հորս էլ հո տեսել ես, տերտեր... Դե ինձանից աշշա եկածն ի՞նչ պիտի լինի...

— Ինչո՞ւ. Անդրեաս, Բարիկոն հասակով է, — պատասխանում էր Տեր Նորընծան: Նա ոչ ոքի չէր կանչում գյուղում ընդհանրացած անունով, այլ ըստ իր չափաբերական մատյանի:

— Էհ, ո՛սկորն ասի, ոսկորը... Ամեն ինչը ոսկորի վրա է... Այրումի ջուրը մին-մին որ խփում է գերեզմանատան կողմը, տեսնում եք ինչ ոսկորներ է հանում: Մարդ մնում է զարմացած... Հավատալու չի, թե էն ոսկերքը մարդ արարածինն են... Արմունկը մի տղամարդի գլուխ, էնքան էլ սափ, որ երկաթն էլ չի աղալ: Դե էն ոսկորի տերն էլ, տես ինչ մարդ է եղել, ինչ ուժի տեր: Հիմա ասում ես Բարիկոն... Աղանձած հասկի պես բռանդ մեջ կփշրես: Էդ բոլորն ինչի՞ցն է՝ մարդու շատությունից, տերտեր... Լցվել են՝ էս սարի տակ մի գյուղ, էն քարի տակ մի շիար, էլ տեղ չկա: Առաջ ի՞նչպես էր: Ողորմած հոգի պապս էր պատմում, որ երեք օր, երեք գիշեր մեր գյուղից որ կողմի վրա էլ գնայիր, ճանապարհին մի մարդու չէիր ռաստ գա, բարի օր ասեիր: Հրեն Ջրիկը, էս թումբի հետևը Ջեյթան, հրեն հա՛, ծուխը... Դե շիարի մասին խոսք չեմ ասում: Ապականությունը, որ էնտեղից է... Բա՛... հիմի ասի, թե Հիբանի տղերքը: Նրանք չլինեին, մի ուրիշը տեղը պիտի բռներ: Անհնարին բան է: Մարդը որ էս ոսկորի տերն է, նա սոված էլ կմնա, նրա գլխին կբամփեն էլ, նրա արյունն էլ կխմեն: Բա ո՞նց... Երկու սոված կատու, որ քցես պարկի մեջ, անհնարին բան է, մինը մեկելին պետք է ուտի: Մենք երկու չենք, հազար չենք, շատացե՛լ ենք, էս ձորերն ապականել...

— Չէ՛, էսօր գիրդ շաղվել է, Անդրի: Մին նալին ես խփում, մին մեխին, — պատասխանում էր Ավան ամին: — Ուրեմն ոնց անենք, քու ասելով մեր հիմիկվա հազար մինին էլ չարժի՞: Բա ուսմունքի օգուտն ի՞նչ է, լուսավորությունի: Ուրեմն քու ասելով էս ջահելները մեզանից վա՞տ օր են ապրելու... Պա հո՛... Վա՛յ ձեզ, վա՛յ ձեր օրին, ա՛յ ջահելներ:

— Անդրի ամի, Հիբանի տղերքն էլ են մեր ոսկորից, չէ՞, — հարցնում էր մեկը:

— Հը՞, — ջաղացպանի դեմքի մկանները կծկվում էին, լռությունը լարում էր: Հարցը տվողը կրկնում էր և ավելացնում.

— Դե թող նրանք էլ մեզ պես ապրեն... Շալուն Սիմոնի ոսկո՞րն է հաստ, թե՞ Եփրեմի:

— Այ հա՛յ... Անդրի՛, դե պատասխան տո՛ւր:

Շալուն Սիմոնը Կարմրաքարի այն բնիկներից էր, որոնք ընչազուրկ դառնալով, տնից ու հողից զրկվելով, տեղավորվում էին գյուղից մի քիչ ներքև, գետի ափին ընկած հին և կիսավեր մարագներում: Գյուղի այդ մասում ապրողների ամենից «հարուստը» մի քանի ժանգոտած պղինձ ուներ, կոծկած կարասի և կուժ ու մի քլունգ, որով փորփրում էին անտեր և անբերրի հողերը ու ձեռքով շաղ տալիս կորեկ:

Ջաղացպանը նեղն էր ընկնում և փայտի ծայրով գետնի վրա մի քանի խազ ավելի արագ քաշելուց հետո, չարացած պատասխանում.

— Նրանց էլ պատիժ է ուղարկել, որ միշտ գլխիդ վայ տաս...

Հենց այդ ասեր թե չէ, Ավան ամին զրույցի նյութը փոխելու համար ասում էր ջաղացպանին.

— Քո ի՞նչ բանն է, էս ջահելի հետ գլուխ ես դնում: Քոնը Ռուստամ Մայիֆի պատմությունն է: Մի ասա է՛, շահը ոնց կանչեց նազիր վեզիրներին...

Ավան ամին գիտեր նրա թույլ կողմը: Ջաղացպանի դեմքը ուրախությունից պայծառանում էր, զրույցն էլ հանդարտում էր, ինչպես ծանծաղուտում կորչող լեռան սրընթաց գետակ:

Կարմրաքարում ոչ ոք ջաղացպանի նման պատմություններ չգիտեր: Ավան ամին էլ էր ծանոթ հին կյանքին, Տեր Նորընծան կարդացել էր «Սրբոց վարքը» և ուրիշ գրքեր, բայց ջաղացպանի նման ոչ ոք չէր կարողանում պատմել: Նա հնարում էր, ստեղծում: Ինչքան ավելի էր հնարում, ավելի էր ստեղծում, նրա ոգևորությունն այնքան կրկնապատկվում էր, ձայնը դողում էր, և լսելն ավելի ախորժալի էր դառնում: Նա պատմում էր ամեն տեղ՝ ջաղացում, ձմեռվա երկար գիշերներին, նրանց համար, որոնք աղուն էին բերել, գյուղի պատերի տակ՝ եթե ազատ էր և գյուղամեջ էր դուրս եկել, գետի ափին, ուր նա ժամերով նստած նայում էր Մարգա ջրի պղտոր ալիքներին:

Նա գիտեր ինչ աստղ երբ է դուրս գալիս, եթե լուսաղեմին մառախուղ է լինում, ապա ցերեկով ի՞նչ եղանակ պիտի լինի, եթե երաշտ է, ու հանկարծ պարզկա երկնքում որոտում է կայծակը, ինչու պիտի դեղնաջուր թափի և ոչ մաքուր անձրև: Մարգա ջրի բնույթը նա ուսումնասիրել էր շատ մանրամասն: Ձմեռվա կեսին, երբ սար ու ձոր ձյունով էին պատած, իսկ գետակը սառույցի տակ դժգոհ մռռում էր, ջաղացպանը զրույցի մեջ հայտնում էր, որ գարունը բացվելուց Մարցա ջուրը շատ չարություններ է անելու: Այդպես էլ պատահում էր. գարնանը գետը հորդանում էր և, ափերից դուրս գալով, վնասում մարագներին, քանդում գետափի բոստանների պատը և հաստաբուն ծառերը բերանն առած փախչում կամ ծառս տալով իր պղտոր գրկի մեջ առնում սպիտակ գառնուկին, որ խաղալով ու թռչկոտելով մոտենում էր, ապուշ-ապուշ և զարմացած նայում գետի վեր թռչող ալիքներին, որոնց ցայտունը մի վայրկյան դիպչում էր դնչին ու մեկ էլ ոտքերը կտրվում էին գետնից:

Ջաղացպանը լավ հեքիաթներ գիտեր: Ինչ էլ պատմեր՝ շահի օրերից մի առասպել, Ռուստամ Մայիֆի պատմությունը, թե հին հեքիաթ, — նա վերջացնում էր առակով, ինչպես Տեր Նորընծան էր ասում՝ «իմաստության քաղմունք» անելով: Երբ ունկնդիրները ազդվում էին նրա պատմածից, ամեն մեկը հայացքը մի բանի հառած, մտքում կրկնում էր պատմությունը կամ ինքն իրեն հարց տալիս, թե ինչու է այդ պատմությունը դուրեկան, — ջաղացպանը վիզը թեքում էր, ձեռքով ալյուրի փոշին քուրքից կամացուկ թափ տալիս և քթի տակ չքմեղ ժպտում: Նրա նստվածքը, թեք պահած վիզը, ջրակալած աչքերը, որ պարզ չէին երևում ալրոտ մազերի ու սպիտակ դեմքի վրա, այդ ամենը ասում էին ունկնդիրներին, թե պատմածի մեջ ինքը ոչ մի դեր չունի. նրանցից ամեն մեկն էլ կարող է պատմել իր նման, միայն գիտենա այն, ինչ ինքն է ձեռք բերել տարիների փորձով:

Իսկ այդ գիտեցածը այն անտարբեր, կես արհամարհական վերաբերմունքն էր, որ նա ուներ դեպի մարդը, նրա հոգսերն ու շահերը: Ջաղացպանի ասելով մարդու պատմության լավ մասն անցել է: Աստված մի անգամ է սփռոցը բաց արել, շուրջը նստել են նրանք՝ հին հսկաները, որոնց ոսկորները հողի խորունկ ծալքերից այժմ լույս աշխարհ է հանում Այրումի բարակ առուն:

Հիմիկվա սերունդը ժեռ է, մանր, նրա պտուղը դառնահամ, և ինչ էլ անեն, ետ չի գա այն ժամանակը, երբ ցորենն ինքն իրեն էր բսնում, մարդ ամեն ծառի տակ կարող էր օթևան ունենալ, և ինչպես պապն էր պատմել՝ Կարմրաքարից որ կողմն էլ գնայիր, երեք օր, երեք գիշեր մարդու չէիր հանդիպի՝ բարի օր ասելու: Այդ ժամանակներն անցել են, սփռոցը մնացել է... Այժմ մարդիկ կրծում են նրանց թողած ոսկորները, գլուխ են ջարդում նրանց փշուրները հավաքելու: Երբեմն նա Տեր Նորընծայի հետ, ինչպես Ավան ամին էր ասում, «ծնոտ էր ծեծում» ապացուցելու, որ դրախտը եղել է, ու դռները փակվել են: Եթե մարդուն մի բան է սպասում զալիք կյանքում, — այդ դժոխքի կուպրի կարասն է:

— Ինչքան էլ մարդ արդար մնա, միևնույնն է, պրծնում չկա... Շատ-շատ կուպրը մի քիչ պակաս կանի:

Ջաղացպանը Ավան ամուն ոչ միայն հասակակից էր, այլև

մանկության ընկերը: Երիտասարդ ժամանակ քանի՛ ձմեռ են միասին անտառում խոզ պահել, ինչե՛ր չի անցել նրանց գլխով:

— Նա հենց էն ժամանակն էլ էդպես էր, — պատմում էր Ավան ամին, հազվագյուտ դեպքում, երբ լողներն իր մարդիկն էին, և կամ մի առիթով սրտաբաց էր եղել, — մեկ էլ տեսար վրաս կնեղանար, թե խոզն ինչ է, որ մարդ նրա համար ծմակներն ընկնի, արի՛ գլուխ առնենք, կորչենք, տեսնենք աշխարհը որտեղ է վերջանում... Ա՛յ Անդրի, գլխիդ ձի չի քացի տվել, կրակը թեժ արա... Էս մթնկա գիշերին ձորերում հազար ահ, հազար փորձանք: Ո՞ւմ ես ասում: Ածխակոթը վեր էր առնում, դուրս գալիս: Էն անտեր խոզերն էլ հենց իմանում էին, թե գայլի վրա է վազում, ճղրտում էին, իրար տալիս, բղդում: Հա կա՛նչի, հա սպասի: Մեկ էլ լուսաբացին գալիս էր՝ բեզարած, ջարդված, ցեխոտ: Ունքամեջը չէր բացվում... Անդրի, էդ ո՞րտեղից: Պատասխան չէր տալիս: Հենց ուզում էի բռնեմ, տակս կոխեմ, մի լավ վեր հատեմ, համա ինձանից ուժով էր: Էդ օրը բերանը երկու կտոր չէր անի, գլուխը կախ, էս ծառի տակ կնստեր, էն քարը շուռ կտար... Որ հանդարտվեր, էլի էն ընկերն էր, ասող, խոսող: Հարցնում էի Անդրի, ո՞ւր էիր էն գիշեր: Ծիծաղում էր... Էն քարերն ինչի՞ էիր շուռ տալիս... Թե տակին ոսկի կա, համա չգիտեմ որ քարի տակին է: Էն է, վերջին տարին պսակեցին, հանդարտեց:

Ու մի քիչ ինքն իրեն մտածելուց հետո ավելացնում էր, ասես ինքն իր հետ էր խոսում.

— Էն փորձանքն էլ թե չէ՛ր եղել, հիմի նա ուրիշ մարդ կլիներ, — վերջացնում էր և մեղմ հառաչում:

Անդրու կինը ամուսնության առաջին տարին մեռել էր դժբախտ պատահարի հետևանքով: Տարին եկահալ էր, մեկ ձյուն էր անում, մեկ արև, ձյունը հալվում էր, կտուրները ցեխ էին, գերանները ճռռում էին, երբ բարձրանում էին ձյունը մաքրելու, երբ կտուրի վրայով մարդ էր անցնում: Ու հենց այդ գարնանը գերանը դուրս է պրծնում, իջնում հարսի գլխին... Մի ամբողջ տարի Անդրին տանը չէր մոտենում, վախենում էին, որ կխենթանա: Մի անգամ նրան գտել էին անտառի խորքում՝ Պղնձաքարի մի ճեղքում կուչ եկած: Երկյուղն ավելի էր սաստկացել. կասկածել էին, թե Անդրին ուզում է ճգնի... Տարին անց, հայրն է մեռնում: Հոր մահն ուշքի է բերում նրան: Տուն է դառնում և գլուխը քաշ ապրում, տիրություն անում հորից ժառանգություն մնացած ջրաղացին:

Շատ տարիներ հետո, երբ սպիտակած մազ ուներ, Անդրին համաձայնվում է ամուսնանալ, լսելով Տեր Նորընծայի հորդորը, բայց ավելի շուտ Ավան ամու թախանձանքը և կնության է առնում Ջրիկ գյուղից որբևայրի Եղսանին, որից և ծնվում է Բարիկոն:

Ջաղացն Անդրու համար կենտրոն էր, ուր ամեն ինչ կարելի էր իմանալ: Բերում էին աղալու ցորեն, գարի, գալիս էին մոտակա գյուղերից հայ, թուրք: Բազմաթիվ ճանանչ ուներ և բոլորի տան ու տեղին, ունեցվածքին, նրանց հետ պատահածին նա տեղյակ էր: Բերած աղունից նա գիտեր, թե բերքն ինչպես է: Երբ նոր ցորենի բեռներն իջեցնում էին, ջաղացպանը մոտենում էր, ձեռը կոխում պարկի մեջ, ապա բուռը մոտեցնում աչքերին: Ցորենի ձևը, մաքրությունը, լղարակն ու տռուզը, բարակ փոշին, որ նստում էր ձեռքին, — բոլորը մի-մի նշան էին, որից նա հասկանում էր, թե տարին ինչպես է անցել, ինչ հողումն է ցանած և ինչից է, որ ցորենի հատիկը մեծ է, բայց մեջը փուչ: Աղքատին և հարուստին նա գիտեր ջոկել ոչ միայն պարկերից, հագուստից, ձիերի և ջորիների սարքից, այլև ցորենից: Հարյուր միանման պարկ եթե կողք-կողքի շարեին, նա կճանաչեր այն պարկը, որի մեջ էր Դերվիշ Հյուսեյնի ցորենը: Դերվիշը Ջեյթա գյուղից էր: Նա ոչինչ չէր ցանում, նրա պարկինը հարյուր կալից մի-մի գուշով էր հավաքված:

Մարդը շատ լինելուց, զրույցն էլ հետաքրքիր էր անցնում: Եթե լուսնկա և զով գիշեր էր, նստում էին ջաղացի դռանը, ընկուզենու տակ: Երբեմն կրակ էին անում և փոքրիկ թոնրի մեջ ջրաղացի անալի բլիթներ թխում, նոր աղած և դեռ տաք ալյուրից: Զրույցն ավելի հետաքրքիր էր դառնում, երբ եկողների մեջ լինում էին այնպիսի մարդիկ, որոնց հետ դեռ անցյալ տարի ու դեռ ավելի առաջ ջաղացպանը վեճի էր բռնվել: Նա հիշում էր ում հետ ինչ խոսակցություն է ունեցել: Ջեյթա գյուղի մոլլայի հետ քանի անգամ էր վեճի նստել ու նրան նեղը գցել, համոզելով, որ Աստված ամեն բանի մեջ կա, նույնիսկ ծառի փչակում: Մոլլան երկյուղում էր, երբ ջաղացպանը մատը մեկնում էր ծառի փչակին: Եթե Դերվիշ Հյուսեյնը գար, Անդրին նրան կամուրջի մոտ տեսնելուց նույնիսկ առաջ էր վազում, թևից բռնած բերում, նստացնում քեֆ-հալ հարցնում: Դերվիշը չէր տրտնջում, երբ ջաղացպանն իր աղունի հերթն ուշացնում էր: Երկուսի զրույցը երբեմն մինչև լուսաբաց էր տևում: Դերվիշն էլ աշխարհի և մարդկանց մասին ջաղացպանի նման էր մտածում, նրանցից յուրաքանչյուրը տարբեր ճանապարհներով խլուրդի պես համառորեն փորելով, փորփրելով հասել էին նույն բարձրության, որից շատ հարմար էր դիտել իրերն ու դեպքերի ընթացքը: Երիտասարդ օրերի բուռն ցանկությունը՝ իմանալու, թե որտեղ է վերջանում աշխարհը, նրա հետ պատահած դժբախտությունը, ջաղացը և այն բազմաթիվ մարդիկ, որոնք գալիս էին, գնում, որպեսզի մի օր էլ նրանցից մեկնումեկը չգա և մյուս եկողները ջաղացպանին պատմեն, թե ինչից նա մեռավ, ծեր ընկուզենիները, որ ամեն գարնան տերևակալում էին, պտղակալում և ուշ աշնանը դողալով տերևաթափ լինում, Մարցա ջուրը, որ գարնանը ուռչում էր, ափերից դուրս գալի, իսկ ամռանը բարակում այնքան, որ հորթերն էլ էին անցնում, — այս ամենը մի՛ խորհուրդ ունեին, մի՛ ներքին իմաստ, որ ոչ միայն վաղուց ծանոթ էր նրան, այլև ինքը մերվել էր այդ իմաստի հետ: Վարարում է գետը, հետո բարակում, ձմեռը սառչում և սառույցի տակ մռռում... Ինքն էլ ջահել էր, հիմա աշնան գիշերներին ցուրտ է զգում, և դուրեկան է կրակը, ընկուզենիներն էլ են դողում: Ոչինչ չկա սարսափելի, ոչ ծանր կսկիծ և ոչ անսահման ուրախություն: Շատ կածաններ կան, բայց մի լայն ճանապարհ կա, և բոլոր կածաններն էլ ի վերջո գալիս են միախառնվում այդ ճանապարհին, ինչպես Այրումի առուն Մարցա ջրին, Մարցա ջուրն էլ ով գիտե որ մեծ գետին:

***

Այսպես էին ապրում Կարմրաքար գյուղում:

Ունեին մի եկեղեցի և մի Տեր Նորընծա, որ այդ եկեղեցու, մասին պատմում էր, թե նա կառուցված է հին տաճարի ավերակների վրա և ջեյրանի կաշվից կազմած գրքից վկայություն բերում, որ դարեր առաջ «հազարացոց աշխարհից» իրենց պապերը Մարցա ջրի ընթացքով հասել են մինչև գյուղի տեղը, անտառը կտրատել, շքել՝ այգի և անդաստան: Խաղաղ այդ պատմությունը, երբ հասնում էր Կարմրաքարի առօրյային, դառնում էր խճճված և շատ մութ, համարյա անլուծելի առեղծված, որի մասին ոչինչ չի ասել ոչ այն վարդապետը և ոչ էլ Կարմրաքարը տեսած մի ուրիշ մարդ:

Տեր Նորընծան, երբեմն, մանավանդ այն ժամերին, երբ երեկոյան արարողությունն արագ վերջացնելուց հետո Ավան ամու հետ մոտենում էր Բոլոր քարի շուրջը նստածներին, — հեզ էր և հանդարտ, եթե զրույցը թեթև էր և սահում էր, ինչպես ձյունի գնդակը սառույցի վրա: Բայց այդ խաղաղությունը պղտորվում էր, երբ հանկարծ մի հարց էր ընկնում մեջտեղ: Օրինակ՝ մեկը պատմում էր, որ հարևանի տանը նամակ են ստացել իրենց որդուց և ահա ծայրը բացվում էր, կծիկը ետ էին տալիս... Խոսակցությունը սկսվում էր այն քաղաքից, որտեղից նամակ է եկել, հետո անցնում նամակ գրողին, և վերջապես Ավան ամին ձևակերպում էր.

— Մի խոսք՝ Կարմրաքարն ապրելու տեղ չի, էստեղ ապրելն էլ հարամեց:

Խոսակցությունն այդ կետին հասներ թե չէ, Տեր Նորընծան կամ շոյում էր ծալ-ծալ մորուքը և թազբեհը խաղացնում ոսկրոտ մատների արանքում և կամ փնտրում էր թամբաքուի ամանը փարաջայի երկար ու խոր գրպանների մեջ և չգտնելով տնեցոց հասցեին թոնթորալով՝ կողքին նստողից խնդրում էր թամբաքու:

Նրան հաճելի չէին այդ խոսակցությունները և ոչ էլ այն հարցերը, որ տալիս էին իրեն: Ո՞րտեղից գիտենար Տեր Նորընծան, թե ինչ է լինելու Կարմրաքարի վերջը, մինչև ե՞րբ, ինչպես Ունանն էր ասում, «տարին տասներկու ամիս քարի, քոլի հետ կռիվ տաս, էլի ձմեռվա կեսին տաշտը ցամաք»... Այդ մասին ոչ «Սրբոց վարքի» մեջ կա գրված և ոչ էլ ինքն էր կարողանում պատասխանը գտնել:

Իհարկե, Տեր Նորընծան չէր լռում: Մեկին համոզում էր, թե ամեն տեղ են մարդիկ այդպես ապրում, ջաղացպան Անդրու հետ համաձայնվում էր, որ Կարմրաքարի դառը կյանքը վերուստ ուղարկած պատիժ է, երրորդին մխիթարում էր և հոգոց քաշելով հայտնում, որ վերջ ի վերջո հողն է մարդուն պարտակելու, «Հող էիր և անդրեն հող դարձար»...

Բայց ինքն իր հետ մնալուց, երբ հաշիվ էր տալիս, թե ինչ փոփոխություններ են կատարվել ծուխի մեջ, տերհայրը սոսկում էր և դողացող մատները մեկնում թամբաքուի տուփին: Իր մանկությունն էր հիշում... Լիություն կար, աղքատը քիչ էր, ամեն ինչ տանից էր դուրս գալիս: Եվ ինչպե՞ս եղավ, որ գետափի մարագներում մարդիկ բնակություն հաստատեցին... Առաջ այնտեղ խոտ ու դարման էին լցնում: Ու մի օր էլ գյուղում «հայաստանցի» մի գաղթական եկավ իր մոր հետ: Ինքը դեռ ջահել քահանա էր, տերտերակինը՝ առաջնակով ծանր: Մի քանի ամիս գաղթական Նազարն ու մայրն ապրեցին իրենց տան ներքնի հարկում, հետո խնդրեցին մի մարագում տեղ տալ: Մարագները դեռ կանգուն էին: Եվ այն օրից մարագների թաղը կոչվեց Ղարիբանոց: Շալուն Սիմոնի հայրը հիվանդ էր, պարտքատերն եկավ հիվանդի տակից կարպետը քաշեց, եղած պղինձները հավաքեց. մի հորթ էլ ունեին, այն էլ տարան: Ինքը գնաց, որ հորդորի, խնդրի... Խոջա Հիբանը պառավ մարդ էր, վրան նեղացավ և ասաց, թե հոգևոր մարդը աշխարհի գործերին չպիտի խառնվի: Հետո մի քանի հոգի էլ գնացին... Որի տունն էր փլվել, որն էլ հորից բաժանվել և մի կարպետ թևի տակ՝ երեխաների ձեռքից բռնած, գյուղից առանձնանում էր, որ իրեն է՛լ չտեսնեն գյուղամիջում:

Մի անգամ Տեր Նորընծան գնացել էր Ղարիբանոց: Մեկը մեռնում էր, հաղորդության էր սպասում... Աստված իմ, ի՛նչ աղքատություն... Տկլոր երեխաներ, մի քանի պղինձ, մի կապ ցախ և աթարի մուխով լցված կիսաքանդ մարագ: Ոչ ծալք ունեին, ոչ փալաս ու կարպետ, երեխաները մտնում էին հարդի մեջ, կուչ գալիս... Ի՞նչ աներ Տեր Նորընծան: Այդ օրը դառնացած եկավ: Երեկոյան տիրուհին հիվանդի համար հաց ուղարկեց: Ինքը մյուս օրը քարոզ կարդաց եկեղեցում, և չվերջացավ, աղքատությունը չվերջացավ... Ղարիբանոցի մի քանի մարագներից բացի, գյուղում էլ կային աղքատ մարդիկ: Հարնանի տանը երկու ամիս կորեկ հաց էին կերել, մինչև տղան քաղաքից օգնության էր հասել: Ո՞ւր է վերջը: Ուրեմն ճիշտ է ասում ջաղացպանը, որ արքայությունը գնաց, և մարդուն միայն Տերը բաժին է պահել կուպրի վառվող կարասներ:

Կարմրաքարի ծխատեր քահանան մտածում էր իր հոտի մասին, սրտանց ուզում էր դարման գտնի, մտածում էր երկար, բայց տիրուհին վրա էր հասնում, մտքերը խանգարում:

— Ճրագում նավթ չկա, վե՛ր կաց հացդ կեր:

Տերտերը մոտենում էր սեղանին և՛ ուրախ, որ ազատվեց հոգսից, և՛ չարացած, որ նավթ չեն լցրել ճրագի մեջ, ու տիրուհին ասեղի ծայրով պիտի պատրույգը բարձրացնի: Երբ հոգնածությունը հաղթում էր, կոպերը ծանրանում էին, մոտենում էր անկողնուն, գիշերվա աղոթքը համառոտ ասում և հանգստանում այն մտքի վրա՝ թե «Հող էիր և անդրեն… »:

Կարմրաքարում կար և՛ Ավան ամի, և՛ Ունան, և՛ ջաղացպան Անդրի: Հող ունեցողը վարում էր, ցանում, հնձում: Տարվա չորս եղանակները անիվի պես դառնում էին, և ամեն մեկն իր հետ բերում էր ցավ, ուրախություն, աշխատանք: Ծնվում էին, մեռնում: Գյուղի գլխի գերեզմանատանը նոր հողաբլուրներ էին ավելանում, մի կողմից էլ Այրումի առուն էր հին գերեզմանատունը քանդում, ոսկորները բերանն առած, ո՛վ գիտե որ քարի տակ պահ տալիս: Անտառը տարեցտարի փեշերը քաշում էր, գյուղից ավելի հեռանում, և սարերի ստորոտները մերկանում էին... Ձորերում կամ անմատչելի առապարների վրա սակավաթիվ ծառեր դեռ մնում էին, որպես ցնցոտիներ, սարի մերկ սրունքները ծածկելու: Ոմանք հարստանում էին, ոմանք աղքատանում: Հարստացողը մի աչք ավել էր տուն շինում կամ մի կտոր հող առնում, զույգ եզը դարձնում երկու-երեք, ընկնում էին, բարձրանում: Մեկը մյուսին ոտնատակ էր տալիս: Կռվում էին, գլուխ ջարդում, պատահում էր, որ մարդ էին սպանում: Ոմանք ուրիշ քաղաքներ էին գնում վաստակի և այդ վաստակը, որպես հնչուն արծաթ, քանդում էր, խարխլում այն, ինչ սպասում էր թեթև շնչի՝ փչելու համար:

Ավան ամին էլ էր տեսնում, որ Կարմրաքարը փոխվել է: Նա հիշում էր այն, ինչ եղել է և համեմատում էր առօրյայի հետ: Նրա համար պարզ էր այն ճանապարհը, որով Կարմրաքարը եկել էր և հասել այդ առօրյային:

Ի՞նչ էր այդ հինը... Սամավար չկար, մարդիկ չգիտեին, թե ինչ է թեյը... Եկավ խոլերի տարին, փախան, պահվեցին անտառի խորքերում: Առաջ մարդիկ ղաղաք էին հագնում, կանայք՝ դարայի... Մարցա ձորը մի անանց անտառ էր, հիմա քարերը երևում են... Հեղեղը սրբել է հողն էլ, արմատներն էլ: Տեր Նորընծայի հայրը երեխաներին սովորեցնում էր «Ութ կանոն սաղմոս»: Կիտորից թանաք էին շինում և փետուրե գրիչներով հաստ թղթի վրա ընդօրինակում ժամագրքի գլխատառերը... Քաջքուտ մարդ էր Տեր Նորընծայի հայրը. աշակերտի մատներն իրար էր հավաքում, երկաթ օղ հագցնում և մատների ծայրին հոնի ճիպոտով այնքան ծեծում, մինչև արնոտեին: Մի անգամ էլ Ավան ամու եղունգը պոկ եկավ:

Այն ժամանակ քաղաքը մեծ չէր, դերձակը դուքան չուներ, ձեռքին մի ասեղ էր, մի մկրատ, տնետուն ման էր գալիս, և՛ աշխատում, և՛ տանն էլ հաց ուտում: Երեք օրում մի արխալուղ էր կարում: Քաղաքում մի քանի դուրգար կային և ներկարար, բայց դուքանդարը շատ էր: Թավրիզից ուղտերի քարվանով ճոթ ու կտոր էին բերում, շիլեյի, գյուլի աղլուխ, շաքարը փափուկ էր, մի քիչ դեղին... Հիմա Հիբանի որդի Մկրտումի խանութում տասը փութով էլ կարելի է շաքար առնել և այն էլ լավը, կապույտ խալերով, շուտ չհալվող... Նրանք հիմա շիլեյ չեն ծախում, ուզող չկա:

Առաջ նեղ կածան էր, բայց քանի՛-քանի մարդ ծեծեցին, ու կածանը մի քիչ լայնացավ, ճանապարհ շինվեց մինչև քաղաք: Իսկ ի՞նչ է դառել այդ քաղաքը, ինչ տնե՛ր, ինչ խանութնե՛ր, ո՞ւր է առաջվա դերձակը, որ մկրատը թևի տակ տնետուն էր ման գալի: Ճանապարհը բացվեց, Կարմրաքարից շատ մարդ դուրս գնաց: Եվ Ավան ամին մտքում մեկ-մեկ հաշվում էր նրանց, որոնք հեռացել էին գյուղից: Տասներկու հոգի Բաքու են, Ծատուրի թոռը Պետրպուլկ է լինում:

Ավան ամին այդ իրադարձությունների մեջ աշխատում էր կարգ սահմանել, գտնել մի ձող, որի վրա կարելի լիներ դեպքերը քաշել: Նա լավին էր սպասում ու միտք էր անում, թե ինչպես պիտի գա այդ լավը: Երբեմն մտածում էր, որ ուսումով մարդկանց թիվը ավելանում է, և համոզված հայտարարում էր, որ ճանապարհը ուսումով առածները պիտի քաշեն, երբեմն կասկածում էր և ավելի ճշմարիտ համարում այլ ուղի: Իրենց գյուղից դուրս պիտի գա աստղով մի մարդ, և ամեն գյուղից պիտի հավաքվեն աստղով մարդիկ, խելք խելքի տան:

— Էնպես պլան քաշե՛ն, Անդրի, — ասում էր նա ջաղացպանին, երբ սրտնեղում էր մենակությունից և գնում էր նրա հետ զրուցելու, — էնպես ամեն ինչ իր տեղը քցե՛ն, որ մնաս զարմացած... Թե չէ էսպես ո՛ւր կհասնենք... Մարդիկ իրար միս կուտեն: Հրեն էսօր վարժապետն էր ասում, թե Հնդստանում չեմ իմանում ո՞ր քաղաքում, իրար մեջ ժերբ են քցել, թե ո՞ւմ ուտեն:

Գյուղ վերադարձող երիտասարդին նա գալու մյուս օրը պիտի տնտղեր, ծանր ու թեթև աներ, հարց ու փորձ՝ տեսածից ու լսածից, և հայտներ իր կարծիքը՝ կամ մեջը փուչ է (այդ դեպքում նա պիտի ասեր, թե ո՞ւմ կողմն է քաշել) և կամ տարակուսանքով եզրակացներ, որ դեռ խակ է, սերմը չի բռնել:

Երբեմն էլ հուսահատվում էր, հուսահատությունից չարանում ու չարությունը, որպես մաղձ, թափում աշխատանքի ընթացքում: Ինչ գործ էլ աներ, արագ էր կատարում, չէր խոսում, զանգատվում էր բոլորից: Նրա բարի դիմագծերն էլ էին փոխվում, կապույտ աչքերը փոքրանում էին, ներս քաշվում, մարդիկ ուրիշ կերպ էին երևում աչքին: Այդ օրերին նրա դեմքին չէր երևում այն ժպիտը, որ լուսավորում էր նրա երեսը, լուսեպսակ կազմում սպիտակած գլխի շուրջը:

Նրան թվում էր, թե կյանքը խեղդ է, մի նեղուստ, ճիշտ այնպես, ինչպես ջաղացի կամուրջի տակ... Երկու կողմից բարձր ու կապույտ ժայռեր, ու մի ժայռ այնքան է կռացել ջրի վրա, որ ալիքները գալիս են ու դեմ առնում: Եվ ինչ որ բերում են՝ տերև, ճյուղ, խոտ, — այդ ամենը պղտոր փրփուրի հետ դեմ է առնում ժայռին... Ջուրը քարի տակով անցնում է, իսկ փրփուրն ու տերևը, ճյուղը, խոտը մնում են, պտտվում, պտտվում, իրար վրա դարսվում, մինչև քամին կամ ջրի թափը նորից շպրտի քարի վրա: Գուցե կյանքն էլ այդպես է... Իզուր տեղը պտտվում են, իրար միս կրծում:

Այդ օրերին նա չիբուխը միշտ թեժ էր պահում, մատը կրակի վրա: Նստում էր տան առաջ, երբ մութն ընկնում էր: Նայում էր խավարին, լսում էր ինչ-որ ձայներ՝ մարդու, կովի, շան, դիտում էր գյուղը, մինչև թանձր խավարը ծածկեր ամեն ինչ, հանդարտվեին ձայները, կրակները մարեին ու միայն խավարի մեջ վշշար Մարցա ջուրը:

2

Խոջա Հիբանի տունը, կամ, ինչպես Կարմրաքարում ասում էին, ամարաթը գտնվում էր գյուղի վերի թաղում, մի փոքրիկ բլրակի վրա, որ գերեզմանատան թմբից բաժանվում էր բարակ ձորով: Տան հետևով անցնում էր Քառասնաջրի անտառը տանող ճանապարհը, որ հենց տան մոտն էլ ծռվում էր և կորչում ծառերի արանքում: Եվ ձմռան լուսնկա գիշերներին գայլերն առանց վախի ռռնում էին տան բարձր պատերի տակ և ոռնաձայն լսելուց մի ոստյուն անում ու կորչում անտառում:

Հիբանի ամարաթից վերև տուն չկար, իսկ ներքև՝ դեպի գյուղի գլխավոր փողոցը, որ միևնույն ժամանակ և քաղաք տանող ճանապարհն էր Կարմրաքարից հյուսիս ընկած գյուղերի համար, — նրա որդիների խանութն էր: Տնից խանութ գնացող կածանը կեռմաններով իջնում էր, անցնում բարակ ձորակն ու միանում փողոցին:

Կարմրաքարի շինությունների մեջ Խոջա Հիբանի տունն իր մեծությամբ և նստվածքով հետ էր մնում միայն եկեղեցուց: Տան չորս բոլորը բարձր և ամուր պարիսպն էր, որի գլխավոր դուռը նայում էր գյուղին, իսկ փոքր դուռը բացվում էր անտառը տանող ճանապարհի վրա:

Պարսպի տակ ցածր կտուրով, զանազան կառուցվածքներ էին՝ գոմ, մարագ, ախոռներ, փարախ, ամբարներ և այլն: Այդ ամենը միանգամից և միակերպ չէր շինված: Գլխավոր դռնից մտնողը պիտի անցներ աջ ու ձախ ընկած շինությունների միջով, հասներ փոքրիկ հրապարակին, որի կենտրոնում, ճիշտ դռան դիմաց, նրանց երկհարկանի տունն էր: Երկրորդ հարկի քարե սանդուղքը բակի կողմից է, ներքի տան պատուհանի դիմաց: Դրա համար էլ ներքի տան նստողը կարող էր տեսնել, թե ով է իջնում և բարձրանում սանդուղքով:

Թե տունը և թե մնացած շինությունները Խոջա Հիբանի օրոք էլ կային:

Իսկ ավելի առաջ նրանք ապրում էին ներքի տանը, որի ծխից սևացած օճորքի հաստ գերանները այն ծառերից էին, որ հենց այդ բլրակի գլխին էլ բուսել էին և կտրված էին այն ժամանակ, երբ «հազարացու աշխարհից» եկել էին Կարմրաքարի նախահայրերը: Հիբանն էր կառուցել երկրորդ հարկը՝ սրբատաշ քարերից, նեղլիկ ու փոքր պատուհաններով երեք սենյակ, որոնցից մեկը՝ ամենափոքրը, պատուհան էլ չուներ, և ցերեկով կիսամութ էր ներսում:

Այդ սենյակում էր պահում Խոջան իր ունեցածը՝ գորգերի ու խալիների կույտը, արծաթեղենը, կնոջ զարդեր, թանկագին մորթիներ, մի խոսքով այն ամենը, որի մասին գյուղում առասպելներ էին պատմում: Այդ սենյակումն էր և պղնձե մեծ սամավարը, որ Հիբանի օրոք Կարմրաքարում նորություն էր եղել և հարստության նշան: Երբ թեյի գործածությունը շատերին ծանոթ չէր, Խոջա Հիբանը տուն եկող հյուրերին ցույց է տվել մեծ ու անճոռնի սամավարը և բացատրել, թե ջուրը որտեղ են լցնում, ծորակն ինչու համար է... Նրա կենդանության ժամանակ սամավարը երբեք չէին գործածել: Ու միայն թաղումից հետո, երբ պատվավոր հյուրերի համար վերին հարկում սեղան էին բաց արել, Մկրտումի կինը առաջին անգամ սամավարի գլուխը բաց է անում: Բաց է անում և կանչում ամուսնուն... Սամավարը մինչև ունկները լիքն էր արծաթե փայլուն աբասիներով:

Խոջա Հիբանը այդ սենյակումն էր պահում փոքրիկ, գունավոր թիթեղներով պատած սնդուկը, որի մեջ էին սանադները: Երբ մեկը ներս էր մտնում և հասկացնում, որ եկել է պարտքը տալու, Խոջան սիրալիր ժպտում էր, տեղից վեր կենում ու կանչում Մկրտումին: Սարսափելի էր այդ ձայնը: Եթե փողոցով անցնողը լսում էր Հիբանի ձայնը, քայլերն արագացնում էր և միտք անում, թե ում վրա է չարացել Խոջան: Մեկն ու մեկը բարձրանում էր սանդուղքով, Մկրտումը ներքի տան պատուհանից տեսնում էր նրան, հետևից գնում և դռան մոտ սպասում: Երբեմն էլ նա հյուրերի հետ ներս էր մտնում: Հայրը բարձր չէր կանչում, այլ քթի տակ խոսում էր, նախատինք թափում որդու երեսին, զանգատվում, որ ուժից ընկնում է և առաջվա նման չի կարողանում հյուրերին պատվով ընդունել: Երեքով ներս էին մտնում կիսամութ սենյակը: Հյուրն ու Մկրտումը կանգնում էին շեմքի մոտ, Հիբանը մոտենում էր բուխարիկին, ձեռքը մեկնում և ծխնելույզի միջից հանում փոքրիկ սնդուկը, որից հետո միայն որդին մոտենում էր:

— Կարդա՛, — ասում էր Խոջան և մեկնում մի սանադ: Եվ հենց Մրկտումը սկսեր կարդալը «Վեր առիմ և պարտ եմ...», հայրն ընդհատում էր.

— Էդ չի, — և մի ուրիշն էր տալիս: Երբ գտնում էր սանադը և տալիս որդուն, Հիբանը ծնկներին կոթնած սպասում էր, մինչև Մկրտումը գիրկապ անելով կարդա խոնավությունից դեղնած ու տեղ-տեղ խմորով կպցրած սանադը... «Վկա եմ... վասն անզգաշիտության և խնդրանոք նորա սույն արքը հաստատեմ և արքունական կնքովս դրոշմ եմ...»: Կարդում էր որդին, իսկ հայրը վիզը թեքած լսում էր, աչքերը ճպճպացնում, սեղմում էր աչքերը, ասես արցունք կա, որ հիմա պիտի քամի, աչքերի չորությունը մեղմի: Վեհ և պատկառելի էր նրա դեմքը այդ վայրկյաններին: Կարծես մահվան վճիռ էին կարդում: Եվ թեկուզ վճիռը թելադրել էր այդ ծերունին, նրա դեմքին նայողը կմտածեր, թե նա զղջում է ու սիրտը ցավում է:

Պարտաթուղթն կարդալուց հետո Հիբանը փակում էր սնդուկը, թուղթը մոտեցնում եկողին ու մի խոր հոգոց քաշում: Այդ հոգոցից հետո պատկերը փոխվում էր: Հիբանի աչքերն էլ չէին ճպճպում, այլ բացվում էին, անթարթ սևեռում նորեկի սեղմած բռունցքին: Սկսում էր հաշիվը: Ամեն մի կոպեկը տնտղում էր, նայում գրին ու նշանին: Եթե թղթադրամ էր, ծնկան վրա էր դնում, ծալքերը հարթում, բութով և ցուցամատով տրորում, մի քանի անգամ հարցնում.

— Հո դալբ չե՞ն... Մկրտո՛ւմ... Անունդ քարին գրեմ, մի տես, իմ աչքերը լավ չեն ջոկում. տես նշանը տեղն է՞... — ու մինչև Մկրտումը թղթադրամի վրա կգտներ հոր ուզած նշանը, Խոջան սրտնեղած ասում էր. — ափսոս չի ոսկին... մաքուր հաշիվ, ոչ ծալվել ունի, ոչ կեղտոտվել: Է՛... Խեր բարաքյաթը կորա՛վ, հազար ... –ից փող են կտրում, ամոթ չլինի աել:

Իսկ դիմացինը ամեն մի դրամի համար մի պատմություն էր անում, պատմում, թե սպիտակ աբասին ումից է ստացել, ինչքան է խոտ հարել նրա դիմաց, թե հինգանոցն իր մոր հոգեպահուստն է, որ ստացել է հարսանիքի օրը հորից:

— Հա՛, հա՛... Ողորմած հոգին լավ մարդ էր: Ա՛յ փուչ աշխարհ, փուչ էլ կմնաս: Դե նայի՛, նայի՛... Էս ոսկին ու հիմիկվանը մին ե՞ն:

Փողերը ստուգելուց հետո Հիբանը սկսում էր հաշվել: Եթե գումարը մեծ էր, գրպանից հանում էր թազբեհը և հատիկները գլորելով համարում, իսկ եթե փոքր էր, նրա հաշվելու ձևը հասարակ էր:

— Վեց աբասի, էս էլ տասը շահի, էս էլ վեց շահի, տասնվեց շահի: Էս երկու մանեթ, էս էլ հինգանոցը, չէ՛, քեզ մատաղ... Դու էլ միտդ պահի, որ չսխալվեմ... Հարամ կոպեկ իմ փողին ես չեմ խառնի, — և հանկարծ դառնում էր որդուն.

— Ի՞նչքան էր գրածը:

— Տասնչորս մանեթ:

— Հիբան աղա, բա խոտի վարձը, — վախվխելով ասում էր գյուղացին և հիշեցնում, որ պարտքի դիմաց անցյալ տարի երկու օր նրա համար խոտ է հարել:

— Խո՞տս որն է, — հոնքերը կիտում էր Հիբանը, — էն թո՛ղ... Խոտը ջոկ, փողը ջոկ, խալխի ձիերը խոտը կերել են, ես պիտի ջառման քաշե՞մ... Իմ փողը պետք է թամամ լինի:

— Ախր...

— Է՛հ, դե հաշիվը մի խառնի է՛... Էս տասներմին մանեթ վեց շահի... Մկրտո՛ւմ, միտդ պահի... Էս երկու աբասի, տասնչորս կոպեկ. տե՛ս, տե՛ս, էս շահանոցի գլխին ինչ օյին են խաղացել... Ասա, շան որդի, փողը ոսկո՞ր է, որ կրծել ե՛ք...

— Հիբան աղա, երեխեքն են...

— Պա՛, պա՛, պա՛... Երեխու ձեռը փող չդնե՛ս, տունդ կքանդես: Հրես տես, պսակելու եմ էս աշունքը, իրա օրումը ջեբը մի քոռ չեթ էլ չի տեսել... Վախտը կա, ամեն բանի ժամանակը կա... Մեռնելուց հետո թող տիրություն անի... Մկրտո՛ւմ, ինչքան եղավ. գրուցով ընկանք:

— Տասներեք մանեթ, վեց շահի:

— Հիբան աղա, դե մնացածն էլ բաշխի, երեխատեր եմ. տանը հիվանդ ունեմ, ուզում եմ մի գուշ ոսպ առնեմ:

— Չէ՛, չէ՛, թափ տուր, ջեբդ թափ տուր: Ես ո՛վ եմ, որ փողի հետ խաղ անեմ: Ուզում ես ինձ էլ, քեզ էլ խայտառակ անե՞ս:

— Հիբան աղա, մեր հարսը մի քանի օր բուրդ է լվացել ձեր տանը. նրան էլ է խղճացիր... Շաբաթից ավել է ճրագ չենք վառել:

— Դե բավական է, էլի՛, — ձայնը բարձրացնում է Հիբանը, — ես էլ չեմ ճրագ վառում... Լուսով հացդ կեր, տեղերդ մտի... Քեզ վեց շահի, նրան մի մանեթ: Ես շահի խազնադարը չեմ: Ջեբդ թափ տուր... Վեց շահու արժեքն ինչ է, որ դրա համար խոսք ու զրույց ես անում: Ուզո՞ւմ ես էլի հետ տամ, թազա սանադ սարքենք... Թքած փողի վրա. դու մարդու լավությունն ասա... Փողն ի՛նչ բան է, քեզ պես մի մարդու հետ. նստել վերկենալը հազար մանեթի թայ չեմ անի...

Եվ թաշկինակի ծայրին կապած երկու արծաթը գյուղացին հանում էր, լրացնում պարտքն ու տոկոսը, որից հետո Հիբանը սանադը միջից երկու էր անում, կտորները տալիս նրան և ստիպում, որ նա էլ մանր կտորներ անի: Ապա հավաքում էր կտորները, լցնում նրա բոհի մեջ: Երբ վեր էին կենում, Հիբանը սնդուկը բուխարու մեջ տեղավորելուց հետո, դառնում էր գյուղացուն.

— Գնո՞ւմ ես... Մնայիր, էն թազա սամավարից մի չայ կխմեինք: Հա՛, լավ ես ասում... Գործի ժամանակ է, գնա՛, գնա՛ բանիդ: Չայը թամբալ թուրքի բան է: Է՛, քեզ նման ջան ունենայի, մի տարում երկու տուն կսարքեի... Ի՞նչ ես էդպես խեղճացել: Աստված կռներիդ ուժ տա, էլի կամ, մի վախենա: Էս փողն ո՞ւմ համար է: Թե հարկավոր լինի, արի՛... Հալալ մարդու համար իմ դուռը բաց է, — և ձեռքով մի քանի անգամ փափուկ զարկում էր նրա թիկունքին, ճանապարհ դնում:

Հենց հյուրը գնար թե չէ, Խոջա Հիբանն սկսում էր զայրանալ որդու վրա: Մի առիթ միշտ կգտներ, կամ ուշ էր եկել, կամ կարդալուց կմկմացել էր և կամ գումարը պարզ չէր ասել:

— Էսքան թուք ու մուրն ո՞ւմ համար է... Դու որ մեծն ե՛ս, էդպես ես, բա էն փոքրին ի՞նչ օրինակ ես լինելու: Շան ծիծ ես ծծել, ես քո խրատողի... Կո՛րի, աչքիցս հեռացի...

Խոջա Հիբանն ագահ էր ամեն ինչի հանդեպ: Կես գիշերին հանկարծ տեղից վեր էր կենում և թեկուզ լուսանալուն շատ կար, զարթնեցնում էր տնեցոց, ծառաներին ստիպում, որ տավարը մթնով տանեն ու մինչև լուսանալը գյուղի մոտակա հանդերում կշտացնեն:

— Արջերն էլ են շատ քնում... Ասենք տեղներս ծմակ է, ուրեմն պետք է արջաքուն տա՛ք...

Տնեցիք վեր էին կենում, մեկը քնաթաթախ երեխաներին էր հագցնում, մյուսը ծառաների համար կերակուր պատրաստում: Իսկ ինքը թամքած ու տան սյունից կապած ձին նստում էր գնում կամ հարևան գյուղը ապառիկն առնելու մեկից, կամ բուրդի կանխավճար տալու, կամ գերաններ պատվիրելու, որպեսզի մի շաբաթվա ընթացքում, գյուղական աշխատանքի թեկուզ եռուն ժամանակ, մի քանի հարյուր գերան եզներով քաշել տա և Կարմրաքարի կածաններով տանի քաղաք:

Խստաբարո մարդ էր Հիբանը: Նրա մասին գյուղի պառավներն ասում էին, թե աչքը չար է: Եթե երևար փողոցում, նրանից ավելի տարիքավոր կանայք անգամ տեղից վեր էին կենում և դռան ետևը պահվում՝ մինչև անց կենար: Շա՛տ կանայք երեխաներին էլ էին տանում, իսկ անցնելուց հետո նորից էին դուրս գալիս: Մի տղամայր անպատճառ պիտի կռանար, մի քար շրջեր՝ նրա չար աչքի դեմ:

Խոջա Հիբանի մասին գյուղի կանայք զանազան լուրեր տեղեկանում էին նրա կնոջից, երբ գնում էին նրանց համար բուրդ լվալու, գզելու, կարպետներն ու գորգերը թափ տալու, հաց թխելու: Կինը չէր քաշվում և ընկեր, հարևանին ցույց էր տալիս իր մարմնի կապտած տեղերը: Ծեծն ու նախատինքը նա անտրտունջ տանում էր և միայն բավականանում էր իր ցավը ուրիշներին պատմելով: Ամուսինը գիտեր այդ. գիտեր և լռում էր: Նա իր հաշիվն ուներ: Հիբանը գիտեր, որ կինը մեկը տասն է շինում, դեպքը ծաղկեցնում, իսկ այդ նրան ձեռնտու էր: Որքան շատ դողային իրենից, որքան շատ երկյուղ ներշնչեր հարևաններին, այնքան ավելի ազդեցիկ ու անվանի կլիներ:

Հիսուն տարվա ընթացքում Հիբանի կինը միայն մի անգամ էր ըմբոստացել իր ամուսնու դեմ և նույնիսկ մի օրով էլ տանից հեռացել: Այդ այսպես է պատահել: Հիբանն աշխատանքից տուն գալուց (նա գնացել էր կամրջի մոտ ուղտապաններից բուրդ առնելու)՝ լսել էր զուռնայի ձայն. կամացուկ մոտեցել էր ձայնի վրա և տեսել, որ նվագողը որդին է՝ Մկրտումը, տաս-տասներկու տարեկան տղան: Հայրը զայրացել էր, ձեռքի գրվանքանոցը շպրտել որդու վրա: Երկաթը կպել էր ճակատի անկյունին և ոսկորը ճեղքել: Վրա է վազել մայրը և արնակոլոլ որդուն ազատել գազազած հոր ձեռքից: Այդ գիշեր Հիբանը ծեծել է և կնոջը:

— Էս լակոտն ինձանից չի... Ուրիշից ես բերել, շա՛ն աղջիկ: Իմ ցեղում զուռնա ածող չի եղել:

Մայրը գրկում է վիրավոր երեխային և կես գիշերին գնում ծնողների մոտ: Սակայն Հիբանի ահից ծնողները չեն համաձայնվում նրան տեղ տալու, և մյուս առավոտ նորից վերադառնում է ամուսնու հարկի տակ: Ճշմարիտ է, այդ դեպքից հետո Հիբանը քիչ մեղմանում է, նա հիվանդի համար նույնիսկ քաղաքից մրգեղեն է առնում, բայց հենց երեխան առողջանում է թե չէ, ձեռքերն իրար զարկելով կնոջը հայտարարում է, որ Մկրտումի ոսկորն իրենից է և շարունակում է մի անգամ բռնած ճանապարհը:

Հիբանի կինն ավելի կանուխ է մահանում: Վերջին տարիներում պառավը չորացել, մնացել էր կաշին ու ոսկորը: Կնոջ մահն ազդել էր նրա վրա: Ճիշտ է, նա առաջվա պես ագահ էր և խիստ, բայց ավելի էր մռայլ, հաճախ՝ դաժան: Դարձյալ գիշերները զարթնեցնում էր, գործի ուղարկում: Այս անգամ մի տեղ գնալուց, նա Մկրտումին իր հետ էր ման ածում և ճանապարհին խրատում, թե ինչպես պետք է իրեն պահի այսինչի մոտ, ո՞վ է Զրիկում ամենահարուստը, ինչի՞ց է նա երկյուղ կրում, ո՞վ է իրեն պարտ:

Այդ խոսակցությունը հաճելի էր Մկրտումին: Նրա մեջ զարթնում էր փոքրիկ գազանը, որի ճանկերը դեռ ոսկրացած չէին և որը սակայն ավելի ագահությամբ էր հարձակվում հոր կողմից հոշոտված որսի վրա: Դրանից էր, որ նա ավելի համարձակ էր կարդում մուրհակը, արագ գումարում, երբեմն փողը ստուգում: Հիբանն աչքի տակով նայում էր, և ինքնագոհ ժպիտը մեղմացնում էր նրա դեմքի խոժոռ արտահայտությունը:

Մի առավոտ էլ, երբ հոր հանձնարարությամբ հսկում էր, թե ինչպես են խուզում տան առաջ նստած ոչխարներին, Եփրեմն եկավ և կանչեց եղբորը: Երկուսով ներս մտան: Հայրը պառկել էր կարպետին... Սանամ հորքուրը բարձ էր դնում նրա գլխի տակ. ծերունին արխալուղի կոճակներն արձակել էր ու խոր շնչում էր: Դռան ձայնից գլուխը մի քիչ բարձրացրեց, տեսավ որդիներին: Եփրեմի ճակատը համբուրելուց հետո ձեռքով նշան արեց, որ դուրս գնան... Սանամ հորաքույրն էլ հետևեց նրան: Մկրտումը հասկացավ հոր հայացքը և թաթերի ծայրով մոտեցավ դռանն ու կապը գցեց: Ծերունին ձեռքով կարպետին խփեց, հասկացրեց, որ Մկրտումը նստի: Ու գլուխը նրա կողմը դարձնելով շշնջաց.

— Ուզում էի ոչխարի մոտ գամ... Հը՞, բուրդը հո երեսից չեն խուզում, Գոգին էնտե՞ղ է... — Մկրտումը գլխով արեց: Հոր գունատ դեմքը նրան սարսափեցրեց: Մի՞թե մեռնում է... Ուրեմն մենակ պիտի մնա... Ու նա հիշեց պարսպի և տան կտուրի մասին եղած խոսակցությունը:

Մի անգամ հոր հետ գնացել էր քաղաք: Վերադարձին նա՝ ցանկություն էր հայտնել տան շուրջը պարիսպ քաշելու, իսկ կտուրն էլ թիթեղով ծածկելու, ինչպես քաղաքումն են անում: Հիբանը բարկացել էր նրա վրա:

— Շհարո՛ւմ... Շհարում հազար լրբություններ են անում... Իմ կարողությունը ես էն սևացած տանն եմ հավաքել: Թող մի քիչ էլ կտուրը կաթի, հոգիդ դուրս չի գա, որ ձյունը մաքրես...

Բայց քիչ հետո համաձայնվել էր պարսպի կառուցման մտքի հետ:

— Հազար մարդ է անցկենում, հազար աչք է նայում... Էդպես ավելի ապահով կլինի:

Եվ խոսք էր տվել եկող գարնանը քար ու կիրը հավաքելու: Թեկուզ

քար ու կիրը պատրաստ էր, բայց հայրը դարձյալ հետաձգում էր: Մկրտումի առաջին միտքն եղավ պարսպի կառուցումը: Հիբանն ասես որդու միտքը հասկացավ:

— Չէ, դեռ ժամանակը չի... էդքան շուտ չի լինի: Ես ժամանակը գիտեմ... — Մկրտումին թվաց, թե հայրը հասկացավ իր միտքը՝ նրա մահվան մասին: Ու նրա մտքովն անցավ, որ հոր մահը մոտ չի, և նա գիտե, թե երբ է գալու ժամանակը:

— Սանամ հորքուրիդ կպահես, թող տերություն անի, մինչև... Հը, բան-ման կա՞, թե չէ...

Այդ մասին հայրը մի անգամ էլ էր հարցրել իրեն, երբ միասին գնացել էին անտառը գերանները ջոկելու: Խոսքը Մկրտումի կնոջն էր վերաբերում: Երկրորդ տարին էր, ինչ ամուսնացել էր, բայց երեխա դեռ չունեին: Հիբանն իր քրոջն էր մի քանի անգամ հարցրել այդ մասին, և թեկուզ Սանամը եղբորը հանգստացրել էր, թե դեռ հարսը երեխա է, բայց և այնպես նրա հետ խոսելուց հետո, հարսին այնպիսի հարցեր էր տվել և այնպիսի խորհուրդներ, որ մանկամարդ կինը ամաչելուց կարմրել և արցունքն աչքին հեռացել էր տան անկյունում դառը հեծկլտալու:

Հոր հարցին Մկրտումը չպատասխանեց: Կարմրեց ու սկսեց կարպետի ծայրը մատներով տրորել:

— Կլինի, կլինի... Իմ ցեղն անժառանգ չի... Սանամ հորքուրիդ կպահես: Մի քիչ խելքը պակաս է, համա աշխատավոր է... Եփրեմին բռանդ մեջ կպահես, խելքը խակ է, բայց ո՞վ գիտե ինչ դառնա... Դե գնա՛, գնա՛, բուրդը ցրիվ չտան: Մեծաբուրդը թող ջոկ դարսեն. անլվա էլ գինը թանկ է... Տե՛ս, Նորընծան տա՞նն է, ասա թող գա... Էդ հոգսից էլ պրծնենք, — և ասես ինքն էլ սարսափելով իր մտքից, որ մահը մոտ է, դեմքի մկանները կծկելով, ասաց, — չէ՛, ժամանակը ե՛ս գիտեմ... Թող գա... Թող գա, — և պինդ, շատ պինդ սեղմեց որդու ձեռքը: Մկրտումը մեջքը ձգեց ու թեքվեց հոր կողմը: Հայրըն անզոր ժպտաց.

— Տեսնո՞ւմ ես ինչ ուժ ունեմ... Դե գնա՛, գնա՛...

Մկրտումը դուրս գնաց: Շեմքի մոտ Սանամ հորքուրը գոգնոցի ծայրով սրբում էր արցունքը: Մկրտումը տեսավ այդ և այն թափը, որով նա դուրս եկավ բուրդ խուզողներին կարգադրելու հոր ասածը, այդ թափը կոտրվեց, ոտքերը թուլացան: Ու շվարած հայտնեց միայն, որ հայրն ուղարկում է քահանային կանչելու:

Լուրն ամբողջ գյուղում արագ տարածվեց: Ճաշի մոտ քահանան նրան հաղորդություն էր տվել և երբ դուրս էր եկել, գյուղացիներին, հայտնել էր, որ Խոջա Հայրապետը դեռ շատ է ապրելու, գույնը տեղն է, հիշողությունն առաջվա պես: Մի քանի ծերունիներ քչփչացել էին, որ հոգին ծանր է տալու, շատ պիտի տանջվի:

Բայց և այնպես գալիս էին նստոտում կարպետի վրա, զրուցում: Զրույցն ընդհատվում էր, երբ ներսից լսվում էր հիվանդի ձայնը... Ոմանք աշխատում էին Մկրտումի աչքին երևալ: Մի քանի կանայք, մանավանդ հարսի ազգականներից, ներս ու դուրս էին անում, ավլում, սրբում, կարպետի վրա նեղլիկ ներքնակ գցում, եթե եկողը գյուղի ազդեցիկ մարդկանցից էր: Ոմանք առաջին անգամ էին տեսնում նրանց տունը և օտարոտի հայացքով դիտում էին պատերը, օճորքը, պատից կախած գորգերը, գետնի լայն կարպետը: Անկյունում նստած երկու մարդ քփսում էին, հազիվ լսելի ձայնով մեկը պատմում էր մյուսին, որ դիմացի պատից կախած ծաղկավոր կարպետը Ջեյթա գյուղացի Աբասինն է, և Հիբանը վերցրել է այդ՝ տասը ռուբլու պարտքի դիմաց:

Երեկոյան հիվանդի դրությունն ավելի ծանրացավ: Շնչառությունն ընդհատ էր. մերթ կորչում էր շունչը, հիվանդն աչքերը խփում էր, դեմքին և ոչ մի մազ, ոչ մի մկան չէր շարժվում, — մերթ խորանում էր, կրծքի վանդակն ուռչում... Հիվանդը դեն էր գցում վերմակը, փորձում տեղում նստել, ինչ-որ բան էր ուզում ասել, բայց լեզուն կապ էր ընկնում: Կողքին կանգնողներից ամեն մեկը իր կերպ էր հասկանում հիվանդի միտքը. մեկը բարձն էր ուղղում, մյուսը պատուհանն էր բաց անում, իսկ երրորդը պատվիրում էր ջուր տաքացնել: Մկրտումը մեկ հորն էր մոտենում, մեկ դուրս գալիս, Եփրեմին, Գողուն և ծառաներին հենց առաջին հանդիպողին կարգադրություններ անում, որից և ոչ մեկը հիվանդի առողջությանը չէր վերաբերում: Սակայն բոլորն էլ գիտեին, որ ինչ էլ պատահի, կովերը պիտի կթեին, ոչխարը փարախն անեին, ձին թիմարեին, շան տեղը փոխեին:

Վերջին հյուրը՝ Տեր Նորընծան, բարի գիշեր ասաց, մի քանի խոսք էլ ավելացրեց այն մասին, թե հիվանդն ամուր է, հարվածը կանցնի և դեռ շատ տարիներ կապրի: Մնացին մոտ ազգականները: Կես գիշերին իրոք որ Հիբանն իրեն լավ զգաց: Հայրը Եփրեմին հարցրեց, թե ձիուն ինչ խոտից են տվել: Մկրտումը մեկ-մեկ թվում էր, թե ովքեր էին եկել:

— Ասում ես Առուստա՞մն էլ էր, — և հոնքերը կիտեց: Առուստամը Ավան ամա հայրն էր: Հիբանի և նրա մեջ հին և խուլ թշնամություն կար, չնայած դրան, Առուստամը մի քանի ծերունիների հորդորանքը լսելով, եկել էր իր թշնամու վերջին տեսությանը, բայց գալուց հայտնել էր, որ հիվանդի հետ չի խոսելու:

— Ո՞վ գիտե, ինչ էր մտածում... Մարդ է, հողեղեն է, չէ՞, Սանամ, — հարցրեց Հիբանը: — Երևի ուզում էր հաշտվի, հը՞... Թե եկել է, որ հետո ծիծաղի: Հը՞, Սանամ, խոսի է՜... Ինչ ես պապանձվել:

— Հայրապե՜տ, չար ես մտածում... Էն խեղճը ամենից շատ էր թառանչ քաշում:

— Հա՜, լա՜վ, լա՜վ, ուրեմն մարդ է, խիղճ ունի... Վերջին դատաստանը միտն է բերել: — Ու մի քիչ հետո հարցրեց.

— Տեր Նորընծան գնա՞ց...

— Հա, կանչե՞մ, — ասաց Մկրտումը:

— Չէ, էնպես... Ուզում էի մի բան հարցնեմ: — Մի պահ էլ աչքերը ման ածեց, կարծես մեկին փնտրում էր, հետո կողքին դարձավ: Սանամը մոտեցավ, թիկունքը ծածկեց ու Հիբանը խոր քնեց:

Մյուսներն էլ ցրվեցին, ամեն մեկը մի սենյակում քնելու: Միայն Սանամն ու հարսի մայրը կուչ եկան հարևան սենյակի անկյունում, ննջում էին և թերի թողած զրույցը շարունակում: Սանամը պատմում էր, որ եղբայրը առավոտ կանուխ կանչել էր իրեն և գանգատվել, թե գիշերը լավ չի քնել:

— Էն հարսն, ասում է, երազիս եկավ... Ծարավ էի: Մեր էն մեծ գավաթով ջուր տվեց… Խռով գնաց, գավաթն էլ չառավ ձեռիցս... Ասում է, քանի՛ տարի է, երազումս նրան իսկի չէի տեսել:

Հարսի մայրը աչքերը լայն չռած իր կասկածն էր հայտնում այն մասին, թե երազը վատ է, նշանը չար:

— Էլի գավաթն առներ... Փորձանքն առած կլիներ:

Լուսաբացին, երբ Սանամ հորքուրը հանկարծ զարթնում է և քունը գլխին վազում հիվանդի սենյակը, նա սարսափած ետ է կենում: Գորգի վրա սպիտակահալավ նստած է լինում Հիբանը, արխալուղն ուսերին... Քրոջը տեսնելուց գլուխը վեր է հանում և հազիվ լսելի ասում.

— Մկրտումի՛ն...

Սանամի ձայնից զարթնում է և հարսի մայրը, հետո Մկրտումը: Բայց հենց այն վայրկյանին, երբ Մկրտումը ներս է մտնում, հիվանդը ձեռքով ետ է տանում գորգի ծայրը և ընկնում: Ու միայն Մկրտումն է տեսնում գորգի տակ ծածկված ինչ-որ բարակ կապոցներ:

Երկու օր դիակը մնաց նույն սենյակում: Մարդ էին ուղարկել առաջնորդից թույլտվություն առնելու, Հիբանի մարմինը եկեղեցու բակում թաղելու համար: Մինչ այդ բակում կանայք ու տղամարդիկ եփում էին, թխում, լվանում, մորթում և պատրաստություն տեսնում Խոջա Հիբանին այնպիսի շուքով թաղելու, որի նմանը, ինչպես հայտնել էր Մկրտումը քահանային, Կարմրաքարը իր օրում չէր տեսել:

...Այդ օրից շատ տարիներ էին անցել: Խոջա Հիբանի գերեզմանաքարը մի քիչ թաղվել էր, ոտքերի կողմն ավելի, քան գլխավերևը: Զաղացպանի ասելով, այդ նրանիցն էր, որ մարդու ոտքի ոսկորներն ավելի շուտ են փտում, քան գլխի ոսկորը; Գերեզմանաքարի գրերը տեղ-տեղ հողով ծածկվել էին: Ամառվա շոգին գյուղում մնացած մի կաղ ոչխար կամ հիվանդ հորթ, տապից նեղվելով, մտնում էր եկեղեցու գավիթը և ոտքերը հազիվ փոխելով գնում, հյուսիսային գավիթի հովում, Խոջա Հիբանի տափակ գերեզմանի վրա նստում և ննջում, մինչև իրիկվա հովն ընկներ և տերը գար նրան գավիթից տուն քշեր:

Թեկուզ Հիբանի գերեզմանաքարն էլ թեքվել էր, բայց նրա անունը դեռ հիշվում էր թե՛ Կարմրաքարում և թե՛ շրջակա գյուղերում: Հիբանի տեղը Մկրտումն էր բռնել: Ճիշտ է, նրան Խոջա չէին ասում, այլ Խոջա Հիբանի տղա, բայց շատերն էին խոստովանում, որ Հիբանը խստության հետ ուներ և բարի սիրտ, համենայն դեպս «միամիտք էր և ռամիկ» ինչպես ասում էր ջաղացպանը:

Որդիներն ավարտել էին պարիսպը, տան կտուրը թիթեղել: Կարմրաքարում առաջ էլ ամեն օր հիշատակում էին նրանց անունը, երբ ասում էին՝ «Հիբանի տղի եզները», «Հիբանի հողերը», «Հիբանի ձին», «Հիբանի ժամանակվա պարտքը» և այլն, — բայց այդ ամենի վրա որդիներն ավելացրել էին խանութն ու առուտուրը:

Խոջա Հիբանն էլ էր առևտուր անում, բայց նա խանութ չուներ: Բարդաններով բուրդ էր հավաքում և ուղտերին բարձած ճանապարհ գցում քաղաք իր ծանոթ վաճառականին հանձնելու: Գերան էր ծախում, գարնան սկզբին փող էր բաշխում և աշնանը փողի դիմաց վերցնում մսացու, բուրդ, ոչխար, պանիր: Ու միշտ էլ գյուղամիջում քահ-քահ ծիծաղում էր քաղաքի վաճառականների նիստ ու կացի վրա:

— Ամեն մինը մի ծակ են մտել, մի քանի թոփ չիթ ու կտորի վրա նստել, արշինը ձեռքին, աչքը քուչովն անցկացողին, թե ինչ է, մի քանի շահի փող քցեն դախլը: Դուքանս ո՞րն է... Ես որ ձին նստում եմ, փափախս թեք դրած, իմ ոչխարի կողքովն անցնում, հազար դուքանի թայ չեմ անի:

Քաղաքի առևտրականների մասին նա այն կարծիքին էր, թե բոլորն էլ խեղճ ու կրակ մարդիկ են, ըստ մեծ մասին աղքատ, և միայն իր նման խոջա ապրանքատերերն են (կամ ինչպես ինքն էր ասում «մյուլքադար և դոլվաթով» մարդիկ), որ մի կտոր հաց են տալիս նրանց:

Ինչպես կփրփրար ծերունի մյուլքադարը, եթե հրաշք պատահեր, գերեզմանից դուրս գար, անցներ գյուղի փողոցով և, իրենց բլրակին չհասած, բարակ առվի մոտ, տեսներ քարաշեն մի տուն, կապույտ ներկած երկու մեծ դռներով, դռան ճակատից ցուցանակը՝ վրան գլուխ շաքար, մի քանի կապ թեյ և ռուսերեն գրած՝ «Մանրուքի խանութ եղբ. Մանգասարովների»... Խանութի մի անկյունում աղաքարի կույտեր, մեծ տակառներ, մեջը լի ցորեն, գարի, ապա բարակ միջնորմը՝ վրան շատ ծանոթ գորգեր, գորգերի վրա պղնձե փայլուն կշեռքը, իսկ դարակներում՝ ճոթ ու կտոր, գույնզգույն չիթ, թոփեր՝ մահուդ, ատլաս, ծոպավոր թաշկինակներ, շաքար, պնակներ, լամպի ապակի, բաժակներ, կոճ ու թել, մի խոսքով այն ամենը, ինչ վաճառում էին քաղաքում: Եվ այդ խանութում՝ Եփրեմը, բուխարա փափախով, սև մահուդե պինջակով, ինչպես հագնում էին քաղաքի վաճառականները, և որի համար էլ նա ծաղրում էր նրանց (պինջակը մարմինը մինչև սրունքները չէր ծածկում, ինչպես Խոջա Հիբանի շալի չուխան և մեջքից վար բաց էր մնում, որի համար էլ քաղաքացիներին Հիբանը մի անգամ ծաղրական ու ծանր խոսք էր ասել): Եփրեմը չթե թոփերն առաջը թափած՝ հաճախորդին գովում էր, ֆիրմայի անունը տալիս՝ Ցինդելի սատին, Մարոզովի «ամենապերվի» հալավացուն: Գովում էր և չափում, արշինը հոտավետ չթի մեջ այնպես ֆռացնում, ասես մանկուց նրա հետ էր խաղացել... Իսկ անկյունում, դախլի մոտ նստած էր Մկրտումը, որը հին ճանանչ Սուլեյման քիրվայի որդու երկու հարյուր ռուբլու մուրհակը ծոցի հաստ «կնիշկայի» մեջ պահելուց հետո, այդ նույն տեղից հանում էր և մեկ-մեկ հաշվում 15 հատ տասնոց, նույն կարմիր տասանոցներից, ինչպիսիք կային հոր ժամանակ...

Խոջա Հիբանի մահից հետո այդ խանութն էր ավելացել Կարմրաքարում, որի շաքարն ու չիթը գնված էին այն դրամով, որի մասին Խոջա Հիբանը իր վերջին ցանկությունն անգամ չկարողացավ որդուն հայտնել...

* * *

Օրը մթնում էր:

Իրար հետևից վառվում էին ճրագները: Երբեմն ճրագը ձեռին մեկն անցնում էր բակով: Հեռվից այնպես էր երևում, ասես մութի մեջ լույսն ինքն իրեն է շարժվում ու հանկարծ հանգչում: Նախիրից հետ մնացած մի կով բառաչում էր գյուղի ծայրին: Գետի մյուս ափին, գյուղի դիմացն ընկած անտառի բացուտում խարույկը բոցավառվում էր: Կրակը մեկ հանդարտում էր, մեկ վեր սլանում, և միլիոնավոր կայծեր ցրվում էին խավարի մեջ: Ասես հսկա մի աստղ էր թպրտում ծառերի արանքում :

Իսկ քիչ հետո, երբ խավարը թանձրացավ, ու ճրագները մեկ-մեկ հանգան, որպես հսկումի կրակ մնաց միայն անտառի խարույկը, որի շուրջ բոլորը նստոտել էին խոզարածները, և Հիբանի ամարաթի լուսավոր պատուհանը, որ բլուրի բարձունքից անթարթ աչքի պես դիտում էր գյուղին:

Վերին հարկի այն սենյակը, ուր մահացել էր Խոջա Հիբանը, անճանաչելի էր դառել տարիների ընթացքում: Հիբանի ցածլիկ և հաստ տախտակներից սարքած թախտը Մկրտումը քանդել և ցորենի ամբարում միջնորմ էր շինել: Նրա տեղը դրված էր երկաթե մահճակալը, վրան՝ բարձերի կույտը: Անկյունում կողք կողքի շարված էին բոլորովին նոր աթոռներ: Սեղանի վրա փողը կապույտ ներկած գրամաֆոնն էր, կողքին գիպսե մի հորթ: Խանութից տուն դառնալուց, երբ հարկավոր էր լինում արխալուղը փոխելու, Մկրտումը քրքրում էր գրպանները և կեղտի մեջ մռռացված մի քանի պղնձադրամ հանում, գիպսե հորթի մեջ գցում:

Սենյակի պատերը զարդարված էին խալիներով ու կապերտներով: Հատակին, պատերի տակ փռված էին բարակ ներքնակներ, ծածկված նեղ ու երկար գորգերով: Թեկուզ մահճակալը, սենյակի մնացած կահկարասիքն առել էին քաղաքի մեծ մագազիններից, իսկ գրամաֆոնը Եփրեմն էր Բաքվից բերել, բայց և այնպես սենյակն անճաշակ էր կահավորված: Գրամաֆոնի և աթոռների վրա մի մատ փոշի կար: Ոչ նվագել էին և ոչ էլ նստել աթոռների վրա: Մկրտումը և նրա մոտ եկողները գերադասում էին ծալապատիկ նստոտել փափուկ գորգերի վրա, թիկնել պատին: Միայն Եփրեմն էր աշխատում «աբրազոննի և քաղաքավարի» լինելու, ինչպես ինքն էր ասում:

Առաստաղից կախած ճրագն առատ լույս էր տալիս: Ու թեկուզ գարնանամուտ էր, բայց և այնպես բուխարիկում վառվում էին կաղնու չոր փայտերը և տաքացնում տունը: Բուխարիկի մոտ, մութաքային թիկն էր տվել Մկրտումը, կողքին՝ համրիչը: Նա լուռ նայում էր երկար ու նեղլիկ մատյանին, շրթունքները շարժում և ապա թերթը շրջելուց առաջ համրիչի հատիկները հետ ու առաջ տանում, հաշվում:

Լռությունը խանգարվում էր համրիչի չրխկոցից և այն ձայներից, որ լսվում էին ներքի տնից: Այստեղ էր ապրում Եփրեմի ընտանիքը, օրվա մեծ մասն այնտեղ էր անցկացնում և Մկրտումի կինը՝ Շողերը: Սանամ հորքուրն էլ, եթե ցուպին հենվելով շաբաթը մի անգամ գալիս էր հորանց տունը, ներքի տունն էր գնում: Նա գանգատվում էր, որ մահը մոռացել է իրեն, ոտքերում այնքան ուժ չկա, որ քարե սանդուղքը բարձրանա և մի անգամ էլ տեսնի այն սենյակը, ուր մահացավ իր եղբայրը:

Մկրտումը ապառիկների մատյանն էր թերթում: Եթե մի օր կորչեր Տեր Նորընծայի չափաբերական մատյանը, և քահանան ձեռքի տակ ոչինչ չունենար որոշելու համար, թե մի քանի տարի առաջ գյուղում ի՞նչ ծնունդ կամ մահ է պատահել, - հեշտ կլիներ պահանջած տեղեկությունը քաղել Մկրտումի «նիսիաների դավթարից», որի նեղ ու երկար երեսների վրա գրանցված էին ոչ միայն Կարմրաքարից, այլև հարևան հայ ու թուրք գյուղերից շատ տնտեսություններ, ըստ նրանց զորության կարգի: Մատյանի առաջին մասում ունևոր տնտեսություններն էին և շատ «պաչոտնի» (ինչպես ասում էր Եփրեմը) մարդիկ, որոնց ամենօրյա առուտուրը նրանց խանութիցն էր: Վերջում մի քանի էջ հատկացված էր նրանց, որոնք Եփրեմի ժարգոնով կոչվում էին «Ղարիբանոցի խումբ»: Մատյանը միօրինակ ձևով չէր գրված. կային երեսներ, ուր Մկրտումի բարակ ձեռագրով նշանակված էր. «ձեռաց առավ 15 մնթ, հոգստոսի 9-ին»: Բայց ավելի հաճախ, մանավանդ եթե ապառիկն ապրանքով էր եղել, մատյանն ավելի մանրամասն էր ասում: Օրինակ՝ «Շալուն Սիմոնին մի գրվ. շաքար կնունքի համար, ևս հիլ զանջաֆիլ 10 կոպ.»... «Թարիվերդի Սուլեյմանին հարսանիքի համար 10 արշ. զոլավոր, Պրոխորովի լատիկ – 8 արշ., գյուլի այլուխ - 3 հատ, մի գլուխ շաքար Բրոդսկու, լավը, խոշկյաբար - 4 գրվ., նաբաթ 1 գր., ևս լամպի շուշա տասանոց - 1 հատ, բոլորի գումարը - 22 մանեթ 34 կոպ.»:

Առանձին էր քոչվորներին բաց թողած ապառիկի ցուցակը: Ամեն գարնան ամպ ու փոշու մեջ կորած հազարավոր բազմություն հեռավոր տափաստաններից ոչխարը, ուղտը, եզն ու ձիու երամակներն առաջ արած բարձրանում էին այն լեռնաշղթան, որի մասին վաղեմի ճանապարհորդ վարդապետն իր հիշողությունների մեջ գրել է, թե մատանու նման օղակում են Կարմրաքարը և ադամանդի պես սպիտակ լիճը բարձր պահում: Քոչն իրար էր խառնվում. հետն մնացողները նեղվում էին տափարակի տոթից, անասունները փնչոցով շտապում էին, օր ու գիշեր ճանապարհի կտրում սարի թարմ կանաչի համար: Հետինները քշում էին առաջիններին, ճամփի նեղ կապերում տավարն իրար էր խառնվում, բարձրանում էր չտեսնված աղմուկ-աղաղակ: Եվ հենց հասնում էին լեռնաշղթայի փեշերին, ամեն «օյմաղ» ցրվում էր իր պապերի ոտքերով ծեծած կածանով և նորից վրան զարկում սարում թողած նախահայրերի գերեզմանների մոտ:

Այդ քոչը Կարմրաքարի միջով չէր անցնում, բայց նրա ծայրը երևար թե չէ, աշխուժանում էին շատերը: Եվ չարչիների մի ամբողջ խումբ ասեղներով, հայելիներով, գունավոր կանֆետներով, թաշկինակներով ու այլ մանրուքով լի տոպրակները շալակած նրանց առաջն էին ելնում, խռնվում բազմության մեջ, ծախում, փոխանակում, ծանոթներին հանդիպում և մի շաբաթ հետո գյուղ վերադառնում՝ պարկերը նորից լցնելու եղբայր Մանզասարովների խանութում:

Եվ թեկուզ բազմությունը Կարմրաքարի վրայով չէր անցնում, բայց և այնպես փոքրաթիվ խմբերով երևում էին գյուղում: Ոմանք աղուն էին բերում ջաղացպան Անդրու մոտ, ոմանք գալիս էին Կարմրաքարի իրենց ճանաչ մարդկանց պատվիրելու, որ անտառում վրանների համար երկար ձողեր պատրաստեն, ոմանք՝ հենց այնպես, միայն իրենց ծանոթներին այցելած լինելու համար: Սակայն ինչ գործով էլ գային, նրանք սար բարձրանալուց պիտի անցնեին Խոջա Հիբանի որդիների խանութի առաջով, որպեսզի ծովեն աջ ու Քառասնաջրի նեղ կածանով, անտառի միջով հասնեին իրենց «օյմաղին»:

Այդ օրերին մի քանի տասնյակ ձիեր կապված էին խանութի առաք ընկած գերաններից: Ներսում եռ ու զեռ էր: Հարցնում էին քեֆ-հալ, իրար ձեռք տալիս, որդիների ու հարազատների առողջությունից տեղեկանում, հյուր կանչում իրար: Մկրտումը քուն ու դադար չուներ: Նա ընդունում էր ներս եկողին, ոչ̥ միայն անունը տալիս, այլև տեղեկանում, թե ինչպես է մայրը, լավացա՞վ արդյոք այն կապույտ ձին, որ անցյալ աշնանը մի քիչ կաղում էր: Բոլորը զարմանում էին նրա հիշողության վրա: Նրան առանձնապես հաճելի էր, երբ այդ ժխորի մեջ մեկը բարձրաձայն իր գոհունակությունն էր հայտնում, որ հիանալի «քիրվա» է Խոջա Հիբանի որդին և չի մոռանում իր լավ ծանոթներին: Եթե հաճախորդը հարուստ և անվանի աղալար էր, Մկրտումը ճարպիկ շարժումով ինքը պիտի դարակներից հաներ բազմատեսակ կտորներ, փռեր նրա առաջ, շլացներ գույնով, փայլով ու հոտով:

Առուտուրն այնքան թեժանում էր, որ նույնիսկ Գողուն էին կանչում և պատվիրում աչքի տակով հսկելու: Գողին հյուրերին էր ընդունում. եթե եկողը «մեծամեծ» էր, վազում էր ձիու սանձը բռնելու, ձիերն իրար հետ կռվելուց կատվի ճարպկությամբ նրանց փորերի տակով անցնում էր և բաժանում իրարուց: Նրա աչքերը ծանր ու մինչև բերանը ճոթ ու կտորով լցված խուրջինների վրա էր, որ տերերը կապում էին սարի կանաչից կայտառացած ձիերի գավակին և անտառի կածանով գնում հարսներին ու մանուկներին ուրախացնելու «Հիբան քիրվայի» որդիների պարգևած փոքր թաշկինակներով, մեջը լի մրգեղեն կամ գունավոր ու կլոր սապոններով, որ հատկապես նրանք պահում էին նվերների համար:

Երբ գնորդը ձեռքը մեկնում էր Մկրտումին կամ Եփրեմին մնաք բարով ասելու, նրանցից մեկն ու մեկը շտապ կռանում էր և անկյունի նախօրոք պատրաստած կապոցը, որ համեմատ էր գնորդի անձնական բարեմասնության և հարստության չափի, — մեկնում նրան ու ժպտում, թեկուզ միտքն այդ րոպեին ծայր աստիճան լարված էր, և խնդրում կապոցը հանձնելու «Աթաքիչի կզուն» կամ «Սոնա-Խալային» ու հայտնելու «սալամ դովա» մեծ ու փոքրին:

Քոչի բարձրանալու հետ միասին ծայր էր առնում և դժգոհությունը: Ճիշտ է, քոչից ոմանք օգտվում էին. դարբինը նրանց համար հարյուրներով էր պայտեր կտրատում, կոտրած մանգաղները նորոգում: Ոմանք զաղտնի կերպով անտառում նրանց համար ցախ էին կտրատում, մի քանի չարչի մանրուք էին վաճառում, նույնիսկ Շալուն Սիմոնին էին կանչում մոտակա «օյմաղներից», որովհետև նա անասունների բժշկությունից բան էր հասկանում, ու թեկուզ նրա գործիքը մի կոտրած դանակ էր, որով կտրում էր ականջի ծայրը կամ քթածակը ճեղքում, «հիվանդ» արյունը դուրս թափելու համար, — Կարմրաքարում շատերն էին օգտվում քոչվորներից, բայց հենց նրանք սարը բարձրանային թե չէ, սկսվում էր և դժգոհությունը: Գյուղից սար գնացող քոչվորը մի քիչ հեռանար թե չէ, ձիու սանձը թույլ էր թողնում և ձին մռութը մեկնում էր ճանապարհի կողքին, անտառի բացատում ցանած կանաչին: Արտի տերը կանաչից մի փունջ ձեռքին շտապում էր գյուղի հրապարակը, գոռում, բարկանում, անթիվ անգամ կրկնում, որ գիշերը քսան-երեսուն ձի են բաց թողել գարու մեջ, կերել են, տրորել, ձիերը թավալ են տվել, և եթե փողոցում տեսնում էր տանուտերին կամ նույնիսկ զզիրին, նրա ոտների առաջ էր զցում խուրձը, գովում էր գարին և նորից պատմում այն մասին, թե որքա՛ն են կերել: Գյուղի իշխանավորը նրա բողոքը լուռ լսում էր, խոստանում, որ կարգադրություն կանի ակտ կազմելու, կհայտնի պրիստավին, միայն հարկավոր է երեք-չորս մարդ տանել, որ նրանք էլ վնասը տեսնեն և վկա լինեն նրա խնդիրքին: Բայց այստեղ էլ ամեն ինչ վերջանում էր, զանգատավորը բարձրաձայն հայտնում էր, թե ամբողջ գյուղն է վկա և որպես վերջին ապացույց գրպանից հանում էր փնջավոր կանֆետի թղթեր, որ հավաքել էր արտից:

— Մի դաստա իրեն էնտեղ ա թափած... Սրա ուտողին ես ուժ ունե՞մ դատաստան անելու: Իմ իշխանն էլ դու ես, այ քյոխվա, բա իմ երեխեքը ձմեռն ո՞ւմ հույսին ես թողնում:

— Կանփետ տվողին ասա, ուտողն ինչ մեղք ունի... Դու էլ որ ուտեիր, հավատա, մի օրավար կորեկ կոխ կտայիր, — վրա էր բերում զանգատին ունկնդիրներից մեկը:

Պատահում էր, որ վնասը մի քանի տնտեսությունների էր հասնում և կամ ամբողջ համայնքին: Սարից մի քանի սուրու ոչխար գիշերով քշում էին և արածացնում Քառասնաչրի մոտերին ընկած այն բացուտները, որ ամեն տարի Կարմրաքարում թողնում էին անասունների աշնան կերի համար: Աղմուկ էր ընկնում գյուղում, դուրս էին թափվում և գոռում-գոչյունով գնում ոչխարատեր «օյմաղից» վնասը պահանջելու: Երբեմն աղմուկն արյունով էր վերջանում, երիտասարդները տաքանում էին, և մահակները սուսերների նման կայծեր էին հանում, զարկում, իրար գլուխ ջարդում: Շատ սակավ դեպքում էր օրենքը միջամտում ու դատաստան անում: Սովորաբար տաք կռվից հետո կրքերը հանդարտվում էին, այս ու այն կողմից մարդիկ էին մեջ ընկնում և հաշտեցնում:

— Հազար անգամ եմ ասել, թե թուրքերից օգտավետ ազգ աշխարքի երեսին չկա: Նրանց ձին էլ, որ թրքում է, էլի մեր ցորենն է ուժովանում: Նրանք որ կան յոնջա են, մենք էլ քյոհլան ձի... Մի ղրաղից կե՛ր, մի ղրաղն էլ պահի: Երեխի նման ժողովուրդ են, խոսքին ջան ասա, էլի՛ քու ասածն արա: Էդ էլ չի փողով: Այ է՛... Մեր հայությունը շատ անհասկ է, — թոնթորում էր Մկրտումը:

— Քու արտը քանի անգամ կերած կլինեն, — հարցնում էր Ավան ամին: — Ինչ որ գալիս է, քյասիբի գլխին է: Յարա ունեցողը կիմանա մրմուռը: Քեզ ի՞նչ կա...

— Իմ ու քունը չկա էստեղ: Ես մարդավարության, նստիլ վեր կենալու մասին եմ ասում: Տեսնո՞ւմ ես ոնց են իրար պատիվ պահում. մեծը ջոկ է, փոքրը ջոկ: Մերոնք հենց շաշ եզան նման քարն են պոզահարում: Թուրքը էնպես մի ազգություն է, որ կախ տաս, մին ծուռ խոսք չի ասի անժամանակ:

Երբեմն Մկրտումի երեսին ավելի խիստ խոսքեր էին ասում, հանդիմանում էին, որ նրանց խանութի պատճառով են քոչվորները գյուղ գալիս, որ նա քոչվորների շահին չի ուզում դիպչի: Եվ նրա ականջովն էր հասնում գյուղում տարածված այն լուրերը, թե ինքը կաշառված է, նույնիսկ թե իբր նրա գիտությամբ են գիշերով Կարմրաքարի խոտհարքն արածացնում:

... Բուխարիկում բոցն արդեն հանգել էր: Փայտի շիկացած կտորները մեղմ ճաքճքում էին, փշրվում և մոխրի բարակ շերտով պատում: Մկրտումը վերջացրել էր ապառիկների հաշիվը. գորգի վրա դրած համրիչի հինգ շարը սառել էին և ցույց էին տալիս եղբ. Մանգասարովների առևտրական հզորությունը թե Կարմրաքարում, թե հարևան գյուղերում և թե վրանաբնակ այն բազմության համար, որ յուրաքանչյուր գարուն «քոչ ու բարխանով» բարձրանում էր լեռնաշղթայի փեշերը և վրան զարկում լճակի եզրին:

Մկրտումը ձեռքերը մեկնում էր կրակին, իրար շփում: Երբեմն էլ տաքացած ձեռքը երեսին էր տանում և շոյում այտերը: Հավասար ու խոր շնչառությունից զրնգում էին գոտու արծաթ գինդերը:

Նրա ականջին էին հասնում ներքի տան աղմուկը, երեխաների ձայնը: Հաստ գորգերի արանքից այդ աղմուկը խուլ էր լսվում, կարծես շատ հեռու տեղ էր: Բակում բառաչում էր մի կով: Երբեմն լսում էր շղթայի զրնգոց: Չամբարն էր, պառավ շունը, որի տեղը մութն ընկնելուց փոխում էին, և բակի լայնքով կապած երկաթե լարին շղթան քսելով, շունը ետ ու առաջ էր գնում, երբեմն հաչում: Չամբարի հաչոցին Մկրտումը երեսը պատուհանին էր դարձնում և աչքերը լայն բաց արած լսում: Բայց շունը դադարում էր հաչելուց, հատ ու կենտ և անորոշ ձայներ էին լսվում հեռվից: Փակվում էին աչքերը, սակայն միտքն արթուն էր և շարունակում էր հյուսել, ծանր ու թեթև անել հազար ու մի գործ:

Դարպասի երկաթին մտրակի կոթով իրար հետևից հարվածեցին, կարծես գնդացիրի կրակ էր: Մկրտումը մոտեցավ պատուհանին. Գողին ճրագը ձեռին վազեց դարպասի կողմը: Շունը հաչաց ու շղթան քաշելով հասավ մինչև ներքի տան դուռը: Ներքի տնից դուրս եկավ Եփրեմի կինը: Քիչ հետո դարպասը բացվեց, երևաց ձին, որի սանձից բռնել էր Գողին, ձիու հետևից՝ Եփրեմը:

Խոջա Հիբանի մահից հետո երկու եղբայրների մեջ լռելյայն աշխատանքի բաժանում էր սահմանվել: Քաղաքում գնումներ կատարելը, պետական հիմնարկների և պաշտոնատար անձանց հետ գործ վարելը, ինչպես և խանութում առուտուր անելը Եփրեմին էր բաժին ընկել: Ճիշտ է, տարին մի կամ երկու անգամ Մկրտումն էլ էր քաղաք գնում, բայց այդ ավելի շուտ բարեկամական այց էր իր հոր բարեկամ վաճառականների որդոց: Մկրտումին էր մնում՝ գյուղի տնտեսության կառավարելը, վար ու ցանքի եկամուտը և քոչվորների ու շրջակա գյուղերի բնակիչների հետ առևտրական գործարքներ կատարելը: Մկրտումի գրպանումն էին դախլի բանալիները, միայն նրան էր հայտնի ստացվածքի վերջնական չափն ու կանխիկ դրամի գումարը: Նա մեծ եղբայրն էր, գյուղում ավելի կշիռ ուներ, քան Եփրեմը, իսկ թուրք թարաքամայի հետ Եփրեմը չէր կարող վարվել իր եղբոր նման: Տանը, բարձր պարիսպների հետև, ոչ մի բան չէր կարող կատարվել առանց Մկրտումի գիտության: Եվ այդ ազդեցությունը հազար ու մի ճանապարհով տան սահմաններից դուրս էր գալիս, տարածվում շրջակայքում:

Մկրտումը ձիու վրնջոցը լսեց թե չէ, համրիչը սեղանի վրա դրեց, դավթարը՝ երկաթե սնդուկի մեջ, որ ծածկված էր նուրբ գործած շալով, ներքի տանը երեխաների աղմուկն ավելի սաստկացավ, լսվեց թրմփոցի ձայն, ասես մի պարկ վերնից ընկավ՝ ապա բարձր ծիծաղ: Եփրեմն էր:

Ամեն անգամ քաղաքից վերադառնալուց հետո նա նախ երեխաների մոտ էր գնում, մրգով լի գրպանները դատարկում, տնեցոց պատվիրած և քաղաքում գնած իրերը հանձնում կնոջը կամ Շողերին: Նրա խուրջինում տան մեծ ու փոքրի համար միշտ էլ մի բան էր լինում: Նույնիսկ Շողերն էր հետևում և անհամբեր սպասում իր բաժնին: Գողին ձին գոմում կապելուց իսկույն վազել էր ու դռան մոտ կանգնել. նրան էլ մի բան պիտի հասներ: Պառավ Չամբարը կոնձկոնձում էր, ասես ուրախ այդ ժխորի մեջ իմաց էր տալիս, որ իրեն չմոռանան:

Բայց հերիք էր, որ Մկրտումը վերից կանչեր մեկն ու մեկին, որպեսզի աղմուկը դադարեր: Սովորաբար նա Գողուն էր ձայն տալիս, սակավ դեպքում՝ կնոջը: Եթե նրա կանչելը Եփրեմի գալուց հետո էր, ոչ Գողին էր վեր բարձրանում և ոչ էլ Շողերը: Եփրեմը ունքերը կիտում էր և, իբր խռոված երեխա, բարձրանում վերն, մտքում թոնթորալով իր վիճակից:

Մկրտումը մի ներքին հրճվանք էր զգում իր մեծությունը և ուժը ցույց տալուց: Ամեն անգամ, երբ նա տեսնում էր եղբորը երեխաների հետ կամ տնեցոց հետ ուրախ զրույց անելուց, նրա ներսում երկու զգացում իրար հետ պայքարում էին: Մեկ նախանձում էր եղբորը, դառնությամբ զգում, որ ինքը զուրկ է այդ հաճույքից, մտաբերում վաղուց մեռած իր մանկան և ինքն իրեն հարցնում՝ մի՞թե մինչև վերջ պիտի անժառանգ մնա, — մեկ նախանձում էր եղբորը և մեկ էլ ցամաքում էր այդ զգացումը, մի ուրիշն էր ելնում, նրան խեղդում, մի ուրիշ զգացում՝ հանուն գործի, անդուլ աշխատանքի, հարստության ու հզորության: Առաջինը նրան թուլացնում էր, կորցնում իր հավասարակշռությունը, երկրորդը նրան խրոխտ կերպարանք էր տալիս:

— Ցեխը շա՞տ էր Վերին կապում, — հարցրեց նա, երբ Եփրեմը մտավ ու մոտեցավ բուխարիկին: Վերին կապը քաղաք տանող ճանապարհի այն մասն էր, որ անցնում էր անտառի խիտ թավուտով և ուր միայն ամառն էր գետինը մի քիչ չորանում:

— Չորտ նա խաբար, — քթի տակ ասաց Եփրեմը: — Երկու տեղ ձին խրվեց... Քիչ մնաց ինձ էլ տակովն աներ: Մո՛ւթ, ոչ ճանապարհն է երևում, ոչ ցեխը... Ոտդ որտեղ դնում ես, խրվում է...

Եթե Մկրտումը չընդհատեր, Եփրեմը դեռ կշարունակեր ճանապարհի նկարագրությունը, մեկը տասը շինելով: Մկրտումը գիտեր նրա սովորությունը: Ինչքան ավելի էր պատմում, այնքան նա համոզվում էր, որ քաղաքում նա մի «օյին» է արել:

— Դու էլ լուսով գայիր...

— Թողնո՞ւմ են... Մինչև էն շան որդուն թուղթը գրել եմ տվել, հոգիս բերանս է հասել: Ամենապաալեղնի պաղլեցի հետ գործ արա, էդ չինովնիկների դուռը մի գնա: Քոստ, փալինքը կախ, տանը լակոտները հաց չունենն ուտեն, էնպես փաոնով է խոսում, ծանրացնում, կասես գեներալ գուբերնատոր է իմ գլխին:

— Վե՞րջը... փեչատե՞ց:

— Աչքն էլ չհանեցի՞... Փորացավը մի կարմիր տասանոց էր: Առաջ չեմ ու չում էր անում, ա՛յ ուզալովնի բան է, վերջն էլ թե հացից հետո արի տուն, օրենքին նայեմ... Որ Բեկտաբեգովի անունը տվի, ստատյան գտավ:

— Բեկտաբեգովն ի՞նչ ասեց:

— Ի՞նչ պիտի ասեր: Չեստ չեստի, գրեց... Թե գասպադին Նիկիտա Մանգասարովին իմ կողմից պերեդայ պակլոն: Ափսոս չի, էդպես մարդուն պերվի մինիստր դնես, ոչ թե պամոշնիկ: Դուրս գալուց էլ, թե ասում է ձեզ նման բարեկամ ունենալը մե՛ծ պատիվ է ինձ համար:

— Մաշինեքն ի՞նչ արիր...

— Բեկտաբեգովից հետո էլ գնացի նրանց մոտ... Ա՛, մեր հայերը… էդքան նիզգի, ցիգան ժողովուրդ յարաբ աշխարհի երեսին կա՞, թե չէ: Ինձ տեսավ թե չէ, ոտը կախ քցեց:

— Ո՞րը...

— Էն մեծը, Արշակ Օսպիչը... Թե մի քիչ դարազումեննի է եղել, պրեսկուրանտի գինը պրիկաշչիկը չի իմացել... Երդում, Աստված, թե էն կանաչ մեռոնը՝ Ռաստովի առքի գինը չորս հազար երկու հարյուր է...

— Վե՞րջը:

— Էլ ի՞նչ վերջը... Թե ասում է երկու տրետում կարող եմ վեկսիլով տամ... Թե որ չեք ուզում, Խանլար բեյն է ուզում տանի...

— Չտվի՛ր...

— Չէ...

— Չոռ, — ու փրփրաց Մկրտումը: — Գնում ես շիարում քուչեքը չափչփում: Բա քեզ ինչո՞ւ համար էի ուղարկել... Դե մի՛ գժվի, — ու ձեռքը զարկեց ճակատին: — Երկու հարյուր մանեթի համար գործը պիտի քանդե՛ս... Ե՞րբ է խելքդ տուն գալու, հը՞... — ու մոտեցավ նրան: Եփրեմը մի քիչ հետ քաշվեց, աչքերը կկոցեց: — Խանլար բեյը որ տանի, ուրախ կլինես, հա՛... նա ո՞ւմ շունն է, որ իմ ուզածն առնի: Թքած նրա բեյության վրա... Սոված սովածի մինը:

— Դե մի թող է՛... Ինչ ես կարկուտ թափում, — ընդհատեց Եփրեմը:

— Հը՞:

— Թուղթ եմ առել, որ մինչև մի շաբաթ իրավունք չունի ուրիշին ծախի, մինչև ինձանից պատասխան չստանա...

— Հա՛... — ու մի վայրկյան հետո հանդարտ ձայնով ասաց.

— Լավ է, էդքան էլ խելքդ կտրել է...

— Իմ խելքս էդքանը հասկանում է... Ասա վերջը էդ մաշինները մեր տունը չքանդի, — պատասխանեց Եփրեմը:

— Ինչ էլի… — այս անգամ ձայնը բարձրացնելով վրա բերեց Եփրեմը: Մեծ եղբայրը կանգնել էր անկյունում, գլուխը կռացրել և ունքերի տակից աչքը զցել Եփրեմին. — ամենահայտնի մանուֆակտուրիստ մարդուց մինչև էն պյան զարաղավոյը մեզ վրա ծիծաղում են... Ասում են Կարմրաքարն ինչ մաշինի տեղ է... Փող ունեք, բերեք քաղաք, թե ուժներդ չի պատում, խոզ առեք, ձեր ծմակի կաղինն ուտի: Չորտ նա խաբար...

Մարդ աչքերը բաց չորս հազար երկու հարյուր մանեթ տա, ինչ է զավող եմ բաց անում էս վայրենի աշխարհո՞ւմ... Ինչ մարիֆաթ, ինչ մարդավարություն ես տեսել էստեղ:

— Էլի՛ բռնեց... Քորի, լեզուդ քորի մի քիչ:

— Վերջը իմ ասածին կգաս: Գյուղն ի՛նչ է, որ մարդ էնտեղ բնակարվի: Փող ունես, տար քեզ բարեբար մարդոց հետ գործ արա: Երեկվա սողան ծախողն էսօր վտարրոյ գիլդի կուպեց է դառել, իսկ մենք էս վայրենի ծմակից դուրս չենք գալիս: Չե՞ս տեսնում... Շատը սոված է, մի թիքա պանիր էլ չի ճարում, որ ցամաք հացը կուլ տա... Օզգյա լազա՛թ կա քաղաքում... Շիկ, լուսավորություն, նստել, վեր կենալ, հանգիստ: Փողդ ապրանքի տուր, մի բոյկի ուզլավոյում մագազինիդ դռները բաց արա, թող պրիկաշչիկների հոգին դուրս գա... Դու հենց աչքիդ տակով նայիր: Թե չէ էս ինչ կյանք է... Ես ինձ նման ընկերների հետ մի անգամ նստել վերկենալը չեմ փոխի քո ճանաչած մարդոց հետ... Էստեղ մնացողը մարդու կերպարանքից էլ կընկնի: Մի օր էլ տեսար՝ ռիը, աղբյուրը ցամաքե՛ց:

— Էդ օրը մեզ համար չի, — կտրուկ պատասխանեց Մկրտումը:

Տիրեց լռություն: Եփրեմը վանդակի մեջ ընկածի նման քայլում էր սենյակում, երբեմն կանգնում գետնին նայում և ապա ձեռքերը մեջքին նորից շարունակում քայլել: Մկրտումն աչքի տակով նայում էր եղբոր բարկացկոտ շարժումներին:

Ոչ ոք չէր ասի, թե երկու եղբայրն էլ մի մորից ու հորից էին սերվել: Մկրտումը կարճահասակ էր, ոսկրոտ: Նրա շարժումները կոպիտ էին. երկար և մազոտ ձեռքերը վայրենի տեսք էին տալիս նրան և հակապատկերն էին Եփրեմի ավելի նուրբ կազմվածքի: Մեծ եղբոր գլուխը պատած էր կուպրի նման սև և կոշտ մազով, այնինչ Եփրեմի մետաքսի նման կակուղ մազերը տեղ-տեղ սպիտակել էին: Առաջինը զուսպ էր, խորամանկ, ծանր ու բարակ կշռող և պողպատ կամքի տեր, երկրորդը շուտ հուզվում էր, մտքինն ասում մինչև վերջ, կրակի պես լափում մինչև վերջին շյուղը և հանգչում, հանդարտվում, դառնում խոնարհ զառ:

— Չեմ իմանում... Մի պաչոտնի մարդ չտեսա, որ մեր ասածին հավանի, — խանգարեց լռությունը Եփրեմը:

— Խալխի հացը չես ուտում, որ խալխի խելքով էլ գործ բռնես, — ասաց Մկրտումը և մի քանի քայլ արեց դեպի եղբայրը:

— Պրծա՛ր... Դե հիմա իմը լսի: Էգուց ծեգը ծեգին, եկած ճանապարհով ետ կդառնաս, մի տրետը կտաս, պայմանը կկապես, և էն սհաթին էլ ետ կդառնաս... Իմացա՞ր:

— Որ էգուց չլինի, երկու օր հետո լինի, չի լինի՞... Լավ մտածի, արի՛ ձեռք քաշի էդ բոլորից... Քաղաքում տարա՛ն կերան, ով աչքը բաց է անում, վազում է մարդի շարք ընկնում... Մեզ կարողություն է պակաս... Էգուց երեխաներին ուսում տալ կա՛, կյանք ու աշխարհ տեսնել կա:

— Կարմրաքարից լավ տեղ աշխարհումս ինձ համար չկա, թող ում գլուխը ցավում է, գնա քաղաքում դուքան դնի... Քաղա՛ք... Մի հարցնող լինի, թե ինչ կա էդ պրիշակում... Էնքան բան կա՛ էս ձորերում, իմ պիլնին խող քցեմ, երկու տարուց հետո էնպես զավող բաց անեմ, որ թամաշա... Քառասնաջուրը թող իմը լինի, Մանթաշովի բուրողներին էլ թամահ չեմ անի... Սա երկիր չէ, ոսկի է տեղովը մին. ասենք անհասկացողը մենք ենք:

— Ոսկի է, հավաքի, — հեգնեց Եփրեմը:

— Կհավաքեմ, սպասի՛, — այնպես վճռական հայտարարեց Մկրտումը, որ եղբայրը մի պահ տատանվեց ու սկսեց կասկածել, թե միգուցե Քառասնաջուրը իրոք ոսկեհանք ունի և ինքը տեղյակ չէ: Նա ձեռքը տարավ ծոցին, շոշափեց նոտարի կողմից հաստատած այն թուղթը, ըստ որի Քառասնաջրի երկու ափին ընկած մոտ 60 դեսյատին պետական անտառը պատկանում է նրանց:

— Դու ողջություն ասա... Աշխատող մարդը քարից էլ նավթ կհանի: Կարմրաքարի ի՞նչն է պակաս... Ո՞վ ունես քո դիմաց... Չէ՛, գնամ քաղաք հազար լոթու ընկեր դառնամ... Ապերը լավ էր ասում, թե նրանք մեզանով են ապրում: Մանթաշովը մի ջուխտ տրեխ էլ չուներ, որ գնաց Բաքու... Հրես ոսկին դռանդ թափած, սարքի, ստեղծի, թող քո անունն էլ բարձրանա, մի քսան-երեսուն աղքատներ էլ էն փշրանքովդ ապրեն, հորդ ողորմի տան...

— Է՛հ, չեմ իմանում, — ասաց Եփրեմը. — նա արդեն տատանվում էր և զգում, որ եղբոր ձեռքից չի ազատվելու մինչև թղթերը չտա ու տարած փողի հաշիվը չներկայացնի:

— Չես իմանում, իմացի՛ր... Էս ո՞ւմ համար ենք աշխատում. ես ի՞նչ ունեմ մեջը: Մի դատարկ անուն: Թող քո ժառանգները մեծանան, տիրություն անեն:

Այս ասելուց Եփրեմը զինաթափ եղավ: Նա շատ էր սիրում իր երեխաներին: Այդ գիտեր և Մկրտումը և երբ ուզում էր նրան կակղեցնել և իր ասածին բերել, նա տրտմությամբ հիշեցնում էր այն տարբերությունը, որ կար երկու եղբոր մեջ և հուսադրում, որ իր մահից հետո ամեն ինչ մնալու է նրան: Եփրեմը ծոցի գրպանից հանեց թուղթը, ցույց տվավ, թե ում ստորագրությունները կան, ինչ ասաց Բեկտաբեգովը, երբ կնքեց:

— Էդ փեչատն, ասում է, որ դնում եմ, ինքը պրակուրորն էլ չի կարող քանդի: Նա զդարովյե, ասում է, ձեզ հալալ լինի... Չորտ եվո, էդպես ազնիվ մարդուն գուբերնատի չինը քիչ է:

— Վեկսիլը տվի՞ր, — հարցրեց Մկրտումը:

— Տալը քիչ էր... Կտոր-կտոր արի, ճակատամիջին շպրտեցի: Նա ում շունն է, որ մեզ վրա հաչի... Երեկվա ձեթ ծախողը: Ասում է սուդի կտամ, որ ինձ խայտառակ ես անում:

— Հետո՞:

— Իսկյանդարովների պրիկաշչիկն եկավ, էնպես նրան անպատվեց,

ո՛ր: Ասում է ամբողջ գուբերնիում Մանգասարովների նման ակուրատնի սովեստով գործ անող չկա. դու ո՞նց էիր ուզում նրանց վեկսիլը պրոտեստ անես: Լավ խայտառակեց: Ես էլ շաքարը նրանց սկլադից առա: Խազեինն ասում է, մինչի հարյուր հազարը դավերյա կանեմ, ինչ ուզում ես տար, կորած տեղ չի: Տարավ, մարդը, շնորհակալ եմ, լավ պատվեց:

— Դու էլ կակղեցիր, հը՞, — հեգնանքով ասաց Մկրտումը և համրիչը վերցնելով սեղանից, մոտեցավ նրան: — Ինչքա՞ն փող ունես մոտդ: — Եփրեմը սկսեց գրպանները դատարկել. դրամը մեկ-մեկ դնում էր սեղանի վրա, իսկ Մկրտումը հաշվում էր:

— Չորս մանեթ էլ քցի գերբովի մարկա, մնաց 11, նրանից 5 մանեթ քանի կոպեկի պակաս պռատ եմ առել տանը համար:

— Ի՞նչ պակաս…չեն կարող դուքանից տանե՞ն:

— Գողու համար մի լակիրովնի պոյես եմ առել:

— Գողո՞ւ… նա ի՞նչ է անում:

— Ասում է, ուզում եմ տնավորվեմ:

— Ո՞ւմ աղջիկն է:

— Շալուն Սիմոնի…

— Հա՜, լավ, մնացա՞ծը:

— Մնացածն էլ Իսկյանդարովի պրիկաշչիկի հետ գնացինք ռեստորան, զակուսկի արինք: Շաքարի սկլադը նրա ձեռքին է:

— Լավ, հո ավել չե՞ս ծախսել, պարտք չե՞ս արել:

— Չէ, չիստի եմ. կոպեկը կոպեկին բռնում է. ուզում ես մեկ էլ քցի:

— Չէ, էս անգամը լավ ես, խելոքանում ես… Դե գնա, բեզարած կլինես. էգուց ուզում եմ հիմերը քանդել տամ: Դու էլ, ոնց որ ասի, առավոտ կանուխ կգնաս, մի տրետը կտաս, ճանապարհը չորանալուց կուղարկեն, մնացածն էլ կստանան:

Եփրեմը դուրս եկավ: Նա ուրախ էր, որ հաշիվները «չիստի» հանձնեց: Ճիշտ է, քաղաքում նա ավելի էր ծախսել, ռեստորանում նրա հետ եղել էին Իսկյանդարովի գործակատարից բացի և մի քանի ծանոթներ, խմել էին ու գնացել բիլիարդ խաղալու և մութն ընկած հազիվ էր կամպանիայի ձեռքիցն ազատվել, — բայց և այնպես հաշիվը տեղը բերեց և դուրս եկավ «կրուգոմ շետնաղցատ», ինչպես ասում էր Իսկյանդարովի գործակատարը: Նոտարի մատենավարին, որին Եփրեմն անվանեց փսլնքոտ ու քոսոտ, նա ամենևին չէր էլ կաշառել:

Եղբոր դուրս գնալուց հետո Մկրտումը մի անգամ էլ նայեց թղթին, ստորագրություններին ու կնիքին, զգուշությամբ թուղթը պահեց սնդուկում: Շոշափելու չափ պարզ նա զգաց այն հզորությունը, որ ձեռք է բերելու այսուհետև: Նրա վաղուցվա միտքն էր Կարմրաքարում հիմնելու աղացարան և պատրաստելու զերան ու տախտակ: Քառասնաջրի երկու ափին, մինչև ձյունոտ գագաթները ձգվում էր խիտ անտառը և միանում այն մեծ անտառամասին, որի փեշերին ընկած էին մյուս գյուղերը, և որից դեն հյուսիսից հարավ ընկնող լեռնաշղթան դարձյալ պատած էր անտառով: Դեռ անցյալ աշնանը նա քաղաք էր գնացել հատկապես իմանալու գները, շուկայի պահանջը և մտքում հաշվել էր օգուտը ու որոշել գնելու ոչ միայն անհրաժեշտ ստանոկն ու երկաթե մասերը, այլև այն անտառամասը, որ ընկնում էր Քառասնաջրի մոտ, և որտեղ մտադիր էր կառուցելու սղոցարանը:

Եփրեմի բերած թուղթը իր ծրագրի մի մասն էր: Ստանոկը դեռ չկար, սղոցարանի տեղը դեռ կանաչ էր, ձորակում, դեղնած տերևների տակ՝ գորշ սառույց: Շուտով կզրնգան սղոցները, անիվը կդառնա, փոկերն ետ ու առաջ կվազեն և հաստաբուն կաղնիները կսղոցվեն, կդառնան բարակ ու լայն տախտակներ... Բազմաթիվ սայլեր կճռռան, կտեղափոխեն տախտակները, գոմեշները քարշ կտան ծանր գերանները, և ամեն տեղ կտանեն նրա ապրանքը:

Մկրտումը կանգնել էր սանդուղքի գլխին ու նայում էր գյուղին: Գիշերվա սառը քամին ծեծում էր նրա կուրծքն ու դեմքը: Նա ագահ շնչում էր անտառից եկող թարմությունը: Լուռ էր գյուղը. ոչ մի ճրագ չկար և ոչ մի ձայն: Թույլ կաղկանձոց էր գալիս ներքևի թաղից, կարծես մրսում էր մի շուն: Մոտակա խրճիթից լսվում էր մանկան ճիչ: Ջաղացի առաջ մի փոքրիկ կրակ պեծին էր տալիս:

— Երանի նրան, — մտածեց Մկրտումը, — մինչի՛ լուս էլ մասլահաթ կանի...

Դիմացի սարի ետևից լուսինը պռունկը հանել էր: Սարից խավարը կախվել էր, ծածկել ձորը, ջաղացը, գյուղի մեծ մասը: Եվ ինչքան բարձրանում էր լուսինը հորիզոնի վրա, այնքան խավարը հետ էր քաշվում: Հեռվից խուլ վշշոց էր գալիս, քամին անտառում ծառերի դեռ լերկ ճյուղերը իրար էր տալիս և բացվող բողբոջների բույրը թևերին առած տանում հեռուները:

Մկրտումն իջավ սանդուղքով: Չամբարը շղթան երկաթե լարին քսելով մոտեցավ նրան, ոտներին փաթաթվեց:

— Չամբա՛ր, Չամբա՛ր... Անիրա՛վ, — փաղաքշական ձայնով ասաց նա: Շունը հասկացավ նրա փաղաքշանքը, ավելի արագ սկսեց հոտոտել ու իր հավատարմությունը ցույց տալու համար վազեց դարպասի կողմը, մի քանի անգամ հաչեց, էլի հետ վազեց:

Վերևից Շողերը կանչեց.

— Գլխաբաց ե ս... Քամի է...

Նա հետ նայեց ու աստիճանների գլխին տեսավ կնոջը, սպիտակաշոր, շալի մեջ փաթաթված: Ինչքան նման էր նա առաջվա Շողերին, այն գիշեր, երբ մայրն իրեն մոտիկ գյուղն ուղարկեց մշակներ վարձելու: Շողերը կանգնել էր սանդուղքի գլխին, ճրագը բռնել էր ու լույս էր անում: Լույսի տակ՝ բարակ ու սպիտակ ձեռքը կարմիր շալի տակից:

Մկրտումը կայտառ մանկան պես վեր բարձրացավ... Ներքի տնից նա

լսեց Եփրեմի ծիծաղն ու մանկան լացը... Հայրը փոքրիկին անկողնուց հանել էր, գլորում էր ու փափուկ տեղերից ցավեցնելու չափ համբուրում:

Խոջա Հիբանի ամարաթի վերի հարկի ճրագն էլ հանգավ: Մնաց միայն ջաղացի խարույկը, որի շուրջ նստած մարդկանց ջաղացպանը պատմում էր իր ամենից սիրած հեքիաթն այն մասին, թե ինչպես մի հովիվ ոչխարը լճի մոտ տանելուց՝ տեսնում է սպիտակ աղավնիների, որոնք անհայտ է, թե որտեղից իջնում են, փետուրները թողնում լճի ափին, դառնում փերի աղջիկներ, ջրի մեջ լողանում, ինչպես հովիվը գողանում է մեկի թևերը, և աղջիկն էլ չի կարողանում սպիտակ աղավնի դառնալ...

Գարունը բացվել էր:

3

Արբեցնող բույր էր բարձրանում այգիներից ու գետափին ընկած ծառաստաններից: Սարերը մուգ կանաչ էին հագել, և միայն բարձրերում, ամպերի տակ, ձյունի մանրիկ շերտերը դեռ սպիտակին էին տալիս: Քարաքոսն ու մամուռը գարնան խոնավությունից ուռճացել ու պես-պես գույներով ներկել էին ժայռերն ու քարերը: Անտառի թանձր կանաչի միջից երևում էին հաստ ու կենտ ցցաչոր ծառերը: Օդում աղմուկ կար, որ գոյանում էր անթիվ-անհամար բզեզների ու մեղուների բզզոցից, թռչունների կանչից ու վար անողների երկար ու ձիգ հորովելից:

Կարմրաքարն էլ էր կերպարանափոխվել: Տերևակալել էին տների առաջ եղած հաստ ու կենտ ծառերը, փտած գերանների վրա սունկերը շար էին ընկել, կտուրներին կանաչ էր բուսել ու կախվել: Եկեղեցու գավթում խոտն այնքան շատ էր, որ Ավան ամին ըստ վաղեմի սովորության, Տեր Նորընծային խորհուրդ էր տալիս կանաչը խոտհարք պահելու և արգելելու, որ կաղ ոչխարներն ու գյուղամիջի էշերը կոխ տան ու թավալեն:

Բացվել էր գարունը, աշնան ցանած արտերը ծփում էին ծովի նման, մոխրագույն կոհակներ տալիս: Ունանը քուն ու դադար չուներ. վարում էր, հա վարում, հորովել տալիս... Ծտերն ու ագռավները երամներով հետևում էին նրա վարին և թաց հողի միջից, խոփի հենց բերանից թռցնում ճիճու և որդ: Գարնան փարթամ բնությունը ավելի էր խտացնում այն կոնտրաստը, որ գոյություն ուներ Կարմրաքարի ու նրա հանդերի միջև: Գեղեցիկ էին արտերը, մարդու ձեռքով տնկած ծառաստանները, նրա կապած մարգերը, ուր արդեն կանաչել էր լոբին, սարյակները ճռվողում էին կտուրների տակ կամ տանձենու ճյուղերի վրա, և միայն մարդու բնակարանն ու ինքը մարդն էր, որ գարնան պայծառ արևի տակ փռելու ուրիշ բան չուներ, մաշված կարպետից ու միթելը պատռած վերմակից բացի:

Գյուղի ամենավատ ժամանակն էր: Տաշտը դատարկ էր, օրը մի քանի անգամ աչք էին գցում գարու արտերին, որ շուտով պիտի գորշանար ու հասկ գցեր: Մաքուր էին փողոցներն ու բակերը, որովհետև աղբը կրել էին բանջարանոցները, գարնան արևը ծծել էր աղբակույտերի կծծահոտն ու խոնավությունը: Մաքուր էր և տների ներսը. ձմեռվա հաստ շորերն արևին էին տվել ու հագել հնամաշ արխալուղները: Ոմանք ծանր փափախները դեն էին գցել, կապույտ թաշկինակ կապել գլուխներին:

Ավան ամին կացինը գոտկատեղում խրած, մեծ դանակը ձեռքին՝ այգուց այգի էր շտապում, պատվաստները ստուգում: Ամբողջ գյուղին էր հայտնի, որ Ավան ամու նման ոչ ոք ոչ պատվաստը գիտեր, ոչ էլ ծառի «խասիաթը»: Անտառը նա գիտեր հինգ մատի նման: Տեր Նորընծայի հետ երբեմն վեճի էր բռնվում և գրազ գալիս, թե ինքը կարող էր ասել այսինչ անտառամասում քանի ծառ կա, և ինչ ծառեր են, իսկ տերտերը չի կարող ասել, թե ժամագրքի այսինչ երեսին ինչ աղոթք է գրված:

Ամեն այգում էլ նա պատվաստած ծառեր ուներ. յուրաքանչյուր գարնան այցի էր գնում իր պատվաստած ծառերին, ճյուղերը կտրում, խորհուրդներ տալիս և զայրանում, երբ տեսնում էր, որ չեն արել իր ասածը:

— Տանձն ուտելուց ճյուղերն էլ հետն ես մաշկում... Էս ձեռքդ կկոտրի՞, որ տակը փեյնես...

Գյուղի ամենալավ այգին նրանն էր: Փոքր էր, բայց խնամքով մշակած: Գարունը բացվելուն պես ծառերի չոր կեղևը մաշկում էր, քերում, կոխ տալիս մաշկի տակ ձմեռած միջատներին և չոր տերևները վառում: Եվ երբ մեղվի քթոցները սիարից այգի էր տեղափոխում, այդ նշան էր, որ մինչև խոր աշունը օրվա մեծ մասն այգումն է անցկացնելու:

— Ավան ամին քոչը բարձեց հա՛... Գարեքը հրես կհասնեն...

Արևը ջինջ երկնքի վրա հուրհրին տալով լողում էր և դանդաղ բարձրանում դեպի գագաթը: Գյուղի փողոցներում մարդ չէր երևում: Բոլոր քարի ստվերում մուշ-մուշ քնել էր հարյուրամյա մի ծերունի, որ աշխատանքի այդ եռ ու զեռին եկել էր և, զրուցընկեր չգտնելով, քնով անցել: Խանութի առաջ մի քանի ձի արևից նեղվում էին և գլխով ու պոչի շարժումով քշում ճանճերին: Քոչն արդեն բարձրացել էր. ձիավորները սարից էին իջել տնեցոց համար թեյ, շաքար ու կտոր գնելու:

Արդեն սկսվել էր քաղհանը: Հարս ու աղջիկ առավոտ կանուխ քաղհանի էին գնացել. նրանք տարել էին և փոքրերին ու տան դռներից կախել ժանգոտած կողպեքներ, բանալին պահելով հավաբնի մեջ: Ոմանք էլ դուռը միայն վրա էին դրել և բարակ թելով կապել, որ շունն ու հավը ներս չմտնեն: Այգիների կողմից լսվում էր բայաթու ծործոր ձայն, գետի մոտ՝ մեկը հա կանչում էր էշին՝ «թոշ–թոշ...»: Ջաղացի դռանը մարդ չէր երևում:

Քառասնաջրի կողմը, Խոջա Հիբանի մեծ արտում քաղհանավորի երկար շարքն էր ձգվել: Այնքան դանդաղ էին շարժվում, որ նայողին թվում էր, թե գույնզգույն շորերի շարքը կանայք չեն, այլ գունավոր քարեր արտի կանաչի մեջ: Շարքի ձախ ծայրին, ձորակի մոտ սպիտակ շորով մի կին ավելի հաճախ էր բարձրանում, երբեմն ձեռքը ճակատին տանում՝ արևից պաշտպանվելու համար և նայում ձորակի կողմը, որտեղից լսելի էր տխուր երգի ձայն, ուրախ ծիծաղ ու մուրճի միալար զրնգոց: Աղջիկը ձայներից ջոկում էր, որ տխուր երգողը ուստա Նազարն է, «հայաստանցի գաղթականը», որի տունը գտնվում է Ղարիբանոցում, իրենց տան կից: Ուստան ազատ օրերին էլ էր նստում տան պատի տակ և քթի տակ մռմռում նույն երգը: Ուրախ ծիծաղը, որ ձիու վրնջոցի էր նման, Արզումանինն էր, իսկ զրնգացողն իրենց ծանր մուրճն էր:

Երրորդ օրն էր, որ ուստա Նազարը Մկրտումի պատվերով ու նրա տված չափով աշխատանքի էր անցել Քառասնաջրի ձորակում, այնտեղ, ուր անտառի և նրանց հողի սահմանն էր: Տեղը նա էր որոշել և ուստա Նազարի հետ միասին քողով չափել պատի երկայնքը, ցույց էր տվել, թե որտեղ պիտի շինեն ջրի ամբարտակն ու երկարավուն ծածկը: Նրա ցույց տված տեղով հիմքը փորել էին, անտառի միջից մի նոր առու հանել, որպեսզի մինչև ամբարտակի կառուցումը Քառասնաջուրը նոր առվակով հոսի:

Աշխատանքը եռում էր: Արզումանը, որ այդ գարնանն էր զինվորությունից վերադարձել, ուժով հենվում էր ծանր լինգին և մեծ քարերը տեղահան անում: Նա ձորակի մյուս ափին էր, մի քիչ բարձր: Ամեն անգամ քարը գլորելուց քահ-քահ ծիծաղում էր և կանչում ուստա Նազարին, երբեմն էլ հայհոյում էր քարին, լինգին՝ հենց այնպես, ըստ սովորության:

— Ուստա Նազար, ես քեզ համար բադ ստարատցա... Պրիկազը տուր՝ ուզում ես քերծերը թափեմ ձորի մեջ... Յա սալդաթ 117 պենզենսկի պոլկ տրետի բատալիոն ավտարո րոտա պալուչիտ Արզումանու Եղիգարովու սելեննի Կարմիրկար Ելիսավետպոլսկի գուբերնի... Այ, ես քու իմանը... Սիմոն ապեր, մեզ մին ֆելդֆեբել ունեինք, գլուխն էս քարի չափ կար... Որ նո՛ւ էր ասում, սաղ զվողը դողում էր... Իսկական վրասեյսկի խոզ... Է՜յ Իվան Իվանիչ, էս էլ քո հոր գյոռին...

Եվ քարը դղրդալով գլորվում էր ցած: Կիտված քարերը մեջքով կրում էր մի դեռատի պատանի: Նրա պատառոտած շորերը փոշոտվել ու ցեխոտվել էին, քարերը քերծել էին թևերը: Պատանու մեջքին ջուլի կտոր էր, որի վրա շարում էր քարերը և տնքալով բարձրանում: Երբ Արզումանը վերից ձայն էր տալիս, թե քարն եկավ, պատանին վեր էր բարձրանում և դիտում, թե ինչպես է քարը քարին դիպչում, ցլանքներ ցրում ու կայծ տալիս:

— Եգոր, հեռո՛ւ... Քսան փութանոցն եկավ, — կանչում էր Արզումանը, և պատանին ետ էր կենում:

Եգորն ինքն էր քարը բարձրացնում, դնում մի ուրիշ քարի վրա, ապա մեջքը դեմ անում ու ձեռքերը ետ տանելով քարը գրկում: Արզումանը վերևից դիտում էր նրան: Մեծ քարին մոտենալուց, կանչում էր.

— Էդ քո ճաշը չի, մալախոլնի... Թեթևը տա՛ր... Ուզում ես գրիժա ստանա՞ս... Ախ տի սիմուլյանտ... Ռուսի թագավորն անունդ իրեն ծոցի դավթարում պահում է: Եգոր Մուրադով, մի պատառ էլ պանիր հաց ուտես, մեծանաս, կասի, իդի գալուբչիկ, կավալերիստ խարոշի... Մի ձի կտան, շաշկեդ էնքան տանես, բերես, որ կռներդ թուլանա... Փախի, քարն եկավ...

Ու նորից քահ-քահ ծիծաղում էր:

— Սմիրնո, զասպադա աֆիցերի, — այնպես բարձր գոռաց Արզումանը, որ ձայնը հասավ քաղհանավորներին: Ու Սալբին հանկարծ մեջքն ուղղեց, նայեց ձորի կողմը: Արզումանը լինգը ուսին կանգնել էր քարերի մեջ: Նրան նկատելուց նա լինգն իջեցրեց ու ձեռքը տարավ զինվորական բարևի. Սալբին ժպտաց, նորից կռացավ, երեսը թաղեց կանաչի մեջ: Կողքին կռացած կինը նկատեց այդ և ասաց.

— Էդքան մի ծալվի արտի վրա... Աչքդ փուշ կմտնի...

Արզումանի հրամանը Ավան ամու համար էր, որն այդ րոպեին վայրի տանձենիներից մի կապ ձեռին դուրս եկավ անտառից ու իջավ ձորակը:

— Այ զյափդ լինի, հա՛, — ասաց նա Արզումանին և, մոտենալով ուստա Նազարին, հարցրեց.

— Բարի աջողում, ուստա Նազար... Էս ի՞նչ ես շինում... Մարագ է՛, կալատեղը զեղումն է, թե ասեմ ամբար է, էս ճամփի բերանն ամբարի տեղ չի...

Ուստան ուսերը թոթվեց.

— Ես իմ... Շքենք... Խազեյնի քեֆ: Մեզ ի՞նչ... Կուզես ուսումարան շինեմ, կուզես դուսաղխանա: Պատը պատ է...

— Մարդ մաշկելու զավոդ է, Ավան ամի, — ասաց Արզումանը, վերից իջնելով: — Գեղումը մարդուց էժան ինչ կա՛... Էնքան իզուր հաց ուտող կա՛... Մկրտումը բերելու է, քցի մաշինի ռեխը, կլպի կարտոշկու նման, ոսկորից ձեթ հանի... Վիդալ մենդալ, ախ տի զեմլյակ... Օչերեդով կանգնելու են, բոտա ստրոյսա... Ում ժերբն ընկավ, վիզը դնելու է տակը: Բա՛ս... Հիմա էսպես է թազա պրիկազը: Հենց գիտես տանձի տնկելով աշխարհքի թագավորն ե՞ս... Այ ըստեղ տրուբան տնկելու է, ծուխը մինչև երկինք հանի, Աստծու միրուքն էլ խանձի.., էյի բող... Ըստեղ մաշին պիտի գալ, դու հլա որտեղ ե՛ս...

— Աղա, օյին բաներ մի՛ ասի: Կարմրաքարը մաշինի երես իրա օրում տեսած չի... Էնա ասա արաղի զավոդ եք շինում, էլի՛... — Եվ փորած հիմքերին ուշադրությամբ նայելուց հետո ասաց, — էսքան մե՛ծ...

— Բա էստեղ ինչ պիտի շինեք, — ու ձեռքը մեկնեց ձորակում թափած քարերին: — Սիմո՞ն... Սիմոն, էլի դու մի բան գլխի քցես, էս Արզումանը հո էն գլխից էր շաշ, ասենք թե թագավորին չորս տարի սալդաթություն է արել...

— Շա՛շ... Հիմա եմ տեսնում, որ հալիվորել ես, Ավան ամի... Պիշի պրապալ... Էս ինչիներ Մանզասարովի զավողն ա, իմացա՞ր... Էն քարերը որ տեսնում ես, ըսենց պիտի ձորի առաջը կտրե՛նք, չորս արշին պատ քաշենք, որ ջուրը գյոլ տա...

— Այ տղա, ճամփու բերան է, հարևան բան կընկնի մեջը, — ասաց Ավան ամին, ուշադիր նայելով ձորի քարերին և նոր առվի հետքին:

— Սիմոն, բա լսում չե՞ս... Քեզ եմ ասում... Գլխի չե՛ս...

— Ես իմ... Հրեն ասում է, էլի՛... Ես ո՞վ եմ, որ նրանց խորհուրդն իմանամ:

— Էստեղ մի բան կա՛, գլխի չեմ... Իմ լսելովս արաղի զավոդ պետք է շինի... Համա զավոդի նման չի: Տերտերն էլ ասում էր, թե մեծ ավազան է շինում, որ ամառը ջուրը չցամաքի բոստանների համար...

— Հա, քո ասածն է, Ավան ամի: Նրանց քունը չի տանում, գիշեր-ցերեկ դումիտ են անում, որ Ղարիբանցի սովածները մեծ պասին լոբով շորվա ուտեն: Դու էդ ասա, էդ տանձիքը ո՞ւմ համար ես տանում... Կարմրաքարի ստարշիքն էլ որ քեզ նման լինեն, ասա ժողովուրդը գնա Մարցա ջուրն ընկնի: Տակիդ կարպետը քաշում են, հանում, դու հլա երազ ես պատմում...

— Դե որ ուսումնագետ լինենք, հալբաթ մենք էլ յարի դարմանը կիմանայինք: Յա ես, յա էն չոլում բառանչողը, հը՞, ի՞նչ կասես, Եգոր…

Եգորը հոգնել էր: Նա ուրախ էր, որ խոսակցությունով են բռնվել ու հանգստանում են: Նստել էր քարին ու մեկ-մեկ պոկոտում էր թարթանջուկի թևերը, ծամում: Սովել էր և անհամբեր սպասում էր, որ ուստան հացի նստի:

— Հիմա ինչ ժամանակներ ե՛ն… Առաջ որ քու տանդ պատին էլ մի քար դնեիր, առանց ջամիաթի խոսքի իրավունք չկար: Ծառն ինչ է, էլի տնկելուց հարևանիդ խաթրը պետք է առնեիր, թե հաշտություն չլիներ, գյուղի իշխան մարդկանց մեջ էիր քցում, համոզն առնում... Բա ո՞նց… Ծառը շվաք կաներ բոստանի վրա: Էն ժամանակն ո՛ւր... Եքքա թոփխանե են շինում, իսկի մի իրավունք, մի հարցմունք: Ամեն մարդ իր գլխի տերը, ուտողն ուտողի: Էգուց էլ չափարը կապելու է, թե իմ հողից դուշն իր թևով պետք է չանցնի, էս իմ հայրենիքն է:

— Է՛, Ավան ամի, էշը կորցրել, չվան կհարցնես... Ասա Քառասնաջուր մերը լիներ… Թե չէ ձորի մեջ պատ շարելով գեղին ինչ վնաս: Քսան տարի օրն աշխատի, օրը կերա, մի հավաբուն չշքի… — ասաց ուստան, ծխի քուլաները պնչերից առատորեն հանելով:

— Մալը չնո սիրտդ ուզում է... Էս սիաթիս մի տաք բորշ լիներ, եյ բոդ, կաշնարին էլ հետը կուտեի: Տվողն ո՞վ է… Հրեն Եգորը տավարի նման սաղ թարթանջուկը կերավ:

Եգորը կարմրատակեց:

— Խարչին խազեյսկի է… Հրես հա՞, — և նա ոտքը մեկնեց սփռոցին:
— Մենակ ինձ չի հերիք, — Եգորն աչքը գցեց սփռոցին: — Հը՞, բերանիդ ջրերը գնա՞ց… Սովամահի տղա. պինդ քաշի, փորդ էնպես քաշի, որ ֆելդֆեբելի մատնեքն արանքով չմտնեն: Ավան ամի, թագավորին ծառայելը սրանից լավ է… Էլի մի կուշտ փորով հաց ուտում էիր: Էնքան բորշ էին տալի՛ս… Չէ, միտքս ծովել է: Աշունքն ուզում եմ Բաքու գնամ, ինչքան չլինի հացափոր կաշխատե՛մ, զատո քեփ էլ կանեմ. հը՞, ի՞նչ ես ասում:
— Ի՞նչ եմ իմանում, որ ի՞նչ ասեմ… Ոչ առաջինն ես, ոչ էլ վերջինը: Վակզալի ճանապարհը ջաղացի ճանապարհից էլ հեշտացել է: Հենց ում տեղը մի քիչ նեղանում է, հացը մեջքն է կապում, յալլա՛… Էստեղ էլ կոնդ ու չոլախն են մնում, ինձ նման հալից ընկածը: Էնքան գնացին, որ տակին մնացողը հերիք չի նրանց փակ դռներին մտիկ տալու:
Թմբի գլխին ձիու ոտնաձայն լսվեց ու մի վայրկյան հետո երևաց Մկրտումը:
— Լավ ե՛ք… Ուզած վախտը ճաշթող եք արել, — ասաց նա և ցած իջնելով, ձիու սանձը ձգեց Եգորի կողմը, քթի տակ «բարի օր» ասելով: Նրան դուր չեկավ Ավան ամու ներկայությունը, բայց, ծածկելով այդ, դարձավ նրան.
— Էլի փեշակիդ ե՞ս… — ու մտրակի կոթը մեկնեց քարի մոտ դրած տանձենու տունկերին: — Երանի քեզ… Անմահական հիշատակ ես թողնում հուր հավիտյան… Տանձն ուտելու են, քեզ էլ օրհնանք տան: Մենք հե՛չ, Ավետարանի թևում գրված չի մեր անունը: Ի՞նչ կասես, ուստա:
— Ճշմարիտ է, արդար գործը միշտ կմնա…
— Անարդա՞րը, — կտրուկ հարցրեց Մկրտումը:
— Ո՛վ գիտե աշխարհի բանը…
Նա աչքի տակով նայեց թափած քարերին, փորած հիմքը տեսավ, մտավ մեջը, կռացավ և աչքի չափով ստուգեց պատի ուղղությունը:
— Խելքդ ի՞նչ է կտրում, — դարձավ նա Ավան ամուն, — էլի ինչքան չլինի ինձանից փորձված ես… Էս իմ պլանից ի՞նչ դուրս կգա:
— Ի՞նչ ես շինում, — հարցրեց Ավան ամին դժկամությամբ:
— Ուզում եմ Կարմրաքարը լուսավորեմ, — ու ծիծաղեց, — մի թեթև զավող ամալլու բան եմ սարքելու… Գերան կպատահի, տախտակ կքաշենք, ճանճի, բանի համար յաշիկ կշինենք: Չի պատահի, կրահոր կշինենք, ուզողին կտանք: Էս ձորը լիքը կրաքար է… Ուժներս տա, անելու շատ բան կա… Ով գիտի, բախտի բան է, մեկ էլ տեսար մի ինջիներ եկավ, ասեց թե էս հողի տակին մադան կա:
— Դե հո սուտ չի: Հրեն ասում են Զեյթայի վերի հանդում քարի քոմուրի մադան են գտել, — ասաց Արզումանը:
— Որ վնաս էլ անեմ, մի քանի աղքատ էլ է հաց կուտեն: Էդ էլ թող իմ

վարձը լինի: Աշխարհը հո հետս գերեզման չեմ տանելու, ասենք մարդու թամահն է շատ... Էս է, Արզումանին զավեդուշի եմ դնելու:

— Եգորն էլ ստարշի մաստեր, — վրա բերեց Արզումանը ու ծիծաղեց: Նրա ծիծաղը հաճելի չեղավ Մկրտումին: Փշաքաղվեց, աչքերը խորն ընկան, ճակատի ճեղքվածքի շուրջ արյուն հավաքվեց:

— Բա ջուրը ո՞նց ես անում, — հարցրեց Ավան ամին, ծածկելով համար Արզումանի ծիծաղի տպավորությունը:

— Ջուրը ձորով էլի թող գնա... Էս պատը քաշում եմ, որ ամառը ջուրը բարակելուց զավոդը պարապ չմնա:

— Էս ջուրը զավոդ չի բանեցնի, Մկրտում:

— Չի բանեցնի՞... Վերի առուն էլ շուռ կտամ: — Վերի առուն սարից էր գալիս և անցնում Խոջա Հիբանի մեծ արտով, իջնում գյուղի վրա:

— Վերի առո՞ւն, — ու բոլորը զարմացան: Նույնիսկ Եգորը տեղից վեր կացավ ու մոտեցավ նրանց, հետևից քաշելով ձին: Վերին առվակն անցնում էր նրանց բակով, և բակի երկու պառավ տանձենիները ամառվա տապին լիուլի ջուր էին արբում:

— Ոնց կլինի է՛դ...

Սիմոնը դադարեցրել էր մուրճի զրնգոցն ու երեսը դարձրել խոսողների կողմը:

— Բա ժողովո՞ւրդը...

— Ուրեմն կժերով պիտի ջուր բերեն, կալերը ցեխապատե՞ն...

— Տանձիքը կչորանա՛ն...

Համարյա միաժամանակ հարցրին Ավան ամին, Արզումանն ու Եգորը: Մկրտումն ունքերն իրար տվավ ու գլուխը թեքելով Եգորի կողմը, կանչեց.

— Ձին հեռու տար... Սրան տե՛ս... Կաթը պոռշին չորացել չի, խոսքի է խառնվում... Ջահրումար տանձիքը: Ծմակը լիքը տանձ է, էնքան կե՛ր, որ զլկրտի:

— Ո՞նց ես ուզում: Էն էլ իրենց տան փափախավորն է, ոնց թե ծմակից տանձ բեր, — ձայնը բարձրացնելով ասաց Ավան ամին: Արզումանը մի քայլ էլ մոտեցավ:

— Է՛հ, ասենք նրա խելքը էդքան չի հասնում, դու էլ նրա թայը հո չես, — դարձավ նա Ավան ամուն ժպիտն երեսին: — Ուրեմն հավատացիր, էլի՛... Վաշշ, դե էնա ասի Կարմրաքարի դուշմանն եմ, էլի: Էդ իսկի ես կանե՞մ, ուրեմն ես պետք է քոչեմ էս գեղից: Էհ, էդպես է՛... լավություն էլ անես, վատն ես, վատություն էլ անես, աչքից ընկած ես... — սրտնեղած վերջացրեց նա ու շատ խոր նայեց Ավան ամուն, ապա հանկարծ շրջվեց Արզումանի կողմը, ասես ուզում էր իր խոսքի ազդեցությունը ստուգել:

— Կարմրաքարում թե մի բարեկամ ունեմ, իրեն է՛, — ու մտրակի կոթը մեկնեց Սիմոնի կողմը, — չէ՛, Սիմոն...

Սիմոնը չպատասխանեց:

— Մտքումս կա, որ քաշած տախտակից ուսումնարանի համար

նստարան շինեմ... Թե չէ էն ինչ է: Ոչ բարով ես էլ եմ հոգաբարձու: Հերու ամառը Բեկտաբեգովն էլ տեսավ... Ասում է հայոց ուսումնարանը մշտական աղքատ է, լավ կանեք միրսկի պրիգովոր տաք, թագավորական շկոլ բաց անեք: Ասի չէ, էդ լինելու բան չի, մեր երեխեքը թող մայրենի լեզվով ուսում առնեն…

— Մին չի՞, — ուսերը թոթվելով ասաց Արզումանը, — դու հաց ասի... Փորին ի՞նչ լեզու...

— Խելառ ես, ինչ է, — հարեց ուստա Նազարը, — մարդ յուր օրենք մոռանա, ռսի լեզվով ուսում առնե՞ն... Մեր երկիր բոլոր հայի լեզու կխոսի:

— Հա, Մկրտում, գերանը ո՞ր ծմակից ես բերելու, — խոսակցությունը փոխելով հարցրեց Ավան ամին:

— Փողի բան չի՞... Թագավորական ծմակը շեն մնա: Փող տուր էգուց կուպչի կրեպոստը հանեմ, ինչքան քեփդ ուզի հա կտրի...

— Հարկի, փողի բան է, երեխան էլ է իմանում, որ աշխարհս փողի վրա է շուռ գալիս: Իմ ասմունքս դա չի: Օրինակ, զակոնը թույլատրիլ չի, որ Քառասնաջրի ծմակը ծախվի... Շատ էլ թագավորական է: Մեր եզինքը, մեր տավարը, կալից որ դուրս ենք հանում, ալբիալ ծմակն են մտնում: Հավերն էլ են գալիս... Աշունքը տավարի յաթաղն է էս ծմակը: Հերու էր թե մեկէլ տարին, մեր Օհանի հավը երկու ամիս ձու չէր ածում: Վերջը քառասուն թե հիսուն ձու ճարեցին ծմակում: Անիրավը մտել էր մոշուտի մեջ... Հա, էն եմ ասում, որ Քառասնաջուրը ժողովրդի հուսատեղն է, օջախի չոփը էստեղից են հավաքում: Ուրեմն զակոնի կողմանից թույլատրելի չի...

— Ի՞նչը:

— Օրինակ, որ տոլկի դնեն, Քառասնաջուրը ծախեն:

— Խազնեն ինչ ուզի կանի... Ծմակը թագավորական է, ում ուզի կտա... Փողի բան չի՞...

— Հա է՛, թող էլի փողի լինի: Ժողովրդի մեջքն էլ հո կոտրած չի… Փարթ կանենք, կհավաքենք: Եթե տոլկումը դնեն, մենք կառնենք...

— Կարելի է՛...

— Դե ես էլ էդ եմ ասում, է՛...

— Որ կորպուզի կամանդիրն էլ գա, մի շյուղ էլ չեմ թողնի կտրի... Սաղ ժողովրդին թոփ կանեմ, բոտա ստրոյսա... պլի, — ու լինգը մեկնեց, նշան բռնեց:

Մկրտումը բարձր ծիծաղեց.

— Ա, հերիք է... Ուրիշն էլ կլսի, կասի խառնակիչ խոսքեր են ասում տերության մասին, հանաքը կդառնա դազանակ: Քառասնաջուրն ում ուզում են տան, տերության հոգսն ինձ չեն տվել հո՛, — ու ձայն տվավ Եգորին, — ձին քաշի: Ուստա, դե մի քիչ ջահտ արա, էս շաբաթ գլուխը ծածկի: Հայ արևդ կծեմ, գործին տաք կպի, — ասաց Եգորին, ձին նստելուց, — ղողրմած հոգի հերդ գործի մեջ ասլան էր: Հինգ փթանոց ջվալը մի ձեռքով էր ուսին դնում:

Ձին փնչոցով վեր բարձրացավ, սմբակները մագիլների պես խրելով հողի մեջ:

— Խելքդ ի՞նչ է կտրում, Արզումա՛ն, ես էնքան էլ գլխի չեմ... — հարցրեց Ավան ամին ու գրպանից հանեց արծաթագլուխ չիբուխը: — Էնպես ափսունել գիտի ո՛ր, օձը ծակից կհանի: Հը՞...

— Այ, նո՛ւ եվո... Ի՞նչս է կորչում: Մի գլուխ ունեմ, կառնեմ, որտեղ քեփս տա, էնտեղ էլ կապրեմ: Վերջը կերածնիս մի փոր հաց չի՞... Քանի ուժ ունենք, սոված չենք մնա... Վեր կաց, Եգոր... Էն քարերն էլ տանենք, հետո տեսնենք ուստա Նազարի փորը երբ է սովածանում: Չէ՛, էգուց ես հետս հաց եմ բերելու... Ուստան ուղտի ջինս է, մի շաբաթ էլ չուտի, կդիմանա...

— Ես էլ գնամ, — ասաց Ավան ամին, ձեռքը մեկնելով տունկերին:

— Գնա, ծառերդ տնկի... Աշխարհի դարդը քեզ չեն տվել, աշխարհի հերն անիծած... Մինը քոհլան ձին նստած կանաչ տախտերում ման գա, էն մինի մեջքն էլ էնքան քար շալակի, որ փալանը հարի, ջիդավ դառնա:

Եվ բարկացած իջավ ձորակը: Եգորը ոտքերը քարշ տալով հետևեց նրան:

Արզումանը զարմանալի փոփոխական բնավորություն ուներ: Նա հանկարծ հուսահատվում էր, թքում ամեն ինչի վրա և կատաղած աշխատում, եթե աշխատանք կար ձեռքին: Զինվորության մեջ, երբ նրա վրա իջնում էր այդ տրամադրությունը, նույնիսկ ֆելդֆեբել Իվան Իվանիչը վախենում էր նրան մոտենալու: Ծայրահեղ հուսահատությանը հանկարծ հաջորդում էր այնպիսի ուրախություն, ասես աշխարհն իրենն էր: Հորթի նման թռչկոտում էր: Մերթ սուր հանաքներ էր անում և երբ լողները սրտանց ծիծաղում էին նրա ասածի վրա, հանկարծ զայրանում էր և գոռում.

— Շան որդիք... Ի՞նչ է, ես ձեր մասխարան ե՞մ:

Անարդարության ինչ դեպք էլ լիներ, նա մի կերպ իր վերաբերմունքը պիտի ցույց տար, ներսի մաղձը թափեր: Նրան գիժ էին ասում, բայց ասողներից և ոչ մեկը չէր կարող համարձակ աչքերով նրա երեսին նայել այն ժամանակ, երբ նա զայրացած էր: Երբ նրան զինվոր էին տանում, տանուտերի երեսին գյուղի հրապարակում այնպիսի խոսքեր ասաց, որ նույնիսկ ամենա համարձակ մարդիկ վախեցան և կարծիք հայտնեցին, թե նա զինվորությունից այլևս չի վերադառնա:

Արզումանը գյուղում տուն ու տեղ ուներ, բայց այդ տանն ապրող չորս շնչից և ոչ մեկն էլ նրան հարազատ չէր: Մոր մահից հետո հայրը երկրորդ անգամ էր կին առել, և այդ կնոջից էլ սերել էին այն փոքրերը, որոնք նրան եղբայր էին ասում, բայց ինքը ոչինչ ազգակցական չուներ նրանց հանդեպ: Զինվորության առաջին տարին մահացել էր և հայրը: Առաջ էլ նա խորթ մոր հետ չէր հաշտվում, և երբ ծնվեց առաջին մանուկը, խորթության վիհը դարձավ անդունդ, և նա մեծացավ բարեկամների տանն ու դռանը: Ու երբ լուր ստացվեց, որ Արզումանը զինվորությունից վերադառնում է, և լուրն իրար հաղորդեցին աղբյուրը գնացած կանայք, ոմանք հառաչանքով կարծիք հայտնեցին, որ կգա, հոր ավերակները կտեսնի, գլուխը կառնի ու կանհայտանա: Պառավ կանայք ուրիշ բան էին ասում:

— Ոտը կկապի, էլ չի կարա հեռանալ...

Վերադարձի երկրորդ օրն ևեթ նրան խորհուրդ տվողներ եղան ամուսնանալու: Նա Ավան ամու մոտ գնաց, վերջինս տնտղեց նորեկին, հարցուփորձ արեց «Ռուսաստանու կողմերից, էժանից ու թանգից, ժողովրդի ավհալաթից» և երբ զինվորության մեջ սովորած կիսատ-պռատ ռուսերենը խոսքին խառնելով Արզումանն ավարտեց իր պատմությունը, և որպես աշխարհի հրաշալիքներից մեկը նկարագրեց «Աղես քաղաքը, թոփով պարախողն ու ռուսաց հողի հարստությունը, որտեղ ցորենն այնքան բարձր է բուսնում, որ ձին ձիավորով միջին կորչում է» — երբ ավարտեց իր պատմությունը, Ավան ամին տխրությամբ ասաց.

— Բաղդադ էլ խուրմա շատ կա, մե՛զ ինչ... Շատ էլ Ռուսեթը մեծ երկիր է, որ էլի հայրենիք չի դառնա՛: Գլուխդ կախ արա, քո ակոսդ ծրի... Հրեղ եքա մարդ ես դառել, տնավորվի, մի կերպ կառավարվի, հալբաթ մի լույս էլ մեզ կհասնի: Էսպես նեղում չենք մնա՛...

Արզումանը հայտնել էր իր միտքը Բաքու գնալու մասին: Ավան ամին առարկել էր, խորհուրդ էր տվել հայրական այգին նորոգել:

— Ձեր էն բաղի կողքով որ անց եմ կենում, քիթս մխում է: Չափարը ջարդած, մեջը քար... Ծառերը՝ էն ցաքի փուշը քեզ օրինակ, իրար գլխով են դառել... Կռներումդ ուժ կա, գնա ավադ արա, էլի հուսատեղ է նեղ օրվա համար:

— Է՛, բաղս որն է... Երկու լափռի կա, մի տանձի: Խուրձ կրողներն էլ էնքան քարով են տվել, որ կեսը չորացել է: Նու եվո, սավսեմ: Մեր պերվի կորպուսը տարել էին մաններ Վարշավու կողմերը... Ա՛յ բաղեր: Օխտն օր, օխտը գիշեր ձիավորն անց կացավ, բաղի չափարը պրծավ... Պակրայնի մերե մարդ էդպես բաղ պահի:

— Դու գիտես... Իմ խելքս էլ էդքան է կտրում: Ամենայն մի երկիր մին պլան ունի... Էս էլ մեր երկրի պլանն է...

Արզումանը հեռացել էր Ավան ամուց այն հաստատ որոշմամբ, որ գյուղում կմնա մի քանի օր էլ, կտեսնի բարեկամներին, հյուր կգնա նրանց տները, կպատմի «Աղես քաղաքի և թոփով պարախողի մասին», մի քիչ էլ կզարմացնի իր ռուսերենով, կոշտ սապոգներով և այն նշանով, որ ստացել էր լավ հրաձիգ լինելու համար ու կհեռանա գյուղից, ամեն ինչ թողնելով խորթ մորն ու նրա ժառանգներին:

Այդ քանի օրը նա ուշ էր վեր կենում, փալասի կտորով սրբում էր կոշիկները և բարձի տակից հանում զինվորական շալվարը, որ քնելուց ծալում էր խնամքով, գլխատակին դնում՝ ծալը չկոտրելու համար: Փոքրիկ երկաթե սանրով մազերի փնջերը ոլորում էր թեք ու միահավասար, կարտուզը ծուռ դրած փողոց ելնում: Գյուղում լուրեր էին տարածվում, որ Արզումանը աղջիկ է ջոկում: Ոմանք հավատում էին, մայրեր կային, որոնք սրտատրոփ սպասում էին, թե ահա կանգնի նա իրենց տան առաջով, կմտնի և գուցե թե մի բան լինի:

Իսկ Արզումանն իրեն հասակակից ընկերներին պատմում էր այն մասին, թե ինչպես իրենց վաշտը մանյովրի ժամանակ լեհական մի գյուղ տարան: Պատմում էր և աչքերը փայլատակում էին հիշողության հրճվանքից:

— Ա՛յ աղջիկներ, թամամ հրեշտակ... Սավսեմ սլաբողնի գալիս են, հետդ խոսում, ասում... թե մի քիչ արսըզ ես, կուռդ ճտովը քցի... Իսկի չի՛ խոսում: Հորը, մորը առաջ քեզ պոդրուժկա է անում: Սպիտա՛կ, սպիտա՛կ... Երեսիատին որ նայում ես, պատկերդ միջին շողշողում է: Աբմունդիրավաննին էլ թազա էինք ստացել, կոճակները պսպղում էին ոսկու նման... Էլ ինչ կեր ու խում, ինչ արզան, մուզիկ, դուխավոյ արկեստր...

Եվ պատմում էր, թե ինչպես է մի տուն ընկել, ուր երեք քույր են եղել, մի պառավ մայր:

— Կավկազի մարդի համար խելագարված են... — որպես իրական ապացույց իր ասածների, հանում էր ծոցի գրպանից նրանցից ստացած մի նկար: Ճիշտ է, դարձյալ երեք քույրեր էին, բայց այդ նրանց լուսանկարը չէր, այլ սովորական բացիկ, որ նվիրել էին նրան երեք լեհուհիները:

Այդ օրերումն էլ պատահեց. այն հանկարծակի հանդիպումը, որ և վճռեց նրա գյուղում մնալու հարցը: Ջաղացպանին տեսության գնալուց, նա անցավ Ղարիբանցի այգիների միջով ու հանկարծ դեմ դուրս եկավ բարձրահասակ, լիքը մի աղջիկ, որ ձեռքերը վեր էր բարձրացրել ու բռնել կուժի ունկից: Աղջիկը նրան տեսավ թե չէ, կարմրեց, գլուխը խոնարհեց...Արզումանը տեսավ նրա երկար արտևանունքները, լիքը կուրծքը, որ ավելի էր ուռել, որովհետև աղջիկը ձեռքերը վեր էր բարձրացրել և բռնել կժից: Տեսավ ու տեղը մեխվեց: Աղջիկն անցավ. կժի մեջ ջուրը խուլ արձագանք էր տալիս՝ կըլթկըլթ, տարուբեր լինում աղջկա ոտնափոխից: Արզումանը ետ նայեց. շորորալով գնում էր աղջիկը, կուժն ուսին ու ոտաբոբիկ: «Նա է՞ր... չէ՛, նման էր», մտածեց Արզումանն ու հետ դարձավ: Նա տեսավ, թե ինչպես աղջիկը մտավ Շալուն Սիմոնի դռնից: Նա էր՝ Սալբին:

Արզումանը գիտեր, որ Սիմոնն աղջիկ ունի: Զինվորության ժամանակ, երբ երեկոները հերթապահը փոստը բաժանում էր, և հավաքվում էին նամակ ստացողների շուրջը, նամակի ընթերցումից հետո կազարմայում խոսակցություն էր բացվում կանանց մասին: Ամեն մարդ իրենց գյուղերիցն էր պատմում, տեսած կանանց գովքն անում:

Զինվորներից մեկը աշխարհի ամենից երևելի գեղեցկուհուն համարում էր իր խորթ քրոջը և նրա մասին այնպես էր պատմում, այնպիսի շարժ ու ձևով, շրթունքները չմպացնելով, որ լսողներն իրենց կասկածն էին հայտնում, թե նրանց մեջ ինչ-որ բան է պատահել: Արզումանն էլ էր պատմում ու պատմելուց հետո, երբ քնելու փողը փչում էին, պառկում էր ու ժամերով վերհիշում գյուղը: Այդ ժամերին նա մտաբերում էր և Սալբուն, հիշում էր փոքրիկ այն աղջկան, որի հետ մի ամառ խուրձ էին կրել:

Զաղաց հասնելուց հետո էլ ինքն իրեն հարց էր տալիս, թե ինչքան շա՜տ է մեծացել: Այդ օրից նա խոր պահեց «հրեշտակների» նկարը: Ճիշտ է, նրա ուրախությունը խորացավ, նա լռությամբ էր անցնում այն դեպքերի վրայով, որ պատահել էին Վարշավայի մանյովրի ժամանակ:

Նրա գնալն ուշանում էր: Գյուղի կանայք ասում էին.

— Շուռ է տալի գյուղի վրա, տեսնենք որ թխսամոր ճուտը կփախցնի...

...Արզումանը քարի գլխից բարկացած իջավ ու այնպիսի մի մեծ քար գրկեց, որ Եգորը մնաց զարմացած: Վերև տանելուց գոտու կապերը կտրվեցին, և գոտին ընկավ:

Քարի գլխից նա աչք էր ածել քաղհանավորներին ու տեսել էր նույն շարքը, մի քիչ ավելի խոր գնացած: Ոչ ոք չէր բարձրանում: Մկրտումը ձիու վրա նստած խոսում էր Շողերի հետ: Արզումանը երկար նայեց. նա ուզում էր, որ Սալբին վեր բարձրանա ու մի անգամ էլ նայի ձորակի կողմը: Սպասեց... Ու հանկարծ Մկրտումը տեսավ: Արզումանը ձևացրեց, թե քար է գլորում ու զայրացած իջավ: Մեծ քարը հիմի փոսի մեջ շպրտելուց հետո, թևով ճակատի քրտինքը սրբեց:

— Խիղճ չունե՞ս դու... Մեռանք է՜ սովից: Եգոր, արի՜, Սիման ապե՜ր, վեր կաց... Դու էլ ուստա դառար մեր գլխին էլի՜... Պարավոզի տրուբան դրել ես բերանդ, էս ձորերը մուխով լցրել, էլ հացն ինչ ես անում...

— Կերե՜ք, բան չեմ ասի... Էս քարն էլ դնեմ... Ես էլ անոթեցա, — ասաց ուստան ու քթի տակ շարունակեց մռմռալ մելամաղձոտ երգը՝ «դանդանա վեր ա՜յ նանա՜»:

Մկրտումը դժգոհ հեռացավ: Ավան ամուն ի՞նչ, թե ինչ է մտադիր անելու: Ինչո՞ւ էր եկել... Ժպտաց: Հիշեց նրա խոսքը՝ փարթ կանենք, Քառասնաջուրը տերությունից կառնենք... Ձին խայտալով գնում էր, աջ ու ձախ դունչը մեկնում, փրցնում ծաղիկ ու խոտ: Հարկավոր չէր խիստ լինել... Լավ էր: Հիմա նա իր մտքում թող մտածի գյուղի համար: Ժամանակը կգա: Ի՞նչ պիտի անեն, ինչ կարող են անել, որ ուզենան էլ: Միայն արյուն են պղտորում: Ձիու ոտքը քարին դիպավ, քիչ մնաց ընկներ: Մկրտումը սանձը պինդ ձգեց և փորի տակով մտրակեց, մտրակը վզզաց գնդակի պես, ձին թռավ: Այդպես... Ու մի քիչ հանգստացավ: Ասես մտրակը ձիու տեղ այն աներևույթ թշնամին ստացավ, որ խուլ դժգոհում էր, փնթփնթում, խեթ նայում, բայց ճակատ առ ճակատ դուրս չէր գալիս:

Ծփացող արտի տեսքը նրան հանգստացրեց: Գարունը խոստանում էր առատ բերք: Նա ձին պահեց արտի ծայրին, մասրենու ծաղկած թփի մոտ: Կռացավ գարու ցողունը պոկելու: Ձին ետ-ետ քաշվեց, ականջները խլշեց: Թփի մյուս երեսին մի բան շարժվեց, ոստերն իրար դիպան, և սպիտակ վարդի թերթերը օրորալով վայր ընկան: Մկրտումը ձիուց իջավ: Մյուս երեսին, թփի ստվերում, քաղհանավորներից մեկի մանուկն էր, փոքրիկ ճոճքի մեջ: Մանուկը զարթնել էր, տրորում էր աչքերը, ու ճոճքը շարժում էր, ոստերն իրար էին դիպչում և թերթերը թափվում էին: Մկրտումն ու մանուկը մի վայրկյան իրար նայեցին. մանուկը ժպտաց, Մկրտումն ուզեց կռանալ ու մատը կարմրած թշին դնել, բայց մանկան դեմքից ժպիտն հանկարծ անհայտացավ, երևաց վախի արտահայտություն: Փոքրիկը տեսել էր ձիու գլուխը Մկրտումի թիկունքի ետև:

Ձին հետքից քաշելով, Մկրտումը մոտեցավ քաղհանավորներին: Շողերը նրանցից բաժանվեց ու մի քանի քայլ արեց դեպի նա: Թելունց պառավը, որ մինչ այդ պատմում էր ընկերներին իր ամուսնական կյանքից, պատմում էր ու ծիծաղում, ու երբ ծիծաղում էին և աղջիկները, նրանց վրա բարկանում էր ու դեմքին կեղծ լրջություն տալով սաստում, որ չլսեն, — Թելունց պառավն ամենից առաջ տեսավ Մկրտումին:

— Այ դո՛ւ բարով ես եկել... Էս արտը քեզ փեշքե՛շ... — ասաց նա: Մկրտումը ժպտաց: Պառավի խոսքին քաղհանավորներից ոմանք ետ նայեցին ու նրան տեսնելով, նորից գլուխները կախեցին: Մկրտումի աչքին ընկավ և Սալբին, որ արևից ու տաքացած հողից կարմրած, քրտնած երեսը մի վայրկյան միայն շրջեց նրա կողմն ու նորից շարունակեց աշխատանքը: Գարու կանաչ ցողունները փնջերով դուրս էին գալիս նրա դեյրայի կախ ընկած փեշի տակից, երբ նա մի քայլ առաջ էր անում ու փեշը քաշում: Կանաչ ցողունների արանքից երևում էր նրա բոբիկ ոտքն ու սպիտակ սրունքը:

— Էն կռացածը Սիմոնի աղջիկը չի՞, — հարցրեց նա կնոջը, այնպես որ Սալբին էլ լսեց: — Ինչ բո՛յ է քշել մեռածը...

— Մկրտում, ա՛յ Մկրտում... Էսօր-էգուց մեռնելու եմ, է՛... Մի երկու արշին քաթան տուր օմբեքս ծածկեմ: Տես, հա՛, սաղ բաց է, — կանչեց Թելունց պառավը և առանց քաշվելու փեշը վեր բարձրացրեց, ցույց տվեց իր ոսկրացած ու մերկ ազդրերը: Ոմանք փռթկացին, ոմանք էլ ամոթից մինչև ականջի բլթակները կարմրեցին:

— Ինչ եք հռհռում, — դարձավ պառավը կանանց, — ես պետք է Մկրտումից ամաչե՞մ... Նրա պորտը ե՛ս եմ կտրել...

— Էս քանի օրս Եփրեմը ապրանքի է գնալու. որ բերի, կգաս, կտանես, նա՛նի... — պատասխանեց Մկրտումը:

Ու մտաբերեց դավթարի այն էջը, ուր դեռ անցյալ տարվանից Թելունց պառավի ազգանվան դիմաց գրել էր՝ «շաքար - 1 գրվ. և չայ կապով - 12 մխալ, գումարով 36 կոպեկ»:

Ձին նստեց ու մի անգամ էլ աչքով չափեց ծփացող արտը, նայեց Քառասնաջրի անտառին, որի առաջնապահ ծառերը ստվեր էին գցել արտի վրա, մի թևով էլ իջել մինչև տան պարիսպը: Ձիու վրայից նա տեսավ և Արզումանին՝ քարի գլխին: Անեա մի սև ամպ երևաց նրա մտքի հորիզոնի վրա: Նա ձգեց ձիու սանձը, և ձին գլուխը թեքեց գյուղի կողմը:

4

Այդ երեկոն ավելի շուտ մթնեց: Սևացած ամպերը ծանր վարագույրի պես ծածկեցին երկինքը, սարերը, ձորերը լցվեց սև ծխով: Նախիրը կանուխ իջավ սարից, կիթը մթնով կատարեցին: Հանկարծ սպիտակ ալավ ընկավ երկնքից, եկեղեցու խաչն ու զանգակները փայլփլեցին, որոտը դղրդաց այնպես, որ դարակներում դարսած պղնձե ամանները զրնգացին: Եվ սկսեց անձրևը, նախ դանդաղ, ծանր կաթիլներով, ապա որպես վարար հեղեղ:

Գվվում էր անտառը, ձորը: Անձրևի աղմուկի մեջ չէր լսվում Մարցա ջրի վշշոցը: Երբեմն բացվում էր մի դռնակ և ինչպես բռնկված լուցկի, խավարի մեջ տան աղոտ լույսը փայլում էր ու հանգչում: Մութի մեջ մարդիկ նովդաններն էին ամրացնում, ջրածակերը կալնում, հավաբունի առաջն աթար դնում, — մի խոսքով, կատարում կանխող այն բոլոր գործողությունները, որ տարբեր էին յուրաքանչյուր տան ու բակի համար:

Տեր Նորընծան երկար շալն ուսերին ետ ու առաջ էր քայլում նեղլիկ պատշգամբի վրա, երբեմն գլուխը վեր բարձրացնում և սևացած երկնքի վրա փնտրում աստղեր կամ մոտենում պատշգամբի ճաղերին, ձեռք մեկնում և տեղացող կաթիլներից որոշում անձրևի թափը:

Պատուհանի ճրագը լուսավորում էր պատշգամբը, որի սյուների երկար ստվերներն ընկել էին ծառերի սև սաղարթի վրա: Հեղեղի ընթացքում փայլատակում էր փայլակը, լսվում էր խուլ որոտ, մի վայրկյան չքանում էր խավարը, և սպիտակ լույսի տակ Տեր Նորընծան տեսնում էր քամուց խշշացող ծառերը, դիմացի տան կտուրն ու երդիկին դրած կարմիր կարասը: Ապա թանձրանում էր խավարը, և ճրագը քահանայի երկար ու թրթռացող, մի քիչ այլանդակ ու սապատավոր ստվերը սյուների արանքից նետում էր մինչև այնտեղ, ուր հալվում էր ճրագի լույսը:

Ներս ու դուրս անող տղամարդ ու կին իրենց բակերից նկատում էին քահանայի վիթխարի ու սև ստվերը: Ոմանց այդ ստվերը հանգստացնում էր և մեղմում արհավիրքի սարսափը: Թելունց պառավը, որ մինչև ծնկները վեր քաշած, ծլլացող անձրևի տակ բակում դարսած աթարն էր ծածկի տակ տանում, մի պահ կանգնեց տեղում և երկյուղածությամբ նայեց պատշգամբի ստվերին, թեկուզ սառն անձրևը ծեծում էր բաց կուրծքը: Ոմանք էլ նույնիսկ դժգոհում էին, որ ծանր ժամին, երբ մեղուներն էլ էին փեթակում անհանգիստ բզզում, մի մարդ ապահով անկյունում ետ ու առաջ էր քայլում և դիտում:

Նրանցից յուրաքանչյուրն իր գործն ուներ, իր ստացվածքի փրկության մասին էր մտածում: Մեկը՝ բակում նստոտած կովերն էր գոմը քշում, կովերը փնչացնում էին, չէին ուզում ներս մտնել, տերը մութի մեջ, ձեռն ընկած բահի կոթով կամ թիակով խփում էր նրանց կողերին, եղջյուրներին, ոտքերին: Տներ կային, ուր շփոթմունքից հորթերին ներս էին քշել, և քնահարամ երեխաները զարմանքով դիտում էին, թե ինչպես հորթերը ցեխոտ ոտքով կոխ էին տալիս քեչա ու կարպետ: Մի քանի մայրեր կուրծք էին ծեծում և շտապ-շտապ, մանավանդ երբ փայլատակում էր կայծակը, իրենց որդիների անունը տալիս, որոնցից մեկն այգիներումն էր մնացել, մեկելը հարևան գյուղից պիտի գար և, ո՛վ գիտե, որ ծառի տակ կուչ եկած, սպասում էր, որ անձրևը դադարի:

Եգորը շեմքի առաջ կանգնած՝ լսում էր այն խուլ վշշոցը, որ նրանց բակում ավելի սաստիկ էր: Պառավ տանձենիները ճղներն իրար էին տալիս, քամու թափից կռանում, անձրևի կաթիլները շպրտում դռնից ներս: Երբեմն նա ճրագը մոտեցնում էր, վազում և նայում գետնին թափված տերևներին ու դեռ նոր ծաղկաթափ եղած պտուղներին: Բակով անցնող առուն պղտոր էր: Փողոցով անցնող հեղեղը լափին էր տալիս պատին ու վշշոցով գլորվում դեպի ցած:

Մայրը կայծակի փայլատակման հետ դուրս էր վազում և որդու թևից բռնած տուն քաշում: Խեղճ կինը երկյուղից մի բառ էլ չէր ասում. միայն փաթաթվում էր, կուչ գալիս և այդպես ներս տանում: Երբ Եգորը չորս-հինգ տարեկան էր, այդ խարխուլ տունը տեսել էր սոսկալի պատահար. այդպիսի մի մութ գիշեր հարևանները ներս էին բերել Եգորի հոր կայծակնահար դիակը՝ խանձված, կուչ եկած և այլանդակ մի կոճղ:

Եգորը շատ աղոտ էր հիշում թե հորը և թե այդ գիշերը, երբ ինքը մոր կանչից զարթնեց և տունը մարդկանցով լցված տեսավ: Նրա հիշողության մեջ պայծառ էր մնացել այն խոսքը, որ Թելունց պառավն ասաց մորը. «Երեխուն առ, գնա հացատունը...»: Հետո մի անգամ էլ պառավն եկավ ու մութի մեջ լաց լինող մորն ասաց.

— Այսուհետև էլ նոր տուն-տեղի մասին հոգս քաշելդ զուր է... Հլա ջահել ես, շատ մարդ շատ խոսք կասի, բայքամ արյունդ էլ կպղտորվի... Չէ՛, քեզ հավաք արա, թխսամոր պես նստի բնիդ մեջ, թևերդ փռի սրա վրա... Դառ մի շվաքարան էս երեխի համար...

Եգորը հիշում էր մոր փղձկալը: Նա կարծեց, թե պառավը ծանր խոսք ասեց մորը: Ի՞նչպես հասկանար չորս-հինգ տարեկան տղան, որ մայրը լալիս էր աղետի համար և այն դառն վիճակի, որ իր հետ բերում էր այդ գետը: Անցած տասներկու տարվա ընթացքում և ոչ մի անգամ մայրը որդուն չէր պատմել, թե ով էր հայրը, ինչպես մահացավ: Եգորը լսել էր ուրիշներից, որ նա ուժով է եղել, որ մի անգամ գրազ են գալիս, եզան մեկն արձակում, ու նա լծվում է մյուսի հետ և հաստ գերանը Քառասնաջրից մինչև եկեղեցու գավիթը քարշ տալիս: Շատերից էր լսել, որ նա, ջաղացպանը և Ավան ամին, անբաժան ու սրտակից ընկերներ են եղել, շատ անգամ են միասին որս արել և սպանած կխտարը անտառում մաշկել, կաղնու ճյուղից կախել և երեքով միասին մի օրում կխտարի միսը խորովել ու կերել: Եվ որպես մութ պատմություն, մի անգամ նրա ականջովն էր ընկել այն, որ իբր թե իր հայրը Խոջա Հիբանի մեծ որդուն՝ Մկրտումին կապել է ծառից, նրա աչքի առաջ չոր ցախ հավաքել, ոտների տակ դարսել, որ նրան կենդանի վառի: Ավան ամին այդ պատմությունը չէր հաստատում, նրա ասելով հայրը միայն բահի կոթով մի անգամ խփել է Մկրտումին, նրա անպատկառ ակնարկի համար, թե իբր հայրը ղազախի տղա է և սերվել է մովրովի ղազախներից, որոնք անցյալում հարկահավաքման ժամանակ մի քանի օրով գյուղում գիշերել են:

Ամեն անգամ, երբ կայծակի փայլատակումից վախեցած մայրը խնդրում էր նրան տուն մտնել, նա հնազանդությամբ էր կատարում մոր խնդիրը, սակայն քիչ հետո նորից էր դուրս ելնում: Նրան դուր են գալիս և վարար անձրևը, և կայծակի լախտը: Հաճույքի հետ կար և ներքին ահ, երբ մտաբերում էր իր մանկության առաջին չարաղետ գիշերը:

— Հեյ, հե՜յ... Բանդը տրաքե՜ց, ժողովո՜ւրդ, — հեղեղի տարափի մեջ որոտի նման լսվեց դարբին Վանեսի ձայնը: Ու սարսափը տարածվեց, տներում մարդիկ մի վայրկյան սառած մնացին: Տեր Նորընծան տեղում մեխվեց, կտրվեց մտքի թելը: Այդ րոպեին մի անգամ էլ կայծակը փայլեց և ճեղքելով իջավ այգիների վրա... Երեցկինը ներքի տնից դուրս վազեց:

— Բահը տուր, ա՜յ կնիկ... Մեր այգեստա՜նը... Կայծակն էն կողմին ընկավ, — քահանայի ոտքերը դողացին ու նստեց ծանր թախտին:

— Տունը մի բահավո՜ր, է՜... Ձեզ չեն ասո՜ւմ... Շուտ... — կանչում էր գզիրը, վառվող կերոնը ձեռքին պտտացնելով: Մթնում կերոնը կտուրից կտուր էր ոստոստում, ասես քամու բերանն ընկած հրդեհվող թուփ էր, Տեր Նորընծայի տան առաջ երևաց մի ուրիշ ջահակիր, ձիու վրա նստած: Քահանան վերևից ձայն տվավ.

— Անտո՜ն... Օրհնյալ, էս ի՞նչ փորձանք հասավ ժողովրդի գլխին...

— Բան չկա, տերտեր... Դու ապահով կաց: Կես սհաթ չի քաշիլ բանդը կշինեն... Էնտեղից եմ գալիս, — ասաց յափնջու մեջ կոլոլված պամոշնիկ Անտոնը, որ պտտվում էր գյուղի փողոցներում, օգնության հասնողներին շտապեցնում և մտրակի կոթով փակ դարպասները ծեծում:

Եվ շտապում էին՝ որը բահով, որը քլունգով, չուխայի մի թևը փողոցում հագնելով, մեծ մասը ոտաբոբիկ, ոմանք յափնջիներով: Դուրս եկողներից մեկը լապտեր էր առել, մյուսը, շտապելուց՝ սև նավթով լիքը թաղարը: Վազում էին ինչպես խրտնած նախիր, նույնիսկ հասակավոր մարդիկ էին ցատկում, ճղփոցով ընկնում փողոցով հոսող պղտոր ջրի մեջ, հենվում բահի կոթին: Ոչ մի ձայն, ոչ մի խոսակցություն: Ջահերի լույսի տակ փայլում էին բահերն ու քլունգները: Պամոշնիկ Անտոնը կանգնել էր եկեղեցու մոտ և ջահը բռնած լույս էր անում նրանց, որոնք խավարի միջից, զանազան մութ ու նեղլիկ փողոցներից, բահերը զրնգացնելով դուրս էին ելնում, մի վայրկյան երևում ջահի լույսով և ապա շտապում դեպի վեր: Կարծես կալանատնից փախչող բանտարկյալների բազմություն էր, որ գնում էր անխոս, զրնգացնելով ծանր շղթաները:

Դարբնի առաջին կանչին Եգորը դեպի բահը վազեց, բայց մայրը կախ ընկավ թևից: Ու կայծակը լուսավորեց: Եգորը կայծակի լույսի տակ տեսավ մոր սպիտակ դեմքը, ձեռքը թուլացավ: Դարպասի դուռը ծեծեցին:

— Եգո՛ր, — լսվեց ջաղացպանի ձայնը: Եգորը վազեց դարպասի մոտ: — Ձեր էն կոթը կարճ բահը տուր... Մերը ջաղացումն եմ թողել... — Եգորի փոխարեն մայրը մեկնեց բահը: — Աչքդ մեր հայաթին էլ պահի... հրես ետ եմ գալու, գնամ ջաղացը...

Գզիրն էլ չէր կանգնում: Կես ժամում համարյա ամբողջ գյուղն էր հավաքվել, և այդ բազմությունը մրջյունի պես աշխատում էր ծռելու հեղեղի հոսանքը բլուրի փեշերով դեպի գերեզմանատան ձորն, ուր Այրումի առուն տրաքված գնում էր, ձորը բերնեբերան լցրած պղտոր ջրով: Հեղեղը վիշապի նման կլանում էր ճումերի այն բարակ պատերը, որ առաջին եկողները փորձում էին դարսել:

Տեսարանը վիթխարի էր: Վերի առուն փլվել էր, հունը խորացրել և դարձել մի հեղեղ, որի ակունքները շատ բարձրերում էին, այնտեղ, ուր ձյունի շերտերը աղի պես հալվում էին վարար անձրևի տարափից: Պղտոր ջուրը հանկարծ էր դուրս գալիս անտառից և բերանն առած չոր տերև, կոճղ ու ճյուղ, սրընթաց արշավում գյուղի վրա: Հին ամբարտակը դիմացել էր մի պահ, ապա դեմ առած կոճղերը հրել էին հողաբլուրը, ճեղքել և ջուրը մանր առվակներով թափել գյուղի վրա:

— Ծառը կտրե՛ք, — բղավեց ջաղացպանը, երբ աչքով չափեց ամբարտակի ճեղքը: Ամբոխից տասը հոգի վազեցին դեպի անտառի եզրը: Ճարպիկ շարժումով Արզումանը, որի սապոգները լցվել էին ջրով ու տիղմով, պարանը նետեց ցցաչոր կաղնու բնին ու ձգեց: Պարանին մոտեցան և մյուսները, հետ ու հետ քաշվեցին, և երբ Արզումանը «նո՛ւ» արեց, տասնյակ բազուկներ ձգեցին, ծառը ճաքեց և շառաչով վայր ընկավ: Ջաղացպանի խորհուրդն օգնեց, մի քանի ծառեր էլ կտրեցին: Մոտիկ տներից բերին և խոտի խուրձեր, խուրձերի մեջ քարեր դրին և գցեցին ջրի մեջ: Հեղեղը վիշապի նման մռլտաց, գլուխը աջ ու ձախ դարձրեց, փորձեց ճակատով հրել բարձր ամբարտակը, ուժը չհաղթեց և դժգոհությամբ գլուխը թեքեց գերեզմանատան ձորը, վայր հոսեց իր հին ճանապարհով:

Այնինչ գյուղից դեռ գալիս էին: Վերջին եկողներից մեկը պատմեց, որ

Քառասնաջրից եկող առուն բոստաններին շատ է վնասել... Լավեց կանացի բարձր «վայ»:

— Հը՞... ի՞նչ էր...

— Տեսնես որ լաչառն էր…

— Փորձանք պատահած չլինի՞...

Տեր Նորընծան նկատեց, որ արագ քայլերով մեկը անցավ իրենց փողոցով, լույսի տակ երևաց վազող ստվերը, և մինչև ինքը կվերկենար ու ձայն կտար, ստվերը կորավ մութի մեջ, լսվում էր միայն ոտքի ուժեղ դոփյունը:

— Տիրուհի՛... Ղարալրուն ով էր... Դու էլ տեսա՞ր:

— Էն ո՞վ կանչեց... Ձենը ներքևից էր, — պատասխանեց կինը: Բայց հենց այդ ժամանակ Ավան ամին ձայն տվավ.

— Տերտե՛ր, քնած չե՞ս...

— Արի՛, արի՛ վերև, Հովհաննես... Էս փորձության ժամին, այ օրհնյալ, մարդ արարածը կքնի՛... — Ավան ամին վեր բարձրացավ:

— Լավ թրջվեցինք, — ասաց նա՝ փափախը թափ տալով:

— Տիրուհի... արաղ բեր Հովհաննեսին...

— Տերտեր, բա մի չես նայե՞լ գրքիդ... Ի՞նչ է ասում: Հո մեր վերջը չի... Էնա մի գլուխ կազատվենք, մեր հոգին էլ կդինջանա, մեր ջանն էլ...

— Նայել եմ... Միայն թե լուսնի հաշվով չի բռնում, — և ակնոցները քթին դնելով, վերցրեց պատուհանին դրած գիրքը, որ միակ օրինակն էր թե Կարմրաքարում և թե ձորի գյուղերում:

Մի հին ձեռագիր էր այդ, որի մի մասը կոչվում էր «Թանգարան խրատուց», մյուսը՝ «Երազագիրք»: Կային և անթիվ «մաջուններ» զանազան ցավերի և հիվանդությունների դեմ: Վերջապես լուսանցքներում և «հիշատակարանի» համար թողնված էջերի վրա Տեր Նորընծայի դիտողություններն էին գյուղի գլխով անցած և իր կյանքում կատարված դեպքերի մասին: Արդեն խունացած էջերի վրա կարելի էր կարդալ. «1906 ամի եղավ մեծ խռովություն և անասելի տանջմունք: Մեր քիրվա Սավալանին սպանեցին անիրավությամբ յուրյանց սեփական օթախումն»... Իսկ նրանից անմիջապես հետո «Նարգիզն բուղով եկավ օգոստոսի 15-ին: Կալամուտն պակաս էր, 37 փութ խառն ցորեն, նաև գարի»: Այդ օրվա հեղեղն էլ արդեն նշանակել էր. «Մայիս ամսվա 3, օրն շաբաթ, լույս կիրակի, քարեկարկուտ մեծ, ազգաբնակության անասելի վնաս: Պտուղքն վնասվեն և մասուլն պակաս լինի»:

Տեր Նորընծան կարդաց գրածը:

— Հա, քո ասածն է... Էնքան էլ անիրավը ծաղկել էր: Թե սալամաթ պրծնեինք, հարյուր բեռը խնձոր հավաքող կլիներ... Դու ասա քամին չկոտրատի թազա տնկած շիվերս... ու երկնքին նայելուց հետո ասաց. — կասես պարզում է, հը՞... Զրիկի գլխին հրեն աստղ է երևում:

Տեր Նորընծան ձեռքը մեկնեց տեղացող կաթիլներին:

— Բարակում է... — ասաց: Փողոցով բարձրաձայն խոսալով անցան մի քանի հոգի:
— Ունա՛ն, — կանչեց Ավան ամին, ձայնից ճանաչելով, — ինչ արի՛ք... Պրծա՞ք...
— Աչքն էլ չհանեցի՞նք, — պատասխանեց մի երիտասարդ:
— Պրծանք, համա մերն էլ մեզ հասավ... Երկար տախտում մի երկու օրավար գարի ունեմ, հիմա սրբել է տարել, — տխուր ասաց Ունանը:
— Էհ, ես էլ գնամ, տերտեր...
Փողոցում երբեմն երևում էին առվի բանդից վերադարձող խմբեր: Կերոններում բոցը ծուլ էր լինում, լուսավորում թրջված ու ցեխոտված մարդկանց, բահերը փայլում էին և ապա հանգչում:
Տեր Նորընծան թիկնել էր պատշգամբի սյունին և դիտում էր գյուղի զանազան ծայրերում դողդողալով շարժվող կրակները: Նա հանգստացած շունչ քաշեց. նույնիսկ ժպտաց, ինչպես կժպտար գերդաստանի պապը, հարյուրամյա ծերունին, մահից առաջ թոռների բազմությանը նայելուց:
— Ա հե՛, մեր տերը իրեն զարթուն է հլա, — լսեց մի ձայն:
— Հմի հալնորը սրտաճաք է եղել: Վախեցել է որ... — և շարունակությունը չլսվեց: Քամու հակառակ հոսանքը հետ շպրտեց գյուղացու խոսքերը, և քահանան չիմացավ, թե ինչ ասացին: Մի րոպե հետո մթնում մեկը քա՛հ-քա՛հ ծիծաղեց: Տեր Նորընծան փշաքաղվեց, սեղմվեց սյունին: Այդ ծիծաղն էլ, ինչպես և այն բառերը, որ քամին հետ շպրտեց, պղտորեցին նրա մտքերի խաղաղությունը, և հին հարցը անբաժան ստվերի պես նորից եկավ:
Երբ Տեր Նորընծան միտք էր անում գյուղի առօրյայի մասին, մտքով կտրում էր անցած ճանապարհը և տքնում իմանալու, թե ուր պիտի հասնի իր ծուխը այն ժամանակ, երբ ինքը թաղված կլինի եկեղեցու պատի տակ, սառը քրտինքը պատում էր նրան, սիրտն ասես պոկվում էր, ընկնում ու տեղը մնում էր դատարկ: Այն, որ պիտի գար, մութն էր, սևացած երկնքի պես:
Երբ ինքը դեռ երիտասարդ էր, փողոցով անցնելը հաղթական երթի էր նման... Մարդիկ կանգնում էին խոնարհ ու գլուխ տալիս, իսկ կանայք, նույնիսկ պառավ կանայք, մոտենում էին և համբուրում երիտասարդ քահանայի աջը: Իսկ հիմա՛... Մարդիկ քահ-քահ ծիծաղում են, ո՞վ գիտե ինչեր են ասում նրա մասին: Նա փորձում էր «չարյաց արմատը» գտնելու և միշտ գալիս էր նույն տեղը հասնում, որոշում, որ հավատը թուլացել է, և խճճվում այն բազմաթիվ պատճառների մեջ, որ նրա համար սատանի կծիկ էին, անլուծելի հանգույց:
— Արի քնի, է՛... Բա չբեզարեցի՛ր... — ձայն տվավ կինը ներսից: Տեր Նորընծան զարմացած նայեց: Այո՛, կինն է, որ օրն ի բուն աշխատում է, լվանում, եփում, թխում և այդքան աշխատանքի ընթացքում ժամանակ գտնում հարևանի տուն գնալու կամ գյուղի մյուս ծայրին ծննդկանի

համար «ծնունդ գավաթ» տանելու, իմանալու հազար ու մի լուր, հարյուրավոր մարդկանց մտքերին ու հույսերին տեղյակ լինելու, մեկին սովորեցնելու, թե ինչպես են «սինեմաքի» եփում, մյուսի հետ պայմանավորվելու, որ միասին գնան սարը շուշանի, երրորդի աղջկա գեղեցկությունը գովելու այն տանը, որտեղից լուրը հարևան գյուղից եկած կնոջ միջոցով պիտի գնար նրանց մոտ և, ո՛վ գիտե աշխարհի բանը, մեկ էլ տեսար, եկան և բանը գլուխ եկավ: Ահա տունը. իր տունը, որ սարքել է քանի՛ տարի... Թախտը, այն լայն թախտը, որի վրա ամառվա գիշերներին հիանալի է քնելը և լույսը չբացված զարթնելը, այն ժամանակ, երբ ծտերը խոսում են, իրար կանչում և պաղ օդի մեջ լսվում է ժամի զանգերի ծլինգ-ծլոնգը: Տունը, — որ տարիների ընթացքում լցվել է բարիքներով: Ու պիտի մնա այդ ամենը՝ իր այգին, արքայական խնձորենին, որի մասին նա թաքուն այն կարծիքին էր, թե եդեմական խնձորենու տեսակն է իր այգում եղած «շահ-ալմասին», գոմը, մառանը:

Նա՝ որդին, երբեք գյուղ չի գալ, Բուղդանը, երբ դեռ երիտասարդ էր, ամառները տուն էր գալիս... Բայց հենց այն ժամանակ էլ տեր հայրը նկատում էր, որ քիչ էլ մնա, թևերն ամրանան, պիտի թռչի ուրիշ աշխարհ և էլ չպիտի գա: Նկատում էր և սարսափով նայում Բուղդանի գրքերին: Մի՞թե նրանք էլ գրքեր էին... Ո՞ւր մնաց «Վարք սրբոցը»... Ո՞ւմ պիտի մնա տունը... Հեղնարին՝ իր աղջկանը, իր օրինավոր ժառանգին, անդրանիկ դստերը: Եվ հայրը հիշեց իր անդամալույծ պառավ աղջկանը, ձեռքը ծուռ, ինչպես չորացած ճյուղը, ոտքերը թույլ աղջկանը, որ ներքի տանն էր ապրում, ցերեկը նստում էր նեղլիկ պատուհանի առաջ, և երբ բակում մարդ չէր լինում, դուրս էր գալիս, փայտի վրա հենած, ոտքերը քարշ տալով: Տեր Նորընծան հիշեց իր աղջկանը, որին իր մտքում ընդունում էր վերուստ ուղարկած պատիժ, ու դեմքը կծկվեց: Մի՞թե միայն Հեղնարը պիտի մնա...

— Էգուց էս գուլպեքը կհագնես, — ասաց կինը, երբ Տեր Նորընծան մոտեցավ անկողնին: Քահանան նայեց սպիտակ բրդե գուլպաներին, որ աղավնու թևերի պես ծալած էին իրար վրա: Նայեց, և նրա սրտին իջավ նույն մեղմությունը, որ ուներ առաջ, ջուրը նորից պարզվեց, և հաշտ ու խաղաղ գլուխն իջեցրեց փափուկ բարձին: Նրա աչքերի առաջ իր այգու արքայական խնձորենին էր, ծաղկած, ինչպես նորահարսը:

Գիշերվա մթնում Շալուն Սիմոնի տանը տեղի էր ունենում մարդու և պղտոր հեղեղի կռիվը: Ասես զայրացած, որ մարդիկ իր ընթացքը փոխել ու թեքել են գերեզմանատան ձորը, — վերի առվի վտակները գյուղի փողոցներում իրար միանալով, գռռոցով իջան Ղարիբանցի կողմը, գետը թափվելու... Ալիքները ծառացան, դիզվեցին իրար վրա, հրեցին և տան կտուրը չոքեց, որովհետև փլվեց փողոցին նայող քարաշար պատի անկյունը: Արզումանը բանդի մոտ լսեց ծկլթոցը, լսեց ու ճանաչեց Սալբու ձայնը: Նա վազեց առանց նայելու քար ու փոսի, առանց ուշք դարձնելու զազազած շների հաչոցին: Այգիների ճանապարհը գետի հուն էր դառել. մի վայրկյան նա կանգնեց, ասես ուզում էր որոշել, թե Մարցա ջուրն իր ընթացքը չի՞ փոխել... Այդտեղ նա մի անգամ էլ լսեց ծանոթ ձայնը… Նրան թվաց, թե կանչում են գետի մեջ խեղդվողները:

Սիմոնը ջրի արագ հորդանալուց հասկացել էր, որ բանդը քանդվել է: Երեխաները քնած էին: Արթուն էր կինը և աղջիկը… Գրոհն այնպե՛ս հանկարծ եղավ: Ջրի բերանն ընկած մի ծանր քար թափով խփեց պատին, սյուները դողացին, ճրագը հանգավ: Եվ մութի մեջ հեղեղի վշշոցն ավելի պարզ լսվեց... Սալբին կանչեց, բոլորը վազեցին դեպի երեխաները, և պատի ճեղքով ջուրը ներս վազեց:

Երբ Արզումանը մոտեցավ նրանց տանը, նա մութի մեջ ջոկեց երկու կանանց ստվերը, որոնք բարձրանում էին դեպի մարագը:

— Արզումա՛ն, — կանչեց Սիմոնը, — Արզուման... տունս քանդվեց:

— Երեխեքը...

— Տարա՛ն... Երեխոցը տարան... Տունս քանդվեց, Արզուման...

Եվ երկուսով ներս վազեցին: Պատի ճեղքվածքից ջուրը հորդ աղբյուրի նման ներս էր թափվում: Թոնիրն արդեն լցվել էր: Ջրի ալիքները կույր օձերի նման դես ու դեն էին վազում և լիզում հատակին ընկած իրերը, ասես փնտրում էին լափելու ամենից թանկագինը: Սիմոնը կռացավ, գետնից վերցրեց այլուրի պարկը: Քիչ էր թացացել. այդ վայրկյանին նա հիշեց այն սալաքարը, որ չորս օր առաջ դրել էր տանը, պարկի տակ: Մեկը ներս մտավ:

— Ճրագը վառե՛ք, — կանչեց Արզումանը: Նա կռացել էր և մութի մեջ փորձում էր ճեղքի հաստոցը որոշել: Մթնում լուցկին փայլատակեց ու հանգավ:

— Նավթը թափվել է... — Սալբին էր: Արզումանը լույսի տակ տեսավ նրան:

Կարծես բոյը մինչև օճորքն էր... Երեսն այնպես լուսավո՛ր էր: Գերանների ծայրերը կռացել էին և կախվել: Մյուս պատն էլ երերաց, կտուրը պիտի նստեր... Քամին էր, թե ծանրությունից էր, գերանները ճռճռում էին, վերից ճլոփ-ճլոփ հող էր թափվում ջրի մեջ: Սալբին հավաքում էր գետնի թափած իրերը... Ահա պղնձի մեծ գավաթը: Կուժը չկա...

Արզումանը դուրս վազեց: Մութի մեջ նա դիպավ Սալբուն: Աղջիկը կռացել էր: Ու բռնեց նրան, բռնեց, որ չընկնի ու չգցի: Հետո վազեց դեպի մոտիկ մարագը... Տկլո՞ր էր Սալբին, շո՞ր չկար հագին, թե այնքան թրջվել էր, որ շորը չէր շոշափվում: Խոտի երկու խուրձ թևի տակ նա ներս մտավ: Ու խուրձը հրեց ճեղքի մեջ: Մի հոգի ներս եկավ, հետո երկրորդը:

— Նանի, նավթ չկա՞:

— Հը՞... հատել է՛... էս ո՞վ է... Հը՞... Արզումա՛ն... — Մեկը դուրս եկավ, երևի գնաց նավթի... Կինն էլ սկսեց փնտրել ջրի երեսին լողացող իրերը… Նրա բռի մեջ լոբու հատիկներ ընկան...

— Աղջի... լոբու պարկը կապած չէ՞ր…

— Հրես պարկը... էս չի՞... — ասաց Սիմոնը: - Կինը ծնկներին խփեց: Եվ հետո հարցրեց:

— Ջավա՛րը, ձավա՛րը...

— Օջախի քարին է...

— Էս ինչ զուլո՛ւմ էր... — Ով էր ասաց, Սիմո՞նը, թե կինը: Մեկը խոր հառաչեց, ասես շատ ճանապարհ գնալուց բեզարել էր:

— Էս եղանը դիմհար տու, — կանչեց Արզումանը: Սալբին մոտեցավ ու բռնեց եղանի կոթից: Նրա մատները դիպան Արզումանի ձեռքերին:

— Էսպես բռնի, — ու թևից քաշելով ձեռքը մոտեցրեց պատի մեջ խրած խուրձին... Կռացավ ու շեմքի սալաքարը պոկեց:

— Հեռու, ոտիդ կընկնի, — Սալբին զգաց, որ կարմրատակում է: Ի՛նչ լավ էր, որ մութն էր տանը: Դող անցավ մարմնով... Երևի շատ է թրջվել... Շապիկը ծեծում է մեջքն ու կուրծքը, ծեծում է սառնությամբ, իսկ ինքը տաք է, ոտքերն այրվում են:

— Ա խիզան, կաշու ձողը ձեռներդ չընկա՞վ, — հարցրեց Սիմոնը, որ ձեռն ընկածը կախում էր պատի ցցերից, տեղավորում դարակներում և շուտ-շուտ այուրի պարկին նայում:

— Դռան վրա եմ քցել... — պատասխանեց Արզումանը:

Այս էլ դուր եկավ Սալբուն. ամոթխած մի զգացում էր այդ մութի մեջ, երբ պատի այն կողմը թշշում էր հեղեղը և տանը լսելի էր, թե ինչպես քարերը գոռալով իրար են զարկում... Ուրեմն Արզումանն էլ խիզան է, մեր խիզանը, — մտածեց Սալբին: Ժպտաց. ի՛նչ կա որ... Վաղն արև կանի ու կչորանա ամեն ինչ... Նանու լոբիները չեն լինի: Իսկ այս մարդը, որի տաք շնչառությունն այդքան մոտ է զգում, քրտնած ու թրջված մարմնի հոտը, սապոգների հոտը... Եվ քանի գնում, ավելի շատ է գալիս: Գալիս է, որ հետ խոսում, աչքի տակով իրեն նայում: Ահա... ծունկն է՝ նրա ծունկը:

— Ջուրը բարակում է, հա... Սիմոն ամի... բանդը պրծել են, հրես կիանդարտի, — ասաց Արզումանը:

Ու քիպ մոտեցավ: Մի ծանր բան իջավ Սալբու ուսին. հաստ մատները սեղմեցին ուսը, թուլացավ ու ձգվեց դեպի քրտնած ու թրջված մարմինը: Ինքը մոտեցավ, թե՞ իրեն քաշեցին... Խավարն ավելի թանձրացավ. սենյակը գլխին շուռ էր գալիս, ասես հեղեղի բերանն ընկած գնում է... Տանում են: Հետո տաք շունչը կռացավ այտերի վրա, ականջին մի բառ ասաց և շրթունքները դողացին:

— Էդ ինչ էր, — ասաց մայրը:

— Ոտս սլկաց, քիչ մնաց ընկնեի... — պատասխանեց աղջիկը:

— Դե հիմա էլ փրփրա, — ասաց Արզումանը, հեռանալով պատից, — մի կաթիլ էլ չի կաթում:

Հարևանը ճրագով ներս մտավ:

***

Լուսաբացին գյուղն արդեն ոտքի էր: Անձրևը դադարել էր, միայն ծառերի ճյուղերից ու կտուրների գերաններից էր կաթկթում ջուրը: Փողոցներով հոսում էին բարակ, զուլալ առվակներ, որոնց հատակի խիճերը մեկ-մեկ կարելի էր համրել: Հեղեղը վերի թաղում Շուղանց Իսոյի կալատեղն էր քանդել, քարերը գլորել մինչև եկեղեցու գավթի պատը: Փողոցներում, մի քանի տեղ խորխորատ էր փորել: Այս ու այնտեղ կիտած էր չոր ճյուղերի ու տերևների կույտ: Թելունց պառավի երկու հավը չկար, պառավը ծնկներին հարայ տալով բոլորին հավատացնում էր, թե գողացել են, թե ինքը ոտնաձայնին վեր է կացել ու վախից դուռը բաց չի արել: Լսողները ծիծաղում էին:

— Ա՛յ պառավ... էն սև գիշերը ում դարդն էր քո լղար ճտերդ:

— Ինչ ճուտ... Մինը թխսամեր էր, էն մինն էլ տարին երկու խախալ ձու էր ածում, — ասում էր պառավը, և մարդիկ, որոնք հավաքվել էին կտուրների վրա, և որոնց մեծ մասը գիշերվանից դեռ ոտաբոբիկ էր, փողքերը մինչև ծնկները վեր քաշած, մարդիկ ծիծաղում էին և ավելի չարացնում Թելունց պառավին, որ սպառնում էր տանուտերով, պրիստավով ու դատարանով:

Լույսը չբացված մի քանի հոգի գնացել էին իրենց արտերի ու այգիների տեսության և վերադարձել էին: Կտուրներին հավաքված մարդկանց խոսակցության նյութը այդ մասին էր: Ասում էին, որ երկար տախտակների զարիքը թազնել են, և էլ հույս չկա, թե վեր կենան, որ Սուլթանա ծովում ձվի մեծությամբ կարկուտ է եկել, մի նեղ շերտով խփել մինչև սարի սեռը, որ Եզնարածի առուն քանդվել է ու քշել Չանեն ծուռ Օհանի ղորուղը, այնտեղից թափվել Ունանի խամը և փոսերը քարով լցրել: Այգիներից եկողներն էլ պատմում էին, որ շատ ծառ է ճղակտոր եղել, և իբր Նռանձորում կայծակ է խփել ծառերին: Բայց ականատեսներից և ոչ մեկը կտուրի վրա չէր. նրանք պատմել էին մեկին, այդ մեկը մյուսին, և ամենքն էլ հավատում էին՝ որ այդպես է, մանավանդ նրանք, որոնց արտն ու ղորուղը իբրև թե ամենից շատ էին վնասվել:

— Էդ լինելու բան չի, — ասաց դարբինը, — մենք հո սխտորաշենցի չենք, որ մեր հանդը չիմանանք... Ա խալխը, իսկի կլինի, որ Եզնարածի առուն տրաքի, Չանեն ծուռ Ուհանի ղորուղը քանդի, էնտեղից էլ տա Ունանի խամին... Առո՛ւն ուր, ղորուղն ուր...

— Է՛հ... սարսաղ-սարսաղ դուրս է տալիս, — վրա պրծավ մի ալևոր, — բա չի՛ լինի...

— Այ ալևոր, բա էդ լինելու բան է՞... Ջուրը թև՞ ունի, թե երկնքի դուշ է, որ էն եքքա սարը բարձրանա:

— Բա հասնիլ չի՛... Ջոռեց, կհասնի, էլի... Ջրին ի՞նչ կա...

— Իմ խելքն էլ չի՞ կտրում, որ հասնի, — ասաց մի ուրիշը, — գնացողը մեր Սողոմոնը չի՞... Մերը չմեռածի սուտը շատ է, քան ղորթը...

Եվ վեճը շարունակվում էր... Նոր լուրեր էին բերում, որ Նռանձորում կայծակ չի խփել: Ոմանք նույնիսկ ասում էին, որ այնտեղ անձրև էլ չի եկել: Հեղեղի վնասներն ավելի ճիշտ ու մանրամասն էր պարզում յուրաքանչյուրն իրեն տան, բակի, այգու և բոստանի համար, երբեմն հետաքրքրվելով հարևանի վնասով: Կային, որ չար նախանձով էին նայում կողքի արտին, որ պատահմամբ ավելի քիչ էր վնասվել: Սակայն եթե քիչ էին նրանք, որոնք չար նախանձով էին նայում հարևանի պակաս վնասին և կամ ընդհակառակը ներքուստ հրճվում, երբ տեսնում էին, որ հեղեղն իր արտի կողքով անցել է և հարևանի արտը թաղել ավազի ու տիղմի հաստ շերտի տակ, — եթե քիչ էին այդպիսիները, — մեծամասնությունը, ավելի ճիշտ բոլորը, իրենց վնասի մասին պատմելուց ավելացնում էին, մեկը տասը շինում և հայտնում, որ գյուղում նրա չափ ոչ ոք չի տուժել:

Ավան ամին այգիներումն էր: Շաղաթաթախ, տրեխներն ու գուլպաները թրջված, չուխայի ծայրերը գոտկում խրած, այդ մարդը այգիների ծանոթ կածաններով գնում էր, վեր նայում՝ ծաղիկների փնջերին ու կեռասի կանաչ գնդիկներին, գետնին նայում, որ տեղ-տեղ ծածկված էր կանաչ տերևներով, ձեռքով տնտղում, շտկում նոր ընկած շիվը, ստուգում՝ չի՞ ջարդվել պատվաստը: Կարմրաքարում միայն նա ճիշտ հաշիվ կարող էր տալ, թե ինչքան են վնասվել գյուղի այգիները: Եվ քանի հեռանում էր, այնքան վնասվածն ավելի քիչ էր. կարծես հեղեղը թափվել էր միայն գյուղի գլխին:

Լուսաբացին Քառասնաջրի ուղղությամբ գնացողները ջրամբարտակի մոտ տեսան Մկրտումին. կանգնել էր քարի գլխին ծիլավոր յափնջու մեջ կոլոլված և ինչպես ցինն է նայում վերից վար ու հետևում որսին, այնպես էլ նա նայում էր Քառասնաջրի պղտոր ալիքներին, որ թափով գալիս էին, ամբարտակին չհասած հանդարտվում, լճանում և ապա դեղնավուն փրփուրով թափվում ցած: Գիշերով մի քանի անգամ էր եկել: Մի անգամ, անձրևի վարար ժամանակ, նա Գողուն իջեցրել էր ներքև՝ ստուգելու հո չի՞ քանդվել ամբարտակը: Ամեն անգամ վերադարձել էր ուրախ, սակայն հենց սանդուղքի գլխին մի կասկած փշի պես ծակել էր միտքը. չլինի՞ մի բան պատահի, հազար շառ ու դուշման, գան... Հը՞... Եվ նորից էր վերադարձել:

Մկրտումը քարի գլխից նայում էր ցած և անհամբեր սպասում, թե երբ պիտի երևա ամբարտակի պատը... Ջուրը ամբարտակի մեջտեղից, շլյուզի համար թողած բացվածքից ահռելի շառաչով ցած էր թափվում: Ջուրն այնքան շատ էր, որ այդ բացվածքը հերիք չէր անում ու թափվում էր պատերի վրայով: Մկրտումը նայում էր համառ ու շեշտակի, նայում էր ջրի ընթացքին, ասես ուզում էր հանդարտեր նրա թափը: Եվ ինչքան բարակում էր, ջրի տակից դուրս էին ցցվում ամբարտակի սպիտակ քարերը, այնքան էլ նրա դեմքի լարվածությունը մեղմանում էր, մկանները թուլանում էին: Դիմացի քարափի կրաքարը ապակու պես շողշողաց... Նրա փայլն ընկավ ջրի մեջ, պղտոր ջրի մթությունը կորավ, ջուրը դարձավ դեղին: Մկրտումը ժպտաց: Մանր վտակները չքացան, և ջուրը խոնարհ գառան պես ընկավ շլյուզի բացվածքը:

Ամբարտակը դիմացել էր. այդ էր ասում նրա հաստ և բարձր պատը, որ բազկի պես այս ափից մյուսն էր մեկնված: Ջրի տակից դուրս եկած քարերն ու կրածեփ պատերը պսպղում էին ճարպոտ փայլով: Մկրտումը վայր իջավ, կանգնեց պատի գլխին ու նայեց ջրվեժի ցնցուղներին: Ու նոր միայն զգաց, որ արևի սպիտակ սկավառակը արդեն բարձրացել է: Գոլորշի էր ելնում յափնջուց... Մկրտումը նայեց ջրին, մեկ էլ վեր բարձրացավ... Ներքևում գյուղն էր: Գոլորշին խառնվել էր կապույտ ծխի հետ: Եվ այդ քողի հետևից երևում էին կանայք, որոնք արևի տակ փռում էին կարպետ ու վերմակ, երեխաները կտուրների վրա վազվզում էին... Տղամարդիկ չէին երևում: Մի կին վազում էր պոչը ցցած ու կետ անող հորթի հետևից:

Մկրտումի նինջն եկավ... Հոգնել էր: Ու թիկնեց քարին. յափնջու մեջ կոլոլվելով: Ինչ լավ է՛ աշխարհը... Կարմրաքարը: Եվ ինչքան բան կա դեռ անելու այնտեղ... Մկրտումը հիշեց այն, որ գյուղում իրեն ու իրենց տունը չեն սիրում, թեկուզ երեսին չեն ասում... Վախենում են, հը՞, — մտածեց նա ու ձեռքը յափնջու տակից հանեց... Արևի շողերը խաղացին նրա կարճ ու մազոտ մատների հետ: — Փողը, հը՞, — հարցրեց ու բուռը սեղմեց, ասես արևի շողերը ոսկի էին թափել բռան մեջ:

— Անհասկ մարդիկ... Ես ձեզ ի՞նչ եմ արել... Սպասեք մի քիչ էլ... կտեսնեք, թե ես ինչ կանեմ, ես՝ Մկրտում Խոջա Հիբանի տղան... Ինչ կանե՛մ...

Թեկուզ հեղեղը վնասել էր գյուղին, և մարդիկ դառնացած էին այդ առավոտ, — բայց և այնպես արևի ելքը, նրա առատ ջերմությունն ու փայլը մոռացնել տվավ գիշերվա սարսափը: Փայլում էր ամեն ինչ. եկեղեցու պղնձյա խաչին նայել չէր լինում, և երբ սարյակները թռչում էին, որ նստեն նրա թևերին, թվում էր, թե ընկնում էին կրակի մեջ:

Տեր Նորընծան սովորականից կանուխ էր զարթնել: Բաց արել երազահանը և կարդացել. «Երազն չար է և օրն կատարի»... Դողացող ձեռներով շալն ուսն էր գցել և Նռանձորի ճանապարհը բռնել: Վա՛տ, շատ վատ երազ էր տեսել... Իբր թե պատարագի ծանր ժամին, սկիհը ձեռին, շրջվում է, որ խաչակնքի բազմությանը, տեսնում է, որ բազմություն չկա, մարդ չկա եկեղեցում ու միայն իր աղջիկը՝ Հեղնարը, փայտին հենած, ոտները քարշ տալով մոտենում է հաղորդություն առնելու... Եվ իբրև թե դրսում աղմուկ է, ներս են վազում մարդիկ: Խոջա Հիբանի տղան պար է գալիս ու կանչում՝ որ կայծակը վառել է նրա խնձորենին, Նռանձորի արքայական խնձորենին: Մինչև այստեղ սրտի դողով կարողանում էր հիշել Տեր Նորընծան: Բայց շարունակությունը մտաբերելիս քիչ էր մնում դատողությունը խանգարվի... Իբրև թե սկիհից կաթ-կաթ արյուն էր թափվում ոսկենկար և ասեղնագործ շուրջառի փեշերին:

Այգիների ճանապարհով անցնելիս՝ նա տեսավ ջաղացպանին... Ուստա Նազարն էր, կանայք, որոնք նրան տեսնելուց գլխաշորով երեսի մի մասը ծածկեցին. ջաղացպանը տեղից վեր կացավ, «օրհնյա ի տեր» ասաց, բայց Տեր Նորընծան չլսեց:

— Տեր հայրը հիվանդի պես էր, — ասաց ուստա Նազարը ջաղացպանին: Նա չլսեց: Արզումանը պատասխանեց.

— Բաղի դարդն ընկել է ջանը, ուստա... Դու մեր դարդը քաշի...

Եվ մոտեցավ քարերին: Ուստան գոգնոցը կապեց, մալան առավ:

— Ուստա, մի պատ կշարես, որ Պորտ-Արտուրի կրեպոստիցն էլ պինդ լինի... Դե երգդ ասի...

Տան առաջ Սիմոնի կինը և Սալբին արևի տակ փռում էին թաց ձավարը, չորաթանը և բարակ միթեյները:

...Կեսօրի մոտ գյուղում իրարանցում ընկավ: Լուրը կայծակի արագությամբ կտուրից կտուր թռավ, հասավ մինչև այգիները: Ավան ամին մեղրաճանճի քթոցներն էր տեղափոխում, երբ Բարիկոյին տեսավ այգիների ճանապարհով վազելիս...

— Բարիկո, ախչի, էդ ո՞ւր...

— Ջաղացը... Ավան ամի, ղազախները գալիս են...

— Ի՞նչ ղազախ... Կաց տեսնեմ, — սակայն Բարիկոն արդեն կամրջի գլխին էր: Ավան ամին գոտու տակ խրած արխալուղի փեշերն արձակելով, ճանապարհ ընկավ, չուխայի մի թևը կախ:

— Արզումա՛ն...

— Հե՛յ...

— Տերության մարդ է գալիս:

— Հե՛... Գալիս եմ հրե՛...

Տներից, բակերից դուրս էին գալիս տղամարդիկ, կանայք: Երեխաները նրանցից առաջ էին վազում: Գյուղը մրջնոցի նման իրար էր խառնվել, բոլորը շտապում էին դեպի գլխավոր փողոցը, ոմանք բարձրանում էին կտուրը և ձեռքերը ճակատին դրած նայում հեռուն, ուր մի բան սևին էր տալիս: Երևվում էին երկու ձիավոր, որոնցից մեկը առաջ էր ընկնում, երբեմն էլ ձիու գլուխը ետ դարձնում: ...Մեկն ասում էր, թե վերի գյուղի համար են գալիս, մյուսը՝ թե երևի ձիավոր զորքը պիտի սարը բարձրանա, որովհետև նրա լաածով քաղաքում խոտ չի ճարվում: Արզումանը, խոր նայելուց հետո, բարձր ծիծաղեց...

— Այ խամ հեյվան... Էն հո մեր խազեյինանց ստրումենտն են բերում... Պիլնու համար...

— Ա հե՛... Սրա ասածը կլինի, հը՞, — ասաց մեկը:

— Ղազախն էստեղ ինչո՞ւ պիտի, ի՞նչ բան ունի...

— Կարելի է՛... Սպասի տեսնենք... Հրեն գլուխը հասավ Լուս Խաչերին...

— Էն առաջինն էլ Եփրեմն է... Ես ձի քշելուցն եմ իմանում, — ասաց Արզումանը… Ու մյուսն ավելացրեց, — հրեն հա՛, կարմիր մաղյանն է, էլի... Ես չեմ ճանաչո՞ւմ նրանց մաղյանը...

Եվ սկսեցին ծիծաղել ղազախների գալու լուրը տարածողների վրա:

— Ա դե ես իմ, է՛… Բոիցս հոտ չեմ արել, որ իմանամ... Ինձ էլ Մուքելի տղան ասաց...

— Ես էլ կտրանը կանգնած էի, ականջովս ընկավ...

— Առաջինը Թելունց պառավն ասեց…

— Էնենց է ասել, որ հավերը ճարի...

Ու ծիծաղն ավելի թնդաց: Թեկուզ արդեն համոզվում էին, որ եկողները կազակներ չեն, դարձյալ չէին ուզում ցրվել: Հավաքվել էին խումբ-խումբ, տղամարդիկ ջոկ, կին ու աղջիկ՝ ջոկ: Շատերը գրկել էին մանուկներին: Ու միայն երեխաներն էին, որ այս խմբից այն խումբն էին անցնում, վազում շարքերի արանքով:

— Ա թուլա, դե դադար կաց, է՛, — ասաց մի ալնոր, որին մի երեխա հրեց ու ձեռքի թութունից մի քիչ թափեց: Երեխան վազեց ու բազմության մեջ գտավ մորը:

— Ինչ խաչը ջուրը քցելու ժողովուրդ կա, — ասաց մեկը:

— Հավատաս, որ ջրօրհնեքին էլ էսքան մարդ չի հավաքվի... Հրեն հա՛... Քաչալ Սային էլ է եկել...

Քաչալ Սային մի կույր ծերունի էր, որ կամ իր բոստանի շվաքում էր պառկում կամ տանը՝ քուրսու տակ: Ոչ գյուղամեջ էր դուրս գալիս և ոչ էլ երևում էր գյուղական տոներին: Կողքի գյուղերն էլ էին նրան ճանաչում, մի կարմրաքարցու հանդիպելիս, եթե հարցնեին գյուղի անց ու դարձից, կարմրաքարցին ծիծաղելով պատասխանում էր, թե «Քաչալ Սային հլա բոստանումն է», այսինքն գյուղում նորություն չկա...

— Տեր Նորընծան չկա՛ ...

— Գնացել է ստրումենտ սարքի, որ գա ժողովրդին օրհնի...

— Տնաշեն, խաչը ջուրը քցելիս օրհնում է... Բա մենք սաղ գեղով էս գիշեր ջրի մեջ ընկանք, ուրեմն չօ՞րհնի, — ասաց Արզումանը:

Այդ խոսքի վրա փողոցի ծայրում երևաց Եփրեմը: Նա ձիու գլուխը ձգեց, ձին հետևի ոտների վրա բարձրացավ ու պտտույտ արեց:

— Շան որդու փորսին տես...

— Մարդ է զարմացնում, կակ բուղտո ձի չենք նստել, — ասաց Արզումանը:

— Էն մաղյանը որ քու տակին լիներ, հավատա, ուրախությունից երկինք կթռչեիր...

— Իմ տակին մին ռիսակ կար, որ քեզ պոչից կապած կտանեի Սուտիկ պապիդ մոտ, — պատասխանեց Արզումանը և խեթ նայեց Սուտիկ Ոսկանի թոռ Գըդըլ-Պուղուն, կարճլիկ ու հաստ մի երիտասարդի, որին գյուղում չէին սիրում: Նրան անվանում էին «պրիստավի թագի»: Երկուսն էլ իրար աչքով չափեցին. այդ րոպեին մեկը կանչեց.

— Ֆուրգունները... — և Եփրեմը ձին արագ քշելով անցավ փողոցով, ցեխի շիթեր շպրտելով այս ու այն կողմ:

— Ձիդ թրքեց... խազեին, — բազմության միջից կանչեց մեկը. ոմանք ծիծաղեցին: Եփրեմը ետ նայեց ու գոռաց պատերի տակ շար ընկած երեխաների վրա.

— Դենը փախեք, շան լակոտներ... Ընկնելու եք տակը, սատկեք...

Եփրեմի բարկությունը մեղմելու նպատակով, թե բազմության մեջ աչքի ընկնելու համար Գըդըլ-Պուղին հարցրեց.

— Եփրեմ, վերի կապովն եկա՞ք, թե ներքի ճամփով...

— Վերի կապն էլ քանդվի, ներքինն էլ... Սա երկիր է՜... Շան օր քաշեցինք... — և ձին քշեց:

— Պո-պոպո... Էս ինչ քոսակ է՜...

— Կրիբալղի՜... Կրիբալղի...

Փողոցի ծայրին երևաց մի ձիավոր, երկար պլաշչը հագին: Գլխին դրել էր գյուղի համար արտասովոր գլխարկ, որի ծայրերը երկու կողմից լոշ-լոշ ականջների նման կախվել էին: Մարդն անբեղ, անմորուս էր: Նա նստել էր ձիուն այնպես, ասես պարաններով կապկպած էր: Գլուխը մազաչափ անգամ աջ ու ձախ չէր դարձնում: Կարծես գյուղի փողոցը նույն ձանձրալի ճանապարհի շարունակությունն էր, որով եկել էր նա մի օր շարունակ: Այդ ձիավորը գերմանացի էր, ներկայացուցիչն այն ֆիրմայի, որ փայտամշակման գործիքներ ու ստանոկներ էր մատակարարում ռուսական առնտրական տներին ու ստանոկների հետ միասին էլ առնտրական տների տրամադրության տակ ուղարկում իր վարպետներին, որոնք պիտի սարքեին սղոցարանները և սարքած հանձնեին տերերին: Իր կյանքում նա շատ տեղեր էր ման եկել և ամեն տեղ էլ տեսել նույն հետամնաց ու կիսավայրենի վիճակով մարդիկ և եկել այն համոզման, որ աշխարհի աչքը՝ իր հայրենիքն է, որ մյուս երկրներին մատակարարում է բազմաթիվ մեքենաներ և իրեն նման մարդիկ, որոնք մեքենայի մի մասն էին: Նա գլուխը չթեքեց նայելու ոչ Կարմրաքարի եկեղեցուն, ոչ այն քարաշեն տներին, որ խմբված էին հին եկեղեցու շուրջը: Նա տեսել էր այդ մի անգամ և համոզվել, որ ինչքան էլ գնար այդ երկրում, պիտի տեսնի նույնը՝ սարեր, ձոր ու անտառ, ջրեր, — որոնց ուժով քանի՜ սղոցարան կբանեին և մարդկանց՝ խեղճ, ռամիկ, մի քիչ էլ խորամանկ մարդկանց:

Աջ ու ձախ կանգնած ամբոխը զանազան նկատողություններ էր անում «Կարիբալղու» մասին, բայց հենց նա մոտենում էր թե չէ, խոսողները լռում էին և պլշած աչքերով նայում նրա տարօրինակ կոշիկներին, գլխարկին և կաշվե պայուսակին, որ մեջքին էր կապել և ոչ ձիու թամբին: Այս էլ սրախոսության նյութ դարձավ կտուրի վրա կանգնած տղամարդկանց համար: Բայց հենց այն ժամանակ, երբ մեկն ակնարկ էր անում Խոջա-Նասրեդինի և էշի փալանի պատմությանը, «Կրիբալդին» հանկարծ ձիու գլուխը բռնեց և վեր հանեց իր գլխարկը, ճոճելով Արզումանի կողմը:

Կտուրի վրայից Արզումանը նրան ասել էր «գուտտեն մորգն»... Գերմանացին անչափ ուրախությունից գլխարկը հանել էր:

Նա գերմաներեն մի քանի խոսք ասաց, սակայն համոզվելով, որ կտուրի վրայի մարդն ավելին չգիտե, գլխարկն նորից հագավ ու սանձը բաց թողեց: Բայց և այնպես այդ խոսքն էլ նրան դուր եկավ:

— Մալադեց Արզուման...

— Արզումանը լեմսի լեզու է խոսում...

Եվ շշուկը տարածվեց, հասավ մինչև կանանց բազմությանը, ու գունավոր շորերի, թաշկինակների ծովի մեջ մի դեմք վարդագույն դարձավ, գլուխը խոնարհեց: Քանի՛ անգամ նրա անունը տվին ու մատով ցույց տվին կտուրը, որի ծայրին նա կանգնած էր, զինվորական բաճկոնն ուսին: Սալբին հիշեց գիշերվա հեղեղը...

Իրար հետևից երևացին ֆուրգոնները: Հոգնած ձիերը կապույտ փրփուրի մեջ վերջին ճիգերն էին անում ծանր բեռը քաշելու: Գոլորշի էր բարձրանում նրանց քրտնած մարմիններից: Ֆուրգոնի անիվները, ճաղերը, ձիերի ոտները, նույնիսկ կուրծքը ցեխոտ էին, ասես ճղփալով անցել էին ցեխի հեղեղի միջով: Առաջին ֆուրգոնի մեջ մի հսկա արկղ էր, երկաթե ձողերով կապկպած: Երկրորդ ֆուրգոնի հատակին ընկած էին երկաթե երկար ու զանազան հաստության ձողեր, որոնց ծայրերը ցեխի մեջ քարշ էին գալիս, ակոսներ քաշում: Երրորդ ֆուրգոնը երկրորդից բավական հեռավորության վրա էր: Չուգունի պտուտակներ էին, տարբեր մեծությամբ, կտրատված երկաթներ, փոկերի ծալ-ծալ կապեր, փայտի արկղներ և ուրիշ մանրուք: Վերջին ֆուրգոնը բերնե բերան լցված էր թիթեղներով, և դրա համար էլ ամենից շատ նա էր աղմկում, զրնգացնում:

Կարմրաքարն առաջին անգամ էր տեսնում այդքան ֆուրգոն և այդպիսի ապրանք: Ճիշտ է, մի քանի անգամ Խոջա Հիբանի որդիների խանութի ապրանքը դարձյալ ֆուրգոնով էին բերել, բայց նրանք երկձի էին, սովորական սայլից մի քիչ մեծ: Մի անգամ էլ պրիստավ Բեկտաբեգովն էր եկել այնպիսի փոքրիկ կառքով, որին գյուղում անվանել էին ծտի բուն: Բայց այս անգամ չորս ֆուրգոն, չորսն էլ քառաձի և ի՛նչ ձիեր, ի՛նչ սարք ու կարգ: Կային այնպիսիները, մանավանդ կանանց մեջ, որոնք չէին տեսել նույնիսկ այն երկձի ֆուրգոնը, որ խանութի համար ապրանք էր բերում: Եվ զարմանքով, զմայլանքով էին նայում ֆուրգոնի ներկած ճաղերին, որ վրանի նման օրորվում էր:

— Այ, ինչ ուխտ կգնամ դրանով... Մեջը քնի, ոչ արևն այրի, ոչ կարկուտը տա...

— Լավ ալաչուխ կլինի դրա գլուխը...

«Աշխարհ տեսած» կանայք ծիծաղում էին նրանց վրա: Տեր Նորընծայի կինը մի անգամ որդուն ուղեկցել էր քաղաք և տեսել կառքը:

— Անտերը դուշի նման է գնում... Անսա՛ս... անսառ՛ւր... Էնքան էլ կակուղ...

— Բա որ Բաքվա վագոնը տեսնես, — վրա բերեց մի ուրիշը, — ոտդ տափից կտրում ես թե չէ, պոկ է գալիս... Մին Գյանջա ես տեսնում, աչքդ խփում ես թե ննջաս, բիր Բաքուն...

Իսկ նրանք, որոնք ոչ կառքն էին տեսել, ոչ Բաքվա վագոնը, ուշադրությամբ լսում էին թե՛ նրանց պատմածը և թե աչք չէին հեռացնում օրորվող ֆուրգոններից:

— Չէ՛... Կարմրաքարն էլ լուսավորվեց... Ջավոդ բերին Հիբանի տղերքը...

— Բալադ մեռնի, փո՛ղ... Տես ինչը որտեղ դուրս բերեց... Չորս ձիանի փրգոնը Կարմրաքար հասնի՛... Որ աչքովս էլ տեսնայի, էլի կասեի սա մեր գեղը չի, — վրա բերեց Ունանը, որ ցաքանը ձեռին այգուց եկել էր մի կապ ցախ թևի տակ:

— Հմի կհավատա՞ս:

— Էլ չհավատա՞մ... — տխուր ասաց Ունանը: Ասաց և հառաչեց, կարծես խոստովանեց մի դառն ճշմարտություն, որ ակնհայտ էր գարնան արևի նման, որի շողերն անտարբեր խաղում էին և պղնձե խաչի, և փայլուն թիթեղների հետ:

Հաղթական երթի նման էր ֆուրգոնների անցնելը: Գեր ձիերը, նրանց նոր սարքը, արծաթե կոճակները, որ շարված էին սարքի կաշիների վրա, ձիերի վզից կախած գունավոր փնջերն ու զանգուլակները, որ ավելի զորեղ էին հնչում, երբ ձիերը ուժ էին անում ֆուրգոնը քաշելու, վերջապես ֆուրգոնների տեսքը, նրանց վրա դարսած իրերը, որոնք ֆուրգոնի նման նոր էին, առաջից գնացող ձիավորները, — այս ամենը մայիսյան արևի տակ փայլփլում էին, շլացնում և հաղթական երթի նմանություն տալիս: Արզումանը նայում էր ֆուրգոնների շարքին. նա մտքում ասաց. «Հիբանի տղորց աբոզը»: Մանյովրի ժամանակ այդպես էին նրանք մտնում անծանոթ ավաններն ու քաղաքները: Եվ ժողովուրդը շարք կազմած թամաշա էր անում: Իսկ զինվորները, մանավանդ ձիավորներն, ավելի զիլ էին երգում գյուղը մտնելիս: Ինչ «հրեշտակներ» կային...

— Օհո՛... Խրվեց... Նո՛ւ... — լսվեց մի խուլ աղաղակ: Ոմանք կտուրներից թռան և առաջ վազեցին: Առաջին ֆուրգոնի շուրջը խմբվել էր բազմություն: Խանութից քիչ ներքև, ճանապարհի այն տեղը, ուր տարին բոլոր ցեխը չէր չորանում, որովհետև գետինը ջուր էր դուրս զցում, ինչպես հիվանդ ու միշտ ճպռոտ աչքը, — ֆուրգոնի առաջին անիվը մինչև սռնակը խրվել էր:

— Նո՛ւ... Է՛... — կանչում էր ֆուրգոնչին, մտրակն օձի նման պտտացնում և շրափ իջեցնում միջի ձիերի գավակին: Ձիերն ուժ էին տալիս այնքան, որ պաստրոմկաների հետ միասին ասես իրենց ջլերը պիտի կտրատեին, ուժ էին անում, դես ու դեն ծռվում և չէին կարողանում մի քիչ էլ առաջ անել:

— Սրան փոխի ցեխ կասեն, է՜... Շատ նու մի անի... Ձիերը մեղք են, — ասաց մեկը:

— Սիմո՜ն, Արտե՜մ... Մոտեցեք, է՜... — կանչեց Ունանը, — բա էս դարիբ մարդիկ ինչ կասեն: Արզուման, առաջ ընկի...

Երիտասարդները կարծես այդ խոսքին էին սպասում: Մինչ այդ նրանք վարանած կանգնել էին ու չգիտեին մոտենա՞լ, թե ոչ: Արզումանն առաջ քաշեց:

— Ձիերի գլուխը պահի, — ասաց նա ֆուրգոնչուն և ուսը դեմ տվեց:

— Հը՜... — և բազմաթիվ ձեռքեր հրեցին ֆուրգոնն ու անիվները: Կաս-կարմիր էին կտրել նրանց դեմքերը: Սալբին գաղտագողի դիտում էր: Նրա սիրտը թրթռում էր: Հանկարծ ֆուրգոնը շարժվի՜, հետո անիվը վրան գլորվի... — Շուռ չգա՞, — ասաց մի կին: Աղջկա սիրտն ավելի արագ բաբախեց: Այդ րոպեին երիտասարդների խմբի մեջ նա տեսնում էր միայն Արզումանին, նրա թիկունքը և աղեղի պես ձգված ոտքը:

— Նո՜ւ, — և ձիերը դուրս քաշեցին ֆուրգոնը: Օգնողները ետ փախան: Միայն մեկի գլխարկը ընկավ անիվի տակ ու խոր թաղվեց ցեխի մեջ:

Ֆուրգոններն անցան:

* * *

Խանութի դիմաց, փոքրիկ հրապարակում շարժվելու տեղ չկար: Շարեշար կապած ձիերը փռնչացնելով ուտում էին Հարդախառն գարին, երբեմն էլ մռութով փորփրում լայն տոպրակները և հարդը թափում ոտների տակ: Ֆուրգոնների վրա մուշտակների մեջ կոլոլված պառկել էին հոգնած տերերը, որոնցից մեկը երբեմն գլուխը վեր էր հանում, «նո՜ւ» ասում ուտելիս իրար հետ կռվող ձիերին և նորից գլուխը դնում հարդի տոպրակին:

Ֆուրգոններից քիչ հեռու դարսված էր ապրանքը: Ինչեր չկա՜ր... Արկղներ, երկաթալարի կապեր, հաստ մեխերի կիտուկներ, թիթեղ, բարակ ռելսեր, վագոնետների երկաթե մասեր: Մեծ ստանոկը հինգ-վեց մարդու օգնությամբ իջեցրել էին և դրել խանութի դռանը: Ձողերը հենել էին խանութի պատին:

Տղամարդկանց մի բազմություն նայում էր յուրաքանչյուր իրը, տեղեկանում, թե ինչու համար է, ինչ գործ պիտի անի: Եվ հակասական բաներ էին ասում: Ոմանց ասելով վագոնետները պիտի փայտը սղոցեն, երկար ձողերը կամուրջի համար են, որի վրայով գերանները պիտի քարշ տան: Իսկ երեխաների խումբը չէր հեռանում վագոնետների մոտից. «Ի՛նչ կգլորվի գերեզմանատան բլուրից...», «Իշու արաբա է», ասում էին նրանք: Կանայք հեռվից էին նայում կամ փողոցով անցկենալիս քայլերը դանդաղեցնում, որ մի քիչ ավելին տեսնեն: Հարս ու աղջիկ իրենց տների առաջ փոքրիկ խմբերով կանգնած սպասում էին, որ երեխաներից մեկն ու մեկը գա, և նրանից տեղեկանան, թե ինչ «մաշիններ» կան արկղների մեջ, ճի՞շտ է, որ երկար ձողերով հոր են քանդելու, ինչպես ասում էր Շուղանց հարսը: Եվ երեխաներն ինչպիսի՛ առասպելներ էին պատմում...

Թոռան ուսից բռնած, մահակը գետնին տափտափելով, երեկոյան դեմ եկավ և կույր Սային: Ոմանք ծիծաղեցին նրա վրա, ինչ պիտի տեսներ նա. մյուսները սաստեցին ծիծաղողներին և հետ-հետ քաշվելով ճանապարհի բաց արին: Կույրը մոտեցավ, փայտն առջևն օրորալով, դիպավ ծանր պտուտակներին, կռացավ, սկսեց շոշափել: Ապա մոտեցավ վագոնետներին:

— Սայի դայի... Մեծ մաշինը իրեն դուքանի առաջը... — ասաց մեկը: Ծերունին ու թոռը շրջվեցին այն կողմը: Ստանոկն արդեն բաց էին արել: Արևամուտի լույսի տակ պողպատի գորշ փայլով շողշողում էին նրա ողորկ լանջն ու ծանր ոտքերը: Ծերունին գրկեց, ականջը կախեց, ասես լսում էր, և բոլոր մասերը շոշափելուց հետո, տեղում ձգվեց:

— Մկրտո՛ւմ...

— Ի՞նչ է, Սայի ամի, — պատասխանեց Մկրտումը խանութից:

— Էլ հունար ունե՞ս, թե էս է... Բե՛ր էն էլ տեսնեմ: Հոգի ունեմ տալու: Գնալու եմ, Հիբանը հարցմունք է անելու, թե ի՞նչ տեսար ինձանից հետո: — Ու քիչ անց հարցրեց. — սաս չունի՞ սրան...

— Ունի, Սայի ամի, որ սարքենք, կլսես...

— Էդ էլ լսե՛մ..., — ու դարձավ թոռանը, — գնանք, բալաս... Տավարի գալու վախտն է:

Եվ փայտը գետնին խփելով ծերունին հեռացավ: Կանգնածները լուռ նայեցին նրա հետևից:

Մինչև մութն ընկնելը մարդիկ չէին հեռանում խանութի մոտից: Երեխաները, անսալով ծնողների կանչին, ֆուրգոնի ձիերի սանձից բռնած ութ-տասը հոգով, ձիերը տանում էին ջրելու: Ինչ հպարտությամբ էր քայլում սանձ բռնողը, իսկ մյուսները հետ ու առաջ էին վազում, զմայլանքով ձիերի փնջերն ու զանգուլակները նայում: Նրանք երբեք այդպիսի գեղեցիկ ձիեր չէին տեսել:

Գիշերով նրանց տանը հավաքվել էին տասը-տասնհինգ հոգի: Ֆուրգոնչիներն էին, գերմանացին, պամռշնիկ Անտոնը, ուստան, Գըդըլ-Պուղին, Շալուն Սիմոնը և մի քանի մոտ ազգական ու բարեկամ: Երկու անգամ մարդ էին ուղարկել քահանայի հետևից:

Բակում, խարույկի առաջ մի մարդ կտրատում էր սյունից կախած ոչխարը: Սիմոնի կինը մեծ շերեփով խառնում էր կաթսան, շուտ-շուտ ածխակոթերը կաթսայի տակ հրում: Շողերը, Եփրեմի կինը, նրա մայրը շտապ-շտապ սանդուղքով վեր ու վար էին անում, տանում հաց, գինի, միս, պանիր, կանաչեղեն... Ընթրիքը գնալով թեժանում էր: Լայն պատնոցների վրա դարսած խաշլաման ու խորոված իրար հետևից էին տանում: Եփրեմը գինու մի փոքրիկ կարաս էլ էր բաց արել: Ֆուրգոնչիները ձիու նման էին խմում քաղցր գինին և ճաքճքած մատներով, կեղտոտ եղունգներով բռնում մսի մեծ կտորները: Նրանց ձեռքերից ձիու քրտինքի և կաշվի հոտ էր գալիս, սակայն նրանք այդ չէին զգում: Գերմանացին էլ էր տաքացել: Նա դեն էր գցել պլաշչն ու պայուսակը և ազահությամբ դատարկում էր գինու գավաթները, ուշադրություն չդարձնելով այն կենացներին, որ ասվում էին, և ոչ էլ խմելու կարգին: Ուստա Նազարը փորձեց երգ ասելու, բայց ֆուրգոնչիներից մեկը քթի տակ ծիծաղեց: Սիմոնը գլուխը կախ ուտում էր, ինչպես կուտի առատ սեղանի մոտ նստած աղքատը: Եփրեմը բացվել էր. շատ հազվագյուտ էր լինում նրանց տանը այդպիսի ճոխ ընթրիք: Եվ խմում էր առանց քաշվելու եղբորից, խմում էր ու պարապ գավաթը գլխիվայր շրջում: Իսկ գերմանացին հռհռում էր…

— Ես տեսնում եմ, որ հայերը գործունյա մարդիկ են, — ասաց նա:

— Ասա՝ հայի մեռել գետնի տակ էլ կբանի, — վրա բերեց ուստա Նազարը: Սակայն նրա ասածը Եփրեմը չթարգմանեց:

— Հենրիխ ջան, — ասավ Եփրեմը, — խմի, գործի ժամանակ էլ քրտնի... Խարաշո, էյ բող:

— Ես մի այդպիսի սղոցարան էլ սարքել եմ Լոռի... Ըմ... էլի հայ էր, հարուստ հայ... Թիֆլիս էլ տներ ունի...

— Եփրեմ, մի հարցրու տես նրանց մաշինն ինչ թավուր էր, — ասաց Մկրտումը:

— Սաղ մի ֆիրմայի է, բրատ ջան, արխեին կաց, — ասաց Եփրեմը գլուխն օրորելով:

Քեֆի տաք ժամանակ Մկրտումը վեր կացավ և աննկատելի դուրս եկավ:

— Էն տղայի համար մի քիչ հաց-մաց շինի, — ասաց նա կնոջը: «Էն տղան» Գողին էր, որ այդ գիշեր պահակ էր մնացել ֆուրգոնների և խանութի առաջ շարած ապրանքի մոտ:

Գողին յոթ-ութ տարի էր, որ նրանց տան մշտական ծառան էր: Նրա չեչոտ, անմազ երեսին նայողը դժվար կորոշեր տարիքը: Վանող մի արտահայտություն կար նրա աչքերում: «Լորդուն ինչքան էլ վնասատու չի, բայց էլի կերպարանքն օձի է», ասել էր նրա մասին Ավան ամին: Եթե գյուղում մեկի շունը օր ցերեկով գետնին զարկեր իրեն, գետինը չանգռեր, փսխեր և շնչահեղձ լիներ, պիտի ասեին, որ Գողին է ասեղ տվել: Բայց մի քանիսն էլ ուրիշ կարծիքի էին՝ որ նա խեղճ է, վախկոտ է, «աստծու թակածը»: Համենայն դեպս նա Կարմրաքարի առեղծվածներից մինն էր: Եվ ինչեր չէին ասում... իբր թե, ինչպես ասում էին պառավներից մի քանիսը, Գողու աչքերը հետևն էլ են տեսնում, և դրա համար էլ վախենում էին ափաշկարա նրա հետևից չանչ անել: Նա կարմրաքարցի չէր և այդ շրջանից էլ չէր: Տեր Նորընծան հաստատում էր, որ նրա «գրոց անունը» Գեղեոն է: Մի քանի անգամ հարցրել էին նրան այդ մասին, Գողին ուսերը թոթվել էր և ծիծաղել սառն ու չար ծիծաղով: Նրա մասին հաստատը հետևյալն էր՝ նա օձ էր որսում, կարողանում էր առանց վախի ձեռք տալ նույնիսկ թունավոր օձին և ապա՝ սուլում էր այնքան հիանալի, որ ոչ մի հովիվ սրնգով նրան չէր հասնի: Եվ երբ գիշերները նրա սուլոցն էին լսում՝ խեղճ, սիրտ կտրատող երգը, ասում էին, որ Գողին «սատծու թակածն է»:

Գյուղը քնել էր, ու միայն Հիբանի տանն էր աղմուկ, ծափ, հոհոոց: Խանութի մոտ, կրակի առաջ Գողին նստել էր ու ննջում էր: Մկրտումի ոտնաձայնից վեր թռավ:

— Հը՞... հո սովել չես, — ասաց Մկրտումը, — առ:

— Մարդ — մուրդ հո չի երևացել, — հարցրեց:

— Չէ... Համա խոսում էին Բոլոր քարի մոտ, — ասաց Գողին:

— Ո՞վ էր...

— Ավան ամին էր, Չետանց Ուհանը, Արզումանը...

— Հը՞:

— Ավան ամին ասում էր, թե սրա վերջը լավ չի լինելու: Ժողովրդական հողում բերես զավող սարքես, առանց մի թույլատրության, մի թղթի — չի կարելի... Ասում է ջամահաթի որոշը պիտի լինի, թե չէ, զակոնին անուն — դանակ է...

— Հետո՞... — անհամբեր հարցրեց Մկրտումը:

— Ասում է ժողովուրդով պետք է միրսկի տանք, թող Քառասնաջուրը խազնեն մեզ ծախի...

Մկրտումը քահ-քահ ծիծաղեց. գարու տոպրակի վրա կռացած ձիերը ականջները խլշեցին և մի պահ չծամեցին:

— Քառասնաջուրը... — Ու կամաց հարցրեց. — Հո քեզ չտեսան...

— Չէ...

— Լավ: Դե մղայիթ կաց: Ֆուրգոնչիները մի քիչ քեֆով են: Ուշքդ վրադ պահի, քնով չանցնես, — ասաց Մկրտումը և շրջվեց տան կողմը: Նա մի քանի քայլ էր արել, երբ Գողին հետևից կամացուկ ասաց.

— Մկրտում ափի... — Մկրտումը հետ նայնց: — Բա մեր բանը ե՞րբ պիտի գլուխ բերես... Ախր վախտ է անց կենում... Վախենում եմ, որ...

— Ինչը՞:

— Էն էլի, որ քեզ գոմումն ասի...

Մկրտումը ծիծաղեց:

— Չես դիմանում, հը՞... Լավ, իրիկունս անպատճառ կասեմ: Սիմոնին էլ, մորն էլ: Իմ հոգուս պարտքը: Էս անտերը մի խող քցենք: Հարսանիքդ ալբիալը գլուխ բերեմ: Մի հարսանիք անեմ ո՛ր...

Եվ գնաց: Գողին ժպիտն երեսին դեռ երկար ժամանակ նայում էր մութին և լսում հետզհետե հանգչող ոտնաձայնը:

5

Փոշին հաստ շերտով նստել էր ճանապարհի եզրին բուսած արևածաղկի թերթերի ու կարտոֆիլի թփերի վրա, առուն բարակել էր և օձանման պտույտներով բակերն էր մտնում, շտապ կտրում փողոցի լայնքը և արևի տապից փախչելով, իջնում բանջարանոցները, ուր արևածաղիկն ու եգիպտացորենը բարդիների պես ստվեր էին գցում առվակի վրա:

Գյուղի փողոցներում անց ու դարձը դադարել էր, բակերում մարդ չէր երևում: Միայն Բոլոր քարի մոտ աշխատանքի անընդունակ երկու ծերունի, որպես լուծից բեզարած եզներ, նստել էին, ջրակալած աչքերը հառել առվակին: Ով գիտե ինչ էին մտաբերում ծերերը վազող ջրին նայելիս: Երիտասարդ օրերի կարո՞տն էին քաշում, երբ ամառվա տապին հանդից տուն չէին գալիս և քնում էին թարմ խոտի վրա՝ երեսն աստղկա երկնքին, թե՞ հաշտ էին և դատապարտվածի նման սպասում էին անողորքին, որ պիտի գար և ուշանում էր: Գուցե և ոչ մի միտք պտույտ չէր անում նրանց ուղեղում, ինչպես կամնը կալում և հենց այնպես նստել էին քարացած, իբրև արձան, իբրև Բոլոր քարի մի մասը:

Նրանց դիմաց, կիսաքանդ մարագի ստվերում, երկու հորթ ականջներն էին շարժում և որոճում: Եկեղեցու գավթում հոտից հետ մնացած ոչխարը, որի դմակը փաթաթված էր թաղիքի մեջ, պոկոտում էր պատերի տակ բուսած չոր խոտը: Գայլը ցրիվ էր տվել դմակը, տերը փաթաթել էր վերքը, որ շոգից ու կեղտից որդնոտել էր: Քաղցած ոչխարը և՛ պոկոտում էր խոտը, և՛ ցավից դմակը պատերին ու քարերին քսում: Գավթի ստվերում, փալանը փորի տակ կախ, շշմած կանգնել էր մի էշ և նայում էր ոչխարի շարժումներին: Արթուն և առույգ էին միայն աքլորները, որ քրքրում էին փողոցի աղբն ու արուի հպարտությամբ կանչում հավերին:

Ծառի տերևն էլ չէր դողում: Եվ տոթին, երբ մեղուներն էլ էին խմբերով իջնում առվակի խոնավ ափերին, — Բոլոր քարի մոտ նստած երկու ծերունի լսում էին Քառասնաջրում թափվող ջրի ձայնը և բարակ զրնգոցը: Նրանց համար նորություն էր այդ. կարծես երկաթյա թևերով մի թռչուն իջել էր ձորը և նվում էր՝ թևն արնոտ բուի նման:

— Էլ էն Քառասնաջուրը չի, հե՛յ… — ասաց ծերունիներից մեկը ննջացող ընկերոջը:

— Ասում է ձորի մարիքը չորացել են, — պատասխանեց նա և աչքերը՝ շոգից, հոգնածությունից, ծերությունից փակվեցին:

Ծերունին ճիշտ էր ասում: Քառասնաջուրն էլ առաջվա փոքրիկ ձորակը չէր, ուր այնքան առատ էր լինում մասուրը, իսկ քարերի արանքում՝ մանուշակի ու մորենու թփեր: Թիթեղյա ծածկոցը թուխպի պես թևերը փռել էր, հենվել սյուների վրա, որոնց արանքում վագոնետները բարակ ռելսերի վրա հետ ու առաջ էին գլորվում: Ճիշտ մեջտեղը, գերանների վրա ամրացված էր ստանոկը:

Պողպատյա սղոցը պտտվում էր, գերանը դժկամությամբ էր իր սպիտակ բունը մոտեցնում, սակայն վագոնետը գլորվում էր և սղոցի սրածայր ատամները քրքրում էին փափուկ միջուկը, ավազի նման շպրտում: Սղոցը զիլ էր զրնգում, երբ դեմ էր առնում կարծր կոշտի, ավելի արագ էր պտտվում, տաքանում և կոշտը ճեղքում: Գերանը երկու կտոր անելուց սղոցն ավելի հանդարտ էր զրնգում, նեղ ձորից դուրս եկող գետակի պես, և սպասում, որ մի այլ գերան, սպանդանոց քշվող եզան նման, վիզը մեկնի սուր դանակի տակ:

Ամբարտակից ջուրը բաց խողովակով թափվում էր հսկա անիվի վրա, որ հագցրված էր երկաթյա երկար ձողին: Քառասնաջրի երկու ափին գտնվող փայտի սյուներն իրենց վրա էին կրում ոչ միայն գլխավոր անիվի և ձողի ծանրությունը, այլև նույն ձողին հագցրած փայտյա մի ուրիշ անիվի, որի՝ բոխի փայտից շինած ատամները խրվում էին չուգունե պտուտակի ատամների մեջ: Տասը փութ ծանրություն ունեցող այդ պտուտակը, որ ավելի կարճ ձողի էր հագցրած և հենվում էր ցածր սյուների վրա, — իր հերթին դարձնում էր մի այլ պտուտակ, որի ձողին ամրացրած երկաթյա անիվը հաստ փոկերով միացված էր ստանոկին: Այդ ամենը շարժվում էր, վզզում, զրնգում այն ջրով, որ ամբարտակի բարձրությունից թափվում էր մեծ անիվի վրա: Ինչքան մոտենում էին ստանոկին, այնքան պտուտակներն ավելի արագ էին դառնում, և մեծ անիվի ծանր պտույտը փոկերը հարյուրապատիկ արագ էին հաղորդում վերջին պտուտակին: Հերիք էր շլյուզի փականն իջեցնելու, որ նույն վայրկյանում դադար առնեին փոկերը, պտուտակներն ու անիվները, և սղոցները մնային գերանի մեջ խրված, ինչպես թափով նետած սկավառակ:

Գերմանացին գնացել էր, պատմությունների և հիշողությունների մի շարան թողնելով գյուղում: Նրա մասին պատմելուց և՛ ծիծաղում էին, և՛ զարմանք արտահայտում: Եթե սղոցները չզրնգային, գուցե կասկածող լիներ, որ նա ամեննին Կարմրաքար չի եկել: Եվ այն, ինչ ասում էին, թե թութուն էր ծամում, չարանալուց թքոտում, ոտը գետնով տալիս, թե նա մշակների ներկայությամբ նույնիսկ Մկրտումի վրա էր չարացել, «տուռակ» անվանել, որովհետև քանդել էր տվել ստանոկը, մաս-մաս Քառասնաջուր տեղափոխելու համար: Ըմբովի Թյունու բեղը կտրելու պահանջը, — ահա այսպիսի պատմությունները հավատալի էին դառնում, երբ մարդիկ տեսնում էին նրա «ձեռացագործը», ինչպես ասում էր Տեր Նորընծան:

Բայց ինչ կարծիք էլ հայտնեին, ինչքան էլ զարմանային նրա հնարագիտության վրա, այնուամենայնիվ «Լեմսը» պարզամիտ և համարձակ մարդու համբավ էր թողել: «Զիինով մարդ էր, համա հալալ կաթնակեր էր», — այս էր գյուղի ընդհանուր կարծիքը: Ամենից շատ պատմում էին Մկրտումի վրա չարանալու մասին, պատմում էին թուքը կուլ տալով, և քահ-քահ ծիծաղում, երբ պատմողը կրկնում էր Մկրտումի պատասխանը. «Շաշի մինն է, կտա՛ կկոտրատի...»:

Աղոցարանը նա սարքել էր քառասուն օրում: Այս էլ զարմանք էր պատճառում, որովհետև գալու երկրորդ օրն իսկ նա այդպիսի ժամկետ էր սահմանել, որ կասկածի տակ էին առել գյուղացիք: «Քառասուն օրում թե նա գլուխ բերե՛ց, ըհը, ես բեղս կկտրեմ», — ասել էր Ըմբովի Թյունին, որի ավել անունը «Թարսի ձի» էր, միշտ հակառակ և շատախոս լինելու համար: Այս մարդուն էր պահանջել գերմանացին, երբ ճիշտ ժամանակին առաջին գերանը աղոցել էր՝ Արզումանի և Գըդըլ-Պուղու հետ:

Գյուղում եղած ժամանակ նա մտերմացել էր միայն Արզումանի հետ: Բացի քահանայից, որին տեսնելուց գերմանացին պատկառանքով էր բարձրացնում լայնեզր գլխարկը, բերանից ծխամորճը հանում, — մնացածը մի հավասարի մարդիկ էին նրա աչքին, գորշ պատ, որի աղյուսներն իրարից ոչնչով չեն տարբերվում:

Նրա շինած «զավոդը» խոսակցության նյութ էր ոչ միայն Կարմրաքարում, այլև սարերի վրա, ուր վրանների տակ Սալյանից, Մուղանից և Արաքսի տափարակներից հազարավոր մարդիկ էին ապրում: Ոմանք հատկապես, ոմանք էլ ճանապարհով անցնելիս, հետաքրքրությունից դրդված ձիու գլուխը դարձնում էին Քառասնաջուր, տեսնելու Մկրտում քիրվայի հարստության աղբյուրներից մեկը: Եվ նրանց աչքում Մկրտումը դառնում էր խանի չափ զորություն ունեցող մարդ. «Շատ առաջ կգնա էն հայը», — ասում էին նրա մասին:

Բայց մարդիկ կային, որոնք ոչ միայն ոտ չէին դրել Քառասնաջուր, այլև աղոցարանի մասին խոսք բացվելուց իրենց դժգոհությունն էին հայտնում: Ունանը հավատացնում էր, որ «զավոդի» պատճառով ձորի ջուրը համն ու գույնը փոխել է: Նրա ասելով բոստաններում լոբու դեղնելը ջրի «նաղինջ լինելուցն» էր, ջուրը «հարաքաթ» չուներ, որովհետև ամբողջ ուժն անիվի վրան էր թափում:

Ավան ամին, երբ լսում էր կտրած ծառերի մասին, չէր կարողանում զայրույթը զսպել: Ավելի հաճախ նա Քառասնաջրի անտառի մասին էր խոսում և կարծիք հայտնում, որ աղոցարանի պատճառով մոտակա անտառը պիտի ոչնչանա, հողերը պիտի ընկնեն Հիբանի տղաների ձեռքը:

— Է՛հ, Ավան ամի, դու էլ դաղած կաշի ունես նրանց հետ, հա՛ բշտում ես, — ասում էր մեկը:

— Չես թողալու քյասիբը հաց ուտի... Ջավոդը որ չքանեՐ, Շալուն Սիմոնը Կաղնուտի ձորը կգնա՞ր, — վրա էր բերում մյուսը:

— Թե Քառասնաջուրն իրենցն է, գերանն ինչի՞ են Կաղնուտից բերում:

— Էն եղոտ պատառ է, որ կերան, հետո էլ Քառասնաջրի ջանին են ընկնելու, — պատասխանում էր մեկը, որի սրտում Ավան ամու ասածը կասկած էր հարուցում:

— Չորս օր է բոստանս ջրի համար բառաչում է: Որ մթնում է, ջուրն էլ ցամաքում է:

— Այ քո բոստանը... Կատուն միջին թավալ չի տա:

— Նրանց ինչ կա՛... Օրենքից են վախենո՞ւմ, թե Կարմրաքարի տկլորներից: Միտդ չի՞ Եփրեմը Բեկտաբեգովի հետ, Հիբանի մեծ արտի տակին, ոնց էին խտիտ-խտիտ արջապար տալի ...

Խոսքը անցյալ տարվա կերուխումի մասին էր, որ սարքել էին Հիբանի որդիները պրիստավ Բեկտաբեգովի Կարմրաքար գալու առթիվ: Արտի ծայրին մնում էր այն կաղնին, որին հարբած պրիստավը թրով զարկել էր: Հաստ շրթունքի նման հարվածի տեղում կեղևը սպի էր կապել:

Տարօրինակ էր ջաղացպանի վերաբերմունքը: Ով էլ ջաղաց գար, նա հարցնում էր.

— Հիբանի փաբրիկը ծուխ չունի, հը՞, այ կարմրաքարցի: Ձեր գյուղումն էլ ինչ մասխարություն կա... — հարցնում էր և ծիծաղում՝ սուր, սարկաստիկ ծիծաղով, կարծես ներսում մաղձը կաթ-կաթ թափվում էր, ինչպես դառը դեղ: Նրա վերաբերմունքի մեջ տարօրինակն այն էր, որ նա աղոցարանը հիմնելուց հետո Կարմրաքարը համարում էր ուրիշ գյուղ, այդ հակադրում էր մի այլ Կարմրաքարի, որի բնակիչներից միայն ինքն էր մնացել:

Տեր Նորընծան խուսափում էր իր կարծիքը հայտնելուց: Աղոցարանը նրա համար ոչ միայն անհասկանալի «երևույթք» էր, ինչպես երկնքից ընկած մետեորը, այլև կապված էր հեղեղի գիշերվա, իր ծանր մտքերի, արքայական խնձորենու կայծակահարման և իր սարսափելի երազի հետ: Երբ խոսք էր բացվում Քառասնաջրի շուրջը, մի ծանր նախապաշարում ծխի նման բարձրանում էր նրա ուղեղում: Եվ նա սպասում էր փորձանքի, դաժան բոթի, որ կայծակնահար պիտի աներ իրեն՝ ցցաչոր կաղնու նման:

Իսկ աղոցները զրնգում էին, միանգամայն անտարբեր, թե Կարմրաքարում ով ինչ է ասում: Գիշերը շլյուզը փակում էին, Քառասնաջուրը մեռնում էր՝ ոչ ձայն, ոչ ծպտուն: Ջուրը մռալով հավաքվում էր, բարձրանում և ապակյա հալոցքի նման ամբարտակից թափվում: Ջրի բարակ քամին թաց տախտակների բույրը տանում էր հեռու, մինչև լեռան լանջը, ուր խուլ խշշում էին ծեր կաղնիները...

...Արևը թեժացրել էր թիթեղյա կտուրը՝ ինչպես թոնրի պատ: Արզումանը շապկանց ու ոտաբոբիկ հրում էր վագոնետը: Եգորը սեպերը գերանի բացվածքի մեջ էր խրում և մուրճով խփում: Մյուս աղոցի մոտ Պուղին և զրիկեցի մի երիտասարդ նույն աշխատանքն էին կատարում: Միայն երբ հարկավոր էր գերանը վագոնետի վրա դնելու՝ չորսն էլ միասին էին բարձրացնում:

Զրիկեցին առաջին օրվանից զգացել էր այն խուլ հակամարտությունը, որ կար Պուղու և Արզումանի միջև: Նա տեսել էր և այն, որ աղոցարան գալուց Մկրտումը Պուղուց է հարցնում տախտակների հաշիվը, գերանների չորն ու թացը: Իսկ Արզումանն առիթ չէր փախցնում խոցելու նրան: Նրանց միջև տեղի ունեցած սուր խոսակցությունը երբեմն պատճառ էր դառնում, որ իրարից խռով մնան: Բայց նույնիսկ այդպիսի օրերին Արզումանը հանաք անելուց չէր դադարում: Լավ տախտակին «մատուշկա» էր ասում, վատին՝ «ղարաչի», ծռված և ճաքճքած տախտակին՝ «Թելունց պառավ»:

— Եզոր ջան, էս երկու վերշոկանոցն էլ Սայի դայրլ համար քաշենք: Թող երկար լինի, որ հալիվորը ոտները սլա բոննի մեկնի... Էնքան քոռ-քոռ քարերին է տվե՛լ...

Հանաք անելուց զրիկեցին չէր կարողանում փոթկոցը պահել: Իսկ Պուղին զայրանում էր, աչքով սաստում: Արզումանը շարունակում էր.

— Ի՛նչ ես ծիծաղում, ա՛յ զրիկա զկեռ... Ձեր գյուղացի էն մի նստելում ութ լավաշ ուտողի համար ղարաչուց մին դութի շինեմ, որ կողքաճաղերը կոտրտի: Թե չէ Զրիկը կերել է նա, մարսել...

Աղոցարանի մասին նա էլ իր կարծիքն ուներ:

— Պիլնին զբորնի պունկտ է... Գյուղացու տղորց նման գերանները տաշում ենք, կլպում, փեչատը դնում: Դե ջոկի, թե որ ծառիցն էր…

Կացինը գոտու արանքը խրած մի մարդ ներս մտավ:

— Բո՛... Շինական, ա՛յ դու բարով... Մենակ դու չէիր եկել էս թազա ուխտատեղը: Հը՞, ինչ կա...

Շինականը մոտեցավ ստանոկին: Մի պահ զարմացած նայեց ու մոռացավ այն, ինչի մասին մտածելով գալիս էր:

— Հերսոտ ես երևում, — հարեց Արզումանը:

— Բա ոնց չհերսոտեմ... Վեց ամիս է ինձ անկրակ խորովում է...

— Ո՞վ:

— Հիբանի տղան, ով: Հերու դուքանից ոչ բարով տասը մանեթի կտոր առա տան տկլորության մասին... Քո ազիզ արևը, մի տարի է, շաբաթն երկու անգամ իմ իշով փետ եմ բերել, դռանը կիտել: Որ տեսնես, կասես քասն արաբա չի կրի: Հիմի ուրանում է, ասում է փետի փողն էն գլխից եմ տվել, դու իմ փողը բեր, թե չէ տունդ գրել կտամ: Ոտներն ընկա, աղաչեցի, ասի բանի ժամանակ է, մի քիչ խոտ ունեմ, խանձվում է, վերն Աստված, ներքն դու, ինձ ազատի: Ո՞ւմ ես ասում, լսողն ո՞վ է: Վերջը թե կացինն առ զնա Կաղնուտի ձորը:

— Պամոշնիկին զանգատ ես արե՞լ, — հարցրեց Արզումանը:

— Է՛հ, — և Շինականը հուսահատությամբ ձեռքն օդում ճոճեց:

— Փետն ուրիշին ծախի, — ասաց Եգորը:
— Ա՛յ որդի, որ անփող էլ տաս, ով սիրտ կանի նրա դռնից փետ տանի:
— Մարդ քցի մեջտեղ, թող մի բան պակասեցնի, — առաջարկեց Պուղին:
— Ինչ ասեմ, է՛... իմ հաշվով հիսուն մանեթի փետ եմ բերել, բա զուր կորչի՞...
— Ոչ էն ես անում, ոչ էս: Դե գնա Կաղնուտը, — բարկացած ասաց Պուղին և մոտեցավ վագոնին:
— Լա՛վ ես ասում, — ու մի քիչ մնալուց հետո դանդաղ քայլերով ճանապարհ ընկավ:
Եգորի մտքերը խռնվել էին: Ե՛վ նեղսրտում էր, որ չօգնեց Շինականին, և՛ չարանում ինքն իր վրա, թե ինչու չասեց մտքինը: Հիշեց Բագրատին՝ Շինականի որդուն, որ «աղբերացու էր»: Նրան ճանապարհ գցեց մինչև Լուս Խաչերը... Բաժանվելուց ասաց. «Հորս վիզը ծուռ չթողաս»... Գուցե հայրը հենց իրենից էր եկել օգնություն խնդրելու: Իսկ ինքը չհասկացավ: Ինչ կասի, երբ Բագրատն իմանա...Ո՞վ գիտե ինչ նեղումն է:
Եգորը հետ նայեց. կածանով Շինականը բարձրանում էր: Եվ հանկարծ կանչեց.
— Ամի, հե՛յ, — կանչեց ու վազեց: Արզումանը ձայն տվավ, սակայն նա չլսեց:
— Տես ինչ կատաղած լակոտ է՛... — ասաց Պուղին, երբ լռություն տիրեց. — փորը մի քիչ տաքացել է:
— Դու էստեղ ստարշի ե՞ս: Քո փորն ինչո՞ւ է ծակում, — գոռաց Արզումանը, մի քայլ անելով նրա կողմը:
— Բա ղո՞ւ ինչ ես...
— Ես քեզ նմանի ազրայելն եմ. շպիո՛ն:
— Բերանդ հավաք պահի՛:
— Դե սո՛ւս, թե չէ սեպը բողազդ կկոխեմ:
— Ո՞ւմ: — Եվ երկու ախոյանները մոտեցան իրար: Զրիկեցին գլուխը կորցրել էր:
— Քո, — և ծանր ապտակը լախտի նման տրաքեց Պուղու երեսին, աչքերի առաջ մթնեց, օրորվելով ընկավ գետնի վրա:
Արզումանը կանգնել էր հևացող կուրծքը դուրս ցցած: Ձեռքի թաթը տժում էր: Զրիկեցին վազեց Պուղուն բարձրացնելու, բայց նա ճարպիկ ոստյունով թռավ և ամբողջ թափով հրեց Արզումանին: Իրար բռնեցին՝ պինդ, ինչքան ուժ ունեին հաղթ բազուկներում: Ու մեկ էլ Պուղու քթից արյունը շատրվանի պես դուրս պոռթկաց: Նա ձգվեց գետնին ընկած երկաթե սեպը վերցնելու, բայց Արզումանը ամբողջ ծանրությամբ ընկավ նրա վրա, ոտքով մեկնած ձեռքը սեղմելով:
Հանկարծ մեկը ձգեց Արզումանին: Զրիկեցին մոտ վազեց: Երկաթե

ձողերի նման մատները սեղմեցին Արզումանի կոկորդը, նա թուլացավ ու հետ-հետ քաշվեց: Պողին տեղը կանգնեց:

— Ի՞նչ եք իրար մսի էլել, — գոռաց Մկրտումը, Արզումանին բաց թողնելով, — էս ի՞նչ է... Ես էլ ասեմ գործ են անում: Էս սհաթին ռհելդ քաշի, — դարձավ նա Արզումանին: — Մշա՞կ ես, թե մարդասպան: Քեզ էտապով քշել կտամ...

— Ես քո իմացած կարմրաքարցին չեմ, — պատասխանեց Արզումանը: Նրա աչքերը բոցկլտում էին, ռունգները փնչացնում ասես օդ չկար:

— Բա ո՞վ ես... Գեներալ Կուտուզովի տղան ե՞ս:

— Արինը գլխիս է, հա՛, Մկրտում... Մարդ ճանաչի: — Արզումանի աչքերը այնպիսի կատաղությամբ ոլորվեցին, որ Մկրտումն էլ ահ զգաց նրա արնակալած սպիտակուցներից:

— Եգորն ո՞ւր է, — դարձավ նա զրիկեցուն: Պատասխանի փոխարեն նա կմկմաց:

— Էս սաղ նրա գլխին չէ՞ր... Շինականն էր եկել էստեղ... Գնաց նրա հետ: Ես ասի առանցի հարցմունքի չի կարելի, ասում է՝ դու ի՞նչ է, զավողի ստարշին ե՛ս, — պատասխանեց Պողին, արյունը արխալուղի փեշերից սրբելով:

Հենց այդ րոպեին Եգորն իջավ կածանով: Նա ժպտում էր: Շինականը շատ էր ուրախացել, երբ նա առաջարկել էր իր մի ամսվա վաստակը վեց ռուբլին: — Պա՛, պա՛... Ես հաց կհավաքեմ, քո արյուն-քրտինքդ չեմ տա էն արնախումին, — պատասխանել էր, — մի քանի օր էլ կբանեմ, հալբաթ Բագրատիս քյոմակը կհասնի:

Նրա դեմքին ժպիտը սառավ, երբ տեսավ Արզումանի պատռած շապիկը, Պողու արնոտ երեսը: Մկրտումն ունքի տակից նայեց նրան:

— Մոտ արի, — ձեռքով նշան արեց: Եգորի ծնկները դողացին, աչքը զցեց Արզումանին:

— Մոտ արի, ասում եմ, — բղավեց Մկրտումը, մի քայլ անելով նրա կողմը:

— Ի՞նչ ես ուզում էն երեխից, — մեջ մտավ Արզումանը, — ես եմ ասել, որ գնա...

Լսվեց ոտնաձայն: Արզումանը հետ նայեց. արագ քայլերով գալիս էր պամոշնիկ Անտոնը: Թփի մոտ կանգնել էր Գողին:

— Էս ի՞նչ շամաթա է... ի՞նչ բունթ է, — կանչեց նա, մոտենալով Արզումանին: Մկրտումն առաջ ընկավ: Ապտակի ձայն լսվեց, ասես ապակի ջարդեցին: Արզումանը փորձեց վրա վազել, բայց Անտոնն առաջը կտրեց:

— Էս օրե՞նք է, որ դու երեխուն թակում ե՛ս... Ուժդ նրան պատեց հա՛... — բղավեց Արզումանը, Եգորը կանգնել էր տեղում, ականջը վառվում էր: Այտի վրա մատների կարմիր հետքը պարզ նշմարելի էր:

Նա զայրույթից պոռշն էր կրծոտում, հազիվ էր զսպում արցունքը, որ մեկ լցվում էր, մեկ հալվում:

— Գնանք, — ասաց Արզումանը Եգորին, — համա էսօրը չմոռանաս հա՛, խազեին ջան...

Մկրտումը չար աչքերով նայում էր հեռացողներին:

* * *

Արևը հասուն մրգի նման թեքվել էր: Ստվերները երկարում էին, ձգվում դեպի արևելք:

Ավան ամու այգում կանաչի վրա նստոտել էին մի քանի հոգի: Դարբին Վանեսը մեկնվել էր մեջքի վրա, աչքը գցել զառան չափ սպիտակ ամպին, որ ասես արածում էր՝ մեկ հանդարտ, մեկ էլ սուրում ջինջ երկնքի վրա: Դարբինն ականջը կախել էր զրույցին: Եվ միտք էր անում, որ իզուր են խոսում Ավան ամին էլ, Շուղանց հալևորն էլ... Միայն ինքը գիտե ուղիղ ճանապարհը, իսկ նրանց ասածը՝ ինչպես անտառի արահետը թուխպ օրին: Կգնա՛ս, կգնաս, և մեկ էր տեսար էլի նույն տեղն ես...

Խոսակցությունն սկսվել էր Արզումանի և Եգորի հետ պատահած դեպքից: Արզումանը ինքն էր եկել Ավան ամու մոտ և եղելությունը պատմել:

— Ես իմ հոր տղան չեմ լինի, եթե պիլնումը նրա գլուխը չմաշառեմ, — ասել էր Արզումանը, մի քիչ զայրացել, հետո դառնացած վերջացրել.

— Դուտակը ես եմ... Ասա ինչ ունես Կարմրաքարո՛ւմ: Չէ՛, ինչ պլան ուզում ես գյուղի համար քաշի, ես մնացողը չեմ: Կալը պրծնի թե չէ, հայդա, պիշի պրապա՛լ, — հայտարարել էր և գնացել Եգնարածի առուի տակ ընկած չիմանները, ուր խոտ էին հարում:

— Քո ասելով ուրեմն անբան կովի պես սուս անենք էլի, — դարձավ դարբինը Շուղանց ալևորին:

— Ա՛յ որդի, որ սուս չանես, ի՞նչ պիտի շինես: Բզի գլխին յումրուղով կտա՞ս, թե չաքճով: Էսպես եկել է, էսպես էլ գնալու է, մինչև պատանդ էլ մաշի, ոսկորդ էլ... Անբան կո՛վ: Բա ինչ ենք: Կթում էլ են, կուրծդ էլ են կտրում, — թեկուզ խոսելուց խզզացնում էր, շունչը երբեմն կտրվում էր, բայց ուշք չէր դարձնում: — Աստծու ճանապարհից դուրս ես գալի, սատանի ճանապարհը մտնում...

Ծերունու վերջին խոսքը դարբնի ցույց տված ճանապարհին էր վերաբերում: «Մեկի փորը ծխով լցրու, տես ոնց են խելքի գալիս», — հայտարարել էր դարբինը:

— Դե մի առակ ասեմ, լսի, — չիբուխի կրակը թեժացնելով ասաց Ավան ամին: — Տես վերջում ինչ եմ ասելու... Հա՛, հորթարածի առաջից հորթն ագին ցցում է, կետ անում: Էս նաչարը շատ է չարչարվում, վերջը մի կերպ բռնում է: Հիմի բռնել է, էնպես է՛ լաց լինում: Մի դարիբ մարդ ճանապարհով անց կենալիս տեսնում է հորթարածին. Ա՛յ տղա, ասում է, ագին ձեռիդ է, էլ ինչու ես լաց լինում... Ասում է սրա համար չեմ լաց լինում, հրեն մնացածների ագին էլ է ցից:

Ունկնդիրներից մի քանիսը ծիծաղեցին, բայց Ավան ամին շարունակեց.

— Հիմա մեր գյուղի բանը: Մի երեխու սիլլա տալով աշխարհը չի քանդվի: Ես էդ օրը չեմ լաց լինում: Հրեն Քառասնաջուրը մեր ձեռքից խլելու է... էն որ մավթուլներ է բերել, բա ինչի համար է: Վերի լավ հողերն իրանը, առուտուրն իրանը, օրենքի մարդն իրանը... Բա մենք էլ ժողովուրդ ենք, չէ՛... Գեղովի խելք-խելքի տանք, մին էլ տեսար ըհը՛, լույսը բացվեց... Թե չէ ես էլ գիտեմ, որ օձի ագին կտրելով, օձն էլի կենդան է մնում:

— Ավան, ասում է, անողը պրծավ, ասողն ընկավ կրակը… Էդ խոսքն էլ մի ասի: Գյուղացին երբ է մի բան շինել, որ հիմա շինի... Քանի մարդ թակած կլինեն հեր ու տղա, ի՞նչ արինք: Է՛հ, էլի լուծը կմաշի, մեր վիզը չի մաշի: Նրանք էլ Կարմրաքարի ցավն են, էլի՛... Բա առանց ցավի գյուղը կլինի՛...-և հազը բռնեց: Խոսակցությունը մի պահ դադարեց: Ծերունին հազում էր, խշշում էր կրծքի վանդակը, կարծես թոքերի փոխարեն ոսկորներով լի չոր պարկեր էին:

— Է՛հ, մեր սիրտը մսից չէ. մենք մղկտալ չգիտենք, — դանդաղ ասաց Ավան ամին, տխուր շեշտով, կարծես ծանր ու դառն խոստովանություն էր ասում: — Ջուրն ինչպես որ եփում է, եփում, հովանում, անպետքանում, էնպես էլ մենք: Մեր միսը կերել, ոսկորն են թողել, էլի համբերում ենք... Մեր ապրուստն էլ ապրուստ է՛... Շան թեփով ենք ապրում: Մի քանի տարի էլ ապրենք, մի պարկ թեփ էլ ավելի կուտենք...

— Ջուրն արդեն հասել է կամուրջին: Էսօր-էգուց կամուրջը տանելու է, — լռության մեջ, իբրև վճիռ, հայտնեց դարբին Վանեսը: Զրույցն աննկատորեն մանր առվակների բաժանվեց, կորավ շատ հասարակ առօրյայի ծանծաղուտում...

...Թավշյա թաթերի վրա՝ անշշուկ մոտենում էր ամառվա լուսնյակ գիշերը: Ծղրիդները զարթնել էին: Կամուրջի տակ գորտերը մեկ-մեկ կռռում էին, ջրից գլուխները հանում և պլշած սպասում, թե երբ պիտի լուսինն արծաթ շաղ տա ջրի երեսին: Հանդարտ ու խուլ աղմուկը, որ ելնում էր ճահճուտներից, թփերից՝ ուր ծտերն էին ճկում, այգիներից, — մի աղմուկ, որ ով գիտե բյուրավոր ինչպիսի՛ ձայներից էր գոյանում, — նինջի նման իջնում էր գյուղի վրա:

Դաշտում տեղ-տեղ կրակներ էին վառել: Մի քանի գերանդավոր իրիկվա կիսամթնում դեռ հարում էին: Արևից տաքացած գերանդին հովանում էր լուսնի զով շողերի տակ:

— Հրե՛ հա, կասես գյուղը ձիավոր եկավ, — ասաց Արզումանը

Սալբուն: Շների հաչոց լսվեց: Սալբին նայեց ու թիկըն տվավ խոտի դեզին:

— Պամոշնիկ Անտոնի դռանը վեր եկավ, — ասաց նա:

Քիչ հետո շները նորից կլանչեցին: Սև ստվերի նման ձիավորը սլացավ գետն ի վեր, դեպի վերի գյուղերը: Փոշու ամպը վազում էր ձիավորի հետևից, վազում էր ու չէր հասնում:

— Է հե՛-հե՛յ... Վա՛սի՛լ... Վա-սի՛լ... — ալիքաձև տարածվեց զգիրի ձայնը: Կանչում էին զրագիր Վասիլին, որ ով գիտե որ չիմանում էր քնած:

Կանչում էին, որ կարդար ուրյադնիկ Երոշի բերած շտապ և գաղտնի գրությունը պատերազմի և զորահավաքի մասին:

Գյուղում այդ մասին ոչ ոք չգիտեր: Ծրարը դեռ փակ էր:

***

Պատերազմի լուրը պայթեց, ինչպես որոտը պարզկա երկնքում: Կարծես հրթիռ էր, որ պայթյունով վեր սլացավ. ճեղքեց խավարը, գյուղի վրա կրակե անձրև մաղեց և հալվեց: Առօրյայի մանր հոգսերը հանկարծ խառնվեցին, ինչպես կռունկի երամն ամպ գիշերին:

Շուղանց Իսոն դարպասի քարին նստած տրեխների հողն էր թափ տալիս, երբ տեսավ Չանեն ծուռ Ուհանին՝ մի խուրձ կանաչ խոտ մանգաղին հագցրած:

— Հը՞, — հարցրեց Ուհանը, խուրձն ուսից իջեցնելով:

— Ի՞նչը:

— Բաս լսել չե՞ս...

— Ա՛յ է՛, սուտ կլինի... Տեսնես Վասիլն էսօր քանի փարչ է խմել, պրիստավի հրամանին գլխու չի... Մեր Սղոմոնն ասում է թուղթը իսկի փեչատած էլ չի... Կարելի է, որ ուրյադնիկը փոխս քցած լինի: Խելքդ ի՞նչ է կտրում, — դարձավ Ուհանին, ասես ուզում էր իր երկմտանքը վերացնել:

— Ի՞նչ ասեմ... Բանի էս փիս վախտը կռիվ քցողի տղան եթիմ մնա: Հունձ ունենք, կալ ունենք: Բա մեր սրտից ջուր խմած մի մարդ չկա՛, որ մեծամեծաց հասկացնի ժողովրդի ավհալաթը... — Ու մի քիչ մտածելուց հետո հարցրեց, — Իսո՛, Ղարսա կռիվը ձմեռնամուտին չէ՞ր...

— Բա ինչ: Էն էր, յապոնացունն էր: Չէ՛, էստեղ մի հնարք կա, ասենք գլխու չենք: Թե բեզարած չես, գեղամեջ գնանք, տեսնենք ինչ են խոսում...

Բոլոր քարի մոտ այդ ժամանակ մարդիկ լսում էրն քաղաքից նոր վերադարձած Հասրաթենց Սիմոնին, որին պրիստավը կանչել էր երկու տարի առաջ պատահած սպանության գործով, իբրև առաջնակարգ և շատ «խորհրդավոր» վկայի, որն ըստ նախնական քննության տվյալների, կապ պիտի ունենար դեպքի հետ, այնինչ Սիմոնը կտրականապես հրաժարվում էր ճանաչելու սպանվածին էլ, սպանողին էլ:

— Էստեղ են ասել, անողն պրծավ, ասողն ընկավ, — դառնացած ասաց Սիմոնը, թեկուզ ունկնդիրներից և ոչ մեկն էլ չէր կասկածում նրա անմեղության: Սպանությունը կատարվել էր գյուղից շատ հեռու, Վերի կապում, հենց ճանապարհի վրա: Սիմոնը քաղաքից վերադառնալուց տեսել էր և շտապել տեղեկացնելու պամոշնիկ Անտոնին: Այդ օրից էլ նրա անունը կապվել էր խորհրդավոր սպանության հետ: Սակայն այդ նույն օրից էլ Սիմոնը հանդիպած յուրաքանչյուր մարդու պատմում էր իր գլխով անցածը, մինչև վերջին մանրամասնությունը և երբ լողը իր վերաբերմունքն էր արտահայտում, ասելով հին խոսքը, թե «Ցավ չունես, գնա վկա գրվիր», — Սիմոնը նորից էր կրկնում իր պատմությունը, որպես ապացույց այդ հին ասացվածքի ճշմարտության:

Բոլոր քարի մոտ հավաքված մարդկանց հետաքրքիր չէր Սիմոնի վերջին հանդիպումը պրիստավի հետ: Բայց Հաարաթենց Սիմոնը երբեք այդքան ունկնդիր չէր ունեցել, և նա պատմում էր ի՜րը, — մինչև մեկն ու մեկը կանչեր.

— Դե՜ սպանեցիր, էլի՜... Բան ասա, բան լսենք, — և Սիմոնը դառնում էր պատերազմի լուրին.

— Մին էլ նաչալնիկը փոշտից դուրս եկավ, թե՝ ժողովո՜ւրդ, ուռռա՜...

— Հուռռա տվին, պատերից կարմիր, կապույտ թղթեր կպցրին... Պրիստավն ինձ հետ էդ ժամանակ խոսում էր... Նա դեռ գլխու չէր...

— Սիմոն, թղթերը դու տեսա՞ր...

— Բա ո՜նց...

— Ի՞նչ էին խոսում քաղաքի մարդիկ:

— Ի՞նչ պիտի խոսեին, ամեն մարդ իր դուքանում, իր առևտուրի հետևից: Ինձ ճանաչ մի դուքանչի ասում էր՝ շաքարը շատ կթանկի, նմանապես կտորը:

— Ո՞ր թիվն են կանչում, — հարցրեց Շինականը:

— Էդքանը չտեղեկացա... Համա ասում էին, որ մեր միալի ժողովուրդը հազար մարդ կտա:

— Հազա՜ր: Էլ տակին ի՞նչ կմնա:

— Ղալմաղալը որ չլիներ, շատ բան կտեղեկանայի պրիստավից, համա եկան, թե նաչալնիկը վռազ կանչում է:

— Ի՞նչ ղալմաղալ, Սիմոն:

— Ա եա իմ է՜... Մեկ էլ դուքանները կապեցին, զորքը ժողովուրդը մեյդան թափվեցին... Ուռռա՜... հա ուռռա: Հենց ուզում էի իմանամ, թե իմ գործը ոնց կլինի, ձեռքով արեց, թե գնա... Ես ասեմ մանեֆեստի տակով անեն:

— Սիմո՜ն, տեղեկացա՞ր, լավ գերանդին քանի է, — հարցրեց մեկը:

— Անդարդի մինը, գերանդու վախտ ես գտե՞լ, — վրա բերեց Իսոն:

Ծերունու հազը նորից բռնեց, ու գլուխը տմբտմբացնելով ձեռքը կրծքին սեղմեց, որ ներսում մի բան պոկվեր ու հանգստանար:

— Տերտերն էն օրը զուր չէր ասում, թե երկիրս պիտի խառնվի, — ասաց Ավան ամին, որ մինչ այդ լուռ լսում էր խոսակցությունը: Բոլորը լռեցին, ու միայն ծերունի Իսոյի կուրծքն էր խզզում, ինչպես աղոցը: Ավան ամին շարունակեց:

— Էդ մեզ նման խավար ժողովուրդն է, որ բանից խաբարություն չունի... Թե չէ ուսումնազետ մարդիկ կանուխ էին իմանում... Տերտերն ասում է՝ սերբիացին որ թագավորի տղին սպանեց, էն օրը հայտնի էր, որ կռիվ պիտի լինի:

— Բա մեր ցանքը, մեր կալը, — հարցրեց Շուղանց Իսոն:

— Քարը որ գլորվում է, մամուռը չի պահում, ա՛յ Իսո... Տերության ինչ հոգն է, թե ձեռդ նեղումն է: Հրաման հանեց՝ տո՛ւր, տուր: Ի՞նչ պիտի անես, — պատասխանեց Ավան ամին:

— Լա՛վ, տանք... Թագավորի հողից ո՞ւր պիտի փախչենք: Ախր դե տակին մնացածը չի կառավարում: Էն խաչած հողին ոչ արժանանամ, թե սուտ ասեմ, հրես հանդից կոտրատված եկել եմ, տանը մի քցելու չայ չկա: Բա որ մեր երեխուն տանեն, էն է քցեմ ինձ գետը... Սելավն եկավ, կալատեղս քանդեց, մինչի հիմա էլ խանգարված է մնացել:

— Այ Իսո, հազար ասի, ո՞վ է լսողը:

— Բա վերջը, մի լուս չի՞ հասնելու մե՛զ: Էսպես խավար պիտի մնա՛նք...

— Ջաղացդ էս է, թեփն ալյուրի հետ կես է. կաղաս էլ էս է, չաղաս էլ էս է... Բա՛, Իսո:

— Ջրին ասին թե ինչի ես խշշում, ասաց՝ տեղս քարոտ է... Հիմա մեր օրն է:

— Լա՛վ, դարդ մի անի է , — ասաց դարբինը: — Սրան ռուսի թագավոր կասեն... Երկու ամիս չի քաշի՝ փափախներով խռիկ կտա գերմանացուն, տանի ծով կածի: Շա՛տ-շատ երկու ամիս դիմանան: Հերու վարժապետն ասում էր, թե նրանց հացն առնովի է: Հաց որ չունենա, ինչ պիտի անի: Դու ասա հացի բանը լավ գնա:

— Հազարաստեղծ Աստված, քո խեղճն ենք... Մեծ գետի ճանապարհը մեծ է լինում... Դու ասա, որ մեր աղբյուրը չցամաքի, — ասաց Շուղանց ալևորը:

— Իսո ամի, հարուստի տունը ղոնաղ եկավ, աղքատի ուլը մորթեցին: Տրաքոցը որ ընկավ, մենք հո էս գլխից ենք ոտան տակի կորչելու, — տխրությամբ հարեց Ունանը:

Նա նստել էր անկյունում ու մտածում էր իր կրտսեր եղբոր մասին, որ երկու տարի առաջ վերադարձել էր զինվորությունից: Ինքը Շիրանի տափին էր վարում, երբ տեսավ իր փոքր աղջկանը բլուրն ի վեր բարձրանալիս: Մաճը բաց թողեց ձեռքից. «չլինի՞ մի փորձանք է պատահել տանը»... Եվ մոտեցավ աղջկանը. «Խաչանը ե՛կել է՛...» կանչեց աղջիկը: Քիչ հետո երևաց և Խաչանը: Ինչ ուրախությո՛ւն էր: Մոտեցավ ու փաթաթվեցին իրար: Այս հիշելուց Ունանը ժպտաց, նրա աչքերում արցունք երևաց: Ի՞նչ լավ էր վարում Խաչանը հենց առաջին օրը, կարծես չորս տարի զինվորության մեջ չէր եղել: Ունանը միտք ուներ մաճկալությունը թողնելու: Ահա քեզ... Խաչանը գնալու է... կինը, երեխան: Ինչպե՞ս պատահեց: Գուցե սո՞ւտ է. բայց մարդիկ խոսում են: Ու ոչ մի օր չի հիշում իր կյանքում, երբ աշխատանքի եռուն ժամանակ այսքան բազմություն հավաքվեր Բոլոր քարի շուրջը: «Տրաքոցը որ ընկա՛վ»... Եվ Ունանը հիշեց իր խոսքը: էդ ո՞վ գցեց տրաքոցը... Հանդարտ վար էին անում... Երեկոյան դեմ եզներն արձակեցին: Փեշի հողը թափ տալով մոտեցավ առվին, որ ձեռքերը լվանա: Հանկարծ Խաչանը մոտեցավ, թե հրաման է եկել... Եվ ձեռքերը մնացին անլվա. նստեց առվի եզրին:

Փողոցում երևաց քահանայի կռացած սիլուետը: Նա դանդաղությամբ էր քայլերը փոխում, կարծես կորցրել էր մի բան, որ ուր որ է, պիտի աչքին ընկնի իրիկվա կիսամթում:

— Հրես տերտերը գալիս է: Նա խաբար կունենա, — ասաց Չետանց Ուհանը:

— Ո՛րտեղից պիտի ունենա: Սաղ օրը Նռանձորի բաղից դուրս չի գալիս: էսօր ասում էր, թե հեղեղի գիշերը փիս երազ եմ տեսել: Քառասունքը թամամելուց վախենում է գյուղի գլխին փորձանք գա, — ասաց Ավան ամին:

— Սրանից էլ պինդ փորձա՞նք, — վրա բերեց ծերունի Իսոն:

— Տերտեր, էսօր շատ ես միտքարար, — ասաց Ավան ամին, երբ քահանան մոտեցավ քարին: Մի քանի հոգի իրար սեղմվեցին, նրան տեղ տալու համար: Տեր Նորընծան, քթի տակ ողջունելուց հետո, կանգնեց մի պահ, ասես միտք էր անում, թե ում մոտ է իրեն վայել նստելու, և ապա ծխատուփը հանելով, նստեց Շուղանց Իսոյի և Ավան ամու մեջտեղը:

— Ա՛յ Իսրայել, մտքիս հետ ներհակ ընկած գալիս էի…

— Տերտեր, էդ գազեթներում ի՞նչ են ասում կռվի մասին... — հարցրեց մեկը: Բոլորը շունչը պահած սպասում էին նրա պատասխանին:

— Օրհնյալ, ճրագդ միշտ վարզար մնա... Մեղքը պտույտքի պես մի փորձանք է, և ոչ եթե մարդ արարածը հոգին ծախի, — ասաց նա: Տերտերը քթումն էր խոսում, ձայնը զրնգում էր, ասես պարապ կարասի մեջ էր հնչում, և որովհետև միալար էր խոսում ու մի քիչ էլ ծոր տալով, դրա համար էլ բառերն իրար էին խառնվում, լսվում էր այնպես, ինչպես գետի խուլ վշշոցը մութ գիշերին: Քահանան կարծես ինքն իր հետ էր խոսում, և ոչ ոքի չբավարարեց նրա պատասխանը: Ինքն էլ զգաց այդ և ավելացրեց.

— Առաջաքայլ և գիտակից անձնավորությունքը հողագնդիս երեսին պակասել են, էլ ո՞ւմ մեղապարտես էս խառնակչության համար: Եփեմերդին ասում է, թե եղիցի արյունահեղ պատերազմ, թագավոր հյուսիսական ընդ արևելս, կոտորած ժողովրդյան, քարեկարկուտ և սև անձրև, և սով մեծ...

— Եվ սով մեծ... — կրկնեց Շուղանց Իսոն: Ամենից շատ Ունանը սարսափեց այդ խոսքից: Ու դարձյալ հիշեց եղբորը, իրենց մեծ տունը, երեխաներին, որոնք ճտերի նման թխսամոր հետևից վազում են, հացն ուտում այնքան ագահ, ինչքան շերամի որդը թթենու տերևները... Շաբաթը մի տաշտ հերիք չի անում: Եվ ի՛նչ ցորեններ կան այս տարի, — մտածեց Ունանը: — Ջաղացպանն իզուր չէր ասում, թե տարին գլխակեր է... Իմաստուն մարդ է ջաղացպանը... Միայն նա կարող է ասել, թե ինչ պիտի անել, որ Խաչանին զինվոր չտանեն:

— Յարաբ տեսնես մեր եզինքը ջրե՞լ են, — ասաց նա բարձրաձայն, և փեշերը թափ տալով վեր կացավ տեղից, իջավ ներքև: Նրա ականջին ընկավ Չետանց Ուհանի հարցը...

— Տերտե՛ր, գերմանացին խաչապաշտ չի՞... — Ունանը քայլում էր ու մտածում. գերմանացին խաչապաշտ չի՞... Հա՛, Խաչանն էլ է ավազանում մկրտված... Ի՞նչ պարզ միտն է այն օրը: Կնունքին մի ոչխար մորթեցին... Ի՞նչ խաչապաշտ: Ունանն անցավ եկեղեցու մոտով, մի վայրկյան կանգնեց ու գլուխը թեքեց վեր: Արդեն տարիքն առած մարդ էր, բայց չէր հիշում, թե երբևիցե գիշերով նայած լիներ եկեղեցու խաչին: Նրան տարօրինակ թվաց, որ գմբեթի գլխի խաչը փայլում է զոդած խոփի նման: Խաչապաշտ են Խաչանը, գերմանացին, ռուսը... Այն մարդը, որ Քառասնաջրում զավող սարքեց: Նա շատ հարգանքով բարևում էր տերտերին: Իսկ հիմա... Հը՞, իսկ խաչը... Հենց այնպես է դրված, որ Թելունց պառավն աղոթք անի, երեխաներին բերեն և ավազանում մկրտեն, պսակի ժամանակ Տեր Նորընծան օրհնի: Ու մի բան Ունանի ներսում պոկվեց, սուզվեց ինչպես քարը խոր լճի մեջ: Տեղը մնաց դատարկ, ծառի փչակի պես և թեթև, ինչպես քամու բերանն ընկած տերևը...

Իսկ քահանան պատմում էր, որ գերմանացիք ուրիշ տեսակի խաչապաշտ են, «ֆրանսացոց ազգաբնակությունը» ուրիշ, «անգլիացու հավատքն այլակերպ է», յապոնացին կրակապաշտ է, ռուսաց ժողովուրդը պրավասլավնի խաչապաշտ է, որովհետև խաչը ծուռ են կնքում: Չետանց Ուհանի գլխում մի հարց պտույտ էր անում, ինչպես կամնը կալում: Երբ տերտերը լռեց, նա անհամբեր հարցրեց.

— Տերտեր, բա էդ խաչապաշտ ազգերը ո՞նց են իրար մսի ելել... Էնա թող գնան յապոնացու երկիրն առնեն, էլի...

Քահանան հանկարծակիի եկավ: Ու նորից հիշեց այն, ինչ ամենից սոսկալին էր նրա համար: Չետանց Ուհանն էլ... — մտածեց նա: Եկեղեցու աջ կամարի տակ նրա մշտական տեղն է... Ժմեռը մի կիրակի չի բաց թողնում, գալիս է, ծունր դնում, փափախը գետնին ու գլուխը կախում: Բեմի վրայից քանի՛ անգամ է խաչակնքել նրա կողմը... Տեր Նորընծան զգաց այն, ինչ ծանոթ է խրոնիկ հիվանդություն ունեցողին.

ahա նշանը, առաջին ծանոթ նշանը, որից հետո երկրորդը պիտի երևա, սիրտը բաբախելու է, հետո սրարշավ վրա է տալու ծանոթ և սարսափելի ցավը:

— Հավատն էս բանի մեջ խառնվում չի, — վճռական հայտարարեց դարբին Վանեսը և օգտվելով այն ազդեցությունից, որ ունեցավ իր ասածը, մի քիչ առաջ եկավ և շարունակեց, — ամեն տերությունն իր հաշիվն ունի... Ռուսը տաճիկի հետ է կռիվ անելու, գերմանացին ֆրանցուսի հետ: Թե չէ ինչ խաչապաշտ, ինչ կրակապաշտ... Էս էն Շա՛հ Իսմայիլի վախտերը չեն...

— Հա՛, դե դու Հնդստանու կոնսուլն ես, դու ամեն ինչ գիտես... — հեգնական տոնով ասաց Ըմբռվի Թյունին, որի մշտական սովորությունն էր հակառակ խոսելու: Իզուր չէին նրա անունը դրել «Թարսի ձի»:

— Դե Վանեսի ասածն է, էլի՛... ինչ ես հակառակում, — մեջ մտավ Շինականը, — Լեմսը որ եկել էր զավոդ շինելու, քիչ էր մնում բեղդ պոկեր: Բա նա խաչապաշտ չէ՞ր… — Մոռացված այս դեպքը հիշեցնելը շատերին ծիծաղացրեց: Նույնիսկ քահանան ժպտաց և մոռացավ այն, ինչի մասին համառ մտածում էր:

— Որտեղ սպաս տեսնես, գդալդ մեջ ես կոխում, — զայրացած դարձավ Թյունին Շինականին: Բայց նրա խոսքը չլսվեց ծիծաղի աղմուկում:

— Է՛, մեր օրը լաց եղեք... Ի՛նչ եք մասխարի քցել, — ձայնը բարձրացնելով ասաց Ավան ամին: Նրա հանդիմանական խոսքը ծանր ազդեց լսողների վրա. նույնիսկ քահանան փշաքաղվեց: Նրան թվաց, թե հանդիմանության մի մասն էլ իր ասածի առթիվ է: — Սրան յոթը տերության կռիվ կասեն: Չոբանի կռիվ չի, որ մահակներով իրար չափեն:

— Լավ, է՛, Ավան ամի, էդքանը հասկանում ենք, բա մեզ ի՞նչ ճանապարհ ես ցույց տալիս, — հարցրեց Չանեն ծուռ Ուհանը, — վեր կենանք ռուսի թագավորի դեմ բունթ անե՛նք...

— Չէ՛, — ընդհատեց Ավան ամին, — էգուց էս գնացողների կալն ո՛վ պիտի կալսի, նրանց կարտոլն ո՛վ պիտի հավաքի... Իսկի մին խորը մտածում ե՞ս: Սաղ գյուղն տակովն է լինում, մի քանի մարդկանց սիրտն է դինջանում: Լա՛վ սարքվեցին Քառասնաջրում... Էս ջահելներն էլ որ գնան, Սային ու ես պիտի նրանց առաջն առնե՛նք:

— Դրա ժամանակը չի, Ավան ամի, — պատասխանեց դարբինը: Ավան ամին զարմացած նայեց նրա կողմը: Ու չիբուխը դողաց: Մթնում ոչ ոք չնկատեց այդ և ոչ էլ Չետանց Ուհանի դառն ժպիտը:

— Էն ո՞ր օրվանից, — հարցրեց Ավան ամին:

— Էսօրվանից, — կտրուկ պատասխանեց դարբինը: Նրանք հասկացան իրար: Ի՞նչ պատահեց դարբնի հետ այդքան կարճ ժամանակում... Նա այգում հայտարարեց, որ կարճ ճանապարհը «մեկի փորը ծխով լցնելն է»:

— Ես ասում եմ, որ բոլորս պետք է սեր միաբան լինենք: Կռվի

ժամանակ հայերի մեջ խառնակչություն չպիտի լինի, — ասաց դարբինը՝ կռահելով Ավան ամու երկմտանքը:

— Դե փիս չի ասում հո՛, — վրա բերեց Շինականը: Դարբինը նրա ասածից խրախուսված շարունակեց.

— Մենք էլ մին ժողովուրդ ենք, չէ՛... Մեր մեծամեծերը մեզ համար պլան քաշած կլինեն: Էսօր-էգուց Տաճկաստանն էլ է կռվին հասնելու... բա մենք սուս պիտի նստե՞նք:

— Ա՛յ հիմա «շաշ ուստա» ես, — վրա բերեց Ըմբովի Թյունին, նրանից վրեժ առնելու համար: Այս անգամ նրան հաջողվեց, որովհետև ծիծաղեցին այնպես, ինչպես «Թարսի ձի» ասելուց: «Շաշ ուստան» դարբին Վանեսի մականունն էր: Այդպես էին կոչում անկանոն և շփերթ աշխատելու համար: Նա շատ լավ գիտեր իր արհեստը, բայց քմահաճույքով էր աշխատում: Երբեմն մաշված, ճաքճքված խոփն այնպես էր սարքում, որ տերն անգամ չէր ճանաչում. իսկ երբեմն էլ մուրճով այնքան էր ծեծում, որ խոփը կորցնում էր ձևը: Թոնրից նոր հանած լավաշի համար տասը ռուբլու աշխատանք կաներ և ընդհակառակը՝ գերանդուին կցան տալու համար հանկարծ ավելի էր պահանջում, քան գերանդուն արժեր: Ինքնուս արհեստավոր էր. նա և՛ հյուսն էր, և՛ ատաղձագործ, և՛ դարբին: Նրա շինած կողպեքների նմանը քաղաքում էլ չէին կարողանում գտնել: Բայց ամենից լավ «ձեռացագործը», ինչպես ասում էր Տեր Նորընծան, հրացանն էր. նա այնպես շնորհքով էր հրացանի փողը փոխում, կտրում մանր, նորոգում, որ տեսնողը չէր հավատա, թե Կարմրաքարի դարբնի գործն է:

Երկու կիրք ուներ դարբինը, մեկը՝ որսորդությունն էր, մյուսը՝ զանազան արկածների պատմություններ լսելը: Նա ոչ միայն լավ նշան էր խփում, այլև գիտեր, թե որ գազանը ինչ տեղով է անցնում ամառը, ձմեռը, գիշեր թե ցերեկ: Ամբողջ ձմեռը որս էր անում, երբեմն ձյուն ձմռանը երկու-երեք օրով տուն չի գալիս: Այդ օրերում գյուղում գիտեին, որ նա մեծ որսի է հանդիպել՝ արջի, քարայծի, կխտարի... Եվ տուն էր գալիս մռայլ, երեսն ու ձեռքերը վառոդի ծխից սևացած: Նա հազիվ էր ստորագրում իր անունը, բայց երկաթե կտորտանքի, ժանգոտած մեխերի և մանգաղների կողքին, դարբնոցի մուրից սևացած դարակի վրա չորս-հինգ գրքեր կային: Նրա սիրած գիրքը «Կայծերն» էր, բայց ամենալավը «Բուլղար ավազակապետի պատմությունը»: Աշխատանքի ընթացքում, փողոցով անցնող աշակերտին կամ հենց նրան, ում երկաթն էր շիկացնում, ստիպում էր, որ մի քիչ կարդա: Շատ անգամ էր նա Եգորին կանչում իր արհեստանոցը: Նրա ասելով Կարմրաքարում ոչ մեկը Շինականի տղայի՝ Բագրատի նման «սրտանց» չէր կարդում: Դարբինը խոփը կրակի մեջ էր դնում և նստում կարդացողի մոտ: — Ուստա սիպտակում է... — ասում էր խոփի տերը: «Հանի թող հովանա... Հրես էն տեղին ենք հասնում»: «Էն տեղը» արկածների հանգույցներն էին, երբ, օրինակ, բուլղար ավազակապետը շղթան սղոցում է, ու պիտի իրեն բանտի պատուհանից զգի... Եվ հանկարծ ծառս է լինում, կաս-կարմիր խոփը հանում ու զայրույթից թե հրճվանքից մուրճն այնպես զարկում, որ հնար չէր զարկերը հաշվելու: Իսկ խոփի տերը, սրտի դողով, մեկ խոփին էր նայում, մեկ կայծերին, որ թռնում էին ծանր մուրճի տակից:

Բոլոր քարի մոտ նստածների զրույցին նոր նյութ տվավ Մուքելի տղայի գալը: Նա քաղաքից էր վերադառնում: Երբ նկատեց հավաքվածներին, նա գլխի ընկավ, որ պատերազմի լուրն արդեն գյուղն է հասել: Եվ քայլերը փոխեց նրանց կողմը:

— Ո՞ր թիվն են տանելու, չիմացա՞ր, — հարցրեց Շուղանց Իսոն:

— Ութ տարվա զապասն են հավաքում, Իսո դայի... Խոսք կա, որ աշունքն էլի կանչեն:

— Ուրեմն մինչև աշունքը կռիվ պիտի տա՞նք, — հուսահատ ասաց ծերունին: Եվ ապա ինքն իր ձեռքն օդում տարուբեր արեց, մրմնջալով «տարա՛ն... գնա՛ց»:

— Էլ ուրիշ ի՞նչ էին ասում... ճոթ ու կտորի կողմանից, թանգից, էժանից, — հարցրեց Ավան ամին:

— Խոսք չկա: Դուքանները տրաքվում են ապրանքից: Հա՛, ղազախները գնացին: Մի թամաշա էր, որ…

— Ես էլ տեսա, — վրա բերեց Հաարաթի Սիմոնը:

— Դե սուս, է, թող տեսնենք, ինչ է ասում. — սաստեցին նրան:

— Վարդապետը, քահանեքը, քաղաքի պաչոտնի առուտուրականները խաչով, խաչվառով տարան նրանց ճանապարհ քցեցին… Ղազախների գեներալը կռացավ, վարդապետի աջն առավ:

— Հայր Սիմոնը շատ հարգևոր է մեծամեծաց ասպարեզներումը, ուսյալ մարդ է, — ասաց քահանան: Նրան հաճելի էր այն, որ գեներալը համբուրել է հայր Սիմոնի աջը, և քահանան պատրաստվեց հիշեցնելու այդ դեպքը, երբ Մուքելի տղան շարունակեց իր պատմությունը:

— Իսկանդարովը, Աբգարովները, Գևորգ բեյի տղերքը, դաստա կապած, ոսկին մեծ պատնոցի վրա դարսած եկան նաչալնիկի դռանը կանգնեցին... Նաչալնիկը դուրս եկավ, ռուսերեն խոսեց, էնքան չհասկացա: Համա ամեն խոսքին ուռա էին կանչում: Հետո պատնոցը ներս տարան...

— Ուրեմն նվիրատվություն ենք անում զորքի հարկավորության մասին, — մեկնաբանեց Տեր Նորընծան, որը մեծ հիացմունքով էր լսում «Միքայելի որդու» պատմածը քաղաքի ոգևորության և եռ ու զեռի մասին:

— Այ հայությո՛ւն, — ոգևորված բացականչեց դարբինը:

— Մի պատնոց կտան, փողրաթից տասը դուրս կբերեն, — կծու շեշտով հարեց Ավան ամին:

— Մինչի դուրս գալուս սհաթն էլ քաղաքն ուրախությունից դրնգում էր, — եզրափակեց Մուքելի տղան:

— Շաշվել են, ինչ է... Մարդ էլ կռվի համար ուրախանա՞... Խելքս բան չի կտրում:

Ավան ամին դեռ խոսքը չէր ավարտել, երբ մի ձիավոր ձին թափին քշած, անցավ փողոցն ու ծռվեց դեպի «պամոշնիկի օթախը» :

— Զրիկա զգիրն էր, — հայտարարեց Շինականը:

— Վեր եկ գնանք Անտոնի մոտ, — ասաց Շուղանց Իսոն, — բալքի թազա հրաման կա... — և համարյա բոլորը տեղներից վեր կացան:

— Տեսնես մեր մաղյանի առաջը խոտ քցող եղա՞վ, թե չէ, — ասաց Չանեն ծուռ Ուհանը, մթնումը մահակը տափտափելով:

— Է, ինչի վրա ես միտք անում, — պատասխանեց Շինականը:

— Քուռակամեր է ախր…

...Խարույկի վրա կախած կաթսայի մեջ քլթքլթում էր ջուրը, թշշալով ընկնում կրակի վրա: Ընթրիքի համար վաղահաս կարտոֆիլ էին եփում: Խարույկի մոտ, գետնին խրած փոքրիկ գնդանի վրա ջաղացպանը մուրճով ծեծում էր գերանդու բռած բերանը: Սիմոնը, որ նոր էր վերադարձել Կաղնուտի ձորից, դանակով քերում էր կացնի կոթին հենած կաշվի ձողը: Նրա կողքին պառկել էր Արզումանը և ձեռքի ճիպոտով մերթ թեժացնում էր խարույկը, մերթ հեռու թռչող կրակները հավաքում: Երկու հնձվոր, երեկոյան սառնությունից պաշտպանվելու համար չուխաներն ուսերին գցած՝ թիկնել էին խոտի խուրձերին: Նրանցից մեկը ծխում էր, մյուսը՝ աչքերը բաց անում, նայում քլթացող կաթսային ու նորից փակում: Խարույկից քիչ հեռու ջաղացպանի կինն ու Սալբին ավելուկից շարանուկ էին կապում: Սալբին երբեմն մաարենու ձողով խառնում էր կաթսան, մի կարտոֆիլ հանում, մատներով սեղմում ու կիսաեփը մեջը գցում: Երբ աղջիկը ձեռքը մեկնում էր կաթսային, ննջողը գլուխը վեր էր բարձրացնում, իսկ երբ Սալբին նստում էր իր տեղը, հնձվորը հոգնած գլուխը թեքում էր խրձանը:

Արզումանը Սիմոնին պատմել էր սղոցարանի դեպքը: Պատմել էր ներքին հպարտությամբ, մի քիչ ավելին, քան իրականում էր եղել, պատմել էր այն անխուսափելի ձևով, որ հատուկ է երիտասարդ մարդկանց, երբ այդ պատմությանն ունկնդիր է և նրանց սիրելին: Սիմոնն անորոշ պատասխանել էր, թե չար մարդու վերջը լավ չի լինում: Անհայտ էր, թե ո՞վ էր այդ չարը՝ Մկրտո՞ւմը, թե Արզումանը:

Հանդարտ էր խարույկի մոտ... Ջուրը թշշում էր, մուրճի հարվածներից գերանդին այնպես մեղմ էր զրնգում, կարծես խոր սափորի մեջ ջրի կաթիլներ էին ընկնում... Արզումանը գլուխը վեր էր բարձրացնում, նայում Սալբուն, որի ստվերն ընկել էր խոտերի վրա: Աղջկա երկայն արտևանունքներն ավելի էին թանձրացնում աչքի խոռոչի սևությունը: Երեսը վառվում էր՝ հոգնածությունից ու կրակին հաճախ մոտենալուց:

Շուտով ընթրիքի կնստեն... Ապա գերանդիները, գնդանը, մուրճը, ջրի կուլան կպահեն խուրձերի տակ և կցրվեն տները: Ջաղացպանն իր կնոջ հետ կգնա ներքին կամրջով, իսկ մայր ու աղջիկ կիջնեն գետի վրա և քարերի վրայով կանցնեն գետը, կբարձրանան այգիների կողմը, կծռվեն փուլ եկած պատի կողքով, և տան դռնակը կճռռա: Դաշտում կմնան Արզումանը, երկու հնձվորները, որոնք ընթրիքից հետո պիտի թաղվեն չոր խոտերի մեջ և քնեն մեռածի քնով: Ու լուսինը մայր պիտի մտնի, խավարը պիտի թանձրանա... Արզումանն անցնելու է քարերի վրայով, ջրի միջով, նրանց հետքով և փուլ եկած պատի մոտ կուչ գալու այնքան, մինչև դռնակը նորից ճռռա, և շալի մեջ փաթաթված մի ստվեր անձայն, անշշուկ մոտենա իրեն... Մոտենա ինչպես երկու օր առաջ, երբ ճյուղքին քնած մի թռչուն թևին արեց, աղջիկը դուրս պրծավ նրա գրկից և Արզումանին թվաց, թե պատի վրայից մարդ իջավ: Սպասեց, շատ սպասեց, և դուռը չբացվեց:

Սղոցարանից վերադառնալուց Արզումանը կռացավ, որ աղջկա ոտքերի մոտ ընկած կիտուկը կապի, — կամացուկ նրան ասաց, «էսօր կգաս»: «Հերս տանն է»... «Կգաս, բան եմ ասելու»... Եվ Սալբին կարմրեց, եղանով շուռ տվավ արդեն շրջած կիտուկը:

Ներքնում չոր խոտերը խշշացին: Արզումանը տեղից վեր ելավ, Սալբին էլ նայեց... Մի ստվեր վազում էր մութի կողմը:

— Եգորն է, — կամացուկ ասաց Սալբին, սակայն բոլորը լսեցին, բացի հնձվորից: Ու Եգորը հնիհն պատմեց, թե ինչ հրաման էր բերել ուրյադնիկ Երոշը:

— Օ՜է՜ ... Չթողին էլ էս խոտը տեղաց անենք... Ասի անձրև չգա, չթրջի, — ասաց Արզումանն այնպիսի հանգստությամբ, կարծես ոչ թե պատերազմի լուրն էր լսել, այլ անախորժ բեգյառի, ու հարկավոր էր երկու օր գնալ «թագավորական» ճանապարհում խիճ ջարդել: Սիմոնը խոսք չգտավ ասելու. ջաղացպանը դադարեց գերանդին ծեծելուց: Նա մեկ Արզումանին էր նայում, մեկ՝ Եգորին:

— Կարմրաքարի գլխին հլա շատ փորձանք է գալու, — ասաց նա: Արզումանը նայեց Սալբուն: Երկուսի հայացքն իրար դիպան: Ասես ծիածանի պես կամուրջ կապվեց, և չասված խոսքեր կամրջի վրայով սրտից սիրտ անցան:

— Էսպես թագավորին ես... վախտը գտա՛վ, — ասաց Արզումանը: — Բե՛ր, կարտոլը բեր ուտենք:

Լուռ ընթրեցին: Մոռացան հնձվորին էլ զարթեցնելու: Նա խոր քնի մեջ մշշացնում էր, ինչպես հոգնած եզը ուռենու ստվերում:

Աստղազարդ երկինքը ջինջ էր, ինչպես լեռնային լճակը: Հնձած խոտերի մեջ ծղրիդները կանչում էին: Շատ մոտիկ մի լոր բռռալով թռավ խոտի միջից: Սալբին կլպում էր կարտոֆիլը, հոր առաջ դնում: Ու մի սպիտակն էլ զգուշությամբ գլորեց Արզումանի կողմը: Արզումանը նայեց նրան. աղջկա արցունքոտ աչքերում խարույկի կրակն արտացոլում էր:

— Եգո՛ր, վեր կաց... Տեսնենք ինչ թուղթ է ստացել պարոն Վասիլը: — Ու երկուսով իջան գյուղի վրա:

Պամոշնիկ Անտոնի «կանցելարը», որ Կարմրաքարում ավելի շատ հայտնի էր որպես «պամոշնիկի օթախ», որովհետև այն միաժամանակ և բնակարան էր, — գյուղական մնացած սենյակներից տարբերվում էր միայն ոտքը կոտրած սեղանով, որի վրա, ինչպես և պատուհանին, դարսված էին մի քանի մատյաններ, որոնց մոտ, պատուհանի հովին, — ուր կոտրած ապակու անցքը տրեխի քողով կապկպած էր, որ կատուն ու հավերը ներս չմտնեն, երբ տանը մարդ չէր լինում, — պատուհանին դրված էր մածնի մերուցքը:

«Օթախ»-ում կանգնելու էլ տեղ չկա: Անտոնը, որ նոր էր վերադարձել Հիբանի ամարաթից, գրագրին թելադրում էր տանուտերի ուղարկած գրության պատասխանը, որ պիտի ուղարկեր Զրիկից եկած զգիրի ձեռքով: Տանուտերը գրել էր այն, ինչ հայտնի էր ուրյադնիկի հանձնած ծրարից: Բացի այդ, նա կարգադրել էր լուսաբացին կազմ ու պատրաստ ունենալ զորակոչի ենթարկվածներին:

Վասիլը դառնացած գրում էր պատասխանը, և թեկուզ գլխավերևը կանգնած Անտոնը թելադրում էր նրան, բայց նա գրում էր այնպես, ինչպես ինքը գիտեր: Նա դառնացած էր և նրա համար, որ «օթախ»-ում եղած մարդկանց մոտ թելադրում է Անտոնը, բայց ավելի շատ՝ իր հանգիստն այդպես անակնկալ կերպով վրդովվելու համար: Պամոշնիկը նկատում էր այդ, սակայն շարունակում էր թելադրելը:

Այդ երեկոյան Վասիլը, որ գյուղում թունդ հարբեցողի հռչակ ուներ և, ինչպես քահանան էր ասում, «այդ տկարության կողմանից իրյան պապին էր քաշել», — Վասիլը հարբած քնել էր գետափի ուռիների տակ, երբ թափահարելով նրան զարթեցրեց զգիրը: Գաղտնի գրության անունը նրան սթափեցրեց: Ու թոնթորալով վեր կացավ, բարձրացավ «օթախո»-ի կողմը: Գրության բովանդակությանը տեղեկանալուց հետո, խորիմաստ «իը՜մմ» արեց: Անտոնը դուռը փակել էր: — Հը՞, — անհամբեր հարցրեց նա: — Հե՜չ, պրիստավն է գրել... — ծույլ-ծույլ ասաց Վասիլը, հաստատ իմանալով, որ իր պատասխանը չարացնելու է պամոշնիկին, նա սպառնալու է տանուտերին ռապորտ գրելով և վերջում՝ աղաչանքով խոստանալու է «էն զահրումարից» մի շիշ: Երբ Վասիլը գրությունը կարդաց ու թարգմանեց, պամոշնիկ Անտոնի գլխին ասես տունը փուլ եկավ... — Ոնց թե կռիվ, — ասաց ու նստեց սկամուն: Ապա մեկից ծլնգ եղավ, դուրս եկավ ու դուռը փակելուց գրագրին պատվիրեց, որ ոչ ոքի չհայտնի գրության մասին՝ մինչև իր վերադարձը:

Իսկ լուրը տարածվեց կայծակի արագությամբ: Վասիլն ինքն էր հայտնում ներս եկողին՝ կարծես նրան ուրախություն էր պատճառում այն արտահայտությունը, որ ունենում էր յուրաքանչյուր լսող: Վերադարձին Անտոնը զայրացավ, երբ տեսավ օթախում հավաքված մարդկանց:

— Այ խալխը, չամիչ չեն բաժանո՜ւմ... Թողեք մի տեսնենք ինչ պատասխան ենք տալիս... Մի աշիբկա լինի, նոմերը սխալմունք պատահի, դե եկ էդ դարազումեննու պատասխանը տուր... Սա թագավորական գործ է, հանաք մասխարա չի՜...

Վասիլը շտամպը մոտեցնում էր բերանին, փչում, ռունգերը լայն բաց արած ներս ծծում օղու հոտը, որ ելնում էր իր շնչի հետ: Փչում էր, ծույլ-ծույլ շարադրում և քմծիծաղ տալիս պամոշնիկի խոսքերի վրա:

Արզումանը դրան մոտ կանգնածներին հրելով ներս մտավ:

— Չեստ իմեյու յավիցա, վաշ բլաղարոդի, — բղավեց նա, զինվորական պատիվ տալով Անտոնին:

— Կանցիլարը շուտկի տեղը չի՛, — զայրացած պատասխանեց Անտոնը և դարձյալ կռացավ սեղանին:

— Հա՛, լավ... Ռապորտը գրի, թե չէ գիտե՛ս՝ պալնոյ սուդ, կաշիդ մեջքիցդ կհանեն... վա՛յ, Վասիլ Պետրովիչ, դու էլ էստե՞ղ... Ուրեմն հանաք չի էլի՛, կանտորա պիշետ: Հե՛յ, մերը չմեռնի թագավորի: Ձեռաց գլխի ընկավ, որ Կարմրաքարում զուր հաց ուտող շատ կա: Սիմոն ապեր, — դարձավ նա մի կարճահասակ ալևորի, որին սեղմել էին անկյունը, — դու էստեղ ի՞նչ գործ ունես: Քո թայերը թանովը կերել են, երազ են տեսնում:

— Երախեն էլ է, — լացակումած ասաց ծերունին:

— Ստեփա՞նը: Նա ո՞ր թվի սալդաթն է որ...

— Ես ի՛մ... Վասիլի մոտ է թղթերը:

— Վասիլ Պետրովիչ, բա քեզ հետ ե՞րբ ենք մի կատիլոկից բորշ ուտելու: Թե մնում ես, վիզդ հաստանա, կուղի նման ընկնես խալխի կնանոց ջանին:

— Ասում եմ բերանդ շատ ցրիվ մի տա, — կանչեց պամոշնիկը: Իսկ Վասիլը գլուխը կախել էր թղթի վրա, իբր թե չի լսում:

— Դե լավ հա՛... Խանչալիդ քարը վեր չընկավ: Էնպես չի՞, Վասիլ Պետրովիչ... Դավթարում ադրեսս գրի. 117 պենզենսկի պոլկ, տրետի բատալիոն, ավտարո ռոտա պալուչիտ Արզումանու Եղիզարովու... Աղրես գրելիս հավից, ճուտից շատ չհավաքես, թե չէ մին էլ տեսար եկա դիվանից:

Մի քանի հոգի ծիծաղեցին, մեկը կամացուկ ասաց.

— Երանի Արզումանին: Գայլի սիրտ կերած է, — Արզումանը լսեց:

— Բա սուզ անե՞մ: Ինչ եք կարասն ընկած մկան նման թռխել... Մին էլ տեսաք ցեպ կապած ետ եկանք, դավայ դավայը քցեցինք...

— Ուր է, լեզվիդ մատաղ, քո ասածը լինի, — մրմնջաց Սիմոն ապերը, — սաղ սալամաթ ետ գաք... Մենք էլ նաչար ենք:

— Դե, ժողովուրդ, լսեցի՞ք, — դարձավ պամոշնիկը ներկա եղողներին: Դրսում հավաքվածները մոտեցան դռանը: — Սպիսոկը սա է... — ու նորից կարդաց անունները: — Լուսը չբացված գյուղամեջին հավաքված լինեն, երեք օրվա պաշարով... Դե հիմա շաղ եկեք, տեսնենք ինչ ենք անում...

— Հա՛, արևիդ մեռնեմ, — աղաչանքով ասաց Սիմոն ապերը, որի որդու անունը ցուցակում չկարդաց, բայց մի մատյան ևս պիտի քրքրեին, — մեր հոգատար իշխանը դու ես... Բոլորը քո ձեռքին են նայում...

Բազմությունն սկսեց ցրվել:

— Եգո՛ր, գնա տուն, ես մեր բաղովն անցնեմ, — ասաց Արզումանը և կորավ մթության մեջ:

***

Գյուղի վրա բացվեց մի պղտոր առավոտ: Մոխրագույն ամպերը ծխի նման բարդ-բարդ վեր էին ելնում, կարծես վիթխարի կրահորի բերան էին բացել:

Առավոտյան մուժի մեջ ծլնգացին եկեղեցու զանգերը: Ժամհար Բարսեղը սովորականից կանուխ էր զարթնել և կաղ ոտը քարշ տալով բարձրացել զանգակատունը: Հեռվից նայողին այնպես էր թվում, որ ոչ թե ժամհարն է քաշում զանգի պարանները, այլ զանգերն են ձգում նրա թևերը, նախ՝ աջը, ապա՝ ձախը: Կաղ ոտը ձգած, գլուխը գետնին խոնարհած, Բարսեղը կարծես արձանացել էր, մոռացության տվել ծանոթ գավիթը, պարանների կչկուռը, որ սեղմում էր բռան մեջ, զանգակատանը բուն դրած աղավնիներին, որոնք ամենօրյա ձևով թռան, երբ ինքը սանդուղքով վեր բարձրացավ, և շար ընկան գմբեթի ծայրին:

Ժամհարը կանուխ էր զարթնել: Գիշերն էլ անկողնում կողքից կողք էր շրջվել, կարծես ներքնակի մեջ փշեր էին լցված: Նա երբեմն գլուխը վեր էր հանում, նայում պատուհանին: Ինչ երկար էր ամառվա այս գիշերը...

— Սամսո՛ն, քնել չե՞ս... — ձայն էր տալիս որդուն:

— Չէ՛...

— Քնի, բալաս: Երկար ճանապարհ ես կտրելու: — Իսկ ժամհարի կինը մթնում ման էր գալիս, պղինձները զրնգացնում, սանդուղը բաց անում, ինչ-որ բան հանում, կապում: Լսելի էր զսպված հեկեկոցի ձայն, որ դադարում էր, երբ Սամսոնն ու հայրը լռում էին: Մայրը հեկեկաց բարձրաձայն, երբ խոսքի միջին ժամհարն ասաց.

— Հրես մեր տանն եմ ասում... նամակդ մշտական թող անպակաս լինի: Դու էլ քեզ մղայիթ կաց... Հազար շառ, հազար փորձանք:

Մոր հեծկլտոցի ձայնից երեխաներն էլ զարթնեցին: Ամենափոքրը տեղերում նստեց ու կանչեց մեծ եղբորը: Երեխան կարծում էր, թե նա գնացել է, ու իրան քնած են թողել:

— Բարսե՛ղ, օրհնյալ... բավական է, — ասաց Տեր Նոր ընծան՝ եկեղեցու բանալին գրպանից հանելով:

— Էսօր շատ դարդոտ է զանգերը քաշում, — ասաց մի պառավ:

— Նաչարն ինչ ունի: Մի տուն քուլփաթի պահողը Սամսոնն է, — ու ներս մտան կիսամութ, խոնավ ու քարակոփ եկեղեցին:

Շատ երդիկներից էր ծուխ բարձրանում: Կապույտ ծուխը վախվխելով ձգվում էր վեր, ու սառը քամին նրա բաշից բռնած, թռցնում էր, կտուրներից պոկում: Եփում էին, թխում: Կանուխ էին վեր կացել և նրանք, որոնք զինվորացու չունեին, գնացողը մեկի փեսան էր, մյուսի հորաքրոջ տղան... Պառավ կանայք, շալերի մեջ փաթաթված, դողացող ստվերների նման մեկ-մեկ անցնում էին գյուղի դատարկ փողոցներով ու կորչում եկեղեցու ներսի մթության մեջ: Բոլորն էլ համարյա նույն ձևով էին ծնկադրում, փղձկում, ճակատը կռացնում եկեղեցու սառը հատակին: Ոչ ոք չէր լսում Տեր Նորընծայի ձայնը, որ արձագանք էր տալիս ծանր կամարների տակ, ինչպես հարվածը դատարկ կարասում: Կանայք ու ծերերը երկար չէին մնում: Հենց արցունքը ցամաքեր թե չէ, դուրս էին գալիս և շտապում տուն՝ մի բան էլ պատվիրելու գնացողին, մի քիչ էլ նայելու նրանց:

— Հիբանի տղերքը ինչ են լսել, որ առավոտ կանուխ դուքանը բաց են արել, — հարցրեց Թելունց պառավը ժամհարի կնոջը:

— Է՜հ, նրանց սրտի խորհուրդն ով կիմանա, — պատասխանեց կինը:

Այդ առավոտ Կարմրաքարում ամենից վաղ զարթնողը Մկրտումն էր: Լույսը չբացված Եփրեմը քաղաք էր գնացել տեղեկանալու ապրանքի գներից ու կատարվող իրադարձություններից: Մկրտումը նրան շատ հանձնարարություններ էր տվել, մի քանի անգամ էր կրկնել իր ասածը, կրկնել էր տվել եղբորը, ինչպես ուսուցիչն՝ աշակերտին: Գիշերով Մկրտումն ինքն էր վեր կացել, իջել ներքև, Եփրեմին զարթնացրել, Գողուն պատվիրել ձին թամբելու և եղբորը ճանապարհ գցելուց մի անգամ էլ ապսպրել քաղաքում անելիքը և գնացել խանութ: Մկրտումը խանութի հատակին փռել էր գույնզգույն և էժանանոց թաշկինակներ, որոնց մեջ բուռ-բուռ լցնում էր չամիչ, պնդուկ, նոխուդ, ապա թաշկինակները կապոց էր անում, դարսում: Խանութում ոչ ոք չկար: Ամեն մի թաշկինակ կապելուց նա հրճվում էր, ինչպես մայրը, որ քնած երեխայի գլխավերևն ընծա է դնում: Մկրտումը մի վայրկյան մտածեց, ապա ետ դրեց կապած թաշկինակները, սկսեց բաց անել: Մրգեղենն իրար էր խառնվել: Ու նա ձեռքը մեկնեց, դարակից վերցրեց մի կապ ծխախոտ, սկսեց մեկ-մեկ դարսել կապոցների մեջ: Մեկ էլ հավաքեց ծխախոտը, բարձրացավ վերևից ավելի աժանը և հասարակը վերցնելու:

Պատերազմի լուրը նրա վրա ևս շշմեցուցիչ տպավորություն էր արել: Բայց այդ տևել էր միայն մի վայրկյան, ինչպես թեթև գլխապտույտ: Ու շատ հասարակ դասավորել էր այն բոլորը, որ բերելու էր պատերազմը գյուղի և իրենց տան համար: Պամոշնիկ Անտոնին նա սառնասրտությամբ պատասխանել էր.

— Սա պետք է լիներ... Անկարելի էր... Ես տրաքոցին վաղուց էին սպասում... — Զորակոչի ենթարկվածների ցուցակում միայն Գըդըլ Պուղու անունն էր, որ դժգոհություն առաջացրեց նրա դեմքի վրա:

— Բա պիլնի՞ն, — մտածեց նա: — Ու մինչև Անտոնը մյուսների անունները կթվարկեր, Մկրտումն իր անելիքը որոշեց:

Փողոցներում անցուդարձն սկսվեց: Գրաստներին ուտելիք ու

գործիքներ բարձած մի քանի հոգի գնացին աշխատանքի: Ինչքան էլ դաժան ու հանկարծակի էր պատերազմը, բայց և այնպես հարկավոր էր խոտը հարել, հարածը կիտուկներ անել, այգին ջրել, դեղնած ցարիներին նայել, որ հունձը չուշանա: Երբեմն տներից երեխաները վազում էին Բոլոր քարի մոտ՝ նայելու հո չեն հավաքվել. կամ թե բարձրանում են կտուրը և նայում պամոշնիկի «օթախի» կողմը, որի առաջ տկլոր ձին դեռ կանաչ էր ուտում:

Իրենց դարպասի անկյունում Ունանը եղբորը համոզում էր այն, ինչի մասին երեկոյան խոսել էր, ու Խաչանը գլուխն օրորելով ասել էր. «վախենում եմ...»: Ունանը եղել էր ջաղացպանի մոտ. ճիշտ է, նա հայտնել էր միջոցը, սակայն ավելացրել էր. «համա անտերն իսկական զահրումար է... Զանով տղամարդ պիտի լինի, որ դիմանա... Էն առաջ էր. հիմա Կարմրաքարում ո՞ւր է էղպես ոսկոր...»: Խաչանից Ունանը պահել էր ջաղացպանի խոսքը, թե տղամարդը միայն կարող է դիմանալ այդ «զահրումարին...»:

Մի ներքին ձայն Խաչանին ասում էր, որ միջոցը վտանգավոր է: Բայց սիրտը մղկտում էր... Ինչպես պիտի ապրեն տունը, կինը, երեխան: Ամբողջ գիշերը կինը արցունք էր թափել բարձին, օրորոցի վրա, երբ կռացել էր երեխային ծիծ տալու: Ու հենց ուզում էր բերանը բանա, բարակ աղբյուրի նման արցունքը ծլլում էր: Այդ երկընտրանքը Խաչանին ծանր մտատանջության մեջ էր գցել: Իսկ եթե խմի մի գավաթ ծխախոտի ջուր, ինչպես Ունանն էր ասում, կազատվի՞ ու տանը կմնա՞... Խաչանը կրկնում էր մոլորվածի նման. «տեսնենք, կամիսիա ընկնենք... Բալքի բրակ են դուրս բերում»:

Հանդում մենակ մնացած եզան բառաչի նման հանկարծ լսվեց զզիրի հուժկու ձայնը.

— Հե՜յ, հե՜... գնացողը գա մեյդանը, հե՞յ...

— Բայղո՜ւշ, — ասաց Թելունց պառավն ու ձեռը չանչ արեց ձայնի ուղղությամբ:

Խաչանը տեղում ձգվեց: Այդ կանչը նրան ազատեց երկընտրանքից, պիտի գնալ: Ու շրջվեց դարպասով ներս:

— Կա՜ց, — ասաց Ունանը, ձեռքը գրպանը տանելով: — Ձեռքի խաշլուղ կանես, մինչև տեսնենք: Երեկ երկու բեռ խոտ եմ ծախել զրիկեցի Բախշուն... — Ու նրա ձեռքին դրեց խոտի վարձը :

— Գալիս ե՞ն, — ասաց մեկն ու վազելով իջավ ներքին թաղը: Մի երեխա կտուրից կանչեց.

— Անտոնը ձին թամքում է...

Եվ՝ իրարանցումն ընկավ: Սկսեցին կապել, կապկպել, տնետուն վազել՝ թելի, պարանի, հաց փոխ առնելու, զրաստներ սարքելու: Մի մայր ծնկներին խփեց, նա մոռացել էր պաշարի մեջ աղ դնելու ու ճիգ էր անում հիշելու, թե ո՞րտեղ է աղի պարկը:

Կարմրաքարից գնում էին Շուղանց Իսոյի տղան, Խաչանը, Սիմոն

ամու որդին, որի անունը գտնվել էր վերջին ցուցակում, և հայրը լացակումած վերադարձել էր տուն, մարդ ուղարկել, որ ոչխարատեղից նրան կանչեն: Գնում էր և Դիլբարի Թնանը, որ Արզումանի հետ էր զինվորությունից վերադարձել, իրեն հետ բերել նախշուն մի ցուցանակ, վրան գրած՝ «Ռաստովսկի պարիկմախեր»: Թնանի միտքը, որպես կետ նպատակ, Կարմրաքարում վարսավիրանոց բաց անելն էր: Պատերազմի լուրը լսելուց, նա անմիջապես կապոտել էր ցուցանակը, գործիքների մի մասը, պինդ մեխել և տնեցոց պատվիրել մինչև իր վերադարձը չբացել: Իսկ մնացածը՝ ածելիները, մկրատը, գլուխ խուզելու մեքենան հետը տանում էր: Կանչում էին Գըդըլ Պուղուն, ներքի թաղից երեք հոգու, ժամհար Բարսեղի որդուն:

Գյուղի ծայրին, Չրիկից եկող ճանապարհի վրա, երևացին մի քանի ձիավորներ, որոնք քշելով եկան հրապարակը:

— Գալիս ե՛ն, — ձայն տվին հավաքվածները: Լսվեց դմբդմբոց, ապա զուռնի բարակ ձայնը: Երևաց տանուտերի սպիտակ ձին, ապա ուրյադնիկ Երոշը, որից հետո ձիավորների ու հետիոտն մարդկանց խուռն բազմությունը:

— Սարի արջերն եկա՛ն, — ձայն տվեց մի երիտասարդ ու վազեց դեպի փողոց: Կարմրաքարեցիք վերի գյուղացիներին այդ անունով էին կոչում անտառապատ լեռան տակ բնակվելու համար:

— Խալխի սրտին դանակ տաս, արյուն չի կաթի, սրանք էլ հարսանիք են գնում, — ասաց Ունանը:

Վերի գյուղից եկողները հասան Բոլոր քարի հրապարակին ու կանգ առան: Այնտեղ արդեն հավաքվել էր մի ուրիշ խումբ, որ ստվարացել էր զուռնա-դհոլի աղմուկից: Մի քանի հոգի մոտեցան տանուտերի ձիու սանձը բռնելու: Խռնված բազմությունը ճեղքելով, նրան մոտեցավ պամոշնիկը: Նրանց մոտ կանգնած մարդիկ լսեցին տանուտերի հարցը և Անտոնի պատասխանը՝ «Սավսեմ հազիր ենք»:

Ինչպես երկու հոտ խառնվում են իրար, երբ մակաղելու են քշում, այնպես էլ վերի գյուղից եկած բազմությունն ու Կարմրաքարի փողոցներում սպասողները իրար անցան: Մեկը փնտրում էր իր բարեկամի որդուն, մյուսը Կարմրաքար գալու առիթից օգտվելով խոսում էր խոտի գնի մասին, պատվեր տալիս Կարմրաքարի բարեկամին, երրորդն իր հեռավոր ազգականի տեսությանն էր վազել և շտապ պատմում էր, թե ովքեր են գնում իրենց գյուղից, ինչ են խոսում Չրիկում: Անսովոր եռուզեռ էր, և հրապարակն ու նրան միացած փողոցները սևացել էին ձիավորից ու հետիոտն մարդկանցից, որոնց մի մասը ուղեկցելու էր մինչև քաղաք, մյուս մասը վերադառնալու էր Կարմրաքարից:

Պամոշնիկը մեկ տանուտերի հարցին էր պատասխանում, մեկ՝ գզիրին կամ առաջին հանդիպած կարմրաքարցուն ուղարկում ուշացողներին շտապեցնելու: Տանուտերը, որի տեսքին առանձին փառահեղություն էր տալիս երիտասարդ ու կայտառ ձին, մանավանդ երբ անհամբերությունից փռնչացնում, ոտով գետնին դոփում և կարմրած ռունգերով օդը ծծում, սանձը կրծոտում, — տանուտերը դիտում էր հավաքված բազմությանը, և ավելի հեռուն՝ կտուրների վրա խումբ-խումբ կանգնած հարս ու աղջիկներին: Նրա վզից կախած պղնձե երկար շղթան ու կլոր նշանը լրացնում էին տեսքի հանդիսավորությունը: Գլխի թեթև շարժումով նա ընդունեց իր գյուղացիների բարևը, որոնցից մի մասը իրենց պարտքն էին համարում մոտենալ և լուռ սեղմել նրա ձեռքը:

— Բա ինչո՞ւ չես իջնում, — հարցրեց Մկրտումը, — զակուսկի կանեիր, մինչի հավաքվեին...

— Շնորհակալ եմ, Մկրտում... Տեսնում ես էլի՛, գլուխս ինչքան է խառնված: Ետ դառնալիս ղոնաղդ եմ:

Տեր Նորքնծան հենվել էր եկեղեցու պատին: Նա առավոտյան արարողությունը նոր էր ավարտել, ավելի ճիշտ համառոտել, որովհետև զուռնա-դհոլի ձայնին եկեղեցում եղած ծերերն ու պառավները դուրս էին եկել, շտապել տները: Քահանան նայում էր ապակյա աչքերով, նայում էր խռնված բազմությանը, ձիավորներին, — ինչպես գետափի չոր կոճղը գետի սրընթաց հոսանքին: Նրա կողքով շտապ անցնում էին մարդիկ, որոնցից ոմանք չէին նկատում նրան, ոմանք գլխով բարև էին տալիս: Նա գիտեր, որ սպիտակ ձիուն նստածը տանուտերն է... Ահա նրա հետ խոսում է Մկրտումը. նրա կողքին «Գեղեոնն» է՝ Գոդին, մի պարկ շալակած:

— Տերտեր, ճանապարհից հեռու կաց... Մարդը շատ է, կվնասեն, — քահանան չիմացավ, թե ով ասաց: Եվ մեքենայաբար քայլերը փոխեց դեպի դիմացի կտուրը: Ամբողջ գյուղն էր հավաքվել: Եկել էր նույնիսկ կույր Սային, որ մեջքը Բոլոր քարին հենած լսում էր խոսակցությունները, կանչը, ձիերի վրնջոցը, մանուկների լացի ձայները, մեկի զիլ ծիծաղը... Ավան ամու կողքին կանգնել էր ուստա Նազարը և փափախով սրբում էր ճակատի քրտինքը: Ավան ամու այգուց նա երկու կողով խնձոր էր բերել և սպասում էր, որ բաժանի: Ուստան երեխայի նման ուրախացել էր և՛ նրա համար, որ գնացողներին Ավան ամին խնձոր է բաժանելու, և՛ նրա, որ ինքն է բերել կողովները:

— Ավան ամի, հենց հազրվել ես, ասես դու էլ ես գնալու, — ասաց Արզումանը, աչքը գցելով նրա կոկիկ ու պինդ կապած տրեխներին:

— Կոտորվելուն մենք ենք, որ չեն տանում, — ասաց ու բաց արեց կողովը: — Առաջինը քեզ, — ու բռով լիքը լցրեց նրա գլխարկի մեջ: Խնձորների բաժանելն իրարանցում առաջացրեց: Շատերը մոտեցան: Գզիրն էլ մեկնեց իր գլխարկը, իսկ Թելունց պառավը կտուրից կանչեց.

— Հրեն ծառերը կոտրատվում են էլի՛... Հասնելուց կուտես, երեխոց փայը մի կտրի: — Գզիրը փոշմանած ձեռքը ետ քաշեց, կորավ բազմության մեջ:

— Պա՛-պա՛... Կարմրաքարը զարգացել է՛... Էս վախտ կարմիր

խնձո՛ր, — ասաց Արզումանը և խնձորները ձեռքին մոտեցավ կտրանը, որի վրա կանգնած էին ջաղացպանի կինը, Բարիկոն, Սալբին, իր խորթ մայրը, ու թվաց, թե պարտեզից խնձոր է քաղել, ինչպես մանկության օրերին և ծոցերը լցրած շտապում էր յուրայինների մոտ: Թեկուզ Սալբին գլխաշորը երեսի վրա էր քաշել, բայց և այնպես նրա կարմրելն Արզումանը նկատեց:

— Տեսեք, է՛... Ավան ամին ինչ հոգեպահուստ է ունեցել, — ասաց և խնձորով լի գլխարկը մեկնեց:

— Պահի՛, ճանապարհին կծարավես, — ասաց խորթ մայրը:

— Չէ՛, վեր կալեք, — և դարձավ Բարիկոյին, — ախչի, Եգորին չես տեսե՞լ...

— Հրեն է՛, Խաչանի կողքին... — ջաղացպանի կինը խնձորներից մեկը վերցրեց և մեկնեց Սալբուն: Աղջիկը ամաչելով խնձորը պահեց գոգնոցի տակը:

Գզիրը տեղեկացրեց, որ բոլորը ներկա են: Վասիլը պատրաստ ծրարը հանձնեց: Մկրտումը Գողուն նշան արեց պարկը մոտեցնելու:

— Էդ ի՞նչ է, Մկրտում, — ժպտալով հարցրեց գզիրը:

— Հե՛չ, ասում եմ տղերքը ուրախ գնան, — ասաց և մի կապոց, որ վերև էր դրված, մեկնեց տանուտերին, երկրորդը՝ ուրյադնիկ Երոշին, որ ձիու վրայից կռացել էր պարկի վրա, վիզը ձգել, ասես ուզում էր մինչև տակը տեսնել:

— Իմ հոգուս պարտքը՝ տեղ հասնելուց նաչալնիկին էս մասին ռապորտով հայտնեմ, — ասաց տանուտերը, մատներով կապոցը տնտղելով:

— Էհ, սա ի՛նչ է որ, — կեղծ համեստությամբ պատասխանեց Մկրտումը:

Գնացողները մեկ-մեկ մոտենում են, կապոցներն ստանում: Խաչանը ստացած կապոցը դրեց փոքրիկի գրկին: Դիլբարի Թևանը հենց տեղն ու տեղը բաց արեց մրգեղենը, զգուշությամբ լցրեց գրպանը ու թաշկինակը տնտղեց:

— Փեշքեշ ձիու ատամին չեն նայի, է՛յ, — ձայն տվավ մեկը: Թևանը թաշկինակը ծալեց ու տեղավորեց պայուսակում:

— Ես էլ ասեմ առավոտ կանուխ դուքանը ինչի էր բաց, — ասաց Թելունց պառավը կողքին կանգնած մի կնոջ, — նա էլ ջան է, չէ՛, ասենք մի քիչ չար նախանձ է...

— Հալբաթ նրա սիրտն էլ է մղկտում, — պատասխանեց կինը: Եվ Մկրտումի ընծաների լուրը բերնեբերան տարածվեց:

— Արզումա՛ն, է՛յ, մոտեցի՛, — կանչեց պամռշնիկը: Մկրտումը վերջին կապոցը ձեռքին նայում էր նրան:

— Խազեինս կոտր կընկնի, լավ չի՛, — բարձրաձայն ասաց Արզումանը: Տանուտերն ու Մկրտումն իրար երեսի նայեցին: Պամռշնիկը նրան ինչ-որ բան ասաց:

— Դե լա՛վ, բարիշեցե՛ք... Բա էսօր էլ մարդ իրարից խռով մնա՛, — կանչեց տանուտերը: Մկրտումը մի քայլ արեց:

— Վաշ բլաղարողի, իմ առուն դրա աղբյուրից ջուր չի խմի՛... — ասաց Արզումանը և շրջվեց, բազմության մեջ Եգորին գտնելու:

Տանուտերը Անտոնին մի բան ասաց ու ձին շարժեց: Ուրյադնիկն ու մնացած ձիավորները հետևեցին նրան: Գզիրը սանձից բռնած բերեց Անտոնի ձին:

— Ռոտա ստրոյսա՛, — բղավեց Արզումանը, — դե լաց եղեք, նանի, զիզի, հոքիր... Սար ու քոլերը ձեզ: Էլ տեսնելու չենք... Պա, պա՛, պռոշտին ջրի գին է, — ու վազեց կտուրի վրա հավաքված կանանց կողմը, շտապ-շտապ սեղմեց նրանց ձեռքը: Սալբին երեսը շրջեց, արցունքները պահելու համար: Եգորը մոտեցավ Արզումանին:

— Արի հետս, բան եմ ասելու...

Իրարանցումը գագաթնակետին հասավ: Կտուրներից իջան ու խումբ-խումբ հավաքվեցին սրա-նրա մոտ: Զիավորներն զգուշությամբ առաջ անցան: Շուղանց Իսոյի հիվանդ կինը, որ անկողնուց վեր էր կացել, ճչաց ու կախվեց որդու վզից: Իսոն, արցունքը սրբելով, կնոջ թևից բռնեց.

— Ախչի, երեխի սիրտը խարաբ մի՛ անի, թող պարզամիտ գնա...

— Տերտեր, չեղավ էլի՝ մեր գլխին Ավետարանդ պահես, ասես համո՞զ ես, — ծիծաղելով ասաց Արզումանը և սեղմեց տերտերի ոսկրոտ մատները:

Արզումանը կտուրից նայեց սևացած փողոցին: Մեկը հեկեկում էր, գլուխը պատին հենած, մի ուրիշը արցունքը սրբելով հուսադրում էր գնացողին: Խաչանը երեխային դրել էր ուսերին և զրուցում էր Ունանի հետ, իսկ կինը նրանից քիչ հեռու կանգնել էր կապոցը ձեռին: Փողոցում երևաց ջաղացպանը: Նա աչք էր ածում մեկին. Արզումանը տեսավ նրան ու մոտ վազեց.

— Անդրի ամի՛... — ու ջաղացպանը գրկեց նրան:

— Ես մեռած, դու սաղ... Արզուման, սալամաթ վերադառնաս, դու էլ խեղճ ես...

— Գալու եմ, Անդրի ամի: Հալա ի՛նչ օրեր ենք տեսնելո՛ւ...

Կտուրի վրա խորթ մայրն էր, ջաղացպանի կինը, Սալբին: Տերտերի կինը մի խմբից մյուսն էր վազում: Թևերը լայն բաց արած, իբրև ծեր սագ, լնգլնգալով մոտեցավ Թելունց պառավն ու փաթաթվեց Արզումանին.

— Մի մոր տղա էլ դու ես, բալա ջան, ինչ ես եթիմի պես կանգնել... — Արզումանը զգացվեց, աչքերը տաքացան:

— Չորտ նո, խայտառակ են անելու հա՛, — ասաց նա թևով աչքերը սրբելով:

Պամոշնիկ Անտոնը ձգեց ձիու սանձը: Նրա առաջից գնում էին դիռլ-զուռնան ու հետիոտն մարդկանց խումբը: Եվ թափորը շարժվեց դանդաղ, անկանոն, — շարժվեց, ասես այդ զանգվածն իբր կենդանի միս պոկում էին գյուղի մարմնից, կտրատվում էին հազարավոր թելեր, անասելի ցավ պատճառում թե՛ նրանց, որոնք պաշարը շալակած գնում էին ու կարոտով նայում ծանոթ տներին, կտուրի վրա հավաքված աղջիկներին, կանանց, և թե՛ նրանց, որոնք դատապարտված էին մնալու և սպասելու:

— Ավան ամի, էհ մնաս բարով, — ասաց Արզումանը:

— Չէ, գնանք... մինչի Լուս Խաչերը հետդ կգամ:

— Արզումա՛ն, Արզումա՛ն... — ուստա Նազարն էր վազում:

— Ուստա ջա՛ն... — ու փաթաթվեցին իրար:

— Բարով վերադառնաս, — մրմնջաց ուստան:

— Արխային կաց, մնացողը չեմ:

— Ավան ամի, նամակս քեզ վրա է գալու, — ու քիչ անց ավելացրեց, — աչքդ էս երեխու վրա պահիր, մինչև տեսնենք, — ասաց Արզումանը, ցույց տալով Եզորին: Ավան ամին լուռ էր, մտքերի հետ:

Արզումանը Եզորին մի կողմի վրա քաշելով, կամաց ասաց.

— Գլխի ես չէ՞ մեր բանը... Սիմոնի աղջկա հետ, — ու նայեց նրա աչքերին: Եզորը շիկնեց: — Հա, լավ, հո երեխա չես... Դե վերջը, կարճ ասեմ: Ականջովս է ընկել, որ խազեինը Գոդու համար է ուզում առնի... էդպես խոսք բացվել է: Հա՛, աղջիկը չի ուզում: Հիմա մեր բանն էլ էսպես գնաց: Չորտ նո, կարող է գամ, կարող է չէ... Էդ մեր ֆելդֆեբել Իվան Իվանովիչը կասի... Աղջիկ է էլի, մի քիչ լաց կլինի. վերջը գլուխը կախ կգնա: Ի՞նչ պիտի ասի: Թե որ չեկա, ուրիշի մեղքի տակ ինչի ընկնեմ: Ես էլ սովետ ունեմ, չէ՞... Հա, ինձ հանգամանքները մանրամասն կգրես: Ղուշի թևով էլ է կիասնեմ: Թե չէ, հո չէ...

Եզորի աչքերն արցունքոտեց:

— Տղամարդ կաց: Արզումանի գլուխը քարի տակին չի մնա…

Լուս Խաչերում կանգ առան: Իրենց արտի կողքին կանգնել էր Խաչանը: Արտը ծովի նման ծփում էր. ծանր հասկերը քսվում էին իրար, հնչեցնում տխուր լարի նման:

— Ունանը կինձի, արի՛, — ասաց Արզումանը:

Եվ անխոս բաժանվեցին: Մնացին միայն նրանք, որոնք մինչև քաղաք պիտի ուղեկցեին:

Ճանապարհը շարունակեցին: Արզումանը ետ նայեց: Կողք-կողքի գնում էին Ավան ամին ու Եզորը… Հեռվում, արտի եզրին կանգնել էր Սալբին, կանգնել էր ու նայում էր: Հանկարծ արտերի միջից դուրս եկավ իրենց պառավ Բողարը ու փաթաթվեց ոտներին:

— Բողա՛ր... Բողա՛ր, ետ դառ...

Շունը նստեց հետևի ոտների վրա, լեզուն հանեց շրգից: Արզումանը մի անգամ էլ սաստեց շանը վերադառնալու... Երևում էին գյուղի ծայրի տները, եկեղեցին ասես փոսի մեջ էր: Արզումանը ձեռքով արեց աղջկանը և վազեց ընկերներին հասնելու...

Բողարը մի քիչ էլ սպասեց, մինչև Արզումանը փոքրացավ սև կատվի չափ: Ու շունը վերադարձավ:

ՋԵՅԹՅԱՅԻ ԱՎԵՐՈՒՄԸ

(Մի գլուխ «Կարմրաքար» վեպից)

1

Կես գիշերին Ջեյթայի դիրքերը լռեցին:

Քյուրդ Մուրոն շվարել էր: Նրա հաշվով թշնամին պետք է ուժեղացներ դիմադրությունը, սպասվում էր և հարձակում: Այնինչ թշնամին պատասխանեց լռությամբ: Նրա «ատրյաղը» երկու վիրավոր էր տվել, որից մեկը՝ բառաչում էր ինչպես մորթվող անասունը, հայհոյում «մեռել, կենդան», հայհոյում ֆելդշեր Եղիշեին, խմբապետին, թշնամուն, աստծուն, անհայտ մարդկանց, հայհոյում էր կատաղած, — կարծես հայհոյանքը մեղմացնում էր ջարդված ազդրի վերքի մրմուռը: Մյուսը Ջրիկի ձիավորներից էր: Նա ավելի ծանր էր վիրավորվել, և բարեկամները նրան կիսամեռ վիճակում գիշերը տարել էին գյուղը: Գնդակը ջարդել էր մեջքի ողնաշարը: Իսկ Մուրոն հայհոյել էր նրան.

— Հարիֆ, կռնակդ դարձրիր, հա՛... Հախն է քեզ, իմանսզ...

Այն կողմի դիրքերը լռել էին, բայց այս կողմից՝ սարսափից և անքնությունից ջղայնացած զինվորները անկարգ կրակում էին: Նրանք սողալով, ոմանք թփերի և քարերի հետևը թաքնվելով, կամաց-կամաց բարձրանում էին լեռը: Կիսամթնում երևաց Բեղլու Վարդազարի սպիտակ ձին: Երեք ձիավորի հետ նա սլացավ լեռան գագաթը: Սլացավ գոռալով, աղմկելով:

Քյուրդ Մուրոն խուլ մռնչաց, երբ կիսամթնում տեսավ ձին ու ձիավորը: Եվ մռնչալով երեսը շրջեց: Նա հիշեց խնջույքը, Բեղլու Վարդազարի ծանր խոսքը: Հիմա էլ նա է գրավում դիրքերը: Այդ միտքը ծանր մտրակի նման շառաչեց: Եվ նա ցանկացավ, որ թշնամու դիրքերից կրակեն, ձին ու ձիավորը գլորվեն: Բայց դիրքերը լուռ էին, ինչպես քարերը: Սպիտակ ձիավորը լեռան գագաթին կանգնել էր ու հեռադիտակով նայում էր դեպի ներքև:

Բացվում էր գարնանամուտի առավոտը...

Ձյունը դիմացի սարալանջին սպիտակին էր տալիս, բայց ձորերն ու գետահովիտները սև էին: Ձյունի ջրերը քչքչալով գնում էին, ցող շարում կանաչի վրա: Անտառը սևին էր տալիս: Լուսաբացի խաղաղ օդը ճեղքեց ճնճղուկների երամը, որ քարերի վրա պտույտ արեց, ապա թռավ դեպի անտառը: Շատ հեռվում սպիտակ ծուխ էր բարձրանում: Կաղնուտի ձորում խոզարածները զարթնել էին:

Քյուրդ Մուրոյի «ատրյաղը» հնիհին բարձրանում էր լեռը... Կարճ արահետներով գնում էին հետիոտն զինվորները: Այստեղ, այնտեղ թփերի հետևը գլուխները հանում էին գյուղացիները: Նրանցից մի քանիսը զենքով էին, իսկ մեծ մասն ուներ շամփուրներ, երկաթե լինգեր, ջուալներ, պարկեր: Ամբողջ գիշերը նրանց խումբը ցրտից դողալով սպասել էր կռվի ելքին:

Երբ ձիավորները հետ էին նահանջել, այդ խումբը, որ մեծ մասամբ Ջրիկից էր, ավելի շուտ էր վերադարձել գյուղ և լեղապատառ պատմել, որ թուրքերը լուսադեմին կմտնեն գյուղը: Աղմուկ-իրարանցում անելուց հետո, նրանք նորից էին վերադարձել դիրքերը, տաքացել խարույկների մոտ, ոմանք հսկել էին ձիերը, ձիերի տոպրակից ծածուկ գողացել էին գարի, լցրել գրպանները:

Քաղցածների այդ խումբը, ագռավների երամի նման, սպասում էր, որ հաղթողը մաշկի որսը, որպեսզի իրենք ուտեն լեշը: Նրանք կրնկակոխ հետևում էին զինվորներին. նրանցից յուրաքանչյուրն իր մտքում վաղուց որոշել էր, թե ո՞ւմ տունը պիտի գնա, ի՞նչ կա այն տանը, որտեղ թաքցրած կլինեն տնամեջը:

Երբ լեռան գագաթից Քյուրդ Մուրոն բղավեց. «Հառա՜ջ, տղերք» և կեռ թուրը շողշողաց լուսադեմին, ձիավորները սուսերամերկ սլացան դեպի գյուղը, թռան իբրև բազեներ, — սակայն ոչ մի տան, ոչ մի պատուհանի և ոչ մի թփի հետևից գնդակ չարձակվեց: Գյուղը լուռ էր, և միայն ներս խուժողների ձիերի սմբակներն էին դոփում սառած գետնին:

Դեռ մութը չընկած, Զեյթան քոչել էր:

Նրանք վաղուց էին սպասում այդ հարձակմանը: Չոլախ Պուղանի բերած տեղեկությունը միայն հաստատել էր նրանց սպասելիքը: Նույն գիշեր առանց աղմուկի, քոչ ու քարվանով գյուղը ճանապարհ էր ընկել դեպի լեռնաշղթայի ձյունոտ գագաթը, այնտեղից իջնելու տաք հարթավայրը:

Գյուղում մնացել էին 20-30 ձիավորներ, որոնց անակնկալ դիմադրությունը շփոթեցրել էր Քյուրդ Մուրոյին և հնարավորություն տվել, որ ժողովուրդը բավական հեռանա: Կես գիշերին ձիավորները մեկ-մեկ իջել էին դիրքերից, վերջին անգամ նայել իրենց տուն ու տեղին և ինչպես գիշերահավը, անաղմուկ ասպանդակել ձիերը, առաջ անցած քոչին հասնելու: Լուսադեմին «ատրյաղը» մտավ Զեյթա:

Նրանից առաջ հասել էին շամփուրավորները, լինգավորները, պարկավորները: Հետնապահ ձիավորները դեռ գյուղը չէին մտել, երբ նրանցից առաջ անցավ կանանց մի խումբ: Կարծես քարերի տակից էին բուսել, այնպես անակնկալ էր նրանց երևալը: Նրանք էլ էին շտապում դեպի Զեյթա, դեպի թալան:

Առաջին մտնողները սկսեցին բաց անել տների փակ դռները... Մի տեղ օջախը դեռ տաք էր ու մխում էր վերջին աթարը: Օջախի մոտ ընկած էր մեծ կաթսան, որ չէին կարողացել տանել: Ինչքա՜ն խոսք ու զրույց էր եղել այդ կաթսայի շուրջը: Ով գիտի, տան պառավ «կաճեն» ի՜նչ արտասուքով է բաժանվել սնացած պղնձից:

Մի ուրիշ տան դուռը պատել էին քարով: Նոր ծեփը մատնում էր գիշերվա աշխատանքը: Մեկի մարագը կրնկահան բաց էր, կարծես տերը դիտմամբ էր բաց թողել, որ թալանողը միջի հարդն ու խոտը տանի և նրա աչքը չտեսնի ընկուզե փայտից քանդակած դուռը, որի նախշերը հին էին, շա՛տ հին:

Կար մի գոմ, որ մաքուր ավլած էր, ճրագն իր տեղը, ցախավելն ու թիակը կողք-կողքի. նույնիսկ հորթանոցում ամանի մեջ ջուր կար: Կարծես հիմա հորթերը սարից պիտի գային: Մի ուրիշ տան ոչինչ չկար, սրբել, տարել էին, բացի երեխայի պատառոտված տրեխները, որ շպրտել էին տան մեջտեղը:

Կես ժամ չանցած սկսվեց թալանը: Ինչքան բացվում էր օրը, այնքան Զեյթայի փողոցներում ավելի շատ էին երևում մարդ ու կին, ձի, ձիավոր: Հարյուրավոր բազմության մեջ, եթե գոնե մի երեխա լիներ, կարելի էր կարծել, որ քոչողը հենց նրանք են, որոնք փողոցում, տան բակերում կիտում էին այն ամենը, ինչ մոռացել էին, կամ շտապելուց թողել տան տերերը՝ պղինձ, կարասի, արոր, ուրագ, մրթի, պանիր, մաշված կարպետ, ալյուր, ցորեն: Ավարառուները բաժանվել էին փոքրաթիվ խմբերի. խմբի մի անդամը հսկում էր, մյուսները հավաքում և դարսում էին ինչ ձեռք էր ընկնում:

Արդեն սրբել էին տնամեջը: Վերջին եկողները վերցնում էին այն, ինչ առաջինները չէին վերցրել՝ անարժեք լինելու պատճառով: Սկսվել էր գետնի փորփրելը: Գործի էին լինգերը, շամփուրները, սրածայր փայտերը: Ծակծկում, խփում էին գետնին, պատերին: Գետնի դրմբոցից գտնում էին թաքցրած իրերի տեղը, հորի բերանները և ագահությամբ փորում գետինը, ոմանք մատներով, ինչպես մարդագայլը գերեզմանը:

Շրջում էին հորի բերանի քարերը և դուրս հանում փախածների պահուստը:

Երիտասարդ արևը ամպերի հետևից երեսը հանել և կամաց լողում էր սառը ոլորտում: Նրա շողերը խաղում էին սվինների հետ. շողշողում էին շամփուրները, պղինձները, սամավարները, սակայն այդ օրը բազմությունից ոչ մեկը գլուխը վեր չհանեց և արևին չնայեց: Կարծես ամաչում էին և վախենում, որ արևը կծակծկեր նրանց աչքերը և աչքերի ագահությունը:

Անցել էին վերջին արարին: Հանում էին դռները, երկաթե փենջարաները, տան գերաններն ու սյուները: Փոշի էր բարձրանում փլվող տներից, աղմուկով նստում էին կտուրները, պատերը ճեղք էին տալիս, ինչպես երկրաշարժի ժամանակ: Ահա մի տեղից պատից քար ընկավ, ջարդեց մեկի գլուխը, որ գարու ծանր պարկը շալակին անցնում էր պատի տակով, հետևից նրա կինը՝ բեռնավորված չուլ ու փալասով:

Կինը ճչաց, սակայն ոչ ոք չվազեց նրա ճիչին: Արյունը խառնվեց հողին: Կինը հետ քաշեց մարդու դիակը, ուղղեց գարու պարկը: Մի քիչ գարի է թափվել: Ե՛վ լալիս է, սգում մարդու համար, և՛ գարին բռով լցնում պարկը: Նա մղկտում է աղիողորմ, անիծում իր դառը վիճակը, աղքատությունը, տանը թողած երեխաների անունները մեկ-մեկ հիշում, սակայն աչքը գարու պարկին է, որ ծածկել է փալասներով, որպեսզի ոչ ոք չտեսնի: Կինը արցունքն աչքերին նայում էր փողոցով արագ անցնող բեռնված ու դատարկ մարդկանց. խնդրում, աղաչում է, բայց մարդիկ զբաղված են: Մեկը միայն մոտեցավ և շտապ խոստացավ իր ձին բերելու, դիակը գյուղ տանելու:

Մի տեղ մոռացել էին շունը: Հավատարիմ պահապանը հաչել էր առաջին ոտնաձայնից: Շղթան արդեն սեղմում էր կոկորդը, բայց կենդանին դեռ խզացնում էր և ջղաձգությամբ առաջ նետում իրեն, բերանը բաց ու խուփ անում նրանց վրա, որոնք շան հաչոցին ոչ մի ուշադրություն չդարձնելով, երկաթյա լինգերով սեղմում էին գերանը՝ դուռը պոկելու համար:

Զեյթայի հրապարակում «ատրյադի» ձիերն ախորժակով խժռում էին թալանած խոտը: Ինքը՝ Քյուրդ Մուրոն, մուշտակի մեջ փաթաթված մեկնվել էր խալու վրա և ննջում էր՝ գլուխը խուրձին: Զինվորներից մի քանիսը հսկում էին ձիերը, մյուսները խառնվել էին շամփուրավորներին և հաղթողի իրավունքով պահանջում ու խլում էին ավարի թանկագինը: Գյուղի շրջակայքն ուղարկած հետախույզները տեղեկություն էին բերել, որ թշնամու հետքը չի երևում: Նրանք ձյունի վրա տեսել էին նախիրի ոտնատեղ, բայց որովհետև ոտնատեղերի շատը ձյունով ծածկված էր, նրանք հավաստիացնում էին, որ Զեյթան գաղթել է երեք օր առաջ:

2

Քյուրդ Մուրոն նոր էր աչքը փակել, երբ Անդրսակից եկած ձիավորը նրան զարթնեցրեց և հայտնեց, որ պարուչիկ Կրասիլնիկովը շուտով պիտի գա, և որ նա կարգադրել է գյուղի չորս կողմը պոստեր դնելու, որպեսզի առանց «մեր գիտության» ոչինչ դուրս չտարվի:

— Հարիֆ, պոստը մարդ կա , — բղավեց խմբապետը:

— Սերոբը հոն է, — պատասխանեց մի ձայն:

— Է լա՛վ, — և մուշտակը նորից քաշեց գլուխը:

Իսկ նոր եկած ձիավորը իր քրտնած ձիու սանձը մեկնեց պահակին ու շտապեց դեպի տները:

Օրը կեսօր չէր եղել, իսկ Զեյթան մրջնոցի նման սևացել էր մարդկանց ու կանանց բազմությունից: Ամեն կողմից թափվել էին: Կարմրաքարից եկել էին Չոլախ Պուղանը, Մուքելի տղան՝ Սիմոնը... Պուղանը Ավան ամու հանձնարարությամբ եկել էր տեսնելու, թե ի՞նչ է կատարվում:

Նա աչքին չէր հավատում: Երեկ առավոտ նա այս գյուղումն էր: Այս

պատին մի «կաձե» թրիք էր ծեփում: Ահա դեռ մատների հետքը մնում է: Այս ցախի մոտ ինքը խոսեց Թեմուրի հետ: Ահա տաշեղների կտորները. Թեմուրը տաշում էր արորի սեպը: Օրերը տաքանում են, վաղը, մյուս օրը պիտի վարը սկսվի:

Եվ նա զարմացած դռնեդուռ էր ընկնում, խառնվում բազմությանը և դժվարանում էր ճանաչել ծանոթ տները: Նա մեկին հանդիմանեց, բայց մի ուրիշը հրեց նրան և մինչև ոտքի կկանգներ, երկու զինվոր հռհռալով անցան նրա կողքով:

— Թախ թոփալն էլ թալնի եկած է...

Չոլախը բղավեց, որ ինքը թալանի չի եկել, բայց փլվող տան աղմուկը խլացրեց նրա ձայնը: Նա կաղեկաղ իջավ դեպի Թեմուրի այգին: Նոր տունկերի բողբոջները սևացել, ուռել էին: Մի տեղ բացվել էին առաջին մուգ-կանաչ տերևները: Պատից քար էր ընկել. երևի անցել էին պատի վրայով: Չոլախը պատի քարերը բարձրացրեց, դրեց տեղը:

Ու հոգնած նստեց պատի տակ: Արևը ջերմացնում էր քարերը: Բանջարի ծիլերը աղվամազի նման սպիտակին էին տալիս: Կարմիր բողոճները խռնվել էին քարերի տակ: Նրանք զուգավորվում էին. ծանրած էգերը տաք ավազի մեջ թաղվում էին և շարում սպիտակ ձվերը: Քարի արանքից մի խլեզ գլուխը հանեց, շարժեց լեզուն և համոզվելով, որ վտանգ չկա, պառկեց քարե անկողնու վրա:

Ձեյթայի իրարանցման աղմուկը հասնում էր նրան: Պարուչիկ Կրասիլնիկովը մի քանի սպաների հետ եկել էր: Նրանց միացել էին Անդրսակի Կոլյան, կամիսար Տիգրանը և մի քանիսները, որոնք սեփական ձիեր ունեին, ձիեր, որոնք միշտ կերել էին ուրիշի քրտինքի գարին, ինչպես տերերն՝ ուրիշի վաստակը: Պորտաբույծ այդ մարդիկ թղթի վրա հիշատակվում էին զանազան պաշտոններում, սակայն մեծ մասը թրև էր գալիս սպաների հետ և կազմում էր, ինչպես Կոլյան էր անվանել, «ոսկե կամպանիա», որի թագուհին Իվան բեյի աղջիկն էր:

Այդ «ոսկե կամպանիային» մի քանի հոգի միացել էին «ինտերեսի» համար: Նրանք կռիվ չէին տեսել, եկել էին տեսնելու «ահեղ պատերազմ»: Սակայն գյուղ մտնելու առաջին ժամից հիասթափվեցին և չտեսան թշնամուց գերված բանակներ, թնդանոթներ, դիակի կույտեր: Սպանվել էր միայն մեկը և այն էլ ավարի ժամանակ: Սպանել էր ոչ թե թշնամու գնդակը, այլ պատից ընկած քարը: Մի քանիսն էլ նույն եղանակով ջարդել էին թևերը: Մեկի ոտքն էր վնասվել. հորի բերանի սալ քարը ճեղքել էր թաթը: Իսկ թշնամին չէր թողել ոչ մի դիակ, ոչ մի վիրավոր: Եթե ունեցել էին սպանվածներ, կամ տարել էին դիակը, կամ հողին հանձնել:

Եկել էր պարուչիկը, և բերնեբերան տարածվել էր նրա հրամանը՝ ոչ ոքի առանց խուզարկության գյուղից բաց չթողնելու: Գյուղի զանազան ճանապարհներին արդեն հսկում էին ձիավորները: Գյուղացիներից նրանք, որոնք ճողոպրել էին մինչ այդ, մնացորդների նախանձի առարկան էին:

Նրանք իրար ականջի փսփսում էին այն կածանները, որոնցով կարելի էր ավարն անցկացնել ձիավորների օղակից: Սակայն ժամ առ ժամ շղթան պինդ էր սեղմվում: Մի քանիսը հետ էին վերադարձել: Պտտվում էին լուրեր, որ պարուչիկը ձիավորներ է ուղարկել Զրիկ և մյուս գյուղերը՝ տները խուզարկելու:

Իսկ հրապարակում մի սպա և «ոսկե կամպանիա» Կոլյան ցուցակագրում էին գորգերը, նախիրը, ցորենը, գարին, որ ամբոխը հանել էր գոմերից, հորերից, տներից: Այդ ամենը պետք է գնար «բանակի պետքերին», ինչպես հայտարարել էր պարուչիկը: Մուրոյի ձիավորներից մի քանիսն առաջ էին անում հավաքված տավարը դեպի Անդրսակ:

Գյուղի հրապարակը նմանվում էր արևելյան խառնիխուռն շուկայի: Մի տեղ պղինձն էր դարսված, մեծ ու փոքր կաթսաները, կժերը, դորակները, մյուս տեղը՝ զանազան ձևի հին ու նոր սամավարներ, երրորդ տեղը՝ մթերքը: Կարպետների և գորգերի փոշին երկինք էր բարձրանում և խառնվում փլված տների փոշուն, ձիավորների խարույկների ծխին ու կրակին, որի շուրջը մորթած անասունների արնոտ կաշի էր, փորոտիք, բաց ու սառած աչքերով եզան գլուխներ, որոնց երակներից դեռ կաթկթում էր արյունը:

Զինվորները մտրակի կոթով, գոռալով, հայհոյելով ավերակ դարձած տների թաքստոցներից և փողոցներից դեպի հրապարակ էին քշում մարդկանց ու կանանց: Ոմանք շտապում էին թաքցնելու այն, ինչ քիչ առաջ ահագին դժվարությամբ հանել էին թաքստոցից, ոմանք թողնում էին շալակը և մտածում գլուխն ազատելու:

Կանայք կախվում էին ձիերի վզից, մտրակներից, ասպանդակների երկաթից, և նրանցից յուրաքանչյուրը աղիողորմ ձայնով, լալով աղաչում էր «մի կոտ գարի», «մի բուռ աղ», «էս պարկ ալյուրը տանը մնացած եթիմների համար...»: Իսկ ձիավորները քշում էին մտրակով, ձիու գլխով, քշում էին ինչպես տեղին անվարժ նախիրը: Ոմանց հաջողվում էր ճողոպրել և՛ ծոր-ծոր քարերով, և՛ քարափներով. երես ու ձեռքերը արյունլվա մայրը, ազատվելով թակարդից, վիրավոր գազանի նման շտապում էր որջը, քաղցից բերանը բաց արած ձագուկների մոտ:

Փողոցների աղմուկը հրապարակում ավելի էր սաստկանում: Մեկը գոռում էր, որ պարանը տնից է բերել, մյուսը հարևանին վկայության էր կանչում, թե գարու տերը՝ Իմրանը իրեն տալացուկ է երկու սոմար, և նա միայն մի սոմար է վերցրել, երրորդը խնդրում էր ամեն ինչ առնել, միայն կոռձ աղը թողնել նոր ծնած կովի համար:

Սակայն ոչ ոք ուշադրություն չէր դարձնում ո՛չ նրանց բողոքին, ո՛չ աղերսին: Ամբոխի մեջ արդեն լսվում էին ինքնանախատինքի և անեծքի կանչեր.

— Հարևանի մալը հարամ է, ա՛յ խալխը…

— Մրա տերը իրեն սարումը սառչում է... — Եվ կանչողը ձեռքը մեկնում էր կարպետին, որի մի ծայրից քաշում էր զինվորը, մյուսից՝ նոր տերը:

Ճշմարիտ էր կանչում մարդը:

Այդ րոպեին, երբ գյուղի հրապարակում խլխլում էին տներից հավաքած գույքը, տերերի առաջապահ մասը մեծ տանջանքով, բուք ու բորանը ճեղքելով արդեն անցել էր լեռնաշղթան, նրա ձյունոտ լանջերին թողնելով բուքից խռնված և մոլորված անասուններին: Ինչ գնդակը չէր արել, կատարում էր դառնաշունչ բորանը: Երբ հալչեր ձյունը, լեռնաշղթայի կատարին բացվեր կանաչը, պիտի երևային ձյունում խեղդված և գայլերից հոշոտված անասունների մարմարի նման սառն ու մաքուր ոսկորները:

Չոլախն աղմուկի վրա գնաց դեպի հրապարակը:

— Օխա՛յ, ձեզ տեղն է, — ասաց նա: Երբ ձիավորը բռունցքով խփեց Մուքելի տղային, Պուղանը ուրախացած վեր-վեր թռավ:

— Հրեղ հա՛, մե՛կ էլ, մե՛կ էլ… — Չոլախը բազմության մեջ տեսավ Շինականին:

— Դու է՞լ, — ու հանդիմանքով նայեց նրան:

— Պուղան, էս մեր Ֆահրատի եթիմների պղինձեղենն է... Հավաքել եմ, շան փայ չլինի: Հիմի ճանապերքը պաստավոյ են դրել:

Պուղանը նրան գլխով արեց: Շինականը կապոցը շալակից իջեցրեց: Տների հետևով նրանք հասան Թեմուրի պարտեզը:

— Դի՛ր տափին... — Ու թռավ ցանկապատից, ցախերը հանեց, ծածկեց բեռը:

— Պուղան, ախր մեշոկը ի՛ մն էր, — տրտնջաց Շինականը:

— Հետով, — խեղդված ասաց Չոլախը, — թող հանդարտվի հետով:

Շինականը չոր ցախերի մի կույտ ավելացրեց վրան, ապա քար շարեց, որ քամին չցրեր ցախերի կույտը: Ու բաժանվեցին. Շինականը դեպի գյուղը, Պուղանը՝ Կաղնուտի ձորը:

3

Մարցա ջուրը Զեյթայի տակովն է անցնում: Բարակ առուներ են, որոնք ջրում են գյուղի բոստաններն ու չիմանները, ապա աստիճանաբար միախառնվում, միանում Զեյթայի ձորով եկող ջրին և Կարմրաքարին չհասած՝ անունն ու գույնը փոխում, մտնում Կարմրաքարի հանդերը, իբրև Մարցա ջուր:

Չոլախը ջրի ափով իջնում էր ինքն իր մտքի հետ: Ինչպես ալիքն ալիքին հրում էր ու չէր հասնում, այնպես էլ նրա մտքերը վազում էին, մեկը չլրացած, մյուսն էր ծնվում: Այդ խեղճ մարդը մտածում էր լավի և տեսածի մասին: Կարծես այդ օրը Զեյթայում մնացել էր մի ուրիշ Չոլախ և նրա փոխարեն վերադառնում էր ծանր խոհերով մարդը, որ ելք է փնտրում, հազար դուռ է բախում ու ելքը չի գտնում:

Նա հիշում էր գյուղի խաղաղ առօրյան, ապա պղտորվելը: Առաջ փլվեց մի պատնեշ, մի վարար ջուր մտավ պարզ ծովը: Պղտորվեց ջուրը, հետո ուրիշը. երրորդը: Չտեսնված մարդիկ երևացին: Ո՞ւր գնաց Թեմուրը: Նա ծանր էր լսում. երևի կրակոցները չի լսել: Եվ ավելի լավ. խաղա՛ղ, անվրդով կմեռնի: Իսկ ինչո՞ւ նա պիտի մեռնի տաք հարթավայրում և ոչ թե հայրենի տանը:

Նրա ուշադրությունը գրավեցին վերևից լսվող մի քանի ձայներ: Վերևի ճանապարհին էր: Երևում էին ձիերի և ձիավորների գլուխները: Մի սպա կռացել էր ձիու դիմացը կանգնած կնոջ կողմը: Կինը մի պարկ էր շալակել: Չոլախը պատի տակով բարձրացավ դեպի վեր: Ճանապարհից քարեր էին թափվել, տեղը զառիվայր մարգագետին էր, որի վրա բուսել էին մասրենու թփեր: Տերը կիտել էր քարերը, այդ անմշակ սարալանջը դարձրել խոտատեղ:

— Էս Ֆահրատի եթիմների ղորուղն է, — հիշեց նա:

Վերևից ձայներն ավելի պարզ լսվեցին: Չոլախը տապ արեց պատի տակ: Նրա ականջին էր հասնում խոսակցությունը: Ձիավորը բղավեց.

— Քավթա՛ռ, քեզնից ի՞նչ է գնում...

Չոլախը գլուխն զգուշությամբ վեր հանեց: Շալակով կինը ուսի պարկը մեկնեց պառավին: Պառավը երեսին խփելով գնաց: Սպան իջավ ձիուց... Ձին գլուխը կախեց ճանապարհի վրա: Մարդը քաշեց կնոջ թևից և կինը ներքև իջավ: Ապա նրանք ծածկվեցին մասրենու թփի հետևը:

Չոլախն աչքերին չհավատաց: Ինչ տեսել էր այդ օրը, չքացավ այս տեսարանի առաջ: Նա զայրույթից գունատվել, դողում էր:

— Պառավի հարսն էր... Մի պարկ ալյուրի համար...

Այդ ամենախոր վիհն էր, որ ճեղքվեց նրա առաջ... Ավելի հեռուն էլ ոչինչ չկար նրա գիտակցության համար: Սարսափելին էլ ուրիշ բարձունք չուներ: Չոլախը գլուխը կախել էր գետին: Նրա երեսը տաքացել էր, ուզում էր գլուխը վեր հանի, բայց չէր կարողանում: Ամո՞թն էր, վախը, թե՞ մի ուրիշ զգացում, որ նրան մեխել էր այդ դրությամբ: Նրա աչքն ընկավ քարերին: Այստեղ էլ տաքանում էին նույն կարմիր բողոճները: Ամեն տեղ նույնն է, նույն գարունը, ջրերը... Ու հողի վրա մարդուն դժվար է ապրելը:

— Հայ է՞... — հարցրեց Չոլախը և գլուխը վեր հանեց: Սպան բարձրանում էր դեպի ճանապարհը, իսկ կինը գնում էր ճանապարհի տակով: Գնում էր և օրորվում, կարծես հիմա պիտի ընկներ:

— Հայ է՞, — նորից կրկնեց իր հարցը և աչքերը փակեց, — էս բողոճը հա՛յ է, էս ջրերը հա՛յ են, Թեմուրը հա՛յ է, ես հայ եմ, — նա հայ չի՛, չի՛, ասում եմ: — Կարծես խոսում էր մի աներևույթ մարդու հետ: Եվ քար շպրտեց դեպի ներքև:

Պատի գլխին մի այլ ձիավոր խոսեցնում էր մի ուրիշ կնոջ: Չոլախը վեր նայեց. կինը շրջվել էր դեպի ջուրը և աչքերը լայն բաց արած, նայում էր անտառին: Չոլախը ճանաչեց Վարսենիկին:

— Էս լիրբն է՞լ է էստեղ, — զարմացավ նա և աչքը չկարողացավ պոկել նրանից:

Ի՞նչ էր մտածում Վարսենիկը: Փոքրիկ բեղերով մի սպա նրա չորս կողմը շուռ էր գալիս, բարձրանում ոտների վրա, որ նրա ականջին խոսք ասի: Իսկ Վարսենիկը արձանի նման կանգնել էր: Ոտների առաջ, քարի վրա մորթե պարկն էր:

— Համոզում է, — մտածեց Չոլախը:

Հանկարծ շառաչեց ապտակը, փոքրիկ բեղերով մարդու գլխարկը թռավ մի կողմ: Մի ձիավոր շտապեց: Կինն իրեն գցեց դեպի չիմանը. ձիավորը կրակեց երկու անգամ: Չոլախը տեսավ Վարսենիկին թփերի հետևը ու աչքից չքացավ: Ձիավորը ձին քշեց, բայց ձին վախեցավ լանջից, ետ քաշվեց ու ծառս եղավ հետևի ոտների վրա: Փոքրիկ բեղերով մարդը գլխաբաց վազեց նրա հետևից: Ներքևից լսվեց ատրճանակի կրակոց: Քիչ հետո, մարդը հայհոյելով, իբրև հարբած բարձրացավ դեպի ճանապարհը: Թփի վրա ծվեն-ծվեն դրոշակի պես օրորվում էր Վարսենիկի շալը: Մարդը մոտեցավ, նայեց ու մի անգամ էլ կրակեց: Գնդակը տրաքեց քարին ու քարից կտորտանք թռավ: Վերից մեկը ծիծաղեց, իսկ մարդը ռուսերեն խոսք ասաց: Երևի հայհոյում էր:

Չոլախը սողալով իջավ ձորը, թռավ բարակ ջուրը: Երբ մտավ անտառը, մի քիչ հանգստացավ: Ապա գնաց ջրի ափով... Ոչ մի տեղ ոչ մի հետք: Փախել է կամ պահվել է անտառում:

Եվ կաղ ոտի կողմը ծռվելով, արագ անհետացավ մթին թավուտներում, ինչպես գազանը: Նա գնում էր, կարծես իր կյանքում միայն մի անգամ էր մարդուն տեսել, նրա գործը, նրա կյանքը և սարսափահար շտապում էր տեսածը պատմելու Կաղնուտի ձորի միամիտ մարդկանց:

Երեկոն իջավ խաղաղ, ինչպես իջնում է գարնանամուտի մաքուր և անփոշի երեկոն:

Խաղաղվեց Ջեյթան, ձորը, անտառը: Ոչ տուն էր երևում, ոչ ճրագ, ոչ շան հաչոց էր լսվում: Միայն հրապարակի խարույկն էր, որի կարմիր լույսերի տակ, ծխի քողի արանքով երևում էին ձիու հաստ գավակներ, գլուխներ: Խուրձերի վրա նստոտել էին Քյուրդ Մուրոյի գիշերապահ ձիավորները: Կրակը կարմիր շողք էր գցում արծաթ թրերի ու պողպատի վրա:

Խարույկը հաստ գերաններից էր, որ հավաքել էին մոտակա տներից: Նրանց ծայրերը վառվելուց հրում էին: Երեք վիթխարի գերան եռոտանու ձևով դեմ էին արել իրար: Ու գագաթից, ճիշտ խարույկի վրա, կախել էին գումեշի չափ խոշոր տավարի մարմինը, որ թեժ կրակից կարմրել ու ճարպ էր կաթկթում: Դրանից բոցն ավելի էր բռնկվում:

Երեկոյան դեմ, երբ Ջեյթան դատարկվել էր, հանկարծ ձիավորները նկատել էին ամեհի ցուլը, որ սարից պոկված ժայռի նման, գլորվում էր դեպի գյուղը: Նա մռնչում էր կատաղությամբ, փորփրում ձյունը, ամուր ճակատը խփում քարին, սառած գետնին, կարծես ուզում էր գլուխը ջարդել:

Ձիավորներից մեկն ասել էր, որ ցուլը կատաղած է: Մի քանիսն իրոք հավատացել էին և մոտեցել ձիերին: Եթե ցուլը հարձակվեր, նրանք պատրաստվում էին ձիերը հեծնելու: Իսկ ցուլը գյուղի վերևը մռնչացել էր, թաց ռունգով հոտոտել գարնանամուտի գետինը: Նախիրի՞ց էր ետ ընկել, ճանապա՞րհն էր մոլորել, թե՞ երնջի հոտ էր ընկել քթովն ու վերադարձել էր գյուղը:

Աղբյուրից ցուլը կուշտ ջուր խմեց, հանգստացավ: Զինվորներից մի քանիսը մոտեցան, ցուլն արնոտ աչքերով նայեց նրանց: Նրա ճակատից արյուն էր կաթում, կաշին քերծել էր: Ցուլը նայեց, ապա հաղթ վիզը կեռացրեց, գլուխը խոնարհեց, որպեսզի ոտյուն գործի: Այդ վայրկյանին երկու հրացան միասին պայթեցին ու նա ոտյունի փոխարեն գլորվեց մահվան ցնցումներով: Մեկի լայն թուրը վերջ տվեց նրա ցնցումներին ու խռոցին:

Այդ ցուլն էին կախել գերանների եռոտանուց: Նրա մարմինը կարմրել էր, և կրակի ցոլքը խաղում էր մկանների ողորկ խուրձերի վրա: Եթե զինվորների շողշողուն զենքերը չլինեին, հեռվից դիտողը կկարծեր, թե քարե դարի մարդիկ են հավաքվել խարույկի շուրջը և կրակի վրա կախել մի կենդանի, որից այժմ մնում են բրածո ոսկորներ:

Գիշերը թանձրանում էր: Խարույկի լույսը հասնում էր մինչև դիմացի անտառը: Լուռ տները չէին նմանվում ավերակների, որովհետև ոչ նրանց պատերն էին մամռոտ, ոչ սևացած գերաններ էին երևում: Կարծես համր տների տակ քնել էր հողի մշակների հոգնած բազմությունը, քնել էր վարուցանքից հետո ու գիշերապահների կրակն հսկում էր նրանց անվրդով քունը:

Սարից քամի իջավ: Քամին խաղում էր կրակի ալիքների հետ, մերթ կրակը պառկում էր գետնի վրա, մերթ ծուլ լինում մինչև եռոտանու գագաթը: Ցուլը ոսկեգույն էր դառնում: Կրակի շուրջը հավաքվածների ստվերը ձգվում էր մինչև անտառը:

ԽԱՉԱՏՈՒՐ ԱԲՈՎՅԱՆ

(Պահպանված հատվածներ)

«ԼԻԲԵՐ ԱՐՄԵՆԻԵՐ»

1

Ոչ Սուրբ Իոհաննի տաճարը, ոչ գրանիտե դղյակը, որտեղ ըստ ավանդության ապրել է շվեդների Գուստավ Ադոլֆ թագավորը և ոչ էլ Քարե կամուրջը, որ կապել էին Ստեֆան Բատորիի ժամանակ, — չէին ստեղծել այն հռչակը, որ ուներ Դորպատը մի դար առաջ: Օստզեեի երկրներում կային այլ ուրիշ քաղաքներ, որոնք ավելի հնամյա հնություններ ունեին, քաղաքներն ավելի բազմամարդ էին և բնակիչները կարող էին ցույց տալ դաշտեր, որտեղ տեղի էին ունեցել այնպիսի ահեղ պատերազմներ, որոնց հետևանքով ոչնչացել էին ամբողջ թագավորություններ, — բայց այնուամենայնիվ հռչակն, ինչպես անակնկալ փառք, բաժին էր ընկել այդ խուլ քաղաքին, որ ընկած էր Էմբախի երկու ափերի վրա:

Դորպատի այդ հռչակը ստեղծել էր արքայական համալսարանը՝ կառուցված Ալեքսանդր I-ի կայսրության օրոք: Այլևս չկային սուրբ Դիոնիսիոսի տաճարի ավերակները, որ երկու դար կանգուն էին Դոմբերգի գագաթին և դեռևս հեռվից երևում էին նրա կիսավեր պարիսպները: Տաճարի ավերակների վրա կառուցել էին համալսարանի մատենադարանը, իսկ ավելի ներքև, որտեղ եղել էր Գուստավ Ադոլֆի Academia Gustaviana-ն, բարձրանում էր Մայր ճեմարանի սյունազարդ շենքը, սպիտակ կրաքարերից, շրջապատված լորիների և կաղնիների անտառով, որտեղ գուցե դեռևս մնում էր մի նահապետ կաղնի, որի սաղարթն աղմկել էր դեռ այն ժամանակ, երբ Էմբախի ափերին չկար ո՛չ Իոհաննի տաճարը, ո՛չ գրանիտե դղյակը և Քարե կամուրջի փոխարեն գետի ափերն իրար էին միանում կաղնու գերաններով:

Երբ փորում էին նոր շենքերի հիմքը, փորողների բրիչները և բահերը գետնի տակից հանում էին դեղնած ոսկորներ, հողով լցված գանգեր, որոնց աչքերի փոսերից դուրս էին սողում անձրևային կարմիր ճիճուներ: Նրանք կծկվում էին արևի տակ, ապա ներս մտնում գանգի խոռոչը: Փորողները գտնում էին տեգեր, նիզակների կտորներ և կավե կարասի: Եվ որովհետև ավելորդ էր նոր գերեզմաններ փորել նրանց համար, որոնք, ո՞վ գիտե, ինչ մարդիկ էին և ինչ ազգի էին և մեռել էին որպիսի մահով, — որովհետև ոչ մահարձան ունեին նրանք և ոչ տապանագիր, ուստի բոլորի ոսկորները լցրին մի փոսի մեջ, ծածկեցին փոսը և հուշարձանի մարմարի վրա քանդակեցին հետևյալը:

«Այստեղ հանգչում են ոսկորները զանազան ժողովուրդների XIII դարից մինչև XVIII դարը: Դորպատը նրանց հողին հանձնեց սուրբ Մարիամի մատուռի մոտ: Նրանց գանգերի վրա Ալեքսանդրը կառուցեց մուսաների նոր օթևան: Նրանց է հատկացվում այս վայրն ի հանգիստ և ի խաղաղություն: Anno domini MDCCC VI»:

Դորպատն ուսանողների քաղաք էր («Burschenburg»): Վեց հազար բնակիչներից երեք հարյուրը ուսանողներ էին՝ «ձեղունահարկի բնակիչները», ինչպես նրանց մասին արտահայտվում էր պոլիցեյմեյստեր գնդապետ Կրուչինսկին: Համալսարանի պրոֆեսորների, սպասավորների և պեդելների հետ միասին (այդպես էին կոչվում այն կես ոստիկան կատարածուները, որոնք ենթարկվում էին կուրատորին և որոնց պարտականությունն էր հսկել համալսարանի ներքին կարգապահությանը), — ուսանողները կազմում էին պետություն պետության մեջ, որոնցից զուրկ էին Ռուսական կայսրության մյուս համալսարանները:

Գուստավ Ադոլֆ թագավորի սահմանած կանոններից մի քանիսը դեռ ուժի մեջ էին Դորպատի «ակադեմիական քաղաքացիների» համար: «Իմ կրած վիրավորանքների համար, — այսպես էր երդվում նոր ընդունվող ուսանողը, — ես վրիժառու չպիտի լինեմ ըստ անձնական քմահաճույքի ո՛չ հայտնի կերպով և ո՛չ գաղտնի. այլ թե այսպիսի, ինչպես և ինձ համար ուրիշ այլ դժվար դեպքերում ես պիտի ենթարկվեմ ռեկտորի կամ համալսարանի սենատի որոշման: Համալսարանից ես կարող եմ հեռանալ միայն ռեկտորի բարեհաճ համաձայնությամբ և, եթե ենթարկվեմ կալանքի, չպիտի խույս տամ այդ պատժից: Տնային կահ-կարասին և իմ բոլոր իրերը ես քաղաքից պիտի հանեմ միայն իմ պարտատերերին ինչպես հարկն է բավարարելուց հետո»:

Բայց և այնպես «ձեղունահարկի բնակիչները», եթե առիթ լիներ, գերադասում էին իրենց կրած վիրավորանքների համար տեղն ու տեղը դատաստան անել, ըստ «անձնական քմահաճույքի» — բռունցքներով, թրադաշույններով և սուսերներով, քան ըստ տառի օրինաց դիմել համալսարանի ռեկտորին: Նրանց համար «Պատվո դատարանի» բանավոր վճիռն ավելի զորավոր էր, քան համալսարանի տրիբունալի սահմանած պատիժները, որոնց հանդեպ կար լռելյայն ընդունած այսպիսի վերաբերմունք. նա, ով կարցեր չի նստել, ում չեն դատապարտել concilium abiundi-ի («պայմանական վտարման») և, վերջապես, ում անունը թեկուզ մի անգամ չի արձանագրվել ավագ պեդելի մատյանում, — նա ոչ թե ուսանող է, այլ նպարավաճառի որդի, մի խեղճ հրեա, որին բոլորը կարող են արհամարհել — նրա հետ մեղրագինի չխմել, չգնալ նրա տունը և առհասարակ նրան ճանաչել հետնյալ մարդ:

«Այն պրոֆեսորները, որոնք որևէ արարքի հետևանքով այլևս հաճելի չեն ստուդենտներին, լավ կանեն, եթե իրենց տան պատուհանները բացեն ոչ թե փողոցի, այլ բակի վրա», — գրել է պոլիցեյմեյստեր Կրուչինսկին Օստզեեի գեներալ-նահանգապետ մարկիզ Լուչինիին. — «Այստեղի ստուդենտն իրենից բարձր ճանաչում է Աստծուն, ապա թագավոր կայսեր և ապա իրեն և այլևս ուրիշ ոչ ոքի» («Der Herr Goott, dann der Kaiser von Russland, dann der dörptsche Bursch…»): Պարտք եմ համարում նաև հայտնել, որ նրանց վրա դաստիարակիչ ազդեցություն չեն թողնում այն պատիժները, որ երբեմն սահմանում է կուրատորների կոլեգիան և կամ թե համալսարանի սենատը: Նրանց համար կարցերը ոչ թե պատժարան է, այլ զվարճության վայր և հազվադեպ չէ, երբ գիշերը կալանավորին այցելում են նրա ընկերները՝ խմիչքով, նվագով և նույնիսկ մարկիտանտ աղջիկներով, որոնց, աննկատ ներս տանելու համար, հագցնում են ուսանողական մունդիր: Հնարավորություն չկա մի առ մի թվել այն մանր հանցագործությունները, որ կատարում են «ձեղունահարկի բնակիչները», մանավանդ, որ այդ հանցագործությունների մեծ մասը մնում է անհայտության մեջ, որովհետև տուժող կողմը, վախենալով նրանց վրեժխնդրությունից («Verschiss»), հաճախ իսպառ չի դիմում օրենքի պաշտպանության:

«Այսպես օրինակ, երբ անցյալ տարի մեզ տեղեկություն հասավ, որ աստվածաբանական բաժանմունքի ուսանող Կարլ ֆոն Զիվերինգն իր երեք ընկերներով, նոյեմբերի 14-ի երեկոյան, երբ փողոցում երթևեկությունը դադարել էր, հարբած վիճակում մտնում է պաշտոնաթող կապիտան Կուրոչկինի բնակարանը և, օգտվելով պարոն կապիտանի ժամանակավոր բացակայությունից, վերջինիս երիտասարդ աղջկանը զրկում է կուսությունից, — տեղեկանալով այդ մասին հենց հոր, պաշտոնաթող կապիտան Կուրոչկինի բանավոր գանգատից, ես կամեցա գործին ընթացք տալ, ինչպես պահանջում է օրենքը: Բայց ի զարմանս մեր, մյուս օրը մեզ ներկայանալով, պարոն կապիտանը հայտնեց, որ այդպիսի պատահար չի եղել և որ ինքն առհասարակ չունի երիտասարդ աղջիկ, և այն աղջիկը, որ ապրում է նրա տանը, ոչ թե նրա աղջիկն է, այլ նրա օրինավոր կինը: Սակայն մենք ստուգելով իմացանք, որ պարոն կապիտանը հուզված վիճակում ընկել է դժբախտ թյուրիմացության մեջ, շփոթելով իր կնոջը, որը նույնպես երիտասարդ է, իր հարազատ աղջկա հետ, որ ծնվել է պաշտոնաթող կապիտան Կուրոչկինի այժմ հանգուցյալ առաջին կնոջից: Իսկ որ աստվածաբանական բաժանմունքի ուսանող Կարլ ֆոն Զիվերինգը, 27 տարեկան, չամուսնացած, Լիֆլյանդիայի ազնվական որդի, — ունեցել է այդպիսի բռնադատ կենակցություն, հաստատվում է նաև նրանով, որ վերոհիշյալ Կարլ ֆոն Զիվերինգը ֆրաու Ֆոգելզանգի պանդոկում ընկերներին պատմել է եղելությունը, խոստանալով ամուսնանալ թշվառ աղջկա հետ:

«Փողոցներում նրանք երբեմն երևում են անվայել և տարօրինակ զգեստներով, մազերը խճճված, գլուխներին ոչ թե գլխարկ ըստ սահմանված տարազի, այլ այնպիսի այլաձև և գույնզգույն գլխանոցներ, որ վայել է միայն թափառական գնչուներին, և ոչ թե արքայական համալսարանի ուսանողներին: Նրանք քայլում են սեղմ շարքերով, առանց կոճկելու մունդիրը, ոմանք նույնիսկ առանց ժիլետի և փողկապի. մայթերից հրում են նրանց, որոնց չեն սիրում և պատահում է, որ ծեծի են ենթարկում մի հանդուգնի, մանավանդ ռուս աստիճանավորի, որ ինքնասիրությունից և պաշտոնի պատվազգացությունից դրդված չի կամեցել ենթարկվել հարբած ուսանողների քմահաճույքին: Այսպիսով նրանք խանգարում են ոչ միայն կարգը մեր հսկողության հանձնված քաղաքում, այլ և անպատվում են կայսերական համալսարանի բարձրագույն անունը: Թեև նրանց արգելված է գիշերները վառած լապտերներով երևալ փողոցներում և կամ մի տնից մյուսը գնալ, բայց նրանք մինչև անգամ լապտերներից վառում են սիգարները, ինչպես և ծխամորճերը և օրենքի դեմ անպատկառ խոսքեր ասելով շարունակում են անպատիժ զբոսնել: Իսկ թե նրանք ինչեր են անում հասարակաց զվարճության վայրերում, դրա մի աննշան վկայությունը կարող է լինել հետևյալը, որին և մենք ականատես եղանք:

«Ազնվականների «Աֆրոդիտա» ժողովարանում, որտեղ ներկա էին բազմաթիվ բարձրաստիճան պաշտոնյաներ և զինվորականներ, նաև ժանդարմական գնդապետ Դոնցովը, — երբ սկսվեց դիմակահանդեսը և վերոհիշյալ բարձրաստիճան պաշտոնյաների մեծ մասը առանձնացավ հարևան սենյակը վիստ խաղալու, թողնելով, որ մյուսները զվարճանան, — ներս է մտնում անհայտ ոմն, փաթաթված սև դոմինոյի մեջ: Այն ժամանակ, երբ դահլիճում յուրաքանչյուր ոք շրջում էր իր դիմակով և յուր ընտրած տարազով, սև դոմինոյի մեջ փաթաթված անհայտ ոմն մոտենում է մի խումբ կանանց, որոնց մեջ լինում են ռատսհեր Ռոզենցվեյգի կինը՝ ջայլամի նման հագնված, լանդգերիխտի ավագ դատավորի երկու աղջիկները՝ կապուցին վանականների զգեստով, կուրատոր ֆոն Ցանաուի կինը և դուստրը՝ առաջինն իբրև բևեռային արջ, իսկ երկրորդը սուլթանի հարճի զգեստով, — անհայտ ոմն հանկարծ դեն է շպրտում սև դոմինոն և հարգելի տիկիններին, նաև նրանց դեռատի աղջիկներին ցույց է տալիս Ադամի զգեստը: Կանանց աղմուկի վրա մենք դուրս թափվեցինք սենյակներից, բայց անհայտ ոմն արդեն չքացել էր, կուրատորի աղջկան, որ սուլթանի հարճի զգեստով էր, թողնելով ուշագնա վիճակում, որպիսին, — ինչպես հավաստիացրեց նրա մայրը, նաև օգնության հասած զինվորական բժիշկ Վերետեննիկովը, — առաջացել էր սարսափից և ամոթխածության հարվածից: Արդեն ուշ էր, որպեսզի կալանավորեին չարագործին, որի ով լինելը մինչև օրս չի պարզված և միայն կուրատորի վերոհիշյալ դուստրը պատմել է, որ անհայտ ումն է համալսարանի ուսանող Ֆրիդրիխ անունով, բայց ինչպես է ազգանունը՝ չի հիշում: Մեր մտադրությունը՝ հարցաքննել համալսարանի 23 Ֆրիդրիխ անունով ուսանողներին, նաև 24-րդին, որի անունը Ֆրիդրիխ չէր, այլ Ֆրեդերիքս, — չի բաժանում ժանդարմական գնդապետ Դոնցովը, որը, հակառակ բոլոր իրական ապացույցների, այդ պատմությունը համարում է հետևանք կանանց ջղերի արտակարգ գրգռվածության և զգայականության, իսկ անհայտ ումնին՝ աննյութեղեն տեսիլք, որը երևացել է կուրատորի դստեր աչքին:

«Լինելով անհանգիստ բարքի տեր և ունենալով ազատ ժամանակ, — նրանք դյուրաբորբոք են պարապությունից: Բավական է մեկը մյուսին անվանի «dummer Junge» և ահա պատրաստ են էսպադրոնով մենամարտելու: Իսկ եթե անվանեց «Hundsfott», այն ժամանակ էսպադրոնին փոխարինում է պիստոլետը, որ շատերն ունեն և մինչև անգամ կան այնպիսիները, որոնց բնակարանը բոլոր տեսակ զենքերի արսենալ է: Շատերի դեմքը պատած է սպիներով, նաև ծեփոնով, որ հետևանք է սուսերի կամ հրազենի հարվածի: Դժբախտաբար տնատերերը, վախենալով ուսանողների բանադրանքից, չեն հայտնում թե զենքերի և թե տեղի ունեցող մենամարտերի մասին:

«Վերոգրյալն առաջանում է նախ այն պատճառով, որ պարոն պրոֆեսորները փոխանակ նրանց առաջնորդելու գիտության ճշմարիտ ճանապարհով, ոչ միայն թերանում են իրենց պարտականությունների մեջ և չեն ներշնչում բարոյական դաստիարակության ոգի, այլ և նույնիսկ ոմանք հրահրում են իրենց սաների բնավորության հոռի կողմերը, և իրենք են հանդիսանում վատ օրինակ, ինչպես հանգուցյալ ռեկտոր Էվերսը, որը չնայած զառամյալ հասակին, սուսերամարտի դահլիճում մասնակցում էր վարժություններին, երիտասարդներին անընդհատ խրախուսելով սուսերը պատյան չդնել, մինչև այն չներկվի ախոյանի արյունով:

«Երկրորդ պատճառը մեր հրամանատարության ներքո եղող ոստիկանական մասի խիստ սակավաթիվ լինելն է և վատ սպառազինումը, որի մասին անցյալ տարվա հուլիս 7-ի № 2206 ռապորտով պատիվ ենք ունեցել զեկուցելու ձեզ: Ձիերը չեն ստանում հարկավոր ապուր, նրանց արտաքին տեսքն այնքան խղճալի է, որ երբ ձիավարժության ենք գնում մանեժի դաշտը, մեզ վրա ծիծաղում են ոչ միայն ուսանողները, այլ և մնացած ամբոխը: Նույնը կարելի է ասել ձիասարքի, նաև ձիավորների մասին, որոնց մեծ մասին վաղուց պետք էր քշել տները, որպեսզի նրանք հինդկացորենի դաշտում վախեցնեին ագռավներին և արևի տակ տաքացնեին իրենց կողերը:

«Ահա սրանք են երկու գլխավոր պատճառները, որ ես համարձակվում եմ ներկայացնելու Ձեզ ի բարեհաճ տնօրինություն»:

Մարկիզ Լուչինին ծածկաբար պատասխանել է. «Ձեր ռապորտը կարդացի հաճույքով: Երևում է, որ Դորպատի ուսանողները հասարակ չարաճճիներ են, և նրանց մեջ չկան քաղաքական ցնորամիտներ, որոնք զբաղվեին ժամանակակից քաղաքականությամբ և լրագիր կարդային, ինչպես գերմանական համալսարաններում: Ինչ վերաբերում է նրանց հանցագործություններին, ապա դրանց մեծ մասն առաջանում է անփորձ և տաքարյուն երիտասարդությունից, որի հանդեպ միշտ պետք է ներողամիտ լինել»:

2

Ուսանողներն ապրում էին առանձին թաղերում: Նրանք շատ հաճախ տներն զբաղեցնում էին ամբողջ կորպորացիաներով. այսպես Ռիդաշե փողոցում ապրում էին լեհերը, Պետերբուրգերշտրասսեի վրա՝ գերմանացիները, Էմբախի գետեզրյա տնակներում՝ էստերը: Ավարտողներին փոխարինում էին նորեկները, որոնց հանդիսավոր ծեսով էին ընդունում կորպորացիայի մեջ: Նորեկը՝ մինչև ձմեռային սեմեստրի վերջը «ֆուքս» էր, այսինքն ավագ ընկերների փոքրավորը. նրան էին ուղարկում գարեջրի, նրա վրա էին կրկնում այն կատակները, որոնց ժամանակին ենթարկվել էին նաև մեծերը: Գարնանային սեմեստրներին «ֆուքսը» դառնում էր «բրենդեր» և արդեն կարող էր ավագների հետ սեղան նստել, նա արդեն երգում էր տրադիցիոն երգերը, ուներ սուսեր և եթե ժրաջան էր, գուցե նույնիսկ մենամարտել էր «մինչև առաջին արյունը»: Այդպես մինչև «տարեդարձի կոմերշը», այն խնջույքը, որ լինում էր ապրիլի 21-ին: «Տարեդարձի կոմերշից» հետո բրենդերն իսկական ուսանող էր: Իսկ թե քանի տարի պիտի ուսաներ՝ հայտնի չէր ոչ իրեն, ոչ ռեկտորին և ոչ այլ ոքի...

Կային ուսանողներ, որոնք գալիս էին իբրև երիտասարդ և տուն էին վերադառնում երեխաներով, կնոջով, զոքանչով և այնքան սնդուկներով, որ հազիվ էին տեղավորվում երեք դորմեզի վրա. կային, որոնք այլևս չէին վերադառնում, այլ մնում էին Դորպատում իբրև «մամռապատ գլուխներ» («bemooste Häupter»), իբրև մշտնջենավոր ուսանող, և նրանք ծերանում էին այն թաղերում, որտեղ հոսել էր նրանց ոսկյա երիտասարդությունը: Սակայն և՛ նրանք, որոնք վերադառնում էին ընտանիքով, և՛ նրանք, որոնք երբեք չէին վերադառնում, նաև նրա՛նք, որոնք Դորպատից հեռանում էին ոչ դեպի հայրենիք, այլ ով գիտե ուր, նրանք բոլորը Դորպատում, կազմելով ազատ եղբայրություն, ապրում էին ինչպես կազակներն անծայրածիր ստեպներում:

Պատիվ, հայրենիք և ազատություն, — այս էր նրանց նշանաբանը: Կային ուսանողներ, որոնց համար գերագույնը միայն պատիվն էր, հայրենիքը՝ ծննդավայրը, ուր տոհմական դղյակում ապրում էր իշխանուհի մայրը և հայրը, որը շների ահագին բազմությամբ գնում էր որսի, ուներ անտառներ, հողեր, ջրաղացներ և ճորտ գյուղացիներ, որոնք մշակում էին նրա կալվածքը և ահա նրանց քրտինքի վաստակից հայրը տարին մի անգամ, մեծ մասամբ աշնանը, հնամենի դորմեզը բեռնում էր զանազան բարիքներով, կառապանի կողքին նստեցնելով ծերունի սպասավորին, որի ձեռքի տակ էր մեծացել տիրոջ որդին Դորպատի ուսանողը, որին ծերունի սպասավորը համարում էր դեռևս անփորձ մանուկ, — ահա այդ սպասավորին էր պատվիրում խստաբարո կալվածատերը. «կասես քո երիտասարդ պարոնին, որ մինչև հաջորդ բերքը մեզանից ոչինչ չսպասի. ձմեռնամուտին կուղարկենք նաև վառելիքի փողը: Եվ թող ողջությամբ ապրի մինչև մյուս աշուն»: Եվ հին դղյակի դռներից ձիերը դղրդոցով հանում էին ահագին դորմեզը՝ բարձած ալյուրի պարկերով, ապուխտած մսով, աղած և չորացրած սունկերի բրդուղներով, եփած և դեռ կենդանի սագերով, որոնք վանդակների մեջ թափահարում էին թևերը, կոնչալով վերջին հրաժեշտը հայրենի ջրերին: Հին դղյակի պատշգամբից պառավ իշխանուհին դեռ երկար էր նայում դորմեզին, որ երբեմն հայտնվում էր անտառի եզրին: Երբեմն կորչում էր, ինչպես միայնակ ուղևորը դեռ չհնձած արտերի արանքում, — և լաց էր լինում պառավ մայրը, որ ամուսնուց ծածուկ հավատարիմ սպասավորին հանձնել էր նաև մի փոքրիկ քսակ ոսկի և մի տաք շալ, որ գործել էին նրա պառավ նաժիշտները ձմեռվա ցուրտ գիշերներին՝ բուխարու առաջ իշխանուհուն պատմելով միամիտ պատմություններ նրա հարսնության տարիներից: Դեռ լաց է լինում պառավ մայրը, այնինչ դորմեզը վաղուց չի երևում և հոգնությունից ննջում է ծերունի սպասավորը մտքի մեջ ամուր պահելով իշխանուհու ծածուկ հրահանգը՝ իմանալ, թե այն հեռու քաղաքում «տղան» արդյոք չի՞ գտել հարսնացու և չի՞ սպասում ծնողների օրհնության: Բայց «տղան», որ երեսունի մոտ տղամարդ է և արդեն համարվում է կանդիդատ «հավերժական ստուդենտի», չի սպասում ծնողների օրհնության, այլ անհամբեր է դորմեզին և հին սպասավորին, որպեսզի օձիքն ազատի նպարավաճառներից, որոնք երկյուղելով, բայց այնուամենայնիվ «պարոն ուսանողին» հիշեցնում են նրա պարտքը. ուր որ է պիտի հայտնվի սպասավորը և երկու շաբաթ «տղան» պիտի լսի այն դողդոջ ձայնը, որ նրան հիշեցնում է հայրենիքը և մանկությունը: Այդ ձայնը նրան պիտի պատմի այն ամենը, ինչ որ տանը պատահել է և որի մասին նրան չէին գրել, որովհետև իշխանը, ավելի ճիշտ սենեկապետը՝ իշխանի անունից տարին երեք նամակ էր ուղարկում, երեք շնորհավորումն՝ Քրիստոսի ծննդյան, որդու անվանակոչության և դարձյալ Քրիստոսի հարության տոնի:

Աստվածաբանության ապագա բակալավրը երկու շաբաթ լսում էր այն մասին, որ Տուբո շունը խպառ կուրացել է, և այլևս որսի չեն տանում, որ անցյալ ձմեռ իշխանուհու տաղավարում գայլերը հոշոտել են Մենտորի քուռակը, և դրա համար էլ իշխանուհին այլևս չի գնում տաղավար, որ այժմ հայրը ապրում է այն փոքրիկ սենյակում, ուր մի ժամանակ ապրում էր m-lle Annette-ն, որ... Բայց մի՞թե հնարավոր է կրկնել այն բոլորը, ինչ պատմում էր ծերունին և շատախոս սպասավորը երբեմնի տղային, որին նա հանձնել էր հոր ուղարկած տարեկան ռոճիկը և մոր ծածուկ նվերը, և երիտասարդն արդեն վճարել էր իր բոլոր պարտքերը և նույնիսկ ֆրաու Ֆոգելզանգն էր ստացել իր բաժինը, պարոն աստվածաբանից հարցնելով նրա ծնողների առողջությունը, նաև թե չե՞ն ուղարկել լորենու մեղր, որ այնքան սիրում է ֆրաու Ֆոգելզանգը, — արդեն ամբողջ քաղաքում հայտնի էր դորմեզի գալուստը, և ծերունի սպասավորը հրեա կոշկակարի մոտ էր տարել «տղայի» մաշված կոշիկները և նրանից ծածուկ հարցրել էր իր պարոնի մասին, թե արդյոք նա չունի՞ մի հարսնացու, արդյոք դեպք չի՞ եղել, որ կոշկակարը նրա պարոնի պատվերով պատրաստի նաև կանացի կոշիկներ: Եվ ստացել էր նույն պատասխանը, ինչ որ անցյալ տարի. «Պարոն ուսանողը բարքով առաքինի է, խոհեմ և չի պատահել այդպիսի դեպք, այլ պատահել է, որ ինքը կարկատել է նրա այնպես մաշված կոշիկը, որ նույնիսկ ամոթ է ասել, թե ինչպես մաշված կոշիկ... Իսկ կանացի կոշիկ կամ այդ սեռի համար կոշիկ ինքը չի կարել և աստված մի արասցե, որ դեպք պատահի, որովհետև...»: Սպասավորն ու հրեա կոշկակարը հին ամուրիներ էին և իրար երեսի նայելով, հասկանում էին, թե ինչ ասել է «որովհետև»...

Արդեն «հավիտենական ստուդենտ»-ին ձանձրացնում էր ներկայությունն իր հին բարեկամի, որը ծերունու նվազած հիշողությամբ երկրորդ անգամ էր պատմել Տուբոյի կուրանալը և արդեն մաքրել էր «տղայի» կոշիկներն այնպիսի յուղով, որի գաղտնիքը միայն նրան էր հայտնի, և որի փայլը կմնար մինչև մյուս աշուն, — ծերունին արդեն մորթել էր սազերը և նրանց բմբուլով փափկացրել էր երիտասարդ պարոնի ներքնակը, անհայտ է, թե որտեղ լվացել էր նրա բոլոր շապիկները և կարել կոճակները (նույնիսկ «տղան» էր հետաքրքրվում, թե արդյոք հենց ինքը՝ ծերունին չի՞ լվացել և չի՞ կարել կոճակները գոմում, երբ քնած էր լինում հարբած կառապանը, ձիերը խժռում էին գարին, իսկ ինքը...), կոճակները, որոնցից մի քանիսը, ինչպես նկատում էր ծերունին, պոկվել էին վաղաժամ և անբնական եղանակով, իրենց հետ տանելով նաև զգեստի կտորից մի քանի թել:

Այդ բոլորն արդեն կատարվել էր, և ահա աշնան մի անձրևոտ օր ձիերը գլուխը դարձնում էին դեպի հայրենի գոմը, կայտառությամբ քաշելով թեթևացած դորմեզը, որի մեջ դատարկ վանդակներ էին, պարկեր, սնդուկներ և կողովներ, նաև «տղայի» մաշված շորերի կապոցը, որ ծերունի սպասավորը, իբրև թանկ նվեր, տանում էր պառավ իշխանուհուն: Դղրդում էր դորմեզը, իսկ ծերունին ննջում էր, փաթաթվելով խարխլված քուրքի մեջ և աշնան տխուր անձրևի հետ միտք էր անում, թե այլևս քանի վերադարձ մնաց, և ի՞նչ պիտի ասի իր տիրուհուն հարսնացուի մասին, որ պիտի գար ու չէր գալիս:

Նաև կային ուսանողներ, որոնց համար հայրենիքը միայն տոհմական դղյակը չէր և ոչ էլ ազատությունը՝ սանձարձակություն վատնելու այն բարիքները, որ անաշխատ կուտակում էին նրանց ծնողները և նույնքան հեշտ վատնում էին որդիները: Այդ ուսանողներից ոմանք ամենևին չունեին հայրենի կալված. նրանք աստիճանավորների զավակներ էին, որոնց ծնողները կամ դժվարությամբ բարձրացել էին չինովնիկության սանդուղքով և կամ կորցնելով երբեմնի կալվածքը, ապրում էին, վաճառելով վաղեմի հարստության փշրանքները. մի թուր, Դամասկոսի հազվագյուտ գործ, որ իբրև թե նրանց էր մնացել նշանավոր նախահորից, որը կռվել էր սարակինոսների դեմ, մի յուղաներկ նկար, որի վրայից նայում էր ադամանդե խույրով մի չքնաղ կին, կրակե գույնի գանգուրներով մի զարմանալի գեղեցկուհի, որի կիսաբաց կուրծքը դեռ այժմ էլ պղտորում է նայողի արյունը, և չի կարելի առանց նախանձի դիտել այն քորոցը, որի վրայի ոսկե արծիվը մազիլներով պահում է զգեստի եզրը և կնոջ ամոթխածությունը: Ժառանգները չնչին գնով վաճառում էին Դամասկոսի թուրը, նաև նկարը այն գեղեցիկ դշխուհու, որի արյունից քանի կաթիլ դեռ կար հետնորդների երակներում: Նրանք վաճառում էին հին մահճակալները, որոնց սնարի վրա նկարել էին երջանիկ Արկադիա, և Պանը սրինգ էր նվագում մի զույգի համար, որ ծաղկած նշենու տակ վայելում էր սիրո գարունը: Երևում էին փոքրիկ փոսեր, որոնք վկայում էին, որ այդ ընտանեկան երջանկության նկարը երբեմն եղել է սադափներով եզերված, բայց մի անարժան ձեռք սադափը հանել է և վաճառել ավելի կանուխ, քան կվաճառեին վերջին ժառանգները:

Սակայն ամենից խեղճ ապրում էին թոշակառու ուսանողները: Առաջինները գիտեին, որ այնուամենայնիվ պիտի ժառանգեն հայրական կալվածքը և այդ հույսով զբաղեցնում էին ոչ թե ձեղունահարկ, այլ ապրում էին հարուստ բնակարանում և նույնիսկ նրանցից ոմանք սպասավորներ ունեին: Երկրորդների համար հին հարստության մնացորդներն, այնուհանդերձ, ավելի լավ էին, քան ոչինչ չունենալը: Միայն թոշակառուներն էին, որ ծվարում էին ցուրտ ձեղունահարկում և իրենց գահի բարձրությունից արհամարհանքով էին նայում և՛ աշխարհին, և՛ նրա գանձերին: Բայց նրանք մյուսներից ավելի մոլեգին էին զվարճանում, որովհետև ըստ այն ժամանակի սովորության, երբ սեղան էին նստում բոլորը, բոլորն էլ դատարկում էին գրպանները. ով հանում էր թղթի ասիգնացիաների կույտը, ով կաշվի դրամ՝ «Կլուբեն-մարկտ», ով պղինձ գրոշներ և ով՝ դրամների այդ կույտի վրա միայն դարձնում էր իր ունայն գրպանը:

Այդ ուսանողները կատաղի սուսերամարտիկներ էին: Պոլիցեյմեյստեր Կրուչինսկու հաղորդած «բոլոր տեսակի հրազենների արսենալը» գտնվում էր կղմինդրյա այն կտուրների տակ, որի բնակիչը, երբ տխուր անձրևը թմբկահարում էր կտուրը, կարոտով էր նայում թրադաշույնին, ապա առնում էր հին գերմանական երկար սուսերը և ձանձրույթից մենամարտում էր սյունի հետ: Նրանք ջերմ պաշտպաններն էին տրադիցիաների և երբ հանկարծ լսեին ընկերոջ օգնության աղաղակը, թռչում էին կատաղած վագրերի նման և վա՛յ թշնամուն, եթե նա վաղօրոք չէր ազատի իրեն, ապավինելով արագավազ ոտքերին: Նրանք ունեին մի չոր գլուխ, որ ամեն րոպե կարող էին փորձանքի տալ: Գուցե թե մի հեռավոր նահանգի խուլ գյուղում նրանք մայր ունեին կամ հայր և կամ այլ ազգական, բայց ոչ նրանք գիտեին որդու մասին և ոչ որդին էր հիշում հեռավոր գյուղը: Նրանք ժառանգներն էին այն ըմբոստների, որոնք Վարտբուրգում խարույկի բոցերի մեջ վառեցին խավարամիտ գրքերը և սուսերները մերկացրին երդվելով պայքարել հանուն պատվի, ազատության և հայրենիքի: Նրանց ականջների տակ դեռ հնչում էր որոտն այն գնդակի, որով Մանհեյմում ուսանող Զանդը սպանեց Ավգուստ Կոցեբուին: Ու թեև նրանց օձիքների վրա ոսկեթելով գործված էր «Humanitas» բառը, բայց նրանք ավելի նման էին ծովահենների, և հազիվ թե առանց պատժի նրանց ձեռքից ազատվեր մեկը, որ կհանդգներ անարգել նրանց հայրենիքը, Մայր Ճեմարանը և ուսանողների կորպորացիան:

Ընկերները նրանց ավանում էին «սև եղբայրներ», որովհետև նրանք հագնում էին սև «կրազեն»՝ երկար թիկնոցներ, որ իջնում էր մինչև կրունկը: Նրանց կարելի էր տեսնել տարօրինակ զգեստներով և գույնզգույն գլխարկներով, որոնց ծոպերը կախվում էին ականջի վրա, մազերը մինչև ուսերը, — նրանք անցնում էին փողոցներով, հավաքվում էին հաուպտվախտի առաջ և, ծխելով հաստ ծխամորճերը, բարձրաձայն հռհռում էին, երբ նրանց կողքով անցնում էր մի հաստլիկ ռուս կին: Նրանք խառնվում էին հրապարակների բազմության, երբեմն տեղն ու տեղը դատաստան էին անում մի հրեա նպարավաճառի, որը կամ կշեռքի մեջ խաբել էր, կամ ապրանքը մի գրոշի թանկ էր ծախել: Հենց որ փողոցի անկյունում նրանք երևային, նպարավաճառներն իսկույն դադարեցնում էին աղմուկը, որպեսզի որևէ կերպ չգրավեն նրանց ուշադրությունը: Վերջապես նրանց խմբերը վերադառնում էին իրենց թաղերը՝ երգով և ծնծղաների նվագով և եթե խումբը նույնիսկ տասը հոգի էր, այնուամենայնիվ, նրանք փողոցը լցնում էին այնպիսի աղմուկով, որ կարծես անապատից շարժվել և ահավոր զորությամբ անցնում է վաչկատուն թափառականների մի ամբողջ բազմություն, և փողոցում լսվում է զենքերի շաչյուն, ձիերի դոփյուն, նախիրի բառաչ և ինչ-որ անծանոթ ռնգային հնչյուններ:

Փողոցի բնակիչները հետաքրքրությունից բարձրացնում էին պատուհանի վարագույրը կամ դուրս էին գալիս պատշգամբ և զաղտագողի նայում էին տարօրինակ արտաքինով այդ երիտասարդներին, որոնց կրունկների պղնձե խթանները այնքան ախորժալուր էին զրնգում, և զրնգոցն արձագանքում էր կանանց սրտերում: Պատուհաններից և պատշգամբից դիտողների մեջ կային, որոնք դժգոհում էին այդ աղմուկից, կային, որոնք միայն դիտում էին, բայց և կային, որոնք հիանում էին: Եվ երբ նրանք վաղուց արդեն անցել էին, պատահում էր, որ մի մանուկ աղջիկ դեռ չէր իջեցնում վարագույրը, երկար ժամանակ դեմքը չէր հեռացնում պատուհանից և տխուր աչքերով նայում էր փողոցին, որտեղով անցավ այդ զարմանալի թափորը...

3

Ֆրաու Ֆոգելզանգի պանդոկը, որի մասին հիշատակում է պոլիցեյմեյստեր Կրուչինսկին, գտնվում էր Ռնելշտրասսեի վրա: Պանդոկն զբաղեցնում էր ներքնահարկը մի խարխուլ տան, որի վերին հարկում ապրում էին նախկին ծովագնացներ, որոնք իրենց կյանքի արևմուտն անց էին կացնում ձկնորսությամբ և նավարկությամբ Էմբախ գետի վրա: Գետը հոսում էր պանդոկի կողքով և այն ժամանակ, երբ նավավարները կամ տանն էին, կամ պանդոկի ներքնահարկում, նրանց նավակներն օրորվում էին՝ կախված այդ հին տան պատերից:

Տունը թեև հին էր, և նշմարվում էին այն ճեղքերը, որտեղից արդեն սկսվել էր շենքի մահը, բայց գեղեցիկ էր, մանավանդ վերջալույսին, երբ Շլոսբերգի բլրակների վրայից արևը ոսկեզօծում էր գետը: Արևի տակ մուգ կարմիր փայլում էին մաշված աղյուսները, իսկ պատուհանների պղտոր ապակիների մեջ արևն այնպես էր ցոլանում, որ կարծես ներսը վառել էին պղնձյա կանթեղներ: Այդ ժամերին ֆրաու Ֆոգելզանգը սիրում էր ասել, որ տունը երբեմն եղել է Ստեֆան Բատորիի դղյակը, որի զինանոցը իբրև թե գտնվում էր ներքնահարկում, ուր տեղավորված էր նրա նշանավոր պանդոկը:

Հազիվ թե ճշմարիտ էր պանդոկի տիրուհին. դրսից դեռևս երևում էր մի անհայտ նկարչի գործ, որով զարդարված էր պանդոկի դռան ճակատը. մի թռչուն՝ նման անտառաբնակ բուի, քաշում էր զանգակի պարանը, մագիլների մեջ պահելով մի երիզ, որի վրա գրված էր էպիկուրյանների վաղեմի խոսքը՝ Dum vivimus, vivamus: Հազիվ թե ճշմարիտ էր ֆրաու Ֆոգելզանգը, հավանորեն տունը կառուցված էր իբրև օթևան այն վաղեմի առևտրականների, որոնք արևելքից ուղևորվում էին դեպի Ռնել:

Դորպատում այդ պանդոկից ավելի նշանավոր էր ինքը՝ ֆրաու

Ֆոգելզանգը: Նույնիսկ դժվար է ասել, թե արդյո՞ք այդքան անվանի կլիներ պանդոկը, եթե նրա տիրուհին չլիներ ֆրաու Ֆոգելզանգը, որը ոչ միայն գարեջուր և մեղրագինի էր վաճառում Մայր Ճեմարանի սաներին, այլ հենց ինքն էր մի գթառատ մայր, մի մեծ մայր, որի գրկի մեջ սնվում և զվարճանում էր անհոգ երիտասարդությունը: Նա գիտեր բոլոր ուսանողներին՝ նրանց բնակարանը, քանի որ ֆրաու Ֆոգելզանգն էր նրանց համար բնակարան վարձում, և նրա միջնորդությունն էին հայցում տնատերերը, երբ կենվորն ուշացնում էր բնակարանի վարձը, և կամ այնպիսի խռովահույզ կյանք էր վարում, որ տնատերերը սկսում էին երկյուղել իրենց դեռահաս աղջիկների համար, որոնք հասունանում էին, ինչպես կաքավի ձագերն արծվի հարևանությամբ:

Ֆրաու Ֆոգելզանգը երկար տարիների ընթացքում լսելով ուսանողներին և նրանց խոսակցությունները, այնքան էր լավատեղյակ համալսարանի կյանքին, որ երբեմն, կտրտելով ապուխտած միսը կամ բաց անելով մեղրագինու նոր տակառ, խառնվում էր իր սաների վեճին. «Իսկ ես կասեմ, որ այս կուրատորը կարող է միայն թուղթ խաղալ... Ափսոս չէ՞ր ծերունի Դիտրիխը: Եվ քննություններն էին մեղմ, և ուսանողները ոչ մի էկզեգետիկա չէին սովորում, և չկային այսքան խստություններ, այլ միայն կար հոմելետիկա, աստվածաբանություն և զվարճություն: Ահա թե ինչ կար, երբ կուրատորը բարի Դիտրիխն էր...»: Իսկ թե ի՞նչ է «էկզեգետիկան» և ի՞նչ «հոմելետիկա», — միայն այդ չգիտեր ֆրաու Ֆոգելզանգը, բայց գիտեր, որ ուսանողները մի ժամանակ ավելի շատ էին զվարճանում, քան այժմ: Եվ երբ այդպես էր ասում, ուսանողները հոհռում էին ֆրաու Ֆոգելզանգի անկեղծ վրդովանքի համար նաև այն պատճառով, որ պանդոկի տիրուհին գիտություններն իրար էր խառնում, — և դադարեցնելով վեճը, երկու կողմերն էլ համաձայնում էին, որ զվարճությունն առաջ ավելի կատաղի էր և, նորից լցնելով գավաթները, խմում էին առասպելական կուրատոր Դիտրիխի լույս հիշատակին...

Ահա թե ինչպիսի նշանավոր կին էր ֆրաու Ֆոգելզանգը, և ծերունի Կրուչինսկին ամեն առիթով կարող էր ռատսհեր Ռոզենցվեյգին ասել, որ պետք է փակել այդ «անբարոյականության որջը, որտեղ պատանի մարդկանց մարմինը ծանրաբեռնում են ոգելից խմիչքներով և ապա, ինչպես կատաղած ցուլերի, բաց են թողնում անմեղ քաղաքացիների վրա...»:

Ֆրաու Ֆոգելզանգի պանդոկն ուներ այնպիսի հարմարություններ, որից զուրկ էին քաղաքի մյուս գինետները: Երբ պատահում էր, որ ուսանողների խրախճանքը երկարում էր և գինուց հաղթվելով նրանք գլորվում էին գետին կամ սեղանից այլևս չէին կարողանում բարձրացնել ծանրացած գլուխները, ինչպես թրադաշույնով զարկված զինվորներ, որոնք կռվի դաշտում փռվել են և մահվան քնի մեջ անշարժ են և միայն մեկը խռռացնում է, — ահա այդ ժամանակ ծխի գոլորշիների մառախուղի մեջ երևում էր ֆրաու Ֆոգելզանգը՝ սպիտակ գոգնոցով և անարատ գլխաշորով, նրա հետևից ծերունի նավավարներ, որոնք կերակրվում էին ուսանողների խնջույքի մնացորդներով, — և ետևի դռնով դեպի նավակներն էին տանում նրանց անզգա մարմինները, որ ծանր բեռ էին ծերունիների համար: Եվ գիշերային խավարի մեջ դեպի վեր լողում էին նավակները, որոնց մեջ, ինչպես մեռած կոճղ, ընկած էին հարբած ուսանողները: Չէր լսվում ոչ մի աղմուկ, միայն ճղփում էին նավակները, ցռուկների վրա օրորվում էին լապտերները, և թվում էր, թե Աքերոնի գետով այդ նավակները լողում են դեպի մահվան թագավորությունը:

Իսկ այդ պանդոկից որքան հիշողություններ էր տանում «ակադեմիական քաղաքացին», երբ ընդմիշտ հեռանում էր Դորպատից: Ինչպե՞ս նկարագրել հրաժեշտի ժամը, երբ ընկերները հավաքվել են վերջին խնջույքին, երբ այնքան են երգել, որ այլևս ձայն չի մնացել, որպեսզի երգեն վերջին երգը՝ «Երբեմն ես ունեի մի աննման հայրենիք», այն երգը, որ տարիներ հետո, ցուրտ մենակության մեջ պիտի երգեր Դորպատի նախկին սանը և նրա աչքերի առաջ, իբրև ծուխ, պիտի հառներ հրաժեշտի խնջույքը... Բայց ահա ոգու վերջին արիությամբ երգում են նաև այդ երգը, և ճանապարհվողը մոտենում է ֆրաու Ֆոգելզանգին... Ինչպե՛ս է լաց լինում այդ կինը, ինչպե՛ս են ցնցվում նրա ծանր ուսերը, ի՛նչ խոշոր արցունքներ են գլորվում նրա թորշոմած այտերով, ինչպե՛ս է գրկում իր սանիկին, սեղմում է կրծքին, և դողում են նրա մոտ շրթունքները, ոչինչ չի կարողանում ասել և միայն լալիս է, ինչպես մայրը, որի գրկից բարբարոսները խլում են նրա զավակին, և մորը մնում է միայն արցունքի միջից նայել հեռացող որդուն:

4

Այդպես էր այդ պանդոկը և նրա նշանավոր տիրուհին, որի ներքնահարկը Մայր Ճեմարանի անհրաժեշտ մասն էր, մի ասպարեզ, որտեղ երիտասարդը ձեռք էր բերում գիտելիքներ, որ կյանքում նրան հաճախ էին պետք լինում, քան տեսական բանասիրությունը, ճարտասանությունը, աստվածաբանական բարոյախոսությունը, ուսումն սուրբ գրոցը և եկեղեցական պատմությունը և նույնիսկ էսթետիկան, որի դասախոսն անվանի ձիավար էր և ուսանողներին դասավանդում էր սուսերամարտի և ձիարշավի կանոններ, նաև լողանալու արվեստ: Եվ զարմանալի չէր, երբ «ձեղունահարկի բնակիչը» մանավանդ կիրակի օրերը, առնելով «հերր» պրոֆեսորի թելադրած դասախոսության տետրը և կամ այն գիրքը, որից ընթերցում էր պրոֆեսորը, գնում էր բարի Ֆոգելզանգի պանդոկը, նախ ողջունում էր տիրուհուն, որը դեռ նոր էր լվացվում, կատակում էր սպասավորուհու հետ, նավավարներից լսում էր զանազան նորություններ և, պահանջելով մի գավաթ գարեջուր, քաշվում էր անկյունը, և բարոյախոսության գրքի իմաստությունները համեմում էր Մյունխենի գարեջրով: Հետո ներս էր մտնում մի ուրիշ աստվածաբան, որը միայն ողջունում էր ֆրաու Ֆոգելզանգին և այլևս չէր լսում նավավարներին և ոչ էլ կատակում էր սպասավորուհու հետ, որովհետև պանդոկի խորքում նա նկատել էր միայնակ նստած ընկերոջը: Նրանք երամի առաջիններն էին, որոնց հաջորդում էին ուրիշները՝ փոքրիկ խմբերով, և կարճ ժամանակից հետո պանդոկը լցվում էր երիտասարդ մարդկանցով, որոնցից անհամբերները արդեն հանում էին զրահները, ոմանք կանաչ մահուդի սյուրտուկները, ոմանք շլացնում էին գույնզգույն ժիլետով, և մշուշի մեջ ցոլանում էին կարճ սուսերները, — և բոլորը զվարճանում էին, ինչպես այն դարում գիտեին զվարճանալ երիտասարդ մարդիկ, որոնք ինքնագլուխ էին, հոգսը դեռ չէր ծանրացել նրանց ուսերի վրա և որոնց առաջին դասը եղել էր այն, ինչ որ անհայտ նկարիչը գրել էր պանդոկի ճակատին՝ «Քանի ողջ ենք, պիտի ապրենք»:

Այդպիսի մի կիրակի, երբ խրախճանքը նոր էր բորբոքվել, և դեռ մի սեղանի շուրջ վիճում էին այն մասին, թե ռուսներին կհաջողվի՞ գրավել Վիսլայի կամուրջը, և գտնում էին, որ երբ լեհացիները չդիմադրեն, ֆելդմարշալ Դիբիչը կարող է գրավել և՛ Վիսլայի կամուրջը, և՛ Վարշավան. մյուս սեղանի շուրջ խոսում էին ասիական խոլերի մասին և կարծիք էին հայտնում, որ այդ ժանտամահը իցիվ թե հասնի մինչև Դորպատ, քանի որ, ինչպես ասել էր պրոֆեսոր Շիմանը, Ցուտլանդիայի հողից բարձրանում է այնպիսի շունչ, որի մեջ կխեղդվի հնդախտը. երրորդ սեղանի շուրջ ոչ վիճում էին Վիսլայի կամուրջի և ոչ ասիական խոլերի մասին, այլ պատրաստվում էին «գինեմարտելու». սեղանի երկու ծայրում կապույտ բոցով արդեն վառվում էր մեղրագինու փունջը, սեկունդանտները ստուգել էին այրվող փունջի համը. մեկ, երկու և երրորդ նշանին կողմերը պիտի մինչև վերջ խմեին գավաթները, — երբ հանկարծ դռներն աղմկեցին և դռների մեջ երևաց սև թիկնոցով մի մարդ:

Պանդոկը թնդաց աղաղակներից: Ուսանողներից մեկը, որ արդեն օրորվում էր և առաջին թեկնածուն էր լողալու մոռացության գետով, գավաթը ձեռքին կանչեց.

«Մահվան դատապարտվածները ողջունում են արքային»:

«Արքան» Թոմաս Բրյուլլն էր՝ «սև եղբայրների» ավագը: Նա մի պահ ետ նայեց և իջավ սանդուղքով: Նրա ետևից ներս մտան չորս հոգի, որոնք առաջինի նման ունեին սև թիկնոց, գլուխներին՝ գերմանական բերետներ և ցածր ճտքով սապոգներ, որ պարուրում էին նեղ տաբատի եզրը:

Թոմաս Բրյուլլը ողջունեց, բարձրացնելով աջ բազուկը: Մի քանի «ֆուքս» մի անգամից ոտքի կանգնեցին, նրան առաջարկելով իրենց աթոռները: «Սև եղբայրների» ավագը մոտեցավ մի բազմամարդ սեղանի, մյուսներն էլ միացրին սեղանները, և ստացվեց այնպիսի մի սեղան, որի ծայրը չէր երևում ծխի մեջ:

Թոմասն իրար հետևից դատարկեց երկու գավաթ մեղրագինի:

— Աղբյուրներն անգամ ծարավ են, Թոմաս, — կանչեց նա, որ առաջինն էր նրան ողջունել: Մյուսները ծիծաղեցին, որովհետև այդ ուսանողը Թոմասին հիշեցրեց հենց նրա խոսքը, որ խրախճանքի բորբոքված ժամին կրկնում էր Թոմաս Բրյուլլը, և այդ խոսքերից հետո բերում էին նոր շշեր:

Թոմասն այս անգամ նոր նայեց երիտասարդին, որի երեսը վառվում էր բաց կարմիրով և որի աչքերի մեջ կար երեխայական ժպիտ, և դեմքն ուներ մանկական մի գրավչություն:

Թոմաս Բրյուլլը գլուխը խոնարհեց:

— Մեր Թոմասն ինչ-որ ուրիշ է այսօր...

— Չլինի՞ բան է պատահել և մեզ չի ասում:

— Նրա հետ վերջերս լինում է մի ինչ-որ դանակ սրող…

— Ես նրան տեսել եմ: Նա ապրում է հին զորանոցների մոտ:

— Իսկ ես Թոմասին երեկ տեսա հենց այն կողմերում:

Սեղանի շուրջ այդպես էին խոսում նրանք, որոնք դեռ գինով չէին: Իսկ որոնք գինով էին, ուրախանալով «սև եղբայրների» ներկայությունից, արդեն բաց էին թողել սանձերը և խմում էին, շփոթելով գավաթները, գինին և գարեջուրը: Սեղանի մի կողմը, ինչպես առաջին որոտ, հնչեց երգը՝ «Gaudeamus igitur» և հետզհետե ծավալվելով մեջ առավ բոլորին և վերջին բառերը՝ «Nos habebit humus» այնպես ուժգին դղրդացին, որ ֆրաու Ֆոգելզանգին թվաց, թե գավաթներ փշրեցին:

— Հըմմ... ամեն ինչ հող կդառնա, — լռության մեջ ասաց Թոմասը, թարգմանելով երգի վերջը:

Նա ոտքի կանգնեց:

— Burschen, — և բոլորը լռեցին: Թոմասը գլուխը թափահարեց և մազերը ծփացին ուսերի վրա: — Ես ձեզ հիմա այնպիսի խոսք կասեմ, որ երբեք չեմ ասել: Ես ձեր եղբայրն եմ և, եթե սեղանի շուրջը նստած են հայրենակիցներ, որոնց նոր ենք մկրտել, բայց և նստած են ընկերներ, որոնց հետ շատ տարիներ զվարճացել ենք և դժվար փորձություններից ենք անցել: Մենք բոլորս եղբայրներ ենք, մի մոր հարազատ սաներ... Բայց ահա լսեցեք, թե ես ի՛նչ եմ մտածել, և ասեք, ճշմարի՞տ եմ, թե՞ սուտ են իմ խոսքերը: Իսկ ես այն եմ ասում, որ մենք բոլորս սխալ ճանապարհի վրա ենք...

Եվ շունչը պահեց մի րոպե, սուր աչքերով նայեց բոլորի աչքերին և այնտեղ կարդաց և՛ տարակուսանք, և՛ հետաքրքրություն, և՛ զարմանք, նաև ոչինչ չկարդաց, որովհետև կային գինու ոգուց թմրած աչքեր, որոնք արդեն ննջում էին:

— Իսկ ինչո՞վ ենք սխալ ճանապարհի վրա: Որովհետև մենք մեր օրերն անց ենք կացնում գինարբուքով, երբեմն սուսերամարտում ենք, երբեմն արշավում ենք ձիերով, երբեմն աստվածաբանություն ենք սովորում, և այսպես կորչում է մեր երիտասարդությունը, մեր ժամանակը և կորչում ենք մենք: Մեզ հարկավոր չի այդպիսի կյանք:

— Ինչպե՞ս: Ուրեմն այլևս չզվարճանա՞նք, գինի չխմե՞նք:

— Որեմն դառնանք ճգնավորնե՞ր և չունենա՞նք սիրելի կին:

— Իսկ աստվածաբանության մասին լավ ասեցիր: Շատ լավ ասեցիր: Բոլորովին ավելորդ տեղը կորցնում ենք մեր ժամանակը: Իսկ զվարճության մասին՝ սխալ ես, — և Օտտոկար Դրիշը, որ ամենաhին ուսանողն էր, և որի մազերը ճերմակել էին անքուն գիշերներից, որ նա անց էր կացրել գինի խմելով, այդ խոսքն ասաց ու մոտ քաշեց գավաթը, երկյուղելով, որ Թոմաս Բրյուլլի խոսքերից ոգևորված հանկարծ կջարդեն գավաթները և շշերը կջարդեն, կջարդեն նաև պնակները և ամեն ինչ կջարդեն և կերդվեն այլևս չխմել ոչ գարեջուր, ոչ մեղրագինի և ոչ այլ տեսակ գինի:

— Լսեք իմ խոսքը: Դեռևս բոլորը չեմ ասել: Ես չեմ ասում, որ այլևս չխմենք և չմենամարտենք էսպադրոնով կամ պիստոլետով և կամ այլ զենքով, եթե լինի թշնամի, որ անարգել է մեզ, մեր կորպորացիային և կամ որևէ ծանր խոսք է ասել մեր հոգևոր մոր մասին: Նաև չեմ ասում, թե այլևս մի գրկեք ձեր սիրուհիներին, նրանց համար կիթառ մի նվագեք և մի պարեք պարահանդեսներում:

— Հիմա որ միանգամայն ճշմարիտ ես, Թոմաս, — և Օտտոկարը բարձրացրեց գավաթը, — ողջ լինես:

Մյուսները ևս բարձրացրին գավաթները:

— Դեռ սպասեք, սիրելի բարեկամներ: Թողեք, որ խոսքս վերջացնեմ և այն ժամանակ դատեք, որ դատաստանով կուզեք:

— Թողե՛ք վերջացնի, թողե՛ք...

— Շարունակիր, Թոմաս, — կանչեց «սև եղբայրներից» մեկը:

— Հիմա կասեմ բոլորը, — Թոմասը ոտքը դրեց նստարանի վրա, ամբողջ մարմնով հենվեց ծնկանը և ասաց, — ինչի՞ նման է, երբ մենք այստեղ զվարճանում ենք, իսկ այնտեղ մեր ընկերներին, մեզ նման ուսանողներին ծեծում են, ինչպես օրդոնան-հաուզում ծեծում են անպաշտպան սոլդատներին...

— Ո՞րտեղ, ո՞վ, — և բոլորը վեր թռան, ոմանք ձեռքերը տարած դեպի սուսերները, իսկ Օտտոկար Դրիշը, որ չէր համբերել և դատարկել էր գավաթը, բղավեց.

— Ասա, ո՞ւմ են ծեծել...

— Կասեմ ում են ծեծել... Ծեծել են Խարկովի համալսարանի ուսանողներին: Նրանց չեն ծեծել իրենց ընկերները, և ոչ էլ ծեծվել են հարբած վիճակում որևէ չարաճճի արարքի համար: Նրանք ըմբոստացել են ռեկտորի դեմ, որովհետև նրանց հետ վարվում էին ինչպես ճորտերի հետ: Թքում էին նրանց երեսին և օրը ցերեկով ուսանողին պատժում էին, մերկացնելով մարմնի այն մասերը, որ ամոթ է ասել: Մերկացնում էին և ստիպում, որ ընկերները ճիպոտներով ծեծեն:

Ահա թե ինչպես են ապրում մեր եղբայրներն այնտեղ: Այդ կարգերից դժգոհ, նրանք ըմբոստացել են և փշրել ռեկտորի տան ապակիները...

— Այդ բանում նրանք մեզ նման են, — լսվեց մի ոգևորված ձայն:

— Նրանք ջարդել և փողոց են թափել ամբիոններն այն պրոֆեսորների, որոնք ոչ թե դասախոս են եղել, այլ հարբած կազակ: Նրանք դուրս են եկել փողոց և խարույկի վրա հրդեհել ատելի գրքերը: Բայց այդ ժամանակ ռեկտորի հրամանով վրա են թափվել վայրենի կազակները, կրակ են բացել և գերի բռնել ուսանողներին, պատժել են սոսկալի պատիժներով: Իսկ ամենից համարձակներին հազցրել են սոլդատի շինել և կնուտի տակ քշել են այնպիսի հեռավոր տեղեր, որտեղից ոչ ոք չի վերադարձել և չի վերադառնա... Ահա թե ինչի մասին է խոսքը: Իսկ մենք այստեղ միայն զվարճանում ենք և չենք հիշում մեր ընկերներին և ոչինչ չենք անում, կարծես մենք ստեղծված ենք միայն զվարճության և աստվածաբանության համար...

— Իսկ ի՞նչ անենք մենք:

— Մենք այդ մասին չէինք լսել:

Եվ այդ երկու ձայնից բացի, չլսվեց ուրիշ ձայն, տիրեց այնպիսի լռություն, որ լսելի էր ջրի կաթկթոցը մի ինչ-որ պղնձի մեջ: Բայց շուտով այդ էլ չլսվեց, որովհետև ֆրաու Ֆոգելզանգը, որ սովորություն ուներ խրախճանքի աղմուկի մեջ ննջելու, զարթնեց ահավոր լռությունից, ինչպես ջրաղացպանը, որ վախեցած վեր է թռչում, երբ այլևս չի լսվում ո՛չ ջրի շառաչը, ո՛չ քարի աղմուկը: Ֆրաու Ֆոգելզանգը զարթնեց և ամրացրեց տակառի ծորակը, որից մեղրագինին կաթ-կաթ ընկնում էր պղնձե փարչի մեջ: Ապա զարմացած նայեց ուսանողներին և նույնիսկ վեր կացավ, որ մոտենա նրանց, մոտենա և հարցնի, թե ինչո՞ւ են խոնարհել գլուխները և ինչո՞ւ են լուռ ծխում ծխամորճերը, և այլևս չեն հնչում այն զվարթ երգերը, որոնց շառաչի տակ ննջում էր ֆրաու Ֆոգելզանգը:

— Իսկ մենք ի՞նչ անենք, Թոմաս...

Բայց ոչինչ չկարողացավ ասել Թոմասը, իսկ մյուսները լուռ մտածմունքի մեջ էին, ոմանք իրենց մտքում արդեն մի բան էին վճռել և մռայլ նայում էին սառչող մեղրագինուն, երբ դռների մոտ լսվեց մի աղաղակ:

— Burschen, heraus — և ներս ընկավ մեկը, որ ո՛չ գդակ ուներ, ո՛չ թիկնոց, և որի ձեռքից արյուն էր կաթում, և արյունոտ էր ճակատը, և չէր իմացվում ճակատին և՞ս վերք կար, թե նա արյունոտ ձեռքով սրբել է ճակատը:

— Արշինավորները մերոնց ջարդում են Քարե կամրջի մոտ...

Ինչպես վագրը, որ ոստյունից առաջ պահում է շունչը և փակչում

գետնին, ապա ամեհի թափով թռչում է որսի վրա, և ահից որսը գոչում է այնպես, որ սարսափում են մյուս գազանները հեռու հեռուներում, այնպես էլ «ձեղունահարկի բնակիչները» նախ տհաբեկվեցին այդ գույժից և գունատվեցին, ապա կատաղությունից այնպես մռնչացին, որ դղրդացրին հին կամարները, և հաջորդ վայրկյանին այլևս ոչ ոք չմնաց պանդոկում, և միայն վայր ընկած աթոռները և մի քանի լիքը գավաթներ վկա էին, որ այստեղ խրախճանք կար, և անակնկալ պատահարից դուրս են թռել զվարճացողները, որոնք ուր որ է պիտի ետ վերադառնան և այն միայնակ թիկնոցը, որ դեռ պահում է տիրոջ մարմնի ջերմությունը, նորից պիտ հանգչի նրա երիտասարդ ուսերին:

5

Իսկ Քարե կամուրջի մոտ կանոնավոր ճակատամարտ էր:

Օրը կիրակի էր, և զբոսնելու էին դուրս եկել ոչ միայն «ակադեմիական քաղաքացիները», այլև մյուս քաղաքացիները, որոնց մի խումբ, մեծ մասամբ ռուս վաճառականներ, հարբած վիճակում, կամուրջից ոչ հեռու, հանդիպել էին չորս ուսանողի և ոչ միայն կտրել էին ամբողջ մայթը, փակելով երթևեկությունը, այլև նրանցից մեկն ուսանող Ստեֆան Գյունտերին մայթից հրել էր և անվանել «լեհական մռութ»: Եվ այդ կայծից բռնկվել էր հրդեհը, և արդեն վաղուց Ստեֆան Գյունտերին, որ առաջինը քաշեց սուսերը, ընկերները տարել էին տուն արյունլվա վիճակում, արդեն հարբած բառաչում էր այն ռուս վաճառականը, որի աչքերի առաջ երբեմն մթնում էր, երբեմն լուսանում, և նա տեսնում էր անկապ պատկերներ և զգում էր, որ իրենը չէին ո՛չ ոտքերը, ո՛չ ձեռքերը: Հարբած բառաչում էր այդ վաճառականը, որի ընկերները ծանր բռունցքներով դիմավորել էին առաջին ուսանողներին, որոնք օգնության էին հասել զբոսավայրերից՝ թողնելով կիթառները և աղջիկներին:

Վաճառականներն էլ օգնություն ստացան. գետի մյուս ափից մի ահագին բազմություն՝ կոշկակարների, ներկարարների, կաշեգործների, օղետան սպասավորների և ինվալիդ զինվորների, որոնք օղետներումն էին, — մի ահագին բազմություն՝ «ուղղափառներ, մերոնց ծեծում են» բղավելով, վազեցին դեպի կամուրջը՝ ցախավելներով, երկար ցուպերով և նույնիսկ մի պայտար վերցրեց այն պարանը, որով նա կապում էր անհանգիստ ձիու մռութը, — սակայն, տեսնելով ուսանողների խմբերը, որ հենց այդ րոպեին զանազան փողոցներով վազում էին դեպի Քարե կամուրջը, — տեսնելով այդ, պայտարը պարանով կապեց մի ռուս մահուդավաճառի, որին ընկերները դրել էին դրոգի վրա, նրան մի կերպ ազատելով ոտնակոխ լինելուց: Այնինչ մահուդավաճառը գազազած ուզում էր դուրս պրծնել ընկերների ձեռքից և նորից նետվել այն բազմության մեջ, որտեղից լսվում էին խուլ տնքոցներ, գոռոց, հայհոյանք: «Բաց թողեք ինձ, բաց թողեք, անխիղճներ», հետզհետե թուլացող ձայնով կանչում էր մահուղավաճառը, բայց այդ ձայնից արդեն հայտնի էր, որ եթե նրան բաց թողնեին, նա հազիվ մի քանի քայլ կաներ և կգլորվեր գետին, որովհետև շատ անխիղճ էին ծեծել նրան:

«Չթողնեք աղյուսներին մոտենան», — բղավեց Թոմաս Բրյուլը, որ հենց առաջին վայրկյանին նկատել էր թշնամու մի փոքր խմբի: Այդ խումբն ուզում էր գերանների վրայով բարձրանալ և գործի դնել աղյուսների այն կույտը, որ ինչ-որ շինության համար գերանների հետ թափել էին հրապարակի մոտ: Եվ ինքն իսկույն թռավ այն կողմը, նրա հետևից «սև եղբայրները»: Օտտոկար Դրիշը, ինչպես գագաթից գլորվող ապառաժ, ահագին թափով նետվեց բազմության մեջ և այնքան հեռու գնաց, որ հասավ կամուրջի կեսին, որտեղ աղմկում էին հակառակորդի պահեստի ուժերը, որոնք վայրենի աղաղակներով խրախուսում էին առաջիններին: Նրանք մի վայրկյան ետ քաշվեցին, Օտտոկարը գրատը փաթաթեց իբրև վահան և հարձակվեց այն ժամանակ, երբ շրջապատողները վրա վազեցին: Այդ տեսարանը նման էր հողմի պտույտին, երբ երկնասլաց սյունի մեջ իրար են խառնվել տերևներ, շյուղեր, փետուրներ, և ամեն ինչ պտտվում է մի ահավոր արագությամբ, ոչինչ չի երևում թանձր փոշու մեջ, և միայն հեռվից մի հոգնած ուղևոր նայում է այդ սևակնած պտույտին և արագացնում է քայլերը, որպեսզի փրկվի վերահաս փոթորկից: Արդեն շատերն են գլորվել գետին, արդեն երևում են արյունոտ երեսներ, ծվեն-ծվեն քրքրել են Օտտոկարի սյուրտուկը, փշրել են նրա սուսերը և ահա մի վիթխարի մարդ մեջքից գրկել է Օտտոկարին և գետնից կտրելով, նրան տանում է դեպի կամուրջի եզրը: Վայրենի հռհռում են մյուսները, իսկ մեկը ծվծվում է. «ջուրը, ջուրը քցիր շան ձագին», բայց Օտտոկարն արնամխած աչքերով տեսավ կամրջի երկաթյա վանդակները, ոտքերով հենվեց երկաթին և թիկունքով այնպես հրեց մարդուն, որ տրաք-տրաքեցին նրա ձեռքերի մկանները, և մարդն անզոր ընկավ: Օտտոկարը դուրս պրծավ նրա գրկից և նորից բորբոքվեց բռունցքակռիվը:

Մի այլ տեղ ուսանողները շրջապատել են մսավաճառ Կոլեսնիկովին: Գեր մսավաճառը գործի է դրել կարճ բազուկները, ոտքերը, մինչև անգամ հաստ գլուխը, որով նա պոզահարում է այնքան զազրագործ, որ եթե հակառակորդը չթեքվի, այդ հարվածը պիտի փշրի նրա կրծոսկրը: «Կատաղեցրե՛ք, ավելի կատաղեցրեք», բղավեց Թոմասը և բազմությունը ճեղքելով, մոտեցավ մսավաճառին: Ապա ընտրելով հարմար վայրկյան, հետևից այնպես զարկեց նրա ոտքերին, որ մսավաճառի ծնկները ծալվեցին և նա փլվեց, ինչպես խարխուլ պատը, որի տակից քաշել են հիմնաքարը:

«Ոստիկանները, տղերք», — կանչեց մի ուսանող, որ բարձրացել էր գերանների վրա: Իրար հետևից լսվեցին սուլոցներ: Կամուրջի գլխին երևացին ձիավոր ոստիկանները: Նրանք գալիս էին մյուս ափից և, որպեսզի հասնեին հրապարակը, պիտի ճեղքեին վաճառականների և արհեստավորների պատնեշը: «Մերոնց ծեծում են», լալահառաչ ասաց երկար մորուսով մի մարդ, բռնելով առաջին ձիու սանձը: Նա կռվին չէր մասնակցել, այլ միայն արձակել էր այնպիսի ձայներ, որոնցով որսորդը «քիս» է տալիս շներին: «Հեռու քաշվիր, քավթառ», — և ձիավոր ոստիկանը բարձրացրեց մտրակը: Երկար մորուսով մարդը վազեց դեպի վախմիստրը, բայց այդ վայրկյանին դեպի ձիավոր ոստիկանները թռան աղյուսի կտորներ:

— Pereat(— որոտաց մի ձայն գերանների ետևից:

Մի ձի ծառս եղավ, և նրա ոտքին դիպավ այն աղյուսը, որ նետողը նշան էր բռնել ձիավորի կրծքին: Ձին հանկարծ ընկավ, ձիավորին թամբից գլորելով: «Թրերը պատրա՛ստ», — գոռաց վախմիստրը և ձին խթանեց: Բայց այդ ժամանակ ուսանողները առաջ հրեցին հակառակորդներին, որոնք մնացին ձիավորների և ուսանողների արանքում: Ոմանք անցան ցանկապատի մյուս կողմը և կախվեցին վանդակներից: Գերանների հետևից սաստկացավ աղյուսների տարափը: Ձիերը ետ քաշվեցին: Ուսանողները նոր թափով սեղմեցին հակառակորդին, և բազմությունն ալիք-ալիք ետ նահանջեց կամուրջով, իրեն հետ տանելով նաև ձիավորներին: Վախմիստրը շրջեց ձիու գլուխը և անհայտացավ:

«Ցրվեք տները», — գերանների հետևից կանչեց Թոմաս Բրյուլլը և ետ դարձրեց նրանց, որոնք հակառակորդին քշել էին մինչև կամուրջի ծայրը: Կամուրջը դատարկվեց: Գերանների ետևից դուրս եկավ «սև եղբայրների» խումբը: Այդ վայրկյանին լսվեց թմբուկների աղմուկ... «Ցրվեք տները», — բղավեց Բրյուլլը, «մուշկետյորները գալիս են»: Երևաց պատրուզավոր հրազեններով զինվորների ջոկատը, որի առաջից գնում էր մի երիտասարդ սպա: Նրա դեմքին շողում էր ինքնագոհ ժպիտ: Նա նայում էր պատշգամբներին և պատուհանների կողմը, որտեղից նրան էին նայում աղջիկներ և կանայք, որոնց այդ երիտասարդ սպան կարծես ասում էր. «Տեսեք, ինչ չքնաղ են իմ ուսադիրները, իմ սաղավարտը և իմ ձին և ես»: Իսկ վերևից պատասխանում էին. «Ի՜նչ երիտասարդն է այն սպան... Հազիվ քսան տարեկան լինի, բայց արդեն փոխգնդապետն է Ռնեյյան մուշկետյորների գնդի...»:

Իսկ մսավաճառ Կոլեսնիկովը ոչինչ չասաց: Նա սթափվեց թմբուկների որոտից և մի կերպ ոտքի կանգնելով, քայլեց դեպի գերանների կույտը, որտեղից դուրս թռավ Թոմաս Բրյուլլը: «Բռնե՛ք նրան, բռնե՛ք», — աղաղակեց ռուսը: Մուշկետյորները շարքի մեջ ժպտացին. նրանցից մեկն ընկերոջն ասաց. «Քաջերը նրան լավ են փետրահանել...»: Իրավ որ Կոլեսնիկովը նման էր սագի, որին ժլատ տանտիկինն այլանդակել էր, չափից ավելի պոկելով բմբուլը: Նրա կաֆտանը քրքրված էր, և երբ նա օրորվելով անցավ կամուրջը, գետի քամին աստառի բուրդը տարավ հեռո՜ւ-հեռո՜ւ...

Հրապարակն ամայացավ: Կամուրջի վրա երևում էին հատ ու կենտ անցորդներ, որոնք տուն էին շտապում: Արդեն երեկո էր: Հեռվից լսվում էր թմբուկների խուլ աղմուկ: Երիտասարդ սպան հիացած իր գեղեցկությամբ և իրենով, դեռ շարունակում էր հեռավոր փողոցների բնակիչներին ցույց տալ իրեն և իր ուսադիրները և սաղավարտը, որ փայլում էր իրիկնային մթնշաղում:

6

— Դուք նորից ձեր հայրենակցի մո՞տ էիք, — հարցրեց տիկին Էլոիզ Աուսլենդերը մի երիտասարդի, որը ներս մտնելով, արձանացավ դռան մոտ, որովհետև նրան անսպասելի էր և՛ այդ հանդիպումը, և՛ տիկնոջ անհամբեր հարցը:

Բայց տիկինն ավելի արագ զգաց իր անզգուշությունը՝ որով մատնեց իր անհանգստությունը երիտասարդի բացակայման առթիվ, քան կպատասխաներ երիտասարդը: Եվ կարծես այդ անզգուշության հետքերը ծածկելու համար, նա դարձավ իր խոսակցին՝ պրոֆեսոր Պարրոտի կնոջը, որն այդ րոպեին մոմի վրա կռացած թելում էր ասեղը:

— Ես այդպես էլ գիտեի, որ նրան ոչինչ չի պատահել... Բայց տեսնեիք Գերմանին... Աստված իմ, ինչքան էր նա հուզվել, քանի անգամ հարցրեց...

Եվ կանացի հոտառությամբ տիկին Էլոիզն զգաց, որ իզուր էր իր կասկածը և, որ բարեկամուհին չէր նկատել նրա անհանգստությունը և ականապիշ դեռ նայում էր ասեղի ականջին:

— Դե հիմա պատմեք, — և տիկին Էլոիզն անսեթևեթ նազանքով բարձրացրեց ձեռքը, խշշաց զգեստը, և լայն թեքի միջից ձգվեց նրա մերկ բազուկը, ինչպես քամին օրորում է եղեգնուտը, և հանկարծ մերկանում է մի դալար եղեգ, որ չգիտի, որ կողմը թեքվի և միայն խոնարհում է տերևները՝ ծածկելու իր բաց կարմիր մարմինը: Նա սկսեց հարդարել կրակի գույնի խոպոպները, որ կախվել էին ճակատի կամարի վրա:

— Բայց ի սեր Աստուծո, ասացեք, ի՞նչ է պատահել... Ես ոչինչ չգիտեմ, — և երիտասարդն իր խելոք աչքերը, որ ավելի էին խոշորացել և՛ ուրախությունից՝ տիկին Աուսլենդերին տեսնելու համար, և՛ անհանգիստ կասկածից, որ հետևանք էր տիկնոջ հանկարծակի հարցին, — երիտասարդն աչքերը հառեց նախ՝ տիկին Պարրոտին, ողջունեց նրան, և ապա սեղմեց տիկին Էլոիզի ողորկ ձեռքը:

— Ինչ-որ բան է պատահել... Նախասենյակում օտարոտի

վերնազգեստ է կախված, դրսում ինչ-որ կառք է սպասում... Չեմ հասկանում:

Տիկին Պարրոտը ժպտաց: Նրան նս հաճելի էր երիտասարդի հետզհետե աճող հետաքրքրությունը, նաև այն, որ նա միամիտ երեխայի նման իր աչքերն ուղղում էր մերթ տիկին Էլոիզին և մերթ իրեն, կարծես նրանց դեմքերի վրա գուշակում էր պատասխանն իր կասկածի: Իսկ տիկին Աուսլենդերն առանց թաքցնելու իր հիացմունքը, նայում էր երիտասարդի մաքուր սափրած երեսին, որ վարդագույն էր երեկոյի սառնից, և նրա խելոք աչքերին, որոնց տիկին Էլոիզն առաջին հանդիպումից հետո անվանել էր «մութ ծովեր»:

— Ո՞վ կա ներսը, — և երիտասարդը գլխով նշան արեց դիմացի սենյակի կողմը, որտեղից լսվում էին ինչ-որ խառն ձայներ:

— Տղամարդուն չի վայելում այդպիսի հարցասիրություն, — կեղծ լրջությամբ հանդիմանեց տիկին Աուսլենդերը և նրա վրա նայեց այնպես, ինչպես կնայի ամուսնացած կինն իրենից ավելի երիտասարդ տղամարդու, որի առնական միամտությունն ամեն ինչ ճաշակած կնոջը հիշեցնում է և այն, որ նրա համար անդարձ կորել է, և այն, որ դեռևս մնում է, ինչպես ծառի վերջին պտուղը՝ ցուրտ աշունքին:

— Ուրեմն դուք ոչինչ չե՞ք լսել այսօրվա դեպքերի մասին, — հարցրեց տիկին Պարրոտը:

— Ո՛չ, տիկին, — և նա ուզեց երդվել, բայց հիշեց, որ պրոֆեսորն արգելել է երդվելը, իբրև «անվայել բան, որ հատուկ է միայն ռուս աստիճանավորներին և վաճառականներին», ինչպես ասել էր պրոֆեսորը:

— Ես ճաշից հետո գնացել էի իմ հիվանդ բարեկամի մոտ…

— Ինչպե՞ս է հիմա այդ խեղճ մարդը, — և տիկին Պարրոտը թեթև հառաչեց:

— Նա երևի երբեք այլևս չտեսնի իր հայրենիքը, — տխուր ասաց երիտասարդը: Մի պահ լռեցին, կարծես երեքով էլ միտք էին անում, թե ինչքան ծանր է երբեք չտեսնել հայրենիքը:

— Իսկ հետո ո՞ւր գնացիք, — լռությունը խախտեց տիկին Աուսլենդերը:

— Այնտեղից ես գնացի Դոմբերգ, որովհետև այդ զրույցն ինձ նս հիշեցրեց իմ հեռավոր հայրենիքը, — նրա ձայնը դողաց, դողդողաց նաև ներքին շրթունքը: Տիկին Էլոիզը խղճահարվեց և նրա սիրտը շահելու համար ասաց.

— Իմ երիտասարդ բարեկամը թող չտխրի... Դուք մի օր պիտի տեսնեք ձեր հեռավոր հայրենիքը... Այ, մենք երբեք չենք տեսնի ձեր հայրենիքը: Այդ անկասկած է... Իսկ դո՞ւք: Երբ դուք վերադառնաք, ով գիտե, մենք այլևս կհանդիպե՞նք իրար, թե՞... Եվ այն ժամանակ դուք մեզ իսպառ կմոռանաք... Եվ ո՞վ գիտի, թե ի՞նչ կլինի վաղը… — տիկին

Էլոիզը լռեց, աչքերը հառելով իր բարեկամուհուն, որն զբաղված էր կարելով: Ապա նա ավելի խոր ընկղմվեց բազմոցի մեջ և, գլուխը թիկնոցին հենած, ձգեց սպիտակ պարանոցը և նուրբ կզակը, որ թվում էր պարանոցի շարունակությունը. երիտասարդը չէր տեսնում նրա գլուխը, այլ միայն տեսնում էր պարանոցը և սպիտակ կզակը, որ նրան հիշեցնում էր մարմարե վաղեմի անդրի, որի կանացի գլուխը ջարդել են բարբարոսները, և մնացել է միայն պարանոցը, որն այնուամենայնիվ վկայում է, թե ինչքան գեղեցիկ էր այն գլուխը:

— Իսկ այժմ մեր սիրելի Արմենիերին պատմենք այն, ինչ որ պատահեց այսօր... — և նա սթափվեց, ինչպես մի կայտառ աղջիկ, որ խռովում է մի վայրկյան, որպեսզի հաջորդ վայրկյանից սկսի պատմել զրնգան ձայնով:

Տիկին Էլոիզը պատմում էր, ինչպես այդ պատահարի մասին կարող էր պատմել մի գերմանացի պրոֆեսորի կին, որը, ինչպես և նրա ամուսինը, չէր սիրում ռուսներին, մանավանդ ռուս վաճառականներին, որոնց մասին նա իր էստոնիի աղախնից և հրեա նպարավաճառից լսում էր միայն արտասովոր պատմություններ:

Պատմում էր տիկին Էլոիզը, պատմում էր այն, ինչ որ նրան հաղորդել էր աղախինը, որն, իբր թե ականատես էր եղել դեպքերին մինչև այն վայրկյանը, երբ «զորքը դուրս եկավ թնդանոթներով», որից հետո նա փախել էր, որովհետև «մի կազակ ձին քշում էր ուղղակի նրա վրա»: Երիտասարդն ագահությամբ լսում էր տիկնոջը և աչքը չէր հեռացնում սև ուլունքների շարանից, որ գրկել էր նրա պարանոցը և ճոճվում էր, երբ տիկին Էլոիզը շարժում էր իրանը:

Տիկին Պարրոտը, որ ձեռագործի վրա գլուխը կախ լսում էր այն, ինչին արդեն տեղյակ էր, — երբեմն գլուխը բարձրացնում էր և նայում երիտասարդին: Ինչքան շուտ փոխվեց նա... Եվ ինչքան վարժ է խոսում գերմաներեն: Նա մի կատարյալ Edelmann է, և ոչ ոք չի մերժի նրան իր աղջկա ձեռքը... Իսկ Արմենիերն առաջին օրերը չգիտեր, ինչպես գործածի պատառաքաղը և չգիտեր կարտոֆիլն ուտելու կերպը:

Արմենիերն Աբովյանն էր: Դորպատում նրան այդպես անվանեցին այն օրից, երբ բնակիչները քաղաքի փողոցներում տեսան նրա օտարոտի դեմքը, հարավի մարդու վառվռուն և մեծ աչքերը և մանավանդ հայ դպիրի կապան և ջիբբուն, որ նա առաջին օրերը հագնում էր Պարրոտի տուն գնալիս: Նրա վրա նայում էին, ինչպես զարմանալի հրաշքի վրա, և ծանրամիտ բյուրգերները, որոնք երեկոները նստում էին դարպասների առաջ, երկար նայում էին նրա ետևից, և նրանցից մեկը, որ դիպվածով եղել է թաթարների երկրում կամ հասել էր մինչև Հաշտարխան, պատմում էր առասպելախառն պատմություններ հեռավոր հարավի մասին:

Կանայք և աղջիկները գաղտագողի հայացքով ուղեկցում էին նրան,

իսկ ավելի համարձակները ժպտում էին, և երբ նրանց կողմն էր նայում Արմենիերը, հանկարծ զվարթ քրքիջով պատուհանը փակում էին նրա վրա: Ոչ մի կասկած, որ այդ սենյակում, ուր հավաքվել էին տանտիրուհու աղջիկները և նրանց ընկերուհիները, դեռ շատ պիտի խոսեին նրա մասին. աղջիկների մեջ պիտի հայտնվեր մի Գրետխեն, որը պիտի հանդիմաներ ընկերուհիներին, երբ նրանց չարաճճի շաղակրատությունն անցներ ամոթխածության սահմանից: Ընկերուհիները պիտի հարձակվեին Գրետխենի վրա, նրան պիտի բամբասեին, այդ աղջիկը հուզմունքից պիտի կարմրեր և ապա առանձնության մեջ զգար մի քաղցր տառապանք:

Այդպես էին ճանաչել նրան և, ինչպես հաճախ է լինում, առաջին տպավորությունը մնացել էր անջնջելի: Այդ բանին օգնել էր նաև Մարյա Աֆանասևնան, ռուս սարկավագի կինը, որի տանը մի քանի ժամանակ Արմենիերն ապրել էր: Անհանգիստ կաչաղակի նման մի բակից մյուսն էր մտնում այդ զնդլիկ կինը, և երբ հարցնեին նրա տան կենվորի մասին, նա երգելով ասում էր. «Ի՞նչ կենվոր, աստված իմ... Իսկական սուրբ: Ծոմ է պահում, գիշեր-ցերեկ կարդում է, և իրենց լեզվով աղոթում է... Եվ ինչպե՞ս է աղոթում, այդ ինչ ձայն է, ինչ լեզու է: Թեև չեմ հասկանում, բայց հավատում եմ, որ սրբազան լեզու է... Իմ ամուսինն ասում է, որ նրանց լեզուն աշխարհի առաջին լեզուն է. նրանց լեզվով է խոսել Նոյը, հենց որ սարից իջել է: Ահա թե ինչ լեզվով է խոսում...»: — «Իսկ գինի խմո՞ւմ է, խոսո՞ւմ է կանանց հետ. պետք է, որ նրանց օրենքն արգելի այդ բանը», — հարցնում էին հետաքրքրված հարևանուհիները: «Սուտ խոսքեր են. նա կանանց հետ խոսում է, բայց խմել չի սիրում. ամբողջ օրն իմ աղջիկը նրա հետ է... Թեև փոքր է, բայց ես իմ աղջիկը նրան կին կտայի», — և Մարյա Աֆանասևնան խորամանկ ժպտում էր. «Նրանց մոտ սովորություն է փոքր աղջիկ առնելը... Բայց իմ Օլգան շատ փոքր է, դեռ երեխա է և ոչինչ չի հասկանում այդ բաներից»: Եվ Մարյա Աֆանասևնան այնպես անկեղծ էր կսկծում, որ աղջիկը փոքր է և այնպես էր գովում իր տան կենվորին, որ հարևանուհիներն ակամա նայում էին իրենց հասած աղջիկներին:

Բայց ոչ մի Մարյա Աֆանասևնա չէր կարող Արմենիերի համբավը Դորպատում այդքան տարածել, եթե այդ բանին հակառակ լինեին բարեհոգի տնատերերը և ուսանողները, այսինքն՝ ֆրաու Ֆոգելզանգի բարեկամները: Պատահում էր, որ ֆրաու Ֆոգելզանգի պանդոկում ուսանողներից մեկը, որ քաջ գիտեր Արևելքի հին պատմությունը, նաև աշխարհագրություն, պատմում էր այն հեռավոր երկրի մասին, որտեղ գտնվում էր բիբլիական լյառը՝ Արարատը: Եվ ծայր էր առնում վեճը՝ կբարձրանա՞ «հերր» պրոֆեսորն այդ լեռան կատարը, թե՞ չի բարձրանա, արդյոք իրենց հայրենակցին կհաջողվի՞ Նոյյան տապանի տեղը խրել այն խաչը, որ պատրաստել է իրենց քաղաքի դարբինը... Ֆրաու Ֆոգելզանգի պանդոկում նրանք նստում էին մինչև ուշ գիշեր, և հանկարծ ոտքի էր կանգնում մի ծերուկ ձկնորս, որը զրույցի ընթացքում առել էր առաջին քունը, և բարձրացնում էր գավաթը. «Հաջողություն մաղթենք մեր հայրենակիցներին, որոնք այժմ, ով գիտե, ինչ փոթորիկների մեջ են, որովհետև ինչպես ծովում, այնպես էլ հավիտենական սառույցների վրա...»: Եվ նույնիսկ հուզվում էր ֆրաու Ֆոգելզանգը, երբ լցնում էր մաղթության գավաթները, որովհետև նրա համար ևս սարսափելի էր փոթորիկը հավիտենական սառույցների վրա:

Պրոֆեսոր Պարրոտին նրանք դիմավորեցին, ինչպես հաղթանակից վերադարձող զորավարի: Եվ շատ գարեջուր խմեցին այդ և հաջորդ օրերը, իրար հաղորդելով դժվար վերելքի այնպիսի մանրամասնություններ, ասես բոլորը, և մինչև անգամ ֆրաու Ֆոգելզանգը և նույնիսկ այն ձկնորս ծերուկը, — բոլորը բարձրացել էին Արարատի գագաթը և այժմ իրենց տանը, հարազատների շրջանում վերհիշում էին այդ վտանգավոր ուղևորությունը:

Դեռևս կենդանի էին զրույցները Արարատի վերելքի մասին, և առանձին ակնածանքով էին գլուխ տալիս «հերր պրոֆեսորին», երբ հայտնվեց հայը՝ իսկական բնակիչը Արարատյան աշխարհի, որ երկրորդն էր բարձրացել և գերմանացու կապարե խաչի կողքին Արարատի գագաթին խրել էր իր ձեռագործ փայտե խաչը:

Ահա ինչը նրա համար Դորպատում ստեղծեց համբավ զարմանալի արագությամբ, և հենց հաջորդ օրից նա դարձավ մեկը, որին շատ տներում գրկաբաց կընդունեին, որի անցնելուն սպասում էին փողոցի բնակիչները, և որի մասին պատմում էին, թե մինչև Դորպատ գալը նա չգիտեր գարեջուրը, և ինչպես փոքր տղա նա հրճվանքով դիտել էր գույնզգույն թղթերից սարքած այն օդապարիկները, որ ըստ այն ժամանակի սովորության տոն օրերին բաց էին թողնում օդի մեջ:

Բայց արդեն անցել էր այդ ժամանակը, և փոշի էր նստել սև կապայի վրա: Նա հագնում էր մահուդե վերարկու և բարձրավիզ սյուրտուկ, որից ավելի էր երկարում հասակը: Նա կապում էր ծաղկանկար կրծկալ և թավշյա փողկապ: Հյուսիսի սառն օդը փոխել էր նրա դեմքի ցորնագույնը, բայց աչքերը մնացել էին նույնը, հարավի մարդի խելոք և խորունկ աչքերը՝ «մութ ծովեր», ինչպես անվանել էր տիկին Էլոիզ Աուսլենդերը, որն այլևս չէր հագենում նրանց հմայող գեղեցկությամբ:

7

Տիկին Էլոիզը դեռ չէր ավարտել դեպքերի նկարագրությունը (ուսանողներին նա անվանում էր «խեղճ երիտասարդներ» և հաճախ պատմելն ընդհատում էր միջանկյալ դիտողություններով ռուսների մասին, օրինակ, երբ հիշատակեց Քարե կամուրջը, նա, դառնալով տիկին

Պարրոտին, ասաց. «Ես ձեզ չեմ պատմել, թե ինչպես իմ Գերմանը հենց երեկ Քարե կամուրջի վրա կռվել է ռուս կառապանի հետ... Ճշմարիտ որ կռվել է, միայն, իհարկե, ոչ ինչպես խեղճ երիտասարդները... իսկ մեղավորը՝ ռուս կառապանն է: Նրա ձին կամուրջի վրա ընկնում է, և փոխանակ օգնելու խեղճ կենդանուն, հիմար ռուսն սկսում է ծեծել նրան և ինչպե՞ս՝ սապոգներով... Այդ ժամանակ իմ Գերմանը չի համբերում և սկսում է կառապանին հանդիմանել...), — տիկինը դեռ չէր ավարտել պատմելը, երբ դիմացի սենյակի դուռը բացվեց, և դուրս եկավ մի ալեհեր մարդ՝ կապույտ մունդիրով և կարճ թրով, որի կոթից կախված էին կարմիր ժապավեն և ոսկեկար ծոպեր: Նա արդեն ալեհեր էր, և ծերությունից նրա մեջքը կռացել էր: Նրա հետևից դուրս եկավ ռեկտորը՝ «հերր պրոֆեսոր» Ֆրիդրիխ Պարրոտը, նիհար և ցամաք երեսով մի կարճահասակ մարդ:

— Էվստաֆի Իվանիչ, գուցե չմերժեիք մի փոքր հանգստանալու մեր համեստ սեղանի շուրջը՝ ի վարձատրություն մեր հոգնության, — ծերունուն դիմեց Պարրոտը:

— Որքան էլ հաճելի է ներկայությունը տիկինների և քաղցր է ձեր հրավերը, բայց ես ստիպված եմ պատժել ինձ, զրկելով այդ հաճույքից, — և ծերունին, փափուկ սապոգներն իրար զարկեց ինչպես հին սպայի, և մեղմ զրնգացին նրա սա պոգների խթանները: — Նաև ձեզ հայտնի է, Ֆրիդրիխ Գեորգևիչ, իմ պաշտոնի խստապահանջությունը, եթե ոչ՝ մեծավ ուրախությամբ, — և նա ծիծաղեց չոր ու կեղծ ծիծաղով, որ փոխվեց հազի՝ անախորժ և նույնքան չոր:

— Միայն մի գավաթ իսկական ռեյնվեյն, Էվստաֆի Իվանիչ: Խնդրում եմ չմերժել, — և տիկին Պարրոտը մոտեցավ պահարանին:

— Մերժել հարգելի տիկնոջ հրավերը՝ այդ արդեն չեմ կարող: Սակայն eine Minute, շատ եմ խնդրում, — և ծերունին թեթև հազաց, կոկորդը մաքրելով հռենոսյան գինու համար:

— Թույլ տվեք ներկայացնել Ձեզ իմ Liebling-ին... Հերր դիակոնուս Աբովյան, որի մասին անշուշտ լսել եք:

— Օ, և այն էլ ինչպիսի պատմություններ... Ուրախ եմ սեղմելու Ձեր ձեռքը: Շատ ուրախ եմ, — Աբովյանը մի քանի քայլ արեց և թեթևակի խոնարհելով գլուխը, սեղմեց ծերունու ձեռքը:

— Կարծեմ, որ նա չի մասնակցել այսօրվա անկարգություններին... — Եվ ծերունին դեմքը կեղծ զայրույթով խստացրեց, ուռցրեց այտերը, և բեղերը ցցվեցին՝ մեկը դեպի վեր, մյուսը՝ ներքև:

— Օ, ոչ, Էվստաֆի Իվանիչ... Նա զբաղված է միայն իր դասերով, — և պրոֆեսորը ծերունուն մոտեցրեց գավաթը:

— Սիրում եմ, շատ եմ սիրում գիտությունը և կարգապահությունը: Դուք շատ առաջ կգնաք այդ ճանապարհով, երիտասարդ, — և ծերունին բարձրացրեց գավաթը, գլուխը թեթև խոնարհեց տիկին Էլիզ

Աուսլենդերին, ապա տիկին Պարրոտին և ետ գցեց գլուխը: Տիկին Էլոիզին անհաճելի էր տեսնել ծերունու կոկորդի ձգված երակները և մկանները և չոր կոկորդը, որ կծկվում էր գինու յուրաքանչյուր ումպի հետ:

Այդ ծերունին պոլիցեյմեյստեր Կրուչինսկին էր, որը եկել էր համալսարանի ռեկտորին հաղորդելու օրվա պատահարի, կամ ինչպես նա էր ասում, «ձեղունահարկի բնակիչների անկարգության» մասին և պատժել տալու նրանց, որոնք «հակաօրինական բունտ էին սարքել» («учинили противузаконный бунт»), աղյուսներ շպրտելով հեծյալ ոստիկանների վրա: Նա եկել էր մեծ պահանջներով և դեպքն այնպես էր նկարագրել, որ նրա ասելով, եթե վախմիստրը խոհեմ չլիներ, ապա անխուսափելի էին արյունահեղությունները երիտասարդ մարդկանց և ոստիկանների միջև, մանավանդ, որ վերջիններս պաշտպանում էին իրենց ազգակիցներին: Պոլիցեյմեյստերը հաղորդել էր նաև, որ գրգռված երիտասարդների խմբից լսվել են անթույլատրելի բացականչություններ, որոնց մասին եթե տեղեկանա գեներալ-նահանգապետը և մանավանդ քաղաքի ժանդարմական գնդապետ Դոնցովը, ապա կարող են առաջանալ մեծամեծ անախորժություններ, և կտուժի համալսարանի համբավը, և կարող են այդ բանից օգտվել համալսարանի թշնամիները (իսկ թե ովքեր էին այդ թշնամիները՝ ծերունին չասաց) և առհասարակ քաղաքի այն բնակիչները, որոնք իրեն՝ պոլիցեյմեյստեր Կրուչինսկուն հաճախ են զանգատվում ուսանողներից:

Իր խոսքին կշիռ տալու համար ոստիկանապետն ակնարկել էր մի ինչ-որ գաղտնի շրջաբերականի մասին, որ նա ստացել էր Սանկտ-Պետերբուրգից պրոֆեսոր Պարրոտին հայտնի անձնավորության ստորագրությամբ, և որով առաջարկվում էր հատուկ հսկողություն սահմանել ուսանողների վրա, ի նկատի ունենալով այն, որ մի քանի զորագնդեր պետք է ձմեռեին Դորպատում և ապա շուտով այդտեղով պիտի մայրաքաղաք վերադառնար Պավլովյան գունդը, և երկու հետևակ գունդ, որոնք հետ էին գալիս Լեհաստանից և հնարավոր էր, որ երկար ժամանակով հանգստանային Դորպատում, որպեսզի վայելուչ տեսքով ներկայանան Նորին կայսերական մեծության:

Ռեկտորը զգուշավորությամբ առարկել էր, որ երկուստեք են եղել անվայել բացականչություններ, և հարկավոր չէ կարևորություն տալ գրգռված վիճակում արտասանած խոսքերին: Ինչ վերաբերում է ոստիկանների վրա աղյուս շպրտելու փաստին, ապա ինքը համոզված է, որ ուսանողները մի քանի աղյուս են նետել ոչ թե ոստիկանների, այլ իրենց հակառակորդների վրա և այն էլ ոչ թե որևէ մեկի մարմնին ծանր վնաս հասցնելու, այլ վախեցնելու դիտավորությամբ: Ռեկտորը հայտնել էր նաև, որ նախահարձակ են եղել հարբած վաճառականները և ուսանողները միայն ստիպմամբ պաշտպանել են իրենց և ընկերների պատիվը: «Այդ միանգամայն ճշմարիտ է, հարգելի Ֆրիդրիխ Գեորգևիչ»,

— համաձայնել էր պոլիցեյմեյստերը, — «այսպես են վկայում նաև չեզոք քաղաքացիները»: «Շատ ուրախ եմ, որ այդպես է, սիրելի Էվստաֆի Իվանովիչ... Այն ժամանակ ներեցեք ինձ, եթե համարձակվեմ այսպիսի հարց տալու Ձեզ. ի՞նչ կասի պարոն գեներալ-նահանգապետը, եթե տեղեկանա, որ Ձեր հսկողության հանձնված քաղաքում ինչ-որ հարբած մարդիկ օրը ցերեկով հարձակվում են անմեղ ուսանողների վրա և... կարո՞ղ է այդպես հարցնել: Կարող է: Եվ այն ժամանակ պարոն գեներալ-նահանգապետը կասի. իսկ որտե՞ղ էին ոստիկանները և հարգելի պոլիցեյմեյստերը, այդ ինչպիսի՞ բարքեր են այդ քաղաքում: Հավատացնում եմ, կասի և կավելացնի այնպիսի բաներ, որ կատարյալ անախորժություն կլինի Ձեզ համար, նաև համալսարանի համար, որն այսպիսով կարող է զրկվել Ձեր այնքան օգտակար բարեկամությունից»:

«Հերր պրոֆեսորը» միանգամից էր խառնել ծերունու բոլոր հաշիվները: Ռեկտորի ասածն այնքան ճշմարտանման էր, որ Կրուչինսկուն մի վայրկյան թվաց, թե այդ բոլորն արդեն կատարվել է, թե գեներալ-նահանգապետից արդեն ստացվել է այդ գրությունը, և օր ծերության պաշտոնանկ լինելով, նա թողնում է Դորպատը: Սառը քրտինք երևաց նրա ճակատին, և թաշկինակը ճակատին սեղմելով՝ նա շշնջաց. «Դուք իրավացի եք, Ֆրիդրիխ Գեորգևիչ, միանգամայն իրավացի եք... Սատանան ինչի հետ ասես, որ չի խաղա... Եվ ինչ լավ է, որ չեմ գրել ռապորտը: Հավատացնում եմ, որ մի քանի անգամ կանչեցի քարտուղարին, որպեսզի թելադրեմ: Բայց ինչ-որ ձայն ինձ ասում էր, թե գնա Ֆրիդրիխ Գեորգևիչի մոտ, նրա հետ խոսիր և ապա նոր... Ինչպե՞ս ասեմ: Նու, կարծեք թե ես ուզում էի նստել աթոռի վրա և, կարծեք, ամեն անգամ աթոռի միջից, համարձակվում եմ ասել, ցցվում էր մի սուր բան և չէր թողնում նստեմ... Շնորհակալ եմ, մեծապես շնորհակալ եմ... Ախր ես (և այդ խոսքի վրա նա ճակատին ձեռքով այնպես էր խփել, որ հարևան սենյակում լսել էին այդ ձայնը, և տիկին Պարրոտը մոտեցել էր դռանը), ախր ես կարող եմ ասել, հիմար եմ: Եվ որտեղի՞ց ինձ խելք... Եվ առհասարակ ո՞վ է խելք տվել ռուսներին: Մեր բանն է աջ-ձախ կրակել, ջարդել, թափել: Աստված մեզ խելք չի տվել, և այդպես էր ասում նաև իմ հանգուցյալ հայրը, թե Աստված խելք է տվել միայն գերմանացիներին...»: Այդպես նա երկար պիտի խոսեր, եթե նրան չընդհատեր պրոֆեսորը և չառաջարկեր, թե այնուամենայնիվ հարկավոր է «մի բան անել»: Եվ համաձայնեցին, որ պոլիցեյմեյստերն այդ օրվա պատահարի մասին տեղեկացնում է միայն իբրև պարզ անկարգություն և պատժում է առնտրականներից հանցավորներին («Ես նրանց եղջյուրի նման կծռեմ», — կանչել էր Կրուչինսկին), — իսկ համալսարանի տրիբունալը կպատժի հանցավոր ուսանողներին և այդպիսով կվերջանա պատմությունը:

— Դե արդեն ժամանակն է ճանաչելու պատիվը... — և ծերունի Կրուչինսկին դատարկեց չորրորդ գավաթը: Նրա ցամաք երեսը գինուց առույգացավ, և կայտառացան աչքերը, որոնց մեջ մինչ այդ կար մեռելային սառնություն: — Իսկ զինու մասին, կարող եմ ասել, որ արքայական զինի է: Հռենոսյան վարդաջուր, տիկին, կատարյալ և առաքինի զինի: Այնպես չի՞, տիկին, — դարձավ նա տիկին Էլռիզին, որը ոչ զինու համն էր ճաշակել և ոչ լսում էր պոլիցեյմեյստերին, այլ ասեղնագործում էր, մատներն արագ շարժելով, կարծես խաղում էր կլավիրի վրա:

— Այո, զինին անարատ է, — պատասխանեց Արմենիերը, նկատելով, որ տիկին Էլռիզը հանկարծակիի եկավ և կարմրեց:

— Եվ այլևս ոչ մի կարծիք: Այս կարծիքից հետո մենք լռում ենք, Ֆրիդրիխ Գեորգևիչ: Մենք լռում ենք, երբ խոսում է Արարատի որդին և, կարող եմ ասել, Նոյի երկրից: Շատ ուրախ եմ, որ այսօր ես բախտ ունեցա սեղմելու Ձեր ձեռքը, պարոն Օբովյանով, և կարող եմ ասել, որ երիտասարդը ուղիղ ճանապարհի վրա է շնորհիվ Ձեզ, ամենահարգելի Ֆրիդրիխ Գեորգևիչ, և նաև ես, որ իմ բարերարն եք, — ուրեմն թույլ տրվեք խոնարհվել և auf Wiedersehen, տիկին, որին ես պատիվ ունեցա ծանոթանալու ի շնորհիվ Ձեզ, թանկագին Ֆրիդրիխ Գեորգևիչ, և ներողություն, մեծ ներողություն... Ես արդեն ծեր եմ, իսկ այս զինին կատարյալ է, իսկական սուբլիմենցիա...

Կրուչինսկին երկրորդ անգամ թոթվեց տիկին Պարրոտի ձեռքը, սեղմեց նաև տիկին Էլռիզի բարակ մատները և համբուրեց՝ մի քանի անգամ կրկնելով՝ «Շատ ուրախ եմ, շատ ուրախ եմ», որ կարելի էր հասկանալ և իբրև ուրախություն անցկացրած երեկոյի համար, և ուրախություն, որ նրա դողացող մատները հպել են տիկին Էլռիզի փափուկ ձեռքին:

— Այժմ հնություն, դեպի գործ, դեպի գործ... Կարող եմ ասել, — բայց այս անգամ այլևս ոչինչ չասաց, այլ միայն աղմկելով թրով և սապոգների խթաններով՝ քայլեց դեպի դուռը: Կանայք լսեցին նրա ձայնը նախասենյակից.

— Ոչ մի դեպքում… ոչ մի դեպքում այդպիսի գոեհկություն: Դուք իմ հովանավորն եք, Ֆրիդրիխ Գեորգևիչ, իսկ այս երիտասարդը Արարատի որդին է և, կարող եմ ասել, հերր դիակոնուս... Ոչ մի դեպքում:

Կանայք հասկացան, որ պոլիցեյմեյստերի առարկությունը նրա գրատի մասին է: Ծերունին չէր թողնում, որ նրան հագցնեն ո՛չ պարոն ռեկտորը և ո՛չ Արմենիերը: Նա ուրիշ ինչ-որ բան ասաց, որից հետո բարձր ծիծաղեց, և շուտով սանդուղքների վրա լսվեց նրա հեռացող ոտնաձայնը:

8

— Զարմանալի մարդիկ են ռուս աստիճանավորները, — ասաց պրոֆեսորը ծերունուն ճանապարհելուց հետո, — իմ սիրելի բարեկամն ի՞նչ կասի նրա վարմունքի մասին՝ դրսում...

Արմենիերը, որին զայրացրել էր և ծերունի պոլիցեյմեյստերի գինարբուքը, և նրա խոսակցությունը և այն, որ նա երկու անգամ սեղմեց տիկին Էլոիզի ձեռքը և համբուրեց, որից ցնցվեց տիկինը, և Արմենիերը նրա աչքերում զզվանք տեսավ, որովհետև ծերունին առանց շրթունքները սրբելու էր համբուրել այդ ձյունափայլ ձեռքը, — Արմենիերի զայրույթը սաստկացավ, երբ պրոֆեսորը հիշեցրեց պոլիցեյմեյստերի գռեհիկ վարմունքը դրսում, երբ մոտեցան կառքին:

Կառապան զինվորը՝ երկար սպասելուց հոգնած քնել էր ոչ թե իր տեղը, այլ այնտեղ, ուր պիտի նստեր Կրուչինսկին: Այդ բանից սաստիկ բարկացավ ծերունին և այնպես բոթեց քնած մարդուն, որ խեղճը քունը գլխին թռավ մի քանի քայլ, բայց սանձերը ձեռքից չթողեց:

«Քշիր... և ես ցույց կտամ», — բղավեց ծերունին այնպիսի ձայնով, որով չէր խոսել ոչ Ֆրիդրիխ Գեորգևիչի առանձնասենյակում, ոչ տիկինների ներկայությամբ, և նույնիսկ անհավատալի է, թե այդ զառամ մարմնից կարող է դուրս ելնել այդպիսի ահավոր մռնչոց:

— Ես հիշեցի այն աղալարին, որ մեզ հրավիրեց իր վրանը, երբ մենք գնում էինք դեպի սուրբ Հակոբի վանքը: Հիշո՞ւմ եք, չկարողացանք վրանի տակ նստել, երբ լսեցինք այն թշվառ մարդու աղիողորմ ձայները...

— Այն արդեն գազանային դատաստան էր, — և ապա ավելացրեց, — դուք ճշմարիտ եք. երկուսի մեջ նմանություն կա, և երկուսն էլ ասիացի բռնակալներ են, որոնք ստորադաս մարդու հետ բորենի են, իսկ մեծավորի առաջ՝ աղվես: Հիմար մարդիկ են... Այո՛:

— Իսկ ի՞նչ դատաստան էր, — հետաքրքրվեց տիկին Էլոիզը:

— Ձեր ջղերը թույլ են լսելու այդ պատմությունը, որ իմ հայրենիքի բիրտ բարքերն է վկայում:

— Բայց ավելի սոսկալի չէ, քան այն, երբ խանձել են ձեր մազերը:

— Ավելի սոսկալի է:

Եվ որովհետև տիկին Էլոիզը խնդրեց, նաև խնդրեց տիկին Պարրոտը, Արմենիերը պատմեց, թե ինչպես ուղևորության ժամանակ, Արարատի ստորոտում նրանք հանդիպում են վաչկատուն քրդերի վրանների, որոնց գլխավորը («աղալարը») ճանապարհորդներին հրավիրում է յուր վրանը: Երբ նրանք ներս են մտնում, վրանի հետևից լսում են ինչ-որ աղեխարշ բացականչություններ: Մոտենալով, նրանք տեսնում են մի կիսամերկ մարդու, ձեռքը և ոտքը ամուր կապած և մեջքի վրա պառկած, այնպես, որ մարդը չէր կարող որևէ շարժում անել: Նրա վրա թափել էին մածուն և լոռի ջուր: Որովհետև շոգ էր, ուստի բազմաթիվ ճանճեր թափվել էին նրա վրա և ծծում էին մածունը և լոռի ջուրը: Երբ նրանք մոտեցան, ճանճերը մի կողմ թռան և պատժվածի մերկ մարմնի վրա նրանք տեսան արյան կաթիլներ: Ապա հետ եկան ճանճերը՝ մեծ և կանաչ թևերով, նաև փոքր ճանճեր և ուրիշ այլ ճանճեր, որոնք զազազել էին շոգից և առատ սննդից ու ծածկել էին մարդու մարմինը և վխտում էին կրծքի վրա, կզակի վրա, ականջների մեջ և ռունգերի մոտ ու աչքերի խոռոչում, — և անօգնական մարդն արդեն նվաղած միայն աղիողորմ տնքում էր: Պրոֆեսորը զայրացավ և ուղեկից կազակներին կարգադրեց, որ անմիջապես արձակեն կապերը: Արմենիերը նկատեց, որ աղալարը դժգոհում է, և նրան մի կողմ քաշելով հասկացրեց, որ գերմանացին ավելի հզոր է, քան ռուսների «սարու փաշան» և հորդորեց, որպեսզի աղալարն ինքն արձակի խեղճ մարդու կապերը: Քուրդը քրթմնջաց, բայց հանեց ահագին խանչալը և կտրտելով կապերը, կանչեց. «Այս աղաների դուլն ես, մունդառ...»: Ամբողջ ճանապարհին նրանք խոսում էին այն մասին, թե քուրդը նորից չի՞ կապկպի այն մարդուն: Նրանք որոշել էին վերադառնալ նույն ճանապարհով և ստուգել, բայց երբ վերադարձան, ոչ վրանները կային և ոչ ոչխարի հոտերը, այլ մնում էին միայն օջախի քարերը, մոխրակույտը և հողի մեջ խրված այն սեպը, որից կապկպել էին մարդուն:

— Իսկ ինչի՞ համար էին պատժել նրան:

— Նրանց գլխավորն ասաց, որ իբրև թե նա վրանից յուղ է գողացել:

— Ինչ խիստ են պատժում ձեր հայրենիքում, — ասաց տիկին Պարրոտը:

— Ասիան ավելի խիստ պատիժներ գիտե: Այնտեղ գողության համար ձեռք են կտրում, բողոքելու համար լեզու են կտրում, իսկ սուտ լուրի համար կտրում են ականջը: Այդպես է Ասիան...

— Բայց ես լսել եմ, որ այդպես պատժում են նաև ռուսներն իրենց ճորտերին, — առարկեց Արմենիերը:

— Իսկ ռուսների երկիրը ինչով Ասիա չի, — տխուր պատասխանեց Պարրոտը, — և մենք դեռ ինչքան պետք է աշխատենք, որպեսզի այդ երկիրը դառնա մեր հայրենիքի նման: Լուսավորություն, ահա թե ինչն է պակասում ռուսներին: Լուսավորություն, և այն ժամանակ այս վայրենի ժողովուրդը հրաշքներ կգործի:

— Իսկ մինչ այդ նրանք պիտի ծեծե՞ն խեղճ երիտասարդներին, — կծու ասաց տիկին Էլիզը:

— Պետք է ասեմ, որ մերոնք էլ պակաս հանցավոր չեն:

— Նրանք միայն պաշտպանվել են:

— Երանի այդպես լիներ... Ես միշտ ասել եմ, որ ֆրաու Ֆոգելզանգի պանդոկը բարի վախճանի չի հասցնի, — և պրոֆեսորը նայեց յուր սանին այնպես, կարծես այդ խոսքերով նրան խրատում էր զգուշանալ այդ պանդոկից: — Գինին և ճշմարիտ գիտությունն իրար թշնամի են:

— Բայց նրանք երիտասարդ են, և նրանց զվարճանալ է պետք:

— Այո, տիկին, սակայն ոչ այնպես, ինչպես այսօր զվարճացան: Այդ զվարճության համար երևի մի քանիսը պատժվեն, և որքան էլ ես սիրում եմ նրանց, այնուամենայնիվ պետք է պատժել, որովհետև երիտասարդների համար ոչինչ այնքան կործանարար չէ, որքան վատ օրինակը:

— Ես գիտեմ, որ պարոն պրոֆեսորը ողորմած է:

— Եվ յուր պաշտոնի մեջ խիստ, — ժպտալով վրա բերեց պրոֆեսորը, — իսկ ի՞նչ կասի այդ մասին մեր սիրելի Արմենիերը:

— Այդ պատահարի մասին ինձ քիչ առաջ պատմեցին և ինձ շատ վրդովեցրեց հարբած վաճառականների անիրավությունը:

— Ուրեմն, եթե դուք այնտեղ լինեիք, անշուշտ կմասնակցեիք կռվին և արևելցու ձեր տաքարյունությամբ գուցե ավելի հեռու գնայիք, քան ուսանող Թոմաս Բրյուլլը:

— Ես չգիտեմ, բայց ես գութ ունեմ:

— Դրա համա՞ր այնքան դառնացաք ծերունի Կրուչինսկուց:

— Նա մի ասիացի բռնակալ է, ավելի բիրտ, քան այն քուրդը, որ յուր լեռներից բացի ուրիշ ոչինչ չի տեսել... — Նրա աչքերը բոցկլտացին ատելությամբ, և ազնիվ զայրույթից գեղեցկացավ դեմքը: «Այս հայի հոգին գանձեր ունի, ինչպես նրա խավար երկիրը, և արդյոք նա չափից ավելի չի՞ բորբոքում յուր ատելությունը», — մտածեց պրոֆեսորը, որ նրան խնամում էր, ինչպես անդրծովյան երկրից բերած մի գազանի, որ ձեռնասուն էր դարձել և սիրում էր նրա խնամող ձեռքը, բայց ուներ նաև ճանկեր, և մի անհայտ ուժ նրա մեջ երբեմն արթնացնում էր այլ բնազդներ:

Տիկին Էլոիզը վեր կացավ, զանգատվելով, որ երկար է նստել, և երևի արդեն անհանգստանում է նրա ամուսինը: Բոլորը ոտքի կանգնեցին:

— Արմենիերը կուղեկցի ձեզ, և ապա կվերադառնա յուր բնակարանը և կպատրաստի դասերը, — ասաց պրոֆեսորը:

— Ես նրան միայն ցույց կտամ Գերմանին՝ իբրև կենդանի ապացույց, որ նրան ոչինչ չի պատահել, — և տիկին Էլոիզը ծիծաղեց, ձգեց իրանը, նրա թավշե զգեստը ծալ-ծալ ծփաց, ինչպես կատվի մորթին, երբ տաք անկողնում զարթնում է կատուն:

Նրանք բարի գիշեր ասացին և հեռացան: Պրոֆեսորը սանդուղքի գլխին պահեց լապտերը, մինչև նրանք դուրս եկան փողոց:

Դուրսը մութ էր, և մարդաձայն չէր լսվում:

— Երկար նստեցինք, — և տիկինը դանդաղեցրեց քայլերը: Նրանք լուռ գնում էին կողք-կողքի:

— Դուք չե՞ք մրսում... Սառն է օդը:

— Ես ցուրտ չեմ զգում:
— Երիտասարդ եք և եռում է ձեր արյունը, իսկ ե՞ս, — և նրա ձայնը դողաց: Տիկին Էլոիզը յոթ տարով մեծ էր Արմենիերից, սակայն նա խնամքով էր պահել իրեն և տարիքից ավելի երիտասարդ էր:
— Դուք դարձյա՞լ զայրացած եք:
— Այն ծերունու վրա՝ այո՛:
— Իսկ ի՞նչ էր պատահել դուրսը:
Արմենիերը պատմեց և ավելացրեց.
— Ինչպե՞ս կարելի է... չէ՞ որ նա էլ մարդ է: Եվ ես գիտեմ, որ այն թշվառին երևի ավելի սաստիկ է պատժել, երբ հասել են պոլիցեյհաուզ:
Նա ինքն արդեն սպառնաց:
— Բարի է ձեր սիրտը, իմ բարեկամ, և թող միշտ այդպես մնա, — և մթնում տիկինը սեղմեց նրա ձեռքը, ապա թուլացրեց և զգաց, որ ուղեկիցն այլևս չի թողնում այդ տաք և քնքուշ ձեռքը:
Նրանք այդպես լուռ գնացին՝ ջերմ անրջանքի մեջ, և տիկինը միայն մտածում էր, որ չանցնեն իրենց տնակը, որովհետև երբեմն նրան թվում էր, թե ոչ թե քայլում են մութ փողոցով, ուր խավարի մեջ ուրվագծվում էին տները՝ սրածայր կտուրներով, փակ դարպասները և ծառերը, որ դեռ մերկ էին, և նոր էին ուռչում բողբոջները, — տիկին Էլոիզին թվում էր, թե քայլում են մի անսահման դաշտով, որտեղ ոչ մարդ կա, ոչ մարդաձայն է լսվում, այլ միայն խշշում են խոտերը, և եղեգնուտի մեջ քնել են երկու թռչուն՝ կտուց-կտցի:
Ծանոթ դարպասին շուտ հասան:
Պրոֆեսոր Գերման Աուսլենդերը դռան մոտ գրկեց իր բարեկամին, կարծես նրան վաղուց չէր տեսել և երիտասարդը վերադառնում էր գերությունից: Նա ծալեց գիրքը և ուրախ բացականչեց.
— Էլոիզը մեզ հյուրասիրում է սուրճով... Առանց առարկության:
Մագիստրատի աշտարակից ժամացույցը խփում էր կես գիշերը, երբ նա տուն վերադարձավ: Չէր հիշում, թե ինչքան էր շրջել դուրսը: Ինչ-որ մութ բան դառնում էր նրա հոգու մեջ, խլրտում էր, ինչպես աճում է բողբոջը գարնան գիշերին: Նա մերթ հիշում էր Դոմբերգը, ուր եղել էր ցերեկը և առանձնության մեջ արտասվել էր մի անառիթ տխրությամբ, որ երբեմն պատում էր նրան և նրան մղում էր դեպի բլուրները և անտառը և Էմբախի լուռ գետեզրը, մերթ ականջին հնչում էր ձայնը այն հիվանդ լեռնցու, որին ցերեկով այցելել էր, մերթ զգում էր մի քաղցր ջերմություն և ուռչում էր կուրծքը, թվում էր իրենն է ամբողջ աշխարհը և ինքն աշխարհի ամենաերջանիկ մարդն է, բայց մի ուրիշ հույզ, ինչպես մշուշ, ծածկում էր գարնան պարզկա երկինքը, և ոչինչ չէր երևում և միայն ծնոտի վրա զգում էր նույն ձեռքի ջերմությունը:
— Հիմա արդեն սառն է և դուք կմրսեք, — տիկին Էլոիզը նախասենյակում բարձրացրել էր նրա օձիքը, ինչպես մայր, որ տաք փաթաթում է երեխային և այնպես դուրս թողնում:

9

— Մի դժբախտ մարդ ողջունում է քեռի Մարտինին և խնդրում է իրեն հյուրընկալել...

Այդ խոսքերով մոտեցավ Թոմաս Բրյուլլը ծերունի Մարտինին, որը դեռ նոր էր տեղավորվել նստարանի վրա և քթախոտի տուփը ձեռքին ուզում էր ներս քաշել մի պտղունց, որից հետո պիտի ընթերցեր երեկոյան աղոթքը: Բայց ամեն ինչ խանգարվեց: Նա նստարանի վրա թողեց ոսկրե տուփը, աղոթագիրքը, նաև ահագին թաշկինակը, որ ծերունին արևի տակ փռել էր, որպեսզի փռշտալուց հետո տաք թաշկինակով քիթը սրբեր:

Նա գոտուց արձակեց բանալիների կապը:

— Բայց լավ չի, պարոն Բրյուլլ, լավ չի, որ այդքան հաճախ եք այցելում ինձ... Դեռ ձմեռ էր, որ ես ստորագրեցի ձեզ համար և հիմա նորից... Աստված վկա, լավ չի:

— Ավազից պարան ես հյուսում, քեռի Մարտին:

Նրանք ներս մտան մի նկուղ, որ ուներ միայն մի լուսամուտ այնքան բարձր, որ երկարահասակ մարդու ձեռքը չէր հասնի և այնքան փոքր, որ այդ նույն մարդը հազիվ կարող էր ձեռքը դուրս հանել, եթե բարձրանար աթոռակի վրա: Բակում մնաց միայն ավագ պեդելը՝ վիթխարի հասակով մի մարդ, որ թեև հագել էր կարճ կաֆտան և մինչև ծնկները բրդի գուլպաներ, բայց շարժ ու ձևերով հայտնի էր դարձնում, որ ժամանակին եղել է խստաբարո զինվոր և այդպիսին էլ մնացել է:

Պեդելը, որ ուղեկցում էր Թոմաս Բրյուլլին, թևի տակից հանեց մատյանը և քեռի Մարտինին ցույց տվեց ստորագրելու տեղը:

— Ընդունում եմ մի գլուխ, որ իրեն մեղավոր չի ճանաչում, մի սիրտ, որ ատելությամբ է լցված իր թշնամիների հանդեպ, մի զույգ ձեռքեր, որոնք մի օր պիտի շոշափեն նրանց կողերը և մի մարմին, որին յոթ օր, յոթ գիշեր պարտավոր եմ պահպանել հացով ու ջրով... Ստորագրի՛ր, քեռի Մարտին, — նկուղի դռան մոտ արտասանեց Բրյուլլը և միևնույն ժամանակ ձեռքով նշան արեց «սև եղբայրներին», որոնք հեռվից հեռու նրան հետևել էին և այժմ փողոցից նայում էին դեպի բակը: «Սև եղբայրները» հասկացան, որ ավագ պեդելը հիմա պետք է վերադառնա և որպեսզի նրան չհանդիպեն, ցրվեցին՝ ինչ որ նշան անելով իրենց ընկերոջը:

Ավագ պեդելը լուռ հեռացավ, մատյանը թևի տակ, գլուխը բարձր բռնած և այնպիսի քայլերով, երբ ծնկները չեն ծալվում և թվում է, թե ոտքերը ձուլված են թուջից:

— Եվ ինչի համար հանգիստ չեք մնում, պարոն ստուդենտ... — Եվ քեռի Մարտինը տնքալով ներս բերեց ջրամանը, ապա մի հաստ ներքնակ, որ երբեմն փռում էր արևին... — Հիմա ձեր ընկերների հետ կլինեիք, կարող էիք նավակով զբոսնել, մինչև անգամ կմտնեիք ֆրաու Ֆոգելզանգի պանդոկը և ուրիշ էլ ինչեր չէիք անի... Տեսեք, ինչ հիանալի երեկո է, ինչ գարուն է բացվում: Մինչև անգամ իմ արյունս է եռում... Չէ, երիտասարդ պարոն, ափսոս եք, շատ ափսոս... Եվ ինչպես պիտի յոթ օր, յոթ գիշեր մնաք այս վանդակում:

Ծերունին սրբում էր նկուղը և քրթմնջում քթի տակ: Այդ քեռի Մարտինի սովորությունն էր՝ խրատել սկզբում, ապա բարեկամանալ կալանավոր ուսանողի հետ, մինչև անգամ գաղտնի կերպով նրա համար հարմարություններ ստեղծել, պատճառաբանելով, որ ինքը քրիստոնյա է և չի կարող մերձավորի ծանր վիճակը չթեթևացնել: Բայց միշտ սկսում էր հանդիմանությամբ և նախատինքով:

Թոմասը կանգնել էր նկուղի մեջտեղը և անտարբեր լսում էր ծերունուն, բաց դռնից նայելով երկնքին, որտեղ արևն արդեն մանիշակագույն էր ներկում վերջալույսի ամպերը:

Համալսարանի տրիբունալը այդ օրն էր սահմանել վճիռը և, ինչպես կարգն է, վճռի ընթերցումից հետո ավագ պեդելը մոտեցել էր նրան, հասկացնելով, որ այժմ հարկավոր է գնալ ոչ թե գետափ կամ այգի և կամ էլ զվարճության, այլ պետք է յոթ օրով մնաս բարով ասել այդ բոլորին և քայլել դեպի «քեռի Մարտինի տնակը»:

Գործի քննությունը տևել էր մի շաբաթ: Կուրատորը հարցաքննել էր նաև այն ուսանողներին, որոնք Քարե կամուրջի կռվին չէին մասնակցել: Շատերն էին երդմանը վկայել, որ նախահարձակ եղել են ռուսները, իսկ Ստեֆան Գյունտերը, ցույց տալով իր մարմնի վերքերը, կուրատորի երեսին բղավել էր, որ եթե ռուսներին չպատժեն, ապա ինքը կբողոքի լուսավորության մինիստրին և կգրի, որ Դորպատի արքայական համալսարանը չի պաշտպանում ուսանողի կյանքը հարբած ամբոխից: Թոմաս Բրյուլլի հանցանքը թեթևացրել էին նաև այն մի քանի հարվածները, որ ստացել էին ուսանողներից ոմանք բռնցքամարտի ժամանակ, հարվածներ, որոնց հետքերը դեռևս երևում էին նրանց դեմքի վրա, իբրև կապտած ուռուցքներ: Այդ ակներև փաստերը անառարկելի էին դարձրել այն, որ հարձակվել էին ռուս վաճառականները, իսկ ուսանողները միայն պաշտպանել են իրենց և եղբայրության պատիվը: Բայց որովհետև Թոմաս Բրյուլլն առաջինն էր բռնցքակռվից անցել աղյուս նետելուն, և աղյուսներ նետել էին ամբոխի կողմը (այդպես էին վկայել բոլոր ուսանողները), որից կարող էին վնասվել պատահական մարդիկ, ուստի տրիբունալը որոշեց Թոմաս Բրյուլլին, իբրև ղեկավարի, յոթ օրով նստեցնել կարցեր:

— Հապա, այդպիսի բաներ, պարոն երիտասարդ... Չեք լսում ծերունուս, չեք լսում, և ահա թե ինչ է լինում վերջը:

— Քեռի Մարտին... Այդ բոլորը բարի՛... Բայց չե՞ս կարծում, որ այսպես մի քիչ կոշտ կլինի պառկել, մանավանդ, որ հիանալի երեկո է, հա՞, քեռի Մարտին:

— Տեսնեմ, գուցե մի բան ճարվի... Միայն թողեք, որ մթնի, թե չէ այն դժոխքի պահապանը երբեմն գալիս է հոտ քաշելու, թե չլինի քեռի Մարտինը մոռացել է կանոնները և մեղմ է վարվում կալանավորի հետ... Իսկ այժմ՝ վառեմ ճրագը, և տանք կեսարինը կեսարին:

Քեռի Մարտինը ճրագը վառեց և կողպեց դուռը:

— Իսկ մենք նորից թերթենք այս հին «ալբոմը», — տխուր ասաց Բրյուլլը, երեսը դարձնելով պատին:

«Ալբոմը» հենց այդ նկուղն էր, որ տրիբունալի վճիռների մեջ կոչվում էր criminal carcer, իսկ ուսանողներն անվանում էին «ալբոմ», որովհետև տարիների ընթացքում կալանավոր ուսանողները նկուղի պատերի վրա գրել և փորագրել էին իրենց ազգանունները, կալանքի թվականը, ամբողջ ոտանավորներ, «հիշատակներ», նկարներ և մինչև անգամ հայհոյանքներ:

Ահա հենց դռան մոտ մի քաջ լատինագետ գրել է Լամաքոս զորավարի խոսքը՝ Non licet in bellis bis peccare, իսկ մի ուրիշը, իրեն մեղավոր ճանաչելով, ավելացրել է. «Հայր, մեղանչեցի»: Մի ուրիշ տեղ, մի կալանավոր երևի տխրության ժամին գրել է՝ «Վայ մենակյաց մարդուն»... Ահա մի ամբողջ արձանագրություն գոթական սրածայր տառերով, «Հիշեցեք Թեոդոր Հերմնին Վյուրտեմբերգից, որ 1823 թվի հոկտեմբեր 12-ին ենթարկվեց կալանքի ութ օր, որովհետև նա քաջ սուսերամարտիկ էր»... «Այստեղ ապրել է Կազիմիր Կոստոշը, կուրատոր ֆոն Ցանաուի մահացու թշնամին»: Այս արձանագրությունների արանքում բազմաթիվ էին միայն ինիցիալները երկու կամ երեք տառ: Ահա միայն մի անուն՝ «Կարոլինա», և մի սիրտ, որի մեջ խրված է սուսերը: Ո՞ւմ սիրտն է այդ, ո՞վ էր Կարոլինան, ի՞նչ էր մտածել կալանավորը այն աղջկա մասին. արդյոք նա՞ է խոցել երիտասարդի սիրտը սուր սուսերով, թե մի ուրիշը, որ խլել է աղջկա սիրտը, և կալանավորը երկար մտածել է սիրո և դավաճանության մասին և ապա որոշել է ազատվելու հենց առաջին օրը մենամարտի կանչել ախոյանին: Ոչինչ չի ասում ո՛չ այդ անունը և ո՛չ խոցված սիրտը...

Բայց պատերի վրա ավելի շատ էին ծաղրանկարները և այնպիսի նկարներ, որոնց մասին չի կարելի գրել: Ահա մեկը գրավել է պատի կեսը, նկարելով զանազան դեմքեր և արկածներ Դորպատի ուսանողների կյանքից, մի խումբ ուսանողներ կանգնել են մի տան դիմաց, իսկ նրանցից մեկը պարանե սանդուղքով բարձրացել է երկրորդ հարկը և պատուհանից ներս է նայում:

Երևում է, որ գիշեր է, որովհետև ներսը, սեղանի վրա վառվում է մոմը: Սենյակում քնած են ըստ երևույթին ամուսիններ... Հանդուգն ուսանողը բաց պատուհանից զմայլանքով է նայում անկողնում պառկած գեղեցկուհուն, որ քնի մեջ դեն է շպրտել մետաքսի ծածկոցը, և մոմի լույսով ցոլանում են դեռահաս մարմնի բոլոր սքանչելիքները և մանավանդ նուրբ ոտքը, որով ծունկ է արել կինը, ինչպես նժույգը՝ որ բարձրացնում է ոտքը՝ կաքավաքայլ սուրալու: Նրա կողքին քնած է մի ահագին մսագունդ, որ բարձի վրա երկարել է բրդոտ ձեռքը, և նրա հաստ մատները հազիվ են հասնում կնոջ մերկ թիկունքին, որի վրա, ինչպես ողկույզներ, կախվել են գեղեցկուհու գանգուրները: Մի ուրիշ նկարի վրա նույն սենյակն է, բայց արդեն ցերեկ է. ուսանողներից մի քանիսը սպասում են միջանցքում, իսկ այն երիտասարդը, որ պատուհանից էր նայում, ներս էր մտել և խոնարհ գլուխ տալով տանտիրոջը, ինչ-որ բան է հարցնում: Բրդոտ մսագունդը ձեռքերը խաչել է կրծքին և վախեցած նայում է. իսկ մարմաշե վարագույրի ետևից կիսով չափ դուրս է եկել այն երիտասարդ կինը և ամոթխած ծածկում է հոլանի պարանոցը և կուրծքը: «Կարլ Բրայտը փնտրում է ազատ ձեղունահարկ», — նկարի տակ ածուխով գրել է անհայտ կալանավորը:

Մի այլ տեղ նկարել են հրեա նպարավաճառին, որ երևի գնացել է ուսանողներից հավաքելու ստանալիքը... Նա սարսափած հետ է փախչում, փռփռում են կաֆտանի երկար փեշերը, նա արդեն ցեխի մեջ է թողել մի կալոշը, բայց վազում է, որովհետև նրա հետևից են ընկել գազազած ուսանողները՝ թրադաշույններով և երկար փայտերով, պատուհաններից դուրս են թափվել ուսանողները և խեղճ նպարավաճառի վրա շպրտում են դատարկ շշեր, ձվեր, կաղամարներ, իսկ մեկը պիստոլետը նշան է բռնել և ահա ուր որ է պիտի բռնկվի հրազենը:

Ահա սեղանի շուրջը բոլորել են չորս հոգի: Նրանցից երկուսը կեղծ ծամով են, երրորդի գլխին փռյուգիական թասակ է, իսկ չորրորդը դրել է խեղկատակի գլխարկ երկու բոժոժներով: Սանդուղքի գլխին երևում է մի ուրիշը, որ ուղղվել է դեպի այն սենյակը, ուր սեղանի շուրջ բոլորել են չորս հոգի: Այդ մարդը շալակել է գինու տակառը, որի վրա նստել է մի գեր խոճկոր. նրան հետևում է մի երիտասարդ տղա, որ զրկել է կողովը՝ բաժակներով, ափսեներով, դանակ-պատառաքաղով. նրանից հետո բարձրանում է մի ավելի փոքր տղա, որ ձեռքերի վրա տանում է մի կարկանդակ, ապա բարձրանում է նրանից ավելի փոքր տղա, որ տանում է միայն աղամանը և նրա հետևից, առանց աղամանի, չորեքթաթ բարձրանում է մի երեխա և վերջապես՝ այդ բոլոր երեխաների մայրը և կինն այն մարդու, որ կքել է տակառի ծանրության տակ: «Per aspera ad astra»(, — նկարի տակ գրել է անհայտ նկարիչը, հավանորեն կամենալով պատկերել այն անցած ժամանակները, երբ Դորպատի բուրշը քննություն տալու համար գնում էր պրոֆեսորի տունը, նախօրոք այնտեղ ուղարկելով գինի և երշիկ և թեյ և շաքար, և ենթարկվելով խստագույն քննության, տուն էր վերադառնում հարբած, սակայն որպես մագիստրոս աստվածաբանության: Եվ դեռ ուրիշ շատ նկարներ կային այդ գետնահարկ զնդանի պատերի վրա, որտեղ, ինչպես գերեզմանատանը, կողք-կողքի շար էին ընկել իրար անհարիր գրություններ, որոնց հեղինակները հաջորդաբար քնել էին նույն սառն անկողնում: Եթե մեկը կամենար գրել Դորպատի համալսարանի պատմությունը, ապա ամենահետաքրքիր էջերի նյութը կարող էին կազմել այդ հիշատագրերը՝ ածուխով, երկաթի կտորով, մատիտով և նույնիսկ եղունգներով, որոնց տերերը՝ բոլորը երիտասարդ մարդիկ, թողել էին իրենց թաքուն մտքերն այնպես սեղմ, ինչպես տապանագիրը: Ոչ ոք չէր ավերել և ոչ մի նշան, կուրատորների կոլեգիայի և ոչ մի անդամ ներս չէր մտնում այդ խավար կալանատունը, պեդելները կալանավորներին դրան մոտ էին հանձնում քեռի Մարտինին, որի աչքերը չէին նշմարում գրությունները պատերի վրա, իսկ կալանավորները և՛ հեղինակներն էին, և՛ ընթերցողները այդ զարմանալի գրքի, որով նրանք մեղմում էին մենակության ձանձրույթը:

Թոմաս Բրյուլլը դանակով մի ազատ խորշում փորագրեց. «Ես գիտեմ, որ իմ սիրտը մի օր ինձ պիտի տանի դեպի հունական (տառը(, — բայց և այնպես կեցցե հաջորդը»:

Ապա գրատը փռեց և պառկեց մեջքի վրա:

10

Պատի վրա խաղում է ինչ-որ ստվեր, կարծես թարթում է մի վիթխարի աչք, որի բիբն է լուսամուտը, հազիվ նշմարվող լույսով... Ոչ. այդ ճրագն է պատրույգի ուրախ աղմուկով: Ուրեմն մայր է մտել արևը... «Արևը մայր է մտել, ինչպես մեռնում է դյուցազնը»: Երևի քնել է մի ժամ, երկու ժամ, գուցե ավելի: Նա չի հիշում... Ինչ լա՛վ էր Բոհեմիայի անտառներում թռչնորս Վալտերը ցույց էր տալիս այն ավերակ դղյակը, որտեղ ապաստանել է Կարլ Մոորը: Ինչ խավար գիշեր էր. անտառի վրա կարկտախառն անձրև էր, և դղրդում էր որոտը, կարծես տրաքվել էր հեղեղը և գալիս էր զարհուրելի զորությամբ... Այն ինչ աղմուկ է դրսում. լսվում են ոտնաձայներ, ապա մի վայրկյան լռում են: Պատուհանից ոչինչ չի երևում: Լսվում է մետաղի ձայն. քեռի Մարտինը բանալին դարձնում է կողպեքի մեջ, և հանկարծ ներս են խուժում չորս հոգի՝ փաթաթված սև թիկնոցների մեջ: Նրանք լապտերներով են:

— Տիդելեն... Դու է՞լ, Մորից... Նաև ինքը՝ Մունջ Արքան:

Եվ Թոմասը գրկեց իր ընկերներին, որոնք դեն նետեցին օտարոտի թիկնոցները և գլխարկները, որ հագել էին կալանավորին հանկարծակիի բերելու:

— Տես, թե ո՞վ է եկել մեզ հետ, — ուրախ կանչեց Տիդելենը, ցույց տալով մի երիտասարդի, որը դրան մոտ կանգնած նայում էր ընկերների

գրկախառնվելուն և միաժամանակ զարմացած դիտում էր համալսարանի հոչակավոր criminal carcer-ը:
Թոմասը մի քայլ մոտեցավ.
— Արմենիե՛ր, իմ սիրելի եղբայր... — Երիտասարդը ձեռքի կապոցը վայր դրեց, և նրանք իրար գրկեցին:
Արմենիերի աչքերը լցվեցին: Նա ոչինչ չասաց և աչքերը խոնարհեց գետին:
— Մենք դեռ հեռվից լսեցինք ինչ-որ աղմկալի խոսակցություն, — արագ-արագ ասաց Տիդլենը, որ մի րոպեում տասն անգամ արդեն չափել էր կարցերն անկյունից անկյուն:
— Մի քիչ հանդարտ, պարոնայք ուսանողներ... Դրսից կարող են լսել, — բայց քեռի Մարտինի աղերսին ոչ ոք ուշադրություն չդարձրեց, և ծերունին բարվոք համարեց դուռը ծածկել և հեռացավ՝ շարունակելու քունը, որովհետև նրանց կապոցներից և կողովներից, որ ուսանողները ներս էին բերել լայն թիկնոցների տակ, քեռի Մարտինը եզրակացրեց, որ նրանք դեռ երկար պիտի նստեն...
— Ես մերոնց պատվիրեցի սպասել փողոցի անկյունում: Մոտենում եմ և ինչ եմ տեսնում... Արմենիերը կռվի է բռնվել քեռի Մարտինի հետ: Նա նրան ներս չի թողնում՝ պահանջելով ցույց տալ մատրիկուլի թերթը: Այդ ժամանակ ես քեռի Մարտինին մի կողմ քաշեցի. «Գիտե՞ս սա ով է, քեռի Մարտին... Սա Արմենիերն է, ռեկտորի սիրելին և Արարատ բարձրացողը, բացի այդ, նա հոգևոր կոչումից է...»:
— Դու կարող ես առյուծին դիմակով վախեցնել, բայց քեռի Մարտինն առյուծ չէ, այլ մի հեզ գառ, — ծիծաղեց Թոմասը: — Իսկ ինչ նորություններ կասի իմ բարեկամը, — և նա Արմենիերին թևանցուկ մոտեցավ մահճակալին, — այլ պայմաններում ես բոլորիդ կմեծարեի, ինչպես վայել է, բայց այժմ երևակայեցեք, որ սա մի դղյակ է…
— Եվ մենք ավազակներ, — ասաց Տիդլենը, որ արդեն կապոցից հանել էր երշիկ, եփած միս, ձու և փնտրում էր դանակը, — ամբողջ օրը բան չեմ կերել և քաղցած եմ ինչպես ժլատ մարդու շունը:
— Բայց մենք մեզ հետ մի ամբողջ կրպակ ենք բերել, — և Մորիցը կապոցի կողքին դրեց մի խորունկ կողով, որի մեջ խառնիխուռն դարսված էին բազմատեսակ ուտելիքներ, կարծես նրանք իրոք կողոպտել էին մի նպարավաճառի կրպակ:
— Իսկ ես բերել եմ տիկին Էլոիզ Աուլենդերի նվերը և նրա ողջույնն անարդար պատժվածին, — և Արմենիերը բաց արեց իր կապոցը, մեջը մեղրահաց, կարկանդակներ և շաքարով պատրաստված մրգեր:
— Երևում է, որ պրոֆեսորի տնից է այս հարուստ նախաճաշը: Մեր ամբողջ թաղում չես գտնի այսպիսի ասեղնագործ սփռոց, — և Տիդլենը բաց արեց սփռոցը, — այս վկայում է նաև տիկին Աուլենդերի ձիրքը...
— Նաև նրա վեհանձնությունը: Ես երբեք չեմ մոռանա այս շնորհը, —

և Թոմասը ձեռքերը կրծքին խաչելով, խոնարհեց գլուխը, — կհայտնեք տիկին Աուլենդերին, որ երախտապարտ եմ ողջույնի և նվերի համար:
— Տիկինը նաև ջանք թափեց թեթևացնելու ձեր պատիժը... Նա մի բարի հրեշտակ է...
Արմենիերի մարմնով մի ջերմ զրգիռ անցավ, երբ այդ խուլ նկուղում, որ նման էր Ճգնավորի խուցին, հնչեց տիկին Էլոիզի անունը: Նրան հաճելի էր նաև, որ Թոմասը, — նրա համար մի մեծագործ հերոս, — տիկնոջ մասին խոսեց այդպես գորովալի:
— Իսկ քաղաքում ի՞նչ են ասում այսօրվա մասին...
— Վասիլ Սերգեյիչը՝ ռուս սարկավագը, ցնծության մեջ է... Արշինավորները վՃռից դժգոհ են. նրանք սպառնում են բողոք ուղարկել Ռիգա: Իսկ մերոնք վրդովված են և եթե մենք չսաստեինք, նրանք բոլորը կթափվեին այստեղ: Քանի դու կալանավոր ես, այդքան ժամանակ լսարանում քո նստարանի վրա կդնեն եղևնյա պսակ, իսկ սուսերամարտի դահլիՃում քո սուսերի վրայից կկախեն սև ժապավեն: Նաև այն են ասում մերոնք, որ այսօրվանից ֆրաու Ֆոգելզանգի պանդոկում առաջին գավաթը կբարձրացնեն հանուն քո և մեր եղբայրության... Ահա ինչ են ասում մերոնք:
— Միայն Օտտոկարը, որ դեռ նստած է պանդոկում, — Տիդելենի խոսքը շարունակեց Մորիցը, — մեզ բոլորիս անվանում է վախկոտ միանձնուհիներ: Նա անվերջ գոռում է, թե քեզ պիտի կարցերից փախցնել և վրեժ լուծել...
— Անմիտ ծրագիր է, — տխուր ժպտաց Թոմասը, — «Արի գնանք Բոհեմիայի անտառները և ավազակ դառնանք, մի գաղափար, որ արժանի է աստվածարման...», — արտասանեց Թոմասը՝ հիշելով իր անկապ մտքերը, երբ պառկած նայում էր Ճրագի թարթող ստվերին, չկարողանալով որոշել՝ քնա՞ծ է, թե արթուն:
— Անմիտ ծրագիր է... բայց Օտտոկարն ըմբոստ է և բորբոքվելով մի օր կարող է ժայթքել:
— Ֆրաու Ֆոգելզանգն էլ գթառատ մայր է և նրան այնպիսի մեղրագինի կտա, որ աշխարհը շուռ կգա նրա գլխի մեջ, և ամեն ինչ կցնդի գինու գոլորշու հետ:
— Եվ վատ կլինի, Մորից… Իսկ գիտե՞ս ինչ կաներ Օտտոկարը, եթե այլ աստղի տակ ծնվեր. հիշո՞ւմ ես Կարլ Մոորն ինչ է ասում Շպիգելբերգին. «Օրենքը կրիայի քայլեր է անել տալիս այն մարդուն, որ կարող էր թռչել արծվի պես. օրենքը երբեք մի մեծ մարդ չստեղծեց, մինչդեռ ազատությունը հսկաներ է առաջ բերում և դյուցազուններ... Տուր մի գունդ ինձ նման կտրիՃներ, և Գերմանիան կդառնա մի հասարակապետություն, որի առջև կուսանաց վանքեր կթվան Հռոմն ու Սպարտան…»: Օ՜, Մորից, ահա այդ կտրիՃներից է Օտտոկարը, և հարկավոր չի, որ ֆրաու Ֆոգելզանգի մեղրագինին թմրեցնի նրա ըմբոստ հոգին...

— Նա մի արջ է, որ կարող է անձնատուր լինել, եթե միայն սեղմես նրա ականջը... — Այդպես խոսեց Յան Ինդուանիսը՝ Մունջ Արքան, ինչպես կոչում հին ընկերքները: Նա մի վիթխարի տղամարդ էր, ինչպես քարե սյունը, որ ցցված էր Պետերբուրգերշտրասսեի վրա՝ ի հիշատակ կոմս Շերեմետևի հաղթանակի: — Ինդուանիսն ազգով էստ էր, ուներ մոնղոլական տափակ երես և շեղ աչքեր: Նրա ներքին ծնոտը նման էր ձիու ծնոտի և երբ խոսում էր, կարծես ատամների տակ գարի էր փշրում: Մինչ այդ նա անշարժ կանգնել էր, հագին արջենի քուրք, որ իջնում էր մինչև կրունկները:

Արմենիերը, որ նրանից քաշվում էր, կարծելով թե նա ուսանող չէ, այլ Թոմաս Բրյուլլի դրսի ծանոթներից, ասաց.

— Օտտոկար Դրիշն իմ հարևանն է և շատ սիրելի, շատ համեստ եղբայր է... Եվ ես նրանից աշխարհագրություն եմ սովորում:

— Օ՛, նա քաջ գիտի աշխարհագրություն և պոետիկա և լեզուներ էլ լավ գիտի, բայց և այնպես կատարյալ արջ է...

— Սիրելի Արմենիեր, չվիճենք Մունջ Արքայի հետ, — կիսակատակ ասաց Թոմասը, — նա մեծ վարպետ է արջաբանության և ինքը կես մարդ, կես արջ է, ինչպես վկայում է նրա արտաքինը, որ այսօր ավելի ուռած է:

— Իմ արտաքինը թող ձեզ կրկնակի ուրախություն պատճառի, — և Մունջ Արքան, քանդելով քուրքի կապերը, թևերը տարածեց:

— Herr Gott, sacramentum, – բացականչեց Տիդելենը:

— Ահա քեզ հրաշք:

— Այժմ հասկացա, թե ինչու աչքիս ուռած երևացիր:

Իսկ Մունջ Արքան կանգնել էր քուրքը լայն բաց արած:

Քուրքի աստառի վրա, բազմաթիվ գրպանների միջից երևում էին շշերի գլուխները, ինչպես գինետան դարակների վրա: Տիդելենն ու Մորիցը վրա վազեցին, նրանք շշեր հանեցին այդ գրպաններից, քուրքի այլ խորշերից, նրա տաբատի գրպաններից և էլ որտեղից ասես, որ նրանք գինի չհանեցին:

— Այսքանը ե՞րբ կարողացար հավաքել, չէ՞ որ ամբողջ օրը մենք միասին էինք, — և Տիդելենը նայեց գինու շշերին, որոնց մի մասը դրել էր գետնին:

— Ես երեկվանից եմ Բիաս հույն փիլիսոփան(... Հույս ունեի, որ Թոմասը կազատվի, և մենք սանդուղքի վրա նրան կողջունեինք: Բայց ֆորտունան այլ կերպ դարձրեց անիվը:

— Այժմ ի գործ, magister bibendi...((Բախտավորի համար ամեն տեղ երջանկություն է, նույնիսկ քեռի Մարտինի տնակում:

Տիդելենը, որ հայտնի էր նաև իբրև նկարիչ, մահճակալի վրա ըստ իր ճաշակի սարքել էր սեղան, մեջտեղը տապակած խոճկորը, շրջապատված եփած ձվերի օղակով: Ճրագի լույսի տակ խոճկորն այնպես էր փայլում, կարծես դեղին մարմարե քանդակ էր փղոսկրյա շրջանակի մեջ: Նրա կողքին ձկների վտառն էր, որի մեջ երկու տափակաձուկ՝ բերանները բաց ահա պիտի կծեին խոճկորի յուղոտ ոտիկը: Իսկ կարմիր խավիարի հատիկները այնպես էին փայլում, ասես մարջան հուլունքներ էին: Ապա երշիկները… Լիվոռնոյի երշիկ, ծխահար երշիկ և երշիկ, որ հորթի մսի համ ունի, նաև երշիկ, որը ոչ ծխահամ ունի և ոչ հորթի մսի համ, այլ հիշեցնում է ֆլամանուհու մերկ բազուկը: Եվ այդ ամենի մեջ իրարից պատշաճ հեռավորությամբ Տիղելենը շարել էր գինու շշերը, որոնցից մեկը նման էր կաթոլիկ աբբահոր, մյուսը՝ կապույտ պիտակով և ոսկե զմուռով հիշեցնում էր մուշկետյորների գնդի այն երիտասարդ սպային, որի ոսկե սաղավարտը ցոլանում էր մթնշաղում:

Նրանք մի կերպ տեղավորվեցին, որովհետև հինգ հոգու համար կար միայն մի աթոռակ: Արմենիերը նստեց պարսկական ձևի՝ ծալապատիկ, մեծ զվարճություն պատճառելով ընկերներին: Մունջ Արքան կամեցավ նմանվել նրան, բայց տաբատի կարերը քանդվեցին և քիչ էր մնում նրա մարմնի ծանրությունից մահճակալը չոքեր: Միակ աթոռակը նրան տվին:

Առաջին գավաթները դատարկեցին հանուն եղբայրության: Արմենիերը դժվարությամբ խմեց. գինին ծառի համ էր տալիս, ավելի ճիշտ՝ կուպրի համ: Քներակներում արյունն արագ դոփեց: Եվ հաճելի, և դառն մի բան ներսը ճմլվում էր, նա զգում էր մի տարտամ երկվություն, մի տարակուսանք:

— Իմ սիրելի եղբայր, բաժանիր մեր խորհրդավոր ընթրիքը, — ասաց Թոմասը:

— Նրան դուր չեկավ մեր գինին... Իհարկե, Նոյի երկրից հետո...

— Ամենևին ոչ, — և Արմենիերը դժգոհեց, որ մատնեց իր տարակուսանքը, — ես դատարկել եմ իմ գավաթը:

— Մենք երկրորդն ենք դատարկել: Իսկ Մունջ Արքան արդեն մի շիշ լցրել է իր ներսի գրպանը:

— Թողեք, որ մեր բարեկամն իրեն ազատ զգա մեր ընկերության մեջ:

— Այս ամենն ինձ համար այնքան նոր է, որ ես... ես նույնիսկ չգիտեմ, թե այն ինչ է, — և մատով ցույց տվեց խավիարը: Նա այդ ասաց միամիտ պարզությամբ և այնպես ժպտաց, որ անհնար էր չվարակվել:

Մունջ Արքան զարմացած նայեց, և սառեցին նրա շեղ աչքերը, և ծանր ծնոտը չշարժվեց: Թոմասը մոտ քաշեց պնակը:

— Ձկնկիթ է, կեր և տես...

— Ինձ չի կարելի, — և Արմենիերը զգաց, որ երեսն ամոթից այրվում է: Ապա իսկույն բարձրացրեց գլուխը և արագ ասաց. — ես ձուկ և ձկնկիթ չեմ սիրում:

— Այն ժամանակ խոզի միս կեր:

— Կուշտ եմ:

— Ա՜... — ծոր տվեց Մունջ Արքան, ինչպես հորանջում է քաղցած

գազանը, — չէ՞ որ նա հայ է, և նրանց կրոնը արգելում է ուտել օտարի ձեռքով պատրաստած կերակուրը և հացը:

Արմենիերը վրդովվեց.

— Այդ մենք չենք, այդ պարսիկներն են... Իսկ մենք քրիստոնյա ենք և չունենք այդպիսի օրենք:

— Դու կշտացա՞ր, իմ սիրելի եղբայր... Գուցե քեզ վիրավորեց մեզնից մեկի ավելորդ խոսքը: Ինդուանիս, — դարձավ նա Մունջ Արքային, — այսօր դու խոսեցիր այնքան, որքան չէիր խոսել մի ամսում, այնինչ, եթե լռեիր, փիլիսոփա կլինեիր:

— Ինձ ոչ ոք չվիրավորեց, եղբայր Թոմաս... Ես հանկարծ մի բան հիշեցի... Եվ... ես անչափ ուրախ եմ, որ ձեզ հետ եմ:

— Այն ժամանակ կեր և խմիր, — ասաց Մորիցը:

— Մորից, երբ խոսում է Հռոմը, լռում է աշխարհը, — սաստեց Թոմասը, և բոլորը հասկացան, թե ներկաներից ով էր Հռոմը և ով աշխարհը, — Տիդելեն, լցրու գավաթները...

Տիդելենը գավաթները լցրեց:

— Եղբայրներ, — և Թոմասը բարձրացրեց գավաթը, — այս գավաթը դատարկենք մեր սիրելի Արմենիերի երջանկության: Նա ոչ ֆուքս է, ոչ բրենդեր և ոչ մեզ նման աստվածաբան կամ փիլիսոփա: Բայց նա բարձր է մեզանից: Որքան ես գիտեմ, նրա ժողովուրդն է misera contribuens plebs(, ինչպես Սպիտակ արջի բոլոր հպատակները... Եվ նա զավակն է այդ ժողովրդի, առաջին ածիվը, որ Արարատի երկրից թռել է այսքան հեռու: Նրա համար իր հայրենիքի ծուխը պայծառ է օտար երկրի կրակից... Սիրելի Արմենիեր, — և Թոմասը նրա կողմը թեքեց իր գեղեցիկ գլուխը, — իմացիր, որ մենք դժբախտներին սովորեցնում ենք արյունով և քրտինքով հասնել ազատության և թող շատերից վախենա նա, ումնից շատերն են վախենում: Քո հայրենիքում նս կատարվում են բռնություններ, ինչպես ամեն տեղ Ռուսիայում... Ահա մենք այստեղ խնջույքի ենք, բայց Պոլոնիայում հոսում է ապստամբների արյունը, իսկ ցուրտ Սիբիրիայում սառչում են առաջին ըմբոստները: Արիասիրտ եղիր, ամեն սկիզբ դժվար է, բայց հավատա, որ սաստիկ ձգված աղեղը մի օր կտրաքվի, և այն ժամանակ սուրբ է նա, ով կռվել է իր հայրենիքի համար՝ քրտինքով և արյունով: Mensch, bezahle deine Schulden((, — ասել է Վեյմարի իմաստունը: Այժմ հասել են այդ ժամանակները... Արիասիրտ եղիր, Արմենիեր:

Եվ Թոմասը մի ումպով դատարկեց գավաթը:

— Pro patria, — և Տիդելենը դատարկեց գավաթը:

— Pro patria semper, — և Մորիցը դատարկեց գավաթը:

— Սիրելի եղբայր... — և ուրիշ ոչինչ չկարողացավ արտասանել Մունջ Արքան, որ Թոմասի խոսքի վրա երեք անգամ դատարկել էր գավաթը, որովհետև այդ հսկա տղամարդը բարակ սիրտ ուներ և երբ սաստիկ հուզվում էր, ներքին բոցը հանգցնում էր մեղրագինու ջրվեժով:

Արմենիերը գունատ էր: Նրա թավ արտևանունքները շղարշի նման ծածկել էին աչքերը: Կարծես ննջում էր: Ապա նա գլուխը ցնցեց և նայեց պարզ աչքերով:

— Լցրու գավաթները, եղբայր Տիղելեն: Ըստ իմ հայրենիքի սովորության ես պատասխանի խոսք ունեմ:

Տիղելենը գավաթները լցրեց:

— Իմ հոգու եղբայրներ: Ինչ որ ասաց Թոմասը, ես չեմ մոռանա հավիտյանս հավիտենից: Ես որդի եմ մի հին ժողովրդի, որ խավար է ապրել, և եկել եմ այստեղից լույս տանեմ այդ հեռու երկիրը: Այստեղ գտա իմ երկրորդ հայրենիքը: Բայց ես մի օր պիտի վերադառնամ իմ հին հայրենիքը, որ սպասում է ինձ, ինչպես մայրը որդու վերադարձին: Ես չպիտի մոռանամ իմ լեզուն, իմ սովորությունները, որպեսզի վերադարձին ինձ օտար չհամարեն: Ա՜խ, եթե դուք իմանայիք այն ամենը, ինչ որ եկել է իմ գլխին, իմանայիք իմ կյանքը և տեսած լինեիք իմ հայրենիքը և նրա մարդկանց, — դուք կներեիք և իմ տխրությունը և իմ մեծ կարոտը: Բայց ես երբեք չեմ ների իմ թշնամիներին, որոնք միայն իմը չեն, այլ ժողովրդի թշնամին են: Տեսնո՞ւմ եք այս սպին, — նա հետ քաշեց մազերը և ցույց տվեց ճակատի սպին՝ աբբասու մեծության, — ես է՛ի տասը տարեկան, երբ ինձ տարան վանք, գուցե լսել եք անունը՝ Էջմիածին: Այնտեղ ես, — չգիտեմ ինչպես թարգմանեմ այդ բառը, — այնտեղ ես մոնթ էի, հասկանո՞ւմ եք, մոնթ, որ հոգևորականի ծառան է, ջուր է բերում նրա համար, ավլում է նրա խուցը, կերակրվում է ինչ որ կտա Տերը, քնում է խսրի վրա, և այդ ամենի դիմաց հոգևորականը մոնթին սովորեցնում է գրել, կարդալ: Հիմա էլ իմ հայրենիքում դեռ այդպես են սովորեցնում: Ես է՛ի տասը տարեկան և այդպիսի մոնթ էի, ծնողներից հեռու, ինչպես գերի տարած երեխա: Գիշերները ծածուկ լաց էի լինում և կարոտում էի մեր հողե տնակը, իմ սուրբ մորը: Մի գիշեր ես պետք է կարդայի Դավթի սաղմոսները: Իմ ուսուցիչը քնելուց առաջ սիրում էր սաղմոս լսել: Այդ օրը ես փայտ էի կրել և հոգնել էի: Սկսեցի կարդալ, կապելով վանկերը և երգելով, ինչպես մեզ սովորեցրել էին կարդալ: Հետզհետե քունը հաղթում էր իմ ուսուցչին, իսկ ես կռվի մեջ էի քնի հետ, բայց քունը գերեց ինձ, և ես միայն հիշում եմ այն մեծ մոմերը, որ վառվում էին գրքակալի երկու կողմը: Հանկարծ ահագին ցավից վեր թռա. ինձ թվաց, թե գլխիս հալած երկաթ թափեցին: Գլուխս այրվում էր... Ես մի ծանր հարված զգացի մեջքիս և ընկա խսրի վրա: Խավար էր և խավարի մեջ, ինչպես Երիքովյան փող, որոտում էր իմ ուսուցչի ձայնը: Նա ինձ անիծում էր, գլուխս այրվում էր. զգում էի խանձված մազերի և այրած մսի հոտ: Ամբողջ գիշերը լաց եղա, և երկու շաբաթ ցավը տանջում էր ինձ: Հասկանո՞ւմ եք ինչ էր եղել. քնել էի, և իմ ուսուցիչը հանկարծ զարթնելով, քնիս մեջ ճակատիս էր խփել վառվող մոմը, և մազերս բռնկվել էին: Տեսնո՞ւմ եք այս սպին:

Արմենիերը խոսում էր՝ երբեմն դժվարանալով գտնել

համապատասխան բառ, երբեմն սխալ արտասանելով: Նա պատմում էր իր կյանքը գունեղ և զարմանալի հետաքրքիր՝ ինչպես արևելյան հեքիաթ: Եվ խոսքի վերջում՝ բոլորովին անկեղծ և դողացող ձայնով նա իր եղբայրներին ասաց, որ ինքը հոգևոր կոչումի լինելով, պահում է հայ եկեղեցու ծեսը, ըստ որի այժմ ծոմ է, որովհետև մեծ պասն է, և շուտով կլինի Զատիկը: Ահա թե ինչու նա բերանը չի առնում ոչ ձուկ, ոչ յուղահաց և ոչ երշիկ, այլ խմում է միայն մեղրագինի: Նա ասաց նաև, որ առանց այդ էլ իր հայրենիքում նրան արդեն համարում են հերետիկոս, ուստի ինքը պետք է անսարատ պահի իրեն, ինչպես պատվիրել է նաև պարոն ռեկտորը և արդար հոգով վերադառնա հայրենիք:

— Իսկ դու հիմա կեր և խմիր... Այստեղ քեզ ոչ ոք չի լրտեսի, — ասաց Տիղելենը խղճահարված, որ ինքն արդեն կերել է խոճկորի կեսը և հարթել է երշիկների բլուրը, այնինչ նույն սեղանի մոտ ընկերը կիսաքաղց նստած է:

— Հապա իմ խի՞ղճը, — մեղմ առարկեց Արմենիերը:

— Արիասիրտ եղիր, Արմենիեր, և պահիր քո հայրենի ծեսերը, եթե նրանք հարկավոր են քո գործի հաջողության... Բայց և մի մոռանա, որ դու ընտրյալ ես:

Նրանք դեռ երկար պիտի նստեին և դեռ լիքն էր այն շիշը, որ նման էր կաթոլիկ աբբահոր և այն շիշը, որի ոսկե զմուռը սաղավարտ էր հիշեցնում, — երբ հանկարծ դուռը բացվեց և ներս մտավ քեռի Մարտինը՝ գիշերային զգեստով. դրսից լսվեց մեկի գոռգոռոցը՝ կիթառի հնչյունների հետ:

— Խնայեցեք քեռի Մարտինին, սիրելի երիտասարդներ, — բայց քեռի Մարտինը խոսքը չվերջացրեց, որովհետև նրա հետևից ներս մտավ Օստոկարը հարբած և աչքերն արյուն կոխած:

— Գնանք Բոհեմիայի անտառները... Ավազակներ դառնանք, — և կիթառով զարկեց ու վայր գլորեց ճրագը և քիչ մնաց, որ ինքը գետին փռվեր:

— Խնայեցեք քեռի Մարտինին, — աղեխարշ կանչեց ծերունին, — սրա գոռգոռոցը հասնում է մինչև Ռնել, և վաղը կուրատոր ֆոն Ցանաուն ինձ պիտի պատժի:

Օստոկարին մի կերպ դուրս տարան: «Սև եղբայրները» հրաժեշտ տվին իրենց առաջնորդին, և բոլորը դուրս եկան դռան մոտ. Թոմաս Բրյուլլը նայեց խավարի մեջ օրորվող նրանց լապտերներին:

Իսկ Օստոկարը քնած փողոցներում մռնչում էր ինչպես կրկեսի ցուլը, որին խմացրել էին մի տակառ մեղրագինի և բաց էին թողել քաղաքում:

— Կարթագենը պետք է կործանվի, — գոռում էր Օստոկարը:

11

Նրան տանջում էր հայրենիքի կարոտը:

Գարուն էր բացվում, և առաջին գարունն ավելի էր զորացնում այդ կարոտը: Իսկ ոչ ոք չկար այն հեռու երկրից, որ նրա հիշողության մեջ պայծառ էր, ինչպես մութ գիշերին հովիվների խարույկը լեռան վրա: Այդ մի անմարմին կարոտ էր՝ նման այն գոլորշուն, որ գարնանը բարձրանում էր ճահճուտներից, անտառներից և Էմբախի ջրերից: Այդ մի ձայն էր, որ նրա ականջի տակ հնչում էր երբեմն մանուկ օրերի երգը, երբեմն պարզ լսում էր մոր ձայնը՝ «Խաչե՛ր, Խաչե՛ր...»: Եվ հանկարծ ետ էր նայում, բայց նանին չէր երևում, այլ երևում էր պարտիզպանը, սանդուղքը շալակին կամ փողոցով անցնում էր մի ֆրաու, որ կովի ճապաղ հայացքով նայում էր Արմենիերին:

Երբեմն ձայնը չէր լսվում, այլ նայում էր դիմացի պատին և չէր տեսնում պատը, այլ տեսնում էր սպիտակ բարդիներ, նրանց խորքում Եսիր Եսայու ջրաղացը՝ դռնակը բաց և մուտքի մոտ ջրաղացպանի ծխացող օջախը: Կամ բացվում էր մի բարակ ճանապարհ, որ բաղերի արանքով իջնում էր ձորը՝ դեպի Գոչգոչան... Ահա այն ընկուզենին, որից հետո կգա Նովավոր աղբյուրը, որի ջուրն այնպես տխուր խոխոջում է աշնանը, երբ այլևս մարդ չկա բաղերում, հնձանները դատարկ են, և ծտերը կտցահարում են կարմրած մասուրը, նաև մի դեղին դդում, որ մոռացել են քաղել: Ձորով իջնում է քամին, և խշշում են ընկուզենիները՝ թափելով խնկաբույր տերև, և ամբողջ ձորում կռնչում է միայն մի ագռավ, մի ծերացած ագռավ, որ տեսել է բուք և բորան և ցուրտ ձմեռ, երբ սառչում է Նովավոր աղբյուրը և այլևս չի երգում Զանգուն:

Երբ միտն էր գալիս Նովավոր աղբյուրը, ծարավում էր. ականջի տակ աղբյուրի ձայնն էր, նրա զով վշշոցը, աչքերի առաջ թափվում էր կապույտ ջուրը, որ գլգլը գալիս էր ոսկեկանաչ մամուռների միջով: Ա՜խ, եթե միայն մի անգամ ձեռքերը բուռ աներ և կռանար այդ հստակ ջրի վրա, խմե՛ր, խմեր կում-կում՝ ականջի տակ ջրի ձայնը, ընկուզենիների խշշոցը, Գոչգոչանի շառաչը...

Զարթնում էր այդ կարոտը, և նա փորձում էր ետ վանել, դասը սերտում էր բարձրաձայն կամ գնում էր Պարրոտի տունը կամ դուրս էր գալիս աննպատակ շրջելու փողոցներում, գնում էր շուկայի հրապարակը, որտեղ առավոտից մինչև երեկո նպարավաճառների և արհեստավորների մի ահագին բազմություն կրպակների առաջ կամ բացօթյա առնում կամ ծախում էր, գովելով ապրանքը և որտեղ դարբիններ, անիվագործներ, կոշկակարներ և այլ արհեստավորներ այնպիսի աղմուկ էին հանում, որ այդ աղմուկը և այլազգի ժխորը նրան մոռացնել էին տալիս Նովավոր աղբյուրի ձայնը և ընկուզենիների խշշոցը:

Բայց երբեմն այդ կարոտն այնքան էր նեղում նրան, որ չէր հանգստանում, լսելով հրապարակի աղմուկը կամ քրքրելով այն իրերը, որ հետն էր բերել: Նաև չէր հանգստանում, երբ Պարրոտի տանը տեսնում էր Խորասանի այն խալին և դայլանը, որ նրանք միասին գնել էին Երևանի Չարսու բազարում: Ինչպես մայրը, երբ հանկարծ մտաբերում է մեռած որդուն, միայնակ լաց է լինում և թել մանում, ողբ է ասում՝ մաքրելով ցորենը, այնպես էլ նա գլուխը տետրակի վրա կախած արտագրում էր օրինակներ Երից կանոնի և ինքն իրեն դնդնում էր.

Շորորա, Շուշան, շորարա,

Շորորա, ծաղիկ, շորորա...

Երգում էր մեղմ ինչպես սայլապանը, որ լուսնյակ գիշերով ճանապարհ է ընկել, երկար գնացել է սարերով, ձորերով, և ահա սայլը խուլ աղմկում է գյուղի փափուկ դաշտում, հոգնած օրորվում են եզները, արդեն մի կաքավ կանաչ սաղմոս է կարդում քարերի մեջ, և լուսաբացի հովը բերում է իրենց դեզի բույրը... Երգ է երգում սայլապանը, այնքան մեղմ, որ հազիվ են լսում եզները և այնպես հստակ, ինչպես լուսաբացին կարդում է կաքավը:

Նա մեղմ երգում էր և աշխատում: Եվ երգի միջից ինչպես ծուխ այդ կարոտը հետզհետե բարձրանում էր, պատում նրան, աչքերի առաջ շաղվում էին գրերը, հնչում էին այն հին ձայները, նանին կանչում էր՝ «Խաչատուր, հե՜յ...», ինչպես տղա ժամանակ, երբ փախչում էր բաղը, իսկ նանին ղզլբաշ հարամիներից վախեցած՝ քարափի գլխից ձայն էր տալիս:

Այլ ի՜նչ գիրք, ի՜նչ Երից կանոն...

Այդ ձայները նրան կանչում էին քաղաքից դուրս, դեպի Էմբախի գետափը, որտեղ ուռիները ստվեր էին արել ջրերի վրա և կամ դեպի Դոմբերգ, ուր աղմկում էին ծեր կաղնիները: Նա թաքնվում էր մի խորշում, և արահետներով պատահաբար անցնող մարդիկ լսում էին անծանոթ նվագի հնչյուններ, որ ելնում էին Արմենիերի հայկական սրինգից:

Հայրենաբաղձությունը նրան մղում էր պատմել հայրենիքի մասին: Եվ նա պատմում էր Պարրոտին, ավելի հաճախ նրա կնոջը, պատմում էր տիկին Էլոիզ Աուսլենդերին, նույնիսկ երեխաներին էր պատմում: Երբեմն պատմում էր իր տանտիրուհուն և նրա հարևանուհիներին, որոնք մի գործով գալիս էին նրանց տուն և, լսելով այդ անծանոթ պատմությունները հրաշալի Արնելքի մասին, մոռանում էին, որ սուրճը թողել են կրակի վրա:

Իսկ Արմենիերը զարմանալի պատմող էր: Ժամանակը և հեռավորությունը նրան մոռացնել էին տվել այդ եղելությունների սովորականը և ամեն ինչ դարձրել էին արտասովոր և առասպելական: Հենց իրեն Արմենիերին այդ պատմությունները երբեմն թվում էին առասպել, որ կարդացել է հին գրքերում: Մի՞թե գրքից չէր պատմությունն այն գերի աղջկա, որ սարդարի հարեմից իրեն նետում է կամուրջի վրա, երբ հարեմի պատուհանից տեսնում է իր սիրած տղային, որ հուսահատ ետ էր վերադառնում: Եվ կամ մի՞թե առասպելանման չի այն, որ իր հայրենիքում կանայք չարսավով են, աղջիկներին հարս են տանում, երբ նրանք դեռ անմեղ երեխա են, և չխոսկան հարսը սկեսուրի հետ խոսում է մատներով, աչքերով: Ապա այն պատիժները, որ կային նրա հայրենիքում, ապա Մոսին, որին դաշտից փախցրել էին՝ լեզգիները, ֆառաշները, թե՞ վաչկատուն թարաքյամաները, երբ գյուղի երեխաները գնացել էին Մուրադ Թափայի բլուրը՝ սինձի:

Հաճախ նա համեմատում էր այն հին երկիրը և նրա բարքերն իր նոր հայրենիքի հետ: Ահա լալիս է մի փոքրիկ երեխա, բայց մայրը նրան չի ծեծում, այլ ուրախացնելով լացը կտրում է. «յայս հայեցեալ, իսկոյն թռեան միտք իմ առ վիճակ մերոց երեխայից, թէ զիա՞րդ ծնողք աշխարհին մերոյ անհոգ կան վասն զաւակաց իւրեանց և զիա՞րդ երեխայք աշխարհին մերոյ առանց ինչ մխիթարութեան զարգանան, որով վասն արտասուալից աչօք, պղտորեալ սրտիւ սկսայ հոգ հանել…»

Ահա ձեռք է բերել Ռոբերտ Քեր Պորտերի ուղեգրությունը և շտապում է իր բարեկամին ցույց տալու գիրքը և գրքի նկարները՝ Երևանի բերդը և Արարատը, պարսիկ սարբազներին և հարեմի մանկամարդ պարսկուհուն, որ զուգված կանգնել է՝ ձեռքին Գյուլիստանի վարդը. ասես հարցնում է, ո՞վ է գեղեցիկ՝ ինքը, թե վարդը: Եվ նորից խոսք է բացվում հեռավոր Իրանի և Արմենիայի մասին, և նրա բարեկամը, նաև նրա դուստրերը հավանում են Ֆաթալի շահի նկարը, նրա հանդերձը և նույնիսկ շահի հոչակավոր միրուքն են հավանում, բայց չեն հավանում պարսիկ կնոջ հանդերձները և «ծածկելն նոցա զերեսս ամենքին անհաճոյ երեվին. և յիրաւի անհաճոյ»:

Նրա հիշողության մեջ հետզհետե պայծառանում էր այն, որ քաղցր էր և սիրելի. մայրը, Միրզամը և քույրերը, փոքրիկ եղբայրը, նույնիսկ իրենց Բողարը, որի հետ խաղացել էր մանկության տարիներին: Ինչքա՛ն մանր և աննշան հիշողություններ էին զարթնում. պռունկը կոտրած պղնձե ջամը նայում էր նրան երկար, շատ երկա՛ր և ինչպես հին ծանոթ նրան ասում էր. «դու ինձ չես մոռանա, Խաչեր, ինձ երբեք չես մոռանա...»: Այն կողմից դրնգում էր կարասը, որ ընկած էր էյվանի տակ. «ապա ի՞նձ... հիշո՞ւմ ես՝ գլուխդ կոխացնում էիր ներս և կանչում՝ դոն-դոն, իսկ ես միշտ արձագանքում էի քո ձայնին՝ դո՛ն... դո՛ն... դո՛ն…»: Այսպես խոսում էին բակի քարերը, աղաքարը՝ որի վրա հայրը աղ էր ցանում, և տավարը լիզում էր աղը, հետո եզները քարն էին լիզում իրենց փշոտ լեզուներով՝ խըշշ-խըշշ, կարծես գերանդիով հնձում են չորացած խոտը: Երգում էին դռներն ու դռնակները, ամենքն իրենց հանգով. հացատան դռնակը՝ բարակ ու մեղմ, տան դուռը՝ ինչպես պառավ շուն՝ խռպոտ ու բամբ, իսկ ձմեռը, երբ դռան հետևից կախում էին թաղիք, տան դուռը խլանում էր:

Բայց ամենից զիլ երգում էին դրսի դռները, որոնց առնին ործաքարի մեջ էր. դռներն իրար էին գալիս, աջը միայն դամ էր պահում, իսկ ձախը զլում էր պարկապկուն, մինչև դռներն իրար գային և այն ժամանակ երկուսը միասին՝ դոմբ հա դոմբ խփում էին Աթա Թնանի թմբուկը:

Նրա հիշողության մեջ հետզհետե պայծառանում էր այն, և դառնը մոռացվում էր և մնում, որ քաղցր էր և սիրելի՝ քարերը, հին կարասը, պղնձե ջամը, հայրենի խեղճ խրճիթը, պառավ շունը, Գոչգոչանի ջրվեժը, ընկուզենիների խշշոցը, Նովավոր աղբյուրի ոսկեկանաչ մամուռը և Զանգուն, սիրտ մաշող Զանգուն:

12

Հետո երկար ժամանակ վառ մնաց ձմռան այն օրը, երբ անհանգիստ կարոտով թափառել էր փողոցներում, ապա աննկատելի ընկել էր այն փողոցը, որով առաջին անգամ մտել էր Դորպատ: Նա հասել էր քաղաքի դռներին, որից այն կողմ անսահման դաշտն էր, ձյունով պատած, դեպի արևմուտք՝ եղևնիների սև երիզը, այս և այն կողմ կաղնիներ, որոնք հիշեցնում էին ձյունի մեջ մոլորված գրենադերներին. ահա այս մեկը փռել է սառած թևերը, որոնցից մամուռը կախվել է ձորձերի նման, մի քիչ հեռու երկուսն այնպես են փաթաթվել իրար, որ մահն անգամ նրանց չի բաժանել, իսկ երրորդը համարյա թաղվել է ձյունի տակ, և ձյունի մեջ ցցվել է նիզակի նման մի չոր ձող: Հորիզոնի խորքում ժմուդների գյուղն էր, և ծուխը վախվխելով կծկվում էր խրճիթների վրա:

Նա կարոտով նայում էր ճանապարհին: Ոչ հեռու երևում էր առաջին շլագբաումը, որի մոտ խարույկ էր վառել պահապանը՝ ալեբարդով մի զինվոր: Եվ ուրիշ ոչինչ չէր երևում այդ անեզր տափաստանում, բացի խարույկը և միայնակ պահապանը, ծառերը և հեռվի գյուղը, որտեղից չէր լսվում ոչ շան հաչոց և ոչ աքաղաղի կանչ:

Արևը խոնարհվում էր եղևնիների ետևը, և այն կողմում հրդեհվել էին բաց կարմիր ամպերը. եղևնիների պարիսպը հետզհետե ավելի էր մթնում, և միայն մի շող թափանցել էր անտառի սևի մեջ և դողդողում էր այդ ոսկի շողը, կարծես վախենում էր բեկվել սառը ձյունի վրա: Նա զմայլած նայում էր անտառին և մայր մտնող արևին, երբ լսեց զանգակների ձայնն այնքան հստակ և մաքուր, ինչպես քարավանի ղողանջը, երբ ուղտերն անցնում են արշալույսին:

Քիչ հետո նրա աչքերը ճանապարհի խորքում նշմարեցին մի սև կետ, որ հետզհետե մեծանում էր: Բացատի միջով արևը ճեղքել էր անտառի ստվերը: Երբ սև կետը հասավ արևով ողողված ճանապարհին, նա տեսավ երեք ձի, որոնք սլանում էին բարձրացնելով ձյունի փոշի, որ արևից փայլփլում էր արծաթի գույնով: Զանգակների ձայնը հետզհետե հզորացավ: Արդեն պարզ երևում էր կողքի ձին, որ պարանոցը կեռ պահած թռչում էր՝ խաղացնելով ոտքերը և ծածանելով երկար բաշը: Ահա նրանք մոտեցան շլագբաումին. ծերունի պահապանն արդեն բարձրացրել է ուղեկալ գերանը, զգալով, որ միևնույն է, այդ ձիերը կանգ չեն առնելու և նույնիսկ կարող են թռչել գերանի վրայով... Ձիերը սլացան նրա մոտով՝ ձյուն թափելով նրա վրա: Ձյունի փոշու մեջ հնչեց մի ծիծաղ՝ զվարթ, ինչպես զանգակների ձայնը: Սահնակի մեջ նա նշմարեց կանացի մի դեմք՝ կապույտ աչքերով և այտերը բաց վարդագույն: Հանկարծ այդ կինը ձեռքը օդում թափահարեց: Կարծես քուրքի միջից կինը հանեց մի սպիտակ աղավնի, որ ձյունի փոշու մեջ թպրտաց և նորից մտավ տաք բունը: Արմենիերը բարձրացրեց գլխարկը, վազեց սահնակի ետևից, բայց սահնակը քաղաք մտնելով, աներևութացավ:

Նա գնում էր գլխաբաց, գլխարկը ձեռքին... Այդ փողոցները նրան օտար էին... Քաղաքի այդ մասում նա չէր եղել: Նա լսեց ուրիշ զանգակների ձայն և նայեց երկրորդ սահնակին: Անցավ նաև երրորդը... Սակայն ոչ ոք չնայեց նրան, և այլևս չերևաց այն ցնորական տեսիլքը:

Նա ուշքի եկավ, գլխարկը ծածկեց և սկսեց հետաքրքրությամբ դիտել սահնակներին: Իր կյանքում նա առաջին անգամ այդ օրն էր տեսնում սահնակը և նրա հիշողության մեջ առաջին սահնակը մնաց ինչպես զարմանալի հրաշք:

Հասավ զինվորական հիվանդանոցին: Այդտեղից երևում էր գերմանական եկեղեցին, որից այն կողմ փողոցները նրան ծանոթ էին: Հիվանդանոցի դարպասը բաց էր: Բակում երևում էին գլխաբաց զինվորներ, որոնցից մի քանիսը հենակներով էին: Մեկի գլուխը փաթաթված էր դեղին շորով:

Մի ռուս կին դարպասի մոտ վաճառում էր արևածաղիկի բոված սերմեր: Մի քանի զինվորներ նրան շրջապատել էին, և երևում էր, որ նրանք տատանվում էին՝ գնե՞լ, թե ոչ: Գուցե թե նրանք կատակում էին կնոջ հետ, փարատելով իրենց ակամա ձանձրույթը:

Արմենիերը դիմացի մայթով տեսավ նրանց, տնտղեց գրպանները և անցավ մյուս մայթը: Հիվանդ զինվորները նրան տեսնելով լռեցին և ետ քաշվեցին, իսկ կինն սկսեց գովել իր ապրանքը: Արմենիերը նայեց զինվորներին և խղճահարվեց...

Նրանք դեղնած և նիհար երեսով մարդիկ էին: Բոլորը մեծ միրուքով էին, մեկը ալեհեր էր, իսկ մյուսը երիտասարդ էր: Սակայն բոլորի դեմքին դրոշմված էր ստրկության կնիքը:

— Որտեղացի՞ եք, հայրենակիցներ, — հարցրեց Արմենիերը:

— Հեռվից ենք, ձերդ բարեծննդություն, — պատասխանեց ալեհեր զինվորը, դժկամելով, որ ընդհատվեց իրենց զրույցը, նաև այն սառնությամբ, որ նշանակում է. «շարունակիր ճանապարհդ, բարին, ոչ մենք ենք քո հայրենակիցը և ոչ էլ քեզ է հետաքրքրում, թե մենք որտեղացի ենք»:

— Արևածաղիկ ուզո՞ւմ եք...

— Ինչո՞ւ չէ, կարելի է... Կարելի է ձերդ մեծություն, — և առաջինը մոտեցավ ալեհեր զինվորը, ապա մյուսների դեմքին նս երևաց կես միամիտ, կես քծնող ժպիտ:

— Լազարեթում շա՞տ զինվոր կա:

— Ո՞վ գիտե... Մենք չգիտենք...

— Իսկ ձեր զինվորների մեջ հայ չկա՞...

— Հա՞յ, — և նրանք իրար երեսի նայեցին: — Կարելի է, որ լինի, ձերդ մեծություն. այստեղ ամեն ցեղից էլ կան, ով Դոնից է, ով Կալուգայից, մինչև անգամ Օրենբուրգից կա, և կարող է հայ էլ լինել... Ո՞վ գիտե:

Արմենիերի աչքերը փայլեցին:

— Ես ձեզ համար էլի արևածաղիկ կառնեմ... Տեսեք, եթե հայ կա, կանչեցեք դուրս:

— Կարելի է նաև առանց արևածաղկի, — ասաց ալեհեր զինվորը:

— Դու քեզ համար պատասխանի, պառավ, ուրիշների հետ ի՞նչ գործ ունես, — զայրացավ ռուս կինը, — կարող է, որ նորին բարեծննդությունն ուզում է այսօր բարեգործություն անել:

— Իսկ խիղճ կա՞... թե՞ ոչ: Քոնը միայն փողն է, լիրբ... — և դարձավ Արմենիերին, — կարելի է... Բայց հայն ինչպիսին է: Մեզ մոտ ամեն ցեղից էլ կան, ով Դոնից է, ով...

— Կա՞ սև մարդ, սև աչքերով, քիթը՝ մեծ:

Ալեհեր զինվորը միտք արեց՝ նայելով իր ընկերներին: Նրանք էլ էին միտք անում, կրծելով բոված արևածաղիկը:

Մի զինվոր ասաց.

— Իսկ որ վերջին ֆլիգելում է ապրում, նա հայ չի՞...

— Ո՞րը, — հարցրեց ալեհեր զինվորը:

— Նա, որ հաց էր գողացել... որին ծեծեցին:

— Սատանի ավել, մի՞թե նա սև է, աչքերը սև՞ են, քիթը մե՞ծ է... Աղբով է լցված գլուխդ: Չհասկացար ի՞նչ պատվիրեց նորին բարեծննդությունը՝ որ գլուխը սև լինի, աչքերը սև լինեն, ամեն ինչ սև լինի և քիթը սև լինի...

— Ա՛ա, — երկար ծոր տվեց այն զինվորը, և դժվար էր հասկանալ, թե ի՞նչ էր նշանակում այդ բացականչությունը:

— Քեռի Միտրիչ, — կանչեց երիտասարդ զինվորը, — իսկ եթե մազերը սև են և քիթը մեծ է, բայց աչքերը սև չեն, այլ... — և երիտասարդը դժվարացավ ասել, թե ինչ գույնի են աչքերը և հանկարծ բռնեց կնոջ գլխաշորից և ուրախացած բղավեց. — այ այս գույնի, աստված վկա, ճիշտ այս գույնի են աչքերը... Չի՞ լինի:

Կինը զայրացավ և խփեց զինվորի թևին:

— Թաթդ քեզ պահիր... Ես ամուսնացած կին եմ և ոչ թե ֆրաու...

Բոլորը նայեցին Արմենիերին: Եվ նույնիսկ ալեհեր զինվորը նայեց, կարծես ուզում էր ասել, որ այդ հարցին պատասխանել կարող է միայն «նորին բարեծննդությունը»:

— Բայց նա քրիստոնյա՞ է... Հայերը քրիստոնյա են:

— Աստված վկա, չգիտեմ: Միայն գիտեմ, որ ռուսերեն չի խոսում, միշտ մենակ է շրջում, հոշպիտալում իր երկրացի մարդ չունի: Եվ անունն ինչ-որ ուրիշ տեսակ է, մերիններից չէ... կամ Էանզայ է, կամ Էամզայ է, այդպես մի բան է: Եթե կլինի, գնամ կանչեմ: Նա միշտ պատի տակ մենակ ման է գալիս... Իսկ մազերը՝ սև, ինչպես, հիշո՞ւմ ես, Միտրիչ, մեր գնդապետի ձին:

Երիտասարդ զինվորը մտավ բակը և քիչ անց վերադարձավ: Նրա ետևից գալիս էր միջահասակ մի մարդ, փաթաթված պատառոտուն գրատի մեջ: Երևում էր, որ նա մրսում է: Նա գալիս էր զգույշ քայլերով: Դեմքի մկանները լարված էին. կարծես նա խուլ և մունջ էր և լսում էր լայն բացած աչքերով: Նրա դեմքն արտահայտում էր դժկամություն. գալիս էր, բայց և կասկածում էր, թե չլինի՞ իրեն խաբում են:

— Ահա՛, — և երիտասարդ զինվորը հեռու կանգնեց: Մյուսներն էլ լուռ ետ քաշվեցին:

Նրանք նայեցին իրար: Ինչ-որ հարազատ ցոլք կար այդ մարդու բաց կապույտ աչքերում: Արևը նույն արևն էր, հարավի տաք արևը, բայց այդ արևը շողում էր բաց կապույտ մշուշի միջից:

Զինվորը հայ չէր:

— Թաթա՞ր, — նա գլուխը տարուբերեց:

— Լեկզի՞, — զինվորի աչքերը փայլատակեցին:

— Չերքյազ, — ասաց նա:

Արմենիերը փաթաթվեց նրան:

— Ղարդաշ էրմենի՞:

— Էրմենի ղարդաշ...

— Փառք քեզ, Տեր, — մելամաղձոտ ասաց ալեհեր զինվորը, — ինչպես հանկարծ բախտ ես տալիս մարդուն և բախտ ես խլում... Տես ինչպես լուսավորվեց երեսը... Իսկ շրջում էր մենակ, ինչպես անտառի բու... Տես ինչպես բացվեց լեզուն... Նրանցն էլ լեզու է, նրանք էլ ցեղ են և Աստված ունեն, և հող են վարում, և մանր երեխաներ ունեն:

Զինվորները տխրեցին: Գուցե նրանք հիշեցին իրենց տնակները և մանր երեխաներին և իրենց կանանց, որոնք, ով գիտե, քաղցած են, ցուրտ է տնակում, և գուցե նրանք այլևս կենդանի չեն: Մեկը մռայլ նայեց հիվանդանոցի բակին: Նա ձեռքը զայրույթով թափ տվեց և ներս մտավ: Իսկ մյուսները, թեև տխուր, բայց լսում էին նրանց զրույցը:

Նրա անունը Համզայ էր, նա գիտեր մի քանի բառ թուրքերեն, մի քանի բառ ռուսերեն և գիտեր միայն իր մայրենի լեզուն, որին Արմենիերը անծանոթ էր: Եվ այդ խառն լեզվով Համզայը պատմեց, որ ինքը մասնակցել է պատերազմին, բայց այլևս «սիրտը չի ուզել» (նա ցույց տվեց սիրտը), վիրավորվել է և ահա երրորդ ամիսն է հիվանդանոցում: Ուրիշ այլ բաներ ևս պատմեց Համզայը իր մայրենի լեզվով և Արմենիերը մի կերպ հասկացավ, որ Համզայը կարոտում է իր հայրենիքը, բայց այլևս այնտեղ չի վերադառնա, որովհետև «Թուրուխանը» նրա թշնամին է:

Հնչեց զանգը և եկան դարպասը կողպելու: Արմենիերը նրան մի անգամ էլ տեսավ բակի մեջ, չերքեզը ձեռքով արեց, և դարպասը փակեցին:

Այդ օրից նրանք մտերմացան: Յուրաքանչյուր կիրակի Արմենիերը գնում էր հիվանդանոց, իր բարեկամի համար նա տանում էր քաղցրավենիք, միրգ: Երբեմն բաժին էր հանում իր աղքատիկ գրպանից: Հետզհետե ավելի էր հասկանում նրան: Այսպես, օրինակ, նա առաջին օրերը կարծում էր, որ «Թուրուխանը» Համզայի թշնամին է այնտեղ, նրա հայրենիքում: Բայց հետո հասկացավ, որ Թուրախանը մայոր Տերյոխինն էր՝ կայազորի պետը: Նա իմացավ նաև, որ Համզային դեռևս պիտի պատժեին, որովհետև իբրև թե նա ինքն էր վիրավորել իրեն, այլևս պատերազմ չգնալու համար: Եվ սպասում էին, որ նա կազդուրվեր: Այդպես էր սպառնացել մայոր Տերյոխինը մի այցելության ժամանակ:

Արմենիերի համար չերքեզն ուներ մի անպատմելի հմայք: Այդ լեռնականի դեմքի վրա, նրա լեզվի մեջ մի բան կար, որ չէր հազեցնում Արմենիերի ծարավը, բայց հնչում էր ինչպես Նովավոր աղբյուրի ձայնը: Նրա աչքերի մեջ կար մի հարազատ ցոլք: Այդ մի ծաղիկ էր, որ չէր բուրում, բայց հիշեցնում էր այն դրախտային ծաղիկը, որին օրորում էր Զանգուն:

Համզայը մի անգամ երգեց: Այնքան քաղցր էր այդ երգը հեռու հյուսիսում: Կարծես լեռան ետևից բարձրանում էր արևը, և ձև էին առնում թփերը, ձորում շողում էր սպիտակ ջուրը: Նրա երգը օտար առարկաներին գույն էր տալիս, և դարպասը փոխում էր տեսքը և նմանվում իրենց տան դարպասին, որի դռները երգում էին. ահա դիմացի գորշ պատը պայծառանում է ինչպես Ջվարանցի քարաժայռը, երբ նրա լանջին բացվում է մայր մանուշակը:

Համզայը նաև պատմում էր հիվանդանոցի կյանքից... «Շունը մեզնից լավ է ապրում, դարդաշ... Ա՜խ, եթե շուն լինեի, գնայի այս երկրից, գյուղերով գնայի, արտերի միջով գնայի, ցերեկը քնեի խոտերի մեջ, գիշերը մինչև լույս գնայի և հասնեի մեր սարերին, մեր գյուղը, ոչխարը սարը տանեի... Հիմա արդեն սարերը կանաչում են, դարդաշ...»:

Արմենիերը Համզայի վիճակը թեթևացնելու համար դիմել էր Պարրոտի միջնորդության: Պրոֆեսորը սառը պատասխանել էր.

— Ավելորդ է դիմել մայոր Տերյոխինին: Նա գազան է, և հետևանքը կարող է լինել այն, որ ձեր երկրացու վիճակն ավելի կծանրանա...

13

Մենյակում մոմերը վառվում էին, դեղնավուն լույսի հետ սփռելով խաղաղության: Իրերն ընկղմվել էին կիսաստվերների մեջ. միայն պատից կախված նկարի ապակին էր իր մեջ հավաքել շողերը և արտացոլում էր, հիշեցնելով մի նեղ պատուհան, որից ներս է ընկել աստղալույսը: Խաղաղ էր նաև փողոցը, որտեղից երբեմն միայն լսվում էր մի անհայտ անցորդի ոտնաձայն:

Տիկին Էլոիզը նայում էր պատուհանի կողմը: Երբ դրսում հետզհետե հանգչում էին ոտնաձայները, սենյակում լռությունն ավելի էր թանձրանում, և լսվում էր մոմերի ճարճատյունը, կարծես մեկը գիրք էր թերթում: Իսկ երբ անցնում էր քամին, մոմերի բոցերը մեկ ձգվում էին, մեկ ծալվելով նստում: Պատուհանի վարագույրները խաղում էին և տիկին Էլոիզին թվում էր, թե մեկը դրսից իրեն է նայում:

Նա մոտեցավ կլավիրին: Ստեղների ուրախ հնչյուններից սենյակը զվարթացավ: Նա աննպատակ նվագեց մի ինչ-որ կոնտրդանս, կարծես չէր լսում նվագը, այլ ավելի հիանում էր իր մատների գեղեցկությամբ, ինչպես մի երիտասարդ աղջիկ, որ սրսփալով մտել է ջուրը և չի հիանում ոչ չարաճճի ալիքներով և ոչ ափի ծաղիկներով, այլ հիանում է միայն իր պատկերով, որ ճոճվում է ջրի մեջ:

Ապա հնչեց հնամենի վալսը՝ հիշատակն այն օրերի, երբ դեռահաս աղջիկ էր, այն տարիքում՝ երբ ոչ անմեղ երեխա էր և ոչ կյանք ճաշակած կին, մի տարիք, երբ առաջին տպավորություններն անջնջելի դրոշմ են դնում հոգու վրա: Այդ տպավորությունները նման են դեղնած տերևների, բայց ոչ խոր աշնան, երբ մերկանում է ամբողջ այգին, չկան թիթեռները, և տխուր խոխոջում է առուն, — այլ նման են այն առաջին տերևներին, որ դեղնում են աղմկոտ ամռանը և վայր են ընկնում կանաչ խոտերի վրա, որտեղ երգում են ճպուռները, բզեզները հարսանիք են սարքել և ամբողջ այգին, ինչպես մի երգեհոն հնչեցնում է պտղաբերության հավերժական երգը: Եվ ավելի զվարթ է հնչում այդ կանաչ երգը, երբ ընկնում են մահվան առաջին տերևները:

Տիկին Էլոիզն այլևս չէր լսում ոչ դրսի ոտնաձայները և ոչ էլ նայում էր պատուհանի վարագույրներին, որ քամուց բարձրացնում էին եզրերը և իսկույն իջեցնում, կարծես մեկին ցույց էին տալիս այդ գեղեցիկ պատկերը՝ տիկին Էլոիզին, մոմերի լույսով, բատիստե սև զգեստով և վառ կարմիր ժապավենի փնջերով, որ վարդերի նման բացվել էին նրա թևերի վրա և իրենց կարմրավուն ցոլքով երնացնում էին նրա ականջները՝ մոխրագույն զանգուրների մեջ:

Իսկ մաշված ստեղները լալիս էին: Նրանք անձրևում էին կարոտի հնչյուններ. երբեմն մեկը և երկուսը թավ ղողանջում էին հեռվից, կարծես նավը գնում էր ծովի հեռուն, և այնտեղից այդ ձայները հրաժեշտ էին տալիս ափին:

Երբ նվագը վերջացավ և օդի մեջ դեռևս չէին հալվել վերջին ելևէջները, տիկին Էլոիզը լսեց խուլ խշշոց: Հեռվում աղմկում էր անտառը: Նա մոտեցավ պատուհանին: Երկինքը խավար էր: Նա լսեց ավելի խուլ աղմուկ, քան անտառի խշշոցը: Կարծես շատ հեռվում դղրդում էր փոթորկած ծովը:

Տիկին Էլոիզը ցուրտ զգաց: Նա կծկվեց բազմոցի վրա և ձեռքն առավ սեկե կազմով գիրքը:

Երբեմն այդ գիրքը նրա բարեկամն էր: Ընթերցելով այդ գիրքը՝ նա արտասվել էր, ինչպես այն ռոմանտիկ դարում գիտեին արտասվել երիտասարդ աղջիկները և երիտասարդ պատանիները, որոնք զգում էին անգո մի վիշտ տերևների սոսափի և իրենց հոգու մեջ: Այն կախարդական գիշերը, երբ լիալուսնի տակ ցցվել էր աշտարակը մի լուռ դղյակի, որտեղ կոնչում էր բուն: Ինչպես այն դարի դուստր՝ Էլոիզը ևս առանձնության մեջ լաց էր եղել մի անանուն գերեզմանի վրա, միտ դնելով, որ այդպես է նաև Վերթերի գերեզմանը կաղնիների պուրակում, որտեղ նա սպասել էր Շարլոտային: Այդ գրքի ծալքերում դեռ մնում էին չոր ծաղիկներ և տերևներ, մոռացված տարեթվերով, մի ծվեն այն մետաքսից, որից կարել էին նրա հարսնության զգեստը և թելի նման բարակ ծամ, որ ինքն էր հյուսել, որպես սուվենիր:

«Օ՜, ինչքան երեխա ենք մենք... ինչպես թանկ է մեզ համար սիրածի մի հայացքը... Օ՜, ինչքան միամիտ երեխաներ ենք մենք. ..»:

Տիկին Էլոիզը շրջեց մի այլ էջ:

— Ինչո՞ւ է այս կարոտը, այս սիրտ մաշող սպասումը... Մայր է մտնում արևը և ուզում է վերջին անգամ իր շողերով ողողել դաշտերը և անտառը և ջրերը, ցոլք տալ և այնպես կորչել... Ուրեմն ծերացե՞լ է արդեն և վերջին հրաժեշտն է տալիս: Եվ այլևս չի լինի այլ սեր...

Տիկին Էլոիզը նայում էր բաց էջին և չէր կարդում:

Նա տխուր նախազգում էր, որ այլևս կյանքը վերջանում է, և այն, որ նրան գարուն է թվում, չէ այն երիտասարդ գարունը, որ խլրտում է դրսում, այլ խաբուսիկ գարունն է ձմեռնամուտին, երբ դեռ չի մաղել ձյունը և աշնան արևից խաբված երկրորդ անգամ խոտը կանաչում է: Բայց հենց այդ զգացումն ավելի էր բորբոքում նրա կիրքը, նրա կանացի ծարավը՝ այս վերջին գավաթը ըմպելու կաթիլ առ կաթիլ և մինչև վերջ:

Ձմռան սկզբին Էլոիզը վերադարձել էր Ռևելից: Առաջին հանդիպումին ամուսինը՝ պրոֆեսոր Գերման Աուլենդերը, ի շարս այլ նորությունների, նրան հաղորդել էր նաև Արմենիերի մուտքը Դորպատ: Տիկին Էլոիզը նրան հանդիպել էր Պարրոտի տանը այն երեկո, երբ գնացել էր առաջին այցելության: Երիտասարդը, ծանոթանալով, մի քիչ դժկամությամբ էր խոնարհել գլուխը և մի քանի րոպե լուռ մնալուց հետո հեռացել էր:

— Նա դեռևս բիրտ է և իրեն խորթ է զգում, — ասել էր պրոֆեսորը, տիկնոջը հարց ու փորձ անելով Ռնելի ծանոթներից:

Իսկ մի շաբաթ հետո պրոֆեսոր Աուլենդերը կնոջն ասել էր, որ ինքը Արմենիերին երկրաչափություն է դասավանդելու: Նրանք պիտի պարապեին տանը, ինչպես խնդրել էր պրոֆեսոր Պարրոտը:

— Որովհետև նա մեծ է տարիքով և թույլ է գիտությամբ, որպեսզի հաճախի սեմինարիա և կամ համալսարան: Նա պետք է արագ սովորի այն պարզ գիտելիքները, որ չեն սովորեցնում նրա հայրենիքում, ինչպես ասաց հերր ռեկտորը:

Այդ օրից շաբաթը երկու անգամ Արմենիերը գալիս էր նրանց տուն, տետրակները և քարե տախտակը թևի տակ, ինչպես դպրոցական տղա:

Պարրոտի կինը տիկին Էլոիզին պատմել էր, որ երիտասարդը դյուրաբորբոք է, երբ խոսում են նրա հայրենիքի մասին: Նա պատմել էր Արմենիերի ընդհարումը մեկի հետ, որը գռեհիկ էր արտահայտվել հայ աղջիկների մասին: Տիկինն ասել էր նաև այն, որ նա բարձրաձայն է խոսում, ինչպես լեռնցի, որ հոգևոր կոչումի լինելով, նա խիստ բծախնդիր է իր հավատի և ծեսերի անաղարտության: Տիկին Պարրոտը հատկապես խնդրել էր ուշադիր լինել նրա արտասանության, շարժ ու ձևերի և նրա բնավորության դաստիարակության, կանացի բնազդով զգալով, որ ոչինչ այնքան գեղեցիկ չի հղկում երիտասարդին, որքան միջավայրը կիրթ և ազնվամիտ կանանց:

Սակայն այլ էր տիկին Էլոիզը: Այն ամենը, ինչ բիրտ էր Արմենիերի բարքի մեջ, նրա համար առնականի կատարելատիպն էր: Նա սիրում էր նրա կոշտ լեզուն, հնչեղ ծիծաղը, որի համար տիկին Պարրոտը նրան խրատում էր, թե վայելուչ չէ այդպես աղմկալի ծիծաղելը տիկինների ներկայությամբ, — նրա պարզ միամտությունը, զգացմունքների անմիջականությունը, նույնիսկ հայ դպրի տարազը, որով Արմենիերը առաջին օրերը գնում էր նրանց տուն, — սիրում էր նրա կախարդական պատմությունները Արևելքի մասին, որտեղ խիստ են սիրում և խիստ են խանդում, — սիրում էր Արմենիերի ոճավոր խոսքերը և նրա զարմանալի երգերը, որոնց մեջ կար և վիշտ, և վախ:

Տիկին Էլոիզը սիրում էր նրան: Սիրում էր ինչպես մայր, որ կրքով գուրգուրում է որդուն, սիրում էր և ինչպես կին, որ զգում է, թե այդ է վերջին գավաթը կենաց խնջույքի, որից հետո այլևս ոչինչ չկա և չի լինելու: Նա և ուրախ էր, որ կյանքի ցուրտ միգում անակնկալ բոցավառվել էր այդ խարույկը, և տխրում էր, նախազգալով, որ կփչեն զորեղ հողմեր, կհանգչի կրակը և այլևս չի լինի ոչ սպասումի կարոտ, ոչ ջերմացնող մտերմություն և նույնիսկ մոխիրը կսառչի:

Նրան թվում էր, թե որ շատ վաղուց աղջկային երազների մեջ երևացել էր այդպիսի մի երիտասարդ: Երբ թերթում էր «Վերթերը», գրքի ծալքերում մոռացված ծաղիկները և ծամը նրան հիշեցնում էին այն թեթև սերերը և հանդիպումները, որ կանուխ չորացան, ինչպես առապարի ծաղիկները, որոնք միայն վաղ գարնան և շատ կարճատև շքեղացնում են առապարը... Ապա հանդիպեց Գերմանին, որի զվարթությունը ցամաքել էր նույն օրը, երբ նա հրաժեշտ էր տվել ուսանողական կյանքին Ենայի համալսարանում : Այդ օրից սկսվել էր նրանց կյանքը՝ տաղտկալի և միօրինակ, ինչպես օրերը այն համեստ բյուրգերների, որոնք ծնվում և մեռնում են միևնույն փողոցում և որոնց կյանքում՝ ծննդից մինչև մահ միակ նշանավոր դեպքը ամուսնությունն էր դրացուհու հետ:

Փողոցում ոտնաձայն լսվեց: Նա է... Գալիս է: Տիկին Էլոիզը ոտքի ելավ: Մի տաք դող անցավ նրա մարմնով: Ահա նա բախում է դուռը: Միայն նա է այդպես բախում՝ ամուր և երեք անգամ:

— Մի՞թե անձրևում է:

— Անձրևում է:

Արմենիերը զարմացած նայեց տիկին Էլոիզին, թվաց թե ուրիշ դուռ էր ծեծել և ներս էր մտել ուրիշ տուն, որտեղ ապրում էր ամենաչքնաղն այն գեղեցկուհիներից, որոնք բարձրացնելով վարագույրի եզրը, հետաքրքիր նայում էին արևելցուն:

Նա աչքերը հառել էր ժապավենի կարմիր փնջերին:

— Ինչո՞ւ այսօր այդպես եք հագնվել:

— Իսկ ձեզ դուր չի՞ գալիս:

— Ցուրտ է... կարող եք մրսել, — ասաց նա կոշտ և առնական գորովով, ապա նայեց մյուս սենյակի դռներին, որտեղից սովորաբար ներս էր մտնում պրոֆեսոր Աուսլենդերը, լսելով նրա ձայնը:

— Գերմանն այսօր ուշ կվերադառնա...

— Ինչ մութ գիշեր է... Իսկ ո՞րտեղ է Մատիլդան:

— Նրա եղբայրը եկել է գյուղից: Խնդրեց այցելության գնալ:

Արմենիերը լռեց: Արտասովոր և քաղցր մի բան կար Էլոիզի ձայնի մեջ: Եվ պրոֆեսորը տանը չէր, տանը չէր նաև աղախինը՝ Մատիլդան, և տանը ուրիշ ոչ ոք չկար:

Իսկ տիկին Էլոիզն այնքան գեղեցիկ էր, այնպես էին այրվում այն փնջերը նրա սև զգեստի վրա:

— Ինչպես չեք երկյուղում մութին տանը մենակ մնալ:

— Մեր տունը մութ չէ... Տեսեք քանի մոմ է վառվում, — հնչեց նրա ջրային ծիծաղը:

— Իմ հայրենիքում կինը կվախենա մութ գիշերով տանը մենակ մնալ:

— Բայց ես մենակ չեմ: Դուք այստեղ եք, — և նորից հնչեց նրա հեգնոտ ծիծաղը, որով տիկին Էլոիզը ուզում էր խայթել նրան: — Այնպես չէ՞, դուք ինձ կպաշտպանեք, եթե չարագործները հարձակվեն մեր տան վրա, ինչպես հարձակվում են ձեր երկրում:

Արմենիերը ոչինչ չասաց. նա կանգնել էր կլավիրի մոտ և փորձում էր վերհիշել այն գամման, որ հնչում էր ինչպես վանքի զանգերի ղողանջ:

— Ուզո՞ւմ եք ձեզ սովորեցնեմ կլավիրի վրա նվագել:

Արմենիերը տխուր պատասխանեց.

— Ինձ համար ուշ է արդեն... Մեզանում ասում են քառասունի մեջ սովորողը գերեզմանում կնվագի:

— Բայց դուք շատ հեռու եք քառասունից:

— Համբերություն չունեմ, տիկին Էլոիզ:

— Հենց դրա համար էլ պիտի սովորեք նվագել:

— Կիթառի վրա գուցե, թե չէ իմ հայրենիքում ո՞րտեղից է այս գործիքը, և ո՛վ գիտի, ես պիտի ունենա՞մ տուն և ընտանիք:

— Այստեղ այնքան լավ աղջիկներ կան... Ընտրեցեք մեկնումեկին և տարեք ձեզ հետ:

Արմենիերը չզգաց տիկին Էլոիզի ոչ դողացող ձայնը և ոչ տխուր շեշտը:

— Նրանցից ոչ ոք ինձ հետ չի վերադառնա իմ երկիրը:

— Այն ժամանակ դուք մնացեք այստեղ:

— Չեմ կարող, ես պետք է վերադառնամ:

Ստեղները միալար դողանջում էին այն զամման, որ հիշեցնում էր վանքի զանգերը:

— Իսկ ձեր եկեղեցիներում չե՞ն նվագում...

— Ոչ, տիկին: Մեզանում միայն երգում են:

— Եվ երևի սքանչելի է խումբը երգիչ աղջիկների և տղաների:

— Աղջիկներին և կանանց արգելված է երգել մեր եկեղեցիներում: Նրանք կարող են միայն աղոթել և այն էլ պետք է առանձին կանգնեն:

— Խեղճ աղջիկներ:

— Այո, տիկին, նրանք խեղճ են: Նրանք ոչ միայն չեն կարող եկեղեցում երգել, այլև չեն կարող սիրել և գուցե թե իրենց սրտում գաղտնի սիրեն մեկին, բայց չեն կարող այդ մասին հայտնի ասել: Նրանց շատ կանուխ են ամուսնացնում: Մեզանում ասում են՝ գդակդ զարկիր աղջկա մեջքին, եթե աղջիկը վայր չընկավ, ուրեմն ժամանակն է ամուսնացնելու...

— Եվ ամուսնացնո՞ւմ են:

— Եվ ամուսնացնում են: Իմ ազգականուհին, որ հիմա հազիվ լինի տասներկու տարեկան, արդեն երկրորդ տարին է, որ կինն է մի վայրենի մարդու, որը նրան հայր կսազեր: Իսկ ինչքան կայտառ աղջիկ էր Մայրանը: Ամուսնության հենց առաջին գիշերը նա վախից մունջ դարձավ, մունջ և անդամալույծ... Եվ այդպես էլ ես թողի նրան:

— Աստված իմ...

— Ահա թե ինչպես են նրանք խեղճ:

Արմենիերը լուռ մոտեցավ պատուհանին: Մութ էր. դրսից լսվում էր միայն անձրևի աղմուկը. մի ջրորդանից թափվում էր անձրևաջուրը... Ինչո՞ւ հիշեց Մայրանին... Այն երկրում էլ խավար գիշե՞ր է և ա՞յս անձրևն է գալիս, թե պարզկա գիշեր է, գարնան սպիտակ աստղերով... Տեսնես հիմա ի՞նչ է անում նանին: Երևի քուրսու վրա ոսպ է փռել և հոգնած աչքերով ջոկում է քարերը: Հանկարծ դռան ետևից կամաց կանչեր. «Ես եմ, նանի... Խաչերն եմ... Դուռը բա՛ց»:

Տիկին Էլոիզն աչքերը չէր հեռացնում նրանից: Արմենիերը ձեռքերը կրծքին խաչել և նայում էր մութ խավարին: Տիկինն զգաց, որ նա մտքով հեռու էր: Եվ ինքն իրեն հանդիմանեց, որ ավելորդ հարցասիրությամբ պատճառ եղավ վերհիշումների:

Այդ րոպեին եթե Արմենիերը գլուխը շրջեր և նայեր տիկին Էլոիզին, նա կտեսներ այնպիսի հայացք, այնպիսի աչքեր՝ սիրով և քնքշանքով լի, որ կմոռանար ցնորքը: Բայց նա անշարժ նայում էր խավարին: Թվաց թե լսեց շան խուլ հաչոց շատ հեռվից, գուցե ժմուղների այն գյուղից կամ ավելի հեռվից:

— Ինչքան միանման են հաչում շները... Կարծես թե մեր Բողարի հաչն էր:

— Ուզո՞ւմ եք ձեզ համար մի բան նվագեմ... Գերմանն ուշանում է:

Արմենիերը շրջվեց: Նա կարծես մոռացել էր, որ օտարի տանն է, և այդ տանը մարդ կա...

— Նվագեցեք:

Երբ տիկին Էլոիզը վեր կացավ և քայլեց, այնպես քաղցր խշշաց նրա զգեստը:

Հնչեց նույն վալսը... Երբեմն թվում էր, թե մութ գիշերին ստեպի վրայով անցնում է եռաձի կառքը և զրնգում են բոժոժները, երբեմն մեկը և երկուսը թավ ղողանջում են հեռվից, կարծես նավը գնում էր ծովի հեռուն և այնտեղից այդ հնչյունները հրաժեշտ էին տալիս սիրելի ափին:

Պատի վրա այն նկարն էր, որի ապակին իր մեջ էր հավաքել լույսի շողեր և արտացոլում էր ինչպես պատուհանից ներս ընկնող աստղալույս: Արմենիերը նայեց նկարին և իսկույն աչքերը դարձրեց դեպի տիկին Էլոիզը, որ ինքնամոռացության մեջ ետ էր թեքել գլուխը, և մոմերի լույսով ցոլանում էր նրա նուրբ պարանոցը: Նկարը պատճենն էր այդ պատկերի... Նույն մոխրագույն գանգուրները, նույն փոքրիկ քիթը, շքեղ ռունգերով, որ փքվում էին կրքով, լույսի տակ երևացնելով վարդագույն արյունը, — նույն հրեական շրթունքները՝ հազիվ նշմարելի աղվամազով: Նույնաձև էր նաև զգեստը, այն տարբերությամբ, որ երկնագույն էր և ոչ սև, բայց փնջերը նույնն էին, նույն վառ կարմիր վարդերը: Նկարի Էլոիզն ավելի երիտասարդ էր: Նա նստել էր բազմոցին և ծնկների վրա պահում էր բացված գիրքը:

Արմենիերը նորից համեմատեց նկարը... Տիկին Էլոիզը չուներ այն կանաչ ուլունքը, որի ծայրից կախված էր ընկույզի մեծության սև և տափակ մի քար: Իսկ այդ քարը և ուլունքի կանաչ շարանն ստվերազծում էին նկարի կնոջ երիտասարդ և գեղեցիկ դեմքը:

Երբ տիկին Էլոիզը նվագը վերջացրեց, Արմենիերը մոտեցավ նրան.

— Իսկ որտե՞ղ են այն ուլունքները, — և մատը մեկնեց նկարին:

— Ուզո՞ւմ եք ցույց տամ, — նրանք կողք-կողքի գնացին դեպի փոքրիկ պահարանը՝ կարմիր փայտից և սաղաֆներով զարդարած:

Այդ րոպեին անձրևախառն քամին հանկարծ խփեց պատուհանին, և կաթիլներն աղմուկով թմբկահարեցին: Նրանք լուռ նայեցին իրար:

— Ծեծո՞ւմ են պատուհանը:

— Ոչ, անձրևն էր…

Տիկին Էլոիզը դարակից հանեց ուլունքների շարանը:

— Մայրս է նվիրել իմ հարսնության օրը, — մեղմ և թախծոտ ասաց տիկին Էլոիզը, կարծես կարոտեց և՛ մորը, և՛ հարսնության երջանիկ առավոտը:

— Ինչ-որ բան է փորագրված քարի վրա, — և Արմենիերը քարը պահեց լույսի դեմ:

— Այո... գրված է amor vincit omnia, որ նշանակում է սերը հաղթում է ամեն ինչի... շոտլանդական քար է:

Քարի վրա քանդակված էր նաև մի աղջիկ, որի ոտքերի առաջ ննջում էր պարտված առյուծը:

Արմենիերը ձեռքերը մեկնեց: Նա կամեցավ ուլունքները կախել տիկնոջ պարանոցով, ինչպես նկարի վրա էր: Նրա մատները շոշափեցին Էլոիզի ջերմ պարանոցը: Տիկինը խոնարհեց գլուխը, և նրա գանգուրները շոյեցին Արմենիերի այտերը: Նրանք իրար չէին տեսնում, այնքան մոտ էին աչքերը: Պատուհանի տակ նորից աղմկեց քամին և ծառերը խշշացին:

— Իմ սիրելի երեխա…

Տիկին Էլոիզը գրկեց նրան, համբուրեց և ամուր սեղմեց կրծքին, կարծես վախենում էր, որ զարնան քամին նրան կխլի իր գրկից:

14

Առավոտյան Մատիլդան, աղախինը տիկին Էլոիզի, եկավ այրի կին Աշինգերի տունը Գրունշտրասսեի վրա, որտեղ բնակվում էր Արմենիերը: Մատիլդան տանտիրուհուն հարցրեց. «Վե՞ր է կացել պարոնը...»: Տանտիրուհին բախեց նրա սենյակի դուռը և ներսից պատասխան չառնելով՝ դուռը կամաց հրեց: Ներսը ոչ ոք չկար. սեղանի վրա բաց էր այն գիրքը, որին հավատո գիրք էր անվանում Արմենիերը, տանտիրուհուն արգելելով ձեռք տալ գրքին, երբ նա հավաքում էր սենյակը: Սեղանի վրա մոմը մինչև վերջը վառված էր. հատակին թափված էր ծխախոտի մոխիր: Աթոռի թիկնոցի վրա փռված էր նրա այլուրտուկը, որից ջուր էր կաթում:

— Չկա մեր երիտասարդը, — և տանտիրուհին դուռը դրեց: — Երևում է, որ նա շատ ուշ է վերադարձել, որովհետև ես քուն չունեմ և շատ ուշ եմ քնում... Իսկ երեկ գիշեր այնպիսի անձրև էր, ծառերն այնպես էին աղմկում, որ ես անկողնում երկար ժամանակ արթուն էի և ինչեր չէին երևում իմ աչքերին: Իսկ նա չեկավ, որովհետև եթե գար, ես նրա ոտնաձայնը կլսեի: Մինչև անգամ անկողին չի մտել, այլ պառկել է շորերով: Այ կտեսնեք, որ այդպես է եղել... Փառք Աստծո, տասը տարի է այրի եմ և շատ կենվորներ եմ տեսել և նրանց այնպես եմ ճանաչել, որ նույնիսկ ոտնաձայնից եմ ճանաչել, ինչպես իմ հանգուցյալ ամուսինը ճանաչում էր նամակները, թե ով է գրել և ում են գրել և ինչ է գրված նամակի մեջ...

Մատիլդան զարմանքից բերանը բաց էր արել, կարծես պոստմեյստեր Աշինգերի այրին նրան հրաշք էր պատմում, ինչպես երեկոյան իր եղբայրը, որ գյուղից էր եկել, պատմում էր, թե հարևան գյուղում մի կով ծնել է ոչ թե իսկական հորթ, այլ հորթի գլուխ, միայն մի գլուխ, առանց իրանի և ոտքերի, և որ հորթի գլխին կպած է եղել պոչը, նույնպես իսկական պոչ, և հորթի գլուխը ծնվելուց հետո երեք անգամ բառաչել է ու մեռել:

Իսկ տիկին Աշինգերը պատմում էր.

— Պատահում էր, որ հոգնած տուն էր գալիս հանգուցյալը: Հանում էր մի նամակ և ասում. «Մարթա, այս նամակն ուղարկել են կառապան Հանս Տրաուբեին, որի տունը ռուսների նոր աղոթատան դիմացն է... Եվ նրանք գրում են, որ հայրը մահացել է գյուղում»: Եվ իսկապես այդպես էր, ճշմարիտ աստված: Նա հագնում էր սև ֆրակը, հագնում էր նաև սև ձեռնոցներ, որովհետև գիտեր, որ կառապան Հանս Տրաուբեն կարդալ չգիտե և իրեն պիտի խնդրի կարդալ այդ նամակը, որից հետո բոլորը պիտի ողբային ծերունու մահը: Եվ իմ հանգուցյալ ամուսինն առաջինն էր ասում մխիթարանքի խոսքը, նույնիսկ պաստորից առաջ: Եվ կառապան Հանս Տրաուբեն այդ օրից դառնում էր իմ ամուսնու բարեկամը և եթե նրան փողոցում հանդիպեր, նա հեռվից կանչում էր. «Բարև ձեզ, պարոն պոստմեյստեր», — և մինչև անգամ առաջարկում էր կառք նստել, որովհետև հոր մահվամբ Հանս Տրաուբեն ժառանգություն ստացավ... Այդպիսի մարդ էր իմ հանգուցյալ ամուսինը: Կամ բերում էր մի փոքր ծրար, այնքան փոքրիկ, որ կարելի էր ասել, թե տասը խոսքից ավելի չէր տեղավորի, բայց նա ցույց էր տալիս ծրարը և ժպտում. «Մարթա, վաղը կարող ես շնորհավորել դատավորի կնոջը... Ինչպե՞ս է նրա կրտսեր աղջկա անունը»: «Ամալյա է անունը, տեր իմ...»: «Այս ծրարի մեջ Ամալյայի երջանկության բանալին է... Հիշո՞ւմ ես այն թնդանոթաձիգ կապիտանին, որ այս ամառ գնդի տոնին ողջ-ողջ կուլ տվեց տասներեք ձուկ»: Եվ իսկապես, նա կուլ էր տվել տասներեք կենդանի ձուկ, և ամբողջ քաղաքում խոսում էին այդ մասին: «Ահա այս նամակով պարոն կապիտանը խնդրում է դատավորի դուստր Ամալյայի ձեռքը»: Եվ ինչ. մի շաբաթ հետո դարձյալ իմ ամուսնու ձեռքով ուղարկում էին պատասխանը և ամիսը չբոլորած, մեզ ևս կանչում էին հարսանիքի: Ահա թե ինչպիսի պոստմեյստեր էր իմ հանգուցյալ ամուսինը. նստում էինք երկուսով, քանի որ աստված մեզ արժան չհամարեց զավակ ունենալ, — նստում էինք, նա խմում էր երեկոյան թեյը (նա սիրում էր ծաղկով թեյ, և հիմա էլ դեռ այդ ծաղկից պահում եմ), և միասին զրուցում էինք: Ամբողջ քաղաքում դեռ ոչ ոք չգիտեր, թե ով է դժբախտացել և կամ ով է, որ պիտի երջանկանա, և միայն մենք գիտեինք... Այդպիսի մարդ էր իմ ամուսինը:

Արդեն Մատիլդան զգացվել էր այրի Աշինգերի զրույցից, և խեղճ աղջկա աչքերի մեջ արցունք էր երևում, այնինչ տանտիրուհին դեռ պատմում էր, մեծ եռանդով սրբելով ափսեները, որ ամենևին յուղոտ չէին, այլ միայն փոշոտ էին, և այդ փոշին վկայում էր, որ պոստմեյստեր Աշինգերի մահից հետո ափսեներն այլևս չեն փայլել սեղանի վրա:

— Իսկ ինչ երիտասարդ է Արմենիերը, Աստված իմ... Կարող եմ ասել, որ ահա տասը տարի է այրի եմ և այդպիսի երիտասարդ չեմ տեսել: Ինչքան եմ երախտապարտ տիկին Պարրոտին, նաև երախտապարտ եմ տիկին Էլոիզին: Շնորհակալ եմ, որ չեն մոռացել երախտիքն իմ հանգուցյալ ամուսնու... Իսկ իմ ամուսինը պատահում էր, որ բուքին, երբ փողոցներում կրակ էին վառել, որպեսզի մարդիկ կարողանան շարժվել, իմ հանգուցյալ ամուսինը, որի նման պոստմեյստեր մինչև անգամ Պետերբուրգում չկար...

Այդ զարմանալի Աշինգերը ձյունամրրիկին ծրարներն անձամբ էր տանում ռեկտոր Գեորգ Ֆրիդրիխ Պարրոտին («այն ժամանակ որդին՝ Ֆրիդրիխը, որ ռեկտոր է այժմ, դեռ երիտասարդ էր...»): Այդ հեռավոր ժամանակներից Աշինգերի այրին ինչպե՞ս պիտի հասներ եկեղեցի, որտեղ նա հանդիպել էր երկու տիկիններին և ապա տիկին Պարրոտը նրան հարցրել էր.

— Չգիտե՞ք մի հարմար սենյակ առաքինի տան մեջ մեր բարեկամ Արմենիերի համար... Եվ որ տանտիրուհին հոգա նրան, դաստիարակի, որովհետև նա խնամքի կարոտ է...

Մի ժամից հետո տիկին Աշինգերի խոսքը նորից դարձավ Արմենիերին:

— Ահա շուտով կլրանա վեց ամիս, ինչ նա ապրում է իմ տանը և ես միշտ փառք եմ տալիս Աստծուն, որ հանդիպել եմ այդպիսի մարդու: Ո՛չ աղմկում է, ո՛չ նրան հարբած եմ տեսել, ո՛չ ուրիշ անիրավություններ է անում, ինչպես օրինակ՝ նա՛, — և տանտիրուհին այս խոսքի վրա ձայնը ցածրացրեց, մատը մեկնելով դեպի ձեղնահարկը, — նույնիսկ ամոթ է նրան պարոն ուսանող ասել… Նա լավ կաներ շրջեր տոնավաճառներում և բռնցքակռվով փող աշխատեր: Ա՛յ, եթե ողջ լիներ իմ հանգուցյալ ամուսինը, նա նրան ցույց կտար: Բայց ես, այրիս, ի՞նչ կարող եմ անել: Իսկ Արմենիերը՝ անմեղ աղավնի է... Դեռ ամիսը չլրացած ծեծում է դուռս և ասում. «Կարելի՞ է, տիկին Աշինգեր... Ահա այս ամսվա վարձը՝ յոթ ռուբլին»: Եվ վճարում է: Ես գիտեմ, որ նրա թոշակը քանիհինգ ռուբլի է և յոթ ռուբլին ինձ է վճարում, բայց դրա փոխարեն ես նրան հատկացրել եմ ամենալավ սենյակը՝ երկու պատուհանով և ծաղիկներով, — տիկին Աշինգերը բացեց սենյակի դուռը, — նաև ինքս եմ հավաքում սենյակը, լվանում եմ նրա ներքնաշորը և խնամում եմ, ինչպես մայրը որդուն: Հենց մի շաբաթ առաջ նա ինձ՝ թե «Տկար եմ, տիկին Աշինգեր»: Եվ ես նրան այնպիսի մուգ թեյ տվի և իմ տզրուկներով արյուն առա նրանից, և նա մյուս օրը ոտքի կանգնեց... Իմ տզրուկները մինչև անգամ բուրգմեյստերի կնոջն են առողջացրել... Նաև պատահում է, որ մի տեղ կարը քանդվում է, և թել ասեղ է հարկավոր: Տղամարդ լինելով նա անհոգ է և մինչև անգամ չի նկատի, եթե կարը քանդվելով հասնի Ռիգա, և կամ մի կոճակ այնպես է կախվում, որ խղճահարվում ես, թե ինչո՞ւ է նա այդպես կախվել, ինչպես իմ ամուսնու ֆրակի կոճակները, և ամոթ է ասել տաբատի կոճակները, որոնցից մեկն ու մեկը միշտ օրորվում էր թելի վրա, ինչպես հարբած գլուխ, և ես դեռևս միտք եմ անում, թե արդյոք նրա բոլոր կոճակները վայելուչ տեսքո՞վ էին, երբ հանգուցյալին դրին դագաղի մեջ...

Մատիլդան հառաչեց, որովհետև զգայուն էր և չէր կարող առանց հառաչելու լսել մահվան մասին:

— Եվ առանց խոսքի առնում եմ նրա տաբատը կամ ժիլետը, կարում եմ քանդված կարը, ամրացնում եմ կոճակը, որովհետև մտածում եմ, մեր քաղաքում նա հարազատ մայր չունի և քույր չունի և կին չունի և մինչև անգամ խղճի ընդդեմ է, որ այդպիսի մարդը շրջի առանց կոճակի... Իսկ սենյակը ոչ մի պակասություն չունի: Եթե Դոմբերգի գագաթին արև կա, արևն այս սենյակի մեջն է: Իսկ այն բազմոցը, որ տեսաք, իմ ամուսնու սիրած բազմոցն էր: Ես այս սենյակը տեղափոխեցի, թեև կոնտրակտի մեջ չի հիշատակված, — տեղափոխեցի, որպեսզի Արմենիերի օթևանը բոլորովին շքեղ լինի, ինչպես բարոնի որդու բնակարանը: Եվ ամեննին չեմ փոշմանել, քանի որ նա արժանի է... Իսկ այն մեկը, — տանտիրուհին մատը նորից վեր բարձրացրեց, — չեմ կարող ասել, թե ինչպիսին է... Ամբողջ ձեռնունահարկն զբաղեցնում է տարին տասնութ ռուբլով և ինն ամիս է ոչինչ չի վճարել: Եվ մինչև անգամ վախենում եմ նրան խոսեցնել... Իսկ Արմենիերը, չեմ կարող ասել, ինչքան բարեհոգի է: Երբեմն այնպես է երգում, այնպիսի քաղցր ձայնով է երգում, որ պատի ետևից ես լսում եմ, լաց եմ լինում, հիշելով իմ հանգուցյալ ամուսնուն: Իսկ թե ինչքան խելոքն է, այդ մասին էլ խոսք չկա: Իզուր չէ, որ պարոն պրոֆեսորը բոլոր հայերից միայն նրան է ընտրել:

— Այո, իմ պարոնն ևս ասում էր, որ նա խելոք է, — ընդհատեց Մատիլդան, — ես ինքս եմ լսել նրա զրույցը տիկնոջ հետ... Նա ասում է, որ եթե այսպես գնա, հերր Արմենիերը կարող է մինչև անգամ պրոֆեսոր դառնալ:

— Եվ կդառնա... Անպատճառ կդառնա: Նա գիշերները համարյա չի քնում և շարունակ կարդում է: Տեսա՞ք մոմը, մինչև վերջ վառված էր: Իսկ երեկոյան դեռ բոլորովին նոր էր մոմը:

— Իսկ իմ տիրուհին նս նրան շատ է սիրում:

— Օ՜, տիկին Էլիզը հրեշտակ է... Ամեն անգամ նրան ուզում եմ այցելության գնալ և շնորհակալ լինել նրա բարեխոսության համար, բայց դեռ չեմ գնացել:

— Երբ տանը քաղցրավենիք է լինում կամ կարկանդակ, իմ տիրուհին ինձ հարցնում է. «Մատիլդա, պահե՞լ ես Արմենիերի բաժինը...»:

— Հապա Արմենիերն ինչպիսի գովեստով է խոսում տիկնոջ և պարոն Աուլենդերի մասին: Նա ասում է, որ հավիտյան չի մոռանա այդ տունը:

— Տիկին Աշինգեր, միայն ձեզ եմ ասում, — և Մատիլդան շշնջաց նրա ականջին, — իմ տիրուհին ասեղնագործում է տղամարդու այնպիսի կրծկալ, որ ամբողջ քաղաքում ոչ ոք չունի: Սև թավիշ է, վրան ոսկեթելերով և մարգարիտներով այնպիսի շուշաններ, որ կարծես նոր են քաղել: Իսկ վզի վրա՝ վարդերի ժանյակը և երկու թիթեռ. մեկն սպիտակ, մյուսը՝ դեռ չի սկսել, այլ միայն նշան է արել...

— Ա՜յ-ա՜յ-ա՜յ, — և այրի Աշինգերը հիացմունքից փափուկ ձեռքը խփեց իր այտին և այդպես էլ պահեց ձեռքը: — Եվ ո՞ւմ համար է գործում:

— Ես այնպես եմ միտք անում, որ պարոն պրոֆեսորի համար չի գործում, քանի որ գույները և նախշերը երիտասարդի են:

— Ուրեմն... Ա՜յ-ա՜յ-ա՜յ...

— Միայն խնդրում եմ, տիկին Աշինգեր, ոչ ոքի... Որովհետև դեռ չի վերջացրել և կարելի է, որ ուզում է անսպասելի նվիրել...

Տիկին Աշինգերը ոչինչ չպատասխանեց, այլ ճապաղած աչքերով նայեց Մատիլդային, ձեռքն այտի վրա... Նա խոր միտք էր անում, թե առաջ որի՞ն պատմի՝ կողովագործի կնո՞ջը, որ ապրում էր նրա տան ներքնահարկում, թե՞ հարևան վարսավիրի կնոջը: Եվ որոշեց, որ ավելի լավ է սկսել մահուղավաճառի կնոջից, քանի որ նա տիկին Աշինգերի տզրուկներն ավելի զորավոր է համարում վարսավիրի տզրուկներից:

— Իսկ շուտո՞վ պետք է նվիրի, — սթափվեց պոստմեյստերի այրին:

— Չեմ կարող ասել: Այս առավոտ իմ տանտիրուհին թեև գունատ էր, բայց երբ պարոն պրոֆեսորը գնաց, վերցրեց թավիշը և սկսեց ասեղնագործել: Առաջ նա ճաշից հետո էր գործում, երբ քնում էր պարոն Գերմանը, իսկ այսօր առավոտյան կանուխ սկսեց...

— Ուրեմն շտապում է:

— Եվ ինձ ասաց, որ ծնկները փաթաթեմ, որովհետև իրեն վատ է զգում: Երեկ նա թեթև էր հագնվել և երևի մրսել է:

— Երեկոները դեռ ցուրտ է... Իսկ ես ինչպես եմ մրսում:

— Երբ նրան փաթաթեցի, իմ տիրուհին հարցրեց, թե. Մատիլդա, դու գիտե՞ս տիկին Աշինգերի տունը Գրունշտրասսեի վրա: Ես պատասխանեցի՝ այն տունը չէ՞, որտեղ հերր Արմենիերն է ապրում... Հիշո՞ւմ եք, տիկին Աշինգեր, ձմեռը ծննդյան տոնին մի անգամ եկա և պարոնի համար կարկանդակ բերի:

— Հիշում եմ, սիրելիս, և հիշում եմ, որ համեղ կարկանդակ էր...

— Ես այդպես էլ ասացի իմ տիրուհուն: Իսկ նա այնպես մանրամասն նկարագրեց տունը, թե երկու պատուհան ունի, որ նայում են փողոցին, կարմիր աղյուսե տուն է, դարպասը կանաչ գույնի և դարպասի առաջ երկու լորենի...

— Եվ ի՜նչ լորենիներ...

— Իմ տիկինն այնպես նկարագրեց, որ առանց մոլորվելու գտա ձեր տունը և դեռ հեռվից տեսա երկու լորենին...

— Որ տնկել է իմ հանգուցյալ ամուսինը, Մատիլդա, իմ և նրա լորենիները, երբ մենք նորապսակներ էինք և...

Բայց արցունքը նրան խանգարեց և պոստմեյստերի այրին գոգնոցով սրբեց արցունքը:

— Իմ տիրուհին ասաց. «Մատիլդա, գնա Արմենիերի առողջությունը հարցրու, նաև ողջունիր տիկին Աշինգերին և իսկույն վերադարձիր»: Նա ասաց, որ վատ երազ է տեսել և սիրտն անհանգիստ է:

— Բայց ո՞ւր է Արմենիերը, — զարմացած հարցրեց տանտիրուհին և կարծես միայն այդ վայրկյանին նա հասկացավ, որ տիկին Էլոիզն աղախնին ուղարկել էր Արմենիերի մասին տեղեկանալու:

— Ո՞ւր կարող է լինել, — և նորից բացեց դուռը, երկուսով ներս մտան, կարծես ենթադրում էին, որ Արմենիերը կարող էր սենյակում լինել և կամ աննկատ ներս մտնել այն ժամանակ, երբ պատշգամբի վրա այրի Աշինգերը Մատիլդային պատմում էր հանգուցյալ պոստմեյստերի մասին:

— Ուրեմն նա հագել է կապույտ սյուրտուկը... նաև գրատը չկա: Իսկ այդ սյուրտուկը դեռ թաց է...

Մատիլդան հետաքրքրությամբ նայում էր պատից կախված նկարին:

— Այդ նրանց գլխավոր տաճարն է... Ինքը Հիսուսը գիշերով իջել է երկնքից, մուրճով խփել է գետնին և ասել է. «Այստեղ կառուցել մի տաճար...»: Եվ այդտեղ էլ կառուցել են: Իսկ այն սարը, որ հեռվում երևում է, Մատիլդա, սուրբ սար է... Դա Արարատն է… Որտեղ Նոյի տապանն է իջել, իսկ այժմ այնտեղ հերր պրոֆեսորը ցցել է մի խաչ, որ ինքս տեսել եմ, որովհետև այդ խաչը պատրաստել է Իոհան Ցիգլերը, իսկ նրա կինն իմ հանգուցյալ ամուսնու հորեղբոր աղջիկն է...

Մատիլդան նայում էր այնպիսի սնահավատ երկյուղով, կարծես այդ նկարն էլ սուրբ էր, և նա տատանվում էր՝ խաչակնքե՞լ, թե՞ համբուրել:

Բայց այդ ժամանակ ձեղունահարկից լսվեցին ինչ-որ ձայներ: Տիկին Աշինգերը ձեռքը զարկեց ազդրին:

— Ա՜յ... Արմենիերը այնտեղ է: Այդպես էլ է, Մատիլդա... երևի ես մոռանումն եմ եղել, որ նա բարձրացել է վերև: Մատիլդա, — և նա ձայնը մեղմեց, կարծես վախենում էր վերևից լսեին, — ինձ դուր չի գալիս նրանց բարեկամությունը... Իհարկե, ինձ անհարմար է Արմենիերին զգուշացնել, բայց դու ասա տիկին Էլոիզին, ասա իմ անունից, և թող Արմենիերն այլևս նրա հետ, — տանտիրուհին ցույց տվեց ձեղունահարկի կողմը, — բարեկամ չլինի... Այ, տեսնո՞ւմ ես, — և ձեռքը մեկնեց դեպի տրորված անկողինը, — վերևի կենվորի շնորհքն է: Իսկ մինչև այդ, Արմենիերն այսպիսի բան չէր անում... Բոլորը նա է սովորեցնում: Ինն ամիս է վարձը չի վճարել և դեռ ճանապարհից հանում է ազնիվ երիտասարդին:

Տիկին Աշինգերն սկսեց հարդարել անկողինը: Նա Մատիլդային խնդրեց բարձրանալ ձեղունահարկը, ուր հավանորեն պետք է լիներ Արմենիերը:

— Ես այնտեղ ոտք չեմ դնի, մինչև հարգելի պարոնը չվճարի իր պարտքը... Կտուրն էլ կաթի, ես դարձյալ չեմ բարձրանա:

Մատիլդան փայտե սանդուղքով վեր ելավ:

Դեռ սանդուղքի վրա լսեց, որ մեկը կարծես գոռգոռում էր: Երբ մոտեցավ դռնակին, Մատիլդային թվաց, թե ներսը խոսում են անծանոթ լեզվով: Նա դուռը բախեց:

— Դուռը բաց է, — նորից դղրդաց մի ձայն:

Աղջիկը ներս մտավ: Ծխի մեջ նա տեսավ մի վիթխարի մարդ, որի գլուխը հասնում էր առաստաղին: Նա առանց շապիկի էր, և նրա մերկ կրծքի վրա ինչ-որ սև գծեր կային: Մարդը ձեռքին բռնել էր երկար սուսեր: Նկատելով աղջկան, նա թիկնոցով իսկույն ծածկեց մարմինը և երկու քայլ արեց դեպի աղջիկը: Բայց այդ վայրկյանին Մատիլդան անկյունում նշմարեց ուրվականի պես զարհուրելի մի բան, որ գլխին ուսանողի գդակ ուներ և ատամներով բռնել էր այրվող ծխամորճը:

Մատիլդան սարսափից ճչաց, փակեց դուռը և իրեն նետեց պատուհանը:

Տիկին Աշինգերը դուրս վազեց սենյակից: Պատշգամբ բարձրացավ նաև կողովագործը, որ բակում կիտել էր կողովները և այդ րոպեին ուզում էր դարպասը բաց անել կողովները շալակով տանելու համար: Նա առաջինը նկատեց աղջկա վայր իջնելը, բայց մինչև բարձրանար, տիկին Աշինգերն արդեն գրկել էր ուշագնաց Մատիլդային:

— Ջուր, մի գավաթ ջուր, — կանչեց տանտիրուհին:

Կողովագործը ջուր բերեց:

Տանտիրուհու կանչին դուրս վազեց նաև կողովագործի կինը, նրա հետևից երկու երեխան: Նրանք բոլորը բարձրացան պատշգամբ:

Մատիլդան ուշքի եկավ:

— Այնտեղ... Կտուրի տակ սատանա կա... Նա ծխում էր ծխամորճը, իսկ մի ուրիշը թուրը ձեռքին պահապան էր կանգնել:

— Հիսուս Քրիստոս, — և տիկին Աշինգերն ահից այլևս ոչինչ չասաց:

Կողովագործի կինը գիրկն առավ փոքրին: Բոլոր կանայք լուռ նայեցին միակ տղամարդուն՝ կողովագործին, որը նույնպես լուռ էր:

Ձեղունահարկի բնակիչը, որից այնքան զանգատվում էր տանտիրուհին, Օտտոկար Դրիշն էր, մեկը այն առաքինի ուսանողներից, որոնք մեղրագինին խմում էին ձիու պես, բոնցքակռվի մեջ առյուծ էին, զվարճանում էին ինչպես ազատ թռչուն, բայց և գիտեին եզի նման չարքաշ աշխատել:

Մոտենում էին քննությունները և մի շաբաթ էր, որ Դրիշը ձեղունահարկում, ուր լույսն ընկնում էր կտուրի մեջ բացված կլոր պատուհանից, — սերտում էր anatomia regionum…

…Այն, ինչ որ Մատիլդայի աչքին երևաց, որպես զարհուրելի ուրվական, մարդու կմախք էր՝ ոչ բոլոր ոսկորներով, որ հավաքել էր Օտտոկար Դրիշը սուրբ Մարիամի մատուռի մոտ, այնտեղ, ուր Ալեքսանդր I-ը հողին էր հանձնել «ոսկորները զանազան ժողովուրդների»: Եվ որովհետև պակասում էին մի քանի կողոսկրներ, ուստի Դրիշն իր մարմնի վրա ածուխով նկարել էր այդ ոսկորները:

Իսկ մնացածը՝ ինչ տեսել էր Մատիլդան, իրական էր: Օտտոկարը իր բերետը հագցրել էր գանգին և ծխամորճը կոխել էր նրա բերանի խոռոչը և ոչ միայն զոց արտասանում էր հարյուրավոր ոսկորների անունները և սուսերով ցույց էր տալիս ոսկորը, այլև կմախքի հետ բարձրաձայն խոսում էր.

— O, maxilla superior (և սուսերի ծայրով դիպչում էր վերի կզակին), որը տիկին Աշինգերին նմանեցնում է զառամյալ կապիկի, նաև դուք vertebrae collus, որ թաղվել եք նրա ճարպի մեջ… Ապա այդ նիհար costae-ները (և սուսերի ծայրը ցատկտում էր կրծքի վանդակի ոսկորների վրայով և ոսկորները ստեղների նման ձայն էին հանում), այս ոսկրե վանդակի մեջ, ով անհայտ homo sapiens, քո սիրտը արդյոք ըմբոստացե՞լ է երբևիցե, բաբախե՞լ է մի վսեմ նպատակի համար, թե եղել է հում մսազունդ:

Օտտոկար Դրիշը այդպես էր ուսանում ոսկրաբանությունը և pelvis-ի ոսկորների հետ խոսում էր այնպիսի քնքշությամբ, որպիսին ոչ ոք չի խոսել սիրած կնոջ հետ:

Նկատելով անծանոթ աղջկա հանկարծակի աներևութանալը և լսելով նրա ճիչը, նաև աղմուկը պատշգամբի վրա, — Օտտոկարը շտապ հագնվեց և իջավ ներքև այն ժամանակ, երբ բոլորը լուռ նայում էին կողովագործին, իսկ նա նայում էր կողովների կույտին, մտածելով, որ իզուր կորչում է ժամանակը, և այսօր հազիվ թե վաճառի երկու կողով:

Սանդուղքի վրա տեսնելով Օտտոկարին, կողովագործը բարևեց նրան և հանդարտ ասաց.

— Լավ կատակ չեք անում, պարոն ուսանող…

Եվ իջավ բակը՝ դարպասը բաց անելու:

— Ի՞նչ է պատահել, — Օտտոկարը սիրալիր նայեց Մատիլդային, զգալով, որ դուռն այդ աղջիկը բացեց: Մատիլդան հարդարեց մազերը և գոգնոցը, նույնիսկ թեթև շիկնեց: Նա աչքերը գետին խոնարհեց: Այնքան անմեղություն կար նրա դեմքին, որ Օտտոկարը խղճահարվեց:

— Ձեզ երևի վախեցրեց կմախքը և իմ անհամեստ տեսքը: Ներեցեք ինձ...

Մատիլդան թաքցրեց ժպիտը: Տիկին Աշինգերը ակնհայտ դժգոհ էր այդպիսի վախճանից: Նա սպասում էր, որ Մատիլդան նախահարձակ լինի, ապա կխառնվի կողովագործի կինը և ապա ինքը մի անգամից կթափի կուտակված մաղձը:

Բայց այդպես չեղավ: Մատիլդան ամոթխած ասաց.

— Ես բարձրացա տեղեկանալու Արմենիերի մասին և հանկարծ... Աստված իմ:

Այդ ժամանակ դարպասով ներս մտավ մահուղավաճառի կինը, նրա ետևից վարսավիրի կինը, ապա մի կին, որի ամուսինը ոչ մահուղավաճառ էր և ոչ վարսավիր, այլ վաղուց խեղդվել էր ջրում, նաև չորրորդը, որ կին չէր, այլ ձկնորս էր և ապա հինգերորդը՝ ընկնավոր Վասիլիսան, և երբ վեցերորդը երևաց, որը հայտնի չէ, թե ինչու ներս մտավ ճիլոպը գլխին գցած, կողովագործի կինը իսկույն նկատեց բացակայումը իր երկրորդ տղայի և հասկացավ, որ նա էր փողոցում իրդեհ գցել: Կինը դուրս գնաց, գնաց և Մատիլդան, պատշգամբի վրա թողնելով տիկին Աշինգերին, որը հետզհետե բորբոքվելով հանկարծ ժայթքեց:

Օտտոկարը մի պահ նայեց բազմության, ապա վեր բարձրացավ և քիչ հետո վերևից կախվեց կմախքը, գանգի վրա կանաչ բերետը, ծնոտների մեջ՝ ծխամորճը և ձեռքին պիստոլետ: Կանայք վախից ճչացին և դարձրին երեսները, իսկ որոնք երիտասարդ էին, գոգնոցները քաշեցին դեմքներին և այդպես փախան: Միայն ձկնորսը, որ կին չէր, այլ պառավ տղամարդ, ծխամորճը բերանից հանեց և թքեց:

Ֆրաու Ֆոգելզանգի պանդոկում այդ ձկնորսը հետո պատմում էր, որ իբր թե կմախքից կախված է եղել նաև հոլլանդական երշիկ և այնպես է կախված եղել, որ ձկնորսը ամաչել է պատմել:

15

Գիշերը չէր քնել և արդեն լուսադեմն էր, երբ փակեց գիրքը: Անձրևը դադարել էր: Պատուհանից երևում էր լուսաբացի պարզկա երկինքը:

Նա տնից դուրս եկավ: Փողոցը լուռ էր: Տների վրա ծփում էր գաղջ մշուշը: Աղյուս բարձած մի դրոգ երևաց փողոցի ծայրին և անհետացավ: Թեև դրոգը հեռու էր, բայց նրա աղմուկը դեռ լսվում էր, ինչպես խուլ որոտ: Նա ծռվեց դեպի գետը: «Ռուսական ծայրամասում» (այդպես էր կոչվում ռուսների արվարձանը) նա հանդիպեց մի մարդու, որ միայն շապիկով կանգնել էր դռան առաջ և ծխում էր: Երբ անցավ նրա կողքով, զգաց թարմ հացի հոտ... Իրենց թոնիրը հիշեց: Այնքան քաղցր էր այդ ծխահամ հոտը լուսաբացին:

Մարդը զարմացած նայեց նրա ետևից և մտածեց. ո՞վ գիտե ով է... Տեսքից՝ պարոն է, բայց ինչու առավոտ կանուխ թրև է գալիս այս կողմերը: Երևի լուսացրել է մի վաճառականի կնոջ հետ:

«Ռուսական ծայրամասից» այն կողմ քաղաքը վերջանում էր: Էստ ձկնորսների ցաք ու ցրիվ խրճիթները, որ նման էին անտառի մրջնաբների, նաև քանդված հողմաղացը ավելի էին հաստատում, որ այն կողմը ոչ միայն քաղաք չկա, այլև չկան այդպիսի խղճուկ տնակներ, և կան միայն ծառեր, բլուրներ և տխուր դաշտեր, որոնց միջով սահում է Էմբախը:

Նա բռնեց գետակի արահետը և գնաց, մինչև արահետը կորավ չոր խոտերի մեջ: Արևը խփեց դիմացի բլուրին: Նա հասավ մի փոքրիկ բարձրության, որտեղ ծառերը շրջապատել էին ինչ-որ ավերակի: Ճզնարան էր, թե հին եկեղեցի, գուցե և մնացորդ մի բերդի, որ ով գիտե, երբ էր ավերվել: Դեռ մնում էր դռան հետքը. մի կաղնի բուսել էր ավերակի ներսը և հետզհետե խարխլել էր պատերը:

Չորս կողմը խաղաղ լռություն էր: Ներքևը՝ հանդարտ ծփում էր Էմբախը, երբեմն միայն մի ալիք խշշալով լիզում էր գետափի ավազը: Այդ խաղաղ լռությունը պատեց նաև նրան: Բնության այդ խորշը նրան հարազատ թվաց, կարծես այդտեղ եղել էր նաև ուրիշ անգամ, շատ վաղուց, այն տարիները, երբ հորթարածի հետ հանդ էր գնում, հորթերը հանգստանում էին գետի հովում, մտնում էին զով քարայրները և կամ ջրի մեջ կանգնած ննջում էին: Իսկ հորթարածները հավաքվում էին ուռիների տակ կամ Եղնախաչի ստվերում, և հասակավոր հորթարածը պատմում էր, թե իբրև շատ առաջ եղել է մի որսորդ, և ամբողջ ձորերը և բլուրները խիտ անտառ են եղել... Իբրև թե որսորդը հալածում է եղնիկներին, որոնք երբ հասնում էին այդ տեղը, իսկույն աներևութանում էին: Այն ժամանակ որսորդը գլխի է ընկնում, որ այդ հողը սուրբ է, այլևս որս չի անում, այլ դառնում է ճգնավոր և կառուցում է Եղնախաչի մատուռը... Այնտեղ էլ ավերակի մեջ բուսել էր մի սալորենի, որ արդեն ցցաչոր էր, և ճյուղերին կապել էին գունավոր թելեր՝ չար աչքի դեմ... Նրան նույնիսկ թվաց, որ այս ավերակի ներսը բեմ կա, բեմի վրա՝ կարմիր խաչքար: Պատերի ճեղքերում պետք է լինեին հողե ճրագներ՝ առանց ձեթի, և պատերը պետք է սևացած լինեին վառած մոմերից:

Արևը հետզհետե բարձրացավ: Գիշերվա անձրևից թաց ավազահողը տաքանալով գույնը փոխեց: Միայն երբեմն ծառերից վայր էին ընկնում անձրևաջրի կաթիլները: Հեռու երևում էր Դորպատը... Ահա համալսարանի սպիտակ սյուները, սուրբ Իոհանի տաճարը, աշտարակը Սիգիզմունդ Վազայի և Քարե կամուրջի աղեղը: Նավակներն իբրև սև կետեր անկարգ լողում էին գետի վրա: Քամին քաղաքի կողմից երբեմն բերում էր այնպիսի խուլ աղմուկ, որ չէր լինում ջոկել ոչ մի ձայն: Նա գտավ նաև Գրունշտրաասեն...

Տիկին Աշինգերի լորենիները միացել և երևում էին, ինչպես մի սև թուփ: Գուցե հենց այդ վայրկյանին տիկին Աշինգերը Մատիլդային պատմում էր լորենիների և իր հանգուցյալ ամուսնու մասին:

Նա նստեց քարի վրա: Մի գորշ խլեզ քարի վրայով բարձրացավ վեր` արևի տակ տաքանալու: Դուրս սողաց նաև մի ուրիշը և կանգ առավ առաջինի կողքին: Ավերակի մեռած քարերը կարծես կենդանացան: Նա մի քանի րոպե նայեց խլեզներին, որոնց փորի տակը բաբախում էր:

Քամուց ծառերն օրորվեցին, և անձրևաջրի կաթիլները վայր ընկան... Նա ետ նայեց. կարծես ծառերի մեջ մեկը ման էր գալիս, խշշացնելով խոտերը: Այդպես էր նաև գիշերը, երբ դուրսը վարար անձրև էր, իսկ տիկին Էլոիզը փոքրիկ աղջկա նման գլուխը դրել էր նրա ծնկներին և ննջում էր: «Մի գնա, դեռ մի գնա», — կարծես երազի մեջ աղերսում էր նա: Իսկ ինքը հարթում էր նրա ժապավենի կարմիր փնջերը, որ այլևս նման չէին բացված վարդերի, այլ հիշեցնում էին անձրևածեծ և հողմից քրքրված կակաչներ: «Դու նորի՞ց կգաս... Դու ինձ չե՞ս անիծի, իմ սիրելի երեխա», — և գրկում էր նրա պարանոցը, նորից էր համբուրում, ապա սեղմվում էր նրան, կարծես սենյակում ցուրտ էր, տիկին Էլոիզը մրսում էր: Իսկ ինքը լուռ էր.... Թվում էր թե հաշմ է, ընդարմացել է և ոչինչ, ոչինչ չի հիշում:

Այդ ամենն այնպես անակնկալ եղավ... Մոմերը վառվում էին. սեղանի վրա իր տետրակներն էին և քարե տախտակը: Նկարն արտացոլում էր կապույտ աստղալույս... Ահա կգա պրոֆեսոր Գերմանը, ուրախ ձայնով կողջունի Արմենիերին, կհամբուրի տիկին Էլոիզի ճակատը, բաց կանի նրա տետրը և կբացականչի. «Ինքը Էվկլիդեսը այսպես չէր նկարի: Բայց և այնպես այս եռանկյունին մի քիչ ծուռ է, այնպես չէ, իսկ այս գիծը ավելորդ է, հավատացնում եմ, որ առանց այս գծի էլ կարելի էր ապացուցել, որ ճշմարիտ էր ծերունի Պյութագորասը...»: Սակայն պրոֆեսորն ուշանում էր, և Մատիլդան չկար: «Լա՞վ է ինձ հետ», — և տիկին Էլոիզը այնպես էր նայում, որ Արմենիերը պատասխանում էր այնպիսի հայացքով, որ երկուսն էլ հասկանում էին, թե այդպես շատ լավ է, և այդպես կարելի է ապրել նույնիսկ եղեգնյա վրանի տակ, մի հեռավոր լճակի ափին, որտեղ ուրիշ ոչ ոք չկա և աշխարհում ոչ ոք չկա, այլ միայն ծառեր կան, որ աղմկում են, որպեսզի քաղցր լինի շշնջալը և քամին շաչում է, որ ցուրտ լինի, և ջերմությունը մնա միայն նրանց գրկի մեջ և իրար գրկած լսեն, թե ինչպես ջրորդանի մեջ երգում է անձրևը:

Պատուհանը ծեծեցին: Տիկին Էլոիզը վեր թռավ: Արմենիերը դուռը

բացեց: Նախասենյակի կիսամութի մեջ նա նշմարեց Մատիլդային, որ հնիհն ներս մտավ:

— Ինչ անձրև է, Աստված իմ, — Մատիլդան սենյակի շեմքում կանգնեց:

Նրա դեմքը կարմրել էր: Անձրևը քրքրել էր աղջկա մազերը և զգեստն այնպես էր փակցրել մարմնին, որ գծագրվում էին մարմնի բոլոր մասերը: Կարծես մարմարե արձան էր, որին հագցրել էին մարմաշե զգեստ, և անձրևն ավելի էր գեղեցկացրել աղջկա մարմինը: Տիկին Էլոիզը նախանձով նայեց այդ պարզ և երիտասարդ գեղեցկության:

Արմենիերին նկատելով՝ Մատիլդան շփոթվեց.

— Իսկ ես կարծեցի, թե դուռը պարոն պրոֆեսորը բաց արեց... Բարի երեկո: Ինչպիսի՜ անձրև է...

— Մատիլդա, գնա և շորերդ փոխի...:

Աղջկա մուտքի հետ կարծես ընկավ մի ինչ-որ շղարշ, և ամեն ինչ մերկացավ: Արմենիերը նայեց տիկին Էլոիզին: Նրա աչքին նիհար և գունատ երևաց տիկին Էլոիզը: Առաջին անգամ նա նկատեց նրա երկար մատները: Նրանք չոր էին և ոսկրոտ: Ինչո՞ւ է նա այդպես գլուխը թեքել և ձեռները հուսահատ դրել է ծնկների վրա:

— Իսկ ինչպե՞ս պիտի գա պարոն պրոֆեսորը, — խոհանոցից ասաց Մատիլդան և երևաց քաթանե զգեստով, որի մեջ նա նման էր գյուղական աղջկա:

Արմենիերը ամոթ զգաց: Նրա արնելցու գիտակցության մեջ պատահածը հանկարծ թվաց նամարդ գործ: Դիմացը կանգնեց բարի պրոֆեսորը, որ ահա ով գիտե ինչ դժվարությամբ խավար փողոցներով տուն է գալիս և թրջվում է շտապելով, որ հարցնի նրա դասը: Իսկ ինքը... Արմենիերը նայեց Մատիլդային, և կարծես աղջիկը նս հանդիմանում էր նրան.

— Լավ չէ, պարոն Արմենիեր... Ձեզ այնքան է սիրում պարոն պրոֆեսորը, նաև իմ տիրուհին է սիրում, բայց դուք... Ահա վշտացրել եք իմ տիրուհուն, և նա լուռ է. կգա պարոն պրոֆեսորը և նա էլ շատ կվշտանա, որովհետև նա շատ է սիրում տիկին Էլոիզին, շատ է սիրում, բայց դուք...

Հետզհետե այդ գիտակցությունը սաստկացավ: Նա նույնիսկ վախ զգաց, ինչպես միամիտ տղան, որ խաղ է արել և խաղի ժամանակ փշրել է մի թանկագին սկահ և խաղով տարված դեռևս չի զգում, թե ինչ է փշրել, և թե որքան նվիրական էր այդ անոթը մոր համար: Բայց ահա զգաց, նկատելով բեկորները... Զգաց և խաղը վերջացնելով՝ ուզում է իրար միացնել բեկորները, բայց մատները դողդողում են, և չեն միանում բեկորները...

— Մատիլդա, կրակ արա... Ցուրտ է, — տիկին Էլոիզը շալը փաթաթեց ուսերին: Շալը ծածկեց ժապավենի կարմիր փնջերը և ուլունքի շարը:

Արմենիերը հավաքեց տետրերը և քարե տախտակը:

— Դուք արդեն գնո՞ւմ եք, — և տիկինը նրան նայեց համր աղերսանքով:

— Ուշ է:

— Սպասեիք մինչև անձրևը դադարեր:

— Տաք անձրև է, — և նա տրորեց գլխարկի եզրը, — կարո՞ղ եմ խնդրել այս գիրքը...

Երբ Մատիլդան մոմը բռնած բաց արեց դուռը, քամու ալիքը ներս խուժեց, և անձրևի կաթիլները թրջեցին տիկին Էլոիզի դեմքը: Մոմի լույսով նա խավարի մեջ միայն մի ակնթարթ տեսավ Արմենիերի սիլուետը, և այլևս ոչինչ չերևաց:

...Գիշերը չէր քնել և ընթերցել էր «Վերթերը»... Նրա գրգռված երևակայության մեջ իրականը և այդ գիրքը, և հիշողությունները խառնվել էին: Երբեմն աչքին երևում էր տիկին Էլոիզը, երբեմն այդ գրքի կինը՝ Շարլոտան, նրան պատկերանում էր տեսիլքի նման, ինչպես այն կինը, որ ձյունափոշու մեջ ձեռքով արեց և սահնակով սլացավ:

Երբ ծառերն աղմկում էին, նրանց կատարներն իրարից հեռանալով բաց էին անում երկնքի կապույտ շերտը: Արտևանունքների միջից նա վեր էր նայում, և թվում էր, թե ծառերի բարձր ճյուղերը ճոճվում են ջինջ կապույտի մեջ: Խոտերը սվսվում էին: Խշխշան շորերով մի կին ման էր գալիս ծառերի արանքում, և երբ հանդարտվում էր քամին, այդ կինը թաքնվում էր մթին ավերակում: Երբեմն պատահածը նրան երազ էր թվում, մեկը այն շողշողուն երազներից, որոնցով նա զարդարել էր իր աղքատ պատանեկությունը: Եվ միտն էր գալիս Հաղպատի վանքը, ժամերգությունն ուխտի օրերին...

Նիհար, դեղնած երեսով մի պատանի դպիր, որի ուրարը փաթաթվում է ոտքերին, նիհար դպիրը խնկարկում է ուխտավորներին: Բուրվառից թռնում են ածուխի կայծեր, և խունկի ծուխի հետ բարձրանում է բորբոսնահոտ, որից գլուխը պտտվում է: Տոմ է, և ոտքերը քաղցից դողում են... Արդեն երեք անգամ խնկարկել է սրբոց պատկերներին և խորանին և քարե ավազանին, խոնարհելով խնկարկել է նաև եկեղեցական դասում՝ Անտոն եպիսկոպոսին, որ փափուկ բարձերի վրա չոքած ննջում էր, խուլ Հովհաննես վարդապետին, որ խոժոռ է նայում երիտասարդ դպրին և փնթփնթում է, որ դպիրը չի թեժացրել կրակը, և կայծերը ճայթում են, գրավելով ուխտավորների և ժամասացների ուշադրությունը՝ ահա արդեն խնկարկել է նաև աշխարհական դասում Լոռվա մելիք Փարսադանին, որ չուխայի թևերը վեր քշտած ձեռքերը կոխել է արծաթակուռ գոտու մեջ, գոտի, որ ահագին ծանրություն ունի և որի մեջտեղից բարակ շղթաներով կախված են ոսկեզօծ զնդեր: Նա արդեն խնկարկել է մյուս տղամարդկանց, որոնց բրդոտ փափախները և բոի արտաքինը կիսախավարի մեջ հիշեցնում են քարափի ցից քարերը, նաև ինչ-որ կոճղեր և ցցաչորի, երբ անտառում աղջամուղջ է: Նա քաղց է զգում, գլուխը պտտվում է: Վերջին բուրվառն է բարձրացնում դեպի վերնատան տախտակամածը, որտեղ շար են ընկել կանայք: Վանքի նեղ լուսամուտից հանկարծ ներս է ընկնում արևի շողը: Խունկի ծուխը ոլորվում է շողի վրայով: Արևի շողով ցոլանում է այն լոռեցի աղջկա երեսը: Նա գլուխը փաթաթել է ծաղկավոր աղլուխով և վերնատան մահաջառի մոտ կանգնած նայում է երիտասարդ դպրին: Բուրվառի ծուխը շղարշում է նրա դալար մարմինը. աղջիկը կարմրում և ցած է խոնարհում աչքերը, զգալով, որ իրեն երկար է նայում դպիրը:

Այդ աղջիկը երկու անգամ էլ ուխտ եկավ Հաղպատ և այլևս չերևաց: Հետո, Համբարձման տոնին, երբ ուխտավորներն աղբյուրի մոտ քեֆ էին անում, իսկ հարս ու աղջիկ ընկուզենու ճյուղից կախել էին ճոճքը և զվարթ կանչերով ճոճվում էին անդունդի վրա, նա տեսավ մի նորահարսի, որի լաջվարդ զգեստը փոփռում էր քամուց, ընկուզենու ճյուղը ճռռում էր, երբ հարսը թափով բարձրանում էր ընկուզենուց էլ վեր և բարձրերում կանչում էր արտույտի նման: Երիտասարդ դպիրը ճանաչեց այն աչքերը, որ մի անգամ ամոթխած խոնարհվել էին:

Երբեմն միտն էր գալիս այդ լոռեցի աղջիկը, ինչպես մանկության ցնորք: Նրա հետ զարթնում էին Լոռվա սարերը՝ զազաթներն ամպերի մեջ, լանջերին մթին ծմակներ... Ապա ծառերը խշշում էին, և գալիս էր այն կինը, որի մարմինը թպրտաց նրա գրկի մեջ, գալարվեց ինչպես կրակը, որ վաղուց է բռնկվել տան ներսը, հետզհետե լափել է մերձակա իրերը, ապա չարագուշակ բոցերով լուսավառել է խավար պատուհանները, մոլեգնած խփել է առաստաղին և ինչպես հրեղեն սյուն ահա այրվում է խավարի մեջ...

Գարնան արևը բորբոքել էր նրա արյունը, և արյունն անզուսպ եռում էր, ինչպես կյանքը տաքացած հողի մեջ: Ժրաջան մրջյունները դես ու դեն վազվզելով կրում էին ծղոտներ և սերմեր, որ մնացել էին հողի երեսին: Կարմիր զատիկները շղթայվել էին ձու դնելու մոլուցքով: Ոսկեփորիկ իշամեղուն երբեմն կնճիթը թաթախում էր քաղցր խեժի մեջ և խեժի բույրով արբած թռչում էր՝ լողանալու արևի շողերով: Ծառերի մթին խորքում սուր ձայնով կտկտացնում էր կտցարը:

Այնտեղ հիմա վար են անում, հարաքաշ են իրենք, Միրզամը, Ղլիճ Ղազարի խալխը: Ամբոլին լծել են իրենց Ջեյրան եզը և Ղլիճ Ղազարենց Ծիրանը: Մալադոնդի Ղևոնդը չուխան մեջքին քլավանդ արած բռնվել է վեսկու պոզերից, իսկ հայրը հորովել է ասում, և նրա ձայնից թնդում են Քանաքեռի քարափները: Ագռավները ծանր-ծանր զնում են ակոսների հետ և կտցում են արևերես ընկնող ճիճուներին: Նոր ակոսներից տաք գոլորշի է բարձրանում: Նանին աղլուխի մեջ հաց է կապել և ասում է. «Խաչեր, սիրտս հանդի հաց ուզեց... Ղադեդ առնի նանին, մի էս հացը տար հանդին նշանց տուր, բեր: Հրեն զազարակի արտերը վարում են... Տար, բալա ջան»: Հացն առնում էր և չէր գնում զազարակի արտերը, այլ գնում էր Ապրանքափոսի բաղը՝ պարսատիկով քար գցելու կաչաղակի բներին կամ քչքչան առվի վրա ջաղաց շինելու...

Իսկ ինչ կասեն վանքում, եթե իմանան այդ պատմությունը, եթե Խաչատուր դպիրին տեսնեին տիկին Էլոիզի հետ... Նա հեգնոտ ժպտաց: Եվ աչքին պատկերացան խցերը, վանքի գավիթը, ձիթհանքի քարերը, որտեղ հիմա արևկող են արել վանականները... Ահա կարծես գետնի տակից դաշտամուկի նման դուրս եկավ Կուզ Բաղդասար վարդապետ Խըդր օղլին: Նա հոտոտեց մուկի նման և մանր քայլերով արագ-արագ գնաց և իսկույն մտավ Շիրաձի Բարսեղ սարկավագի խուցը. «Խաբա՞ր ես, խաբա՞ր ես, քանաքեռցի Խաչատուր չիք-դպիր լյուտերականաց հետ... միանգամա՛յն է...»: Իսկ Շիրաձին դեռ նոր է զարթնել քնից և կեղտոտ եղունգներով քաղցր քորում է մարմինը և միայն մնչում է... Մուկը դուրս է վազում մի ուրիշ խուց, որտեղ ամբարապետ Կյուրեղ հայր-սուրբը վիթխարի քրեղանի մեջ մածնաբրդոշ է արել և թոնրի կրակով խորոված ուլի մսերը բրդոշի հետ մատներով մղանում է բերանի քարանձավը: «Ինքյար օլանըն իմանը(...» և ամբարապետն ավելացնում է այնպիսի բառ, որ խցի մոնթը, որը ջրամանը ձեռքին կանգնել է, — ամոթից շրջում է երեսը: Եվ ի վերջո Խըդր օղլին լուրը տանում է ձիթհանքի քարերի վրա արևկող արած վանականներին՝ Զըպուն Բարսեղ եպիսկոպոսին, Մարտիրոս վարդապետին, որ կոչվում է «կենդանի նահատակ», տիրացու Իգնատիոսին, որ ճան է խաղում դուքանչի Դանել վարդապետի հետ, ապա գալիս են Շիրաձի Բարսեղը, ամբարապետ Կյուրեղ հայր-սուրբը և ահագին աղմուկով բոլորը դոդռում են, բամբասում, քրքրում են նրա անունը, ինչպես ագռավները լեշի միսը...

Հետզհետե մտքի թելը բարակեց: Քնի և երազի սահմանում նորից երևաց տիկին Էլոիզը... Ինչքան չքնաղ էր նրա դեմքը կիսաստվերում... Աչքերի մեջ պղտոր փայլ կար, շրթունքները լցվել էին մուգ կարմիր արյունով: Երբեմն նա աչքերը փակում էր և կույրի նման շոշափում նրա գլուխը, դեմքը, կարծես ուզում էր հոգու մեջ հավիտյան դրոշմել նրա պատկերը: Երբեմն մոտ էր պահում նրա գլուխը և նայում էր առանց աչքերը թարթելու, կարծես ասում էր. «Ի՞նչ կա քո աչքերի մեջ, սիրելի երեխա, որ գրավել է ինձ... Ասա, ի՞նչ կա...»: Բայց նա բառ չէր արտասանում, այլ երբ այդպես մոտ նայում էր նրան, ամուր գրկում էր և երկար-երկար համբուրում...

Շոգ էր... Վանքի հարավային դարպասը փակ էր: Ինքն իջնում էր դիվանատան նարդիվաններով: Ատենադպիր Թադե վարդապետը նրան ուղարկել էր ձեթի: Վանքի գավթով արագ անցավ թվանքչի Թումասը... Նրա ետևից հազիվ էր հասնում կոնդեցի Սահակ եպիսկոպոսը: Նա գնում էր, և վեղարը փոփռում էր: Նրանք մոտեցան դարպասին: Թվանքչի Թումասը դարպասի փոքր դուռը բաց արեց, իսկ կոնդեցին ամբողջ մարմնով դուռը կալնեց: Կարծես ուզում էր դուրս գալ, և դուռը նեղ էր: Նա հետ քաշվեց... Իրար ետևից ներս մտան վեց-յոթ օտարականներ, տարօրինակ զգեստներով: Ապա թվանքչին բացեց մեծ դարպասը և ձիերը քաշելով՝ ներս մտան հրացանավոր մարդիկ: Նրանք ձիերը տարան ախոռատան կողմը, իսկ օտարականները՝ կոնդեցուն շրջապատած եկան դեպի վանք... Ինքը ձեթի ամանը ձեռքին կանգնել էր: «Է՛յ, տանձի գող քանաքեռցի, — բղավեց կոնդեցին, — ի՞նչ ես ճանառի նման ռեխդ բաց արել... Մեռա նիզնայթ ասելով: Արի ջուղաբը տուր է, ուսյալ անզգամ»: Մոտեցավ նրանց: Այդպիսի դիմագծեր նա իր կյանքում չէր տեսել... Ռուսներ չէին... Մի նիհար մարդ խմբից անջատվեց և նրան ռուսերեն հարցրեց. «Դո՞ւք եք հերր դիակոնուս Աբովյանը...»: «Այո, ես Խաչատուր դպիրն եմ, գրագիր դիվանատան և թարգման»: «Ձեր ուսուցիչը՝ հայր Ալեմդարը, Թիֆլիսում մեզ ասաց, որ վանքում միայն դուք կարող եք թարգման և ուղեկից լինել մեզ: Ես պրոֆեսոր Պարրոտն եմ...»: «Էս դարիբականներին տար աթոռակալ սրբազանի կուշտը, տես ինչ կասի... կարող են զիանլու մարդիկ լինեն, մղայիթ կաց»: Պարրոտը նայում էր մեկ դպիրին, մեկ եպիսկոպոսին և ոչինչ չէր հասկանում: Ձեթի ամանը դրեց նարդիվանի վրա և նրանց առաջնորդեց Ծաղկավոր էյվանի հայաթը:

Շոգ էր: Արևն այրում էր: Նա գրատը քաշեց քարի ստվերը և կողքի վրա դարձավ: Շորի մեջ փաթաթած գիրքը դրեց գլխատակին... Քունը հաղթում էր: Մտքի մեջ հարավային դարպասն էր: Ամառվա շոգ ցերեկը, երբ վանքի բակում օքմին չէր երևում, թվանքչի Թումասը մեկնվում էր դարպասի ստվերում: Նա ասում էր, թե դարպասի տակով զլզլան հով է փչում... Էլիզը երեկոյան ինչքան նման էր իր պատկերին: Երիտասարդ, բոլորովին երիտասարդ աղջիկ էր, երբ պռոշները կարմրել էին. ուսը շափաղ էր տալիս, սպիտակ ուսը... Գնում են՝ ինքը և աղջիկը... Թվանքչի Թումասը դուռը բա՞ց կանի, թե՞ ոչ: Դուռն ինքն իրեն բացվում է և փակվում: Բոլորովին մենակ կանգնել է վանքի բակում: Աղջիկը չկա... Բայց ո՛չ վանքն է երևում, ո՛չ խցերը, ո՛չ Ղազարապատը: Մացառներ են, վայրի խոտ և ուղտափուշ... Այնպես են խճճվել, կարծես երբեք արորի խոփը չի առել այդ հողը: Մի բարակ ճանապարհ է նշմարում խոտերի մեջ... Գնում է ճանապարհով, օձ է երևում՝ կանգնում է: Մի ձայն ասում է. «Խաչատուր, վանքի քանքանի օձերն են, մի վախի...»: Գնում է նեղ արահետով: Լափռի փշեր են՝ վրան սև թրթուրներ... Թրթուրե բարակ ոստայնի թելով կախվում է մի կարմիր կարիճ: Վախեցած առաջ է վազում և ինքն իրեն հարցնում. «Կարիճը մի՞թե կբարձրանա ծառը...»: Ետ է նայում՝ կարիճը գալիս է, ոնց է գալիս, պոչը մեջքի վրա պահած վազում է, ինչպես բրդոտ շուն... Բողարն է... Բողար, անիրավ, էս ո՞րտեղից... Այլևս արահետը չկա, այլ կանաչ բլուր է, գագաթին մի քար: Բարձրանում է քարի վրա, ուզում է տեսնի, թե ո՞ւր է վերջը մացառուտի.

չորս կողմը մարդու հետք չկա, ո՞ւր է ընկել ինքը... Կանգնել է ոչ թե քարի վրա, այլ մի ավերակ եկեղեցու բեմի վրա: Ո՛չ զարդ կա, ո՛չ ջահ, ո՛չ վարագույր... Եկեղեցին սյուներ չունի և գմբեթ չունի: Բաց դռնից նայում է դուրս: Հանկարծ թփերը շարժվում են, խոտերն օրորվում են: Եվ մեկ-մեկ թփերի արանքից, խոտերի միջից դուրս են գալիս երեխաներ և մտնում են դռնով: Նրանք երկար ճանապարհ են անցել և չարչարվել են: Ահա մեկի ճակատը փուշն արյունոտել է, այն մյուսի թշերն է չանգռել, երրորդը քրտնած հևում է... Բոլորը նայում են խելոք աչքերով: Նրանք դեռ գալիս են, գալիս են և վերջը չի երևում... Ինչքան գալիս են, այնքան եկեղեցու պատերը հեռանում են: Ներս մտնողները նստում են քարերի վրա և լուռ նայում են իրեն: Ինքը թևի տակ ունի մի գիրք... Բաց է անում այդ գիրքը: Բոլոր բառերը կարմիր են, միայն իր անունն է սև թանաքով: Կարդում է, և կարդացած բառերն իսկույն չքանում են, կարծես իր շնչով այրվում են կարմիր բառերը և կայծերի նման թռնում են... Հանկարծ երեխաների միջից ոտքի է կանգնում պրոֆեսոր Պարրոտը և ձայն է տալիս. «Բարձր կարդա...»: Եվ նա ձայնը բարձրացնում է... Բայց ինչո՞ւ թևը ծանրացավ և այլևս չի կարողանում շրջել էջը: Գիրքն էլ ծանրացավ: Մատներն այրվում են, գիրքը կարծես պղնձից է ձուլած և տաքացել է... Նա ուզում է գիրքը վայր դնել, բայց մատները ձուլվել են գրքին: Ու մեկ էլ բռնկվեց գիրքը: Շորերի վրա կաթկթում է կարմիր պղինձը... Կաթում է և այրում: Ծուխ է... էլ ոչ ոք չի երևում: Ուզում է կանչել, բայց ձայնը կոկորդից չի ելնում... Նա բարձր է պահում վառվող գիրքը, որ կրակը հեռվից տեսնեն... Կապույտ ծուխի մեջ երևում է նանին... Գալիս է դանդա՛ղ, պառավ կնոջ քայլերով: Գալիս է և հաճախ կռանում. կարծես «ծտի պաշար» է քաղում: Նրա հետ գալիս է մի աղջիկ, զառ մանդիլը գլխին... Ինչո՞ւ է այդպես հագել Էլոիզը: Եվ ո՞րտեղ է հանդիպել մորը: Կանչում է, բայց ձայնը նրանց չի հասնում, կանչում է ոչ յուր ձայնով, այլ բարա՛կ ու քաղցր ձայնով: Էլ չի կանչում, բայց այդ ձայները գալիս են, այդ ձայները դեռ հնչում են:

Նա աչքերը բաց արեց: Ի՞նչ ձայներ են... Երազի մե՞ջ է, թե արթուն է... Աչքերը տրորեց և նստեց: Իսկ այն ձայներն ահա պարզ լսվում են և հնչում են ինչպես երազի մեջ: Նա շուրջը աչք ածեց, ապա նայեց վերև:

— Կռունկները, կռունկները...

Եվ ձեռքերը վերև պարզեց:

Կռունկների երամը գնում էր բարձրերով: Նրանց կանչերը զրնգում էին ջինջ օդի մեջ, և երկնքի յոթ կամարն արձագանքում էր այդ ձայներին:

16

Էմբաևի վրա լողում էր մի նավակ:

Արմենիերը վերևից ձայն տվեց, և նավավարը, որ կարծես նիրհել էր, գլուխը բարձրացրեց վեր: Այդ ամայի ափերին նրա համար անակնկալ էր որևէ մեկին հանդիպել: Նավակը նա մոտեցրեց ափին:

Արմենիերն արագ իջավ, ցատկեց նավակը և միայն այդ ժամանակ նկատեց մի փոքրիկ աղջկա, որ անշարժ նստել էր նավավարի դիմաց: Արևը ողողել էր նրա մուգ դեղին մազերից մինչև բոբիկ ոտքերը: Առաջին հայացքից փոքրիկ աղջիկը թվաց դեղնամոմից սարքած տիկնիկ, որ չի թարթում աչքերը, չի խոսում, այլ միայն նստում է՝ ձեռքերն անշարժ: Սակայն աղջիկն աչքերը թարթեց և միամիտ անմեղությամբ նայեց պղտոր ջրին, որի երեսին լողում էին տերևներ և չոր ճյուղեր, որ ո՛վ գիտե ինչ դաշտերից հավաքել էր գիշերվա հեղեղը:

— Աղջիկս է, — ասաց նավավարը, որսալով նրա ուշադիր հայացքը. — հիվանդ է, պարոն... Ասում են արևը և գետի զովը նրան օգտակար է:

— Իսկ ինչո՞վ է հիվանդ:

— Չգիտեմ... Այսպես մոմի նման հալվում է, հալվում է և մի օր էլ... Ի՞նչ ասեմ: Չորրորդ երեխաս է, պարոն…

— Եվ չորսն էլ այսպե՞ս են:

— Չորսից երեքն այսպես էին և հիմա չկան: Սա չորրորդն է: — Հայրական այնպիսի քնքշանք կար նրա դեմքին, — ասում են, որ պետք է լավ սնել, կաթ և յուղ և ձու տալ: Իսկ ո՞վ է մեզ տվել կաթ և յուղ և ձու... Ահա իմ ամբողջ օրվա աշխատանքը, — և նա ոտքով հրեց ուռկանի կույտը, որի տակ, նավակի հատակին, թարմ ձկներ էին, — այս էլ դժվար է... Հիմա ձուկը սիրում է ծանծաղ ափ, որտեղ և արև կա և խոտ: Իսկ ծանծաղ ափերը մերը չեն...

— Հապա ո՞ւմն են:

— Պարոններինն են... Այ, տեսնո՞ւմ ես այն կաղնին: Նրանից այն կողմ բարոն Կելենբախի հողերն են: Եվ գետն է նրանը, և ձուկը, և հողը, և անտառը, և մարդիկ էլ նրանն են... Իսկ ի՜նչ ձուկ կա, ի՜նչ ձուկ կա, — նա լռեց, հասկացնելով, որ այնտեղ շատ լավ ձուկ կա, — ձուկն էլ գիտի, թե որտեղ է ապահով: Այս կողմերում այնքան սոված մարդիկ են շրջում... Եվ ձուկը մեր կողմերով խորքով է գնում և այնպես զգույշ է, որ չես բռնի: Իսկ այնտեղ՝ այնտեղ ուրիշ բան է: Կարող ես ձեռքով էլ հանել, ինչպես թե տակառից հանես: Այդպես է: Աստված այդպես է բաժանել. լավ հողերը և դաշտերը տվել է պարոններին, անտառներն արջերին է տվել, իսկ մեզ... Այ թե ինչ է տվել, — և նա թիակը թողնելով օդի մեջ, ձեռքով կիսաշրջան գծեց: Նա պղտոր գե՞տն էր ցույց տալիս, գետի աղքատ ափե՞րը, դիմացը նստած հիվանդ աղջկա՞ն, թե՞ այդ ամենի հետ միասին նաև իր ցնցոտիները:

— Իսկ մեզ մոտ այդպես չէ... Այնտեղ ամեն մարդ կարող է ուզած ջրում ձուկ բռնել:

— Ո՞րտեղ ձեզ մոտ:

— Հայերի երկրում:

Նավավարն այդպիսի երկրի անուն չէր լսել: Եվ այդ նրան ճնշեց այնպես, ինչպես հասարակ մարդկանց ճնշում է խրթին բառը:

— Չեմ լսել և չեմ կարող ասել, — մռմռաց մարդը, — բայց կարող եմ ասել, որ ես էլ օտարական եմ, և այս կողմերի մասին էլ ասում էին, թե ազատ երկիր է և ապրելը հեշտ է... Բայց այդպես չէ: Աշխարհում որտեղ մի կուշտ կա, այնտեղ հարյուր քաղցած կա: Ահա ես հիսուն տարեկան եմ և շատ աշխարհներ եմ տեսել, Մոսկվայի հրդեհն եմ տեսել, եղել եմ Բերեզինայի կռվում և նույնիսկ մինչև Պրուսիա քշել եմ ֆրանսիացիներին և երկու ձմեռ ձմեռել եմ Ստռչեկում... Կա այդպիսի տեղ Լեհաստանում: Այնտեղ է, որտեղ, ասում են, պան Տվերնիցկին մերոնց լավ ջարդել է... Տոնավաճառի մի զինվոր պատմեց ինձ: Նա էլ մեր կողմերից է և վիրավորվել է, բայց ոչ Ստռչեկում, այլ Կավրենիշկի մոտ... Եվ ահա, — բայց այդ խոսքին մի ուժեղ ալիք խփեց նավակին, ջուր ցայտեց, և փոքրիկ աղջիկը վախից աչքերն արագ թարթեց. — վախեցա՞ր, Մարֆուշա, — աղջիկը թույլ ժպտաց:

Նավավարը լռեց, մոռանալով ասելիքը: Նրա հայացքը պղտոր և մութ էր, ինչպես Էմբախը, որ անաղմուկ հոսում էր, լռության մեջ թաքցնելով մի ահավոր ուժ: Նավակն էլ հնադարյան էր, նավավարն էլ քրքրված և թրջված զգեստով, նույնիսկ ուռկանի շատ հանգույցներ կապկպված էին զանազան թելերով, — բայց և այնպես թե՛ նավակը և թե՛ նավավարը դեռևս այնքան դիմացկուն էին, որ այդպես կարող էին լողալ թեկուզ մի դար:

Արմենիերը նայում էր աղջկան. «...Մոմի նման հալվում է, հալվում է և մեկ օր էլ...»: Նրա մանկական ուսերն այնքան նիհար էին: Աղջիկը բոբիկ ոտքերը մեկնել էր արևի տակ և չէր հագենում ջրին նայելուց: Երբ երկու ալիք իրար էին զարնվում, նա ժպտում էր, ինչպես հիվանդ երեխան, որին մայրը մոտեցրել է պատուհանին, և պատուհանից նա նայում է իր ընկերներին, որոնք բակի մեջ խաղում են շան լակոտի հետ: «...Ճշմարիտ որ հալվում է... Եվ շուտով կհանգչի նրա ճրագը...»:

Նա մի ինչ-որ նմանություն տեսավ այդ աղջկա և Եղսան հոքիրի Մայրանի միջև. երկուսն էլ վտիտ էին, համարյա հասակակից, երկուսն էլ պատառոտված շորերով և ոտաբոբիկ: Մայրանի հյուսերը սև էին, իսկ Մարֆուշան ուներ մուգ դեղին մազեր: Բայց երկուսի աչքերը նույնն էին արտահայտում: Կարծես այդ մանուկներն իրենց կյանքում տեսել էին մի ահավոր սարսափ, որ նրանց մինչև մահ պիտի հալածեր:

Արմենիերը երեսը շրջեց: Գետը հետզհետե հանգստացրեց նրան... Այլևս չէին լսվում կռունկների կանչերը: Միայն երբեմն մանր կոհակները գետի միջից երամ-երամ վազում էին դեպի ափերը և երբ ընկնում էին ավազի վրա, ավազը խուլ զնգում էր:

— Իսկ նա ուզում էր մեզ ազատություն տալ, — ինքն իրեն խոսելով մտածում էր նավավարը. — և կտար, բայց մեր թագավորը չթողեց, և պրուսացին չթողեց, և անգլիացին չթողեց... Այսպես էլ մնացինք, պարոն...

— Ինձ ինչո՞ւ պարոն ես ասում, — սրտնեղեց Արմենիերը:

— Ինչո՞ւ, — նավավարը դառն ժպտաց, — որովհետև այդպես է... Ամեն բանից երևում է, որ պարոնը ես չեմ:

— Ես գյուղացու որդի եմ:

— Կարող է... Այժմ ասում են այնպիսի պարոններ են դուրս եկել, որոնք ժողովրդի հետ են: Այ հենց նրանք, որոնք Պետերբուրգում կրակեցին թագավորի վրա: Իսկ Վարշավայում նույնը չի՞... Դպրոցի աշակերտները և պարոն ուսանողներն առաջինն են հարձակվել բերդի վրա: Իսկ Վարշավայի բերդը, կարող եմ ասել, որ բերդ է, և ոչ թե հողե ֆորտեցիա... Իսկ ժողովուրդը տեսել է, որ պարոններն իրենց հետ են, ուրեմն՝ տվե՛ք գեներալներին... Դեռ երկար կքաշի այս պատերազմը... Եվ ո՞վ է իմանում, գուցե մի բան լինի:

— Ի՞նչ ես սպասում, որ լինի:

Նավավարը շեշտակի նայեց Արմենիերին:

— Պարոն... Եվ կամ եթե այդ ձեզ հաճելի չէ՝ եղբայր, սիրելի եղբայր, այստեղ ես եմ և դու ես, վերն Աստված է լսում, ներքն միայն այս խեղճ երեխան: Եվ ուրիշ ոչ ոք չի լսում մեզ, — նա կռացավ դեպի Արմենիերը, — ինչի՞ է սպասում աղքատ գյուղացին: Աղքատ գյուղացին սպասում է մի կտոր հողի և ազատության: Եվ ուրիշ ոչինչ չի սպասում: Եթե նա հաղթեր, մեզ կտար և՛ հող, և՛ ազատություն:

— Ո՞վ կտար:

— Կատակ եք անում, պարոն եղբայր... Դուք ինձնից լավ գիտեք, թե ով կտար:

— Պատվովս եմ երդվում, որ չգիտեմ: Եվ որտեղի՞ց պետք է իմանայի: Ութերորդ ամիսն է այս երկրումն եմ և ուսանում եմ միայն գիտություններ: Իսկ այդպիսի բանի տեղյակ չեմ...

— Եվ տեղյակ չեք լինի, ձեր գրքերում չեք գտնի իմ ասածը: Իսկ ով գիրք չի կարդում, այլ ժողովրդի մեջ է, նա գիտի, թե ով կտար հող և ազատություն, — և կարճատն լռությունից հետո շարունակեց. — ֆրանսիացին կտար, ինքը Նապոլեոնը կտար... Ստոչեկում, որտեղ մեր գունդը ձմեռել էր, կար մի գերի ֆրանսիացի: Նրա մի ոտքը ցուրտը տարել էր, և նա մեր գնդի խոհանոցում սպասավոր էր: Իսկ անունը Միշել էր, Միշկա, եթե մեր լեզվով ասենք... Մի գիշեր ես պահակատեղից վերադարձա խոհանոց, որ տաքանամ: Տեսնեմ Միշկան կրակի առաջ նստել ծխում է: Ծխում է և միտք է անում: Իսկ թե ի՞նչ է միտք անում, հայտնի բան է, թե ինչ միտք կանի գերի զինվորը, որը չգիտե, թե ինչպես են տունը, երեխաները, արդյոք մեռե՞լ են, թե՞ դեռ հիշում են... Վերջապես: Իրար ողջունեցինք, և ես էլ սկսեցի ծխել: Խոհանոցում մեզնից բացի ոչ ոք չկար, այ ինչպես հիմա... Եվ այսպես էլ դիմաց-դիմաց նստած էինք: Ի՞նչ ասաց Միշկան: Նա հառաչեց և ասաց. «Է, Վասիլիյ (այդպես են կոչում ինձ), հիմարացաք, դուք շատ հիմարացաք: Ախր արդեն գրված պատրաստ էր մանիֆեստը: Եվ նա պետք է ինքը կարդար Կրեմլի հրապարակում: Իսկ դուք լսեցիք Կուտուզովին և թագավորին լսեցիք: Գոնե սպասեիք մի տարի, ազատություն ստանայիք և հող ստանայիք և ապա մեզ խռկեիք»... Միշելն էլ այսպես ասաց, և այս իսկական ճշմարտություն է, որ ոչ մի գրքում չի գրված:

Նա պատմում էր հմայիչ ձայնով, նրա խոսքերից ճառագում էր մի ջերմություն, որ հետզհետե գրավել էր Արմենիերին: Նրա պարզ բառերի մեջ ինքը՝ իմաստուն ճշմարտությունն էր՝ արևի նման հստակ... Նա քաղցր էր պատմում, ինչպես Միրզանը ձմռան գիշերին պատմում էր Շարմաղ աղջկա և յոթ եղբոր հեքիաթը:

— Ճշմարիտ է և այն, որ հասել է ահեղ դատաստանի օրը: Ամեն տեղ կռիվ է, պատերազմ: Ժանտախտը, որ ուղղակի հնձում է... Ասում են, Տուլայի նահանգում գյուղացիները հրդեհել են իրենց տերերի ագարակները, որովհետև հայտնվել է մի սուրբ, որ քաղաքի հրապարակում երեք անգամ ասել է. «Հրդեհեցեք հարուստ տները և վաճառատները, որովհետև նեռը այնտեղ է բնակվում»: Ինքը նահանգապետը հրամայել է սպանել խռովարարին, բայց ժողովուրդն սկսել է կրակի տալ խանութները և հարուստ տները... Իսկ Խերսոնի նահանգում, ասում են, ժողովուրդը փախել է ստեպները, փախել է թաթարների երկիրը, և ամբողջ քաղաքում մնացել է միայն քաղաքապետը, և նա էլ հրամանի է սպասում, թե ում հանձնի պաշտոնը: Դոնի կազակները իրենց ատամանին գաղտնի ուղարկել են անգլիական թագավորի մոտ՝ «չենք ուզում այլևս հպատակ լինել ռուսաց թագավորին, այլ կամենում ենք քեզ ենթարկվել...»: Իսկ Վոլգայի կողմերում սով է. ժողովուրդն, ասում է, ամեն ինչ կերել է, ծառերի կեղևն է կերել և կավ է կերել, և հիմա բոլորը ճանապարհ են ընկել դեպի Մոսկվա, ամբողջ ժողովուրդը՝ ծերեր, երեխաներ, կանայք, աղջիկներ, ռուսներ, թաթարներ, ղալմխներ, բաշկիրներ, բոլորը, բոլորը... Եվ գալիս են ասելու՝ կամ հող տվեք, հաց տվեք, կամ մենք մորեխի պես կոչնչացնենք ձեր քաղաքները: Հապա, այսպես է... Թեև մենք գիրք չենք կարդում, բայց տեղյակ ենք աշխարհի բաներին: Պատահում է, որ տնավաճառում ենք լսում, պատահում է, որ զինվորներից ենք լսում, իսկ անցած օրը, երբ ես Քարե կամրջի տակ պարապ կանգնած էի, մոտեցան երկու լեհ ուսանող և կանչեցին ինձ: Ես ասացի, որ իմ նավակը նրանց վայել չէ, որովհետև ես այլուր էի տեղափոխել: Նրանք զայրացան և համառեցին: Այն ժամանակ ես նրանց տարա մինչև հին զորանոցները... Իսկ նրանք, տեսնելով, որ ռուս եմ, սկսեցին խոսել իրենց մայրենի լեզվով: Ես թիավարում էի և լսում... Ես մինչև անգամ դանդաղ էի թիավարում, որովհետև շատ էի ուզում լսել նրանց խոսակցությունը: Իսկ նրանք պատմում էին, որ պրուսացիք միացել են ռուսներին և ուրեմն լեհացիների բանը վատ կլինի, և որ իբրև թե պան Խլոպիցկին վիրավորվել է, բայց և մարշալ Դիբիչն է լավ կերել... Եվ ասում էին, թե մի ուրիշ գեներալ է գալիս և որ Դիբիչին կանչել են Պետերբուրգ, գլուխը կտրելու, որովհետև նրա պատճառով շատ ժողովուրդ է փչացել:

Արդեն երևացին ձկնորսների հյուղակները և այն ավերակ հողմաղացը, որ այդպես էլ պիտի մնար մինչև ինքն իրեն փտեր: Նրանք հանդիպեցին մի քանի նավակների, որոնք վերադառնում էին քաղաքից:

— Վասյա, Վասի՛լիյ... — և մեկը ձեռքով արեց:

— Սատանա, դև... Առանց լակելու չի կարող, — մռմռաց նավավարը:

Շուտով երևաց «ռուսական ծայրամասը»:

— Այ, մայրիկը... Տես, — և աղջիկը ձեռքը մեկնեց, — մա՛... — թույլ ձայնով կանչեց նա:

Մոտեցան ափին:

— Գուցե ձեզ տանեի մինչև Քարե կամուրջը, — առաջարկեց նավավարը:

Մի կին գրկեց աղջկան և նավակից հանեց: Արմենիերը ոտքը դրեց ցամաքին: Մայրն աղջկա հետ գնաց դեպի գետնափոր տնակը:

Նավավարը նավակը քաշում էր ցամաքի վրա:

Արմենիերը դատարկեց բոլոր գրպանները և ամաչելով մոտեցավ նրան:

— Շատ եք վճարում, պարոն...

— Ավելին չունեմ, որ վճարեմ, — ապա արագ հեռացավ:

Արվարձանի ցեխոտ փողոցներով նա գնում էր գլուխը կախ: Նույն ճանապարհով նա տուն էր վերադառնում: Այլևս չկար լուսաբացի մշուշը: Փողոցներում գորշ առօրյան էր... Ահա այստեղ նա զգաց թարմ հացի հոտը: Բաց դռնակի մոտով նա անտարբեր անցավ: Նրա գլխում ուրիշ մտքեր էին... Խշխշան շորերով այն կինը մնաց ծառերի մթին խորքում: Նույնիսկ արևը այն չէր, այն ոսկի արևը, որի տակ կողք-կողքի պառկել էր խլեզների զույգը և կարմիր զատիկները շղթայվել էին ձու դնելու մոլուցքով:

Քաղաքում ուրիշ արև էր, գնդլիկ և սպիտակ երեսով մի տանտիրուհի, որ չորացնում էր գուբերի ջուրը, եղաններով ցանցում էր խոնավ խոտը: Լվացքը փռել էր ցանկապատի վրա, նայում էր լվացքաջրի գոլորշու միջից և չէր թափանցում գետնափոր տնակները:

ԴԵՊԻ ԼՅԱՌՆ ՄԱՍԻՍ

Դեմը դաշտն էր անծայր, իսկ հեռվում — Մասիսը,
Լյառն այն վսեմ, որի ճանապարհով մի օր
Բարձրացել էր ինքը և սառցանիստ
Գեղեցկությամբ գերվել:
Ե. Չարենց

1

Ընթրիքից հետո պրոֆեսորը երիտասարդին դիմելով, ասաց.

— Այժմ անցնենք մեր գործին, սիրելի դիակոնուս...

Նրանք քաշվեցին պրոֆեսորի առանձնարանը: «Գործը» — ծխելն էր և այն զվարճալի զրույցը, որ ծխելու հետ սկսում էր պրոֆեսոր Պարրոտը: Բայց այս անգամ նա սենյակի դուռը ամուր փակեց և. երբ ընկղմվեց վոլտերյան բազկաթոռի մեջ, չասաց, ինչպես միշտ. «Ծուխ է և ունայնություն աշխարհը, Սաադի, — եթե քեզ ճիշտ է թարգմանել իմ Liebling-ը»: Նա վառեց պարսկական կեռասյա կոթով ծխամորճը: Մոմը լուսավորում էր նրա դեմքի կեսը, և երբ կապույտ ծուխը բարձրանում էր այդ լուսավոր կողմով, թվում էր, թե շարժվում էին նրա զանգուրները ծխագույն և ծխի նման ոլորուն:

Երիտասարդը նստել էր մոմակալի մոտ, ձեռքին՝ ունելին, որ այն ժամանակ անբաժան էր մոմի ճրագից, որովհետև նրանով էին սարքում ճրագի պատրույգը: Երբեմն ծխի միջից երիտասարդին էր նայում մի զննող աչք: Դիակոնուսը հիշեց, որ այդ երեկո պրոֆեսորը տուն եկավ մտազբաղ և մռայլ: Նա ամբողջ օրը եղել էր Դոմբերգի գագաթին՝ նոր աստղադիտարանում... Երբ տուն եկավ, նույնիսկ չզգվեց երեխաներին: Երիտասարդը ծուխի մեջ որոնեց նրա աչքը: Բայց աչքը փակ էր... Պրոֆեսորը ննջում էր... Գուցե ցավում է մի տեղը: Երիտասարդը կարեկցանքով նայեց այդ փոքրիկ և թեթև մարդուն, որի նիհար և ոսկրոտ դեմքի վրա շատ պարզ երևում էր մոմի լույսը և ստվերը: Նա այլևս չէր ծխում:

Պարրոտը խուլ ձայնով ասաց.

— Ես ձեզ, սիրելի Աբովյան, այժմ կհայտնեմ մի տեղեկություն, բայց պետք է խնդրեմ, որ ոչ ոքի չասեք, նույնիսկ տիկին Աուսլենդերին:

Այդ ամենը հանկարծակիի բերեց երիտասարդին: Կար մի սառնություն պրոֆեսորի խոսքի մեջ: Նա ուրիշների ներկայությամբ էր նրան ազգանունով կանչում: Իսկ ինչո՞ւ հիշատակեց տիկին Էլիզին: Կարծես թե ներս մտավ այդ կինը, և խշշաց զգեստը, ինչպես թե քամի անցավ չոր խոտերի վրայով... Ոչ, այդ պատրույգն էր, ճարճատեց մի վայրկյան, թրթռացին ստվերները, և նորից լույսը խաղաղվեց:

— Իմ սիրելի Արմենիեր, այսօր ես նամակ ստացա իմ մի բարեկամից, որը վերջերս եղել էր ձեր երկրում և այժմ Սանկտ-Պետերբուրգումն է: Նա ինձ միանգամայն ծածկաբար տեղեկացնում է, որ ձեր հայրենակիցները հետ են առել իրենց երդումը և նոր վկայություն են տվել, որ մենք Արարատի գագաթը չենք բարձրացել...

— Ինչպե՞ս, — ճչաց երիտասարդը և թռավ ոտքի: Նա նման էր դատապարտյալի, որին հայտնում են, թե վեր կաց, ահա գալիս են քեզ տանեն այնտեղ, ուր պատրաստ է գերեզմանի փոսը: Նա լսում է դահիճի քայլերի ձայնը և մի վայրկյան սառած կանգնում է, բռունցքները սեղմած, աչքերի մեջ և՛ ահ, և՛ ցասում:

— Ինչպե՞ս թե չենք բարձրացել, — բոլորովին մեղմ հարցրեց երիտասարդը, սակայն այդ մեղմությունն ավելի զարհուրելի էր, քան առաջին ճիչը:

— Ես խնդրեցի, որ չվրդովվեք, իմ ազնիվ բարեկամ, — կարեկցանքով ասաց պրոֆեսորը:

— Գուցե լուրը սխալ է:

— Դժբախտաբար ճիշտ է: — Նրանք լռեցին: Մոմն ուրախ վառվում էր: Պահարանի ետևը մի մուկ սղոցում էր տախտակը: Նա ևս լռեց, իր համար մի չարագուշակ բան զգալով ընդհատված ձայների մեջ:

— Այնուամենայնիվ, հարկավոր չէ հուսահատվել, — և պրոֆեսորն սկսեց քայլել մանր և համաչափ քայլերով, ձեռքերը մեջքին բռունցք արած: Նա մոտեցավ պահարանին և դառնալով երիտասարդին՝ հանդարտ և ինքնավստահ ասաց, — Ճշմարտությունը մի օր կհաղթի... Մեզնից հետո ուրիշները կբարձրանան, և նրանք կտեսնեն մեր հետքերը: Իսկ մինչ այդ ես կարագացնեմ իմ գրքի լույս տեսնելը, և թող այն ժամանակ խոսեն, որքան կամենան:

Դիակոնուսը լուռ մտածում էր: Ինչքան մտածում, այնքան նենգ և ստոր էր երևում այդ դավադրությունը: Ո՞վ կազմակերպեց. Հովհաննես վարդապե՞տը, լուսարար Սիմեո՞նը, թե՞ այն կիսախելագար եպիսկոպոսը, որ կատաղի հայհոյանքով հարձակվեց նրա վրա, երբ ներս մտան վանքի բակը: Հայհոյեց, բայց երբ վանքի դպիրը ծոցից հանեց այն սրվակը, որի մեջ արդեն հալվել էր Արարատի գագաթից վերցրած սառույցը, այդ կիսախելագար վանականն առաջինը հարձակվեց նրա վրա և սրվակը խլելով, սկսեց ճակատին և ձեռքերին քսել այն ջուրը, որ բերել էին Նոյյան տապանի սառցադաշտից: Հետո հարձակվեցին ուրիշ վանականներ՝ ճպռոտ և թարախոտ աչքերով, ինչ-որ անդամալույծ մուրացիկներ, այլանդակ մարմնով խեղճեր, որոնք անտիրական շների նման թափառում էին վանքի բակում և շուտով բորբոսնած կիսամերկ և զարհուրելի մարմինների մի գունդ խլրտում էր ահռելի գոռումգույնով, կարծես թպրտում էր մի վիթխարի մորմ, որի մարմնի վրա վխտում էին նրա անթիվ ձագերը:

Վանքի երբեմնի դպիրը մոռացել էր այդ և այդպիսի դառնություններ: Նրա հիշողության մեջ պարզվել էր պղտոր դիրտը, և ինչպես քարից ընկնող կաթիլներ, մաքրվել էր հինը ժամանակի ընթացքում, և նա հիշում էր վանքի չինարիները, որից այն կողմ անեզր դաշտն էր՝ Բարդողյան լեռները, դեպի արևմուտք՝ մի այնպիսի հարթավայր, որ նման էր ծովի, և որի մեջ ընկղմում էր արևը: Նրա աչքերի առաջ հառնում էր վանքը՝ դարմանի և ցորենի շեղջակույտերով, նախիրներով, որոնց բառաչը խլացնում էր երեկոյան զանգահարությունը, և այդ ժամանակ վարժատան սաներն ու խցի մոնթերը վազում էին դեպի գոմերը, որպեսզի մածնատան պառավներից խնդրեն մի-մի քրեղան թարմ կաթ: Նա հիշում էր զրույցներն այն թափառական գզրարների, որոնք ձմեռներն ապրում էին ճգնավորի անմարդաբնակ խուցերում, գզում էին բուրդ և բամբակ, և միալար աղմուկի մեջ գզրարը պատմում էր երգելով և երգի հետ ա լիք-ալիք դիզվում էր բամբակը...

Նրա աչքերն արցունքով լցվեցին, նա սեղմեց շրթունքները և ջանաց, որ արցունքները սառչեն և չթափվեն: Ձախ այտի մկանները խաղացին:

Մի քիչ հեռու կանգնել էր պրոֆեսորը և ինչ-որ բան էր մտածում. գուցե և աննպատակ նայում էր դարակի գրքերին:

Հանկարծ երիտասարդը գրկեց նրա երկու ձեռքը, և նրա ձայնը դողաց.

— Ես խնդրում եմ ներեք իմ հայրենակիցներին... Այս գործի մեջ խառն է մեկի չար ձեռքը, և իմ հայրենակիցները իրենք էլ չեն իմացել թե ինչ են արել: Իսկ ես գիտեմ, թե ինչքան են ծեծել այն խեղճ գյուղացիներին, մինչև նրանց ստիպել են հետ առնել առաջին երդումը... Բայց ե՛ս եմ վկան, ե՛ս, — և նա ուժգին զարկեց կրծքին: Նրա ջինջ աչքերի մեջ արցունքի շղարշի միջից ցոլանում էր անխարդախ կիրքը, — պատվո խոսք եմ տալիս և երդվում եմ իմ կյանքով...

— Ես քանի անգամ խնդրել եմ, որ այդպիսի բառեր չասեք, — ընդհատեց պրոֆեսորն այն տոնով, որով նրան սովորեցնում էր պարզ հնչել բառերը, բարձրաձայն ընթերցել, արտահայտությունների մեջ զուսպ լինել, չերդվել ո՛չ Աստծո անվամբ և ո՛չ ազնիվ խոսքով, այլ ասել միայն ճշմարիտը, — մի խոսքով դաստիարակի այն սառն եղանակով, որով գերմանացի պրոֆեսորն անխնա մկրատում էր արևելցու հախուռն բնավորությունը, համարելով այն հետևանք ասիական խավար միջավայրի: Դիակոնուսն ուրիշ ժամանակ դպրոցականի նման կուլ կտար իր սխալը, բայց այս անգամ նա ազատ արձակեց սանձերը.

— Ես կասկածում եմ, որ մենք բարձրացել ենք գազաթը, որ նրանք անազնիվ ստախոսներ են... Եվ ես կիմանամ, թե ո՛վ է ստիպել գյուղացիներին ուրանալ իրենց երդումը... Միայն խնդրում եմ ներեք նրանց, իմ խեղճ, իմ անբան հայրենակիցներին...

Եվ զսպված արցունքները ցայտեցին: Նա հեկեկաց, ինչպես երեխան, որ լսում է մոր հանդիմանությունը, բայց հանկարծ բաց է ընկնում մի ջիղ, մի մկան, ամեն ինչ խառնվում է և այլևս չի կարողանում արցունքները պահել...

2

Նա վերադարձավ յուր սենյակը... Փորձեց դասերը պատրաստել և չկարողացավ: Ապա վերցրեց մատիտը, որպեսզի շարունակի գծագրել այն քարտեզը, որի վրա նա աշխատում էր մեծ եռանդով, միտ դնելով իր գծած հայերեն առաջին քարտեզը («աշխարհացույցը» — ինչպես ծաղկանկարել էր արդեն), որ նվիրել էր բարերարին՝ Ֆրիդրիխ Պարրոտին, — բայց աչքն ընկավ այն վանդակին, որտեղ պիտի գծագրեր Մասիսները, և մատիտը մի կողմ դրեց: Նա ընդոստ թռավ տեղից և գնաց դեպի անկյունը:

Այնտեղ «մյուջրին» էր, գույնզգույն թիթեղներով զարդարված սնդուկը, որ Միրզամի հետ միասին գնել էին Երևանի Չարսու բազարում: Կողպեքի լեզվակը մի քանի անգամ զրնգաց տխուր և երկար ելևէջով, ինչպես թառի սիմը: Մյուջրին բացվեց և բարձրացավ մի հնամենի բույր: Այդ սնդուկի մեջ էր այն ամենը, ինչ նրան մնացել էր իբրև հիշատակ հեռու հայրենիքից. քաթանե մի շապիկ, որ ուներ մոխրաջրի և աթարի ծխահոտ, մի զույգ ջորաբ, որ պաշարի հետ դրել էր հորաքույրը՝ Օսան խաթունը, մի քանի գրքեր, որոնցից խոնավության և խունկի հոտ էր գալիս, ճրագուի մոմեր, խունկ, որ հետն առել էր օտար աշխարհում ծխելու, երբ բոլորեին հայրենի տոները: Կարմիր աղլուխի մեջ փաթաթված էր ուրարը, սարկավագի ջիբրուն և սաղրի քոշերը, որոնցով տնից ճանապարհ էր ընկել:

Նա մի կողմ հրեց այդ բոլորը և սնդուկից հանեց սև ղեյթանով կապած թղթերը: Քանդեց ղեյթանը, և աչքին ընկան զմուռսով կնքած ծրարները, մի դեղնած թուղթ, որի վրա հազիվ ընթերցվում էին կիստրի թանաքով գրած առաջին ընդօրինակումը Մաշտոցից: Կար և սպիտակ թերթ, որի եզերքը ծաղկազրել էր վանքի դիվանատան ծաղկարարը: Թղթերի այդ կապոցից նա վերցրեց մի տետր և մոտեցավ սեղանին:

Այդ տետրի մեջ էին նրա ճանապարհորդական տպավորությունները, գրված թարմ հետքերով... Նա ագահությամբ սկսեց կարդալ... Յուրաքանչյուր տողը, նույնիսկ ջնջված բառերը նրա հիշողության մեջ արթնացնում էին ամբողջ ուղևորությունը՝ Մսրա դռներից մինչև լեռան գագաթը...

«Ծխայր, խաղայր հորձանուտն Արաքս... Որդն կարմիր, ըստ տաճկաց հնչմանն՝ ղըրմըզ»: Դիտում էին Արաքսի կոհակները, երբ Շիմանը նրանց կանչեց: Նրանք տեսան նախիրը, որ գալիս էր, և բոլորի կճղակները, մռութները, նույնիսկ մի քանիսի կուրծը, և փորի տակ ներկված էին կարմիր, ալ կարմիր. կարծես կովերն անցել էին արյան լճերով: Թուրք նախրապանը հասկացրեց օտարականներին, որ նախիրն անցել է սեզ խոտերի միջով, որոնց վրա վխտում են կարմիր որդերը: Նրանք գնացին նախրապանի ցույց տված կողմը և տեսան որդերով ներկված դաշտը, կարծես իրարից հեռու մորթել էին մատաղացու եզներ և արյունը շաղ տվել խոտերի վրա: Բեհազել ֆոն Աղլերսքրոնը, որ հավաքում է զանազան տեսակի խոտեր, զեռուններ և քարեր, մի փոքրիկ սրվակ լցրեց այդ որդերով, իսկ Արմենիերն ասաց, որ երբ վերադառնան, նա վանքում ցույց կտա մի ծերունու, որն այդ որդերից պատրաստում էր ոսկեգույն կարմիր:

— Այս երիտասարդը մեզ շատ օգտակար պիտի լինի, — գերմաներեն ասաց պրոֆեսորը: Իսկ ինքն ամաչեց, ենթադրելով, որ նրանց ծանծրացնում է իր անտեղի զրույցով. «հեծեծմունք և ահ. սիրտ իմ ահէ մաշեր...»:

Արևն արշավում էր դեպի մուտքը, երբ նրանք մոտեցան Սուրբ Հակոբի վանքին:

Եվ նրա մտքի առաջ հառնեց խոժոռ վանահայրը՝ բիրտ, ինչպես շրջապատի ապառաժները, քրձազգեստ և բոկոտն, կոշտ մազերով, որ դուրս էին ցցվել մինչև իսկ ականջներից: Միրուքի սև մազերի միջից երևում էր ահագին բերանը: Վանահայրը մի կիսավայրենի մարդ էր, որին աքսորել էին այդ հեռավոր մենաստանը, և Էջմիածնում վաղուց էին մոռացել նրա գոյության մասին: Այդ մենակյաց մարդը զարհուրեց, երբ այդքան բազմություն տեսավ և նրանց մեջ՝ օտարոտի արտաքինով գերմանացիներին: Նա իսկույն փակեց վանքի դարբասը և ներսից ինչ-որ բան գոռաց: Շները, որոնք իրենց կյանքում ավելի հաճախ գազանների էին տեսել, քան մարդկանց, վանահոր մռնչոցի վրա այնպես գազազեցին, որ քիչ էր մնում վանքի պարիսպներից թռնեին ցած և նրանց բզկտեին: Այն ժամանակ դարպասին մոտեցավ հայ դպիրը. նա խնդրեց, սպառնաց, ապա նորից խնդրեց, մինչև վանահայրը բաց արեց դարպասը, շներին նախօրոք փակելով գոմի մեջ: Բայց և այնպես այդ մենակյաց վանականը հրաժարվեց օրհնել այն խաչը, որ «անհավատներն» իրենց հետ տանում էին դեպի գագաթ:

«Սեպտ. 27 — Հայելի լեռան շողա ի թևս մարմանդաբեր Զեփյուռոսի...»:

Նրանք ծվարել էին Քիփգյոլից բարձր, ժայռերի խորշում: Երրորդ վերելքն էր: Ետ էին դարձել նրանք, որոնք սարսափել էին՝ շնչելով Արարատի ցուրտ մառախուղը և տեսնելով խորանդունդ վիհերը, քարանձավները, որտեղ երբեք չէր թափանցել արևի շողը: Սահակը՝ Ակուռի գյուղացիներից մեկը, չէր վախենում ոչ ցրտից, ոչ սառցակույտից: Նա սարսափում էր լեռան կատարից: Նրան թվում էր, որ մարդ արարածը չի կարող ոտք դնել այնտեղ. կամ կայծակը կզարկի, կամ գետինը մի ահավոր զորությամբ կշորացնի այդ ոտքը, կամ հանկարծ քարափը կճեղքվի և մեղավոր մարդը կընկնի գեհեն:

Քիփգյոլից բարձր, ժայռերի խորշում վառվում էր նրանց խարույկը, առաջին կրակը, որ լեռան լանջին այդքան բարձր վառել էր մարդը: Փայտը քիչ էր. շալակով էին բարձրացրել, և դրա համար նրանք աշխատում էին կլանել ողջ ջերմությունը: Լուռ էին. կրակի լույսով պրոֆեսորն ինչ-որ նշումներ էր անում: Նա նույնիսկ դուրս սողաց խորշից և սկսեց դիտել աստղերը:

— Ջանավարի սիրտ կլինի կերած, — ասաց ակուռեցին, սեղմվելով Աբովյանին, որի հոգևոր կոչումը նրան հավատ էր ներշնչում, թե գուցե Աստծուն ընդունելի է այդ վերելքը, և ուրեմն այն կյանքում նրան կարմրած շամփուրներով չեն խարանի, ինչպես սպառնում էր վանահայրը:

Լուռ էին: Խարույկը հանգչում էր: Ինքը ձեռքերը պահել էր տաք մոխրակույտի վրա... Այն ի՞նչ էր փչրվեց և զարհուրելի դղրդոցով գլորվեց անդունդը, սառցակո՞ւյտ էր, քարաժա՞յռ, թե՞ լեռան կատարը ցնցվեց: Լսում են. կարծես ծղրտում են ձորում. հավար են կանչում՝ ահե՜... հե... և արձագանքը դղորդ դրնգում է ձորի քարանձավներում, քրքջում են, ծիծաղում են, ծափ են տալիս, և նույնիսկ պարզ լսվում է սուրմաների զրնգոց, դազմայի արծաթների ձայն: Իսկ հիմա վշշում է, միայն վշշում է. ինչ-որ մոտիկ տեղ սառցաջուր է կաթում՝ զրրնգ, զրընգ, կարծես կաթիլներն ընկնում են պղնձե կուժի մեջ: Սահակի ականջները վշշում են. նա գետին է խոնարհում ականջը: Պրոֆեսորը դիակոնուսին հարցնում է, թե ինչո՞ւ է այդպես անում «Իսահակը...»:

— Նրան թվում է, թե ժայռերի տակով ջուր է գնում...

Հանկարծ դարձյալ ահագին աղմուկ: Էլի փլվեց մի բան: Քամին բերում է ձյունավազի հատիկներ:

— Բարձրանանք, պարոններ, արդեն լուսաբացը մոտ է, — ասում է պրոֆեսորը: Նա նորից է չափում: Սահակը զարմացած նայում է ծանրաչափին: «Ի՞նչ տեսակ մարդիկ են էս նեմեցները... Նրանք էլ խաչապաշտ են... փառք քեզ Աստված, փառք քեզ»: Ապա Սահակը գոտիկից հանում է կացինը և սկսում է սառույցի վրա ոտնատեղ փորել, առնում են ձեռնափայտերը և սկսվում է վերջին վերելքը:

Քամին վրա է հասնում և ի սփյուռս աշխարհի ցրում մոխիրն առաջին կրակի, որ վառել էին նրանք մարդու ձայն չլսած բարձունքում :

Բարձրանում են: Լուսադեմի խավարն է՝ Աղամա մութը, այն ժամը, երբ թանձր խավարից ճառագում է լույսը: Աստղերը գունատվում են: Խորունկ երկնքում դեռ վառ են մի քանի սպիտակ աստղեր: Նրանք ավելի մեծ են, ավելի ջինջ... Ահա Լուսաստղը... Կապույտ սառույցների մեջ ցոլանում է աստղերի սպիտակ դեղնավուն լույսը: Թվում է, թե ոտքերի տակ ոչինչ կարծր բան չկա և բարձրանում են՝ կոխելով սառած ամպերը, բարձրանում են դեպի անհունը, ուր կան միայն աստղեր:

Նա սկսեց տրորել քունքերը: Հոգնել է. քնելու ժամը վաղուց է անցել, բայց այս գիշեր քունը հեռացել է: Սառնություն է զգում: Կարծես հոգու մեջ է ցուրտ լռությունը, լռությունը՝ անեզր, անպարփակ, ինչպես այն լուսաղեմին:

Մի ինչ-որ թերթ է ընկած տետրի արանքում... Ինքն է գրել. ահա պահել է ճրագի վրա, և նույնիսկ մի տեղ թուղթը դեղնել է...

«Ի հանդարտասայուգ մարմանդս հողմաբեր մեղմիկ զեփյուռին:

«Դիմեցի երբեմն զբոսնուլ ի ծոց Մասսյաց սուրբ լերին...

«Ո՞ւր ես առավոտ, քաղցր արշալույս, արև գերարփին...»:

Արևելքում ամպերը շարժվում են: Ահա մեկը ձգվում է ինչպես հազարամյա կաղնի. երկու սև ամպ կանգնել են դիմաց-դիմաց, գոյացնելով ամպեղեն կիրճ: Ավելի խորունկ՝ զանգուրների նման ամպեր են, կարծես սպիտակ ոչխարներ են մակաղել: Բայց ահա մոխրագույն են դառնում ամպերը, կապտում են. նրանք նման են միսկարների պղնձին: Ահա ամպերի սև կիրճի մեջ շողաց առաջին ճառագայթը, և, ինչպես կաս-կարմիր անիվ գլորվելով, գալիս է արևը, շողում է կատարը, ինչպես պղնձյա վահան, և ցոլքերի մեջ անէանում են աստղերը:

Ի՜նչ ահավոր վայրկյան է, ի՜նչ խորհրդավոր ժամ... Ամբողջ դաշտը խավարի մեջ է. ինչպես կապույտ վրան երևում է Արագածի գագաթը, և ուրիշ ոչինչ չի երևում՝ բացի արևի գունդը և Արարատի սկավառակը:

— Ահա կատարը, — բղավեց Պարրոտը:

Արև է, անդորր. սառույցներ, լռություն, սպիտակ լռություն: Նա փակել է աչքերը և դեռ չի նայում, չի ուզում նայել. դեռ դողում է սիրտը հուզմունքից, և հոգնությունից դողում են ոտքերը: Ապա հանկարծ ետ է քաշում ձեռքը, տեսնում է արևով ողողված սառցադաշտը, վազում է խելագարի նման թևերը պարզած, վազում է դեպի արևի կարմիր գունդը, դեպի սառցաժայռերը: Ապա փռվում է գետնին, համբուրում է գետինը, ինչպես ուխտավորը համբուրում է հայոց լեռան նախաստեղծ կատարը...

Նա ժպտաց: Վերհիշեց այն վայրկյանը, երբ ինքնամոռացության մեջ գրկեց ակնոտեցուն, ապա փաթաթվեց Պարրոտի վզով:

Գերմանացին ասաց.

— Զգույշ, ծանրաչափը կջարդեք:

Իսկ ակնոտեցին, որ բերանը բաց նայում էր սառցադաշտին, ահ ու դողով հարցրեց.

— Հայր սարկավագ, բա ո՞ւր ա տապանը...

Նրանք իրար նայեցին խոր, շատ խոր:

— Տապանը չի՜ եղել, — պատասխանեց վանքի դպիրը:

Ակնոտեցի Սահակը ցնցվեց այդ պատասխանից: Նա մոտեցավ իր հարևանին, որ սառույցների մեջ ամրացնում էր պրոֆեսոր Պարրոտի կապարե խաչը: Նրանք իրար հետ խոսեցին, ապա աներկյուղ նայեցին արևից լուսավոր սառցադաշտին: Նրանց աչքերից ընկավ խավարի վարագույրը և պարզ աչքերով էին նայում այդ երկու ռամիկ նախավկաները:

— Մենք չե՞նք բարձրացել լեռան գագաթը, — հանկարծ մռնչաց նա և լռեց: Սարսափելի էր այդ ձայնի արձագանքը գիշերային լռության մեջ: — Դուք չեք հաղթի, խավարի որդիք...

Նա դեն դրեց տետրը և առավ փետուրե գրիչը:

Նա գրում էր զայրույթի սրբազան կրակով, և աչքերի մեջ վառվում էր ատելությունը: Երբեմն կծկվում էր դեմքը, երբեմն ժպտում էր արհամարհանքով, և մաղձ էր կաթում դեմքից: Այդպիսի րոպեները սովորեցնում են ցմահ ատել, և այդպես է սկիզբ առնում ճամփաբաժանը:

«Որպես գրեմ, որ սիրելիդ իմ հասկանա ալեկոծումը հոգվույս: Օ՛, խստապարանոց և սոնքացյալ ջլբուրակերքն առաքելաշավիղ, աթոռո, որ զանազանեն միայն օգուտ որկորի և ի մեջ թանձրացյալ խավարամտության մնան իբրև անմաքուր խոզ ի տիղմն: Անարգեցին, ձաղկեցին և դարձրին ինձ իբրև խսիր արտաքո դրանն, երբ ես էի և մնայի խոնարհ դպիր: Անհաց, անշոր և անպաշար տարագրեցին ինձ, երբ ի կատարումն ցանկության իմ բարերարի, որ և իմ կամքն էր, ուղի ընկա առ ի սովորել դույզն ինչ գիտություն ի պետս հայ մանկանց: Որպես բորենի մի կամ լավ է ասել շնագայլ Սահակ վարդապետի նարդիվանի մոտ հարձակվեցին ինձ վրա չիք վարդապետն Հովհաննես, Ղազար վարդապետն խոզ կոչեցյալ, Ենոք տիրացու Քյորօղլուն և այլք, որք առավել եպերելի են, քան որ գրեցի: Զամաչեցին հոգևոր կոչումից և թուք տեղացին իմ երեսին, ստորացնելով ինձ, որպես անարժան զավակի, նզովյալ լուտերականի և այլ այսպիսի անարգանաց խոսքեր, որ չեմ մոռացել և չեմ մոռանա, որքան շունչ իմ կա և կմնա: Եվ, այժմ փոխարեն մխիթարության և սփոփանքի առ ի մեղմել մենակյաց գոյություն իմ ի մեջ օտարաց, որք, ճշմարիտ է, սիրեն ինձ առավել, քան կոչեցյալքն եղբայր ի Քրիստոս, — այժմ լուր հասավ ինձ, որ սնասիրտ և սնագլուխ էջմիածնեցիք երդմամբ ուրանան վերելք մեր, որ է մեծագործություն և պարծանք միանգամայն ոչ միայն իմ, որ կամ և կը մնամ նվաստ որդի Հայաստանի, այլև համայն ազգին: Այստեղ անվանի գիտնականք ոչ դադարեն փառաբանել սխրագործություն մեր, իսկ այդտեղ հայրենիքն իմ իբրև վեհերոտ և խարդախ ոմն ուրանա երդումն առաջին: Օ՛հ, մեղանչին, մեղանչին չարաչար. քանզի անպարտ է հայրենիքն իմ հայսմ ամենայնի, և ինքն ևս տառապի ի բարբարոս ձեռաց այնոցիկ, որք իբրև վարձկան հովիվ, միաբանելով գայլերին, հոշոտեն և լլկեն զանմեղ հոտն: Աղոթիր առ Աստված, որ սիրելին քո՝ Խաչիկն անհայրենացյալ մնա ցայն օր մինչև իսպառ չքացին հաստապարանոցք...»:

Թեթևություն իջավ սրտին: Տետրը դրեց սնդուկի մեջ: Երբ ետ եկավ, սեղանի վրա նա տեսավ սուսամբարի մի չոր տերև, որ ընկել էր թղթերի արանքից: Նա վաղուց չէր տեսել այդ տերևը, որ մի օր ինքն էր գրել «Գիրք Պիտոյից»-ի մեջ իբրև անավարտ ընթերցման նշան: Ապա տերևը կորել էր թերթերի մեջ: Նա կռացավ տերևի վրա, ձեռքերը բոլորեց չորացած տերևի շուրջը: Նա շնչում էր հազիվ զգացվող բույրը նույն ագահությամբ, ինչպես լեռան լանջին կլանում էր սառչող մոխիրի ջերմությունը:

Վեր կացավ: Հոգնած էր: Այլևս չէր բուրում տերևը: Նա ձեռքերը գրպանում՝ սկսեց քայլել: Նայեց պատից կախված մի նկարի, որի վրա Էջմիածինն էր, զույգ Մասիսները և ուղտերի հեռացող քարավանը: Նա երկար նայեց այդ նկարին, ապա աչքերը փակեց: Նրա առաջ պատկերացավ այն, որ իսկականն էր, այն առանձինը և ուրույնը, որ չէր նկատել օտարական նկարիչը: Այն, որ և՛ սիրելի էր, և՛ դառն:

Ապա ջուր խմեց, մոտեցավ, որ բաց անի պատուհանը: Հանկարծ նկատեց դպիրի իր սև կապան, որի վրա արդեն փոշի էր նստել: Նա նայեց զարմանքով. կարծես սենյակ էր մտել մի օտարական, որ նման էր իր հին ծանոթին, որի դեմքն ինչ-որ վաղուցվա բան էր հիշեցնում: Նա կապան առավ, շուռ ու մուռ տվեց, ինչպես հնավաճառը, որ ուզում է որոշել գինը մի հնացած զգեստի, որ վաղուց է վայր ընկել տիրոջ ուսերից:

Սև կապան նա զցեց պահարանը: Սենյակը կարծես զվարթացավ:

Ապա հանգցրեց մոմը:

ԳՈՐԾ ՄԱՅՐԱՆԱ, ԴՍՏԵՐ ՄԿՐՏՈՒՄԻ

1

Այդ օրը Երևանի հայոց վիճակային կոնսիստորիան, որի ատենապետը թեմական առաջնորդի փոխանորդ Ստեփանոս արհին էր, Մսաբլուր մականունով, քննել էր չորս գործ:

Առաջինը խոյեցի ոմն չորս աստիճան ջահընկալ տիրացու Թադեոսի «ապօրինի շաղաչարության» գործն էր «մեղավոր աղախին» այրի Աննայի հետ: Երկրորդը վերաբերում էր Քրդլանի քահանա տեր Ղազարին, որը բինայում մի նորածին մանուկ մկրտել էր ոչ թե սրբալույս մյուռոնով, այլ կովի արդար յուղով: Ավելի հետաքրքիր էր երրորդ գործը՝ «հաղագս ոչ հոժարելո ժողովրդականաց Երևանա քաղաքի տալ զտերունի կողոպուտս ննջեցելոց յուրյանց»:

Գործը հարուցել էին քաղաքի ծխատեր քահանաները, որոնք Երևանի բնակիչներից պահանջում էին չխախտել «կողոպուտի» վաղեմի սովորությունը, ըստ որի մեռած մարդկանց զգեստը պատկանում էր թաղող քահանային: Երևանցիների այդ նոր սովորությունը քահանաները համարում էին նաև սրբապղծություն, հիշեցնելով, որ ինքը՝ Քրիստոս թաղվել է բոլորովին մերկ: Այդ «գործի» մեջ մինչև այժմ մնում են բնակիչների խնդրագրերը, նաև քաղաքի ավագների բանավոր գանգատները: Ավագներից մեկը՝ մյուլքադար Սահակ Տեր-Եղիազարովը հայտնել է, որ իրենք ամաչում են ցույց տալ ննջեցյալների մերկությունը, մանավանդ, երբ մեռածը իգական սեռի է: Հզգևոր ատյանի անդամներին նա հիշեցրել է, որ «այլազգիները» լկտիաբար ծիծաղում են, երբ քամին շպրտում է դիակի մահվան սավանը: Մյուսը՝ ուստաբաշի («պարագլուխ արհեստավորաց») Մաղաթել Իսկանդարովը հայտնել է, որ իրենք մեռելներին թաղում են նոր զգեստով, իսկ հները նվիրում են աղքատներին և կամ մահացածի մերձավորներին: Վիճակային կոնսիստորիան դժվարանալով կամ չկամենալով վճիռ արձակել, գործը մատուցանում է ի վերջնական տնօրինության «առ ոտս նորին ամենաբարձր վեհափառության առաքելաշավիղ եպիսկոպոսապետ և պատվական հայրապետ ամենայն հայոց Տեառն Ներսեսի ամենաիմաստ կաթողիկոսի»:

Չորրորդ գործը ժամանակին նշանավոր գործերից է և հայտնի է «Գործ Մայրանա, դստեր Մկրտումի» անունով: Ստույգ է, որ դեռ 1838 թվի օրագրությունների մեջ հիշատակվում է այդ պատմությունը, որի բուն սկիզբը պիտի ընդունել 1829 թվի ձմեռը, Մայրանի ամուսնության գիշերը:

Գործի բովանդակությունը հետևյալն է:

1829 թվի ձմեռը, քանաքեռցի այրի Եղսանը իր դուստր Մայրանին տասը տարեկան հասակում («ի 10-րդ հասակի») բռնությամբ ամուսնացնում է երևանաբնակ ոմն Նիկողայոս Սուքիասովի մոտ: Պսակի գիշերը՝ եկեղեցում, ինչպես հայտնի է առաջին քննությունից, Մայրանը պսակող քահանային չի տալիս իր համաձայնությունը: Ըստ Մայրանի ցուցմունքի, քահանան բռնադատում է նրան համաձայնության և մինչև իսկ փայտով ծեծում է Մայրանին («զանյաց զնա փայտիվ»): Վկաներից մեկը պատմում է, որ Մայրանը եկեղեցում աղաղակ չի բարձրացրել, իսկ եթե նա գլխի նշանով է հայտնել իր անհամաձայնությունը, ապա ինքը չի տեսել, քանի որ հարսի երեսը ծածկված էր քողով, և նա կանգնած էր երեսը դեպի պսակող քահանան: Ինքը փեսան՝ Նիկողայոս Սուքիասովը, հայտնել է, որ Մայրանը սուրբ սեղանի առաջ անհամաձայնություն չի հայտնել, այլ թե պսակող քահանան տեսնելով, որ աղջիկը չի կամենում խոնարհել գլուխը, բռնությամբ խոնարհեցրել է:

Պսակից հետո, երբ նրանք մտնում են ամուսնության առագաստը,

Մայրանը փախչում է և մի քանի օր թաքնվում ձյունի տակ («տարիքի անկատարելության պատճառով չկարողանալով դիմադրել յուր ամուսնու՝ Սուքիասովի արական զորության, — երբ նրանք մտել էին ամուսնության առագաստը, — Մայրանը փախչում է և թաքնվում է ձյունի տակ»): Վկաներից երեքը՝ Քանաքեռի տանուտեր Վիրապը, Հարություն Աբովը և մի ուրիշը, որոնք կանչված են եղել հարսանիքի «վասն հացակերության», առանձին խնդրագրով վկայել են, որ Մայրանն այն ժամանակ չէր հասկանում, թե ինչ է ամուսնական կյանքը, և այդ գիշեր «աղջիկը դարձավ լալ և անդամալույծ երկար ժամանակ և հետ առողջանալույն ոչ գնաց առ այրն»: Եվ այդպես նրանք բնակվում են «անսեր և անջատ ի միմիանս»: Մայրանի երկարատև հիվանդության փաստը չի հերքել և ինքը՝ Նիկողայոս Սուքիասովը, որը երեք տարուց հետո Ջեյվա գյուղում գտնում է մի այրի կին՝ դարձյալ Մայրան անունով և «մտանելով ընդ նմա յամուսնութիւն», այդ անպսակ և ապօրինի հաղորդակցությունից ունենում է երկու զավակ: Այդ ժամանակ մահանում է Մայրանի մայրը՝ Եղսանը, և աղջիկն այդ օրվանից դառնում է կատարյալ որբ:

Հոգևոր ատյանը աներկբա է համարում, որ Մայրանին անկատար հասակում ամուսնացրել են բռնի և հակառակ սեփական ցանկության: Ինչ վերաբերում է պսակող քահանայի գանահարության փաստին, անհավատալի չհամարելով աղջկա ցուցմունքը, ատյանը կարծում է, որ Մայրանը ամոթխած եղանակով է հայտնել իր անհամաձայնությունը, և պսակող քահանան, չնշմարելով այդ, բռնությամբ առ իրար է խոնարհեցրել նրանց գլուխները: Ատյանը հաստատում է նաև Մայրանի երկարատև հիվանդության փաստը, և այն, որ Նիկողայոս Սուքիասովը տեսնելով, որ իր օրինավոր կին Մայրանը բազմադիմի հնարներից հետո չի համաձայնվում կենակցության, Ջեյվա գյուղում ամուսնանալու մտադրությամբ «բնակություն» է սկսում նրա վրա սիրահարված այրի Մայրանի հետ, առանց պսակի և առանց հոգևոր կառավարության թույլտվության:

Կոնսիստորիայի վճիռը, ինչպես ընդունված էր այն ժամանակ, գրված է չափազանց ընդարձակ և մանրամասն: Յուրաքանչյուր կետ հաստատված է եկեղեցական և արքունի օրենքների ճշգրիտ հիշատակությամբ: Օրինակ. սուրբ ՍաՀակ հայրապետի սաՀմանած 27-րդ հոդվածը պատվիրում է ամուսնություն չանել՝ մինչև միմյանց հաճությամբ տեսնելը, սուրբ Բարսեղի 219-րդ հոդվածն արգելում է պսակադրելը՝ մինչև տղան հասնի յուր չափին և ճանաչի յուր հաճույքը: Այդ բոլոր հոդվածները բերված են համոզելու, որ Մայրանը իրոք մանուկ էր և պատրաստ չէր ամուսնության: Հոգևոր ատյանի օրագրության մեջ հիշատակված են Լևոն և Կոստանդիանոս բարեպաշտ թագավորները, Եզեկիել մարգարեն, Միխիթար Գոշի Դատաստանագիրքը և Նիկիայի ժողովի վճիռները, կարծես ատենադպիրը կամեցել է փայլել եկեղեցական և արքունի օրենքների զարմանալի գիտությամբ:

Արդար ճանաչելով Մայրանին, հոգևոր ատյանը որոշում է թույլատրել նրանց նոր պսակադրությամբ կենակցելու միմյանց հետ, եթե կամենան, իսկ եթե ոչ՝ ազատ արձակել ամուսնանալու, որոնց հետ կամենան. Նիկողայոս Սուքիասովին ենթարկել եկեղեցական ապաշխարության երկու տարով՝ մյուս Մայրանի հետ ապօրինի կենակցելու և այդ շաղկապից երկու զավակ ունենալու համար. երկամյա ապաշխարության ենթարկել նաև մյուս Մայրանին, որ համարձակվել է ունենալ ամուսնական կապ Սուքիասովի հետ, գիտենալով առաջին Մայրանի կենդանությունը, իսկ պսակող քահանա տեր Մարգարին կարգալույծ անել, որովհետև նա տեղյակ էր Մայրանի անկատար հասակին: Սակայն տեր Մարգարի մահվան պատճառով սույն վճիռը թողնվում է «Աստծոյ կամքին»: Նաև ապացուցված համարել Մայրանի մոր այրի Եղսանի մեղավոր բռնադատությունը և նրա մահվան պատճառով պատիժը թողնել ոչ թե Աստծո կամքին, այլ նրա ահեղ վրեժխնդրության: Եվ որովհետև, համաձայն տերունական Կոճղ Օրինացի հոդված 43-ի (հատ. 10) պսակի լուծման գործերը ենթակա են Սյունհոդոսի անբեկանելի վճռահատության, ուստի Երևանի հայոց վիճակային ատյանը սույն վճիռը առանց ի կատար ածելու, մատուցանում է ի հաստատություն Սյունհոդոսին Էջմիածնի:

Ուրեմն Մայրանը դեռ պիտի մնար «օրինավոր կին» Սուքիասովի, որի արական զորությունից նա սարսափահար փախել էր մի ձմռան գիշեր, փախել էր ինչպես եղջերուն ահավոր վտանգից: Նա պետք է դարձյալ լսեր անարգ նախատինքը, որ այն խավար դարում թափում էին ամուսնաթող և անպաշտպան կնոջ վրա: Նա պիտի լռեր, եթե մի չար կին բամբասեր նրան և անվաներ անառակ լիրբ: Կանայք դարձյալ պիտի խուսափեին նրանից, որովհետև այդ կապը կարատավորեր նրանց անունը: Տղամարդիկ երես պիտի դարձնեին՝ բամբասանքի ահից: Եվ, մինչև չէր լինի Սյունհոդոսի վճիռը՝ նա պիտի շղթայված մնար առաջին հարսնության առագաստի կայմին:

Այդպես էր այն դառն ժամանակ, որի մասին հայ ոմն Շամախի քաղաքից անստորագիր նամակով գանգատվել է իրեն՝ «երիցս երանեալ» Ներսես կաթողիկոսին. «դու գիտում ես ժամանակիս չարությունը, որ զուր տեղից մարդոց վնասում են... Ես մին օրեր անցրած շատ բան տեսած մարդ եմ, ահա հիմիկ իմ մխիթարությունս սուրբ եկեղեցին է, որ իմ հոգուս փրկությունը խնդրեմ, բայց որ տեսնում եմ էդ սուրբ տեղերն էլ պիղծ մարդերով ապականված, էն ժամանակ հուսահատվում եմ և վայ ինձ, չեմ իմանում որտեղ գնամ...»:

Ապականված էր եկեղեցին և նրա մարդիկ: Ոտքից մինչև գլուխ ախտավոր էր և մարմնավոր իշխանությունը: Արքունի և հոգևոր օրենքները գոյություն ունեին այդ ապականությունն անխախտ պահելու: Անլեզու մշակների բազմությունը հեծում էր ահռելի ծանրության տակ, և հազարները սուզվում էին դեպի չքավորության հատակը: Երկրի և մարդկանց վրա հետզհետե թանձրանում էր ասիական խավարը, որի մեջ, ինչպես վկայել է մի տաղանդավոր ժամանակակից, հազիվ խլրտում էին առաքինության կրակները:

2

Քանաքեռցիներն Աբու Հայաթի մոտով բարձրանում էին դեպի գյուղը: Նրանց հետևում էր մի մանկամարդ կին, փաթաթված սպիտակ չարսավի մեջ: Ամայի էին այգիները և բարակ ճանապարհը, որով գնում էին: Այդ ամայության մեջ չարսավով կինը նման էր սրածայր գերեզմանաքարի, որ պոկվել էր մահմեդականների հանգստարանից և գնում էր գյուղի վրա: Ավելի մոտ թվում էր, թե սպիտակ գերեզմանաքար չի շարժվում, այլ գերեզմանից դուրս է եկել մի թարմ դիակ, որին հենց նոր փաթաթել էին սպիտակ քաթանի մեջ և իջեցրել մոռացության խորքը:

Վերադառնում էին բոլոր քանաքեռցիները, բացի Հարություն Աբովը, որը նույն ժամին Ձորագյուղի կողմից իջնում էր Չարսուի վրա: Նա քայլում էր նեղ փողոցներով, որոնց երկու կողմը կավե ցածր և կիսախարխուլ պատեր էին, կիսով չափ գետնի մեջ ցածր դռնակներով, որ համարյա միշտ փակ էին: Պատերի ետևից մարդաձայն չէր լսվում, կարծես ամայի էին տները, որոնց բնակիչները հեռացել էին, ով գիտե, որտեղ: Տասնիհնգ տարի էր ռուսները գրավել էին Երևանը և միայն Շհարի մահլայում էին կառուցել քարաշեն երկու տուն և մի զորանոց՝ ոչ հեռու սարդարի Ջավահիր ամարաթից: Չարսուն և մանավանդ խուլ թաղերը ավելի էին խարխուլ, որովհետև բնակիչները դժվար էին բարձրացնում այն աղյուսը, որ հին կամարներից ընկնում էր ժամանակի հետ: Շատ տներ ավերվել էին ռուս-պարսկական պատերազմին, մի մասն անմարդաբնակ էր, որովհետև նրանց տերերը ռուսների ահից փախել էին և օտարության մեջ հիշում էին իրենց հին բակի ուռիները: Մնացողները ևս չէին նորոգում իրենց տները. կյանքի թանկության հետ միասին ժամանակն առհասարակ անհանգիստ էր: Ոմանք ակնկալում էին սարդարների վերադարձը, իսկ ոմանց համար կյանքը դառնության հին լուծն էր, որ պիտի մաշվեր այդ լուծը քաշողի պարանոցի հետ:

Փողոցների կեղտոտ լճակներից բարձրանում էր գարշահոտություն: Շատ թաղերում կիսավեր էին առուները, և այլևս չէին ծաղկում բախչաները: Չկային և պարսիկ միրաբները, որոնք ջուրը, իբրև կենարար դեղ, բաշխում էին մինչև վերջին կաթիլը: Կանաչ էին միայն հին բարդիները և չինարները, որոնք անտերությունից ավելի փարթամացել և վայրենացել էին, երբեմնի մշակված պարտեզները դարձնելով մութ անտառ:

Անմարդաձայն փողոցներով իջնում էր Հարություն Աբովը՝ լեզգիների աշխարհից եկած առասպելական Աբով պապի ժառանգը, որին ազգականներն անհայտ է ինչու անվանում էին «Միրզա ամի» կամ «Միրզամ»: Նա ավագն էր Աբովների հին տոհմի:

Քաղաք գալու առթիվ նա հագել էր տոնական իր միակ զգեստը՝ Քիրմանի շալե չուխան: Բուխարա սրածայր գլխարկն ավելի էր բարձրացնում նրա հասակը, իսկ մեջքի արծաթ գոտին երևացնում էր ճկուն մարմինը: Նրա հուշիկ քայլերից զրնգում էին գոտուց կախ հրահանը և հովվական մեծ դանակը: «Միրզամի» ողջ արտաքինի վրա ևս երևում էին խանության հետքերը: Կարծես ամեն ինչ, նույնիսկ գոտու զրնգոցը, վկայում էր, որ երբեմնի թարխանը այլևս չի հագնելու նոր զգեստ: Այն, ինչ վրան էր, պիտի մաշվեր տիրոջ հետ և այդ մաշված շորերի մեջ տերը պիտի գերեզման իջներ: Այդ էին ասում գդակի մաշված մորթին, ղալամքյար արխալուղի կտրտված թելերը և մանավանդ չուխայի խունացած կուրծքը, որ ծերունին ծածկել էր նույն չուխայի փեշով: Ամենից նոր նրա ծաղկանկար գուլպաներն էին՝ զարմանալի նախշերով: Մանր քառակուսիների մեջ գունավոր թելերով սպիտակի վրա վարպետուհին գործել էր վարդեր ու գույնզգույն նարգիզներ: Կային և հեքիաթային կենդանիներ, թռչուններ և զանազան նշաններ, որոնցից յուրաքանչյուրը երբեմն ունեցել է իր իմաստը: Գուլպաների եզերքին սև թելերով ծուռ ու մուռ ձգվում էր մի բարակ գիծ, որ կտրատվում էր և մանր կետերի հետ միասին նմանվում արաբական գրերի: Կարծես «Միրզամը» մեծ մանուկ էր, որին մայրը հագցրել էր այդ «նորափեսայի» գուլպաները և ահա նա մոլորված գնում էր խուլ փողոցներով, և այդ փողոցներում փնտրում էր մի սիրելի դուռ:

Հետզհետե մեղմանում էին նրա խղճի խայթերը, Մայրանի հետ կապված այն ներքին վրդովանքը, որ ինչպես ամոթ այրում էր նրա դեմքը: Այն ձմեռ Եղսանը՝ Մայրանի մայրը, ի թիվս ուրիշ բարեկամների, խնդրել էր նաև Միրզամի խորհուրդը՝ Մայրանի ամուսնության մասին: Եվ Միրզամը չէր հակառակել: Նա նույնիսկ վկայել էր, որ փեսացուն՝ Նիկողայոսը կայքով մարդ է: Իսկ հարսանիքին, ինչպես հայտնի է գործից, «վասն հացակերության» ներկա էր եղել նաև Հարություն Աբովը: Սակայն Միրզամը գիտակցում էր և մի ուրիշ հանցանք, որ նրան խարազանում էր առաջինից ավելի անխնա: Նա գնում էր իր մտերիմ մարդու մոտ, մի մարդու, որին ծերունի Միրզամը սիրում էր ավելի, քան հարազատ որդուն: Միրզամը պարծենում էր նրանով, այդ երբեմնի չար տղայով, որին քանի անգամ ուսերի վրա Ապրանքափոսի բաղից տարել է տուն: Այդ սիրելի մարդը դեռ երիտասարդ ժամանակ ամբողջ հոգով հակառակ էր Մայրանի ամուսնության: Նա Միրզամին սպառնացել էր գլուխն առնել և այլևս չվերադառնալ Քանաքեռ, եթե մանկահաս աղջկանը («քյորփա րեխուն») ստիպեին հարս գնալ: Միրզամը չէր լսել նրա աղերսը և սպառնալիքը, նրան ևս համարելով դեռահաս տղա, որ դեռ չի ճաշակել դառն կարիքը: Եվ ահա կյանքը հաստատեց, որ ճշմարիտ էր ոչ թե ինքը՝ հազար չար ու բարի տեսած ալեհեր մարդը, այլ այն սիրելի տղան, որի անփորձությունն ինքը ծաղրում էր:

Առաջին հանցանքի գիտակցությունը Միրզամը մեղմացնում էր շվաք անելով անպաշտպան որբի վրա: Անարգանքի թունավոր ծովում Մայրանի համար նրա տունը միակ կղզին էր: Միրզամը համառությամբ հետամուտ էր Մայրանի «գործին», կարծես իր խղճի վրայից սեփական մատներով քերում էր արյունոտ կեղտը: Նա այդպիսով զգում էր հոգու թեթևություն, սակայն ոչ մի կերպ չէր դիմանում իր հարազատ մարդու հանդիմանող հայացքին:

Միրզամն ահա գնում էր այդ մարդուն պատմելու հոգևոր ատյանի վճիռը: Նրան մերթ թվում էր, որ այն մարդը գոհ է լինելու վճռից, մերթ կասկածում էր՝ հիշելով վճռի վերջին բառերը.

— Ի վճռահատ զննություն Սյունհոդոսին Էջմիածնի...

Կարծես այդ բառերը գալիս էին գետնի մթին խորքերից, որտեղ հավերժական խավարն է և մեռելների երկիրը:

Գնում էր Միրզամը ծանոթ փողոցներով և ինչքան ավելի էր մտնում փողոցների լաբիրինթի խորքը, այնքան խաղաղվում էր նրա անհանգիստ միտքը: Տների, պատերի և փողոցների դանդաղ մահը, որին ականատես էր, նրան կարծես հաշտեցնում էր մի այլ մահվան՝ մոռացության հետ: Երբ մտածում էր Մայրանի և այն հին ժամանակների մասին, նրա հիշողության մեջ բացվում էին հենց այդ փողոցները, միայն շա՛տ-շատ տարիներ առաջ: Նրա միտքն ընդհատվում էր, երբ տեսնում էր հնամյա փառահեղ մի դարպաս, սակայն առանց պատերի, առանց ներսի տան և ծաղկած բախչայի: Անցնում էր քարե կամրջակի վրայով և ջարդված քարերը վկայում էին, որ շատ վաղուց ջուր չի հոսել այդ առվակով: Եթե այդ խուլ փողոցում նա չտեսներ մի իշապանի, որ անիծելով հրում էր իշին, պառավ թրքուհիների, որոնք պղտոր լճակում ողողում էին հին կարպետներ, կիսամերկ մանուկների, որոնք խաղում էին մոխրակույտի վրա, վերջապես եթե մի բախչայից չլսվեր թառի լացող նվագը, մի փակ դռան ետևից աղջկային մի ձայն զվարթ չքրքջար, ենթադրելով, որ մարդ չի անցնում փողոցով, — եթե այդ ամենը չլիներ, Միրզամը կմտածեր, որ հրաշքով ընկել է մի այլ քաղաք, որտեղ նույն խանձված մոհրապատերն են, նույն նայիդ քարերը, դռնակների նույն թաղբանդ կամարը, բայց չքացել է արևելյան քաղաքի շքեղությունը, և այն մարդիկ, որոնք ծաղկած պարտեզներում վայելում էին այդ շքեղությունը:

Մի փողոցում դիմաց-դիմաց երկու չինարի սաղարթը խառնել էին իրար: Նրանք փողոցի վրա կապել էին կանաչ կամար և սարյակների ժիր երամը ճռվողում էր սաղարթի թանձրության մեջ: Պատի տակ սալ քար էր: Նրանի՞ց էր, որ հազար-հազար մարդ նստել էր այդ քարի վրա, թե անձրևն ու քամին էին լվացել, — ստվերի մեջ քարը կապույտ ցոլք էր տալիս, ինչպես ջնարակած կավե անոթը:

Միրզամը նստեց քարի վրա: Նա շատ լավ գիտեր այդ տեղը: Պատի ետևը սեյիդ Էհսանի տունն էր, այն նշանավոր սեյիդի, որի անվան հետ կապված պատմությունները աշուղական երգերի նյութ դարձան: Սեյիդ Էհսանը Միրզամի հոր քիրվան էր: Աշնանը, երբ նրանք վերադառնում էին ուխտից, մի գիշեր հյուր էին մնում այդ տանը: Ամեն տարի նույնն էր ու թեև ուղղափառ մուսուլմանները նզովում էին այդ բարեկամությունը, սեյիդ Էհսանը շարունակում էր այն, յուրաքանչյուր տարի Միրզամի հորը պարգևելով նոր խալաթներ և նրանից ստանալով նույնքան և ավելի արժեքավոր ընծաներ: Սեյիդն ուներ մի աղջիկ, անունը Ֆաթմա: Աշուղի երգը նրան անվանում է «դրախտային հավ և դաշտի շուշան»: Միրզամն աղոտ հիշում էր աղջկա նշաձև աչքերը և սպիտակ ատամները, որոնք լույս էին տալիս թուխ երեսին: Եվ ահա տեղի է ունենում մի սովորական դեպք, որով այնքան հարուստ էր սարդարների Արևելքը: Քոռ-Հուսեյն խանը փախցնում է Ֆաթմային: Սեյիդ Էհսանը հնար չի գտնում հարեմից ազատելու Ֆաթմային: Գալիս է մի դերվիշ և սեյիդին սովորեցնում հմայելու գաղտնիքը: Նրանք երկուսով դուրս են գալիս դաշտը, ուր կանայք խմբերով չանաքում էին բամբակը: Կախարդությամբ և, ով գիտե, ինչ կերպ դերվիշը կանանց աչքերի առաջ («առ աչոք տեսիլ», ինչպես նույն մարդու մասին գրել է ժամանակակից մի գրիչ) երևացնում է պղտոր գետ... Կանայք բարձրացնում են փեշերը և սրունքները մերկ քայլում, իբրև թե անցնում են պղտոր ջրով: Քաղաքում իրար են խառնվում, և ամբոխը վազում է տեսնելու հրաշքը:

Մյուս օրը այդ անմեկնելի և խորհրդավոր ուժը դուրս է հանում սարդարի կանանց. Ջավահիր ամարաթի ներսից ելնում են չքնաղ վրացուհիներ, խափշիկ կանայք, հայուհիներ՝ ցորնագույն մորթով, Լազստանից գերի առած աղջիկներ, չերքեզ կանայք և պարսիկ գեղեցկուհիներ, — մի խոսքով Քոռ-Հուսեյն սարդարի ամբողջ հարեմը: Սեյիդ Էհսանը սրունքները մերկ կանանց մեջ ճանաչում է իր աղջկանը և վազում է դեպի ամարաթի դուռը: Բերդի պահակները հազիվ են փակում դարպասները, որպեսզի անդիմադրելի այդ զորությունը չխայտառակի սարդարին:

Դերվիշը նույն գիշերը փախչում է քաղաքից: Սեյիդ Էհսանին կուրացնում և քշում են Ղազվին: Ասում են, որ դեռ շատ տարիներ ապրել է կույր սեյիդը: Նա դուրս է գալիս Ղազվինից և նստում հյուսիսից եկող ճանապարհի եզրին: Երբ գալիս էր քարավանը, նա ողջունում էր քարավանի պետին և հարցնում «Իրավան շիարից»: Եվ այդպես շատ տարիներ նա ողբացել է իր գերությունը:

Այդ պատի հետևն էր սեյիդ Էհսանի տունը, և երբեմն հենց այդ քարի վրա նստում էին Միրզամի հայրը և նրա քիրվան:

...Փողոցով անցան երեք թուրքեր, որոնցից մեկը թաբաղի մեջ գլխի վրա տանում էր խոնչան: Միրզամը լսեց, թե ինչպես նրանք ասացին իրար.

— Մեր քուչաներում ինչ գործ ունի էս հայը...

Ապա նրանցից մեկը հետ նայեց: Նա տեսավ Միրզամի դեմքի ալեզարդ խաղաղությունը և գլուխը կրծքին կախեց:

Ծերունին վեր կացավ:

3

Դեպի Կոնդը Գյուրջի քարվանսարան էր, գդակ կարողների և մաշակարների փոքր ու միանման կրպակներով: Դեպի հարավ՝ բերդի կողմը, խուրդավաթ վաճառողների մրջնոցն էր: Այդտեղ էին նաև պղնձագործները, դարբիններն ու պայտարները, որոնց մուրճերի աղմուկը, քուրաների բոցը, պողպատի ու պղնձի սուր զրինգը խլացնում էր Չարսուի բազմաձայն ժխորը: Առանձին թաղ էին կազմում ներկարարները, համետ կարողները, բրուտները և կաշեգործները: Երբ իջնում էր մառախուղը, դարբինների և պղնձագործների կրակները մառախուղների մեջ առանձին խորհրդավորություն էին տալիս մրից սևացած մարդկանց, որոնք ծանր մուրճերով կարծես գետնին էին զարկում, և գվվում էր գետինը, կայծերի շատրվանով լուսավորում մառախուղը: Արհեստանոցների մյուս թաղերն ընկղմում էին մառախուղի մեջ:

Եվ ընդհակառակը, արև օրերին առաջինները նման էին հրդեհից խանձված գետնափոր տների, այնինչ ներկարարների թաղում ծփում էին լաջվարդ, ալաջա «գյուլգյազ» և այլ գույնի կտավե զոլերը: Անխտիր բոլոր թաղերն էլ կեղտոտ էին, պայտարների առաջ աղբի և սմբակների քերվածքի դեզեր էին, կաշեգործների դիմաց մազեղեն, հում և բորբոսնած կաշվի կտորներ: Ներկարարները քացախած ներկերը թափում էին հենց արհեստանոցի առաջ, և այդ գունավոր ջրերի գուբերից բարձրանում էր կծու գարշահոտ: Նույնիսկ անտիրական շները, որոնք հարյուրներով էին վխտում, մանավանդ դասաբխանայում, չէին մոտենում այդ աղտոտությանը և բաղնիսների տաք մոխրակույտը գերադասում էին բորբոսնած կաշվի դեզերին:

Հազարավոր արհեստավորների մեջ չէր կարելի տեսնել առողջակազմ և վարդերես մեկին: Նրանք վտիտ էին, մեռելագույն և անկրակ աչքերով: Միայն դարբիններն էին հաղթամարմին, բայց նրանք էլ կուզ էին. կայծերից այրված նրանց աչքերը ուռել էին ցավագար կարմրությամբ և ավելի ահարկու էին մրից սևացած երեսի վրա: Ոմանք, ինչպես ներկարարները, համարյա ամբողջ օրը արևի երես չէին տեսնում, նրանք գետնի տակն էին, որտեղ թաղված էին ներկի խոր կարասները: Մշտական խոնավության մեջ ներկերի թույնը հյուծել էր նրանց: Նրանք ավելի նման էին վհուկների, որոնք գետնի խավարից երկար ձողերով դուրս էին քաշում վառ գույներով ներկած կերպասներ, կտավ և բրդե գործվածքներ: Առավոտից մինչև մութը աշխատում էին, ոմանք՝ ինչպես կաշեգործները՝ մինչև ծնկները ջրի մեջ, ոմանք՝ գլուխը վեր չհանելով, ոմանք՝ թանձր ցեխի մեջ, ինչպես բրուտները: Նրանք նման էին թիապարտների, որոնց անողոք կարիքը ցմահ շղթայել էր անուրախ և անհուսաշող կյանքին: Շատ հազվադեպ էր հնչում երգը, և եթե այնուամենայնիվ երգում էին, ապա կսկծում էին իրենց օրերի դառնությունը, երգում էին լացի և անել կյանքի երգը, սիրտ մաշող արևելյան մի երգ այն մասին, որ կյանքը փակ դուռ է, ուզում ես լաց եղիր, ուզում ես ծիծաղիր, միևնույն է, նա երբեք չի բացվի: Եվ պատահում էր, որ մի ծեր դարբին ծանր մուրճին կռթնած լսում էր այդ երգը և կաշվե գոգնոցով սրբում կարմրած աչքերը:

Բայց միայն այդ չէր Երևանի հռչակավոր Ղարսու բազարը: Ավելի ճիշտ՝ խլուրդի այդ բները ամենևին էլ բազար չէին համարում նրանք, որոնց կրպակները ծածկված շուկայումն էին: Նրանք ծաղրում էին այդ խեղճ արհեստավորներին և նրանց շուկան անվանում «Քյուլխանե», այսինքն մոխրանոց և կամ «Բիթ-բազար», այսինքն ոջլի բազար, որովհետև այդ արհեստավորները գործ ունեին չուննոր մուշտարիների հետ, և բացի այդ, նրանց թաղումն էին գտնվում այն մանր սարաֆները, որոնք չնչին գնով գնում էին պարտքի տակ խեղդվող գյուղացիների վերջին թաղիքը, միթել վերմակը, չուխան: Սակայն տարբերությունը միայն այն չէր, որ ծածկված Ղարսուի սովդաքյարները արհեստավորների շուկային անվանում էին «Բիթ-բազար», իսկ իրենցը՝ «Խան-բազար»: Տարբերությունն ավելի խորն էր. մաշակարի համար մուրազ էր խմել Ղարսուի չայխանեի թեյը՝ ծաղկավոր և ոսկենկար ֆինջաններից, այն նշանավոր թեյը, որ ուներ վարդաջրի բուրմունքը: Նա խմում էր առվի պղտոր ջուրը և կամ այն հասարակ թեյը, որ ինքը չայչին էր պտտացնում արհեստանոցից արհեստանոց: Այնտեղ նստում էին Խորասանի խալիների վրա, այստեղ՝ մաշված փոստի կամ խսրի վրա: Այնտեղ օդը հագեցած էր չորացած մրգերի, հնդկական հիլի, պարսկական դումաշ կտորների, հոտավետ թութունի, Հալեպի սապոնի, քեահրաբահրի, ռահաթ լոխումի, Ջուղայի ջավզի, քաղցի բադամի և այլ տեսակ քաղցրավենիների, օծանելիքների և թանկարժեք կերպասների բույրով... Նույնիսկ անօթևան շները, որոնք ցնկնում էին տաք աղբակույտերի մեջ, — նույնիսկ շներն էին երկյուղում նշանավոր

Չարսու բազարից: Նրանք մթնով մոտենում էին նրա բարձր կամարներին, և հարբեցած այն եղեմական բույրով, որ ելնում էր կողպած դարպասների ճեղքերից, — շները ոռնում էին և հուսահատությունից հաչում լուսնի վրա:

Անհայտ ճանապարհորդ Անտոնիո Ջիովանելլին, կապուցին վանական, որ ճանապարհորդել է Տրապիզոնից մինչև Պարսից ծոցը, այսպես է նկարագրում Երևանի նշանավոր շուկան. «Գլխավոր դարպասից կարող են ներս մտնել զույգ ուղտեր կողք-կողքի, եթե նույնիսկ նրանք բարձված են բեռներով: Մի հույն ոսկերիչ, որ բազմաթիվ անգամ ճանապարհորդել է Թավրիզից Տրապիզոն և հակառակը, ինձ վկայեց, որ իբր թե դարպասի ճակատին զարդերով քանդակված է Շիր-Խոսրով շահի ֆերմանը, որով շահը սահմանել է առևտրի կանոնները: Իսկ մի տեղացի վաճառական, որի խանութում ես եղել եմ չորս անգամ և տեսել եմ այնպիսի գորգեր, որոնք արժանի են իմ հայրենի Ֆլորենցիայի Santa Maria Novella տաճարի հատակը զարդարելու, — ինձ ասում էր, որ հույնը խաբել է և որ ճակատի զարդերը ոչինչ չեն վկայում, բացի կառուցող վարպետի շնորհքը: Ես ավելի եմ հավատում այդ տեղացի վաճառականին, որ հայ էր ազգով, քան հույնին, որովհետև, ինչպես հիշատակեցի իմ ուղեգրության սկզբում, հույները ինձ նենգությամբ խաբեցին, ինչպես նենգ և խարդախ է նրանց հավատը(:

«Ես ականատես եմ եղել, թե ինչպես քարավաններն անվերջ մտնում էին դարպասներից ներս, և նրանց բեռները գոյացնում էին բլուրներ: Մի անգամ նույնիսկ հաշվեցի, թե քանի ուղտ եկավ մի քարավանի հետ: Ես հաշվեցի մինչև չորս հարյուր տասը, բայց իմ բարեկամը խանգարեց ինձ, հայտնելով, որ իրենց երկրի սովորությունն արգելում է օտարին հաշվել ուրիշ վաճառականի քարավանի ուղտերի թիվը:

«Շուկայի ընդհանուր ձևը նման է քառակուսու, բայց ունի երեք գլխավոր դուռ, որոնք գիշեր-ցերեկ բաց են: Մեջտեղն ընդարձակ տարածություն է, որտեղ կարող են նստել մինչև տասը հազար ուղտ և դեռ ավելի: Կան անհամար շատրվաններ և ավազաններ. բացի այդ, կան անասունների ջրի ամբարներ՝ զանազան բարձրության, նայած անասունի վզի երկարության: Ես չեմ կարող պատմել բոլոր հրաշալիքները, որին ականատես եմ եղել այս քաղաքում: Այսպես, օրինակ, մի անվանի պարսիկի խանութ, որի տերը հսկում էր նաև արքունի գանձարանին, — նման էր գոհարի: Խանութի առաստաղը գունավոր ապակի էր, իրար շատ սեղմ հագցրած: Ապակու վրայով հոսում էր ջուրը, վերևից արևն ընկնում էր ջրի վրա, և ջրի ու գունավոր ապակիների միջով հատակի գորգերի վրա նկարում էր այնպիսի տեսարաններ, որ միանգամայն կախարդական էին: Յուրաքանչյուր ակնթարթ նրանք փոփոխվում էին, և երկար նայելուց չէր զգացվում հատակը, կարծես գտնվում եք երկնքի խորքում, և ձեր ոտքերը կախված են տիեզերքի վրա:

«Շատ վաճառականներ այնքան ոսկի և ակնեղեն ունեն, որ կարող են գնել ամբողջ քաղաքներ: Սակայն նրանք զուրկ են նախաձեռնության ոգուց: Այդ առաքինությունից մասամբ օժտված են հայ վաճառականները, բայց բնությունը միաժամանակ նրանց այնքան թերություններ է ընծայել, որ ընդհանուր առմամբ նրանք ավելի վատթար են, քան պարսիկները: Հայերը ծածկամիտ են, ձևանում են թշվառ, որպեսզի իրենց գանձերը փրկեն իշխանության արթուն աչքից: Նրանք ինձ հիշեցնում են այն միայնակ ծառը, որ բուսել է անտառի եզրին, և որին առավել զայրությամբ խփում է հողմը և չար կայծակը, որին կրծում են որդերը և բզեզները, և որը ենթակա է անտառի եզրով անցնող անասունների հարձակման: Բայց և այնպես նա մնում է, թեև անպտուղ և առանց նոր ընձյուղների»:

Անտոնիո Ջիովանելլին պատմում է սիրամարգների և դրախտային թռչունների մասին, որոնք ազատ շրջում էին Չարսու բազարի բակում: Նա գրում է, թե շուկայում այնքան ուտելիք կար, որ կբավարարեր քաղաքին հինգ տարի, եթե այդքան ժամանակ քաղաքը պաշարված մնար: Նա գրում է և շատ միամիտ բաներ. նկատելով գորգերով պատած մի ընդարձակ տարածություն, որտեղով անցնում էին ուղտերը, ձիերը և մարդիկ, Ջիովանելլին աննկարագրելի վրդովվում է, որ ասիացիները շռայլությունը հասցրել են խելագարության: Նա այդպես էլ չի համոզվում, որ գորգերը հնացնելու ընդունված ձևն էր այդ՝ փռել արևի և անձրևի տակ, որպեսզի ավելի պայծառանան գույները: Հետաքրքիր է այս անհայտ ճանապարհորդի դիտողությունն այն մասին, որ Չարսու բազարում գողություն չկար, և սիհնիների մեջ ոսկին թողնում էին խանութում և միայն մի գույնզգույն թել, որ կապում էին որմից որմ, ցույց էր տալիս խանութի տիրոջ բացակայությունը:

Իտալացի վանականի նկարագրությունը վերաբերում է 18-րդ դարի առաջին կեսի Երևանին: Ու թեև անցել էր մի դար, այնուամենայնիվ, մնում էին այդ անհուն հարստությունը վկայող բազմաթիվ կիսախարխուլ կրպակներ, որոնց մի մասն իսպառ քանդել էին ռուսները և աղյուսներն օգտագործել բերդի նոր զորանոցի համար: Քառասնական թվականներին դեռ շատ բան էր մնում այդ երբեմնի շահաստանից: Ճշմարիտ է, այլևս չէին զարկում շատրվանները, բայց Չարսու բազարի ներսը դեռ երևում էր այն բակը, որտեղ իջևանում էին քարավանները և օտարերկրյա վաճառականները: Այդ բակի ներսն էին նաև առևտրական տների պահեստները, որոնց արտաքինը բոլորովին չէր մատնում գետնահարկ նկուղներում դարսած ահագին հարստությունը: Անփոփոխ էին առևտրի կարգը և առևտրականների սովորությունները: Շարք-շարք կրպակները կազմում էին միջանցքների լաբիրինթոս, ծածկված աղյուսների բարձր թաղբանդով, որի կլոր լուսամուտներից արևը կախում էր ոսկե սյուներ:

Միջանցքներում լուսավորությունն ավելի չէր, քան ասիական

բաղնիսում: Եվ այդ անրջական լույսի մեջ օրորվում էին բարակիրան և դանդաղաքայլ պարսիկները. նրանք քայլում էին օրորալով, գլորում էին ոսկեհատ թազբեհները, կարծես զբոսնում էին մզկիթի բակում: Խանութները ցուցանակ չունեին. ապրանքը կիսով չափ դուրսն էր, և նրանց շողշողուն գույները զվարթացնում էին հին կամարների մռայլությունը: Պատերից կախված էին զառ լաչակներ, վարդագույն աղլուխներ, ղալամքյար և եզերքը հաշյա կերպասներ. դանավուզի և պարսկական թավիշի թոփերը կազմում էին բարձր սյուներ: Կրպակների մի շարքում ոսկերիչներ էին, մյուսում վաճառում էին արծաթե կոճակներ, արմավե թասեր, ուլունքե քսակներ, պարանոցի մարջան, էբենոսյա սանրեր, յաhուդ մատանիներ, սուրմա-դուզմա, կրծքի քորոցներ և օղեր, նաև այն յալդուզ ոսկիները, որով այն ժամանակ գեղեցկուհիները զարդարում էին իրենց լույս ճակատները: Կային խանութներ, որտեղ կարելի էր տեսնել բոլոր տեսակի թրերը և դաշույնները. Դամասկոսի պողպատյա թրից, որի փղոսկրե կոթի վրա փորագրված էին տիրոջ բազուկը զորացնող աղոթքներ, — մինչև ղարափափախ թարաքյամաների ահարկու խանչալը:

Ինչպիսի գորգեր չկային Չարսու բազարում՝ Բայբուրթի խորանավոր խալիչայից մինչև Թաքյանաhմադի թաղիքները: Կային խալիներ, որոնց լայնքը ավելի էր քան խան արշինից. կային և մետաքսե թելերով հյուսած մանր գորգեր, որ կարելի էր թաշկինակի նման դնել գրպանը: Շատ գորգերի վրա կարելի էր տեսնել մի ամբողջ դիցաբանություն, բոլոր մանրամասնություններով, կարծես չնաշխարհիկ նկար էր, որ հարկավոր էր շրջանակել և դնել ապակու տակ: Ինչպիսի՜ ծաղիկներ, ի՜նչ մրգեր, ի՜նչ անդրծովյան թռչուններ, որոնք ասես կենդանի էին և թաքնվել էին կախարդական պարտեզներում: Մի քանի գորգերի վրա հյուսել էին որսի տեսարաններ, անապատ՝ ուղտերի հեռացող քարավանով, բաշը կրակե գույն առյուծ, որ դուրս է գալիս որջից ավելի ահավոր, քան ինքը կենդանի առյուծը: Բայց ամենից ավելի բազմություն հավաքվում էր այն գորգերի առաջ, որոնց այրում էր կանացի մերկ մարմինների նկարը: Նույնիսկ մորուքները հինայած և պատկառելի ախունդները չէին կարողանում անխռով անցնել առանց մի ակնթարթ նայելու: Երիտասարդները երազում էին նրանց, ինչպես այն փերիներին, որոնք ապրում են ջեննաթի մշտադալար պարտեզներում: Հաշիշից դեղնած մի դերվիշ ժամերով նայում էր այն գորգին, որի վրա հյուսել էին մերկ տղայի վարդագույն մարմինը, ձեռքին ոսկեթել բազե:

Կրպակների առաջ ծփում էր բազմազգի և բազմալեզու մարդկանց ծովը: Հայեր, թուրքեր, պարսիկներ, սեյիդլի թաթարներ, թարաքյամա՝ որոնք աչքի էին ընկնում գլխի սև ապարոշներով, եզիդի քրդեր, վերջապես լեռնական հրեաներ, որոնք տարբերվում էին իրենց քաղդեական ծալ-ծալ միրուքներով և երկար ջյուբբաներով: Արևելյան խայտաբղետ տարազներին չէր մերվում «կվարտալնի դեսյատնիկների» գործ մունդիրը: Բոլորը նրանց անվանում էին «սալդաթ» կամ «ղազախ»: Այդ ոստիկանները մեծ մասամբ նախկին զինվորներ էին, որոնք մասնակցել էին ռուս-պարսկական պատերազմներին: Նրանք արդեն հասակավոր մարդիկ էին, և ոմանց կուրծքը զարդարված էր արծաթյա մեդալներով: Նրանք ունեին մինչև ականջները հասնող փարթամ բեղեր և ճյուղավոր մորուք, որ ծփում էր կրծքի վրա: Ծանր թուրը և ալեբարդն ավելի էին խստացնում նրանց անհրապույր արտաքինը: Նրանցից մի քանիսը հանդարտ ննջում էին գլխավոր մուտքի պահականոցում, իսկ մյուսներն իբրև օրենքի պահապաններ, շրջում էին միջանցքների լաբիրինթոսում, իսկ ավելի շատ այն կրպակների առաջ, որտեղ վաճառում էին չոր մրգեր: Նրանք կերակրվում և ապրում էին Չարսու բազարում: Հաղթողի գերագույն իրավունքով նրանք մտնում էին չայխանե և իսկույն տերը ինքն էր մատուցում մի բաժակ:

Նրանք անցնում էին մրգավաճառի խանութի մոտով, և մի անհաղթահարելի ուժ նրանց մղում էր հաճելի նախունայի: Եվ վերջապես պարապ ձանձրույթից նրանց բռունցքն իջնում էր մի համշարու վզակոթի, և պարսիկ մշակն առանց բողոքի գետնից բարձրացնում էր գդակը, իսկ նրա շուրջը հնչում էր ստրկական քծնող քրքիջը:

Նրանք չէին մոտենում ո՛չ գորգավաճառի, ո՛չ ոսկերիչի և ո՛չ էլ ճոթեղենի խանութներին: Այդ շարքերում ավելի հաճախ, մանավանդ ճաշից հետո, թափառում էին մանր չինովնիկները՝ ջերմախտից դեղնած ռուսներ, որոնց, ով գիտի, որ հանցանքի համար ներքին նահանգներից քշել էին «աշխարհի ծայրը»: Վաճառականները նրանցից չէին վախենում, այնինչ «ուռուս սալդաթները» քաշվում էին չինովնիկներից, որոնց ներկայությունը ոստիկաններին ստիպում էր ավելի հարգել օրենքի տառը: Այդ չինովնիկներից ոմանք ունեին իրենց սիրած իրը՝ մի թանկարժեք գորգ կամ արծաթյա գավաթ և կամ պարսկական թուր: Նրանք երազում էին գնել այդ իրը, որպես հիշատակ ասիական աշխարհից: Սակայն չէր գալիս այդ երջանիկ օրը, որովհետև թղթախաղն ու գինին կլանում էին նրանց ռոճիկը: Այնուամենայնիվ, նրանք հույս ունեին, իսկ մինչև այդ երբեմն դիտելով բավականություն էին ստանում և կամ սև պղնձադրամով գնում էին պարսկական պարզ մի չիբուխ, դարձյալ որպես հիշատակ: Չարսուի սովդաքյարները նրանցից այլ օգուտ էին ստանում: Այդ կորած մարդիկ չնչին վարձով վաճառականներին ցույց էին տալիս օրենքը ոտնահարելու ամենադյուրին ձևը, երբեմն նրանց համար խնդրագրեր էին գրում և առհասարակ իրենք ևս աշխատում էին բարեկամություն պահել որևէ խանութպանի հետ՝ ավելի հեշտ ապրելու համար:

Վերջապես, նրանցից ոմանք Չարսու էին մտնում իրենց կանանց հետ: Նրանց հետ գալիս էին և այն կանայք, որոնք ըստ հին սովորության կրնկակոխ գնում էին զորամասերի հետևից, կազմելով բանակի անխուսափելի մասը, ինչպես այն մարկիտանտները, որոնք անհայտ է, թե ինչ կերպ երևվում էին դեռ ծխացող ռազմադաշտում՝ ասեղներով, հայելիներով և հազար մանրուքով: Ահա այդ կանայք, ինչպես և իրենց ամուսինների հետ եկող կանայք էին, որոնք, կարելի է ասել, կենդանացնում էին Չարսու բազարը, որի կամարները հազիվ թե մինչև ռուսների մուտքը տեսած լինեին որևէ կնոջ: Նրանց բոլորին անվանում էին «մաթուշկա», երբեմն «հանըմ», ինչպես բոլոր ոստիկաններին՝ «սալդաթ»: Հին Չարսու բազարում օտարոտի և զարմանալի էին այդ կանանց զգեստները, բաց երեսները և այն, որ ուրիշները տեսնում էին շարժվող մարմնի ձևերը: Նրանց մեջ կային շեկ ու կապուտաչյա կանայք, որոնք բարձր ծիծաղում էին առողջ կրծքով: Այդ ծիծաղը հնչում էր սանձարձակ կրքով. կարծես կանաչ մարգագետնի վրա վրնջում էր էգ ձին: Եվ այդ ժամանակ երիտասարդ վաճառականներին թվում էր, թե գորգի միջից դուրս է եկել այն կինը, որի մարմինը հրդեհվում էր գորգի գույների հետ...

Չարսու բազարում կար և մի խորշ, որտեղ չէին մտնում ոչ միայն ոստիկանները և ռուս չինովնիկները, այլ նույնիսկ տեղացի վաճառականներից ոմանք: Այդ մասում ևս նույն ձևի կրպակներ էին, ինչպես մյուս միջանցքներում: Սակայն կրպակների առաջ ապրանք չկար, և չէր աղմկում մարդկային ժխորը: Սովորաբար շքեղ չէր և այդ կրպակների ներսը: Գորգերի վրա նստած մարդիկ կամ քաշում էին ղալյանը և կամ դանդաղ զրուցում թեյի բաժակները դատարկելով նույն դանդաղկոտությամբ: Երբ մտնում էր հաճախորդը, նրանք առաջարկում էին թեյ կամ մոտակա սրճարանից բերել էին տալիս մի գավաթ սուրճ:

Այդ անշուք արտաքինով կրպակները ողջ շուկայի կենտրոնն էին, այն ժամանակվա բորսան: Այդտեղ սարաֆներն էին, որոնք իրար էին փոխանակում բազմատեսակ դրամները՝ պաճախ ոսկի, մինալթուն, աբասի, ղռան, արծաթ մանեթներ, ռուսական թղթադրամ՝ «ասեղնացի»: Նրանց մոտ կարելի էր գտնել անգլիական, հոլանդական և այլ երկրների դրամներ: Սարաֆները և փոխանակում էին, և մանրում, և դրամ փոխադրում Տրապիզոնից մինչև Բուշիր և ավելի հեռու: Միաժամանակ և այդ խանութները քաղաքական լուրերի կենտրոն էին, և նույն ճանապարհներով, որոնցով նրանք ստանում էին այդ լուրերը, Երևան էին մտնում և դուրս գալիս մաքսանենգները:

Թավրիզ — Տրապիզոն առևտրական ճանապարհի Բայազետի վրայով ընկնելը, — որով օտարերկրյա վաճառականներն ազատվել էին ռուսներից սահմանված տրանզիտային բարձր մաքսից, — սաստիկ հարվածել էր Չարսու բազարի առևտրականներին: Եվ միայն սարաֆներն էին, որոնք ոչ միայն տեր էին մաքսանենգների խոտոր ուղիներին, այլև ճարպկությամբ օգտվում էին բազմաթիվ դրամների անընդհատ փոփոխվող արժեքից: Նրանցից շատերն իրոք ունեին այնքան հարստություն, որ կարող էին գնել ամբողջ քաղաքներ, ինչպես նկատել է Անտոնիո Ջիովանելլին:

* * *

— Խոշ եկար, սաֆա եկար, Արթին քիրվա...

Այդպես ասաց Միր Բաղիր Իսֆահանլին, Երևանի հայտնի սարաֆներից մեկը, երբ Միրզամը կռանալով ներս մտավ նրա կրպակը:

— Ղայֆե բերեք Արթին քիրվայիս... Ինչպե՞ս ես, հալդ, ավհալդ...

Միրզամը հրաժարվեց սուրճից: Նա հարցրեց սարաֆի ողջությունը:

— Ի՜նչ հալ, Արթին քիրվա... Մերը գնա՜ց. գնդակ էլ զցես չի հասնի անցածին: Գնաց խեր բարաքյաթը...

Միրզամը բարի և միամիտ նայեց սարաֆին: Մի՞թե նրա համար ևս ցամաքել է երբեմնի լիությունը: Միրզամը կսկիծով հառաչեց: Կարծես սարաֆը նրան հիշեցրեց մեռած հարազատի սիրելի անունը: Ապա նա գրպանից հանեց մի մեծ ոսկեդրամ, որ հայտնի էր «պոլումպերյալ» անունով: Սարաֆը ձեռքի փոքրիկ կշեռքով կշռեց դրամը և պահեց ծնկի տակը: Նա փոխարենը համրեց արծաթե և պղնձե դրամների մի բուռ և ռուսական մի քանի ասիգնացիաներ:

— Նա կոտրեց մեր մեջքը, Արթին քիրվա, — և սարաֆը խշշացրեց թղթադրամը. — ի՞նչ կա սրա մեջը, ախր...

— Հեչ զատ, Միր Բաղիր, հեչ զատ...

Եվ Միրզամը հրաժեշտ տվեց հին ծանոթին:

Թելումով Սիմոնի «մաղազայում» նա գնեց սաղրի քոշեր, մի կապ քթախոտ և երեխաների համար խոշկյաբար: Երբ նա հագնում էր նոր քոշերը, Թելումով Սիմոնը նկատեց նրա զարմանալի գեղեցիկ գուլպաները:

— Թազա փեսայի ջորաբ ես հագել, Միրզա ամի...

Միրզամը թափ տվեց գուլպաների փոշին և ինքն էլ հիացավ, կարծես գուլպաները նոր էր տեսնում: Եվ նորից հիշեց Մայրանին: Առավոտյան, երբ նրանք պատրաստվում էին քաղաք գալու, երևաց Մայրանը՝ մաշված չարսավի մեջ: Կինը չարսավի տակից մեկնեց այդ գուլպաները և ձեռքերով հասկացրեց, որ գործել է Միրզամի համար:

Ծերունին գնեց նաև մի զյուլի աղլուխ և դուրս եկավ Չարսու բազարից: Կարծես մի ծանրություն ընկավ այդ ալեհեր երեխայի սրտից, երբ մտածեց, որ երեկոյան, երբ խոշկյաբարը կբաժանի մանուկներին, քթախոտը կտա պառավին, ծաղկավոր աղլուխն էլ կտա Մայրանին, որ ինչպես ամաչկոտ օտարական, նրանց էյվանում սպասելու է մինչև Միրզամի վերադարձը:

...Միրզամը գնում էր ճահճուտների միջով՝ այն բարակ

ճանապարհով, որ Չարսու բազարից անցնում էր դեպի Շիլաչի մահլան: Շուրջը՝ կիսավերակ այգիներում փոքրիկ տնակներ էին՝ հնձանների նման: Բարդիների արանքից նշմարվում էր Պողոս Պետրոս եկեղեցին: Ճահճուտի մեջ նստել էին գոմեշները: Ծխում էր այն բաղնիսը, որի ջրերը գալիս էին ճահճուտներից:

Միրզամն արդեն մոռացել էր Չարսուն, սեյիդ Էիսանի տան կապույտ քարը, իր սրտի մորմոքը հին քաղաքի և նրա լիության հանդեպ, որ թռել էր ինչպես Չարսուի սիրամարգը: Նորից զարթնել էր Մայրանի հոգսը, այն, որ ճնշում էր նրան, սրտի արյունոտ այն խոցը: Մի անբացատրելի վախ կաշկանդում էր նրան. թվում էր, գնում է մի մութ անտառով, որտեղ հազար հարամի նրան սպասում են ծառերի ետևը:

Գնում էր վախից ու կասկածից խեղճացած, կարծես քաշում էին ահեղ դատաստանի:

4

Երևանի արքունի դպրոցի («նահանգային վարժարան») արտաքինը դաժան և անհրապույր էր, ինչպես Նիկոլայ կայսեր կազարման: Մի հարկանի քարե տան երկու թևերին ռուսների օրոք կառուցել էին ֆլիգելներ, որոնք դպրոցի շենքից անջատված էին ներսի բակով: Թե՛ ֆլիգելները և թե՛ դպրոցի շենքը շրջապատված էին հաստ պարսպով, որի վրա, ինչպես փայտե զինվորների տողան՝ երևում էին սուր ցցերը: Այդ պարիսպը և ցցերի շարքը դպրոցը նմանեցնում էին նաև բանտի: Դարի ոճն էր այդ, դպրոցը բանտ էր, երկուսը միասին՝ արքունի զորանոց՝ ծանր, մռայլ և ամենը unheimlich, ինչպես ասել էր Էմիլիա Լոռզեն՝ նահանգային վարժարանի տեսչի գերմանացի կինը, երբ ամուսինը նրան ցույց էր տվել իրենց բնակարանը՝ ներքնի ֆլիգելում:

Բոլոր պատերը դրսից ծեփած էին դեղնակարմիր կրաքարով, որ արևից կորցրել էր կարմիրը և նման էր վառած կավի: Բայց ամենամռայլը ծանր դարպասներն էին և պողպատե զինանիշները, որոնք ամրացված էին դարպասների ճակատին: Երբ արևը խփում էր դարպասներին՝ զինանիշի երկգլխանի արծիվների ստվերը բաց պատուհանից ընկնում էր դասարանի ներսը: Արծիվներն անցնում էին պատերի վրայով, և երկյուղած աշակերտները չէին համարձակվում նրանց ձեռք տալ: Իսկ Իվան Բոնդարչուկը՝ առաջին կլասսի վայելչագրության դասատուն, ձգվում էր ճակատի, կարծես պատի վրայով անցնում էր իմպերատորի ստվերը:

Սովորաբար երկաթե դարպասները կողպ էին: Անցուղարձը լինում էր այն փոքրիկ դռնակներով, որ բացվում էին հենց դարպասների մեջ: Աշակերտներից շատերը դպրոցի բակն էին մտնում կողքից, որտեղ պարիսպն ավելի ցածր էր և մի քանի տեղ փշրվել էին փայտե ցցերը:

Դպրոցի երեք կողմն անմարդաբնակ տարածություն էր: Հետևի մասում պարիսպը սահմանակից էր մի կիսավեր այգու: Շրջապատի ամայությունն ավելի էր խստացնում շենքի մռայլությունը, մանավանդ ամառը, երբ աշակերտները ո՞վ գիտե որտեղ էին, իսկ դիմացի հատ ու կենտ մացառները և արևից խանձված խոտը ծածկվում էին փոշու ծանր շերտով: Միայն կանաչ էր մի հին չինարի, որի կլոր ստվերում հանգստանում էին հիվանդ հորթերը և էշերը, որոնք խանձված խոտի համար ամառվա շոգին գալիս էին նույնիսկ Զորավորի թաղից:

Այդ ամայի տարածությունը, որ քաղաքի կամերալ մատյանում արձանագրված էր իբրև «ոչ ոքի չպատկանող անապատ առանց սահմանի», — կենդանացնում էին ուղտերի քարավանները, որոնք Նախիջևանից բերում էին աղ և բրինձ, Օրդուբադից՝ չոր միրգ: Ուղտապանները այդտեղ էին գիշերում և նրանց խարույկը բարձրանում էր մինչև չինարու ճյուղերը: Ընթերցելով Անտոնիո Ջիովանելլու ուղեգրությունը, կարելի է կասկածել, թե արդյոք նրա նկարագրած ծառը այն չինարին չէ՞ր, որին խանձում էր խարույկի բոցը, մաշկում էին ուղտերը՝ իրենց կեռ պարանոցները քսելով նրան և բազմաթիվ կեղևակեր բզեզներ ծմեռում էին նրա կեղևի տակ: Երևանի արքունի դպրոցի գործերի մեջ դեռ մնում են գրություններ՝ ուղղված այդ չինարու դեմ: Տեսուչ Լազարիյ Հաջի-Ֆոտիևը գրում է, որ այդ մենավոր ծառը աշակերտների մեջ առաջացնում է «թախիծ և հանցավոր ցրվածություն» («наводит уныние, а так-же преступную рассеянность»), իսկ առաջին կլասի վերակացուն տեղեկացնում է տեսչին, որ աշակերտները գերադասում են դուրս փախչել դեպի չինարին, քան թե խաղալ դպրոցի բակում՝ ըստ դպրոցական կանոնադրության: Կա և գրագրությունների մի ամբողջ կապ, որ կոչվում է «գործ անտիրական ուղտի, որ հայտնվել է դպրոցի բակում անհայտ կերպով»:

***

Հետկեսօրյա ժամն էր: Դասարանները դատարկ էին. դատարկ էր և դպրոցի բակը: Վերի ֆլիգելից լսվում էր աղմկալի խռմփոց: Իվան Բոնդարչուկը՝ առաջին կլասի դաստիարակը, խմել էր կես փարչ պղտոր գինի և ընկել մեջքի վրա: Ջերմախտի «չար ոգուն» նա հալածում էր այդ ձևով, միաժամանակ և կարճելով երկար օրը: Նրա ծառան՝ յասաուլ Ֆեդրոն, լիզել էր պնակները, խմել գինու մնացորդը և գլուխը կախ ձայնակցում էր տիրոջը՝ խռռացնելով նրանից ավելի սաստիկ: Նրանց երկուսի դիրքը, ինչպես և սենյակի խառնիխուռն իրերը հիշեցնում էին ռազմադաշտը, որտեղ Իվան Բոնդարչուկը կարծես խփվել էր մեջքից և միանգամից սառել, իսկ նրա թիկնապահը գրկել էր փշրված ոտքը և արդեն ավանդում էր վերջին շունչը:

Դպրոցի բակում արթուն էր միայն մի մարդ՝ ոմն Հովհաննես, որ յուրաքանչյուր ամիս «մի մանեթ արծաթը ստացա» նախադասության դիմաց դրոշմում էր բութ մատը: Նա լվացել էր դասարանների հատակը, հոլանդական վառարանները և հորի մեջ դատարկում էր արտաքնոցի աղբի սայլակները, որոնք Երևանում նշանավոր նորամուծություն էին և իբրև այդպիսին՝ ծաղրի առարկա:

Հանդարտ էր նաև ներքևի ֆլիգելում: Սենյակներից մեկում, որի պատուհանները նայում էին դեպի չինարին, — այդ ժամին մի մարդ գորգի վրա չորեքթաթ գնում էր: Մարդը հանել էր սյուրտուկը և շտիբլետները: Նրա մեջքին, ինչպես ձիու վրա, նստած էր կապուտաչյա մի երեխա՝ սպիտակ և կլոր երեսով: Երեխան քաշում էր մետաքսե դեյթանը, որ սանձի նման հագցրել էր հոր գլխին և միաժամանակ հոր երկար ծխամորճով խփում էր «ձիուն», որ պտույտ էր անում, երբեմն մեջքը ցնցում, որից երեխան զվարթ ծիծաղում էր: Ներսի սենյակից լսվում էր կանացի ձայն և օրորոցի թրխկոց: Մայրը կռացել էր օրորոցի վրա, օրորում էր և երգում:

Այդ մարդը արքունի դպրոցի տեսչի պաշտոնակատար Խրիստաֆոր Արտեմիչ Աբովյանովն էր, Խաչատուր Աբովյանը, իսկ երգող մայրը՝ նրա կինը՝ Էմիլիա Լոոզե-Աբովյան:

«Ձին» գլուխը դարձրեց դեպի լոյդ քարտեզները, որ ծածկում էին սենյակի մի պատը, երբ զգաց, որ հեծվորն այլևս չի քաշում սանձը: Երեխան նույնիսկ փորձեց իջնել: Հայրը գլուխը բարձրացրեց: Դռան մոտ կանգնել էր Միրզամը. կանգնել էր և բարի ժպիտով նայում էր այդ անմեղ տեսարանին:

— Միրզա ամի, — և նա վազեց դեպի դուռը: Ներսի սենյակից կինը գլուխը դուրս հանեց, աչքերով բարևեց, ապա փակեց դուռը, որպեսզի աղմուկ չլսվի:

Տիկին Էմիլիան արևելցիներին չէր սիրում: Նրանք բոլորը բարձրախոս էին և չունեին հանդարտ ու խուլ ձայն, ինչպես ինքը և յուր ազգակիցները: Գերմանուհին չէր սիրում մանավանդ ամուսնու գյուղացի բարեկամներին, որոնք նրա սենյակների մաքուր հատակին թողնում էին տրեխների փոշոտ հետքը, ծղնոտի փշրանք, իսկ ներսը՝ կծու և անախորժ հոտ, որ բարձրանում էր նրանց չուխաներից, կեղտոտ փափախներից և տրեխների հում կաշվից: Նրանց հեռանալուց հետո նա քթին էր մոտեցնում վարդաջրի մեջ թաթախած թաշկինակը, իսկ սպահանցի Ասատուրը՝ նրանց տան սպասավորը, բաց էր անում պատուհանները, հատակը սրբում, մինչև «այլազգի կինարմատը» հանգստանար և այլևս քթի տակ չասեր անհասկանալի բառեր, որ մոգական զորություն ունեին Ասատուրի համար: Բայց նույնիսկ խստապահանջ գերմանուհու համար Միրզամը բացառություն էր: Նրան նույնիսկ հաճելի էր Edelmann Mirsaam-ի ներկայությունը:

Դռան մոտ Միրզամը քոշերը հանեց և մաքուր գուլպաներով մոտեցավ ցածր թախտին: Նա հանեց և մեծ թաշկինակը, որ կապած էր գոտուց, և սրբեց երեսի քրտինքը: Փոքրիկ երեխան նստեց նրա ծնկանը: Ծերունին զգուշությամբ գրկեց երեխային. կարծես փխրուն իր էր, որ ամուր սեղմելուց կփշրվեր: Տարվա այդ ժամանակ հազվագյուտ էր թարմ միրգը, բայց Միրզամը գրպանից հանեց երկու կարմիր խնձոր: Մաքուր և շողշողուն էին խնձորները, որոնց կարմրությունը ավելի նկատելի էր՝ սպիտակ և փափուկ ձեռքերի մեջ: Նույնիսկ հայրը, որ արագ հագավ շտիբլետները և կոճկեց ժիլետը, — նույնիսկ հայրը հիացած նայեց այն բարիքներին, որ դեռ ընծայում էր Աբով պապի այգին, այն հին այգին, որի ծառերի տակ խաղալով անցել էր նրա կանաչ մանկությունը:

— Միրզամ, էս մեր ճաքած ծառի խնձորը չի՞:

— Չէ, որդի, սրանք շահալմասի են: Սամթով պահես, մինչի աշուն կմնա...

— Դե, պոպոշ ջան, գնա, բալիկս, — և ձայն տվավ կնոջը: Սենյակի դուռը բացվեց, տղան գնաց՝ քարշ տալով մետաքսե դեյթանը:

— Ո՞նց եղավ, — անհամբեր հարցրեց նա, մատները խրելով մազերի մեջ: Միրզամը շփոթվեց և նորից հանեց թաշկինակը... Ինչքան խաղաղ էր այդ մի քանի րոպեն, երբ դռնից նայում էր, երբ խնձորները հանեց, «արքայական» խնձորները: Կարծես սկսվում էր սովորական զրույց, Միրզամն ափսոսաց, որ երեխան գնաց: Մենակ՝ երես առ երես, ավելի դժվար էր: Ապա նայեց նրա կապտավուն աչքերին, նրա պարզ աչքերին, որ մարմանդ ցոլում էին, ինչպես աստղերը ջրհորի սև ջրի մեջ՝ խորը, խորը: Ու թեև այդ աչքերը նայում էին անհամբեր հետաքրքրությամբ, բայց նրանց խորքում Միրզամը տեսավ հին, շատ հին, իրեն շատ ծանոթ և սիրելի պատանու պատկերը: Եվ ծերունու հիշողության մեջ զարթնեց այդ պատանու վաղեմի անունը, որ այլևս չէր արտասանվում: Այդ մարդը՝ շրջապատված գրքերով, օտար և նրան անծանոթ իրերով և նույնքան օտար զգեստով, այդ մարդը իր Խաչերն էր, չար Խաչերը, Խաչոն, Խաչատուրը, ծիծեռնակի բուն քանդողը, այն չար տղան, որ ուներ մի ծեր շուն, շանը կապում էր ձիերի ախոռում և ստիպում, որ շունը խոտ ծամի:

Միրզամի ձայնը դողաց.

— Խաչեր, բալա ջան, էսպես եղավ եղելությունը…

Երբ նա լսեց իր կորած անունը, մի ինչ-որ բան պղտորվեց ներսը, կարծես մի ձայն կանչեց նրան հեռու արտերից, և նա զգաց իրենց հողերի հոտը, իրենց տան հացի համը, լսեց իրենց Նարգիզի բառաչը և Զանգուի վշշոցը Քանաքեռի ձորում:

Ինչ-որ մկաններ դողում էին Միրզամի հոգնած դեմքին: Դողդողում

էին նաև ձեռքերը, որ ծերունի դրել էր գրասեղանի ծայրին: Նրան թվաց, թե փոքրացել է այդ սուրբ ծերունին, փոքրացել է ինչպես չորացող ծառը: Ինչքան փոքր էր նրա դեղնած ձեռքը, որ դողում էր մրսող թռչունի նման: Ապա անարատ ակնածությամբ նայեց նրա ալեհեր մազերին:

Իսկ Միրզամը հանդարտ ձայնով պատմում էր «գործի» քննությունը, նրա ընթացքը: Մեծ պատմող էր ծերունին: Շատ օտարականներ են վկայել նրա պատմելու արվեստը: Բարոն Ավգուստ ֆոն Հաքստհաուզենը Միրզամի հեքիաթները հիշում էր նույնիսկ Պետերհոֆում. «Բարևեցեք նաև Հարություն բեյին, — գրում էր նա իր նամակի մեջ, — որի հեքիաթները մեծ զվարճություն պատճառեցին պալատական դքսուհիներին, որոնց հաղորդեցի ես մի անձրևոտ գիշեր, որքան իմ հիշողությունն ընդունակ էր դեպքերը շարադրելու այնպես հմուտ, ինչպես Ձեր Միրզամը»:

Նրա գլխով շատ դեպքեր էին անցել, որոնց նկարագրությունը նա, հետզհետե զարդարելով, դարձրել էր կիսաիրական առասպել: Մայրանի «գործի» քննությունը ևս նա պատմում էր իբրև հին զրույց: Պատմում էր, և ինչպես վարպետ պատմող, ընդհատում էր հետաքրքիր տեղում, սրբում էր ճակատը, երբեմն խառնում էր մանրամասնությունները և հանկարծ ինքն իրեն հարցնում.

— Ո՞րտեղ մնացի... Հա՛, էն էի ասում, որ էդ խոսքի վրա աղբաթը խեր Վիրապը թե՝ սրբազան հայր սուրբ, ամբողջ Քանաքեռի ջամահաթը աղաչանոք պաղատում է ազատություն անլեզու երեխի համար. վերն Աստված, ներքևը՝ դուք, — և Միրզամը պատմելու ժամանակ ևս երեսը դեպի վեր բարձրացրեց, ձեռքերը տարածելով: — էն կողմից «Կոնսիստորի ղալամդանը» (այդպես էր հոգևոր ատյանի ատենադպրի ավելորդ անունը) մի խոսք ասաց տեր Մաթևոս վարդապետին, նա էլ նրան գլխով արեց: Հա, էն էի ասում...

Միամիտ պարզությամբ Միրզամը կարծում էր, որ վճիռը փչացրել է «Կոնսիստորի ղալամդանի» գաղտնի խոսքը: Ատենադպիրը երևանցի էր և հակառակ կողմի՝ Նիկողայոս Սուքիասովի հեռու ազգականը: Այդ էր նրա կասկածի աղբյուրը: Եթե չլիներ «ղալամդանի» ապօրինի միջամտությունը, այն ժամանակ հոգևոր ատյանը վճիռը կսահմաներ ավելի կտրուկ, և Մայրանը գերությունից կազատվեր:

— Վերջը, քեզ գլխացավանք չլինի, այ որդի, շատ չալիշ եկանք ես էլ, մեր օրհնած Վիրապն էլ. էն եթիմն էլ արտասուքը աչքերին արզա արեց, — վերջաբանը եղավ էսպես, ոպես քեզ պատմեցի: Հիմա ինչ բանի գլուխ ես դնում, ինչ ճանապարհի ես շանց տալի, էդ էլ դու ասա:

«Որդին» նրա պատմությունից հետզհետե հուզվելով՝ սենյակում անհանգիստ քայլում էր: Նա երբեմն մոտենում էր պատուհանին և պարսպի ցցերի արանքից նայում դուրս:

Նրանք գնացել էին այն բլուրով, որի վրա սպիտակին էր տալիս

ճանապարհը: Վաղո՛ւց, շատ վաղուց նա չէր տեսել Մայրանին: Վերջին անգամ նա իրենց բակով անցավ իբրև ստվեր: Ինքը կանգնել էր էյվանում, բարեկամները դիլիջանսի վրայից վերցնում էին նրա իրերը: Էյվանից նա Էմիլիային ցույց էր տալիս իր հայրենի աշխարհը՝ մինչև կապույտ մշուշի մեջ երևացող Արարատի գագաթը, որի մասին նա նրան այնքան էր պատմել: Երկու անգամ բակով անցավ մի բարակ կին՝ չարսավի մեջ: Այդ կինը մոտեցավ նրանց, չարսավի տակից երևաց կնոջ մաշված ձեռքը, և կինը համբուրեց բարեկամի ձեռքը, որպես խոնարհ հարգանքի նշան: Ապա անցավ բակով որպես ստվեր: Իսկ նա չճանաչեց իր քեռու աղջկան, պատանեկության օրերի Մայրանին:

— Ճանապա՞րհը, Միրզամ... — և գլուխը տարուբերեց. — Էլ ճանապարհ չկա՛: Չկա՛, Միրզամ...

Ծերունին տեղը ձգվեց: Ինչպե՞ս թե ճանապարհ չկա հապա Խաչերի անունը, նրան ճանաչող բազմաթիվ մեծամեծները, Հովհաննես եպիսկոպոս Սահառունին, որ երդվում է նրա անունով, Սինոդի պրոկուրորը, վերջապես ինքը՝ Աշտարակեցին, Հայոց կաթողիկոսը, որ ճանաչում էր Աբով պապի ուսումնական ժառանգին, վանքի նախկին դպիր և այժմ «աղա սմատրիտել» Խաչատուրին, որի անունը հայտնի էր մինչև անգամ Պետերբուրգի շիարում:

Միրզամը պարծենում էր այդ կապերով: Նաև շոյում էր եղբորորդու ինքնասիրությունը:

— Դու որ չանես, էլ ո՞ւմ ոտն ընկնենք: Քո արինդ ա, Խաչեր... Դու որ դարիբ ղուրբանի համար, եզըղի յաղի համար էդքան չալիշ ես գալի, դա մեր ջանին յարա կուզե՞ս: Ախր ջանի յարայից էլ բեթար է էս ցավը: Մի թուղթ գրի Բարսեղ արքեպիսկոպոսին, ես իմ ձեռոք տանեմ, աջը առնեմ, ասեմ՝ սրբազան, էսքան լավություն եմ արել էս սուրբ օջախին, օր ծերության մուրազս անկատար մի անի: Ի՞նչ պիտի ասի որ... Կանի, Խաչեր, կանի... Դու թուղթը գրի: Չէ՞ ախր մեզ է էն բառաչող եթիմը:

Միրզամը լռեց: Նա վախեցավ, որ Խաչերը կդառնա և իր երեսով կտա հանդիմանության և նախատինքի մուրը: Եվ տեղը կուչ եկավ: Իսկ եղբորորդին Միրզամին չէր լսում: Նա կշռադատում էր այն միակ ելքը, որ ցույց էր տալիս ծերունին: Նրա համար իրոք որ դժվար էր այդ ճանապարհը: Նա այդ ուղին բռնել էր շատ անգամ, և միշտ նրա առաջ ցցվել էր հաստ պարիսպը և փակ դուռը: Նա բախել էր այդ դուռը, և աղերսել, և արտասվել, և հուսահատությունից զայրացել էր: «Աբովյանն ասաց ինձ, — գրում է գերմանացի բանաստեղծը, — երբ նա ինձ ուղեկցում էր դեպի Էջմիածին, թե կարծեք նրա գլխին սառը ջուր էին մաղում, երբ նա ոտք էր դնում հին պարիսպներից ներս: Այսպես մեծացավ նա լացի, աղոթքի և պահքի մեջ, մի վայրենի, ամեն ազնիվ բանի համար բթացած և անբնական հեշտության մեջ ապականված շրջապատում»:

— Միրզա ամի, քանի անգամ գրեմ, քանի ասեմ... Աբիխը որ գնում էր Ամարաթ, դեռ էն ժամանակ խնդրեցի: Դրանից առաջ վեհափառը Ջանիբեգովի միջոցով ինձ իմաց էր արել, որ Մայրանի արձակման թուղթը կտա: Ո՞ւր է, տվե՞ց: Խերոդինով Սոլոմոնի ոսկիները պիտի լինեին, որ Սինոդը չհասը հաս աներ: Շամախեցի Բարխուդարը Թոմա Ղորղանովի ջեբերը լցրեց և էն քյորփա աղջկանը առավ: Էս էլ քանի անգամ է, որ կոնսիստորը քննում է Աստծո լույսի պես պարզ էս գործը: Ասում ես գրի. ախր ո՞ւմ գրեմ, ի՞նչ գրեմ...

— Այ որդի, դե խնդրելով կլինի, բա ո՞նց: Մին էլ գրիր: Բա պտի գրես, որ ռահմի գան, — և նրան համոզելու որպես վերջին միջոց՝ Միրզամը ձայնին տխուր շեշտ տալով ասաց: — Նանիդ էլ թամբահ արեց, թե կմտնես Խաչատուրի մոտ, կասես, որ մի ճար անի:

— Նանի՛ն... Մաջալ չեմ գտնում, որ վերնանամ տուն:

Եվ նրա աչքի առաջ պատկերացավ կուչ եկած մայրը, միշտ ինչ-որ աշխատանքի՝ օջախի առաջ, տանը, գոմում, ցախատանը, — ոտքերին հին քոշեր, միշտ ինքն իրեն խոսելիս: Ամեն ինչից դժգոհ այդ կինը կարծես դառնացել էր, որ մահը նրան մոռացել է: Ահա պառավ նանին՝ սև խորշոմներով, մի քիչ անփույթ հագնված, ինչպես պառավները, — ավլում է բակը և անիծում հավերին, հորթերին, շանը, որ հետևում է պառավին, ինչպես ստվեր և սպասում է, որ պառավը լցնի լոռաջուրը:

— Էն էլ խեղճ է, Խաչեր... Ոտքերի սանջուն էլի բռնել է: Առաջներս կիրակի է, ուզում ես ձին ուղարկեմ, արի:

— Հազար հոգս, հազար ցավ: Կիրակի են թողնում: Ինսպեկտորից հրաման կա, որ վեդոմոստները վերջացնեմ, ուղարկեմ: Վերջացնեմ, կվերնանամ:

Մյուս սենյակից ներս մտավ Էմիլիան: Նա ձեռքը մեկնեց Միրզամին: Ծերունին բարևեց, ինչպես բարևում էին այդ ժամանակ՝ մատները հազիվ հպելով:

— Լա՞վ ես, — հարցրեց Էմիլիան: Այդ նրա իմացած հայերեն խոսքերից մեկն էր, որ գերմանուհին արտասանում էր ճիշտ:

Միրզամը ժպտաց:

— Ինչի չես գալի դեպի մեզ: Նանին քեզ համար փոխինձ ա մաղել...

Միրզամը և Խաչերը ծիծաղեցին: Փոխինձի հետ կապված էր մի զվարճալի դեպք, որ այն օրից Քանաքեռում հիշում էին: Երբ առաջին անգամ նրանք մտան Քանաքեռ, նանին հյուրերի համար խաշիլ եփեց: Չիմանալով ուտելու կերպը՝ Էմիլիան վառել էր շրթունքները և վեր կացել:

Գերմանուհին բնազդով զգաց, որ ծիծաղը իրեն է վերաբերում: Նա ներս քաշվեց, ինչպես խխունջը և նորից անցավ ննջարանը: Միայն ամուսինը նկատեց նրա զուսպ դժգոհությունը:

Խոսակցությունը դարձավ ուրիշ նյութերի: Միրզամը հաղորդեց, որ եղանակը չորային է, գիշերները կանաչը մրսում է: Գյուղացիները երկյուղ էին կրում երաշտից: Այնինչ շատերը դեռ չէին վճարել «օղունփուլին» և ոչ էլ ցորենի տասանորդը:

— Էսպես որ գնա, շատերի ծուխը կիանգչի: Հիմա որտեղի՞ց տան մի խալվար զազարակ, տասնութ խալվար ցորեն: Էնպես տուն կա, որ կրակը տաս խանձահոտ չի լինի: Ընկել են հետին չքավորության դուռը: Մի շաբաթ առաջ քյոխվան ստացավ թազա խարջի պուբլիկացիան. էս սիաթին ասում է, ստիպմամբ խարջը հավաքի, տուր խազնեն: Թագավորական ճանապարհի բեգյառն էլ մի կողմից: Տասը թուման վեց մինալթուն էլ պիտի աթոռահաս տանք: Մի խոսք, ամեն կողմից նեղությունը ժողովրդին խեղդում է, չենք իմանում ոնց կլինի:

Նրա սիրտը ճմլվում էր, երբ նրան զանգատվում էին կոռ ու բեգյառի ծանրությունից: Բայց դրանով էլ վերջանում էր նրա վերաբերմունքը: Նման խոսակցություններ նա չէր սիրում, որովհետև ներքնապես զգում էր, որ անօգնական է նույնիսկ խորհուրդ տալու: Սակայն նա ինքնասեր էր և չէր սիրում ուրիշներին ցույց տալ, որ ինքը չի կարող նույնիսկ խորհուրդ տալ: Նա նրանցից չէր, որոնք չոր սառնությամբ անդամահատում են միջավայրը իբրև կենդանի մարմին, մերկացնում են մաշկը, մկանները և փնտրում ախտի բունը, որպեսզի մաքառեն այդ ախտի դեմ: Միրզամի առասպելախառն պատմություններն ավելի գեղեցիկ էին, քան նրա չոր զրույցը խարջի և բեգյառի մասին: Բռնկվող խարույկի նման նրա կրակները խավարի մեջ շքեղ լույս էին տալիս և հանկարծ իջնում: Թվում էր, թե խավարը նրան կլանեց:

Այդ օրը նա Միրզամին ոգևորությամբ պատմեց Վաշինգտոնից բերած բամբակ մաքրող առաջին մեքենայի մասին, որ տեղավորել էին բերդի պարսպի տակ, և որի մոտ կանգնած էր «դրուզինսկի 4-րդ բատալիոնի» պահակը: Ոչ մի գյուղացի չէր մոտեցել այդ «հրաշքին», ոմանք բերդի և պահակի ահից, մեծ մասը՝ անգիտությունից և անհետաքրքրությունից:

Միրզամը ևս անտարբեր լսեց: «Վաշինգտոն շհարի մաշինը» ոչ նրան էր վերաբերում և ոչ էլ Քանաքեռին: Ուստի նա ոչ մի բան չհարցրեց, այլ խորհրդավորությամբ, որպես գաղտնիք, նրան հայտնեց գյուղի նշանավոր նորությունը:

— Սև Ղահրամանի տղան էս մի շաբաթ է չի երևում: Գլուխն առել ա փախել Բայազեթի կողմերը:

Սև Ղահրամանի տղան առաջինն էր, որ փախել էր Քանաքեռից, երբ քյոխվան ստացել էր խարջի «պուբլիկացիան»: Նրան սպառնում էր կամ բերդի զնդանը կամ սովդաքյարի շղթան, որ նրան ցմահ պիտի շղթայեր պարտքի մուրհակին, և այդ օղակը հետզհետե պիտի սեղմեր նրա և նրա երեխաների վիզը, քանի որ ամեն տարի նույն ձևով «ստիպմամբ խարջը պիտի տար խազնային», ինչպես պատմեց Միրզամը:

— Բա տունը, երեխեքը…

— Դուռը վրաները փակել է, գնացել…

Նա ուսերն իրար քաշեց, կարծես ցուրտ էր, և մրսում էր: Ապա դանդաղ մոտեցավ պատին: Նրա աչքերն աննպատակ սահեցին ծովային քարտեզի վրայով: Նույն անտարբերությամբ թերթեց դարակի վրա ընկած գիրքը: Մի պատահական էջի վրա կարդաց.

«Օ՜, նպատակ, բարձր նպատակ... Առ իմ բոլոր ուժերը և ցանկությունները: Ես մոլորված շրջում եմ աշխարհում, ինչ փույթ, եթե ես չպիտի անմահանամ...»: Նա զարմացած դարձրեց առաջին էջը՝ Հերդեր, «Lebensbild», երկրորդ հատոր...

Հետո շրջվեց և լուռ նայեց Միրզամին: Ինչքա՜ն հեռու էր այն, որ կարդաց. հեռու, ինչքան Օստզեեի երկիրը, որտեղ ապրել է Հերդերը, հեռու էր Երևանից: Այն երկիրը, որտեղ եղել է և ինքը...

— Արևը թռավ, Խաչեր... Ես գնամ: Գնամ: Մինչև հասնեմ, մութը կկոխի:

Միրզամը քոշերը հագավ:

Նրան ուղեկցեց մինչև դարպասի դուռը: Հրաժեշտ տալուց Միրզամը նորից հիշեցրեց նամակի մասին:

— Կգրեմ, Միրզամ, էս գիշեր կգրեմ:

Նույն գիշեր նա կատարեց իր խոստումը: Նա գրեց մի նամակ ամենայն հայոց կաթողիկոսին: Բայց անհայտ է, թե ինչու, այդ նամակում նա գործածեց կոշտ ոճ և սպառնական խոսքեր: Արդյոք նրան հուզե՞լ էր Միրզամի պատմածը, զայրացե՞լ էր Էմիլիայի դժգոհության համար, Հերդերի գի՞րքն էր պղտորել նրա մտքերը, թե աչքի առաջն էր Սև Ղահրամանի տղան, որ սարսափից իրեն գցել էր Արաքսի մյուս ափը և իր անունը դարձրել ավելի ահավոր սարսափ:

«Ձերդ Բարձր Սրբազանություն,

Ողորմած Տեր,

«Ահա երեք անգամ գրով և մի անգամ բերանացի խնդրամատույց եղա Ձերդ Բարձր Սրբազանության քանաքեռցի ողորմելի կին Մայրանի մասին, բայց, ինչպես նկատում եմ, քանի որ այսքան ամիսների ընթացքում ոչ մի կերպ չվճռվեց այս գործը, ուրեմն և տարիները կլրանան և նույնպես կմնա անկատար: Թողնում եմ և այն, որ իմ ամբողջ կյանքում հարկից և կարեկցությունից ստիպված միայն մի անգամ սույնօրինակ խնդրով դիմեցի Ձերդ Բարձր Սրբազանության և Ձեր միջնորդությամբ Սյունհոդոսին, բայց որովհետև չեմ գտնում ոչինչ բավարարություն այս արդար և աստվածահաճո գործի, օտարի և ոչ անձնական, ուրեմն թող ների ինձ Ձերդ Բարձր Սրբազանությունը վարվել տերության օրենքների համեմատ, ոչ իբրև Խաչատուր Ձեր որդի, այլ իբրև աստիճանավոր արքունական: Այն ժամանակ, կարծում եմ, ինչպես և հայտնի է Ձեզ, կուսակալը և տերությունը, որոնք ինձ քաջ ճանաչում են, կհարգեն իմ արդար բողոքը և կբարեհաճեն ինձ տալ բավարարություն: Եվ սույնօրինակ զանգատներից միայն կառաջանան անպատեհություններ սուրբ Աթոռիդ համար, որ ես չեմ կամենում և լինելով հայազգի, մի անգամ ևս պահպանելով իմ հարգությունն առ սուրբ Աթոռը, այս վերջին անգամ խնդրում եմ ժամանակ նշանակել՝ թե երբ կվերջանա գործը և կամ միանգամայն մերժել, որպեսզի արդար իրավունքով և տերության միջոցով ազատեմ այս ողորմելի որբ և այրի կնոջը:

«Սպասելով պատասխանի՝ մնամ ամենայն հարգությամբ և ջերմեռանդությամբ որդի՝

Ձերդ Բարձր Սրբազանության

Խոնարհ ծառա

Խաչատուր Աբովյան»:

Նամակի լուսանցքի վրա մեկը մակագրել է՝ «Ընկալայ 17-ին մայիսի»:

Եվ ուրիշ ոչինչ:

Այս նամակի հետ վերջանում է Մայրանի պատմությունը: Միայն շատ տարիներ հետո մի անգամ ևս հիշատակում են Մայրանին: Բայց այդ ժամանակ արդեն կենդանի չէին ո՛չ Միրզամը և ո՛չ նրա եղբորորդին:

ՑԱՆԿ

www.ingramcontent.com/pod-product-compliance
Lightning Source LLC
Chambersburg PA
CBHW030517020726
47494CB00004B/1126
9781604448375